# 연을 쫓는 아이

**THE KITE RUNNER**

# THE KITE RUNNER

연을
쫓는
아이

**할레드 호세이니** 장편소설

**왕은철** 옮김

현대문학

내 눈의 누르(빛)인 하리스와 파라,
그리고
아프가니스탄 아이들에게 이 책을 바칩니다.

# *1*

## 2001년 12월

나는 1975년의 어느 춥고 흐린 겨울날, 지금의 내가 되었다. 그때 나는 열두 살이었다. 나는 그날, 무너져가는 담장 뒤에서 몸을 웅크리고 얼어붙은 시내 가까이의 골목길을 들여다보고 있었다. 오래전 일이다. 사람들은 과거를 묻을 수 있다고 얘기하지만, 나는 그것이 틀린 말이라는 걸 깨달았다. 과거는 묻어도 자꾸만 비어져 나오는 것이기 때문이다. 돌이켜보면, 나는 지난 26년 동안 아무도 없는 그 골목길을 내내 들여다보고 있었던 것 같다.

지난여름 어느 날, 라힘 한이 파키스탄에서 전화를 했다. 그는 나한테 그곳으로 와달라고 했다. 수화기를 귀에 대고 부엌에 서서 전화를 받던 나는 전화기 속에 있는 게 라힘 한만이 아니라는 걸 알았다. 속죄하지 못한 죄들이 가득한 내 과거가 그 속에 있었다. 전화를 끊고 나서 산책을 나가 골든게이트 공원의 북쪽 가장자리에 있는 스프레클스 호수를 따라 걸었다. 이른 오후의 햇살이 물 위에서 반짝이고 있었고, 몇십 개의 모형 배들이 서늘한 바람을 맞으며 떠다니고 있었다. 그때, 나는 문득 눈을 들어 하늘을 보았다. 기다란 남색 꼬리가 달린 두 개의 붉은 연이 떠 있었다. 두 개의 연은 공원의 서쪽 끝에 있는 나무들과 풍차들 위에, 이제는 내가 고향이라고 부르는 샌프란시스코를 내려다보며 두 눈처럼 나란히 떠 있었다. 그때, 갑자기 내 귀에 하산의 목소리가 들렸다.

"도련님을 위해서라면 천 번이라도!"

언청이였던 하산.

나는 버드나무 가까이에 있는 공원 벤치에 앉았다. 라힘 한이 전화를 끊기 직전에 했던 말이 떠올랐다. "다시 착해질 수 있는 길이 있어." 나는 쌍둥이 연을 올려다보았다. 나는 하산을 떠올렸다. 그리고 바바를 떠올리고 알리와 카불을 떠올렸다. 나는 1975년 겨울이 되어 모든 것이 바뀔 때까지 내가 살았던 삶을 떠올렸다. 그리고 지금의 내가 되게 한 그 겨울을 떠올렸다.

## 2

  하산과 나는 어렸을 때, 우리 집 차도에 있는 포플러나무에 올라가 깨진 거울 조각으로 햇빛을 이웃집 안으로 반사시켜 사람들의 속을 썩이곤 했다. 우리는 높은 가지에 발을 대롱거리며 앉아 있었다. 우리의 바지 주머니에는 말린 오디와 호두가 잔뜩 들어 있었다. 우리는 오디를 먹고 또 서로에게 킥킥거리며 던지고 번갈아가면서 거울을 비춰댔다. 나무 위에 앉아 있던 하산의 모습이 지금도 눈에 선하다. 나뭇잎 사이로 반짝이는 빛이 거의 완벽하게 동그란 얼굴에 비치던 모습. 나무로 조각한 중국인형처럼 생긴 얼굴. 납작하고 넓은 코. 대나무잎처럼 비스듬하고 가느다란, 빛에 따라서 금색, 초록색, 하늘색으로 바뀌는 눈. 아래로 처진 작은 귀. 나중에 생각이 나서 불쑥 보탠 것 같은 뾰쪽하고 도톰한 턱. 중국인형을 만들던 사람의 연장이 미끄러지거나 어쩌면 피곤해 신경을 쓰지 않아서 그렇게 된 것처럼 가운데에서 왼쪽으로 갈라진 입술. 아직도 그 모습이 선명하게 떠오른다.

때때로 나는 나무 위에서 하산에게 새총에 호두를 넣어 이웃집 독일산 셰퍼드에게 쏘라고 했다. 하산은 그렇게 하지 않으려 했다. 하지만 내가 '정말로' 그렇게 하기를 원하면, 내 말을 거절하지 않았다. 하산은 내 말을 거절한 적이 없었다. 새총을 쏘는 그의 재주는 대단했다. 하산의 아버지 알리는 우리가 그러고 있는 걸 보면 노발대발했다. 알리처럼 부드러운 사람이 낼 수 있는 최대한도의 화를 냈다. 그는 우리에게 손가락질을 하며 나무에서 당장 내려오라고 했다. 그리고 거울을 빼앗고 그의 어머니가 그에게 했던 말을 우리에게 그대로 해줬다. 악마도 기도를 하는 무슬림들의 마음을 혼란하게 하려고 그들에게 거울을 비췄다는 것이었다. 그는 아들을 노려보며 늘 이렇게 덧붙였다.

"악마는 그렇게 하면서 웃는단다."

"네, 아버지."

하산은 발을 내려다보며 이렇게 우물거렸다. 하지만 그는 나를 고자질하지 않았다. 거울을 비추고 이웃집 개한테 호두를 쏘라고 한 것이 내 생각이었다는 얘기는 결코 하지 않았다.

포플러나무는 철문으로 이어지는 붉은 벽돌로 된 차도 양쪽에 심어져 있었다. 그리고 다시 철문은 우리 집으로 통하는 차도로 이어졌다. 집은 벽돌 길 왼쪽에 있었고, 벽돌 길 끝에는 뒷마당이 있었다.

사람들은 카불 북쪽에 위치한 신흥부유층 지역인 와지르아 크바르칸에서 우리 집이 가장 아름답다고 생각했다. 카불을 통틀어 가장 아름다운 집이라고 생각하는 사람들도 있었다. 덩굴장미가 양쪽으로 심어진 널찍한 입구를 지나면 바닥에 대리석이 깔리고 창문이 넓은 큰 집이 나왔다. 바바가 이스파한에서 직접 골라서 사 온 정교한 모자이크 타일이 네 개의 욕실 바닥에 깔려 있었다. 벽에는 바바가 캘커타에서 구입한 금색 실로 뜬 태피스트리가 걸려 있었고, 둥근 천장에는 크리스털 샹들리에가 매달려 있었다.

위층에는 내 침실과 바바의 방, 바바의 서재가 있었다. 서재는 '흡연실'이라고 하기도 했다. 서재에서는 늘 담배와 계피 냄새가 났다. 바바와 그의 친구들은 알리가 차려준 식사를 마치고 나면 서재로 들어가 검은 가죽 의자에 앉아 쉬었다. 그들은 파이프에 담배를 채우고(바바는 다른 사람들과 달리 '파이프를 살찌게 한다'라는 표현을 사용했다) 그들이 좋아하는 세 가지 주제, 즉 정치와 사업과 축구에 대해 얘기했다. 때때로 나는 바바에게 같이 있어도 되느냐고 물었다. 그럴 때면, 바바는 문간에 서서 이렇게 말했다.

"어서 가거라. 어른들을 위한 시간이다. 가서 책이나 읽어라."

그리고 문을 닫았다. 바바에게는 어째서 '늘' 어른들을 위한 시간만 있는지 궁금했다. 나는 문 옆에 쭈그리고 앉았다. 때때로 나는 그들이 웃고 얘기하는 소리를 들으며 한두 시간씩 그런 자세로 있었다.

아래층 거실의 둥근 벽을 따라 고급 장식장들이 놓여 있었다. 그 안에는 가족사진이 담긴 액자가 여러 개 있었다. 국왕이 암살당하기 2년 전인 1931년에 할아버지가 나디르 샤 국왕과 함께 찍은 선명하지 않은 오래된 사진도 있었다. 사진 속의 두 사람은 죽은 사슴을 앞에 놓고 무릎까지 올라오는 부츠를 신고 어깨에 총을 멘 모습으로 서 있었다. 부모님의 결혼식 날 밤에 찍은 사진도 있었다. 검은 정장을 입은 멋진 바바와 하얀 드레스를 입고 미소를 짓는 어린 공주 같은 어머니가 사진 속에 있었다. 바바와 그의 가장 친한 친구이자 동업자인 라힘 한이 우리 집 옆에 서서 찍은 사진도 있었다. 두 사람 다 웃지 않고 있었다. 그 사진 속에서 바바는 피곤하고 퉁명스러운 표정으로 나를 안고 있었다. 나는 그의 팔에 안겨 있었지만, 내가 잡고 있는 건 라힘 한의 새끼손가락이었다.

둥근 벽은 식당으로 이어졌다. 식당 중앙에는 마호가니 식탁이 놓여 있었는데, 30명은 족히 앉을 수 있는 크기였다. 아버지는 거창한 파티를 좋아해서 거의 매주 손님들이 그 식탁을 꽉 채우곤 했다. 식당의 한쪽 끝에는 높은 대리석 벽난로가 있었다. 겨울이면 늘 오렌지색 불빛이 비치는 곳이었다.

커다란 미닫이 유리문을 열고 나가면 반원형 베란다가 있었다. 2에이커에 달하는 뒤뜰과 벚나무들이 내려다보이는 곳이었다. 바바와 알리는 동편 담을 따라 작은 채소밭을 일궜다. 토마토, 박하, 후추나무도 심었고, 열린 적이 없는 옥수수도 한 줄 심었다. 하산과 나는 그걸 '병든 옥수수 담'이라고 했다.

하인의 집은 정원의 남쪽 끝 비파나무 그늘에 있었다. 작고 수수한 흙집이었다. 하산은 그의 아버지와 함께 그 집에서 살았다.

그 오두막에서 하산이 태어났다. 1964년 겨울이었다. 내 어머니가 나를 낳다가 돌아가시고 1년 후였다.

나는 그곳에서 18년을 사는 동안, 하산과 알리의 집에는 몇 번밖에 가본 적이 없었다. 해가 산 너머로 지면 하산과 나는 놀이를 그만두고 헤어졌다. 나는 덩굴장미를 지나 우리 집으로 갔고, 그는 태어나서부터 줄곧 살아온 오두막으로 갔다. 내 기억으로 하산의 집은 검소하고 깨끗했고 두 개의 석유램프가 희미하게 안을 비추고 있었다. 방의 양쪽에는 두 개의 매트리스가 놓여 있었고, 가장자리 올이 풀린 낡은 헤라티 양탄자가 그 사이에 놓여 있었다. 삼발의자도 있었고, 구석에는 나무 책상도 있었다. 하산은 그 책상에서 그림을 그리곤 했다. 벽에는 '알라는 위대하다'라는 말을 구슬로 장식한 태피스트리 하나만 달랑 걸려 있을 뿐 다른 건 아무것도 없었다. 그 태피스트리는 바바가 마슈하드에 갔을 때 알리를 위해 사 온 것이었다.

그 오두막에서 하산의 어머니 사나우바르는 1964년, 어느 추운 겨울날 그를 낳았다. 내 어머니는 나를 낳다가 돌아가셨고, 하산은 태어난 지 일주일도 안 되어 어머니를 잃었다. 대부분의 아프간 사람들이 생각하기에 죽음보다 더 나쁜 운명에 어머니를 잃었다. 그녀는 유랑극단을 따라 도망가버린 것이었다.

하산은 그의 어머니가 이 세상에 없는 것처럼 그녀에 대한 얘기를 하지 않았다. 나는 늘, 그가 자신의 어머니가 어떻게 생겼으며 어디에 있는지 그려보지 않을까 궁금했다. 그가 어머니를 만나고 싶어 하는지도 궁금했다. 내가 한 번도 만난 적이 없는 어머니를 그리워하듯, 그도 어머니를 그리워하는지 궁금했다. 그런데 어느 날, 우리는 새로 들어온 영화를 보러 자이나브 영화관으로 가고 있었다. 우리는 이스티크랄 중학교 근처에 있는 군 막사를 거쳐서 가는 지름길을 택했다. 바바는 그쪽으로 다니지 말라고 했지만, 당시에 그는 라힘 한과 함께 파키스탄에 있었다. 막사를 둘러싸고 있는 울타리를 뛰어넘고 작은 시내를 건너자, 먼지가 수북이 쌓인 버려진 탱크들이 있는 공터가 나왔다. 몇 명의 군인들이 탱크가 드리운 그늘에 앉아 담배를 피우며 카드놀이를 하고 있었다. 그들 중 하나가 우리를 보더니 옆에 있는 군인을 팔꿈치로 치며 하산을 불렀다.

"야, 너구나! 나는 너를 알지."

우리는 그를 본 적이 없었다. 머리를 밀고 다박나룻을 기른 땅딸막한 남자였다. 그가 우리를 향해 추파를 던지는 모습에 나는 겁이 났다. 나는 하산에게 속삭였다.

"계속 걷기만 해."

그 군인이 소리쳤다.

"너 이놈! 하자라 놈! 어른이 얘기하면 쳐다봐야지."

그는 옆에 있는 사람에게 담배를 건네고 한 손으로 엄지와 검지로 원을 만들어 다른 손의 중지를 넣었다. 그리고 넣었다 뺐다를 반복했다.

"내가 네 엄마를 안다는 걸 알고 있니? 정말 잘 알지. 저 시내 뒤에서 뒤로 하기도 했지."

군인들이 웃었다. 그들 중 하나가 소리를 질렀다. 나는 하산에게 계속 걷기만 하라고 했다.

그 군인이 싱글거렸다. 그는 다른 사람들과 악수를 하며 이렇게 말했다.

"네 어미는 쫄깃쫄깃하니 맛있었지!"

나중에 영화가 시작되자 하산이 어둠 속에서 울기 시작했다. 눈물이 볼을 타고 흘러내리고 있었다. 나는 그의 몸에 팔을 둘러 끌어당겼다. 그가 내 어깨에 머리를 기댔다. 나는 속삭였다.

"그 사람이 너를 다른 사람으로 착각했던 거야. 그래서 그랬던 거야."

나는 사나우바르가 도망갔을 때, 실제로 아무도 놀라지 않았다는 얘기를 들었다. 코란을 암송할 줄 아는 알리가 열아홉 살이나 어린 사나우바르와 결혼했을 때 사람들은 놀랐다고 했다. 그녀는 아름답지만 행실이 부도덕하기로 악명이 높은 여자였다. 그녀는 알리처럼 시아파 무슬림이었고 인종적으로는 하자라인이었다. 그녀는 그의 사촌이어서 배우자로 안성맞춤이었다. 하지만 그 외에는 둘 사이에 공통점이 없었다. 외모도 마찬가지였다. 소문에 따르면, 사나우바르는 반짝이는 녹색 눈과 작은 요괴 같은 얼굴로 수많은 남자들을 죄악으로 끌어들였다고 한다. 그런데 알리는 얼굴의 아래쪽 근육이 선천적으로 마비되어 웃지도 못하고 늘 험상궂은 표정을 하고 있던 사람이었다. 무표정한 알리가 행복해하거나 슬퍼하는 걸 보면 야릇한 느낌이 들었다. 행복할 때는 꼬리가 위로 올라간 갈색 눈만 웃고 있었고 슬플 때는 눈물만 그렁그렁했기 때문이다. 눈은 마음의 창이라고 한다. 눈을 통해서만 마음을 드러낼 수 있었던 알리에게는 그보다 더 맞는 말이 없었다.

사나우바르가 엉덩이를 흔들며 묘하게 걷는 모습은 남자들을 환장하게 만들었다고 했다. 그런데 알리의 모습은 대조적이었다. 그는 소아마비에 걸려 오른쪽 다리가 비틀리고 꼬여 누르스름한 살갗에 뼈만 앙상한 모습을 하고 있었다. 내가 여덟 살 때의 일이다. 알리는 빵을 사러 나를 데리고 시장에 가는 중이었다. 나는 콧노래를 흥얼거리면서 그가 걷는 모습을 자세히 바라보았다. 그의 빈약한 다리가 호弧를 그리고 있었다. 오른쪽 다리를 내디딜 때마다 그의 몸 전체가 거의 불가능하다 싶을 정도로 오른쪽으로 쏠렸다. 걸음을 뗄 때마다 넘어지지 않는 게 무슨 기적 같았다. 나는 그의 걸음걸이를 흉내 내다가 도랑으로 빠질 뻔했다. 나는 너무 우스워 웃음을 참을 수 없었다. 알리가 뒤를 돌아보고 내가 자기를 흉내 내는 모습을 보았다. 그는 아무 말도 하지 않았다. 그때도 그랬고 이후에도 그랬다. 그저 계속 걸음을 옮겼을 뿐이었다.

알리의 얼굴과 그의 걸음걸이를 보면 이웃 아이들은 겁을 먹었다. 하지만 진짜 문제는 나이가 많은 아이들이었다. 그들은 그를 쫓아오며 그가 절뚝거리는 모습을 흉내 냈다. 어떤 아이들은 그를 바발루라고 불렀다. '아기를 잡아먹는 귀신'이라는 말이었다. 그들은 와자지껄한 웃음을 터뜨리며 소리를 질렀다.

"바발루, 오늘은 누굴 잡아먹었니? 이 납작코야, 오늘은 누굴 잡아먹었니?"

그들은 그를 납작코라고 불렀다. 알리와 하산의 코가 하자라인 특유의 납작코였기 때문이었다. 하자라인은 무굴의 후예였고, 조금은 중국 사람 같았다. 내가 아는 바로는 그랬다. 교과서에는 그들에 관한 별다른 설명이 없었고 지나가는 말로 그들의 조상을 지칭하는 표현이 나올 뿐이었다. 그런데 어느 날, 나는 바바의 서재에 들어가 이것저것을 살펴보다가 어머니가 사용하던 낡은 역사책을 발견했다. 호라미라는 이름의 이란인이 쓴 책이었다. 나는 먼지를 털어내고 몰래 그 책을 내 방으로 갖고 가서 밤에 읽었다. 놀랍게도 한 장이 하자라인의 역사에 관한 것이었다. 한 장 전체가 하산이 속한 하자라인에 관한 내용이었다. 내가 속한 파슈툰인이 하자라인을 박해하고 억압했다는 내용이었다. 그 책에 따르면, 하자라인은 19세기에 파슈툰인에 대항하여 싸웠지만 파슈툰인이 '입에 담기도 무서운 폭력으로 그들을 진압'했다고 했다. 우리 부족이 그들을 죽이고 그들을 그들의 땅에서 몰아내고 그들의 집을 불살랐으며 그들의 여자를 팔아버렸다고 했다. 파슈툰인이 하자라인을 억압한 부분적인 이유는 파슈툰인은 수니파인데 하자라인은 시아파이기 때문이라고 되어 있었다. 책에는 내가 모르는 내용이 많았다. 학교 선생들도 전혀 얘기해주지 않았던 내용이었다. 바바도 그런 얘기를 한 적이 없었다. 책에는 내가 알고 있는 것들도 나왔다. 사람들이 하자라인을 '쥐를 잡아먹는 납작코 당나귀'라고 한다는 건 알고 있는 것이었다. 나는 일부 아이들이 하산에게 그런 욕을 하는 걸 들은 적이 있었다.

다음 주, 나는 그 책을 학교에 갖고 가서 수업이 끝난 후 선생님에게 하자라인에 관한 장을 보여줬다. 그는 두어 페이지를 훑어보더니 킬킬 웃으며 나한테 책을 건네고 서류를 집으며 말했다.

"시아파는 자기들을 순교자로 내세우는 일을 잘한단다."

그는 시아파라는 말을 하면서 그 말이 무슨 병이라도 되는 것처럼 코를 찡그렸다.

하지만 인종이 같고 가족이면서도 사나우바르는 다른 이웃 아이들과 함께 알리를 괴롭혔다. 그녀는 그의 생김새에 대한 혐오감을 감추지 않았다.

그녀는 냉소를 지으며 이렇게 말했다.

"이게 남편이라고? 차라리 늙은 당나귀가 더 낫겠다!"

결국, 대부분의 사람들은 그 결혼이 알리와 그의 숙부인 사나우바르의 아버지 사이의 합의에 의해서 이뤄진 일일 거라고 생각했다. 다섯 살에 고아가 되고 가진 것도 없고 물려받을 것도 없는 알리가 사촌과 결혼을 하게 된 것은 실추된 명예를 되찾기 위한 숙부의 전략이었다는 것이었다.

알리는 자신을 괴롭히는 사람들한테 앙갚음을 한 적이 없었다. 부분적인 이유는 그가 꼬인 다리로 그들을 따라잡을 수 없기 때문이었다. 하지만 주된 이유는 알리가 그런 모욕에 면역이 되어 있어서 그랬다. 사나우바르가 하산을 낳은 순간, 알리는 그에게서 기쁨과 해독제를 찾아냈다. 산부인과 의사도 없었고 마취과 의사도 없었다. 번쩍번쩍한 모니터 장치도 없었다. 사나우바르가 때 묻은 매트리스에 누워 아이를 낳는 걸 도운 건 알리와 산파뿐이었다. 그녀는 별 도움을 필요로 하지 않았다. 하산은 태어날 때조차 그랬다. 그는 누군가를 다치게 할 수 없는 아이였다. 산모가 몇 번 끄응 하는 소리와 함께 두어 번 밀자 하산은 세상으로 나왔다. 미소와 더불어.

말이 많은 산파가 이웃집 하인에게 한 얘기를 다시 그 하인이 사람들에게 옮긴 바에 따르면, 사나우바르는 알리의 품에 안겨 있는 아이를 한 번 쳐다보더니 아이가 언청이 입술인 걸 보고 비통한 웃음을 웃으며 이렇게 말했다고 한다.

"좋기도 하겠네. 이제 당신을 위해 웃어줄 백치 아들이 생겼으니!"

그녀는 하산을 안아보려고도 하지 않았다. 그리고 닷새 후에 종적을 감췄다.

바바는 나에게 젖을 먹였던 유모를 고용해 하산을 돌보게했다. 알리가 우리한테 한 말에 따르면, 그녀는 거대한 부처상들이 있는 바미안이라는 도시에서 온 푸른 눈의 하자라인 여인이었다.

"노래를 참 잘하셨지."

알리가 우리한테 수없이 들려줘서 이미 알고 있었지만, 하산과 나는 늘 그녀가 무슨 노래를 했느냐고 물었다. 알리가 그 노래를 부르는 걸 듣고 싶어서였다.

그러면 그는 목청을 가다듬고 노래를 시작했다.


나는 높은 산에 서서
신의 사자獅子, 알리의 이름을 외쳤네.
오, 알리여, 신의 사자여, 인간의 왕이여,
우리의 슬픈 가슴에 기쁨을 가져다주시옵소서.


그리고 그는 우리에게 같은 젖을 먹고 자란 사람들은 형제이며 세월조차도 갈라놓지 못할 친족이라는 말을 다시금 되풀이

했다.

하산과 나는 같은 젖을 먹고 자랐다. 우리는 똑같은 뜰에 있는 똑같은 잔디에 첫발을 내디뎠다. 그리고 같은 지붕 밑에서 첫말을 했다.

내게는 '바바'가 첫말이었다.

그에게는 '아미르'가 첫말이었다. 그건 내 이름이었다.

지금 돌아보니, 1975년에 일어났던 일과 이후에 일어났던 모든 일들에 대한 토대가 그 첫말에 이미 있었던 것 같다.

# 3

전해져오는 이야기에 따르면, 내 아버지는 발루치스탄에서 맨손으로 검은 곰과 맞붙어 싸웠다고 한다. 그 이야기가 다른 사람에 관한 것이었다면, 아프간어로 '라프' 즉 허풍이라고 했을 것이다. 슬프게도 허풍은 아프가니스탄의 국가적인 불행이다. 누군가가 자기 아들이 의사라고 말하면 고등학교에서 생물학 시험에 통과했다는 말쯤 된다. 하지만 아무도 바바에 관해서는 이야기의 진실성을 의심하지 않았다. 설령 그랬다고 해도, 바바의 등에는 세 줄기의 흉터가 나란히 나 있었다. 나는 바바가 곰과 싸우는 모습을 수없이 상상해보았고 그에 관한 꿈을 꾸기까지 했다. 꿈속에서는 바바와 곰이 구별되지 않았다.

결국 바바의 유명한 별명이 된 '투판 아가' 즉 미스터 허리케인이라는 말을 그에게 처음 사용했던 사람은 라힘 한이었다. 아버지한테 딱 맞는 별명이었다. 아버지는 자연 그 자체였다. 짙은 턱수염, 생긴 것만큼이나 거친 갈색 곱슬머리, 버드나무도 통째로 뽑을 수 있을 것 같은 손, 라힘 한의 말마따나 '악마도 무릎을 꿇고 살려달라고 할 것 같은' 이글거리는 눈빛. 전형적인 맹렬한 파슈툰인이었다. 6피트 5인치가 넘는 그가 파티장으로 들어서면 해바라기가 해를 향하듯이 모든 사람의 눈이 그에게 쏠렸다.

바바는 무시할 수 없는 사람이었다. 잠잘 때의 모습도 그랬다. 솜으로 귀를 틀어막고 이불을 뒤집어써도 소용없었다. 그의 코 고는 소리가 요란한 트럭 엔진 소리처럼 여전히 벽을 뚫고 들어왔다. 내 방은 복도를 사이에 두고 바바의 침실 맞은편에 있었다. 어머니가 어떻게 그와 같은 방에서 잠을 잘 수 있었는지 신기할 따름이다. 그것은 내가 어머니를 행여 만난다면 물어보고 싶은 것 중 하나다.

1960년대 말, 내가 대여섯 살이 되었을 때였다. 나는 그 이야기를 라힘 한을 통해 들었다. 바바는 건물을 지어본 경험이 전혀 없었음에도 청사진을 자기가 직접 그렸다고 했다. 사람들은 그에게 어리석은 짓 그만하고 건축가를 고용하라고 종용했다. 당연히 바바는 그들의 말을 듣지 않았다. 사람들은 그의 고집스러움에 실망하여 고개를 절레절레 내둘렀다. 하지만 바바는 보기 좋게 성공했고 사람들은 이번에는 놀라움에 고개를 절레절레 흔들었다. 2층짜리 고아원의 위치는 카불강 남쪽의 자데메이완드의 중심가에서 약간 떨어진 곳이었다. 바바는 고아원을 짓는 데 필요한 비용을 자기 호주머니에서 냈다. 라힘 한에 따르면, 바바는 모든 비용을 혼자서 감당했다. '수염에 기름칠이 필요한' 시청 공무원들은 물론이고 기술자, 전기공, 배관공, 일꾼을 쓰는 데 필요한 모든 돈을 자비로 부담했다.

고아원을 짓는 데는 3년이 걸렸다. 나는 당시 여덟 살이었다. 고아원 문을 열던 날이 지금도 기억에 생생하다. 바바는 나를 카불에서 북쪽으로 몇 마일 떨어진 가르가 호수로 데리고 갔다. 그는 나에게 하산도 데려오라고 했다. 하지만 나는 하산이 심부름을 갔다고 둘러댔다. 언젠가의 일이 떠올라서였다. 언젠가 하산과 나는 가르가 호수에서 물수제비뜨기를 한 적이 있었다. 그런데 하산의 손을 떠난 돌은 여덟 번을 떴고 내 것은 가장 많은 게 다섯 번이었다. 바바는 그 모습을 바라보더니 하산의 등을 두드려줬다. 어깨를 감싸기까지 했다.

바바와 나는 둘이서만 호수의 둑에 있는 탁자에 앉아 코프타 샌드위치와 삶은 달걀을 먹었다. 물은 짙은 남색이었다. 거울처럼 맑은 수면에 햇살이 부서지고 있었다. 그곳은 토요일이면 소풍을 나온 사람들로 가득했다. 그런데 그때는 주중이어서 바바와 나, 그리고 사람들이 '히피'라고 부르는 턱수염을 기른 장발의 여행객 두 명만이 있었다. 그들은 선창에 앉아 물위에 발을 대롱거리며 낚시를 하고 있었다. 나는 바바에게 그 사람들이 왜 머리를 기르는지 물었다. 하지만 바바는 투덜거리기만 하고 내 말에는 대꾸를 하지 않았다. 그는 다음 날 있을 연설을 준비 중이었다. 그는 손으로 쓴 원고를 뒤적거리며 연필로 이곳저곳에 메모를 하고 있었다. 나는 달걀을 베어 먹으며 바바에게 학교에서 어떤 애가 달걀 껍질을 먹으면 오줌으로 나온다고 하던데 그 말이 사실이냐고 물었다. 바바가 다시 투덜거렸다.

나는 샌드위치를 한 입 먹었다. 머리가 노란 여행객이 다른 사람의 등을 치며 웃는 모습이 눈에 들어왔다. 호수 건너편 멀리에서 트럭 한 대가 산기슭을 돌아가고 있었다. 사이드미러에 햇빛이 반사되고 있었다.

"아버지, 저 사라탄(암)에 걸린 것 같아요."

내가 이렇게 말하자, 바바는 미풍에 흔들리는 원고에서 눈을 떼고 고개를 들었다. 그리고 트렁크에 가면 소다수가 있으니 그걸 마시라고 했다.

다음 날이었다. 의자가 턱없이 부족했다. 많은 사람이 서서 고아원 개원식을 지켜봐야 했다. 바람이 많은 날이었다. 나는 새 건물 앞에 놓인 작은 연단에서 연설을 하는 바바 뒤에 앉아 있었다. 바바는 녹색 양복을 입고 모피 모자를 쓰고 있었다. 그런데 연설을 하는 도중, 바람이 불어 그의 모자가 날아갔다. 사람들이 웃었다. 그는 나에게 모자를 갖고 있으라는 몸짓을 했다. 나는 기분이 좋았다. 모든 사람이 그가 '나의' 아버지이며 '나의' 바바라는 걸 알게 될 것이었다. 그는 다시 마이크를 향해 몸을 돌리고 건물이 자신의 모자보다 튼튼했으면 좋겠다고 농담을 했다. 사람들이 다시 웃었다. 바바가 연설을 끝냈을 때, 사람들이 일어서서 박수를 치며 환호했다. 그들은 오랫동안 박수를 쳤다. 그 후, 사람들은 그와 악수를 했다. 어떤 사람들은 내 머리를 헝클어뜨리고 나와 악수를 하기까지 했다. 나는 바바가 무척 자랑스러웠다. 우리가 굉장히 자랑스러웠다.

하지만 바바가 성공을 했음에도 불구하고 사람들은 늘 그를 의심했다. 그들은 바바에게 사업을 운영하는 것은 그에게 맞는 일이 아니니 그의 아버지처럼 법률을 공부해야 한다고 말했다. 그래서 바바는 자신이 사업을 잘 운영할 뿐만 아니라 카불에서 가장 성공적인 사업가 중 한 사람이 됨으로써 그들이 틀렸다는 걸 증명해 보였다. 바바와 라힘 한은 카펫 수출 회사, 두 개의 약국, 하나의 레스토랑을 아주 성공적으로 운영하고 있었다.

사람들은 바바가 왕족이 아니어서 결혼을 잘하지 못할 것이라며 비웃었지만, 그는 카불에서 가장 존경받고 아름답고 정숙하며 교육을 많이 받은 소피아 아크라미와 결혼을 했다. 그녀가 내 어머니였다. 어머니는 대학에서 페르시아 고전문학을 가르쳤을 뿐만 아니라 왕족의 후손이기도 했다. 아버지는 그녀를 "내 공주"라고 장난스럽게 부름으로써 그를 의심했던 사람들을 머쓱하게 만들었다.

나는 예외였지만, 아버지는 자기 주변의 세계를 자기가 좋아하는 식으로 개조했다. 문제는 바바가 세상을 흑백 구도로 본다는 것이었다. 그가 어떤 것이 검고 어떤 것이 흰지를 결정했다. 그런 식으로 사는 사람은 사랑의 대상이면서 동시에 두려움의 대상인 법이다. 어쩌면 약간은 미움을 받을지도 모른다.

내가 5학년일 때였다. 우리에게 이슬람에 관한 걸 가르치는 율법 선생님이 있었다. 율법 선생님의 이름은 파티울라 한이었다. 얼굴에 여드름 자국이 많고 목소리가 거칠고 몸집이 땅딸막한 사람이었다. 그는 우리에게 '자카트(헌금)'의 미덕과 '하드이(성지순례)'의 의무에 대해 가르쳤다. 그는 우리에게 다섯 차례에 걸친 나마즈, 즉 일일 기도를 하는 복잡한 과정에 대해 가르치고 우리에게 코란 구절을 암송하라고 했다. 그는 우리에게 그게 무슨 뜻인지 알려주지도 않으면서, 껍질 벗긴 버드나무 가지로 이따금 우리를 때리며, 신이 우리의 말을 더 잘 알아들으시도록 아랍어를 똑바로 발음하라고 했다. 어느 날이었다. 그는 우리에게 이슬람은 술을 마시는 걸 끔찍한 죄로 여긴다며 술을 마신 사람들은 키야마트, 즉 심판의 날에 그들이 저지른 죄악에 대해 심판을 받게 될 것이라고 했다. 당시에 카불에서는 술 마시는 것이 상당히 흔한 일이었다. 술을 마신다고 해서 공개적으로 처벌하는 일도 없었다. 하지만 아프간 사람들은 몰래 술을 마셨다. 존중심에서였다. 사람들은 엄선된 '약국'에서 스카치를 샀다. 갈색 종이로 싼 '약'을 사는 것이었다. 그리고 종이가 안 보이게 감췄다. 그 가게에서 그런 거래가 이뤄진다는 걸 아는 사람들은 이따금 그걸 못마땅한 얼굴로 바라봤다.

내가 파티올라 한 율법 선생님이 수업 시간에 우리에게 했던 얘기를 바바에게 했을 때, 우리는 위층에 있는 바바의 서재이자 흡연실에 있었다. 바바는 서재 한쪽에 만들어놓은 바에서 위스키를 따르고 있었다. 그는 내 말을 듣더니 고개를 끄덕이고 한 모금을 마셨다. 그리고 가죽 소파에 깊숙이 앉더니 잔을 내려놓고 나를 무릎에 앉혔다. 그의 무릎이 두 개의 나무토막처럼 느껴졌다. 그는 심호흡을 하더니 코로 숨을 내쉬었다. 그러자 콧수염 사이로 바람이 지나가는 소리가 났다. 나는 그를 안고 싶은 건지, 아니면 무서워서 무릎에서 내려오고 싶은 건지 갈피를 잡을 수 없었다.

그가 탁한 목소리로 말했다.

"너는 학교에서 배운 것과 현실 사이에서 혼란스러워하고 있구나."

"선생님이 말씀하신 것이 맞는다면 바바는 죄인이 되는 건가요?"

바바가 얼음을 깨물며 말했다.

"흠, 아버지가 죄에 대해 어떻게 생각하는지 알고 싶니?"

"네."

"그렇다면 얘기해주마. 하지만 아미르, 턱수염을 길게 기른 백치 같은 인간들한테서는 가치 있는 걸 아무것도 배우지 못할 거라는 사실부터 알아둬라."

"파티올라 한 율법 선생님 말인가요?"

바바가 술잔을 흔들었다. 얼음이 안에서 딸가닥거렸다.

"그자들 모두 말이다. 그 독선적인 원숭이들의 수염에 오줌을 갈겨주고 싶구나."

나는 킥킥거리며 웃었다. 독선적이든 어떻든, 바바가 원숭이의 수염에 오줌을 갈기는 장면을 생각하자 너무 우스웠다.

바바가 술을 한 모금 마시고 말했다.

"그 인간들은 염주 알만 굴리면서 자기들이 이해하지도 못하는 말로 쓰인 책을 암송하지. 아프가니스탄이 그자들의 손에 들어가면 큰일이다."

나는 여전히 킥킥거리면서 말했다.

"그런데 파티올라 한 선생님은 좋으신 분 같아요."

"칭기즈칸도 마찬가지였다. 하지만 그 얘기는 그만하자. 네가 죄에 대해 물었으니 얘기해주마. 내 말 듣는 거니?"

"네."

나는 입을 다물며 말했다. 하지만 웃음이 코로 새어 나오며 이상한 소리가 났다. 나는 다시 킥킥거리며 웃고 말았다.

바바가 무표정한 눈으로 내 눈을 뚫어지게 바라보았다. 나는 더 이상 웃을 수가 없었다.

"나는 남자 대 남자로 얘기하는 거다. 감당할 수 있겠니?"

"네, 바바."

처음은 아니었지만 나는 바바가 몇 마디 말로 나를 얼마나 주눅이 들게 하는지 놀라며 나직하게 말했다. 무릎에 앉히는 것은 말할 것도 없고 바바가 나한테 말을 하는 것도 자주 있는 일이 아니었다. 그런데 내가 어리석게도 그 소중한 시간을 허비하고 있었던 것이다.

"좋아."

바바는 이렇게 말했지만 의심하는 듯한 눈초리였다.

"율법 선생이 뭘 가르치든, 이 세상에는 단 하나의 죄밖에 없다. 단 하나의 죄 말이다. 그것은 도둑질이다. 다른 죄들은 도둑질의 변형일 뿐이다. 알아듣겠니?"

"모르겠어요, 바바."

나는 알았으면 싶었다. 그를 다시 실망시키고 싶지 않았다.

바바가 조급한 듯 한숨을 쉬었다. 그것도 나를 주눅 들게 했다. 그는 인내심이 없는 사람이 아니었다. 나는 그가 컴컴해진 후에도 집에 오지 않아 나 혼자서 저녁을 먹어야 했던 때를 떠올렸다. 나는 알리에게 바바가 어디에 있으며 언제 집에 오는지 물었다. 하지만 나는 그가 공사장에서 이런저런 일을 감독하고 있다는 걸 너무나 잘 알고 있었다. 그건 인내심을 필요로하는 일이 아닐까? 나는 고아원에 살게 될 아이들이 모두 미웠다. 그들이 부모를 따라 다 죽었으면 싶었다.

"네가 어떤 남자를 죽이면 생명을 빼앗는 것이다. 너는 남편에 대한 아내의 권리를 빼앗는 것이고 아이들한테서는 아버지를 빼앗는 것이다. 네가 거짓말을 하면 너는 진실에 대한 누군가의 권리를 훔치는 것이다. 네가 누군가를 속이면 정당함에 대한 권리를 훔치는 것이다. 알겠니?"

나는 알았다. 바바가 여섯 살이었을 때, 한밤중에 할아버지의 집에 도둑이 들었다. 존경받는 판사였던 할아버지는 도둑과 맞섰지만, 도둑의 칼에 목이 찔려 그 자리에서 숨졌다. 도둑은 바바에게서 아버지를 빼앗은 것이었다. 다음 날 정오가 되기 전에 주민들이 도둑을 잡았다. 범인은 쿤두즈 지역에서 온 떠돌이였다. 그들은 오후 기도가 아직 두 시간이나 남았는데 참나무 가지에 그를 매달아 죽였다. 나에게 그 얘기를 해준 건 바바가 아니라 라힘 한이었다. 나는 언제나 다른 사람에게서 바바에 관한 것들에 대해 들어 알아가고 있었다.

"훔치는 것보다 더 나쁜 건 없다, 아미르. 나는 그것이 생명이든 한 덩어리의 빵이든 내 것이 아닌 걸 취하는 사람에게 침을 뱉는다. 그런 자를 길에서 만나면 녹초가 되게 패버릴 거다. 알겠니?"

바바가 도둑을 때려눕힌다는 생각에 신이 나기도 하고 무섭기도 했다.

"네, 바바."

"만약 신이 어딘가에 있다면, 내가 스카치위스키를 마시거나 돼지고기를 먹는 것보다는 더 중요한 일들에 신경을 쓰셨으면 싶다. 이제 가거라. 죄에 관한 얘기를 하니까 다시 목이 마르구나."

나는 그가 잔에 술을 따르는 모습을 바라보며 우리가 방금 그랬던 것처럼 다시 얘기할 때까지 얼마나 오랜 시간이 걸릴지 궁금했다. 솔직히 말하면 나는 늘 바바가 나를 미워한다고 생각했다. 조금은 말이다. 왜 그러지 않겠는가? 결국 그의 사랑하는 아내이자 아름다운 공주를 '죽인' 것은 내가 아니었던가? 내가 할 수 있는 최소한의 것은 조금이라도 그를 닮는 것이었다. 하지만 나는 바바와 같지 않았다. 전혀 그렇지 않았다.

학교에서 우리는 셰르장기라는 이름의 '시 싸움' 놀이를 하곤 했다. 페르시아어 선생님이 사회를 보고 한 사람이 시의 일부를 암송하면 상대방이 60초 안에 그 시의 끝 글자로 시작하는 시로 대꾸하는 놀이였다. 내가 열한 살이 되었을 때쯤에는 하이얌, 하페즈, 혹은 루미의 유명한 『마스나비』에 나오는 시구를 암송할 줄 알았기 때문에 우리 반 아이들은 내가 자기들의 편이 되기를 원했다. 언젠가 한번은 반 전체를 상대로 내가 이긴 적도 있었다. 그날 밤 바바에게 그 얘기를 했더니 바바는 그저 고개를 끄덕이며 이렇게 나직하게 대꾸했다.

"잘했다."

나는 돌아가신 어머니의 책들을 읽음으로써 아버지의 냉담함에서 벗어났다. 물론 하산도 큰 도움이 되었다. 나는 루미, 하페즈, 사디, 빅토르 위고, 쥘 베른, 마크 트웨인, 이언 플레밍 등을 모조리 읽었다. 나는 어머니의 책을 다 읽었다. 지루한 역사서에는 별 흥미가 없었고 소설이나 서사시는 재미있었다. 다 읽고 난 후로는 용돈으로 책을 사기 시작했다. 영화관 근처에 있는 서점에서 한 주에 한 권씩 사서 책장에 꽂을 데가 없어지자 상자에 넣어 보관했다.

물론 시인과 결혼을 한 것과 사냥보다 시집에 얼굴을 묻고 있기를 좋아하는 아들을 둔 것은 별개의 문제였다. 여하튼 바바가 기대했던 것은 그런 것이 아니었다. 진짜 남자는 시를 읽지 않았다. 시를 쓰는 건 더더욱 안 될 일이었다! 진짜 남자는 바바가 어렸을 때 그랬던 것처럼 축구를 했다. 그건 열정적으로 덤벼도 괜찮은 것이었다. 1970년, 바바는 고아원 공사를 잠시 중단하고 테헤란으로 날아가 한 달 동안 텔레비전으로 월드컵을 시청했다. 당시에 아프가니스탄에는 텔레비전이 없었다. 그는 내가 축구에 열광하도록 나를 축구팀에 가입시켰다. 그런데 나는 한심했다. 패스를 방해하거나 앞을 가로막아 우리 팀을 불리하게 만들기 일쑤였다. 내가 머리 위로 손을 흔들며 미친 듯이 "여기! 여기!" 하고 소리를 치면 칠수록 나는 더 무시를 당했다. 하지만 바바는 단념하지 않았다. 내가 그의 운동신경을 물려받지 않았다는 게 명백해지자, 그는 나를 열광적인 관중으로 바꾸기로 마음먹었다. 그건 내가 할 수 있는 일이었다. 나는 가능한 한 오랫동안 관심이 있는 척했다. 나는 카불팀이 칸다하르에 대항하여 골을 넣었을 때는 바바와 함께 좋아했고, 심판이 우리 팀에 페널티를 주었을 때는 심판을 야유

했다. 하지만 바바는 내가 진짜로 관심이 있는 건 아니라는 걸 눈치채고 그의 아들이 축구를 하거나 관람하지도 않을 것이라는 암담한 현실을 받아들이기로 했다.

어느 날 바바는 나를 데리고 봄의 첫날인 설날에 열리는 부즈카시 대회에 간 적이 있었다. 당시에도 그랬고 지금도 아프가니스탄 전체가 부즈카시에 열광한다. 부유한 팬이 으레 후원하는 고도의 기술을 가진 기수 샤판다즈가 난투를 벌여 염소나 소의 시체를 낚아채 전속력으로 경기장을 돌아 정해진 원 안에 넣으면 되었다. 그사이, 다른 편 샤판다즈는 그를 쫓아가 발로 차고 손으로 할퀴고 채찍으로 때리고 주먹으로 치는 등 온갖 수단을 동원하여 상대방으로부터 시체를 빼앗아야 한다. 그날, 운동장에 있는 기수들이 고래고래 소리를 지르며 시체를 서로 차지하려고 먼지를 일으킬 때, 군중은 흥분해서 날뛰었다. 말발굽 소리가 지축을 울렸다. 우리는 위층 외야석에서 기수들이 소리를 지르며 우리를 향해 전속력으로 달려오는 걸 바라보고 있었다. 말의 입에서 나온 거품이 뒤로 날리고 있었다.

바바가 누군가를 손가락으로 가리키며 말했다.

"아미르, 사람들한테 둘러싸여 있는 저 사람 보이지?"

보였다.

"저 사람이 헨리 키신저다."

"네."

나는 헨리 키신저가 누구인지 알지 못했다. 물어볼 수도 있었을 것이다. 하지만 그 순간, 샤판다즈 중 하나가 말에서 떨어져 말발굽에 여러 번 밟히는 끔찍한 모습이 눈에 들어왔다. 그의 몸이 봉제 인형처럼 이리저리 차이다가 마침내 데구루루 구르며 멈췄다. 그의 몸은 한차례 경련을 하더니 움직이지 않았다. 다리가 부자연스러운 각도로 구부러지고 그의 몸에서 쏟아져 나온 피가 흥건하게 땅을 적셨다.

나는 울기 시작했다.

그리고 집에 오는 내내 울었다. 바바가 운전대를 움켜쥐고 있던 모습이 지금도 눈에 선하다. 그는 운전대를 움켜쥐었다가 풀었다가 하며 아무 말 없이 운전을 했다. 나는 그가 자신의 얼굴에 떠오른 언짢은 표정을 감추려고 애써 노력하던 모습을 결코 잊지 못할 것이다.

그날 밤 늦게, 나는 바바의 서재 옆을 지나다 그가 라힘 한과 나누는 얘기 소리를 들었다. 나는 닫힌 문에 귀를 갖다 댔다.

라힘 한이 말하고 있었다.

"그 아이가 건강하다는 사실에 감사해야 하네."

"나도 알아. 안다고. 그런데 그 아이는 날마다 책에 파묻혀 살거나 허황된 생각에 얼이 빠진 것처럼 집 주위를 돌아다닌단 말일세."

"그게 어쨌다는 건가?"

"나는 그렇지 않았어."

바바는 실망스러워하는 것 같았다. 아니, 거의 화가 난 것 같왔다. 라힘 한이 웃었다.

"아이들은 컬러링 북이 아닐세. 자네가 좋아하는 색깔을 칠할 수는 없는 거네."

"나는 그렇지 않았네. 나와 함께 자란 아이들 중 어느 누구도 그렇지 않았어."

"자네는 내가 알고 있는 사람 중에서 가장 자기중심적인 사람일세."

라힘 한은 내가 알고 있던 사람 중에서 바바에게 그런 말을 하고도 아무렇지 않을 수 있는 유일한 사람이었다.

"이건 그것과 아무 상관이 없네."

"없다고?"

"없어."

"그럼 뭐가 문젠가?"

바바가 움직이는지 가죽 의자에서 소리가 났다. 나는 눈을 감고 문에 더 바짝 귀를 갖다 댔다. 듣고 싶기도 했고, 듣고 싶지 않기도 했다.

"가끔 이 창문으로 내다보면 그 아이가 거리에서 다른 아이들과 노는 모습이 보인다네. 아이들은 그 아이를 밀치고 장난감을 뺏지. 이리저리 밀치고 때리기도 해. 그런데 그 아이는 대드는 일이 없네. 한 번도 없지. 그냥 고개를 푹 숙이고……."

"그건 그 아이가 폭력적이지 않다는 뜻이네."

"라힘, 내 말은 그게 아닐세. 자네도 알지 않나. 그 아이한테 뭔가 빠진 게 있다는 말일세."

"그래, 비열한 성격 말인가?"

"자기방어는 비열함과는 전혀 관계가 없네. 아이들이 아미르를 괴롭히면 늘 어떤 일이 벌어지는지 아는가? 하산이 끼어들어 그들과 싸워 쫓아버린다네. 내 눈으로 그걸 봤지. 아이들이 집에 왔을 때 그 아이에게 '어째서 하산의 얼굴에 상처가 난 거냐'고 물어보면 그 아이는 '넘어져서 그렇다'고 대답한다네. 내 말은 그 아이한테 뭔가 빠진 게 있다는 말일세."

"아이가 자신의 길을 스스로 찾도록 놔둘 필요가 있네."

"그 아이가 앞으로 어떻게 될 것 같은가? 스스로를 위해서 분연히 일어서지 못하는 놈은 어떤 것에도 마찬가지일 걸세."

"자네는 늘 그렇듯 이 문제를 지나치게 단순화시키고 있네."

"나는 그렇게 생각하지 않네."

"자네가 화를 내는 건 그 아이가 자네의 사업을 물려받지 못할 게 두려워서지."

"누가 문제를 단순화시키고 있는 건가? 이보게, 자네와 그 아이가 서로를 좋아한다는 건 알고 있네. 나도 그 점은 기쁘게 생각하네. 샘도 나지만 기쁘네. 정말이야. 그 아이한테는 자기를 이해해줄 사람이 필요해. 나는 그러지 못하니까 말일세. 하지만 말로는 표현이 안 되지만 그 아이에 관한 뭔가가 나를 괴롭히네. 그건 마치……."

그는 여기에서 말을 멈췄다. 적당한 말을 찾고 있는 것 같았다. 그가 목소리를 낮췄다. 그럼에도 불구하고 내 귀에는 그의 말이 들렸다.

"의사가 아내의 몸에서 그 아이를 꺼내는 걸 이 눈으로 직접 보지 않았다면, 나는 그 아이가 내 아들이라는 걸 믿지 못했을 거네."

다음 날 아침이었다. 하산은 내 아침 식사를 챙기다가 내게 무슨 걱정이 있느냐고 물었다. 나는 네 일이나 신경 쓰라고 소리를 버럭 질렀다.

내게 비열한 면이 없다는 라힘 한의 말은 틀렸던 것이다.

# 4

1933년은 바바가 태어난 해였다. 그해는 자히르 샤 국왕이
아프가니스탄을 통치한 지 40년이 되는 해이기도 했다. 그해
였다. 카불의 부유하고 훌륭한 가문의 두 젊은 형제가 자기 아
버지의 포드 스포츠카를 운전하고 있었다. 대마초와 프랑스
산 와인에 취한 그들은 파그만으로 가는 길에 하자라인 부부
를 치어 숨지게 했다. 경찰은 자기들이 지은 죄를 다소간에 뉘
우치는 젊은이들과 죽은 부부의 다섯 살짜리 아들을 내 할아
버지 앞으로 데려왔다. 할아버지는 존경받는 판사였고, 흠잡을
데 없는 사람이었다. 할아버지는 두 형제의 말과 관대한 처분
을 바라는 그들 아버지의 청을 듣고, 두 사람에게 즉시 칸다하
르로 가서 1년 동안 군복무를 하라는 판결을 내렸다. 그들의
아버지가 간신히 그들의 군복무를 면하게 해줬음에도 불구하

고 그런 판결을 내린 것이었다. 그들의 아버지가 판결에 이의를 제기했지만 너무 격렬하게 그리하진 않았다. 결국 그 처벌이 가혹할지 모르지만 공정하다는 덴 모든 사람의 의견이 일치했다. 할아버지는 부모를 잃은 고아를 집으로 데려왔다. 그리고 다른 하인들에게 그 아이를 가르치되 친절하게 대하라고 명령했다. 그 아이가 알리였다.

알리와 바바는 친구처럼 같이 자랐다. 적어도 소아마비로 알리가 절름발이가 될 때까지는 그랬다. 그것은 하산과 내가 한 세대 후에 같이 자란 것과 비슷했다. 바바는 자신이 알리와 같이 부렸던 말썽에 대해 우리에게 많은 얘기를 했다. 그러면 알리는 고개를 흔들며 이렇게 말했다.

"사히브(주인님), 그 말썽을 꾸민 사람은 누구였고 그저 시키는 대로 했던 사람은 누구였는지 얘기하셔야죠."

그러면 바바는 웃음을 터뜨리고 알리의 어깨를 감싸곤 했다.

하지만 어떤 이야기를 해도 바바는 알리를 자신의 친구라고 한 적이 없었다.

흥미로운 건 나도 하산을 친구라고 생각해본 적이 없다는 사실이었다. 여하튼 일상적인 의미에서는 그렇게 생각해본 적이 없었다. 물론 우리가 손을 놓고 자전거를 타는 법이나 종이 상자로 카메라를 만드는 법을 서로에게 가르쳐준 것은 사실이다. 우리가 겨울 내내 연을 날리며 연을 쫓아다닌 것도 사실이다. 내게는 아프가니스탄 하면 떠오르는 이미지가 작은 골격에 빡빡 밀어버린 머리, 아래로 처진 귀, 일그러진 입술로 늘 웃는 낯꽃이었던 중국인형처럼 생긴 아이의 얼굴인 것도 사실이다.

하지만 그런 것들은 아무 상관 없었다. 역사를 극복하는 건 쉽지 않기 때문이다. 종교도 마찬가지다. 결국 나는 파슈툰인이었고 그는 하자라인이었다. 나는 수니파였고 그는 시아파였다. 그걸 바꿀 수 있는 건 아무것도 없었다. 정말로 아무것도 없었다.

하지만 우리는 어렸을 때 기어 다니는 법을 같이 배웠다. 역사, 인종, 사회, 종교 중 어느 것도 그 사실을 바꿀 수 없었다. 나는 내 인생의 첫 12년을 대부분, 하산과 놀며 보냈다. 때때로 내 어린 시절이 하산과 보낸 길고 한가로운 어느 여름날처럼 생각될 때가 있다. 우리 집 뜰에 있는 나무들 사이에서 서로를 쫓아다니고, 술래잡기를 하고, 경찰과 강도 놀이를 하고, 카우보이와 인디언 놀이를 하고, 벌을 잡아 침을 뽑고 실로 묶어 벌이 날아오르려고 할 때마다 잡아당기던 한가로운 여름날처럼 말이다.

우리는 카불을 거쳐 북부 산악지대로 이동하는 유목민들을 괴롭히는 걸 즐겼다. 우리는 양과 염소들이 매애 하고 우는 소리와 낙타의 목에 달린 방울 소리가 들리면 그들이 가까이 왔다는 걸 알고 밖으로 달려 나갔다. 그리고 먼지를 뒤집어쓰고 햇볕에 그을린 남자들, 기다란 형형색색의 숄, 염주, 팔목과 발목에 찬 은팔찌 등으로 치장한 여자들이 거리를 통과하는 모습을 지켜보았다. 우리는 그들의 염소를 향해 돌을 던지고 그들의 당나귀한테 물을 퍼부었다. 나는 하산에게 '병든 옥수수담' 위로 올라가 낙타 엉덩이에 새총을 쏘라고 시켰다.

우리는 내가 좋아하던 서점 맞은편에 있는 영화관에서 처음으로 서부영화를 같이 보았다. 존 웨인이 나오는 〈리오 브라보〉였다. 존 웨인을 만날 수 있게 우리를 이란으로 데려가달라고 바바에게 내가 부탁했던 일이 지금도 생생하게 생각난다. 그 말을 듣더니 바바는 껄껄 웃었다. 웃음소리가 어찌나 큰지 트럭 엔진 소리 같았다. 그는 웃고 나서 우리에게 더빙에 대해 얘기해줬다. 하산과 나는 어안이 벙벙했다. 얼떨떨했다. 존 웨인이 페르시아어로 얘기하는 것도 아니고 이란인도 아니라니! 그는 너덜너덜 떨어진 화려한 색깔의 셔츠를 입고 카불에서 어슬렁거리는 친절한 장발의 남녀들처럼 미국인이라고 했다. 우리는 〈리오 브라보〉를 세 번이나 보았다. 하지만 우리가 가장 좋아하는 서부영화인 〈황야의 7인〉은 열세 번이나 보았다. 우리는 볼 때마다, 멕시코 아이들이 찰스 브론슨을 땅에 묻는 마지막 장면에 이르면 울음을 터뜨렸다. 찰스 브론슨도 알고 보니 이란인이 아니었다.

우리는 카불의 샤레나우 지역에 있는 곰팡내 나는 시장을 돌아다니기도 했고 와지르칸 지역 서부에 있는 신시가지를 돌아다니기도 했다. 우리는 방금 본 영화들에 관해 얘기하며 붐비는 시장 안을 누볐다. 우리는 상인들과 거지들 사이를 통과해서 물건들이 빼곡히 쌓인 작은 가판대들이 늘어선 좁은 골목길을 돌아다녔다. 바바는 우리 각자에게 일주일에 10아프가니를 주었다. 우리는 그 돈으로 미적지근한 코카콜라와 피스타치오를 위에 뿌린 장미 향이 나는 아이스크림을 사 먹었다.

학교에 갈 때는 늘 같았다. 나는 아침에 겨우 일어나서 화장실로 무겁게 걸어갔다. 하산은 이미 세수를 하고 알리와 함께 아침 기도를 한 뒤 내 아침 식사를 준비하고 있었다. 세 개의 각설탕을 넣은 뜨거운 홍차와 내가 좋아하는 시큼한 버찌 마멀레이드를 바른 토스트 한 조각이 식탁 위에 정갈하게 놓여 있었다. 내가 식사를 하며 숙제가 많다고 불평을 하는 동안, 하산은 내 침구를 정리하고 내 구두를 닦고 내 옷을 다리고 내 책과 연필을 쌌다. 그는 다림질을 할 때 비음이 섞인 목소리로 노래를 하곤 했다. 옛 하자라 노래였다. 그런 다음, 바바와 나는 포드 머스탱을 타고 집을 나섰다. 그 차를 타면 사람들이 부러운 눈으로 쳐다봤다. 6개월 동안 계속 상영되었던 〈불릿〉이라는 영화에 나오는 스티브 매퀸이 몰았던 것과 같은 차였던 것이다. 하산은 집에 남아 알리와 함께 허드렛일을 했다. 그는 더럽혀진 옷을 손으로 빨아 뜰에 널고, 마루를 닦고, 시장에 가서 신선한 빵을 사 오고, 저녁에 먹을 고기를 재고, 잔디에 물을 주었다.

학교가 끝나면, 나는 하산을 만나 책 한 권을 들고 와지르아크바르칸에 위치한 아버지의 영지 북쪽에 있는 구불구불한 언덕을 올랐다. 언덕 위에는 아무도 돌보지 않는 공동묘지가 있었다. 아무 표시가 없는 묘비들이 줄을 지어 늘어서 있었고 수북한 덤불이 통로를 막고 있었다. 눈비를 맞아 철문은 녹슬고 낮은 백색 돌담은 무너져가고 있었다. 공동묘지 입구에 석류나무 한 그루가 있었다. 어느 여름날이었다. 나는 알리의 부엌칼을 갖고 가서 나무에 우리의 이름을 새겼다. '카불 황제, 아미르와 하산.' 그 말을 새김과 동시에 그 나무는 우리 것이 되었다. 학교가 끝나면, 하산과 나는 나무에 올라가 피처럼 붉은 석류를 따서 먹었다. 석류를 다 먹고 풀에 손을 문질러 닦은 다음, 나는 하산에게 책을 읽어줬다.

하산은 내가 책을 읽어주면, 다리를 포개고 앉아 무심히 풀잎을 따며 들었다. 그사이, 석류나무잎이 드리운 그림자가 그의 얼굴에서 춤을 췄다. 하산은 책을 읽을 줄 몰랐다. 그는 태어나는 순간, 알리나 다른 하자라인들처럼 문맹으로 자라라는 운명이 주어졌다. 아니, 사나우바르의 환영받지 못하는 자궁에 잉태되는 순간부터 그랬는지 모른다. 따지고 보면, 하인이 문자를 어디에 쓰겠는가. 하지만 글자를 모름에도 불구하고, 아니 어쩌면 글자를 모른다는 사실 때문에, 하산은 글자의 신비에 더 끌렸는지 모른다. 그는 금지된 신비로운 세계에 더 매료되었는지 모른다. 나는 그에게 시와 이야기를 읽어줬다. 때로는 수수께끼를 읽어주기도 했다. 하지만 그가 나보다 수수께끼를 훨씬 잘 맞히자 그걸 읽어주는 건 그만뒀다. 그래서 나는 무능한 나즈루딘 율법 선생과 그의 당나귀가 겪는 재난처럼 어떤 걸 풀고 말고 할 필요가 없는 이야기들을 읽어줬다. 우리는 해가 서쪽으로 뉘엿뉘엿 질 때까지 몇 시간이고 나무 밑에 앉아 있었다. 그럼에도 하산은 하나만 더 읽어달라고 졸랐다.

하산에게 책을 읽어줄 때 내가 좋아했던 부분은 그가 모르는 단어가 나올 때였다. 그러면 나는 무식하다며 그를 놀렸다. 언젠가 나즈루딘 율법사 이야기를 읽어주고 있을 때였다. 그가 갑자기 말했다.

"그 말이 무슨 뜻이죠?"

"어떤 말?"

"저능아라는 말."

나는 싱글거리며 말했다.

"그걸 모른단 말이야?"

"몰라요."

"하지만 그건 너무 흔한 말이잖아!"

"그래도 나는 몰라요."

그는 내 말에 독살스러운 데가 있다는 걸 알았을지 몰라도, 그걸 밖으로 드러내지는 않았다.

"우리 학교에 다니는 애들은 모두 그게 무슨 말인지 알아. '저능아'라는 말은 지적이고 영리하다는 뜻이야. 내가 그걸 문장에 넣어 사용해볼게. '말에 관한 한, 하산은 저능아다.' 이런 식으로 말이지."

그가 고개를 끄덕이며 말했다.

"아하."

나는 나중에 그 일에 관해서 늘 죄의식을 느꼈다. 그래서 그에게 낡은 셔츠나 부서진 장난감을 주며 그걸 만회하려 했다. 그러면서 해가 되지 않는 장난이었으니 그 정도 보상을 해주는 것으로 충분하다고 생각했다.

하산이 가장 좋아하는 책은 『샤나메』였다. 고대 페르시아 영웅들이 나오는 10세기 서사시였다. 그는 책에 나오는 모든 걸좋아했다. 페리둔, 잘, 루다베 같은 옛날 왕들까지 다 좋아했다. 하지만 그가 나와 마찬가지로 가장 좋아하는 이야기는 「로스탐과 소랍」이었다. 위대한 전사인 로스탐과 빠르기로 유명한 라흐시라는 말에 관한 이야기였다. 로스탐은 용맹스러운 적인 소랍에게 치명적인 상처를 입히는데, 알고 보니 소랍은 오래전에 잃어버린 자기 아들이었다. 슬픔으로 가슴이 미어진 로스탐은 아들이 죽어가면서 하는 말을 듣는다.

당신이 진정 나의 아버지라면, 당신은 당신의 칼을 아들의 피로 오염시켰습니다. 당신은 고집 때문에 그렇게 했습니다. 나는 당신의 마음을 사랑으로 바꾸려 했습니다. 나는 당신에게 당신의 이름을 알려달라고 호소했습니다. 내가 당신에게서 내 어머니가 얘기했던 표시들을 보았다고 생각했기 때문이었습니다. 하지만 당신은 내 호소를 듣지 않았습니다. 이제는 떠날 시간이 된 것 같습니다…….

"그 부분을 다시 한번 읽어줘요."

하산은 이렇게 간청했다. 내가 그에게 이 대목을 읽어주면, 때때로 하산의 눈에 눈물이 괴었다. 나는 그가 누굴 위해서 우는지 궁금했다. 옷을 찢고 머리를 쥐어뜯으며 슬퍼하는 로스탐인지, 아니면 아버지의 사랑을 바랐을 뿐이었던 죽어가는 소랍인지 궁금했다. 솔직히 나는 로스탐의 운명에서 비극적인 요소를 찾을 수 없었다. 내 생각에 아버지들이란 속으로는 아들들을 죽이고 싶어 하는 게 아닐까 싶었다.

1973년 7월 어느 날이었다. 나는 하산에게 또 다른 장난을 쳤다. 나는 그에게 책을 읽어주다가 갑자기 방향을 틀었다. 나는 규칙적으로 페이지를 넘기며 책을 읽는 척했다. 하지만 나는 책을 읽는 게 아니라 모든 걸 꾸며내고 있었다. 하산은 물론 내가 그러는 줄 모르고 있었다. 그에게 책에 있는 말들은 해독할 수 없는 신비로운 부호들일 뿐이었다. 말들은 비밀의 문이었고 나는 모든 열쇠를 갖고 있었다. 나는 웃음을 참으며 그에게 이야기가 재미있더냐고 물었다. 그랬더니 그가 박수를 치기 시작했다.

"너, 뭐 하는 거야?"

그가 여전히 박수를 치며 말했다.

"지금까지 읽어준 것 중 최고였어요."

나는 웃었다.

"정말?"

"정말이에요."

"매혹적인데."

나는 나직하게 말했다. 내 말은 진심이었다. 이건 전혀 예상치 못한 일이었다.

"하산, 확실하니?"

그는 여전히 박수를 치고 있었다.

"대단했어요. 내일 더 읽어줄래요?"

"매혹적인데."

나는 앞에서 했던 말을 반복했다. 자기 집 뒤뜰에 묻힌 보물을 발견한 사람처럼 거의 숨이 막힐 것 같았다. 언덕을 내려오며 내 머릿속에서는 여러 가지 생각들이 폭발하고 있었다. 차만시에서 터지던 폭죽처럼 말이다. 그는 "지금까지 읽어준 것 중 최고였어요"라고 했다. 나는 그에게 많은 이야기들을 읽어줬었다.

하산이 나한테 뭔가를 물으려 했다.

"뭔데?"

"매혹적이라는 말이 무슨 뜻이죠?"

나는 웃었다. 그리고 그를 끌어안고 그의 볼에 입맞춤을 했다.

그가 깜짝 놀라면서 얼굴을 붉히며 물었다.

"왜 그러는 거죠?"

나는 그를 부드럽게 밀치며 웃어 보였다.

"너는 왕자야, 하산. 너는 왕자고 나는 너를 사랑해."

그날 밤, 나는 나의 첫 소설을 썼다. 그걸 쓰는 데 30분이 걸렸다. 마법의 잔을 발견하고 거기에 대고 울면 눈물이 진주로 변하는 걸 알게 된 사람에 관한 어두운 이야기였다. 그는 가난했지만 행복했기 때문에 거의 울지를 않았다. 그래서 그는 눈물이 그를 부자로 만들어줄 수 있도록 슬퍼지는 방법들을 찾아냈다. 진주가 쌓이자 그의 탐욕도 커졌다. 이야기는 그 남자가 손에 칼을 든 채 사랑하는 아내의 시신을 안고 마법의 잔에 속절없는 눈물을 흘리는 장면에서 끝났다.

그날 저녁, 나는 계단을 올라가 바바의 흡연실로 들어갔다. 내 손에는 이야기를 적은 두 장의 종이가 들려 있었다. 바바와 라힘 한은 파이프 담배를 피우며 브랜디를 마시고 있었다.

바바가 소파에 기대 손을 머리 뒤로 넣으며 물었다.

"무슨 일이니, 아미르?"

푸른 연기가 그의 얼굴 주변에서 소용돌이쳤다. 그의 눈길을 대하자 나는 목이 타는 것 같았다. 나는 헛기침을 하고 그에게 소설을 썼다고 말했다.

바바가 고개를 끄덕이며 희미한 미소를 지었다. 억지로 관심 있는 척하는 것 같았다.

"그래, 아주 잘했다."

그뿐이었다. 더 이상은 없었다. 그는 담배 연기 너머로 나를 바라보았다.

어쩌면 나는 거기에 1분도 채 있지 않았을 것이다. 하지만 지금까지, 그때가 내 인생에서 가장 길었던 1분 중 하나였다. 1초 1초가 무겁게 다가왔다. 초와 초 사이가 영겁으로 느껴졌다. 공기는 무겁고 축축했다. 아니 거의 고체 같았다. 나는 벽돌을 들이마시는 것 같았다. 바바는 계속 나를 응시했지만 그걸 읽겠다고 하지는 않았다.

늘 그랬던 것처럼, 나를 구해준 건 라힘 한이었다. 그는 손을 내밀며 나를 향해 꾸밈이 없는 미소를 지어 보였다.

"아미르 잔, 내가 한번 볼까? 몹시 읽어보고 싶구나."

바바는 나한테 얘기할 때, 친근함을 표시하는 '잔'이라는 표현을 사용한 적이 없었다.

바바는 어깨를 으쓱하더니 일어섰다. 그는 라힘 한이 자기를 구해주기라도 한 것처럼, 안도하는 표정이었다.

"그래, 라힘 아저씨한테 드리렴. 나는 위층에 올라가서 파티에 갈 준비를 해야겠다."

그는 그 말과 함께 방에서 나갔다. 나는 거의 종교적이라고 할 정도로 강렬하게 바바를 숭배했다. 그러나 그때 나는 내 혈관을 찢어 내 몸 안에 있는 그의 저주받은 피를 쏟아버리고 싶었다.

한 시간 후, 저녁 하늘이 어두워졌을 때, 두 사람은 내 아버지의 차를 타고 파티에 참석하러 갔다. 라힘 한은 나가면서 내 앞에 몸을 쪼그리고 앉아 내 소설과 접힌 종이를 건넸다. 그는 나를 향해 미소 지으며 말했다.

"나중에 읽으렴."

그리고 잠시 말을 멈췄다가 어느 편집자가 내게 했던 찬사보다도 더 내가 글을 쓰도록 격려하는 한 마디 말을 했다.

"브라보."

그들이 떠나자 나는 침대에 앉아 라힘 한이 내 아버지였으면 좋겠다는 생각을 했다. 그러다 문득, 바바의 널찍한 가슴을 떠올렸다. 그가 나를 그 가슴에 안았을 때 좋았던 느낌과 아침이면 그에게서 나던 향수 냄새와 턱수염이 내 얼굴을 간질이던 느낌을 생각했다. 그러자 갑자기 죄의식이 느껴졌고, 이내 욕실로 들어가 세면대에 토하고 말았다.

그날 밤 침대에 몸을 웅크린 채, 나는 라힘 한이 준 쪽지를 몇 번이고 읽었다.

아미르 잔에게

네가 쓴 소설, 아주 좋았다. 신이 너에게 특별한 재능을 주셨구나. 그 재능을 연마하는 것은 이제 너의 의무다. 신이 주신 재능을 허비하는 사람은 바보이기 때문이다. 네 소설은 문법도 정확했고 스타일도 흥미로웠다. 그러나 가장 인상적인 것은 거기에 아이러니가 있다는 사실이다. 너는 그 말이 무슨 의미인지 알지 못할지 모른다. 하지만 언젠가 알게 될 거다. 그것은 어떤 작가들의 경우에는 평생을 쏟아도 갖지 못하는 것이란다. 너는 네가 처음 쓴 소설로 그걸 갖게 되었구나.

　나의 문은 지금도 그렇고 앞으로도 네게 열려 있을 것이다, 아미르 잔. 네가 하고 싶은 이야기가 무엇이든 다 들어주마. 브라보.

너의 친구인 라힘


　라힘 한이 쓴 글에 나는 마음이 붕 떴다. 그래서 내가 쓴 소설을 들고 알리와 하산이 자고 있는 아래층 현관홀로 내려갔다. 그들이 집에서 자는 경우는 바바가 집에 들어오지 않아서 알리가 나를 지켜봐야 할 때가 유일했다. 나는 하산을 깨워 얘기를 듣고 싶은지 어쩐지 물었다.

　그는 잠이 덜 깬 눈을 비비며 기지개를 켰다.

"지금요? 몇 신데요?"

　나는 알리를 깨우고 싶지 않아서 그에게 속삭였다.

"시간은 신경 쓸 것 없어. 이 이야기는 특별하거든. 내가 쓴 거야."

　하산의 얼굴이 밝아졌다.

"그럼 들어야죠."

　그는 벌써 담요를 치우고 있었다.

나는 거실의 대리석 벽난로 옆에서 그에게 이야기를 읽어줬다. 이번에는 한 자도 덧붙이지 않았다. 이것은 나에 관한 것이었다! 하산은 많은 점에서 완벽한 청중이었다. 그는 이야기에 완전히 빠져 있었고, 이야기가 진행되면서 표정이 바뀌었다. 내가 마지막 문장을 읽고 나자, 그가 소리를 내지 않고 박수를 쳤다.

그는 환히 웃고 있었다.

"대단해요, 브라보!"

"맘에 드니?"

나는 두 번째로 얻은 긍정적인 반응을 음미했다. 정말 좋았다.

"언젠가 도련님은 위대한 작가가 될 거예요. 세상 사람들이 도련님의 이야기를 읽게 될 거예요."

그렇게 말해주는 하산이 정말 좋았다.

"하산, 너는 과장하고 있어."

"아니에요, 도련님은 위대하고 유명해질 거예요."

그는 이렇게 말하고 뭔가 다른 말을 덧붙일 듯이 말을 멈췄다. 그는 할 말을 생각해보는 것 같더니 목청을 가다듬고 수줍게 말했다.

"이 이야기에 대해서 한 가지 물어봐도 될까요?"

"물론이지."

"그러니까……."

그는 이렇게 운을 떼더니 더 이상 말을 하지 못했다.

"하산, 얘기해봐."

나는 웃었지만 갑자기 불안해졌다. 그 질문을 듣고 싶은 건지 어쩐지 알 수 없었다.

"남자는 왜 아내를 죽였을까요? 눈물을 흘리기 위해서 왜 슬퍼해야 했을까요? 양파 냄새만 맡아도 되지 않았을까요?"

나는 깜짝 놀랐다. 대단히 어리석은 말이었지만, 나는 그 생각은 해본 적이 없었다. 나는 소리 없이 입술을 움직였다. 글쓰기가 겨냥하는 것 중 하나인 아이러니에 대해 알게 된 그날 밤, 나는 글쓰기의 함정 중 하나인 플롯상의 결점에 대해서도 알게 된 것이었다. 그것도 하필이면 하고많은 사람 중에서 하산이 가르쳐준 것이었다. 읽지도 못하고 평생 단 한 자도 써보지 않은 하산이 말이다. 그런데 내 안에는 그걸 부인하는 냉랭하고 어두운 목소리가 똬리를 틀고 있었다.

'무식한 하자라 놈인 그가 뭘 알겠는가? 그는 평생 요리사밖에 안 될 것이다. 감히 어떻게 그가 너를 비판하겠는가?'

"그러니까……."

나는 이렇게 운을 떼었지만 그 문장을 끝맺지 못했다.

갑자기 아프가니스탄이 영원히 변했기 때문이었다.

# 5

천둥처럼 요란한 소리가 났다. 지축이 약간 흔들렸다. 총을
쏘는 소리가 들렸다. 하산이 소리쳤다.

"아버지!"

우리는 벌떡 일어나 거실 밖으로 달려 나갔다. 알리가 다리
를 절며 정신없이 홀을 가로질러 오고 있었다.

하산이 알리를 향해 손을 뻗으며 소리쳤다.

"아버지, 저게 무슨 소리죠?"

알리가 우리를 팔로 감쌌다. 흰빛이 번쩍이더니 하늘을 은빛
으로 물들였다. 다시 빛이 번쩍이더니 총소리가 이어졌다.

알리가 탁한 목소리로 말했다.

"오리를 사냥하는 소리다. 밤에 오리 사냥을 하거든. 걱정하
지 말아라."

멀리서 사이렌 소리가 났다. 어딘가에서 유리 깨지는 소리가 나고 누군가의 비명 소리가 들렸다. 갑자기 잠에서 깨어 밖으로 나온 사람들의 말소리가 들렸다. 아마도 그들은 헝클어진 머리, 부은 눈에 파자마 차림일 터였다. 하산이 울고 있었다. 알리가 그를 가까이 당겨 부드럽게 안아줬다. 나중에 생각해보니 나는 하산이 부럽지는 않았던 것 같다. 조금도.

우리는 새벽녘까지 그렇게 몸을 웅크리고 있었다. 총성과 폭발음은 한 시간도 이어지지 않았지만 우리는 몹시 겁을 먹었다. 우리 중 아무도 거리에서 총 쏘는 소리를 들은 적이 없었기 때문이다. 그 소리는 당시, 우리에게는 낯선 소리였다. 귀에 들리는 것이라고는 폭탄 소리와 총성 외에는 없는 아프가니스탄 아이들의 세대는 아직 태어나지 않은 시절이었다. 식당에 웅크리고 앉아 해가 뜨기를 기다리던 우리는 삶의 한 방식이 종말을 고했다는 생각을 아직 하지 못하고 있었다. '우리의' 삶의 방식 말이다. 종말이 아니라면 적어도 그것은 종말의 시작이었다. '공식적인' 종말은 1978년 4월, 공산주의자들이 일으킨 쿠데타와 함께 시작되었다. 그리고 1979년 12월, 러시아 탱크들이 하산과 내가 놀던 거리로 진군해 들어와 내가 알던 아프가니스탄을 죽이고 아직도 계속되고 있는 유혈극의 서막을 열었다.

동이 트기 직전에 바바의 차가 급하게 차도로 들어왔다. 차문이 닫히는 소리가 나고 그가 계단을 올라오는 소리가 쿵쿵

울렸다. 그러고 나서 그가 출입구에 나타났다. 그의 얼굴에 뭔가가 있었다. 전에 본 적이 없어서 그걸 바로 알아차리지는 못했다. 그것은 공포였다.

그는 팔을 벌리고 우리를 향해 달려오며 소리쳤다.

"아미르! 하산! 그자들이 도로를 모두 막고 전화도 불통이었다. 걱정을 많이 했다!"

우리는 그의 품에 안겨 있었다. 미쳤다고 할지 모르지만, 나는 지난밤에 무슨 일이 있었든 그 일이 잘 일어났다고 생각했다.

그들은 오리들을 향해 총을 쏜 게 아니었다. 나중에 알고 보니, 그들은 1973년 7월 17일 밤, 총을 많이 쏜 것도 아니었다. 다음 날 아침, 카불 사람들은 군주제가 과거사가 되어버렸다는 걸 알게 되었다. 자히르 국왕은 이탈리아에 있었다. 그가 없는 동안, 다우드 한이 무혈혁명을 통해 왕의 40년 통치를 종식시켜버렸다.

나는 다음 날 아침, 하산과 내가 아버지의 서재 밖에서 웅크리고 있었던 걸 생생하게 기억한다. 바바와 라힘 한은 홍차를 마시며 카불 라디오방송국에서 내보내는 쿠데타 관련 속보를 듣고 있었다.

하산이 속삭였다.

"아미르 도련님?"

"왜?"

"공화국이라는 게 뭐죠?"

나는 어깨를 으쓱했다.

"나도 몰라."

바바의 라디오에서는 '공화국'이라는 말이 거듭 나오고 있었다.

"아미르 도련님?"

"왜?"

"'공화국'이라는 말은 아버지와 내가 다른 곳으로 가야 한다는 뜻인가요?"

"내 생각엔 그렇지 않아."

하산은 내 말을 생각해보는 것 같았다.

"아미르 도련님?"

"왜?"

"그들이 나와 아버지에게 나가라고 하지 않았으면 좋겠어요."

나는 미소를 지었다.

"바보야, 아무도 내보내지 않을 거야."

"아미르 도련님?"

"왜?"

"나무에 올라가고 싶어요?"

나는 기분이 더 좋아졌다. 하산은 언제 옳은 말을 해야 할지를 늘 알았다. 라디오에서 흘러나오는 뉴스는 아주 지루해지고 있었다. 하산은 준비를 하러 오두막으로 갔고 나는 위층에 가서 책을 가지고 내려왔다. 그리고 부엌으로 가서 주머니에 잣을 가득 넣고 밖으로 달려 나갔다. 하산이 기다리고 있었다. 우리는 현관을 나서 언덕으로 향했다.

우리가 길을 건너 언덕으로 이어지는 불모의 땅을 지나고 있을 때였다. 갑자기 돌멩이가 날아오더니 하산의 등에 맞았다. 우리는 몸을 돌렸다. 나는 가슴이 철렁했다. 아세프와 그의 두 친구들인 왈리와 카말이 우리를 향해 다가오고 있었다.

아세프는 아버지의 친구이자 비행기 조종사인 마무드의 아들이었다. 그의 집은 우리 집에서 남쪽으로 몇 블록 떨어진 곳에 있었다. 그 집은 야자수가 있고 높은 담으로 둘러싸인 호화로운 저택이었다. 와지르아크바르칸 지역에 사는 아이라면 아세프가 손가락 관절에 끼우는 격투용 쇠 장갑에 대해 모르는 사람이 없었다. 직접 그걸 체험해보고 아니고의 차이가 있을 뿐이었다. 독일인 어머니와 아프간인 아버지 사이에 태어나 푸른 눈에 금발인 아세프는 다른 아이들보다 키가 컸다. 잔인하기로 유명한 그가 나타나면 아이들은 벌벌 떨었다. 그는 비위를 맞추려고 애쓰는 수행원들과 함께 영지를 둘러보는 왕이라도 되는 것처럼, 자기한테 굽실거리는 친구들을 양쪽에 끼고 주변을 돌아다녔다. 그의 말은 곧 법이었다. 말을 안 듣는 사람에게는 격투용 쇠 장갑을 낀 주먹이 날아갔다. 나는 그가 카르테차르 지역에 사는 아이한테 그 주먹을 쓰는 걸 본 적이 있었다. 나는 그가 가엾은 아이를 주먹으로 쳐서 정신을 잃게 만들

때, 이상한 빛을 띠고 번득이던 그의 눈과 그의 입술에 떠돌던 이죽거리는 웃음을 결코 잊지 못할 것이다. 와지르아크바르칸 지역에 사는 아이들은 그에게 고시코르라는 별명을 붙였다. '귀를 뜯어 먹는 사람'이라는 뜻이었다. 물론 아무도 감히 그의 면전에서 그 별명을 사용한 사람은 없었다. 만약 그랬다가는 연 문제로 아세프와 싸우다가 자신의 오른쪽 귀를 길가의 도랑에서 꺼내야 하는 신세가 된 아이처럼 될 판이었다. 아세프의 별명은 그 아이 때문에 생긴 것이었다. 몇 년 후, 나는 아세프와 같은 인간을 지칭하는 소시오패스sociopath(반사회적 인격장애자)라는 영어 단어를 배우게 되었다. 페르시아어에는 그걸 가리키는 적합한 말이 없었던 것이다.

알리를 괴롭혔던 아이들을 통틀어 아세프는 가장 악질이었다. 사실, 아이들이 알리를 바발루(아기 잡아먹는 귀신)라고 놀리게 된 건 그 때문이었다. 그는 알리를 이렇게 놀렸다. "야, 바발루, 오늘은 누굴 먹었니? 엉? 야, 바발루, 한번 웃어봐!" 어떤 날은 한술 더 떴다. "야, 납작코 바발루, 오늘은 누굴 먹었니? 얘기해봐, 뱁새눈에 당나귀 새끼야!"

그런 그가 엉덩이에 손을 얹고 흙먼지를 일으키며 우리를 향해 걸어오고 있었다.

아세프가 손을 흔들며 소리쳤다.

"어이, 쿠니스, 안녕!"

쿠니스란 호모라는 말이었다. 그건 그가 남을 모욕할 때 즐겨 쓰는 말이었다. 나이를 더 먹은 세 사람이 접근해오자 하산은 내 뒤로 숨었다. 키가 껑충하고 청바지에 티셔츠를 입은 그들이 우리 앞에 와서 멈췄다. 누구보다 키가 큰 아세프가 팔짱을 끼고 입술에 잔인한 미소를 머금었다. 그때가 처음은 아니었지만, 나는 아세프가 온전한 정신이 아닐지 모른다고 생각했다. 바바가 내 아버지인 것이 얼마나 다행인지 몰랐다. 아세프가 나를 지나치게 괴롭히지 않는 유일한 이유는 내 아버지 때문이었다.

그는 하산을 향해 턱을 움직이며 말했다.

"야, 납작코, 바발루는 잘 있나?"

하산은 아무 말도 하지 않고 내 뒤로 한 걸음 더 붙었다.

그는 싱글싱글 웃으며 말했다.

"얘들아, 소식 들었니? 왕은 끝났단다. 귀찮은 일에서 해방된 거지. 대통령 만세! 아미르, 너 말이야, 내 아버지가 다우드 한과 아는 사이라는 걸 알고 있니?"

"우리 아버지도 마찬가지야."

나는 그렇게 말했지만, 그것이 진짜인지 어쩐지는 알지 못했다.

아세프가 내 목소리를 흉내 냈다.

"우리 아버지도 마찬가지야."

카말과 왈리가 합창하듯 낄낄거렸다. 바바가 그 자리에 있었으면 싶었다.

아세프의 말이 이어졌다.

"다우드 한은 작년에 우리 집에서 식사를 하셨어. 아미르, 그건 어떻게 생각하니?"

나는 우리가 이 먼 곳에서 소리를 지르면, 누가 우리 소리를 들을 수 있을지 궁금했다. 우리 집은 1킬로미터는 족히 떨어져 있었다. 그냥 집에 있을 걸 그랬다는 생각이 들었다.

아세프가 말했다.

"다음번에 다우드 한이 우리 집에 오면 내가 무슨 말을 할지 알고 있니? 나는 남자 대 남자로 그분에게 얘기 좀 하려고 한다. 내가 내 어머니한테 히틀러에 관해 했던 얘기를 그분에게 해드릴 거야. 히틀러는 지도자였지. 그것도 위대한 지도자였어. 비전을 가진 남자였지. 나는 히틀러가 처음 시작했던 일을 완수하게 놔뒀더라면 세계는 지금보다 더 좋은 곳이 됐을 거라는 사실을 기억하라고 다우드 한에게 말씀드릴 거야."

나도 모르게 내 입에서 말이 튀어나오고 있었다.

"바바 말씀으로는 히틀러는 미친 사람이었대. 죄 없는 수많은 사람들을 죽이라고 했대."

아세프가 히죽히죽 웃으며 말했다.

"네 아버지도 우리 어머니 같구나. 내 어머니는 독일인이거든. 우리는 뭘 좀 더 알아야 해. 그들은 네가 그렇게 믿고 진실을 알지 못했으면 하는 거야."

나는 그가 말하는 '그들'이 누구이며 그들이 무슨 진실을 숨겼다는 것인지 알지 못했고, 알고 싶지도 않았다. 나는 아무 말도 하지 말았어야 했다고 생각했다. 바바가 언덕 위로 올라오면 좋겠다 싶었다.

아세프가 말했다.

"너는 학교에서 주지 않는 책들을 읽어야 해. 나는 그러고 있지. 그래서 눈을 뜬 거야. 이제 나한테는 비전이 생겼어. 나는 그걸 새 대통령과 나누려고 해. 그게 뭔지 알겠니?"

나는 고개를 저었다. 어차피 그가 나한테 말해줄 것이었다. 아세프는 늘 자기 질문에 자기가 답변을 했다.

그의 푸른 눈이 하산을 향해 깜빡거렸다.

"아프가니스탄은 파슈툰인들의 땅이야. 늘 그랬고 앞으로도 그럴 거야. 우리가 진짜 아프간 사람이야. 순수한 아프간 사람이라고. 저 납작코는 아니야. 저런 인간들이 우리의 조국을 오염시키고 있어. 저들이 우리의 피를 더럽히고 있다고."

그가 과장되게 손을 펼쳤다.

"아프가니스탄은 파슈툰인들의 나라야. 그게 내 비전이지."

아세프가 다시 나를 향해 눈길을 돌렸다. 그는 자다가 좋은 꿈을 꾼 사람처럼 보였다.

"히틀러한테는 너무 늦었지만 우리한테는 늦지 않았어."

그가 청바지 뒷주머니에서 뭔가를 꺼냈다.

"나는 배짱이 없는 왕이 하지 못했던 일을 대통령한테 하라고 요청할 거야. 아프가니스탄에서 더러운 하자라인들을 제거

하라고 말이지."

"아세프, 우리를 보내줘. 우리가 너를 괴롭히는 것도 아니잖아."

나는 이 말을 하는 내 목소리가 떨리는 게 싫었다.

"너란 놈한테 짜증이 나."

나는 그가 호주머니에서 꺼낸 걸 보고 가슴이 철렁했다. 쇠장갑이 햇빛을 받아 반짝였다.

"너무너무 짜증이 나. 여기에 있는 하자라 놈보다 더 나를 짜증 나게 해. 어떻게 저런 놈하고 얘기하고 놀고 저런 놈이 네 몸에 손을 대게 할 수 있지?"

그의 목소리에 혐오감이 배어 있었다. 왈리와 카말이 그 말이 맞는다고 고개를 끄덕거리며 투덜거렸다. 아세프가 눈을 가늘게 뜨고 고개를 저었다. 그가 다시 입을 열었을 때, 그의 목소리는 겉모습만큼이나 당황스러웠다.

"어떻게 저놈을 네 '친구'라고 할 수 있지?"

'이 아이는 내 친구가 아니라 내 하인이야!' 나는 불쑥 이렇게 말할 뻔했다. 정말로 내가 그렇게 생각했던가. 물론 그렇지 않았다. 그런 적이 없었다. 나는 하산에게 정말 친구처럼 대했다. 때로는 형제처럼 대했다. 하지만 어째서 나는 바바의 친구들이 아이들을 데리고 왔을 때, 하산을 놀이에 끼워주지도 않았을까? 어째서 나는 주변에 아무도 없을 때만 하산과 놀았을까?

아세프가 쇠 장갑을 끼고 나를 차갑게 바라보았다.

"아미르, 너란 놈이 문제야. 너나 네 아버지 같은 등신들이 이런 인간들을 받아주지 않았다면 지금쯤 우리는 그들을 제거했을 거야. 그랬다면 그 인간들은 하자라자트에서 썩든지 말든지 살고 있겠지. 너는 아프가니스탄의 치욕이야."

나는 그의 광기 어린 눈을 쳐다보고 그가 진심이라는 걸 알았다. 그는 '정말로' 나를 때릴 작정이었다. 아세프가 주먹을 들고 나를 치려고 했다.

그때, 내 뒤에서 뭔가가 빠르게 움직였다. 곁눈질로 보니 하산이 몸을 숙였다가 재빨리 일어나는 게 보였다. 아세프의 눈이 내 뒤에 있는 뭔가를 향해 깜빡였다. 그의 눈이 놀라움으로 휘둥그레졌다. 카말과 왈리도 내 뒤에서 무슨 일이 일어나는지 보고 놀라고 있었다.

나는 몸을 돌렸다. 하산이 새총을 겨누고 있었다. 그는 고무줄을 끝까지 잡아당기고 있었다. 호두만 한 돌이 고무줄에 끼워져 있었다. 하산은 아세프의 얼굴에 새총을 겨누고 있었다. 고무줄을 잡고 있는 그의 손이 떨리고 이마에 땀방울이 솟아 있었다.

하산이 단호한 어조로 말했다.

"우리를 내버려두세요, 아그하."

그는 아세프한테 아그하라고 했다. 존칭이었다. 문득 나는 계급사회에서 자신의 위치가 각인된 상태로 사는 것이 어떤 것일지 궁금했다.

아세프가 이를 갈았다.

"어미도 없는 하자라 놈아, 그것 내려놓지 못해?"

"우리를 내버려두세요, 아그하."

아세프가 미소를 지으며 말했다.

"네가 몰라서 그러는 것 같은데, 우리는 셋이고 너희는 둘이
야."

하산이 어깨를 으쓱했다. 다른 사람 눈에는 그가 두려워하
는 것처럼 보이지 않았을 것이다. 하지만 나는 어렸을 때부터
그를 봐와서 그의 얼굴에 나타난 미세한 표정을 아주 작은 것
까지 세세하게 알고 있었다. 나는 그가 두려워하고 있다는 걸
알았다. 그것도 많이 두려워하고 있었다.

"맞아요, 아그하. 하지만 새총을 잡고 있는 건 나라는 사실
을 아셔야죠. 아그하가 조금만 움직여도 이것이 아그하의 별명
을 '귀를 뜯어 먹는 사람'에서 '애꾸눈'으로 바꿔놓을 거예요.
이 돌이 왼쪽 눈을 겨냥하고 있으니까요."

하산이 이 말을 어찌나 단호하게 하던지, 그의 침착한 목소
리 밑에 두려움이 숨어 있다는 걸 느끼기 위해서는 나조차도
노력을 해야 했다.

아세프의 입이 씰룩거렸다. 왈리와 카말은 두 사람 사이에
오가는 말을 얼이 빠져 듣고 있었다. 누군가가 그들이 모시는
신에게 도전을 하고 있었다. 그들의 신을 모욕하고 있었다. 설

상가상으로 그 사람은 빼빼 마른 하자라 놈이었다. 아세프가 돌에서 하산에게로 눈길을 옮겼다. 그는 하산의 얼굴을 골똘히 살폈다. 그리고 하산이 정말로 심각하게 그런다는 걸 알고 주먹을 내렸다.

아세프가 나직하게 말했다.

"이 하자라 놈아, 네놈이 나에 대해 알아둘 게 있다. 나는 인내심이 아주 많은 사람이다. 이건 오늘로 끝날 일이 아니란 걸 명심해라."

그는 내게는 이렇게 말했다.

"아미르, 네놈한테도 이것이 끝이 아니다. 네놈과 일대일로 붙을 날이 있을 거다."

아세프가 한 걸음 뒤로 물러났다. 그의 조무래기들도 그를 따랐다.

"너의 하자라 놈은 오늘 큰 실수를 한 거다, 아미르."

그는 이렇게 말하더니 돌아서서 걸어갔다. 나는 그들이 언덕을 내려가 담 뒤로 사라지는 모습을 바라보았다.

하산은 떨리는 손으로 허리춤에 새총을 집어넣으려 했다. 사람을 안심시키는 미소가 어려 있어야 할 그의 입술이 말려 있었다. 그는 한 번도 아니고 다섯 번에 걸쳐 겨우 허리끈을 묶었다. 우리는 집으로 돌아오는 길에 많은 말을 하지 않았다. 두려워서였다. 모서리를 돌 때마다 아세프와 그의 친구들이 숨어서 우리를 기다리고 있을 것만 같았다. 그런 일은 벌어지지 않았고, 그랬다면 마음이 좀 놓였어야 했다. 하지만 그렇지를 않았다. 전혀.

이후 2년 동안, 경제개발과 개혁이라는 말이 카불에 사는 사람들의 입에 자주 오르내렸다. 아프가니스탄은 군주제가 폐지되고 대통령이 수반인 공화국으로 바뀌었다. 잠시였지만, 활기와 목적의식도 생겼다. 사람들은 여성의 권리와 현대적인 기술에 대해 얘기했다.

새로운 지도자가 카불의 아르그 왕궁에 살고 있었지만, 대부분의 삶은 전처럼 계속되었다. 사람들은 토요일에서 목요일까지 일을 했고 금요일이 되면 공원이나 가르가 호수 변이나 파그만 유원지로 소풍을 갔다. 사람들을 가득 태운 다양한 색깔의 버스와 트럭들이 카불의 좁은 거리를 지나다녔다. 차 뒤쪽 범퍼에 조수들이 올라타 카불 말씨로 운전사에게 방향을 알려주곤 했다. 카불 사람들은 라마단이 끝난 후 사흘간 계속되는 이드 기간에는 제일 좋은 옷을 차려입고 친지들을 방문했다. 사람들은 서로를 껴안고 입을 맞추고 '이드 무바라크'라고 인사를 했다. '이드 무바라크'는 행복한 이드를 보내라는 의미였다. 아이들은 선물을 열어보고 물을 들인 삶은 달걀을 갖고 놀았다.

1974년 초겨울 어느 날이었다. 하산과 내가 뜰에서 눈으로 성을 만들고 있을 때, 알리가 그를 불렀다.

"하산, 주인님께서 너한테 하실 말씀이 있으시단다!"

알리는 흰옷을 입고 겨드랑이에 손을 넣은 채 입김을 내뿜으며 현관 옆에 서 있었다.

하산과 나는 미소를 교환했다. 우리는 그가 부르기를 하루 종일 기다리고 있었다. 하산의 생일이었던 것이다.

"아버지, 뭔지 아세요? 얘기해주실래요?"

하산의 눈이 반짝반짝 빛났다.

알리가 어깨를 으쓱해 보였다.

"주인님께서 나한테 아무 말씀도 하지 않으셨다."

나는 그를 재촉했다.

"알리, 우리한테 얘기해줘요. 스케치북인가요? 장난감 권총인가요?"

하산처럼 알리도 거짓말을 하지 못했다. 해마다 그는 하산이나 나에게 바바가 어떤 생일 선물을 샀는지 모르는 척했다. 그러나 그의 눈에는 다 드러났다. 그래서 우리는 그에게서 무슨 물건인지 알아내곤 했다. 하지만 이번에는 그가 모르고 있는 게 사실인 것 같았다.

바바는 하산의 생일을 잊은 적이 없었다. 한동안, 그는 하산에게 뭘 갖고 싶은지 묻곤 했다. 그러다가 묻는 걸 포기했다. 하산이 어떤 선물을 사달라고 하기에는 너무 겸손했기 때문이다. 그래서 매년 겨울, 바바는 혼자서 선물을 골랐다. 어느 해에는 일본제 장난감 트럭을 사줬고, 어느 해에는 철로가 딸린 장난감 전기기관차를 사줬다. 어느 해에는 클린트 이스트우드가 〈석양의 무법자〉에서 썼던 것과 똑같은 카우보이 가죽 모자를 사갖고 와서 하산을 놀라게 했다. 〈황야의 7인〉을 가장 좋아하던 하산과 나는 〈석양의 무법자〉를 더 좋아하게 되었다. 그해 겨울, 하산과 나는 돌아가며 그 모자를 쓰고 힘차게 주제가를 부르며 눈 더미를 오르고 서로를 총으로 쏴 죽이는 놀이를 했다.

우리는 현관에서 장갑과 눈이 묻은 장화를 벗었다. 우리가 홀로 들어섰을 때, 바바는 장작이 타는 주석 난로 옆에 앉아 있었다. 붉은 넥타이에 갈색 양복을 입은, 머리가 벗어진 키 작은 인도 남자가 그와 같이 있었다.

바바가 수줍은 듯 미소를 지으며 말했다.

"하산, 네 생일 선물이다."

하산은 어안이 벙벙한 모양이었다. 포장지로 싸인 상자가 보이지 않았다. 봉지도 없었고 장난감도 없었다. 우리 옆에 서 있는 알리, 수학 선생처럼 생긴 작은 인도 남자, 그리고 바바 외에는 아무것도 없었다.

갈색 양복을 입은 인도 남자가 미소를 지으며 하산에게 손을 내밀었다.

"나는 닥터 쿠마르란다. 만나게 되어 반갑구나."

그는 뭘 굴리는 듯한 짙은 힌디어 억양이 섞인 페르시아어로 말했다.

하산이 어정쩡하게 인사를 했다.

"살람 알라이쿰."

하산은 인사를 하며 예의 바르게 고개를 약간 까닥였다. 하지만 눈은 그의 뒤에 있는 자신의 아버지를 향하고 있었다. 알리가 하산에게 다가가 어깨에 손을 얹었다.

바바의 눈이 하산의 당황스러워하는 눈과 마주쳤다.

"내가 뉴델리에서 닥터 쿠마르를 모셔 왔다. 닥터 쿠마르는 성형외과 의사시다."

닥터 쿠마르가 물었다.

"너, 그게 무슨 말인지 아니?"

하산은 고개를 저었다. 그는 도와달라는 듯 나를 쳐다보았다. 나도 전혀 아는 게 없어 어깨를 으쓱해 보였다. 나는 맹장염에 걸리면 외과 의사한테 수술을 받아야 한다는 것 외에는 아는 게 없었다. 내가 그걸 알게 된 것은 내 동급생 중 하나가 지난해에 맹장염으로 죽었기 때문이었다. 선생님은 그때, 그를 의사한테 너무 늦게 데려가는 바람에 그가 죽었다고 얘기했었다. 우리는 알리를 쳐다보았다. 하지만 그에게서는 늘 그렇듯이 뭘 알아낼 수가 없었다. 그의 얼굴은 전처럼 무표정했다. 그러나 그의 눈에는 어떤 진지함이 깃들어 있었다.

닥터 쿠마르가 말했다.

"사람들의 몸을 고치는 게 내가 하는 일이란다. 때로는 얼굴도 고치지."

하산이 말했다.

"아, 네."

하산은 닥터 쿠마르에게서 바바에게로, 그리고 다시 알리에게로 눈길을 옮겼다. 그리고 자신의 윗입술을 손으로 만지며 다시 말했다.

"아, 네."

바바가 말했다.

"나도 이게 별난 선물이라는 건 알고 있다. 네가 생각했던 것이 아닐지도 모르고 말이야. 하지만 이 선물은 영원히 남을 거다."

하산이 입술을 핥고 헛기침을 했다.

"그런데 어르신, 이게……."

닥터 쿠마르가 친절한 미소를 머금고 끼어들었다.

"크게 할 일은 없다. 조금도 아프지 않을 거다. 너한테 약을 줄 거야. 그러면 너는 아무것도 기억하지 못할 거다."

하산이 안도의 미소를 지었다. 여하튼 조금은 안도하는 표정이었다.

"어르신, 두려운 건 아니고요. 저는 다만……."

하산은 속았을지 모르지만 나는 그렇지 않았다. 의사들이 아프지 않다고 하면, 문제가 있다는 거였다. 나는 지난해에 포경수술을 했던 끔찍한 기억을 떠올렸다. 의사는 똑같은 말을 하면서 조금도 아프지 않을 것이라고 했었다. 하지만 그날 밤,

약 기운이 떨어지자 불이 붙은 뜨거운 석탄을 누군가가 내 사타구니에 대고 누르는 것 같았다. 바바가 내가 열 살이 될 때까지 기다렸다가 포경수술을 하게 한 이유를 알 수 없었다. 그건 내가 그를 용서하지 못할 것 중의 하나였다.

나는 나에게도 바바의 동정을 살 만한 상처가 있었으면 좋겠다고 생각했다. 이건 공정한 일이 아니었다. 하산은 바바의 애정을 얻기 위해 뭘 한 것도 아니었다. 멍청하게 생긴 입술을 갖고 태어났을 뿐이다.

수술은 잘되었다. 우리는 그들이 붕대를 풀었을 때, 처음에는 약간 놀랐다. 하지만 닥터 쿠마르가 시킨 대로 미소를 지어 보였다. 하산의 윗입술은 속이 드러나고 괴상하게 부풀어 있었기 때문에 미소를 짓는 게 쉬운 일은 아니었다. 나는 간호사가 거울을 건네줬을 때, 하산이 울 거라고 생각했다. 알리는 하산이 오랫동안 생각에 잠겨 거울을 바라보는 동안 그의 손을 잡고 있었다. 하산은 내가 알아들을 수 없는 무슨 말인가를 속삭였다. 나는 그의 입에 귀를 갖다 댔다. 그가 다시 속삭였다.

"타샤코르."

고맙다는 말이었다.

그때, 그의 입술이 비틀렸다. 나는 그가 뭘 하고 있는지 알아차렸다. 그는 웃고 있었다. 어머니의 배 속에서 나올 때 그랬던 것처럼.

부기가 가라앉았다. 시간이 지나면서 상처가 아물었다. 곧 그의 입술에 들쭉날쭉한 분홍색 선만이 남았다. 그리고 이듬 해 겨울이 되자 그것도 희미한 자국만 남게 되었다. 아이러니했다. 하산이 웃지 않게 된 건 그해 겨울부터였기 때문이다.

# 6

겨울.

나는 매년 첫눈이 내리면 아침 일찍, 잠옷을 입은 채로 추위에 팔을 웅크리고 집 밖으로 나갔다. 그리고 차도, 아버지의 차, 벽, 나무, 지붕, 언덕이 한 길 눈 속에 묻혀 있는 모습을 보고 미소를 지었다. 하늘은 완벽하게 푸르렀다. 눈이 너무 하얘 눈이 따끔거릴 정도였다. 나는 눈을 한 움큼 집어 입에 넣고 정적에 귀를 기울였다. 까마귀 우는 소리만이 이따금 들릴 뿐, 사위는 고요했다. 나는 맨발로 계단을 내려가 하산에게 나오라고 소리쳤다.

겨울은 카불의 아이라면 누구나 좋아하는 계절이었다. 적어도 괜찮은 난로를 사줄 수 있는 아버지를 둔 아이들이라면 그랬다. 이유는 간단했다. 추우면 방학이 시작되었다. 나에게 겨울은 기다란 나눗셈과 불가리아의 수도 이름을 외는 것 같은 지겨운 공부의 끝을 의미했다. 하산과 난로 옆에서 석 달 동안 카드놀이를 할 수 있다는 의미이기도 했다. 화요일 아침마다 영화관에 가서 공짜로 러시아 영화를 볼 수 있고, 아침에 눈사람을 만들며 놀다가 점심으로 쌀밥에 달콤한 순무 카레를 얹어서 먹게 된다는 의미이기도 했다.

물론 연날리기 대회도 있었다. 연을 날리고 또 연을 따라 달리고.

몇몇 불행한 아이들에게는 겨울이 학교생활의 끝이 아니었다. 소위 자발적인 수업들이 개설되었다. 그런데 내가 알고 있는 아이들 중, 자발적으로 그런 수업을 들을 사람은 아무도 없었다. 그들의 부모가 그들을 대신하여 수업을 신청한 것이었다. 다행히도 바바는 그런 부모가 아니었다. 우리 집 건너편에 살았던 아마드라는 아이가 생각난다. 내 기억으로 그의 아버지는 의사였다. 아마드에게는 간질이 있었다. 그는 늘 모직 조끼를 입고 두툼한 검정 테 안경을 쓰고 다녔다. 그는 아세프한테 정기적으로 괴롭힘을 당하는 아이 중 하나였다. 나는 매일 아침, 그들의 검은색 오펠 차가 나갈 수 있도록 하자라인 하인이 차도의 눈을 치우고, 아마드와 그의 아버지가 차에 타는 모습을 창문으로 바라보았다. 아마드는 모직 조끼를 입고 외투를 걸치고 있었다. 가방은 책과 필기도구가 가득 들어 불룩했다. 나는 그들의 차가 차도를 빠져나가 모서리를 돌 때까지 지켜보다가 침대 속으로 다시 들어갔다. 그리고 턱까지 담요를 끌어 올리고 창문으로 보이는 눈 덮인 북쪽 산을 잠이 쏟아질 때까지 바라보았다.

나는 카불의 겨울을 좋아했다. 밤이면 창문에 눈이 부드럽게 닿는 소리도 좋았고, 검정 고무장화에 밟혀 뽀드득뽀드득 소리를 내는 눈도 좋았고, 뜰과 거리에 바람이 요란하게 불 때 느껴지는 난로의 따뜻함도 좋았다. 하지만 특히 겨울을 좋아했던 이유는 나무들이 얼어붙고 눈이 길바닥에 수북이 쌓이면, 바바와 나 사이의 냉랭함이 조금이나마 누그러졌기 때문이었다. 연 때문이었다. 바바와 나는 같은 집에 살면서도 서로 다른 영역에 속해 있었다. 얇긴 하지만, 두 영역이 교차하는 지점이 연이었다.

매년, 카불에서는 연싸움 대회가 열렸다. 카불에 사는 소년들에게는 그 대회야말로 추운 계절의 하이라이트였다. 나는 대회 전날 밤에는 잠을 잘 수 없었다. 이리저리 뒤척이며 손 그림자로 벽에 동물의 형상을 만들기도 하고 담요를 뒤집어쓰고 발코니에 앉아 있기도 했다. 나는 전투가 있기 전날 밤, 참호에서 잠을 청하는 군인 같은 느낌을 받았다. 그리 과장된 말도 아니었다. 카불에서는 연싸움이 전쟁에 나가는 것과 다소 흡사한 면이 있었다.

여느 전쟁에서 그러한 것처럼, 전투를 위해서는 철저히 준비를 해야 했다. 한동안 하산과 나는 연을 직접 만들곤 했다. 우리는 가을이면 매주 받는 용돈을 절약해서, 바바가 언젠가 헤라트에서 사 온 작은 말 모양의 사기 저금통에 넣었다. 겨울바람이 불기 시작하고 많은 눈이 내리면, 우리는 저금통의 배를 열었다. 그리고 시장에 가서 대나무, 풀, 실, 종이를 샀다. 우리는 날마다 몇 시간씩 대나무를 자르고 다듬어 살을 만들었고, 강하하면서 연이 쉽게 중심을 잡도록 얇은 종이를 잘랐다. 물론 우리만의 타르(실)도 만들어야 했다. 연이 총이라면, 유리 가루를 묻혀 상대의 실을 자르는 실은 탄창 속의 총알이었다. 우리는 뜰에 나가서 500피트에 달하는 줄에 유리 가루를 섞은 풀을 먹였다. 그리고 줄이 마르도록 나무 사이에 걸쳐 놓았다. 다음 날, 우리는 전투 준비가 된 실을 나무 얼레에 감았다. 눈이 녹고 봄바람이 몰려올 때쯤이면, 카불에 사는 모든 아이들의 손가락에는 겨울 내내 벌인 연싸움 때문에 생긴 상처 자국이 있었다. 개학 첫날, 친구들과 옹기종기 모여 서로의 상처를 비교해보던 일이 지금도 기억에 생생하다. 상처는 쑤시고 2주 동안 아물지 않았다. 하지만 상관없었다. 그것은 다시 한번 너무나 후다닥 지나가버린 소중한 계절을 떠올리게 하는 것이었다. 그러다가 반장이 호루라기를 불면 우리는 한 줄로 서서 교실로 들어갔다. 빨리 겨울이 왔으면 싶었다. 하지만 우리를 기다리고 있는 건 두렵고도 긴 학교생활이었다.

하산과 내가 연을 만드는 것보다는 연싸움에 더 능하다는 것이 금세 드러났다. 디자인에 무슨 결함이 있어서인지 우리가 만든 연은 늘 실패작이었다. 그래서 바바가 사이포의 가게로 우리를 데리고 가 연을 사줬다. 사이포는 원래 무치, 즉 구두 수선공이었다. 그는 장님이나 다름없는 노인이었다. 하지만 그는 도시에서 연을 잘 만들기로 유명한 사람이었다. 그의 자그만 가게는 카불강 남쪽의 혼잡한 거리인 자데메이완드에 있었다. 감옥처럼 작은 가게 안으로 들어서려면 몸을 굽혀야 했다. 그리고 뚜껑을 열고 나무 계단을 타고 축축한 지하실로 내려가야 했다. 사이포는 사람들이 탐내는 연들을 거기에 보관해놓고 있었다. 바바는 우리 각자에게 똑같은 연을 세 개씩이나 사주고 유리를 먹인 실이 감긴 얼레를 사줬다. 내가 마음이 바뀌어 더 크고 화려한 연을 갖겠다고 하면, 바바는 그것도 사줬다. 하지만 하산에게도 똑같은 것을 사줬다. 때때로 나는 바바가 그러지 않았으면 싶었다. 나만 좋아해줬으면 싶었다.

연싸움 대회는 아프가니스탄에서는 오래된 겨울 전통이었다. 대회는 아침 일찍 시작되어 연이 하나만 남을 때까지 끝나지 않았다. 어느 해인가는 밤까지 계속된 적도 있었다. 사람들은 인도나 옥상에 모여 자기 자식들을 응원했다. 거리는 연싸움을 하는 사람들로 가득했다. 그들은 하늘을 쳐다보며 연줄을 움직이거나 휙 잡아당기며 상대방의 줄을 끊기 위해 유리한 위치를 선점하려고 애썼다. 연싸움을 하는 사람에게는 조수가 딸려 있었는데, 나의 경우에는 하산이 얼레를 들고 줄을 늘었다.

언젠가 한번은 막 이사를 온 시건방진 인도 아이가 우리에게, 자기 고향에서는 연싸움을 할 때 지켜야 할 규칙이 있다고 말했다. 그는 자랑스럽게 말했다.

"정해진 공간에서 싸움을 해야 하고, 바람을 향해 정확한 각도로 서서 해야 해. 그리고 실에 유리를 먹일 때 알루미늄을 사용해서는 안 돼."

하산과 나는 서로를 바라보며 배꼽이 빠지게 웃었다. 인도 아이는 영국인들이 20세기 초반에 알았고, 러시아인들이 결국 1980년대 종반에 알게 된 것, 즉 아프간 사람들은 독립적인 사람들이라는 사실을 알게 될 것이었다. 아프간 사람들은 관습은 소중하게 생각하지만 규칙은 싫어했다. 연싸움도 마찬가지였다. 규칙은 간단했다. 규칙이 없는 것이 규칙이었다. 연을 날려 상대방의 줄을 끊으면 되는 거였다.

물론 그것이 전부는 아니었다. 진짜 재미는 연이 끊어질 때 시작되었다. 연이 잘리면 연을 쫓는 아이들이 행동을 개시했다. 아이들은 바람에 날아가는 연을 쫓아 달렸다. 결국 연은 들판으로 구불구불 내려앉거나 누군가의 뜰이나 나무나 지붕 위에 떨어졌다. 연을 뒤쫓는 일은 상당히 격렬했다. 거리는 연을 쫓는 아이들로 가득했다. 그들은 서로를 밀치며 달렸다. 언젠가 책에서 읽은, 황소를 피해 달아나는 스페인 사람들 같았다. 어느 해인가는 한 아이가 연을 찾으러 소나무 위에 올라갔다가, 그의 무게를 못 견디고 가지가 부러지는 바람에 30피트 아래로 떨어진 적이 있었다. 그는 등뼈가 부러져 다시는 걷지 못했다. 그래도 그는 연을 손에 쥔 채 떨어졌다. 연을 쫓는 사람이 일단 연을 잡으면 아무도 그걸 빼앗을 수 없었다. 그것은 규칙이 아니었다. 관습이었다.

연을 쫓는 아이들이 가장 탐내는 전리품은 연날리기 시합에서 마지막으로 떨어진 연이었다. 손님들이 우러러볼 수 있도록 벽난로 선반에 진열함 직한 영광의 트로피였다. 하늘에서 연들이 모두 사라지고 마지막 두 개만 남으면, 연을 쫓는 아이들은 이 전리품을 확보하려고 만반의 준비를 했다. 남보다 앞서 달려갈 수 있는 자리를 확보하고 긴장한 근육을 움직일 준비를 했다. 사람들은 목을 길게 빼고 눈을 가늘게 떴다. 싸움이 시작된 것이었다. 마지막 연의 줄이 끊어지는 순간, 대혼란이 일어났다.

나는 몇 년에 걸쳐 많은 아이들이 연을 쫓아 달리는 걸 보았다. 하지만 하산은 내가 본 아이들 중 최고였다. 그가 연이 떨어지기 전에 연이 낙하할 지점에 벌써 가 있는 걸 보면 섬뜩할 지경이었다. 그의 마음속에 나침반이 있는 것 같았다.

어느 흐린 겨울날이었다. 하산과 나는 연을 쫓아 달리고 있었다. 나는 그를 쫓아 집들을 지나고 도랑을 건너고 좁은 길을 빠져나갔다. 나는 그보다 한 살이 많았지만 그가 나보다 빨랐다. 나는 뒤로 처지고 있었다.

나는 숨을 헐떡이며 소리쳤다.

"하산! 기다려!"

그가 몸을 돌리더니 손짓을 했다.

"이쪽이에요!"

그는 또 다른 모서리를 돌기 전에 이렇게 소리쳤다. 나는 위를 쳐다보았다. 우리가 달리고 있는 방향은 연이 떠내려가는 곳과 반대쪽이었다.

나는 소리쳤다.

"연을 놓치겠어! 우리는 반대 방향으로 가고 있어!"

"날 믿어요."

그가 앞에서 외치는 소리가 들렸다. 모서리를 돌자, 하산이 뛰어가는 모습이 보였다. 그는 하늘을 쳐다보지도 않고 땅만 보며 달리고 있었다. 그의 셔츠 뒷자락에 땀이 밴 게 보였다. 나는 돌에 걸려 넘어졌다. 나는 하산보다 느릴 뿐만 아니라 둔하기까지 했다. 나는 그의 타고난 운동신경이 늘 부러웠다. 내가 다시 몸을 일으켰을 때, 하산은 다른 거리의 모서리를 돌아 사라지고 있었다. 나는 절뚝거리며 그의 뒤를 쫓았다. 긁힌 무릎이 쓰렸다.

우리는 이스티크랄 중학교 근처의 우툴두툴한 도로에 와 있었다. 한쪽에는 여름에 상추를 심는 밭이 있고, 다른 쪽에는 시큼한 버찌가 열리는 벚나무밭이 있었다. 하산은 나무 아래에서 다리를 꼬고 앉아 말린 오디를 한 줌 꺼내 먹고 있었다.

나는 숨이 차고 속이 메스꺼웠다.

"여기서 뭐 하는 거야?"

그가 미소를 지었다.

"아미르 도련님, 여기 앉아요."

나는 숨을 씨근덕거리며 눈이 약간 쌓여 있는 그의 옆자리에 앉았다.

"너는 시간을 낭비하고 있어. 연이 다른 쪽으로 가는 걸 보지 못한 거니?"

하산은 오디를 입에 넣었다.

"오고 있어요."

나는 숨을 쉬기조차 어려운데 그는 목소리조차 피곤해 보이지 않았다.

"어떻게 아니?"

"그냥 알아요."

"어떻게 아는데?"

그가 나를 향해 몸을 돌렸다. 몇 방울의 땀이 그의 머리에서 떨어졌다.

"아미르 도련님, 내가 언제 거짓말을 한 적이 있어요?"

갑자기 나는 그를 놀리고 싶어졌다.

"모르겠어. 그런 적 있니?"

그가 화난 표정으로 말했다.

"그랬다면 흙이라도 먹을게요."

"정말이니? 정말로 그럴 거니?"

그는 당황한 표정이었다.

"정말로 그럴 거냐니 무슨 말인데요?"

"내가 먹으라고 하면 흙이라도 먹을 거냐 이거지."

나는 그가 어떤 단어를 모를 때 그를 놀렸던 것처럼, 내가 그에게 잔인하다는 걸 알고 있었다. 비록 넌더리 나는 방식이긴 해도, 하산을 골리는 건 묘한 재미가 있었다. 하산과 내가 벌레를 괴롭힐 때 받는 느낌과 비슷했다. 다른 점이 있다면 지금은 그가 개미이고 나는 그 위에 확대경을 들고 있는 사람이라는 것이었다.

그는 오랫동안 내 얼굴을 살폈다. 우리는 거기에 그렇게 앉아 있었다. 벚나무 밑에 두 소년이 앉아서 갑자기 그리고 '정말로' 서로를 바라보고 있었다. 그때, 하산의 얼굴이 변했다. 어쩌면 실제로는 변하지 않았는지 모른다. 하지만 갑자기 나는 두 개의 얼굴을 바라보고 있는 것 같은 느낌을 받았다. 하나는 나의 첫 기억 속에 있는 내가 잘 아는 얼굴이었고 다른 하나는 표면 아래에 숨어 있는 얼굴이었다. 나는 그 얼굴을 전에 본 적이 있었다. 그것은 늘 나를 휘청거리게 만들었다. 그 얼굴은 잠깐 동안만 나타났다. 그러나 그것은 잠깐이긴 했지만, 어쩌면 내가 전에 어딘가에서 그 얼굴을 봤을지 모른다는 심란한 생각을 하게 할 정도로 충분히 오랜 시간이었다. 그때, 하산이 눈을 깜빡이더니 다시 자신으로 돌아왔다. 원래의 하산으로 돌아온 것이었다.

마침내 그가 나를 똑바로 쳐다보며 말했다.

"그렇게 하라고 하면 그렇게 할게요."

나는 눈길을 내려뜨렸다. 나는 지금까지도, 하산처럼 말 하나하나에 진심을 담아 말하는 사람들을 똑바로 쳐다보는 것이 어렵다.

그가 말을 이었다.

"하지만 아미르 도련님이 나한테 그렇게 하라고 할까요?"

바로 그렇게 그는 작은 시험문제를 나에게 던졌다. 내가 그를 우롱하며 그의 충성심을 시험하는 거라면, 그는 나를 우롱하며 나의 성실성을 시험하는 거였다.

나는 그런 얘기를 꺼내지 말 걸 그랬다고 생각했다. 나는 억지로 미소를 지어 보였다.

"하산, 바보 같은 소리 하지 마. 내가 그러지 않을 거라는 건 너도 알잖아."

하산도 미소를 지어 보였다. 하지만 그의 미소는 억지로 짓는 것이 아니었다.

"알아요."

자신이 말하는 모든 것에 진심을 담는 사람들은 늘 그렇다. 그들은 다른 사람들도 그럴 거라고 생각한다.

하산이 하늘을 가리키며 말했다.

"저기 오네요."

그가 일어서서 왼쪽으로 몇 걸음을 떼었다. 나는 하늘을 올려다보았다. 연이 우리를 향해 떨어지고 있었다. 발소리와 고함소리가 들렸다. 연을 쫓는 아이들이 와자하게 몰려오고 있었다. 하지만 그들은 시간을 낭비했을 뿐이었다. 하산이 팔을 크게 벌리고 미소를 지으며 연을 기다리고 서 있었기 때문이다. 만약 연이 그의 품 안으로 떨어지지 않는다면 신이시여(신이 존재한다면 말이다) 내 눈을 멀게 하소서.

하산이 연을 쫓는 걸 마지막으로 본 것은 1975년 겨울이었다.

보통 각 지역마다 제 나름의 대회가 있었다. 그런데 그해에는 우리가 사는 지역인 와지르아크바르칸에서 대회를 열어 카르테차르, 카르테파르완, 메크로라얀, 코테상기 등과 같은 다른 지역들을 초대했다. 어디를 가나 앞으로 있을 대회가 화제에 올랐다. 지난 25년에 걸쳐 가장 큰 대회가 될 거라고 했다.

그 겨울의 어느 날 밤이었다. 대회가 열리기 나흘 전이었다. 바바와 나는 난로 옆의 푹신한 가죽 의자에 앉아 차를 마시며 얘기를 하고 있었다. 알리는 쌀밥에 감자와 꽃양배추로 만든 카레를 얹은 저녁 식사를 일찍 챙겨주고 하산과 함께 잠을 자러 갔다. 바바는 파이프에 담배를 채우고 있었다. 나는 그에게 헤라트의 산에서 늑대들이 몰려와 모든 사람이 일주일 동안 집 안에 갇혀 있었다는 얘기를 해달라고 졸랐다. 그러자 그는 성냥을 켜 담배에 불을 붙이며 심드렁하게 말했다.

"내 생각에 올해는 너희들이 대회에서 우승할 것 같다. 어떻게 생각하니?"

나는 어떻게 생각해야 할지, 무슨 말을 해야 할지 알 수 없었다. 우승을 하는 데 그게 필요한 걸까? 그가 나에게 힌트를 준 걸까? 나는 연싸움을 잘했다. 실제로 아주 잘했다. 나는 우승에 가까웠던 적이 여러 번 있었다. 마지막 남은 세 사람에 낀 적도 있었다. 하지만 가까웠다는 말은 우승과 같은 것은 아니었다. 바바는 '가까웠던' 것이 아니었다. 그는 우승을 했다. 그가 우승을 하고 다른 사람들은 빈손으로 집에 갔던 것이다. 바바는 이기는 데 익숙했다. 마음먹은 것은 무엇이든 이겼다. 만약 내가 우승을 하면……

바바는 파이프 담배를 피우며 무슨 말인가를 계속했다. 나는 듣는 척했다. 하지만 들을 수는 없었다. 그가 심드렁하게 던진 말이 내 머릿속에 대회에서 우승을 하겠다는 결심을 하게 만들었기 때문이었다. 나는 우승하기로 작정했다. 실행 가능한 다른 선택이 없었다. 나는 우승을 하고 마지막 연을 집으로 가져와 바바에게 보여주고 싶었다. 그에게 그의 아들이 괜찮은 녀석이라는 걸 이번만은 증명해 보이고 싶었다. 그렇게 되면 이 집 안에서 있으나 마나 한 것 같은 내 삶이 드디어 막을 내릴 것 같았다. 나는 그 모습을 그려보았다. 은그릇이 부딪는 소리나 이따금 들리는 불평 소리에 의해서만 깨지던 침묵 대신,

웃음꽃을 피우며 도란도란 식사를 하는 모습을 상상해보았다. 또한 토요일에 바바의 차를 타고 파그만으로 가는 길에 가르가 호수에서 차를 멈추고 송어 튀김과 감자튀김을 사는 모습을 상상해보았다. 동물원에 가서 사자를 볼 때, 아버지가 하품을 하지 않고 자신의 손목시계를 슬쩍슬쩍 훔쳐보는 모습도 상상해보았다. 어쩌면 바바는 내가 쓴 이야기를 읽어줄지 몰랐다. 그가 읽어준다면 이야기를 100개라도 쓸 수 있을 것 같았다. 어쩌면 그도 라힘 한이 그러듯, 나를 '아미르'라고만 부르지 않고 친근하게 '아미르 잔'이라고 부를지 몰랐다. 어쩌면, 정말 어쩌면, 드디어 나는 내 어머니를 죽인 죄를 용서받게 될지 몰랐다.

바바는 하루에 연줄을 열네 개나 끊었다는 이야기를 했다. 나는 적절할 때에 미소를 짓고 고개를 끄덕이고 웃었다. 하지만 그가 하는 말은 거의 듣지 않았다. 이제 나는 해야 할 일이 있었다. 바바를 실망시켜서는 안 될 일이었다. 이번에는 안 될 일이었다.

대회가 열리기 전날 밤, 눈이 많이 왔다. 나뭇가지가 바람에 흔들리며 창문에 닿는 소리가 들렸다. 하산과 나는 따뜻한 전기 히터의 열기 속에서 판즈파르(카드) 놀이를 했다. 그날 일찍, 나는 알리에게 쿠르시를 설치해달라고 했다. 쿠르시는 전기 히터를 작은 탁자 밑에 넣고 두툼한 퀼트 담요로 덮는 걸 일컬었다. 알리는 탁자 둘레에 요와 쿠션을 깔았다. 스무 명 정도는 너끈히 앉아 탁자 밑으로 다리를 넣고 카드놀이를 할 수 있었다. 하산과 나는 눈이 오는 날이면 탁자에서 체스를 두고 다양한 카드놀이를 했다. 대부분 판즈파르 놀이였다.

나는 하산이 내놓은 다이아몬드 열 장을 잡아먹고, 두 개의 잭과 한 장의 식스를 내놓았다. 옆방인 바바의 서재에서는 바바와 라힘 한이 다른 두 남자와 함께 사업 얘기를 하고 있었다. 두 사람 중 하나는 아세프의 아버지였다. 카불 라디오방송국에서 내보내는 뉴스가 벽을 통해 들려왔다. 소리가 지지직거렸다.

하산이 식스를 잡고 잭을 가져갔다. 라디오에서 다우드 한이 외국인 투자에 관한 이야기를 하고 있었다.

내가 말했다.

"언젠가 카불에도 텔레비전이 들어올 거래."

"누가 그런 얘기를 해요?"

"이 멍청아, 누구긴 누구야, 다우드 한 대통령이지."

하산이 킥킥거렸다.

"이란에는 벌써 들어와 있다는 얘기를 들은 것 같은데요."

나는 한숨을 쉬었다. 대부분의 하자라인들에게 이란은 일종의 성지였다. 추측건대 대부분의 이란인들이 하자라인들처럼 시아파 무슬림이기 때문일 것이다. 하지만 나는 그해 여름, 선생님이 이란인들에 관해서 했던 얘기를 떠올렸다. 선생님은 그들이 실실 웃으며 부드럽게 얘기를 하면서 한 손으로는 등을 두드려주고 다른 손으로는 호주머니를 턴다고 했다. 바바에게 그 얘기를 했더니, 그는 선생님이 질투심에서 한 말이라고 했다. 이란이 아시아의 떠오르는 강국인 데 반해, 대부분의 사람들에게 아프가니스탄은 어디 있는지조차 모르는 나라이기 때문에 아프간 사람들이 질투를 한다는 것이었다. "이런 말을 하니 가슴이 아프다. 하지만 거짓말을 하며 자기 위안을 삼는 것보다는 가슴이 아픈 게 낫다." 그는 어깨를 으쓱하면서 그렇게 말했었다.

나는 하산에게 말했다.

"내가 언젠가 너한테 한 대 사줄게."

하산의 얼굴이 환해졌다.

"텔레비전? 정말요?"

"정말이야. 흑백이 아니라 다른 걸로 말이야. 그때쯤이면 우리가 어른이 되어 있을 거야. 두 대를 사야겠다. 하나는 내 것, 다른 하나는 네 것."

"그림을 넣어두는 내 책상 위에 그걸 놓아야겠어요."

그가 그렇게 말하자 슬펐다. 그의 신분과 그가 사는 곳이 생각났기 때문이다. 그의 아버지가 그랬던 것처럼 자기도 오두막에서 나이가 들 것이라는 걸 그가 받아들이는 현실이 슬펐다. 나는 마지막 카드를 내놓았다. 두 장의 퀸과 하나의 텐이었다.

하산이 퀸을 집어 들었다.

"도련님은 내일, 주인님의 마음을 뿌듯하게 해드릴 것 같아요."

"그렇게 생각하니?"

"인샬라."

"인샬라."

나도 그를 따라서 인샬라라고 했다. 하지만 내 입에서 나오는 인샬라(신의 뜻이라면)라는 말에는 진심이 담겨 있지 않은 듯했다. 그것이 하산과 같이 있을 때의 문제였다. 그가 너무 순수했기 때문에 그의 옆에 있으면 내가 늘 사기꾼 같았다.

나는 그의 킹을 잡아먹고 마지막 카드를 내놓았다. 스페이드 에이스였다. 그가 그걸 집어 들어야 했다. 내가 이겼다. 하지만 다시 한판 하기 위해 카드를 섞으며, 나는 하산이 내가 이기도록 '해줬다'는 느낌을 받았다.

"도련님."

"왜?"

"나는 내가 사는 곳이 좋아요. 이게 내 집이니까요."

그는 늘 그런 식으로 내 마음을 읽었다.

"여하튼, 너는 나한테 또 질 거야."

## 7

다음 날 아침이었다. 하산은 아침 식사를 위해 홍차를 끓이다가 간밤에 꾼 꿈 얘기를 했다.

"도련님과 나, 아버지, 주인님, 라힘 한 어르신, 수천 명의 다른 사람들이 가르가 호수에 있었어요. 따뜻하고 화사한 날씨였고, 호수는 거울처럼 맑았어요. 그런데 아무도 수영을 하지 않는 거예요. 괴물이 호수 바닥에 있다면서요."

그는 컵에 홍차를 따르고 설탕을 넣은 다음, 여러 번 불었다. 그리고 컵을 내 앞에 놓았다.

"그래서 모두가 무서워서 물속에 들어가지 않으려 했어요. 그런데 갑자기 도련님이 신발을 벗고 옷을 벗는 게 아니겠어요. '괴물은 없어. 내가 보여주지.' 도련님은 이렇게 말하고 누가 말리기도 전에 물속으로 들어가 수영을 하는 거예요. 나도 따라서 들어갔지요. 두 사람이 수영을 한 거죠."

"그런데 너는 수영을 할 줄 모르잖아."

하산이 웃었다.

"이건 꿈이잖아요. 꿈에서는 무엇이든 할 수 있잖아요. 여하튼 사람들이 우리에게 나오라고 소리를 치고 난리였어요. 그래도 우리는 수영을 했어요. 물은 차가웠어요. 우리는 호수 중간까지 가서 수영을 멈추고 기슭을 향해 돌아서서 사람들에게 손을 흔들었어요. 사람들은 개미처럼 작게 보였지만, 그들이 박수 치는 소리는 들을 수 있었어요. 그들은 이제 괴물은 없고 물만 있다는 걸 알게 되었어요. 그 후로 사람들은 호수의 이름을 '카불 황제, 아미르와 하산의 호수'라고 바꿨어요. 그래서 사람들은 수영을 하려면 입장료를 내야 했어요."

"그게 무슨 꿈이지?"

그는 빵에 마멀레이드를 발라 내 접시에 놓아줬다.

"모르겠어요. 도련님이 해몽해주기를 바라고 있었어요."

"바보 같은 꿈이네. 아무 일도 일어나지 않았잖아."

"아버지 말로는 꿈에는 무슨 뜻이 있는 거래요."

나는 차를 조금 마셨다.

"그렇다면 네 아버지한테 물어보지 그래. 네 아버지는 아주 영리하잖니."

나는 의도했던 것보다 더 무뚝뚝하게 말했다. 나는 밤새 잠을 자지 못해 목과 등이 뻐근하고 눈도 아팠다. 여하튼 나는 하산에게 심술을 부린 것이었다. 나는 미안하다고 할 뻔했다. 하지만 그렇게 하지 않았다. 하산은 내가 초조해하고 있다는 걸 알았다. 하산은 늘 내 마음을 이해했다.

나는 위층으로 올라갔다. 바바의 욕실에서 물소리가 들렸다.

거리는 새로 내린 눈으로 반짝거렸다. 하늘은 티끌 한 점 없이 맑았다. 사위가 눈 천지였다. 거리에 줄지어 서 있는 작은 뽕나무들도 소복한 눈에 가지가 휘어져 있었다. 눈은 밤사이, 모든 틈새와 도랑을 덮어버렸다. 눈이 부셨다. 하산과 나는 대문을 나섰다. 알리가 우리 뒤에서 문을 닫았다. 그가 나직하게 기도하는 소리가 들렸다. 그는 아들이 집을 나설 때마다 기도를 했다.

나는 거리에 그렇게 많은 사람들이 있는 걸 처음 보았다. 아이들은 눈을 뭉쳐 서로에게 던지고 쫓아다니고 킥킥거리고 난리였다. 연싸움꾼들이 모여 얼레를 잡고 마지막 준비를 하고 있었다. 이웃한 거리에서 웃음소리와 얘기 소리가 들려왔다. 구경꾼들이 벌써 옥상의 간이 의자에 앉아 있었다. 보온병에서는 김이 올라오고, 카세트 플레이어에서는 아마드 자히르가 부르는 노래가 흘러나왔다. 인기가 엄청 많은 아마드 자히르는 혁명적이라고 할 만큼 아프간 음악의 흐름을 바꿔놓았다. 그는 아프간 전통 악기인 타블라와 하모늄(페달식 오르간)에 전자 기타, 드럼, 호른을 추가해 순수한 걸 고집하는 사람들을 돌아버리게 만들었다. 옛날 가수들은 노래를 할 때면 엄숙하고 거의 침울하기까지 했었다. 그런데 그는 무대에서든 파티에서든 그런 모습을 피하고 미소를 지으며 노래를 했다. 때로는 여자들을 향해서도 미소를 지었다. 나는 우리 집 옥상을 쳐다보았다. 바바와 라힘 한이 벤치에 앉아 있었다. 두 사람 다 모직 스웨터를 입고 차를 마시고 있었다. 바바가 손을 흔들었다. 그가 나를 향해서 손을 흔드는지, 아니면 하산을 향해서 흔드는지는 알 도리가 없었다.

하산이 말했다.

"시작해야 돼요."

그는 검정 고무장화를 신고, 색이 바랜 코르덴 바지에 두툼한 스웨터를 입고 그 위에 선명한 녹색 차판(일종의 외투)을 걸치고 있었다. 햇빛이 그의 얼굴에 쏟아져 내렸다. 그의 입술에 난 분홍색 상처는 이제 말끔히 아물어 있었다.

나는 갑자기 발을 빼고 싶은 생각이 들었다. 모든 걸 거두고 집으로 가고 싶었다. 내가 무슨 생각을 했던 거지? 이미 결과가 뻔한데 내가 이런 걸 왜 거쳐야 하는 거지? 바바가 옥상에서 나를 지켜보고 있었다. 나를 바라보는 그의 눈길이 물집이 잡힐 정도로 뜨거운 해의 열기처럼 느껴졌다. 이건 결국 나를 위해서도 대실패일 것이었다.

내가 말했다.

"연날리기를 하고 싶은 건지 잘 모르겠다."

하산이 말했다.

"화창한 날이네요."

나는 발의 위치를 바꿔봤다. 그리고 옥상으로부터 애써 눈길을 돌렸다.

"모르겠다. 그냥 집으로 가는 게 좋지 않을까 싶다."

그때, 그가 나를 향해 한 걸음 다가오더니 낮은 소리로 나를 조금 놀라게 하는 말을 했다.

"아미르 도련님, 괴물은 없고 날씨가 화창하다는 사실만 기억해요."

나는 그가 머릿속으로 무슨 생각을 하는지 대부분 전혀 알수 없는데, 그는 어떻게 내 머릿속에서 돌아가는 생각을 훤히 알고 있을까? 학교에 다니는 건 나였다. 책을 읽고 글을 쓸 줄아는 건 나였다. 영리한 건 나였다. 하산은 1학년 책도 읽을 줄모르는데 내 마음을 읽었다. 늘 내가 필요로 하는 것이 무엇인지를 알고 있는 사람이 옆에 있다는 것은 조금은 불안하기도했고 조금은 위안이 되기도 했다.

나는 놀랍게도 기분이 약간 좋아졌다.

"괴물은 없어."

그가 미소를 지었다.

"괴물은 없어요."

"확실해?"

그가 눈을 감고 고개를 끄덕였다.

나는 거리 아래로 뛰어가며 눈싸움을 하는 아이들을 바라
보았다.

"화창한 날씨지?"

"자, 날려요."

문득, 하산이 그 꿈을 꾸며냈을지 모른다는 생각이 들었다.
그게 가능할까? 그럴 것 같지는 않았다. 하산은 그렇게까지 영
리하지는 않았다. '나도 그렇게까지는 영리하지 않았다. 하지만
꾸며냈든 어쨌든, 그 꿈 이야기는 내 불안감의 일부를 없애줬
다. 옷을 벗어부치고 호수로 들어가 수영을 해야 할 것 같았다.
그렇게 하지 못할 이유가 뭔가!

"자, 날리자!"

하산의 얼굴이 밝아졌다.

"좋아요."

그가 가장자리가 노란색인 붉은 연을 들어 올렸다. 연살이
겹치는 곳 바로 밑에 사이포의 사인이 선명하게 보였다. 그는
손가락을 입으로 빨더니 위로 들었다. 바람의 방향을 측정하
는 것이었다. 그리고 바람이 부는 방향으로 연을 날렸다. 드물
긴 했지만, 여름에도 연을 날린 적이 있었다. 그럴 때면, 하산
은 바람이 어느 방향으로 부는지 보려고 발로 흙을 차서 먼지
를 일으키곤 했다. 하산이 50피트쯤 떨어진 곳으로 가서 멈출
때까지, 나는 연줄을 풀었다. 그가 금메달을 들어 올리는 올림
픽 선수처럼, 머리 위로 높게 연을 들었다. 나는 줄을 두 번 잡

아챘다. 그게 우리 사이의 신호였다. 그러자 하산이 연을 위로 던졌다.

나는 바바가 한 말과 율법 선생님들이 한 말 사이에 옴짝달싹 못하고 갇혀서, 신에 관해 마음이 갈팡질팡했지만 디니야드 (종교) 수업에서 배웠던 코란 구절이 머릿속에 떠오르자 나직하게 읊조렸다. 나는 심호흡을 하고 줄을 잡아챘다. 금세 연이 하늘로 치솟았다. 연은 종이 새가 날개를 파닥이는 것 같은 소리를 냈다. 하산이 박수를 치고 휘파람을 불며 내게 달려왔다. 나는 줄을 고정시키고 얼레를 그에게 건넸다. 그가 재빨리 얼레를 돌려 느슨해진 줄을 감았다.

적어도 스무 개쯤 되는 연들이 벌써 하늘에 떠 있었다. 먹이를 찾아 떠도는 상어들 같았다. 한 시간이 못 되어 연의 수는 배로 불어났다. 차가운 바람이 내 머리를 훑고 지나갔다. 연을 날리기에는 완벽한 바람이었다. 연이 살짝 위로 차고 올라가기도 쉬웠고 후다닥 차고 올라가기도 쉬웠다. 하산은 내 옆에서 얼레를 잡고 있었다. 그의 손은 벌써 줄 때문에 피투성이였다.

곧 연줄 끊기가 시작되었다. 줄이 끊어진 연들은 중심을 잃고 빙글빙글 돌았다. 그 연들은 별똥별이 떨어지듯 화려한 꼬리를 나풀거리며 하늘에서 떨어졌다. 연들은 그걸 쫓아 달리는 아이들을 위한 선물이 되어 쏟아져 내렸다. 연을 쫓는 아이들이 소리를 지르며 거리를 달리는 소리가 귀에 들려왔다. 누군가 조금 떨어진 거리에서 싸움이 벌어졌다는 얘기를 했다.

나는 라힘 한과 함께 옥상에 앉아 있는 바바를 슬쩍슬쩍 쳐
다보았다. 바바가 무슨 생각을 하고 있을지 궁금했다. 나를 응
원하고 있을까? 아니면 속으로 내가 실패하는 걸 그려보며 즐
기고 있을까? 연을 날리면 늘 그랬다. 연과 더불어 마음도 떠
도는 것이었다.

이제는 연들이 이곳저곳에서 쏟아져 내려오고 있었다. 내 연
은 아직 떠 있었다. 모직 스웨터를 입고 있는 바바에게 자꾸
눈길이 갔다. 그는 내가 이렇게 버티고 있다는 사실에 놀라고
있을까? 하늘을 계속 쳐다보고 있지 않으면 오래 버티지 못할
것이었다. 나는 다시 하늘을 쳐다보았다. 빨간 연이 내 연에 접
근해오고 있었다. 하마터면 그걸 놓칠 뻔했다. 내 연이 그 연과
조금 엉켰다. 나는 상대가 조급해하며 밑에서부터 내 연줄을
끊으려고 할 때, 역습을 가해 그 연줄을 끊어버렸다.

연을 쫓아갔던 아이들이 포획한 연을 높이 들고 의기양양해
하며 돌아오고 있었다. 그들은 부모와 친구들에게 연을 보여주
며 자랑스러워했다. 하지만 그들은 모두, 제일 좋은 게 아직 남
아 있다는 걸 알았다. 나는 구불구불한 흰 꼬리가 달린 선명
한 노란색 연을 잘라냈다. 그러는 와중에 검지가 또 줄에 베여
손바닥으로 피가 흘렀다. 나는 하산에게 줄을 잡게 하고 피를
입으로 빨고는 손가락을 바지에 닦았다.

한 시간 전만 해도 쉰 개 정도의 연이 떠 있었는데, 이제는
그 수가 열두 개로 줄어 있었다. 내 연은 그중 하나였다. 내 연

이 마지막 남은 열두 개 중 하나가 된 것이었다. 나는 지금까지 버텨낸 녀석들의 실력이 만만치 않아 이제부터 연싸움을 하는 데 상당한 시간이 걸릴 것이라는 걸 알았다. 그들은 올라갔다 내려오며 급습을 하는, 하산이 즐겨 쓰는 단순한 방식에는 쉽게 넘어가지 않을 것이었다.

오후 3시쯤 되자, 구름이 몰려오고 해가 모습을 감췄다. 그림자가 길어지기 시작했다. 옥상에서 구경하던 사람들은 목도리와 두툼한 외투로 몸을 감쌌다. 연의 수가 여섯 개로 줄었다. 내 연은 아직도 날고 있었다. 다리가 아프고 목이 뻣뻣했다. 다른 연들이 하나하나 떨어져 나갈 때마다 담 위에 한 겹씩 쌓이는 눈처럼 내 가슴속의 희망도 커졌다.

나는 푸른색 연을 계속 주시했다. 지난 한 시간 동안 다른 연들의 숨통을 하나하나 끊어버린 연이었다.

내가 물었다.

"저게 몇 개나 떨어뜨린 거야?"

하산이 말했다.

"열한 개요."

"누구 연인지 알아?"

그가 혀를 차면서 턱에 손을 댔다. 어떤 것에 대해 전혀 모를 때 하는 하산 특유의 몸짓이었다. 푸른색 연이 커다란 자주색 연을 잘라내고 크게 두 바퀴를 돌았다. 10분 후, 그 연이 다른 두 연을 잘라냈다. 아이들이 연을 쫓아 떼거리로 달려갔다.

30분이 지나자 네 개의 연만이 남았다. 내 연은 아직도 날고 있었다. 바람이 매번 내게 유리하게 부는 것 같았다. 실수할 여지가 거의 없어 보였다. 나는 그렇게 자신 있어본 적이 없었다. 그렇게 운이 좋은 적도 없었던 것 같았다. 나는 마음이 들떠 있었다. 하늘에서 눈을 떼고 옥상을 쳐다볼 엄두도 내지 못했다. 집중해야 했다. 약게 움직여야 했다. 15분이 지나자, 그날 아침에는 우스꽝스러운 꿈처럼 생각되었던 것이 갑자기 현실이 되었다. 내 것과 다른 녀석의 연만이 남은 것이었다. 상대는 푸른색 연이었다.

피 묻은 손으로 잡아당기는 유리 먹인 실처럼 팽팽한 긴장감이 흘렀다. 사람들이 발을 구르고 박수를 치고 휘파람을 불며 구호를 외쳤다.

"보보레시! 보보레시!"

끊어버리라는 말이었다. 나는 바바의 목소리도 거기에 섞여 있을지 궁금했다. 음악 소리가 터져 나왔다. 옥상과 열린 문에서 찐만두와 파코라(감자와 닭고기 튀김) 냄새가 흘러나왔다.

하지만 내 귀에 들리는 것은 내 머리에서 피가 뛰는 소리뿐이었다. 나는 그 소리만 들으려고 했다. 내 눈에는 푸른색 연밖에 보이지 않았다. 내 코에는 승리의 냄새만이 느껴졌다. 구원과 보상 외에는 아무것도 생각나지 않았다. 바바의 말과 달리, 선생님들이 학교에서 얘기하는 것처럼 신이 존재한다면, 신은 내가 이기게 해줄 것이었다. 나는 다른 아이가 뭘 위해서 연싸움을 하는지 알지 못했다. 어쩌면 자기를 과시하기 위해서인지 몰랐다. 하지만 이것이 나에게는 중요한 존재가 될 수 있는 유일한 기회였다. 내가 하는 말을 들어주고, 나를 쳐다봐줄 정도로 중요한 존재 말이다. 신이 있다면, 내가 실을 잡아채 내 고통과 내 염원을 끊어낼 수 있도록 나에게 유리하게 바람이 불도록 해줄 것이었다. 나는 너무 많이 참았고 너무 멀리 왔다. 갑자기 희망이 현실이 되었다. 나는 이기게 돼 있었다. 언제나의 문제가 남아 있을 뿐이었다.

승부는 생각보다 빨리 결정되었다. 한 줄기 바람이 불면서 내 연이 위로 올라갔다. 내 연의 위치가 유리해졌다. 나는 연줄을 풀다가 잡아챘다. 그리고 푸른색 연 위로 연을 빙글 돌렸다. 그리고 연을 고정시켰다. 결국 푸른색 연이 곤란한 상황에 처한 것이었다. 그 연은 필사적으로 궁지에서 빠져나가려 했다. 하지만 나는 가만두지 않았다. 나는 버텼다. 곧 결판이 날 거라는 걸 느꼈는지 검투사한테 죽이라고 소리치는 로마인들처럼, 사람들이 외치는 소리가 더 커졌다.

"보보레시!"

하산이 헐떡이며 말했다.

"아미르 도련님, 됐어요! 다 됐어요!"

그 순간이 됐다. 나는 눈을 감고 줄을 잡은 손을 풀었다. 실이 바람에 끌리면서 손가락을 다시 벴다. 결과를 알려고 사람들의 함성 소리를 들을 필요도 없었다. 볼 필요도 없었다. 하산이 소리를 질렀다. 그가 내 목에 팔을 감았다.

"브라보! 브라보! 아미르 도련님!"

나는 눈을 떴다. 푸른색 연이 달리는 차에서 빠진 타이어처럼 미친 듯이 빙글빙글 돌고 있었다. 나는 눈을 깜빡거리고 무슨 말인가를 하려고 했다. 아무 말도 나오지 않았다. 갑자기 내 몸이 공중으로 붕 떠서 위에서 나 자신을 내려다보는 것 같은 느낌이 들었다. 검은 가죽 코트, 빨간색 목도리, 색이 바랜 청바지. 약간 창백하고 호리호리한, 열두 살이라고 하기에는 키가 조금 작은 소년. 좁은 어깨, 희미한 담갈색 눈 주변의 눈 그늘, 산들바람에 흩날리는 옅은 갈색머리. 그가 나를 올려다보았다. 우리는 서로를 향해 미소를 지었다.

나는 소리를 지르기 시작했다. 모든 것이 황홀했다. 모든 게 다 좋았다. 나는 줄을 잡지 않은 팔로 하산을 안았다. 우리는 펄쩍펄쩍 뛰었다. 웃음과 울음이 교차했다.

"아미르 도련님이 이겼어요! 이겼어요!"

"우리가 이긴 거야! 우리가 이긴 거야!"

그것이 내가 말할 수 있는 전부였다. 도무지 현실이 아닌 것 같았다. 눈을 한 번 깜빡이면 이 아름다운 꿈에서 깨어나, 침대에서 나와 부엌으로 가서 하산 말고는 얘기할 사람이 없는 아침 식사를 하게 될 것 같았다. 그리고 옷을 입고 바바를 기다리고 체념하는 예전의 삶으로 돌아가게 될 것 같았다. 그런데 그게 아니었다. 우리 집 옥상에 있는 바바의 모습이 눈에 들어왔다. 그는 옥상 가장자리에 서서 두 주먹을 휘두르고 있었다. 그는 소리를 지르고 손뼉을 치고 있었다. 지붕 위에서 바바가 마침내 나를 자랑스러워하는 걸 보며, 나는 내 열두 살 인생에서 최고의 순간을 맞고 있었다.

그런데 바바가 다급하게 손을 움직였다. 그때서야 나는 이해했다.

"하산, 우리가……."

그가 포옹을 풀며 말했다.

"알아요, 나중에 축하해줄게요. 지금은 도련님을 위해 저 푸른색 연을 잡으러 가겠어요."

그는 얼레를 놓고 달려갔다. 그의 녹색 차판 자락이 눈길에 끌렸다.

내가 소리쳤다.

"하산! 꼭 잡아!"

그는 벌써 거리의 모퉁이를 도는 참이었다. 그의 고무장화가 눈을 차내고 있었다. 그가 걸음을 멈추더니 돌아섰다. 그는 손을 컵 모양으로 만들어 입에 대고 말했다.

"도련님을 위해서라면 천 번이라도!"

그리고 특유의 미소를 지으며 모퉁이를 돌아 사라졌다. 그 이후 그가 그처럼 태연하게 미소 짓는 모습을 본 건 26년 후, 빛바랜 폴라로이드 사진 속에서였다.

나는 연줄을 잡아당기기 시작했다. 사람들이 몰려와 나한테 축하의 말을 건넸다. 나는 그들과 악수를 하며 고맙다고 했다. 나보다 어린 아이들은 존경하는 눈으로 나를 바라보았다. 나는 영웅이었다. 사람들은 내 등을 두드려주고 내 머리를 쓰다듬었다. 나는 연줄을 잡아당기며 그들의 미소에 일일이 화답했다. 하지만 내 마음은 푸른색 연에 가 있었다.

마침내 내 연이 손에 들어왔다. 나는 내 발치에 있는 얼레 주변에 쌓인 실을 쌌다. 그리고 몇 명과 악수를 한 다음 집으로 걸어갔다. 내가 대문에 도착하자, 알리가 맞은편에서 기다리고 있었다. 그가 문살 사이로 손을 내밀며 말했다.

"축하드려요."

나는 그에게 연과 얼레를 건네고 악수를 했다.

"타샤코르(고마워요), 알리."

"내내 기도하고 있었답니다."

"그럼 계속 기도해줘요. 우리는 아직 끝난 게 아니니까요."

나는 서둘러 거리로 나갔다. 나는 알리에게 바바에 대해 묻지 않았다. 아직 그를 보고 싶지 않았다. 내게는 모든 계획이 다 서 있었다. 나는 피 묻은 손에 전리품을 들고 당당하게 입장할 심산이었다. 사람들이 고개를 돌리고 나한테서 눈을 떼지 못할 것이다. 그때, 나와 아버지는 서로를 탐색하는 로스탐과 소랍일 것이다. 극적인 침묵의 순간이 지나고, 노전사는 젊은 전사에게 걸어가 그를 껴안고 그를 인정하게 될 것이다. 젊은 전사는 자신의 능력을 입증하고, 구원을 받고, 보상을 받고

…… 그리고 행복하게 잘 살고……. 나는 이런 식으로 생각하고 있었다.

와지르아크바르칸의 거리는 번호가 매겨져 창살처럼 직각으로 연결되어 있었다. 그곳은 당시에 아직도 개발이 진행 중인 신흥 지역이었다. 그래서 6피트 높이의 담으로 둘러싸인 주택 단지 사이에는 공터와 반쯤 지어진 집들이 많았다. 나는 거리를 뛰어다니며 하산을 찾았다. 사람들은 긴 하루의 파티를 마치고, 이곳저곳에서 의자를 접고 음식과 그릇을 정리하느라 분주했다. 어떤 사람들은 아직도 옥상에 앉아 나한테 축하한다고 소리쳤다.

나는 우리가 사는 곳으로부터 남쪽으로 네 블록 떨어진 곳에서 오마르를 만났다. 바바의 친구인 기술자의 아들이었다. 그는 앞뜰에서 동생과 함께 축구공을 갖고 놀고 있었다. 오마르는 상당히 괜찮은 녀석이었다. 우리는 4학년 때 같은 반이었다. 언젠가 그는 나에게 카트리지를 넣어 쓰는 만년필을 준 적이 있었다.

"아미르, 네가 이겼다며? 축하한다."

"고맙다. 너, 하산 봤니?"

"너희 집에 사는 하자라인 말이니?"

나는 고개를 끄덕였다.

오마르는 헤딩으로 공을 동생에게 넘겼다.

"그 애가 연을 잘 쫓는다며?"

그의 동생이 헤딩으로 다시 공을 형한테 넘겼다. 오마르가 공을 잡아 공중에 올렸다.

"나는 그 애가 그렇게 작은 뱁새눈으로 어떻게 그럴 수 있는지 늘 궁금하더라. 그 눈으로 어떻게 보는 걸까?"

그의 동생이 픽 하고 웃으며 공을 달라고 했다. 오마르는 그의 말을 못 들은 척했다.

"그 애를 봤니?"

오마르는 엄지손가락을 들고 어깨 너머로 남서쪽 방향을 가리키며 말했다.

"조금 전에 시장 쪽으로 달려가더라."

"고맙다."

나는 달리기 시작했다.

시장에 도착했을 때쯤에는 해가 벌써 산 너머로 진 뒤였다. 땅거미가 하늘을 분홍색과 보라색으로 물들이고 있었다. 몇 블록 떨어진 하지 야구브 사원에서 율법사가 기도 시간을 알리는 소리가 들려왔다. 사람들이 양탄자를 펴고 서쪽을 향해 절을 하는 기도 시간이 된 것이었다. 하산은 하루에 다섯 번씩 하는 기도를 거른 적이 없었다. 밖에 나가 놀 때도 평계를 대고 뜰에 있는 우물에서 물을 퍼서 몸을 씻고 오두막으로 들어갔다. 그리고 몇 분 후에 미소를 지으며 걸어 나왔다. 그럴 때면 나는 벽에 기대앉아 있거나 나무에 올라가 있었다. 그런데 오늘 밤은 기도를 못 하게 된 것이다. 나 때문이었다.

시장은 빠르게 텅 비어가고 있었다. 상인들은 하루의 일과를 마무리하고 있었다. 나는 물건들이 빼곡한 작은 가판대들 사이를 달렸다. 막 잡은 꿩고기를 파는 가판대도 있었고 계산기를 파는 가판대도 있었다. 나는 차츰차츰 줄어드는 사람들과 너덜너덜한 넝마를 겹겹이 걸친 절름발이 거지들과 하루 일과를 마치고 가게 문을 닫는 상인들과 푸줏간 주인들 사이를 살피며 지나갔다. 하산은 어디에도 보이지 않았다.

나는 말린 과일을 파는 가판대 앞에서 걸음을 멈추고 잣과 건포도가 담긴 상자를 노새에 싣고 있는 늙은 상인한테 하산의 인상착의를 설명해줬다. 노인은 엷은 청색 터번을 두르고 있었다.

그는 답변을 하기 전에 한참 나를 바라보았다.

"봤을지도 모르겠다."

"어느 쪽으로 가던가요?"

그가 나를 위아래로 훑어보았다.

"너 같은 아이가 어째서 이 시간에 하자라인 아이를 찾고 있는 거냐?"

그가 나의 가죽점퍼와 청바지를 부러운 눈길로 쳐다보았다. 내가 입고 있던 바지는 카우보이 바지라고 불렸다. 아프가니스탄에서 미국 물건은 부의 표시였다. 그것이 중고가 아니라면 특히 그랬다.

"찾아야 되거든요."

"그 아이가 너한테 뭔데?"

나는 그가 왜 그런 식으로 질문을 하는지 이해할 수 없었다. 하지만 안달해봤자 그 사람이 더 빨리 답을 해줄 것 같지 않았다.

"우리 집 하인의 아들이거든요."

노인이 흰 눈썹을 치켜세웠다.

"그래? 이렇게 걱정을 해주는 주인이 있다니, 그 아이는 운이 좋은 하자라인이다. 그 아이의 아버지는 너한테 무릎을 꿇고 네 발을 눈썹으로 털어줘야 하겠구나."

"저한테 말씀을 해주실 거예요, 안 해주실 거예요?"

그는 노새의 등에 한 팔을 기대고 남쪽을 가리켰다.

"네가 얘기한 것과 같은 아이가 저쪽으로 달려갔다. 푸른색 연을 들고 있더구나."

"그래요?"

하산은 "도련님을 위해서라면 천 번이라도"라고 했었다. 착한 하산이었다. 착하고 믿음직한 하산이었다. 그는 나를 위해 마지막 연을 잡으러 간 것이었고, 그 약속을 지켰다.

노인이 툴툴거리며 다른 상자를 노새의 등에 싣다가 말했다.

"아마 지금쯤 그들이 그 아이를 잡았을 거다."

"누가요?"

"다른 아이들 말이다. 그를 쫓고 있었거든. 너처럼 옷을 입은 아이들이었다."

그가 하늘을 흘깃 쳐다보며 한숨을 쉬었다.

"어서 가거라. 내가 너 때문에 기도에 늦겠구나."

나는 그의 말이 떨어지기 전에 벌써 걸음을 서두르고 있었다.

그런데 몇 분 동안 시장 안을 둘러보아도 허사였다. 어쩌면 노인이 잘못 본 것일 수도 있었다. 그런데 그는 푸른색 연을 보았다고 했다. 그 연을 손에 넣는다는 생각에 나는…… 나는 모든 길과 가게를 찾아보았다. 하산은 없었다.

나는 어두워지기 전에 하산을 찾지 못할 것 같아 걱정이 되기 시작했다. 그때, 앞에서 이야기 소리가 들렸다. 나는 한적한 진흙 길에 와 있었다. 그 길은 시장을 양분하는 주요도로의 끝과 수직으로 만나는 길이었다. 나는 울퉁불퉁한 길로 돌아서서 소리가 나는 곳으로 갔다. 내가 걸음을 옮길 때마다 진흙이 철벅거리는 소리가 났다. 입에서 김이 모락모락 올라왔다. 좁은 길이었다. 길의 한쪽에는 봄이 되면 개울물이 흘렀을지 모르는 눈 덮인 협곡이 있었고, 다른 쪽에는 흙집(대부분의 경우 오두막에 지나지 않았다) 사이에 듬성듬성, 눈 덮인 삼나무들이 줄지어 서 있었다. 오두막 사이에는 좁은 골목길이 나 있었다.

다시 목소리가 들렸다. 이번에는 더 큰 소리였다. 골목에서 소리가 나고 있었다. 나는 골목 입구 가까이로 다가가 숨을 죽였다. 그리고 모퉁이에서 상황을 엿보았다.

하산이 주먹을 불끈 쥐고 다리를 약간 벌린 채 도전적인 자세로 골목의 막다른 끝에 서 있었다. 그의 뒤, 쓰레기 더미 위에 푸른색 연이 놓여 있었다. 바바의 마음을 열 수 있는 그 연이었다.

세 아이가 하산이 나올 길을 막고 있었다. 다우드 한이 쿠데타를 일으킨 다음 날, 언덕에서 만났던 아이들이었다. 그때, 우리는 하산의 새총 덕에 위기를 모면했었다. 왈리와 카말이 양쪽에 서고, 아세프가 가운데 서 있었다. 나는 몸이 굳으며 오싹해졌다. 아세프는 편안하고 자신 있어 보였다. 그는 쇠 장갑을 낀 손을 만지작거렸다. 다른 두 녀석은 조바심을 치고 발을 바꿔가며 아세프와 하산을 번갈아 쳐다보았다. 아세프만이 다룰 수 있는 야생동물을 구석으로 몰기라도 한 것 같았다.

아세프가 쇠 장갑을 만지작거리며 말했다.

"하자라 놈아, 네놈의 새총은 어디 있느냐? 너, 그때 뭐라고 했지? 사람들이 나를 애꾸눈이라고 부를 거라고 했던가? 맞다, 애꾸눈 아세프였지. 똑똑했지. 아주 똑똑했어. 하지만 무기를 들고 있을 때는 똑똑해지기가 쉬운 법이지."

나는 내가 아직 숨을 내쉬지 않았다는 걸 깨달았다. 나는 천천히, 그리고 조용히 숨을 내쉬었다. 온몸이 마비된 것 같았다. 나는 나와 함께 자랐으며 그의 일그러진 입술과 얼굴이 나의 첫 기억인 아이를 향해 아세프 일당이 다가가는 모습을 지켜보았다.

아세프가 말했다.

"이 하자라 놈아, 오늘은 운이 좋은 줄 알아라."

그는 내게 등을 지고 있었다. 하지만 나는 그가 싱글싱글 웃고 있을 거라는 걸 알았다.

"나는 용서해줄 생각이다. 얘들아, 어떠니?"

카말이 말했다.

"너그러운 거지. 지난번에 저놈이 우리한테 싸가지 없는 짓을 한 걸 생각하면 더더욱 그렇지."

그는 조금 떨긴 했지만 아세프처럼 말하려고 애쓰고 있었다. 그때 나는 그가 하산을 두려워하는 게 아니라는 걸 문득 깨달았다. 그가 두려워하는 것은 무슨 생각을 하는지 전혀 알 수 없는 아세프였다.

아세프가 그만두라는 듯 손을 저었다.

"용서하지. 그건 끝난 일이야."

그는 여기에서 목소리를 약간 낮췄다.

"물론 이 세상에 공짜는 없지. 용서에는 어느 정도 대가가 필요한 법이거든."

카말이 말했다.

"맞아."

왈리가 맞장구를 쳤다.

"공짜는 없어."

아세프가 하산을 향해 한 걸음을 떼며 말했다.

"너는 운이 좋은 하자라 놈이야. 왜냐하면 오늘은 너한테 저

연만 뺏으려고 하니까 말이야. 괜찮은 거래 아니냐?"

카말이 말했다.

"괜찮은 것 이상이지."

나는 내가 서 있는 곳에서 하산의 눈에 두려움이 깃드는 걸 볼 수 있었다. 하지만 그는 고개를 저었다.

"나는 우승을 한 아미르 도련님을 위해서 연을 쫓아온 거예요. 나는 정정당당하게 연을 쫓아왔어요. 이건 도련님의 연이에요."

아세프가 말했다.

"충성심이 많은 하자라 놈이네. 개처럼 충성심이 많군."

카말이 신경질적으로 웃었다.

"하지만 그놈을 위해 희생을 하기 전에 한 번쯤 생각해봐라. 그놈도 네게 똑같이 해줄 것 같으냐? 너는 손님이 오면 그놈이 너를 놀이에 끼워주지 않는 이유가 무엇인지 궁금하지도 않느냐? 그놈이 어째서 아무도 없을 때만 너와 논다고 생각하느냐? 하자라 놈아, 내가 그 이유를 말해주지. 그놈에게는 네놈이 못생긴 애완동물에 불과하니까 그런 거야. 심심하면 같이 놀고, 화나면 발로 차는 그런 애완동물 말이지. 네가 그 이상이라고 행여 착각하지 마라."

하산이 얼굴을 붉히며 말했다.

"아미르 도련님과 저는 친구예요."

아세프가 웃으며 말했다.

"친구라고? 이런 멍청한 놈 같으니라고! 언젠가 네놈은 그런 환상에서 깨어 그놈이 어떤 놈인지 알게 될 거다. 자, 이걸로 됐다. 연을 내놓아라."

하산이 몸을 구부리고 돌을 집어 들었다.

아세프가 움찔했다. 그는 뒷걸음질을 치다 멈췄다.

"이 하자라 놈아, 마지막 기회를 주겠다."

하산은 대답 대신, 돌을 든 손을 들어 올렸다.

"네놈 좋을 대로 해라."

아세프가 외투의 단추를 풀고 벗더니 천천히 개었다. 그리고 그것을 담에 기대놓았다.

나는 입을 벌렸다. 하마터면 무슨 말인가를 할 뻔했다. 하마터면 말이다. 만약 그랬다면 내 인생은 달라졌을지 모른다. 하지만 나는 그러지 않았다. 그냥 바라보기만 했다. 마비된 채.

아세프가 손짓을 하자 다른 두 놈이 반원을 그리며 하산을 골목에 가뒀다.

아세프가 말했다.

"생각이 달라졌다. 하자라 놈아, 네놈이 연을 갖게 해주마. 내가 지금부터 하려는 일을 네놈이 늘 기억할 수 있도록 그걸 갖게 해주겠다."

그가 공격했다. 하산은 돌을 던졌다. 돌은 아세프의 이마에 정통으로 맞았다. 아세프는 비명을 지르며 하산을 향해 달려들어 그를 때려눕혔다. 왈리와 카말이 합세했다.

나는 주먹을 깨물었다. 그리고 눈을 감았다.


하나의 기억.

　하산과 네가 같은 젖을 먹고 자랐다는 걸 알고 있었니? 아미르, 너는 그걸 알고 있었니? 유모의 이름은 사키나였단다. 바미안 출신의 푸른 눈에 얼굴이 예쁜 하자라 여자였다. 너희들에게 옛날에 부르던 결혼식 축가를 불러줬었지. 같은 젖을 먹고 자란 사람들 사이에는 형제애가 있다더라. 너, 그걸 알고 있었니?

또 하나의 기억.

　"얘들아, 한 사람당 1루피아다. 한 사람당 1루피아만 내면 진실의 장막을 열어주마." 노인이 진흙 담에 기대앉는다. 앞을 못 보는 그의 눈은 깊은 쌍둥이 분화구 속에 용해되어 있는 은 같다. 점쟁이는 몸을 웅크려 지팡이를 짚고, 옹이가 진 손으로 쭈글쭈글한 볼을 더듬는다. 그리고 그 손을 우리 앞에 내민다. "진실을 얘기해주겠다는데 1루피아면 많지 않잖니?" 하산은 동전을 그의 가죽 같은 손에 떨어뜨린다. 나도 그렇게 한다. "가장 인자하시고 자비로우신 알라의 이름에 맹세코." 늙은 점쟁이가 이렇게 속삭인다. 그는 하산의 손을 먼저 잡고 뿔 모양의 손톱으로 손바닥을 빙글빙글 쓰다듬는다. 손가락이 하산의 얼굴로 옮겨 간다. 손가락이 그의 볼과 귀의 윤곽을 천천히 만질 때, 긁히는 듯한 메마른 소리가 난다. 못이 박인 손가락이 하산의 눈을 스친다. 손이 거기에서 멈추고 머뭇거린다. 노인의 얼굴에 그림자가 어른거린다. 하산과 나는 서로를 쳐다본다. 노인은 하산의 손을 잡고 받았던 1루피아를 하산의 손바닥에 다시 놓아준다. 그가 나를 향한다. "젊은 친구, 자네는 어떤가?" 벽 너머에서 수탉 한 마리가 운다. 노인이 손을 내밀어 내 손을 잡는다. 나는 손을 뺀다.

**하나의 꿈.**

나는 눈보라 속에서 길을 잃는다. 바람이 요란한 소리를 내며 나의 눈 속으로 눈을 뿌린다. 나는 눈 속에서 비틀거린다. 도와달라고 소리를 쳐보지만 바람이 그 소리를 묻어버린다. 나는 헐떡이며 눈 위에 넘어진다. 그리고 눈에 파묻힌다. 바람이 울부짖는 소리가 들린다. 나는 눈이 발자국을 지우는 모습을 바라본다. 나는 발자국을 남기지 않는 유령인 것 같다. 나는 다시 소리친다. 희망이 나의 발자국처럼 희미해진다. 그러나 잘 들리지는 않지만 대답이 돌아온다. 나는 눈을 가리고 가까스로 일어나 앉는다. 흔들리는 눈의 장막 사이로 언뜻, 무슨 색깔이 움직이는 것이 보인다. 낯익은 모습이 나타나 나를 향해 한 손을 내민다. 나는 손바닥에 나란히 난 깊은 상처에서 피가 눈 위로 떨어지는 모습을 본다. 내가 그 손을 잡자 갑자기 눈이 사라진다. 우리는 신록색 풀밭에 서 있다. 우리 위에는 부드러운 솜털구름이 떠다닌다. 나는 위를 쳐다본다. 맑은 하늘에 녹색, 노란색, 빨간색, 오렌지색 연들이 가득하다.

연들이 오후의 햇살을 받아 반짝인다.


골목에는 쓰레기가 널려 있었다. 못 쓰는 자전거 타이어, 상표가 벗겨진 병, 찢어진 잡지, 누리끼리한 신문 등 모든 것들이 벽돌 더미와 시멘트 조각 사이에 흩어져 있었다. 옆에 구멍이 난 녹슨 난로가 담에 기대어 있었다. 쓰레기 사이에 쳐다보지 않을 수 없는 두 가지 것이 있었다. 하나는 난로와 가까운 담에 기대놓은 푸른색 연이었고, 다른 하나는 깨진 벽돌 더미 위에 던져져 있는 하산의 갈색 코르덴 바지였다.

왈리가 말했다.

"나는 모르겠어. 우리 아버지가 이런 건 사악한 거라고 하셨어."

그는 불확실하기도 하고 흥분해 있기도 하고 두렵기도 한 것 같았다. 하산은 바닥에 엎어진 채 꼼짝하지 못했다. 카말과 왈리가 하산의 팔을 하나씩 잡고 비틀어 등 뒤에 붙였다. 아세프가 그들 위에 서서 장화 뒤축으로 하산의 목덜미를 밟았다.

아세프가 말했다.

"네 아버지는 모르시는 거야. 주제넘은 당나귀 새끼한테 따끔한 맛을 보여주는 건 죄가 아니야."

왈리가 속삭였다.

"그래도 난 모르겠어."

아세프가 말했다.

"맘대로 해라."

그가 카말을 향해 돌아섰다.

"너는 어떠냐?"

"어…… 나는……."

"이놈은 하자라 놈일 뿐이야."

하지만 카말은 계속 눈길을 외면했다.

아세프가 갑자기 날카롭게 말했다.

"좋아. 너희 겁쟁이들은 이놈을 누르고만 있으면 돼. 그건 할 수 있겠지?"

왈리와 카말이 고개를 끄덕였다. 안심이 되는 모양이었다.

아세프는 하산 뒤에 무릎을 꿇었다. 그리고 하산의 벗겨진 엉덩이를 들어 올렸다. 그는 하산의 등에 한 손을 놓고 다른 손으로 자신의 벨트를 풀었다. 그리고 청바지를 벗고 속옷을 벗었다. 그는 하산 뒤에 자리를 잡았다. 하산은 저항하지 않았다. 훌쩍거리지도 않았다. 그가 고개를 약간 움직였다. 그의 얼굴이 얼핏 보였다. 체념한 표정이었다. 그건 내가 전에 본 적이 있는 표정이었다. 그건 양이 짓는 표정이었다.

내일은 이슬람 달력으로 마지막 달인 둘 히자의 열 번째 날이며 사흘간에 걸친 이드 알아드하 혹은 (아프간 사람들의 표현대로 하면) 이드 에 코르반의 첫째 날이다. 예언자 이브라힘이 신에게 자신의 아들을 제물로 바칠 뻔했던 일을 기념하는 날이다. 바바는 올해에도 양을 손수 골랐다. 비틀린 검은 귀에 눈처럼 흰 양이다.

우리, 즉 하산과 알리와 바바와 나는 뒤뜰에 서 있다. 율법사가 기도를 하고 턱수염을 문지른다. 바바가 나직하게 속삭인다. "빨리 하시죠." 양을 잡는 의식을 치를 때 하는 끝없는 기도에 짜증이 난 목소리다. 바바는 종교적인 것이라면 어느 것이나 조롱하듯, 이드에 얽힌 이야기를 조롱한다. 하지만 이드에 코르반의 전통은 존중한다. 고기를 삼등분하여 하나는 자기 가족에게, 다른 하나는 친구들에게, 다른 하나는 가난한 사람들에게 주는 관습이다. 해마다 바바는 고기를 모두 가난한 사람들에게 나눠준다. 그는 이렇게 말한다. "부자들은 그렇지 않아도 이미 살이 피둥피둥 쪄 있으니까 괜찮아."

율법사가 기도를 마친다. "아멘." 그는 날이 기다란 부엌칼을 집어 든다. 관습에 따르면, 양이 칼을 보게 해서는 안 된다. 알리는 양에게 각설탕을 먹인다. 죽음을 쉽게 하기 위한 또 다른 관습이다. 양이 몸부림을 치지만 그리 심하지 않다. 율법사가 양의 턱 밑을 잡고 목에 칼날을 댄다. 전문가다운 동작으로 양의 목을 베기 직전, 나는 양의 눈을 본다. 이후 몇 주 동안 내 꿈에 나올 표정이다. 나는 어째서 내가 해마다 우리 집 뒤뜰에서 행해지는 이 의식을 지켜보는지 이해할 수 없다. 나는 잔디에 묻은 핏자국이 희미해진 후에도 오랫동안 악몽을 꾼다. 그래도 나는 그 모습을 지켜본다. 내가 지켜보는 이유는 양의 체념한 눈빛 때문이다. 말이 안 되는 얘기지만, 나는 동물이 눈앞에 다가온 자신의 죽음이 더 높은 목적을 위한 것이라는 걸 이해한다고 상상한다. 이것 때문에……

나는 그들을 더 이상 차마 바라보지 못하고 돌아섰다. 뭔가 따뜻한 것이 내 팔목에 흘러내리고 있었다. 나는 눈을 깜박여 보았다. 나는 아직도 내 주먹을 깨물고 있었다. 손마디에서 피가 흘러나올 정도로 깨물고 있었다. 내가 깨달은 또 다른 것은 내가 울고 있다는 것이었다. 내가 모퉁이를 돌 때, 아세프가 빠르고 규칙적으로 내는 소리가 내 귀에 들렸다.

내가 마음의 결정을 내릴 마지막 기회였다. 내가 어떤 사람이 될 것인지를 결정할 마지막 기회였다. 하산이 과거에 나를 위해 그랬던 것처럼, 골목으로 들어가 하산의 편을 들어주고 싸우고 무슨 일이 일어나든 그 결과를 감수하거나, 혹은 달아날 수 있었다.

결국, 나는 달아났다.

내가 달아난 것은 겁쟁이였기 때문이다. 나는 아세프가 두려웠고 그가 나한테 할 짓이 두려웠다. 나는 다칠 게 두려웠다. 나는 골목에, 아니 하산에게 등을 돌리면서 속으로 그렇게 생각했다. 나는 스스로를 그렇게 믿게 만들었다. 나는 실제로 비겁하고자 했다. 내가 달아나는 진짜 이유는 이 세상에 공짜는 없다는 아세프의 말이 맞기 때문이었다. 어쩌면 하산은 내가 바바의 마음을 얻기 위해 지불해야 하는 대가이고 죽여야 하는 양이었는지 모른다. 그것이 공정한 대가였을까? 내가 막을 새도 없이 그에 대한 답변이 떠올라버렸다. 그래, 그놈은 하자라 놈일 뿐이야.

나는 왔던 길을 되돌아 달려갔다. 시장은 이제는 거의 텅 비어 있었다. 나는 비틀거리며 자물쇠가 채워진 가게 문에 몸을 기댔다. 문이 흔들렸다. 나는 땀을 흘리고 숨을 헐떡이며, 이런 상황이 아니었으면 좋겠다고 생각했다.

15분쯤 지나자 목소리가 들리고 발소리가 들렸다. 나는 가게 뒤에 몸을 웅크리고 아세프와 다른 두 아이가 달려가는 모습을 지켜보았다. 그들은 웃으면서 아무도 없는 길을 달려갔다. 나는 10분을 더 기다렸다. 그리고 눈 덮인 협곡을 따라 나 있는 울퉁불퉁한 길을 되짚어갔다. 날이 어두워지고 있었다. 나는 눈을 가늘게 떴다. 하산이 나를 향해 천천히 걸어오는 모습이 보였다. 나는 협곡 가장자리의 잎이 없는 자작나무 옆에서 그를 만났다.

그는 푸른색 연을 손에 들고 있었다. 연부터 내 눈에 들어왔다. 솔직히 내가 그때 찢어진 곳은 없는지 연을 살피지 않았다고는 말할 수 없다. 그의 차판 앞쪽에는 흙이 묻어 있었고 셔츠는 목깃 아래가 찢어져 있었다. 그가 걸음을 멈췄다. 쓰러질 것처럼 그의 자세가 불안정했다. 그는 겨우 몸을 가누더니 내게 연을 내밀었다.

내가 말했다.

"어디 있었니? 한참 찾아다녔잖아."

하산은 소매로 콧물과 눈물을 훔쳤다. 나는 그가 무슨 말인가를 하기를 기다렸다. 하지만 우리는 희미해져가는 빛 속에 아무 말 없이 그 자리에 서 있기만 했다. 하산의 얼굴에 깃든 초저녁의 어둠이 그렇게 고마울 수가 없었다. 내 얼굴을 가려주는 어둠이 그렇게 고마울 수가 없었다. 그의 눈을 쳐다볼 필요가 없어서 좋았다. 그는 내가 알고 있다는 것을 알았을까? 만일 그랬다면, 나는 그의 눈에서 뭘 보았을까? 비난? 분노? 헌신적인 사랑? 헌신이라니, 그건 말이 안 되는 거였다. 그건 내가 가장 두려워하는 것이었다. 그걸 보는 건 도저히 견딜 수 없었다.

그가 무슨 말인가를 하기 시작했다. 갈라진 목소리였다. 그는 입을 다물었다가 벌렸다가 다시 다물었다. 그리고 한 걸음을 떼고 얼굴을 닦았다. 하산과 나는 골목에서 무슨 일이 있었는지 서로에게 얘기한 것이나 마찬가지였다. 나는 그가 울지도 모르겠다고 생각했다. 하지만 다행스럽게도 그는 울지 않았다. 나는 그의 갈라진 목소리를 못 들은 척했다. 그의 바지 엉덩이에 묻은 검은 얼룩과 그의 다리 사이로 떨어져 눈을 검게 물들이는 작은 핏방울을 못 본 척했듯이.

"주인님이 걱정하시겠어요."

이것이 그가 말한 전부였다. 그는 나에게서 몸을 돌리고 절뚝거리며 걸어갔다.

　내가 상상했던 것처럼 일이 되어갔다. 나는 담배 연기가 자욱한 서재의 문을 열고 들어갔다. 바바와 라힘 한이 차를 마시며 라디오에서 흘러나오는 뉴스를 듣고 있었다. 그들이 고개를 돌렸다. 내 아버지의 입술에 미소가 어려 있었다. 그가 팔을 벌렸다. 나는 연을 내려놓고 두툼하고 털이 부얼부얼한 그의 품에 안겼다. 나는 그의 따뜻한 가슴에 얼굴을 묻고 울었다. 바바는 나를 꼭 껴안고 이리저리 흔들었다. 그리고 나는 내가 한 짓을 잊었다. 그러자 기분이 좋아졌다.

## 8

일주일 동안 나는 하산을 거의 보지 못했다. 일어나보면 토스트, 차, 삶은 달걀이 식탁에 이미 차려져 있었다. 옷은 말끔하게 다림질이 된 상태로 하산이 보통 다리미질을 하던 등나무 의자에 놓여 있었다. 그는 다리미질을 하기 전에 내가 식탁에 앉기를 기다리곤 했다. 그리고 우리는 얘기를 나누었다. 그는 다리미질을 하면서 튤립 꽃밭에 관한 옛 하자라 노래들을 부르곤 했었다. 이제는 개어놓은 옷만이 나를 반겼다. 나는 더 이상 아침 식사를 제대로 하지 못했다.

어느 흐린 아침이었다. 내가 접시 위의 삶은 달걀을 이리저리 굴리고 있는데, 알리가 장작을 한 아름 안고 들어왔다. 나는 하산이 어디 있느냐고 물었다.

"자러 갔어요."

알리는 난로 앞에 무릎을 꿇으며 말했다. 그는 작은 사각형 문을 당겨서 열었다.

나는 오늘은 하산과 놀 수 있냐고 물었다.

알리는 통나무를 손에 들고 멈칫했다. 얼굴에 걱정스러운 표정이 스쳤다.

"최근에는 자꾸 잠만 자고 싶어 하는 것 같네요. 할 일을 다 하면 담요 속으로 들어가 버린다니까요. 한 가지 물어도 될까요?"

"그래야 한다면 그렇게 해."

"연날리기 대회가 있었던 날, 그 아이가 셔츠가 찢어지고 피가 조금 묻은 채로 집에 왔어요. 무슨 일이 있었느냐고 물었더니 연 때문에 몇몇 아이들과 약간 실랑이가 있었을 뿐 다른 일은 없었다고 하더라고요."

나는 아무 말도 하지 않고, 삶은 달걀을 이리저리 굴리고만 있었다.

"아미르 도련님, 그 애한테 무슨 일이 있었나요? 나한테 얘기하지 않은 뭔가가 있었나요?"

나는 어깨를 으쓱했다.

"내가 어떻게 알아?"

"무슨 일이 있었다면 도련님이 나한테 얘기하셨겠죠?"

내가 날카롭게 말했다.

"앞서 말한 것처럼, 뭐가 문제인지 내가 어떻게 알겠어? 아픈

가 보지. 사람들은 늘 아프잖아. 추워 죽겠어. 난로에 불을 붙일 거야 말 거야?"


그날 밤, 나는 바바에게 금요일에 잘랄라바드에 갈 수 있는지 물었다. 그는 책상 뒤의 가죽 회전의자에 앉아 몸을 흔들며 신문을 읽고 있었다. 그는 신문을 내려놓고 독서 안경을 벗었다. 나는 그 안경이 싫었다. 바바는 전혀 늙지 않았다. 살날이 아직 많이 남아 있었다. 그런데 어째서 멍청하게 생긴 안경을 써야 하는지!

"안 될 것 없지!"

최근에 바바는 내가 말하는 모든 것을 잘 들어줬다. 그뿐만이 아니었다. 이틀 전에는 아리아나 극장에서 상연하는 찰턴 헤스턴 주연의 〈엘 시드〉를 보고 싶지 않으냐고 묻기까지 했다.

"하산한테 잘랄라바드에 같이 가자고 할래?"

바바는 어째서 그렇게 기분을 망치려 들까?

"몸이 안 좋대요."

바바가 몸을 흔들던 동작을 멈췄다.

"그래? 어디가 안 좋은데?"

나는 어깨를 으쓱하고 난로 옆 소파에 앉았다.

"감기 같은 것에 걸렸나 보죠. 알리 말로는 계속 잠만 잔대요."

"지난 며칠 동안 하산이 통 안 보이던데, 감기에 걸려서 그러는 것뿐이지?"

나는 그가 이마에 주름을 잡으며 걱정하는 모습이 보기 싫었다.

"감기일 뿐이에요. 바바, 토요일에 가는 거죠?"

바바가 책상에서 의자를 떼어내며 말했다.

"그래, 그래. 하산이 안됐구나. 그 아이가 같이 가면 네가 좋아할 거라고 생각했다."

"바바와 둘이서도 재미있게 놀 수 있어요."

바바가 미소를 지었다.

"옷을 따뜻하게 입거라."


우리 두 사람만 갔어야 했다. 나는 그러고 싶었다. 그런데 수요일 밤, 바바가 20여 명의 사람들을 초청했다. 그는 그의 사촌인 호메이운(실제로는 사촌이 아니라 육촌이었다)에게 전화를 걸어 금요일에 잘랄라바드에 갈 예정이라고 했다. 프랑스에서 기계공학을 전공한 호메이운 아저씨는 잘랄라바드에 집을 갖고 있었다. 그는 아이들과 두 아내를 포함하여 모두를 데려가고 싶어 했다. 그의 사촌인 샤피카와 그녀의 가족이 헤라트에서 카불로 올 예정이니 따라갈지 모른다고도 했다. 그녀가 카불에 있는 동안 사촌인 나데르의 집에서 묵을 예정이니, 호메이운과 나데르의 사이가 좋지 않긴 하지만 그래도 그의 가족을 초대해야 할 것 같다고 했다. 나데르를 초대하면 그의 동생인 파루크도 초대해야 한다고 했다. 그렇지 않으면 기분이 상해 다음

달에 있을 자기 딸의 결혼식에 그들을 초대하지 않을지 모른다고 했다. 그래서…….

우리들은 세 대의 밴에 나눠 탔다. 나는 바바, 라힘 한, 호메이운 아저씨(바바는 어렸을 때부터 내게 나이가 많은 어른한테는 무조건 아저씨라고 하라고 가르쳤다), 나이 많은 다른 아주머니와 같이 탔다. 호메이운 아저씨의 두 부인도 우리와 같이 탔다. 나이가 많은 부인은 손등에 사마귀가 난 초췌한 얼굴의 여자였다. 나이가 적은 부인에게서는 늘 향수 냄새가 났다. 그녀는 눈을 감은 채 춤을 추는 여자였다. 호메이운 아저씨의 쌍둥이 딸도 우리와 같은 차에 탔다. 나는 열두 살 먹은 쌍둥이 자매 사이에 앉았다. 자매는 자꾸 내 위로 손을 뻗어 서로를 때리고 난리를 쳤다. 잘랄라바드는 가파른 비탈에 있는 구불구불한 산길로 두 시간이나 가야 하는 곳이었다. 나는 가파른 커브 길을 돌 때마다 배가 뒤틀리며 멀미가 났다. 차에 탄 사람들이 큰 소리로 얘기하고 있었다. 악을 쓴다고 해도 될 정도로 큰 소리였다. 아프간 사람들은 그런 식으로 얘기했다. 나는 쌍둥이 중 하나한테 차멀미를 하니 자리를 좀 바꿔달라고 했다. 그러자 그녀는 혀를 쑥 내밀고 안 된다고 했다. 그래서 나는 그건 괜찮지만, 내가 그녀의 새 옷에 토하면 원망하지는 말라고 했다. 그렇게 해서 나는 창가에 앉게 되었다. 나는 창밖을 내다보았다. 나는 움푹 들어간 길이 오르락내리락하는 모습을 바라보았다. 길은 산중턱으로 구불구불 나 있었다. 나는 쪼그려 앉은 남자들을 가득 실은 다양한 색상의 트럭들을 세어보았다. 나는 눈을 감고 바람이 볼에 와 닿는 걸 느껴보려고 했다. 그리고 입을 열고 신선한 공기를 들이마셨다. 그럼에도 여전히 기분은 좋아지지 않았다. 쌍둥이 중 하나가 내 옆구리를 손가락으로 찔렀다. 둘이 워낙 닮아서 나를 찌른 게 파질라인지, 아니면 카리마인지 알 수 없었다.

내가 말했다.

"네?"

바바가 운전을 하면서 말했다.

"연날리기 대회에 관한 얘기를 하고 있었다."

호메이운과 그의 두 부인이 가운데 좌석에서 나를 향해 미소를 짓고 있었다.

바바가 말했다.

"그날 연이 100개는 됐을 거네. 아미르, 맞지?"

내가 중얼거렸다.

"그랬을 거예요."

"호메이운, 연이 100개나 떠 있었다는 말일세. 정말이라네. 그날, 마지막까지 남은 연은 아미르의 연이었지. 마지막으로 떨어진 연도 집으로 가져왔다네. 아름다운 푸른색 연이었어. 하산과 아미르가 쫓아가서 가져온 거네."

호메이운 아저씨가 말했다.

"축하한다."

손등에 사마귀가 있는 그의 첫 번째 부인이 박수를 쳤다.

"와, 아미르 대단하다. 네가 정말 자랑스럽구나!"

나이가 적은 부인도 합세했다. 그들 모두가 박수를 치며 내가 자랑스럽다고 칭찬을 했다. 바바의 옆 좌석에 앉은 라힘 한 만이 조용히 있었다. 그는 나를 이상하게 바라보고 있었다.

내가 말했다.

"바바, 차 좀 세워주세요."

"왜 그러니?"

"멀미가 나서요."

내 몸이 호메이운 아저씨의 쌍둥이 딸 쪽으로 기울며 그들을 눌렀다.

그들의 얼굴이 일그러지며 소리를 질렀다.

"아저씨, 차 세워요! 이 애 얼굴이 창백해요! 내 옷에 토할 것 같아요!"

바바가 차를 세우려 했지만 나는 참지 못했다. 몇 분 후, 나는 길가의 돌 위에 앉아 있었다. 그들은 차를 환기시키고 있었다. 바바는 호메이운 아저씨와 함께 담배를 피우고 있었다. 호메이운 아저씨는 자기 딸에게 잘랄라바드에 가면 새 옷을 사줄 테니 그만 울라고 달랬다. 나는 눈을 감고 해를 향해 얼굴을 들었다. 눈꺼풀 속으로 작은 형상들이 보였다. 담벼락에 손으로 그림자를 드리운 것 같은 형상들이었다. 그것들이 비틀렸다가 합쳐지더니 하나의 형상을 만들었다. 골목의 낡은 벽돌 더미 위에 버려진 하산의 갈색 코르덴 바지의 형상이었다.

　잘랄라바드에 있는 호메이운 아저씨의 집은 2층짜리 흰색 집이었다. 발코니에서는 울타리가 있는 커다란 정원이 내려다 보였다. 정원에는 사과나무와 감나무가 심어져 있었다. 여름에는 정원사가 울타리를 동물 모양으로 다듬어놓았다. 수영장에는 에메랄드색의 타일이 깔려 있었다. 나는 바닥에 남아 있는 질척이는 눈을 제외하면 아무것도 없는 수영장 가장자리에 앉아 발을 대롱거리고 있었다. 호메이운의 딸들은 뜰에서 숨바꼭질을 했다. 여자들은 요리를 하고 있었다. 양파 볶는 냄새가 났다. 압력 밥솥이 내는 소리도 들렸다. 음악 소리도 들리고 웃음소리도 들렸다. 바바, 라힘 한, 호메이운 아저씨, 나데르 아저씨가 발코니에 앉아 담배를 피우고 있었다. 호메이운 아저씨는 그들에게 프랑스에서 찍었던 슬라이드를 보여주려고 프로젝터를 가져왔다고 말하고 있었다. 파리에서 돌아온 지가 10년이나 됐건만, 그는 아직도 그 시시껄렁한 슬라이드를 보여주고 싶어했다.

　이런 기분이어서는 안 되었다. 바바와 나는 마침내 친구가 되었다. 우리는 며칠 전 동물원에 가서 사자도 같이 보았다. 나는 아무도 보지 않을 때 곰을 향해 돌을 던졌다. 우리는 나중에는 영화관 맞은편에 있는 다드코다 케밥 식당에 가서 화덕에서 막 꺼낸 빵을 곁들여 양고기 케밥을 먹었다. 바바는 내게 인도와 러시아에 갔을 때 만났던 사람들에 관한 얘기를 해줬다. 그가 봄베이에서 만난 사람들 중에는 팔도 없고 다리도 없는 부부가 있었는데, 그들은 결혼해 47년이나 같이 살면서 열한 명의 아이를 낳아 키웠다고 했다. 바바가 해주는 이야기를 들으며 하루를 보내는 일은 즐거웠다. 마침내 나는 내가 오랫동안 바라던 것을 갖게 된 것이었다. 그런데 그것을 갖게 된 지금, 나는 다리를 대롱거리며 앉아 있는 이 너저분한 수영장만큼이나 허전한 느낌을 받았다.

해 질 녘이 되자 여자들이 저녁을 차렸다. 밥, 코프타, 닭고기 카레 소스 등이 나왔다. 우리는 전통적인 방식으로 식사를 했다. 우리는 방석을 깔고 앉아 서너 명이 한 조를 이뤄, 바닥에 깔린 식탁보 위에 차려진 음식을 손으로 먹었다. 나는 배가 고프지 않았지만 바바, 파루크 아저씨, 호메이운 아저씨의 두 아들과 같이 먹었다. 저녁 식사 전에 몇 잔의 위스키를 마신 바바는 아직도 연날리기 대회에 관한 얘기를 하고 있었다. 그는 내가 다른 아이들을 어떻게 이겼으며, 마지막에 떨어진 연을 갖고 어떻게 집에 왔는지, 큰 소리로 얘기했다. 그의 웅웅거리는 목소리가 방 안을 지배하고 있었다. 사람들은 접시에서 고개를 들고 축하의 말을 건넸다. 파루크 아저씨는 음식을 만지지 않은 손으로 내 등을 두드렸다. 그러고 있자니 내 눈이 칼에 찔리는 것 같았다.

식사가 끝났다. 바바와 그의 사촌들은 몇 시간 동안 포커를 했다. 그리고 자정이 한참 지난 후, 남자들은 식사를 했던 방에 나란히 담요를 깔고 누웠다. 여자들은 위층으로 올라갔다. 한 시간이 지나도 나는 잠을 이룰 수 없었다. 나는 친척들이 잠을 자며 툴툴거리고 한숨을 쉬고 코를 골 때, 계속 뒤척이기만 했다. 그러다가 일어나 앉았다. 달빛이 창문을 통해 흘러들고 있었다.

"나는 하산이 강간당하는 걸 봤어요."

아무도 내 말을 듣고 있지 않았다. 바바가 잠을 자다가 뒤척였다. 호메이운 아저씨가 투덜거렸다. 나는 속으로 누군가가 깨어서 내 말을 들었으면 싶었다. 그래서 내가 더 이상 이 거짓말과 함께 살 필요가 없어졌으면 싶었다. 그러나 아무도 깨지 않았다. 나는 이어지는 침묵 속에서 내게 주어진 새로운 저주의 본질을 이해했다. 아무런 벌도 받지 않고 그냥 넘어간다는 것이 내 저주였다.

나는 하산이 꿨다는 꿈에 대해 생각했다. 그는 우리가 호수에서 수영하는 꿈을 꿨다고 했었다. "괴물은 없어요. 물밖에 없다고요." 그는 이렇게 말했었다. 그러나 그가 틀렸다. 호수에는 괴물이 있었다. 그 괴물이 하산의 발목을 잡고 진흙 바닥으로 끌어 내렸다. 그 괴물은 바로 나였다.

내가 불면증에 걸린 건 그날 밤이었다.


나는 그다음 주 중반이 되어서야 하산과 얘기할 기회가 생겼다. 나는 점심을 먹는 둥 마는 둥 했다. 하산은 설거지를 하고 있었다. 내가 위층에 있는 내 방으로 올라가려고 할 때, 하산이 나한테 언덕에 가지 않겠느냐고 물었다. 나는 피곤하다고 말했다. 하산도 피곤해 보였다. 살이 빠진 그는 부은 눈 밑에 희끄무레한 눈 그늘이 생겨 있었다. 하지만 그가 다시 묻자, 나는 마지못해 그러겠다고 했다.

우리는 언덕을 올라갔다. 우리의 장화가 질척거리는 눈을 밟으면서 철벅철벅 소리를 냈다. 우리 중 아무도 입을 열지 않았다. 우리는 석류나무 밑에 앉았다. 나는 내가 실수했다는 걸 알았다. 나는 그곳에 가서는 안 되었던 것이다. 내가 알리의 부엌칼로 나무에 '카불 황제, 아미르와 하산'이라고 새겨 넣은 글자를 바라보는 걸 이제는 견딜 수 없었다.

그는 『샤나메』에 나오는 영웅들의 이야기를 읽어달라고 했다. 그러나 나는 그에게 생각이 바뀌었다고 말했다. 나는 내 방으로 가고 싶다고 말했다. 그는 눈길을 돌리고 어깨를 으쓱했다. 우리는 올라온 길을 다시 침묵 속에서 내려갔다. 나는 그때 내 인생에서 처음으로 봄이 빨리 왔으면 좋겠다고 생각했다.


1975년 겨울의 나머지 부분에 대한 내 기억은 상당히 아슴푸레하다. 바바가 집에 있는 걸 내가 상당히 좋아했던 게 생각난다. 우리는 식사도 같이 하고 영화도 같이 보고 호메이운 아저씨나 파루크 아저씨 집에도 같이 가곤 했다. 때때로 라힘 한이 오면 바바는 나를 서재에 앉히고 함께 차를 마시게 해줬다. 그는 나에게 내가 쓴 이야기를 읽어달라고 하기까지 했다. 좋았다. 나는 그게 오래갈 것이라고 생각했다. 내 생각에 바바도 그렇게 믿었던 것 같다. 그러나 우리는 제대로 알지 못하고 있었다. 바바와 나는 연날리기 대회가 끝난 후 몇 달 동안은 달콤한 환상에 빠져 서로에 대해 전과 다르게 생각했다. 우리는 종이와 풀과 대나무로 만들어진 연이 우리 사이에 있는 틈을 메워줬다고 스스로를 속이고 있었다.

하지만 바바가 나가면 나는 방에 갇혀 지냈다. 바바는 나가 있는 경우가 많았다. 나는 이틀에 한 권씩 책을 읽었다. 그리고 소설을 썼고 말을 그리는 법을 익혔다. 아침이면 하산이 부엌에서 움직이는 소리가 들렸다. 그릇이 딸그락거리고 찻주전자에서 물이 끓는 소리가 들렸다. 나는 문이 닫히는 소리를 듣고 나서야 아래층으로 내려가 식사를 했다. 나는 개학날을 달력에 표시해놓고 기다리기 시작했다.

당황스럽게도 하산은 우리 사이를 전처럼 돌려놓으려고 노력했다. 그가 마지막으로 그랬던 모습이 지금도 또렷하게 생각난다. 나는 내 방에서 페르시아어로 번역된 『아이반호』의 축약본을 읽고 있었다. 그때, 하산이 문을 두드렸다.

"무슨 일이야?"

그가 문을 열지 않고 말했다.

"빵을 사러 가려고 해요. 같이 갈래요?"

나는 관자놀이를 문지르며 말했다.

"그냥 책이나 읽을래."

최근에 나는 하산이 근처에 있을 때마다 머리가 아팠다.

"날씨가 좋아요."

"나도 알아."

"산책을 하면 좋을 것 같아요."

"너나 해."

"같이 했으면 좋겠어요."

그는 여기에서 잠시 말을 멈췄다. 뭔가가 문에 부딪는 소리가 났다. 어쩌면 그의 이마였는지 모른다.

"내가 무슨 짓을 했기에 아미르 도련님이 이러는지 모르겠어요. 얘기해주면 좋겠어요. 왜 우리가 같이 놀지 않는지 모르겠어요."

"하산, 너는 아무 짓도 하지 않았어. 그냥 가줘."

"얘기해줄 수 있잖아요. 그러면 내가 이럴 필요 없잖아요."

나는 무릎에 고개를 묻고 양쪽 무릎으로 관자놀이를 아주 세게 눌렀다.

나는 눈을 질끈 감고 말했다.

"내가 너한테 뭘 바라는지 말해주지."

"뭐든 말해봐요."

나는 소리를 질렀다.

"나를 괴롭히지 말아줬으면 좋겠다. 옆에 있지 않으면 좋겠어."

나는 그가 문을 열고 들어와 나한테 욕이라도 해줬으면 싶었다. 그랬다면 모든 게 더 쉽고 좋아졌을지 모른다. 하지만 그는 그렇게 하지 않았다. 내가 몇 분 후 문을 열었을 때, 그는 거기에 없었다. 나는 침대에 몸을 던졌다. 그리고 베개에 얼굴을 묻고 울었다.

하산은 그 후 내 주변을 맴돌기만 했다. 나는 가능한 한 그와 마주치지 않으려고 노력했고 그렇게 하루 일과를 짰다. 그가 주변에 있으면 방에서 산소가 빠져나가는 것 같았다. 가슴이 조여 제대로 숨을 쉴 수가 없어 가슴이 헐떡거렸다. 하지만 그는 주변에 없을 때도 옆에 있는 거나 마찬가지였다. 손으로 빨아 다림질해 등나무 의자에 놓아둔 옷, 내 방 밖에 놓인 따뜻한 슬리퍼, 아침을 먹으러 내려가면 피워져 있는 난로 속의 장작불 등 모든 것에 그가 있었다. 어디를 둘러보아도 나는 그의 충성심의 흔적을 보았다. 요지부동의 빌어먹을 충성심.

그해 이른 봄, 학교가 시작되기 며칠 전이었다. 바바와 나는 정원에 튤립을 심고 있었다. 눈은 대부분 녹고 없었다. 북쪽 언덕 이곳저곳에 벌써 푸른 잔디가 올라오는 모습이 보였다. 서늘하고 희끄무레한 아침이었다. 바바는 내 옆에 쪼그려 앉아 땅을 파고 내가 건네주는 튤립 뿌리를 심었다. 그는 나에게 대부분의 사람들은 가을에 튤립을 심는 게 더 좋다고 생각하는

데 그건 사실이 아니라고 말했다. 그때, 나는 단도직입적으로 이렇게 물었다.

"바바, 새 하인을 들이는 것은 어떻게 생각하세요?"

그는 들고 있던 튤립 뿌리를 놓고 모종삽을 흙에 꽂았다. 그리고 장갑을 벗었다. 그는 내 말에 놀란 듯했다.

"뭐라고?"

"그냥 한번 말씀드려본 거예요."

바바가 퉁명스럽게 말했다.

"내가 왜 그렇게 하고 싶겠니?"

"그러지 않으시겠지요. 그냥 여쭤봤을 뿐이에요."

내 목소리는 속삭임에 가까웠다. 나는 그 말을 한 걸 벌써 후회하고 있었다.

"너와 하산 사이의 문제냐? 나는 너희 둘 사이에 문제가 있다는 걸 안다. 하지만 그게 무엇이든 그걸 처리해야 할 사람은 내가 아니라 너다. 나는 거기서 빠지겠다."

"죄송해요, 바바."

그는 다시 장갑을 꼈다. 그가 이를 악물고 말했다.

"나는 알리와 같이 자랐다. 내 아버지는 알리를 집으로 데려와 당신 자식처럼 키우고 사랑하셨다. 알리는 내 가족과 함께 40년을 같이 살았어. 40년을 말이다. 네 생각에는 내가 그를 내보낼 것 같으냐?"

그가 나를 향해 몸을 돌렸다. 그의 얼굴이 튤립처럼 빨갰다.

"나는 너한테 손을 댄 적이 없다. 하지만 다시 그따위 말을 하면……."

그는 눈길을 돌리며 고개를 저었다.

"너는 나를 치욕스럽게 하는구나. 하산은 아무 데도 안 간다. 알겠느냐?"

나는 눈을 내리깔고 서늘한 흙을 한 줌 집어 손가락 사이로 흘렸다.

바바가 고함을 쳤다.

"알겠느냐고 물었잖아!"

나는 몸을 움찔했다.

"네, 바바."

그는 필요 이상으로 모종삽으로 흙을 세게 치며 구멍을 팠다.

"하산은 아무 데도 안 간단 말이다. 그 아이는 바로 이 집에서 우리와 함께 살 거다. 이게 그 아이의 집이고 우리가 그 아이의 가족이다. 다시는 그따위 말을 하지 말거라."

"그러지 않을게요, 바바. 죄송해요."

우리는 나머지 튤립 뿌리를 침묵 속에서 심었다.

나는 그다음 주에 학교가 시작되자 마음이 놓였다. 새 공책과 날카롭게 깎은 연필을 손에 든 학생들이 모여서 잡담을 하고 흙을 차고 뜰에서 어슬렁거렸다. 반장의 호루라기 소리를 기다리고 있는 거였다. 바바는 입구로 통하는 비포장도로로 차를 몰고 갔다. 학교는 낡은 2층 건물이었다. 유리는 깨지고 침침한 복도에는 자갈이 깔려 있었다. 회반죽이 떨어져 나가 건물에 원래 칠해져 있던 흐릿한 노란색 페인트가 드러나 보였다. 대부분의 아이들은 걸어서 학교에 갔다. 몇몇 아이가 부러운 듯 바바의 검은색 승용차를 쳐다봤다. 나는 옛날에는 그가 나를 내려주면 의기양양했었다. 하지만 지금은 조금 당황스러운 것 같았다. 그 느낌에 공허함이 곁들여졌다. 바바는 작별 인사도 없이 차를 몰고 가버렸다.

나는 연싸움을 하다가 생긴 상처를 서로 비교하는 아이들을 무시하고 줄을 섰다. 종이 울리자, 우리는 둘씩 짝을 지어 지정된 교실로 들어갔다. 내 자리는 맨 뒷줄이었다. 페르시아어 선생님이 교과서를 나눠줄 때, 나는 숙제가 많았으면 좋겠다고 생각했다.

학교 공부는 나에게 내 방에 오랫동안 머물 핑계를 마련해줬다. 나는 그해 겨울에 일어났던 일을 한동안 잊고 살았다. 일어났던 일이라기보다는 일어나도록 '놔뒀다'고 하는 편이 더 맞겠다. 나는 몇 주 동안, 하산과 하산에게 일어났던 일에 대해 생각하지 않고, 중력과 운동량, 원자와 세포, 영국과 아프가니스탄 사이의 전쟁에 관한 공부에 열중했다. 하지만 내 마음은 자꾸 그 골목으로 돌아갔다. 내 마음은 벽돌 위에 놓여 있던 하산의 갈색 코르덴 바지와 눈 위에 떨어지던 붉은, 아니 검은색에 가까운 핏방울로 자꾸 돌아갔다.

그해 초여름, 어느 나른하고 흐릿한 오후였다. 나는 하산에게 언덕에 가자고 했다. 내가 쓴 소설을 읽어주고 싶다고 했다. 그는 뜰에 빨래를 널고 있었다. 그는 가고 싶은지 허둥지둥 일을 끝냈다.

우리는 언덕을 오르며 자질구레한 얘기를 나눴다. 그는 나에게 학교생활과 학교에서 배우고 있는 것에 관해 물었다. 나는 선생님들, 특히 수업 시간에 떠드는 학생들의 손가락에 쇠막대를 끼우고 눌러 체벌을 하는 비열한 수학 선생님에 관한 얘기를 그에게 했다. 하산은 그 말을 듣고 몸을 움찔하며 나한테는 그런 일이 없었으면 좋겠다고 말했다. 나는 지금까지는 운이 좋았다고 했다. 그러나 그건 운과는 아무 상관이 없는 일이었다. 나도 수업 시간에 떠들긴 했다. 하지만 내 아버지가 부자였다. 누구나 내 아버지를 알았다. 그래서 그런 벌을 받지 않아도 됐던 것이다.

우리는 석류나무가 드리운 그늘 밑의 낮은 묘지 울타리에 기대고 앉았다. 한두 달만 지나면 언덕을 덮고 있는 잡초들이 누렇게 시들 것이었다. 하지만 그해 봄에는 보통 때와 달리 비가 초여름까지 계속되었다. 그래서 풀들이 아직도 푸르렀다. 이곳저곳에 들꽃들이 피어 있었다. 우리의 눈 밑으로 와지르아크바르칸 지역이 펼쳐져 있었다. 벽이 희고 지붕이 납작한 집들이 햇빛을 받아 빛나고 있었다. 빨랫줄에 걸린 옷들이 미풍에 흔들리는 모습이 꼭 나비 같았다.

우리는 석류를 열 개 정도 땄다. 나는 이야기의 첫 장을 읽으려고 하다가 그냥 내려놓고, 너무 익어서 땅으로 떨어진 석류를 주웠다.

나는 석류를 위로 던졌다가 받으며 물었다.

"내가 이걸로 널 치면 어쩔 거니?"

하산의 얼굴에서 미소가 사라졌다. 그는 내가 생각했던 것보다 더 나이가 들어 보였다. 아니, 나이가 더 들었다기보다 '늙어' 보였다. 햇볕에 탄 얼굴에 주름이 져 있었다. 눈가에도, 그리고 입가에도 주름이 있었다. 그 주름들은 내가 그의 얼굴에 칼로 새긴 것일지도 몰랐다.

내가 같은 질문을 반복했다.

"어쩔 거니?"

그의 얼굴이 핼쑥해졌다. 그의 옆에는 내가 그에게 읽어주겠다고 했던 이야기가 적힌 종이들이 바람에 나풀거리고 있었다. 나는 그에게 석류를 던졌다. 석류가 그의 가슴에 닿으며 터졌다. 하산은 놀라움과 고통이 뒤섞인 비명을 질렀다.

내가 소리쳤다.

"너도 던져!"

하산은 가슴에 묻은 석류 얼룩에서 나한테로 시선을 옮겼다.

"일어나! 던지란 말이야!"

하산이 일어났다. 하지만 그는 조금 전까지만 해도 해변에서 기분 좋게 산책을 하고 있다가 역조에 휘말려 바닷속으로 끌려 들어간 사람처럼 얼빠진 표정으로 서 있었다.

나는 그에게 다른 석류를 던졌다. 이번에는 그의 어깨에 맞았다. 석류즙이 그의 얼굴에 튀었다.

나는 침을 뱉으며 말했다.

"너도 똑같이 해! 이 빌어먹을 새끼야, 너도 똑같이 하란 말이야!"

나는 그가 그렇게 하기를 바랐다. 나는 그가 나한테 복수를 해줬으면 싶었다. 그러면 밤에 편히 잘 수 있을 것 같았다. 그렇게 되면 우리의 관계가 전처럼 될 것 같았다. 하지만 하산은 내가 석류를 계속 던지는데도 아무 짓도 하지 않았다.

"너는 겁쟁이야! 염병할 겁쟁이라고!"

나는 그에게 석류를 얼마나 많이 던졌는지 알지 못한다. 내가 기억하는 것은 마침내 내가 기진맥진해져 숨을 헐떡이며 그 짓을 그만뒀을 때, 사격대가 쏜 총에 맞은 사람처럼 하산의 온몸이 빨개져 있었다는 것뿐이다. 나는 무릎을 꿇었다. 맥이 빠지고 절망스러웠다.

그때, 하산이 석류 하나를 집었다. 그는 나를 향해 걸어왔다. 그는 석류를 쪼개더니 그의 이마에 대고 으깼다. 그의 얼굴에 피처럼 붉은 액이 흘렀다. 그가 쉰 목소리로 말했다.

"이젠 만족하나요? 기분이 좋아졌나요?"

그는 몸을 돌려 언덕을 내려가기 시작했다.

걷잡을 수 없이 눈물이 나왔다. 나는 무릎을 꿇은 채 오열했다.

"하산, 내가 너를 어떻게 해야 하니? 어떻게 해야 하니?"

눈물이 바닥날 때쯤, 나는 언덕을 터벅터벅 내려왔다. 그 질문에 대한 답을 갖고서.


나는 1976년 여름, 열세 살이 되었다. 그간 잊혀져 있던 아프가니스탄이 세상에 알려지면서 평화가 사라지기 이태 전이었다. 바바와 나 사이의 관계는 다시 멀어지고 있었다. 내 생각에 그것의 시작은 내가 튤립을 심을 때 하인들과 관련하여 했던 미련한 말 때문이었다. 나는 그걸 입에 올린 걸 후회했다. 정말로 그랬다. 하지만 내가 그 말을 하지 않았다 하더라도 우리의 행복한 순간은 막을 내렸을 것 같다. 여름이 끝나갈 무렵, 식사를 하면서 나누던 대화는 스푼과 포크가 접시에 부딪는 소리로 바뀌었고, 바바는 전처럼 식사를 마치면 서재로 곧장 들어가버렸다. 나도 하페즈와 하이얌을 읽고, 손톱을 뿌리까지 물어뜯으며 소설을 쓰는 일로 되돌아갔다. 나는 침대 밑에 내가 쓴 소설을 쌓아놓았다. 그럴 리는 없겠지만, 바바가 행여 나한테 읽어보라고 할 경우를 대비해서였다.

파티에 관한 바바의 좌우명은 세상 사람을 모두 초대하는 게 아니면 파티가 아니라는 것이었다. 나는 내 생일 파티가 있기 일주일 전, 초대할 사람들의 명단을 훑어본 적이 있었다. 나한테 생일 선물을 줄 아저씨, 아주머니들을 포함하여 400명이 넘는 사람들 중 4분의 3이 모르는 사람들이었다. 나는 그들이 실제로 나를 위해 오는 게 아니라는 걸 깨달았다. 내 생일이었지만 진짜 주인공은 따로 있었다.

며칠 동안, 우리 집은 바바가 고용한 사람들로 붐볐다. 푸줏간 주인 살라후딘은 송아지 한 마리와 양 두 마리를 끌고 와서 돈을 받지 않겠다고 했다. 그는 뜰에 있는 포플러나무 옆에서 동물들을 직접 잡았다. 포플러나무 주변의 잔디가 피로 젖자, 그는 이렇게 말했다.

"피는 나무에 좋은 거란다."

내가 모르는 사람들이 참나무에 올라가 작은 전구들이 달린 전선을 설치했다. 다른 사람들은 수십 개의 탁자를 설치하고 탁자마다 식탁보를 깔았다. 파티가 열리기 전날 밤, 바바의 친구인 델 무함마드가 향신료 자루를 갖고 우리 집에 왔다. 그는 샤레나우에서 케밥 식당을 운영하고 있었다. 푸줏간 주인이 그랬듯, 델 무함마드─바바는 그를 델로라고 불렀다─는 돈을 받지 않겠다고 했다. 그는 바바가 이미 그의 가족한테 할 만큼 했다고 말했다. 델 무함마드가 고기를 재고 있을 때, 라힘 한은 나한테 작은 목소리로 바바가 그 사람에게 식당을 개업할 돈을 빌려줬다고 말했다. 바바는 그가 어느 날 벤츠를 타고 나타나 돈을 받지 않으면 가지 않겠다고 버틸 때까지 돈을 돌려받지 않았다고 했다.

나의 생일 파티는 어느 모로 보나, 혹은 적어도 파티에 대한 평가 측면에서 보면 대단히 성공적이었다. 나는 집에 그렇게 손님이 많이 온 걸 본 적이 없었다. 손님들이 술을 마시며 복도에서 담소를 나누고 계단에서 담배를 피우고 출입구에 기대어 있었다. 그들은 앉을 곳이 있으면 어디나 앉았다. 부엌 조리대에도 앉았고, 현관홀에도 앉았다. 심지어 계단 밑에도 앉았다. 뒤뜰에 있는 사람들은 나무에서 깜빡거리는 파란색, 빨간색, 초록색 전구 밑에서 서로 어울렸다. 그들의 얼굴은 곳곳에 있는 석유램프 불빛을 받아 빛났다. 바바는 정원이 내려다보이는 발코니에 무대를 세우고 스피커를 곳곳에 설치해놓았다. 아마드 자히르가 무대 위에서 아코디언을 연주하고 노래를 불렀다. 사람들이 춤을 췄다.

나는 손님들 한 사람 한 사람에게 인사를 해야 했다. 바바는 그 점을 분명히 했다. 그는 아무도 그가 예의도 모르는 아들을 뒀다는 소리를 하지 못하도록 하려고 했다. 나는 수백 명의 볼에 입맞춤을 했고 생면부지의 사람들과 포옹을 했으며 선물을 준 것에 대해 감사의 말을 했다. 억지로 웃음을 짓고 있으려니 얼굴이 아팠다.

내가 바바와 함께 바 근처의 뜰에 있을 때, 누군가가 말을 걸었다.

"아미르, 생일 축하한다."

아세프였다. 그가 부모와 같이 와 있었다. 아세프의 아버지 마무드는 피부는 검고 얼굴은 좁았으며, 키는 작고 몸은 여윈 사람이었다. 그의 어머니 타냐는 눈을 자주 깜빡거리고, 작고 예민해 보이는 여자였다. 그녀는 미소를 짓고 있었다. 아세프는 두 사람 사이에서 두 사람의 어깨에 팔을 올린 채 웃으며 서 있었다. 그는 자기가 그들을 파티에 데리고 온 것처럼 우리를 향해 그들을 데리고 왔다. 그가 부모 같고 그들이 자식 같았다. 현기증이 내 몸을 훑고 지나갔다. 바바는 그들에게 와줘서 고맙다고 인사했다.

아세프가 말했다.

"내가 네 선물을 직접 골랐다."

타냐의 얼굴이 실룩실룩 움직였다. 그녀가 아세프를 쳐다보다가 재빨리 내게로 눈길을 옮겼다. 그녀는 애매한 미소를 지으며 눈을 깜빡였다. 나는 바바도 그 분위기를 감지했는지 궁금했다.

바바가 말했다.

"아직도 축구를 하느냐?"

바바는 늘 내가 아세프와 친구가 되기를 바랐다.

아세프가 미소를 지었다. 어찌나 즐거운 미소를 짓는지 소름이 돋을 정도였다.

"물론이죠, 아저씨."

"내가 기억하기론 라이트윙이지?"

"올해에는 센터포워드로 옮겼어요. 그렇게 하면 골을 더 넣을 수 있거든요. 다음 주에는 메크로 라얀 팀하고 경기를 해요. 좋은 경기가 될 거예요. 그쪽에도 몇몇 좋은 선수들이 있으니까요."

바바가 고개를 끄덕였다.

"너도 알지만, 나도 어렸을 때 센터포워드였지."

"마음만 먹으면 지금도 하실 수 있을 거예요."

그는 바바에게 선량한 눈웃음을 지어 보였다.

바바도 눈웃음으로 화답했다.

"네 아버지가 너한테 사람들의 비위를 맞추는 법을 가르쳐 줬나 보구나."

바바가 아세프의 아버지를 팔꿈치로 치며 말했다. 그 바람에 아세프의 작달막한 아버지가 거의 넘어질 뻔했다. 마무드의 웃음은 타냐의 미소처럼 신뢰가 가는 웃음이었다. 그들의 아들이 이따금 그들을 흠칫 놀라게 할지도 모르겠다는 생각이 문득 들었다. 나는 억지로 미소를 지으려고 했지만, 입가가 약간 올라간 게 전부였다. 나는 내 아버지가 아세프와 친해지는 걸 보고 속이 메스꺼웠다.

아세프가 나를 쳐다보고 말했다.

"왈리와 카말도 와 있어. 네 생일인데 안 올 수 없잖아."

그 말에 빈정거리는 웃음이 묻어 있었다. 나는 말없이 고개를 끄덕였다.

아세프가 말했다.

"내일 우리 집에서 배구 할 건데 너도 올 수 있으면 와라. 네가 원한다면 하산을 데리고 와도 좋고."

바바가 환한 미소를 지으며 말했다.

"재미있겠다. 아미르, 어떻게 생각하니?"

나는 기어들어가는 소리로 말했다.

"저는 배구를 좋아하지 않아요."

바바의 표정이 어두워졌다. 불편한 침묵이 이어졌다.

바바가 어깨를 으쓱하며 말했다.

"아세프, 미안하구나."

바바가 나를 위해 미안하다고 말하다니 너무 괴로웠다.

아세프가 말했다.

"아니에요, 괜찮아요. 여하튼 아미르, 나는 너를 공식 초대한 셈이다. 여하튼 네가 책 읽는 걸 좋아한다고 해서 선물로 책을 가져왔다. 내가 좋아하는 책이야."

그는 포장지에 싼 선물을 나한테 건넸다.

"생일 축하한다."

그는 면 셔츠에 청색 바지를 입고 빨간 실크 타이에 반짝반짝 빛나는 검정 구두를 신고 있었다. 그에게서는 향수 냄새가 났고, 금발 머리는 빗어서 단정하게 뒤로 넘기고 있었다. 겉으로 보면 그는 모든 부모가 이상적으로 생각할 아이 같았다. 튼튼하고 키도 컸다. 옷도 잘 입고 매너도 좋았다. 재능도 있고 얼굴도 잘생겼다. 게다가 어른하고 농담까지 할 정도로 재치도 많았다. 하지만 그는 내겐 그런 사람이 아니었다. 그의 눈을 보면 그의 본색이 드러났다. 내가 들여다보자, 눈의 표면이 흔들리며 그 밑에 숨어 있는 광기가 언뜻 내비쳤다.

바바가 말했다.

"아미르, 안 받을 거니?"

"네?"

그가 퉁명스럽게 말했다.

"선물 말이다. 아세프가 너한테 선물을 주고 있잖니."

"아, 네."

나는 아세프에게서 선물 상자를 받고 눈길을 내리깔았다. 나는 이 사람들로부터 떨어져 책을 갖고 내 방에 혼자 있고 싶었다.

바바가 말했다.

"그리고?"

"네?"

바바가 낮은 소리로 말했다. 내가 사람들 앞에서 그를 당황하게 만들 때마다 그런 목소리로 말했다.

"아세프 잔한테 고맙다고 안 할 거니? 아주 신중하게 선물을 골랐구만."

나는 바바가 그를 잔이라고 부르지 않았으면 싶었다. 나한테는 '아미르 잔'이라고 한 적이 별로 없었다.

내가 말했다.

"고마워."

아세프의 어머니가 무슨 말을 하려는 것처럼 나를 쳐다보다가 아무 말도 하지 않았다. 나는 아세프의 부모가 한 마디도 하지 않았다는 걸 깨달았다.

"와줘서 고마워."

나는 이렇게 말하고 그곳을 떠났다. 더 이상 바바를 당황스럽게 하지 않기 위해서였다. 그러나 주된 이유는 아세프와 그의 웃음으로부터 벗어나기 위해서였다.

나는 사람들을 지나 대문을 빠져나왔다. 우리 집에서 두 집을 지나면 커다란 공터가 나왔다. 나는 바바가 라힘 한에게 어떤 판사가 그 땅을 샀고 건축가가 설계를 하는 중이라는 얘기를 들었었다. 지금은 흙과 돌과 잡초밖에 없는 땅이었다.

나는 아세프가 준 선물의 포장지를 뜯고 책 표지를 달빛에 비춰보았다. 히틀러 전기였다. 나는 그걸 풀 속에 던져버렸다.

나는 이웃집 벽에 몸을 기대고 주저앉았다. 한동안 무릎을 가슴에 대고 쪼그려 앉아 별들을 올려다보며 밤이 어서 지나가기를 바랐다.

낯익은 목소리가 말했다.

"너, 손님 접대를 해야 하지 않겠니?"

라힘 한이 담을 따라 나를 향해 걸어오고 있었다.

"저 사람들에게는 제가 필요한 게 아니에요. 바바가 계시잖아요."

라힘 한이 내 옆에 앉을 때, 그의 손에 든 술잔 속에서 얼음이 딸그락거렸다.

"저는 아저씨가 술을 드시는 줄은 몰랐어요."

그는 장난스럽게 팔꿈치로 나를 치며 말했다.

"그렇게 됐다. 하지만 아주 중요한 때만 마신단다."

내가 미소를 지으며 말했다.

"고마워요."

그가 나를 향해 술잔을 들더니 한 모금 마셨다. 그는 담배에
불을 붙였다. 필터가 없는 파키스탄 담배였다. 그와 바바는 늘
그 담배를 피웠다.

"내가 너한테 내가 결혼할 뻔했다는 얘기 했었니?"

"아뇨, 근데 정말이세요?"

라힘 한이 결혼을 한다는 생각을 하자 웃음이 나왔다. 나
는 늘 그를 바바의 조용한 분신이자 나의 글쓰기 스승이고 나
의 친구이며, 외국에서 돌아올 때면 나한테 기념품을 사다 주
는 걸 잊지 않는 사람으로만 생각했었다. 그런데 그가 남편이
라니! 아버지라니!

그가 고개를 끄덕였다.

"사실이다. 열여덟 살 때였지. 여자의 이름은 호마이라였다.
이웃집 하인의 딸인 하자라인 여자였는데, 파리(요정)처럼 아름
다웠지. 옅은 갈색 머리와 커다란 담갈색 눈, 웃는 소리까지 아
름다웠단다. 지금도 가끔 그 웃음소리가 귓전에 맴돈단다."

그는 술잔을 만지작거렸다.

"우리는 내 아버지의 사과 농장에서 몰래 만나곤 했지. 사람

들이 잠들고 난 한밤중에만 만났어. 우리는 손을 잡고 나무 밑을 거닐곤 했었다. 아미르, 내 말 들으니 당황스럽니?"

"네, 조금요."

그가 담배를 한 모금 빨며 말했다.

"이것 때문에 죽지는 않을 거니 걱정하지 마라. 여하튼 우리한테는 꿈이 있었어. 카불과 칸다하르에 사는 친척들과 친구들을 초대해 거창한 결혼식을 올리고, 바닥에 타일이 깔린 베란다와 커다란 창문이 있는 큰 집을 짓고, 뜰에는 과일나무를 심고 온갖 종류의 꽃을 기르고 잔디를 심어 아이들이 뛰놀게 하고…… 그리고 금요일에는 사원에 가서 기도를 하고, 모든 사람을 우리 집에 초대해 정원에 있는 벚나무 밑에서 점심식사를 하고 샘에서 길어 온 물을 마시고, 우리 아이들이 다른 사촌들과 노는 모습을 바라보며 캔디를 곁들여 차를 마시고……."

그가 위스키를 길게 한 모금 마시더니 기침을 했다.

"내가 그 얘기를 하자, 내 아버지는 얼굴이 파랗게 질리시더라. 어머니는 기절까지 하셨어. 내 동생들이 어머니한테 찬물을 끼얹고 부채질을 하면서 내가 어머니의 목을 베기라도 한 것 같은 표정으로 나를 보았어. 내 남동생인 잘랄은 아버지가 말리기도 전에 엽총을 가지러 갔지."

라힘 한이 비통한 웃음을 웃었다.

"호마이라와 내가 세상에 맞섰던 거야. 그런데 아미르, 너한테 얘기해주는 건데, 이기는 건 늘 세상이다. 그게 현실이란다."

"그래서 어떻게 됐어요?"

"내 아버지는 그날 당장, 호마이라와 그녀의 가족을 트럭에 태워 하자라자트로 보내버렸지. 그리고 나는 그녀를 다시는 보지 못했다."

"유감이군요."

라힘 한이 어깨를 으쓱하며 말했다.

"하지만 어쩌면 잘된 건지도 모르지. 그녀가 고통을 당했을 테니까 말이다. 우리 집에서는 그녀를 사람으로 대하지 않았을 거야. 구두를 닦던 사람을 금세 형제자매라고 할 수는 없잖니. 아미르, 나한테 하고 싶은 말이 있으면 무엇이든 해도 괜찮다. 언제라도 들어주마."

나는 자신 없이 말했다.

"알아요."

그는 뭔가를 기다리는 사람처럼 오랫동안 나를 바라보았다. 그의 그윽한 검은 눈이 우리 사이에 있는 무언의 비밀을 암시하는 듯했다. 잠시 나는 그에게 모든 걸 털어놓을 뻔했다. 하지만 그렇게 되면 그가 나를 어떻게 생각할지 두려웠다. 그가 나를 미워하게 될 것 같았다. 그것도 정당한 이유에서.

그가 내게 뭔가를 건넸다.

"받아라. 잊을 뻔했구나. 생일 축하한다."

표지가 가죽으로 된 갈색 공책이었다. 나는 공책의 가장자리에 있는 금색 솔기를 만져보았다. 가죽 냄새가 났다.

"여기에 소설을 써보거라."

내가 막 그에게 고맙다는 말을 하려는데 폭죽이 터지며 밤 하늘을 밝혔다.

"불꽃놀이가 시작됐네요!"

우리는 집으로 돌아갔다. 손님들이 뜰에서 하늘을 쳐다보고 있었다. 폭죽이 펑펑 소리를 내며 터질 때마다 아이들이 소리 를 질렀다. 폭죽이 지글지글 타다가 화려한 모습으로 터질 때 마다 사람들이 박수를 치며 환호성을 질렀다. 몇 초 간격으로 폭죽이 터지면서 뜰을 빨간색, 초록색, 노란색으로 물들였다.

짧은 섬광 속에서 나는 결코 잊지 못할 것을 보고 말았다. 하산이 은쟁반에 있는 음료수를 아세프와 왈리에게 건네고 있 었다. 불빛이 사라졌다. 그러더니 이번에는 오렌지색 불꽃이 터 졌다. 아세프가 싱글싱글 웃으며 하산의 가슴을 손으로 주무 르고 있었다.

그때, 다행히 어둠이 내려왔다.

## 9

다음 날 아침, 나는 내 방에서 선물을 하나씩 개봉했다. 선물을 한번 쓱 쳐다보기만 하고 방구석에 던졌음에도 내가 왜 굳이 그걸 하나씩 개봉했는지는 잘 모르겠다. 선물이 쌓여갔다. 폴라로이드 카메라도 있었고, 라디오와 정교한 전기 기차 세트도 있었다. 현금이 들어 있는 봉투도 여러 개였다. 나는 그 돈을 쓰지 않을 것이고 라디오도 듣지 않을 거라는 걸 알았다. 전기 기차가 내 방에서 돌아가는 일도 없을 것이었다. 나는 원하는 게 없었다. 모든 게 일종의 사례금이었다. 내가 대회에서 우승을 하지 않았더라면 바바는 나한테 이런 생일 파티를 해주지 않았을 것이다.

바바는 나에게 두 개의 선물을 줬다. 하나는 자전거 중에서 가장 좋은 슈윈 스틴그레이 자전거였다. 이웃에 사는 아이들에게 부러움의 대상이 될 자전거였다. 카불을 통틀어 몇 아이만이 새 스틴그레이 자전거를 갖고 있었다. 이제 나는 그들 중 하나가 된 것이었다. 핸들이 높고 검은색 고무 손잡이에 유명한 바나나 모양의 안장이 달린 자전거였다. 바큇살은 금색이었고 쇠로 된 몸체는 사과 엿이나 피처럼 붉은색이었다. 다른 아이들 같으면 자전거에 냉큼 올라타 주변을 한 바퀴 돌았을 것이다. 몇 달 전이라면 나도 그렇게 했을지 모른다.

바바가 방문에 기대서서 말했다.

"좋으냐?"

나는 그를 향해 힘없이 웃으며 재빨리 말했다.

"고맙습니다."

무슨 말인가를 더 할 수 있었으면 싶었다.

"같이 타볼까?"

바바는 말은 그렇게 했지만 마지못해 그런 듯했다.

"나중에요. 지금은 조금 피곤해서요."

"알겠다."

"바바?"

"왜 그러니?"

"폭죽놀이 감사했어요."

감사의 말이었다. 그러나 그것 역시 마지못해 하는 감사의 말이었다.

바바가 자기 방 쪽으로 걸어가며 말했다.

"쉬거라."

바바가 나한테 준 다른 선물은 손목시계였다. 그는 내가 이걸 개봉하는 걸 보지도 않고 가버렸다. 바탕이 청색이고 금색 바늘이 번개 모양인 시계였다. 나는 그걸 차볼 생각도 하지 않고 구석에 있는 장난감 위로 던져버렸다. 내가 던지지 않은 유일한 선물은 라힘 한이 준 공책뿐이었다. 사례금처럼 느껴지지 않는 선물은 그것이 유일했다.

나는 침대 가장자리에 앉아서 공책을 만지작거리며 라힘 한이 호마이라에 관해 했던 얘기며, 그의 아버지가 그녀를 쫓아냈던 것이 결국 최선이었다고 했던 얘기를 떠올렸다. "그녀가 고통을 당했을 테니까." 그는 이렇게 말했었다. 호메이운의 프로젝터가 뭔가에 걸려 하나의 슬라이드만 계속 나왔을 때처럼, 고개를 숙인 채 아세프와 왈리에게 음료수 시중을 들던 하산의 모습이 계속 떠올랐다. 어쩌면 그것이 최선일지도 몰랐다. 그의 고통을 완화시켜주는 것일지도 몰랐다. 내 고통도 마찬가지였다. 어느 쪽이든, 두 사람 중 하나가 떠나야 한다는 것만큼은 분명해졌다.

그날 오후 늦게, 나는 슈윈 자전거를 처음이자 마지막으로 탔다. 나는 블록을 두 바퀴 돌고 돌아왔다. 나는 자전거를 타고 차도를 거쳐 뒤뜰로 갔다. 하산과 알리가 지난밤의 파티로 어질러진 것들을 청소하고 있었다. 종이컵, 구겨진 냅킨, 빈 음료수 병 등이 어지럽게 널려 있었다. 알리는 의자를 접어 담을 따라 기대놓고 있었다. 그는 나를 보자 손을 흔들었다.

나는 손을 마주 흔들며 말했다.

"알리, 안녕."

그는 손을 들어 나한테 잠깐 기다리라고 하더니 오두막 안으로 들어갔다. 잠시 후, 그가 뭔가를 갖고 나왔다. 그가 내게 상자를 건네며 말했다.

"지난밤에는 하산이나 내가 도련님한테 이걸 줄 기회가 없었네요. 너무 보잘것없어서 아미르 도련님한테는 어울리지 않는 거예요. 그래도 좋아하셨으면 좋겠어요. 생일 축하드려요."

나는 목이 메었다.

"고마워, 알리."

나는 그들이 나한테 아무것도 사주지 않았더라면 싶었다. 상자를 열자 반들반들한 삽화가 곁들여진 『샤나메』 양장본이 들어 있었다. 갓 태어난 아들 카이 코스라우를 바라보는 페란기스의 삽화도 있었고, 칼을 빼어 들고 말을 탄 채 군대를 지휘하는 아프라시야브의 삽화도 있었다. 로스탐이 자기 아들인 소랍에게 치명적인 상처를 입히는 삽화도 있었다.

내가 말했다.

"멋져."

알리가 말했다.

"도련님의 책이 낡고 찢어졌다고 하산이 얘기하더라고요. 어떤 페이지는 없다면서요. 이 책에 들어 있는 삽화는 펜과 잉크로 직접 그린 거래요."

그는 자기도 그렇고 자기 아들도 읽을 수 없는 책을 바라보며 자랑스럽게 마지막 말을 덧붙였다.

"너무 좋아."

정말이었다. 책값이 싸지도 않을 것 같았다. 나는 어울리지 않는 건 책이 아니라 나라고 그에게 말하고 싶었다. 나는 다시 자전거에 올라탔다.

"하산에게 고맙다고 말해줘."

나는 책을 방구석에 있는 선물 더미 위에 던져버렸다. 하지만 눈이 자꾸 책 쪽으로 갔다. 그래서 그것을 맨 아래쪽에 놓고 다른 걸로 덮어버렸다. 그날 밤, 나는 잠자리에 들기 전, 바바에게 내 손목시계를 본 적이 있느냐고 물었다.

다음 날 아침, 나는 알리가 식탁을 치우기를 기다렸다. 그리고 그가 설거지를 하고 조리대를 닦고 나가기를 기다렸다. 나는 창문으로 알리와 하산이 빈 수레를 밀고 장을 보러 나가는 걸 확인했다.

그리고 선물 더미에 있던 두 개의 돈 봉투와 시계를 갖고 살금살금 걸어 나왔다. 나는 바바의 서재 앞에서 발을 멈추고 무슨 소리가 나는지 들어보았다. 그는 오전 내내 서재에서 전화를 하고 있었다. 지금은 다음 주에 도착할 예정인 양탄자를 운송하는 문제로 누군가와 통화하는 중이었다. 나는 아래층으로 내려가서 뜰을 가로질렀다. 그리고 알리와 하산이 살고 있는 비파나무 옆의 오두막으로 들어갔다. 나는 하산의 매트리스를 들추고 시계와 한 줌의 지폐를 넣었다.

나는 30분을 더 기다렸다. 그리고 바바의 서재 문을 두드리고 내가 지금까지 해온 치욕스러운 거짓말 중 그것이 마지막이기를 바라며 거짓말을 했다.

나는 창문으로 알리와 하산이 고기, 빵, 과일, 채소를 가득 실은 수레를 밀고 차도를 올라오는 모습을 바라보았다. 나는 바바가 집에서 나와 알리한테 걸어가는 걸 보았다. 그들은 내가 알아들을 수 없는 무슨 말인가를 했다. 바바가 집을 가리키자 알리가 고개를 끄덕였다. 그들이 갈라졌다. 바바가 집으로 다시 돌아왔다. 알리가 하산을 따라 오두막으로 들어갔다.

잠시 후, 바바가 내 방문을 두드렸다.

"서재로 오거라. 같이 앉아서 이 문제를 해결하자."

나는 바바의 서재에 가서 가죽 소파에 앉았다. 30분쯤 지나자 하산과 알리가 들어왔다.

눈이 붓고 충혈된 걸 보면 두 사람 다 운 것 같았다. 그들은 서로의 손을 잡고 바바 앞에 섰다. 나는 내가 어떻게, 그리고 언제부터 이러한 고통을 남에게 줄 수 있게 됐는지 알 수 없었다.

바바가 단도직입적으로 물었다.

"네가 그 돈을 훔쳤느냐? 하산, 네가 아미르의 시계를 훔쳤느냐?"

하산이 가늘고 쉰 목소리로 대답했다.

"네."

그 말뿐이었다.

나는 뺨을 얻어맞은 것처럼 몸을 움찔했다. 나는 하마터면 진실을 얘기할 뻔했다. 그때, 나는 그것이 나를 위한 하산의 마지막 희생이라는 걸 알았다. 그가 아니라고 말하면 바바는 그의 말을 믿었을 것이다. 우리 모두는 하산이 결코 거짓말을 하지 않는다는 걸 알고 있었다. 바바가 그의 말을 믿는다면 나를 추궁할 것이었다. 나는 해명을 해야 할 것이고 결국 거짓말이 들통날 것이었다. 바바는 결코 나를 용서하지 않을 것이었다. 하산은 진실을 알고 있었다. 그는 내가 골목에서 모든 걸 보았다는 걸 알고 있었다. 내가 거기에 서서 아무것도 하지 않았다는 걸 알고 있었다. 그는 내가 자기를 배반했다는 걸 알고 있었다. 그럼에도 그는 다시 한번, 어쩌면 마지막으로 나를 구해주고 있었다. 그 순간, 나는 그를 사랑했다. 내가 사랑했던 그 누구보다 그를 더 사랑했다. 나는 그들 모두에게 내가 풀 속에 있는 뱀이고 호수 속에 있는 괴물이라고 얘기하고 싶었다. 나는 이런 희생을 받을 자격이 없는 사람이었다. 나는 거짓말쟁이였고 사기꾼이었고 도둑이었다. 나는 그렇게 얘기하고 싶었다. 그런데 나의 일부는 기뻐하고 있었다. 이 모든 것이 곧 끝날 거라는 사실에 기뻐하고 있었다. 바바는 그들을 내보낼 것이었다. 약간의 고통이 따르겠지만 삶은 계속될 것이었다. 나는 그걸 원했다. 모든 걸 다 잊고 산뜻하게 새 출발을 하길 원했다. 나는 다시 한번 숨을 쉬고 싶었다.

그런데 바바의 말이 나를 깜짝 놀라게 했다.

"너를 용서하마."

용서하겠다고? 도둑질은 용서할 수 없는 죄이자 모든 죄의 공통적인 특징이었다. "네가 어떤 남자를 죽이면 생명을 빼앗는 것이다. 너는 남편에 대한 아내의 권리를 빼앗는 것이고 아이들한테서 아버지를 빼앗는 것이다. 네가 거짓말을 하면 너는 진실에 대한 누군가의 권리를 훔치는 것이다. 네가 누군가를 속이면 정당함에 대한 권리를 훔치는 것이다. 알겠니?" 나를 무릎에 앉히고 이런 말을 한 사람은 바바가 아니었던가? 그렇다면 어떻게 하산을 용서할 수 있단 말인가? 그를 용서할 수 있다면, 어째서 그는 자기가 원하는 아들이 아니라는 이유로 나를 용서할 수 없다는 말인가? 어째서…….

알리가 말했다.

"주인님, 우리가 나가겠습니다."

바바의 얼굴이 창백해졌다.

"뭐라고?"

"여기에서 더 이상 살 수 없습니다."

"알리, 내가 저 애를 용서하지 않았는가. 못 들었는가?"

"이곳에서의 삶이 우리에게는 불가능해졌습니다. 나가겠습니다."

알리는 하산을 끌어당겨 그의 어깨에 팔을 둘렀다. 아들을 보호하고자 하는 몸짓이었다. 나는 알리가 누구로부터 그를 보호하고자 하는지 알았다. 그는 용서하지 않겠다는 눈으로 내가 있는 쪽을 바라보았다. 그때, 나는 하산이 그에게 얘기를 했다는 걸 알았다. 하산은 그에게 아세프와 그의 친구들이 그에게 했던 짓과 연과 나에 관한 모든 것을 얘기한 것이었다. 이상하게도 나는 누군가가 정말로 내가 어떤 인간인지를 알고 있다는 게 기뻤다. 나는 시치미를 떼는 데 지쳐 있었다.

바바가 손바닥을 위로 향하고 팔을 벌리며 말했다.

"나는 돈이나 시계는 신경 안 쓰네. 나는 자네가 왜 이러는지 이해할 수 없네…… '불가능해졌다'는 말이 무슨 뜻인가?"

"죄송합니다, 주인님. 우리는 이미 짐을 꾸려놨습니다. 우리는 마음의 결정을 내렸습니다."

바바가 일어섰다. 그의 얼굴에 슬픔이 드리워져 있었다.

"알리, 내가 못해준 게 있나? 내가 자네와 하산에게 잘해주지 않았는가? 알리, 자네는 나한테 둘도 없는 형제일세. 자네도 그건 알고 있잖은가. 이러지 말게."

알리가 말했다.

"주인님, 상황을 더 어렵게 만들지 마십시오."

그의 입술이 비틀렸다. 잠시, 그의 얼굴이 고통으로 일그러지는 것 같았다. 그때서야 나는 내가 안겨준 고통의 깊이와 내가 모든 사람에게 가져다준 슬픔의 어둠을 이해했다. 알리의 마비된 얼굴조차도 그가 느끼는 슬픔을 감춰줄 수 없었던 것이다. 나는 억지로 하산을 바라보려고 했다. 하지만 그는 고개를 숙이고 어깨를 움츠리고 손가락으로 그의 셔츠 가장자리에 나온 실밥을 만지작거리고 있었다.

바바는 이제 애원하고 있었다.

"적어도 나한테 이유를 얘기해주게. 알아야겠네!"

알리는 하산이 훔쳤다고 인정할 때 아무 말도 하지 않았던 것처럼, 바바에게 아무 말도 하지 않았다. 나는 결코 그 이유를 알지 못할 것이다. 하지만 나는 그 두 사람이 침침한 오두막 안에 있는 모습을 상상해볼 수는 있다. 하산은 울면서 그의 아버지에게 나를 일러바치지 말라고 애원했을지 모른다. 하지만 나는 아들과의 약속을 지키기 위해 그가 얼마나 많은 걸 억눌러야 했을지 상상할 수도 없었다.

"우리를 버스 정류장까지 태워다 주실래요?"

바바가 울부짖었다.

"그러지 마! 알아듣겠어? 그러지 말란 말이야!"

알리가 말했다.

"죄송하지만, 주인님은 더 이상 저한테 어떤 걸 명령하실 수 없어요. 우리는 더 이상 주인님을 위해 일하지 않으니까요."

바바가 갈라진 목소리로 말했다.

"어디로 갈 건데?"

"하자라자트로 갑니다."

"사촌이 있는 곳으로?"

"네. 주인님, 우리를 버스 정류장까지 태워다 주실래요?"

그때, 바바가 전에는 결코 한 적이 없는 행동을 했다. 그가 울고 있었다. 어른이 우는 걸 보자 조금 두려웠다. 아버지는 울어서는 안 되는 존재였다.

"제발 부탁이네."

바바가 이렇게 말했지만 알리는 이미 문을 향해 돌아서 있었다. 하산이 그의 뒤를 따랐다. 나는 바바가 그 말을 하던 모습을, 애원하는 목소리에 깃들어 있던 고통을, 그리고 그 두려움을 결코 잊지 못할 것이다.


카불은 여름에는 비가 거의 오지 않았다. 푸른 하늘은 높기만 했고 태양은 목덜미를 지지는 인두 같았다. 하산과 내가 봄이 되면 수면에 돌을 던져 물수제비를 뜨던 시내는 말라버렸고 인력거들이 지나가면 먼지가 풀풀 날렸다. 사람들은 정오기도를 드리려고 사원에 갔다가 그늘을 찾아 낮잠을 청하며 서늘한 초저녁을 기다렸다. 여름은 환기도 잘 안 되고 사람도 많은 교실에서 땀을 흘리며 코란 구절을 암송하고, 혀가 꼬이는 소리가 나는 이국적인 아랍어를 붙들고 씨름을 해야 하는 기나긴 날들을 의미했다. 또한 여름은 율법 선생님이 단조로운 소리로 얘기를 하고, 뜨거운 바람이 옥외 변소의 인분 냄새를 실어 오고, 하나밖에 없는 부서질 듯한 농구 골대 주변에 먼지를 감아올리고, 손바닥으로 파리를 잡는 나날을 의미했다.

하지만 바바가 알리와 하산을 버스 정류장으로 데려다준 오후에는 비가 왔다. 번개를 동반한 구름이 몰려들어 하늘이 컴컴해졌다. 몇 분도 안 되어 비가 내리기 시작했다. 비가 고르게 내리는 소리가 귓전을 때렸다.

바바가 그들을 바미안까지 직접 데려다주겠다고 했지만 알리가 거절했다. 나는 비에 젖어 흐릿해진 내 방의 유리창으로 알리가 그들의 소지품이 든 여행 가방 하나를 대문 밖에서 공회전을 하고 있는 바바의 차로 옮기는 모습을 지켜보았다. 하산은 자신의 담요를 돌돌 말아서 밧줄로 묶어 등에 지고 있었다. 그는 텅 빈 오두막에 장난감을 모두 놓고 갔다. 나는 다음날, 장난감들이 거기에 그대로 있는 걸 보았다. 장난감은 내 방에 있는 생일 선물처럼 오두막의 한쪽 구석에 수북이 쌓여 있었다.

빗물이 창문으로 흘러내렸다. 바바가 차의 트렁크 문을 닫는 모습이 보였다. 비에 흠뻑 젖은 그가 운전석 쪽으로 갔다. 그리고 몸을 기울이고 뒷좌석에 앉아 있는 알리에게 무슨 말인가를 했다. 어쩌면 마지막으로 다시 한번 그의 마음을 돌리려고 하고 있는지도 몰랐다. 바바는 흠뻑 젖은 채 몸을 구부리고 차의 지붕에 한 손을 얹고 한동안 무슨 얘긴가를 했다. 하지만 나는 그가 몸을 폈을 때, 그의 움츠린 어깨를 보고 내가 태어난 이후로 알았던 삶이 막을 내렸다는 걸 알았다. 바바가 차 안으로 들어갔다. 헤드라이트가 들어오며 빗속에 두 개의 빛 줄기를 만들었다. 만약 이것이 하산과 내가 즐겨 보던 인도 영화 중 하나라면, 내가 맨발로 빗물을 튀기며 달려가야 할 상황이었다. 내가 차를 뒤쫓으며 거기 서라고 소리를 지를 상황이었다. 그리고 하산을 뒷좌석에서 끌어내고 미안하다고, 정말로 미안하다고 얘기하고, 나의 눈물이 빗물에 섞여 내려오고, 하산과 내가 억수처럼 쏟아지는 빗속에서 얼싸안을 상황이었다. 하지만 이건 인도 영화가 아니었다. 후회스러웠다. 하지만 나는 울지 않았다. 차를 뒤쫓지도 않았다. 나는 세상에 태어나서 처음으로 한 말이 내 이름이었던 사람을 태운 차가 떠나는 모습을 바라보고만 있었다. 나는 우리가 수없이 구슬치기를 했던 거리 모퉁이에서 차가 왼쪽으로 방향을 틀기 전, 뒷좌석에 몸을 웅크리고 있는 하산의 흐릿한 모습을 마지막으로 보았다.

나는 뒤로 물러났다. 내 눈에 들어오는 건 유리창으로 흘러내리는 비뿐이었다. 은이 녹아내리는 것 같은 비뿐이었다.

## *10*

### 1981년 3월

어떤 젊은 여자가 우리 맞은편에 앉아 있었다. 그녀는 황록색 드레스를 입고, 차가운 밤 날씨에 대비하여 검은색 숄로 얼굴을 감싸고 있었다. 그녀는 트럭이 요동을 치거나 도로 위의 구덩이를 지날 때마다 기도를 했다. 차가 덜컹거릴 때마다 "비스밀라(신이시여)!" 하고 외치는 소리가 최고점에 달했다. 헐렁헐렁한 바지를 입고 청색 터번을 두른 건장한 남편은 한쪽 팔로는 갓난애를 안고 어르고 다른 손으로는 염주를 굴렸다. 그는 소리 없이 입술을 달싹이며 기도를 했다. 다리 사이에 여행 가방을 놓고 앉아 있는 바바와 나를 포함하여 승객들은 다 합해 열 명쯤 되었다. 우리는 방수포로 위를 덮은 낡은 러시아제 트럭 안에 낯선 이들과 함께 옹기종기 앉아 있었다.

나는 새벽 2시에 카불을 떠났을 때부터 계속 차멀미를 하고 있었다. 바바는 그렇게 말하지 않았지만, 나는 그가 나의 차멀미를 내가 허약하다는 또 다른 표시로 받아들이고 있다는 걸알았다. 배가 너무 심하게 꼬여 두어 번 신음 소리를 내자, 그의 얼굴에 당혹스러운 표정이 떠돌았다. 기도를 계속하는 여자의 남편이 나한테 토할 것 같으냐고 물어와, 나는 그럴지 모르겠다고 말했다. 그때, 바바는 고개를 돌려버렸다. 그 남자는 방수포 모서리를 들추고 운전석 창문을 두드리며 차를 세워달라고 했다. 거무튀튀하고 앙상하게 생긴 운전사는 고개를 저었다. 얼굴이 날카롭게 생기고 콧수염을 연필처럼 가느다랗게 기른 남자였다.

그가 말했다.

"카불과 너무 가까운 곳이에요. 아이한테 참으라고 하세요."

바바가 안 들리는 목소리로 뭐라고 투덜거렸다. 나는 그에게 미안하다고 말하고 싶었다. 하지만 갑자기 침이 나오면서 목 아래쪽에서 쓴맛이 올라왔다. 나는 몸을 돌려 방수포를 들치고 달리는 차 옆구리에 토했다. 바바가 내 뒤에서 다른 승객들에게 양해를 구하고 있었다. 차멀미가 무슨 죄라도 되는 것처럼, 열여덟 살이 됐으면 차멀미를 해서는 안 되기라도 하는 것처럼 말이다. 나는 두어 차례 더 토했다. 마침내 운전사가 트럭을 세웠다. 주된 이유는 그의 생계 수단인 트럭에서 악취가 나지 않도록 하기 위해서였다. 카림은 사람들을 밀입국시키는 일을 하는 사람이었다. 당시에는 수지가 맞는 장사였다. 그는 쇼라위(러시아)가 점령한 카불에서 사람들을 빼내 비교적 안전한 파키스탄으로 보내주는 일을 하고 있었다. 그는 카불에서 남동쪽으로 170킬로미터 떨어진 잘랄라바드로 우리를 데려가는 중이었다. 거기에는 그의 형인 투르가 더 큰 트럭을 갖고 다른 피난민들과 함께 우리를 기다리고 있었다. 그가 우리를 카이베르 산길을 이용해 페샤와르로 데려다줄 예정이었다.

카림이 길옆에 차를 세웠을 때, 우리는 마히파르 폭포에서 서쪽으로 몇 킬로미터 떨어진 곳에 있었다. '날아다니는 물고기'라는 의미의 마히파르는 비탈이 가파른 높은 정상이었다. 독일인들이 1967년에 아프가니스탄을 위해 건설한 수력발전소가 내려다보이는 곳이었다. 바바와 나는 잘랄라바드로 가는 길에 수없이 정상을 지났었다. 잘랄라바드에는 삼나무와 사탕수수밭이 많았는데, 아프간 사람들은 겨울이 되면 그곳에서 휴가를 보냈다.

나는 트럭에서 뛰어내려 길옆으로 비틀거리며 걸어갔다. 입에는 침이 고여 있었다. 토할 조짐이었다. 나는 어둠에 둘러싸인 깊은 계곡이 내려다보이는 낭떠러지의 가장자리로 비틀비틀 걸어갔다. 나는 몸을 숙이고 무릎에 손을 대고 담즙이 넘어오기를 기다렸다. 어딘가에서 가지가 부러지는 소리가 들리고 부엉이 한 마리가 울었다. 부드러우면서도 차가운 바람을 맞아 나뭇가지가 흔들리며 소리를 냈다. 비탈에 드문드문 있는 덤불도 바람에 흔들렸다. 아래로부터 들리는 희미한 물소리가 계곡에 메아리쳤다.

나는 길옆에 서서 내가 평생 살던 집을 어떻게 떠나왔는지 생각해보았다. 우리는 잠깐 뭘 사 먹으려고 나온 사람처럼 집을 떠나왔다. 코프타가 묻어 지저분해진 접시들은 부엌 싱크대에 그대로 쌓여 있고, 빨래는 버들가지 바구니에 담겨 홀에 놓여 있었다. 침대는 정리가 안 된 상태였고 바바의 양복은 옷장에 걸려 있었다. 태피스트리는 아직도 거실 벽에 걸려 있었고, 내 어머니의 책들은 아직도 바바의 서재 책꽂이에 빼곡히 꽂혀 있었다. 우리가 도망친 흔적들은 미세한 것 외에는 없었다. 내 할아버지가 나디르 샤 국왕과 함께 잡은 사슴을 놓고 찍은 사진, 내 부모의 결혼사진, 몇 벌의 옷, 라힘 한이 5년 전에 나한테 사준 가죽 공책만 사라지고 없을 뿐 모든 건 그대로 있었다.

아침이 되면 잘랄루딘―그는 5년 동안 우리가 일곱 번째로 고용한 하인이었다―은 우리가 산책이나 드라이브를 하러 갔다고 생각할지 몰랐다. 우리는 그에게 아무 말도 하지 않고 집을 떠났다. 우리는 카불에 있는 누구도 더 이상 믿을 수 없었다. 사람들은 사례금을 받거나 협박을 받아 서로를 밀고했다. 이웃은 이웃을, 아이는 부모를, 형제는 형제를, 하인은 주인을, 친구는 친구를 밀고했다. 나는 나의 열세 번째 생일날, 아코디언을 연주하며 노래를 했던 아마드 자히르를 떠올렸다. 그는 친구들과 함께 드라이브를 하러 갔다가 나중에 길가에서 시체로 발견되었다. 뒷머리에 총알이 박혀 있었다. 라피크(동무)들이 사방에 널려 있었다. 그들은 카불을 두 집단, 즉 엿듣는 사람들과 그렇지 않은 사람들로 나눴다. 문제는 누가 어느 집단에 속하는지 아무도 알 수 없다는 것이었다. 양복을 맞추다가 재단사한테 무심코 한 말 때문에 폴레차르히 감옥에 갇힐 수도 있었다. 푸줏간 주인한테 통금에 관해 불평을 하다가 쇠창살 뒤에 갇혀 칼라시니코프 소총의 총구를 바라보는 신세가 될 수도 있었다. 자기 집에서 식사를 할 때조차, 사람들은 주도면밀하게 말을 해야 했다. 라피크들은 교실에도 있었다. 그들은 아이들에게도 부모를 감시하라고 가르쳤다. 뭘 듣고 누구에게 얘기해야 하는지를 아이들에게 가르쳤다.

한밤중에 내가 길에서 뭘 하고 있는 걸까? 나는 침대에 들어가 담요를 덮고 있어야 했다. 내 옆에는 모서리가 접힌 책 한 권이 있어야 했다. 이것은 꿈이어야 했다. 그래야 했다. 내일 아침이면 나는 잠에서 깨어 창밖을 바라볼 것이다. 인도를 순찰하는 험상궂은 얼굴의 러시아인들도 없고, 거리를 오르락내리락하는 탱크들도 없고, 누군가를 힐난하는 손가락처럼 회전하는 포탑도 없고, 파편도 없고, 통행금지도 없고, 시장을 누비는 러시아군 수송차도 없을 것이다. 그때, 바바와 카림이 담배를 피우며 잘랄라바드에 가면 어떻게 되는지에 대해 얘기하는 소리가 들렸다. 카림은 바바에게 그의 형이 최고급 대형트럭을 갖고 있기 때문에 페샤와르로 가는 덴 전혀 무리가 없을 것이라고 다짐해주고 있었다.

"형은 눈을 감고도 당신들을 데려다줄 수 있답니다."

그는 바바에게 자신과 형이 검문소에서 일하는 러시아 병사들과 아프간 병사들을 잘 알고 있으며, '서로에게 득이 되도록' 조처를 취해놓았다고 말했다. 이건 꿈이 아니었다. 귀띔을 받기라도 한 것처럼, 갑자기 미그기 한 대가 요란한 소리를 내며 머리 위로 지나갔다. 카림은 담배를 던지고 허리춤에서 권총을 꺼냈다. 그는 하늘에 대고 총을 겨누고 쏘는 동작을 했다. 그리고 침을 뱉고 미그기를 향해 욕을 퍼부었다.

나는 하산이 어디에 있을지 궁금했다. 그때, 나올 것이 드디어 나왔다. 나는 잡초에 대고 토했다. 귀가 떨어져 나갈 듯한 미그기 소리가 내가 토하고 신음하는 소리를 묻어버렸다.


20분 후, 마히파르 검문소에서 차가 멈췄다. 운전사는 엔진을 살려놓은 채 뛰어내려 차 쪽으로 다가오는 사람들과 인사를 나눴다. 자갈 밟는 소리가 들렸다. 간단하고 낮은 소리로 무슨 말인가가 오갔다. 라이터 불이 켜졌다.

"스파시보(고맙습니다)."

다시 라이터 불이 켜졌다. 누군가가 웃었다. 날카로운 웃음소리에 내 몸이 펄쩍 뛰었다. 바바의 손이 내 허벅지를 꼭 잡았다. 웃음소리가 노래로 바뀌었다. 옛 아프간 결혼식 축가를 러시아 억양이 짙은 목소리로 음정이 틀리든 말든 아무렇게나 부르고 있었다.

아헤스타 보로, 마헤만, 아헤스타 보로.

(천천히 가세요, 사랑하는 달님이여, 천천히 가세요.)


군화 뒤꿈치가 아스팔트에 닿는 소리가 들렸다. 누군가가 트럭을 덮고 있는 방수포를 열어젖혔다. 세 사람이 안을 들여다보았다. 한 사람은 카림이었고 다른 두 사람은 군인이었다. 군인 중 하나는 아프간인이었고 다른 하나는 히죽이 웃고 있는 러시아인이었다. 얼굴이 불도그처럼 생긴 러시아 군인의 입가에 담배가 대롱거리고 있었다. 희끄무레한 달이 그들 뒤의 하늘에 떠 있었다. 카림과 아프간 군인이 파슈토어로 잠깐 무슨 얘기를 주고받았다. 나는 그들이 하는 얘기를 약간 알아들었다. 카림의 형인 투르가 운이 안 좋았고 어쩌고 하는 얘기였다. 러시아 군인이 트럭 뒤로 얼굴을 들이밀었다. 그는 트럭 뒷문 가장자리를 두드리며 결혼식 축가를 콧노래로 부르고 있었다. 희미한 달빛 속에서조차 나는 승객을 한 사람 한 사람 훑는 그의 눈빛을 볼 수 있었다. 추운데도 그의 이마에 땀이 흐르고 있었다. 그의 눈이 검은색 숄을 두르고 있는 젊은 여성에게 멎었다. 그가 그녀에게서 눈을 떼지 않고 러시아어로 카림에게 말했다. 카림이 러시아어로 무뚝뚝하게 대답했다. 러시아 군인의 말은 더 무뚝뚝했다. 아프간 군인도 낮은 소리로 무슨 말인가를 했다. 뭔가를 설득하는 듯한 목소리였다. 하지만 러시아 군인이 소리를 질렀다. 다른 두 사람이 움찔하는 것 같았다. 나는 내 옆에 앉은 바바가 긴장하는 걸 느낄 수 있었다. 카림이 헛기침을 하고 고개를 떨어뜨리더니, 러시아 군인이 트럭 뒤에서 여자와 반시간쯤 같이 있고 싶어 한다고 말했다.

젊은 여자는 얼굴을 숄로 덮고 울음을 터뜨렸다. 남편의 무릎에 앉아 있던 아이도 울기 시작했다. 남편의 얼굴이 하늘에 떠 있는 달처럼 창백해졌다. 그는 카림에게 '군인 나리'에게도 누이나 어머니나 아내가 있을지 모르니 자비를 베풀어달라고 부탁하라고 했다. 러시아 병사가 카림의 말을 듣더니 뭐라고 소리쳤다.

카림이 말했다.

"우리를 통과시켜주는 대가라네요."

그는 남편의 눈을 똑바로 바라보지 못했다.

남편이 말했다.

"하지만 우리는 이미 돈을 냈잖아요. 저 사람도 많은 돈을 받을 거잖아요."

카림이 러시아 병사에게 다시 얘기를 해본 후 말했다.

"세금이라네요."

그때, 바바가 일어섰다. 이번에는 내가 그의 허벅지를 붙들었다. 하지만 그는 내 손을 밀쳐냈다. 그가 서 있자, 달이 그의 모습에 가려졌다.

바바가 말했다.

"이 사람한테 내가 하는 말을 전해주시오."

카림을 향해서 하는 말이었지만, 그의 눈길은 러시아 군인을 향하고 있었다.

"저자에게 창피한 줄도 모르냐고 물어보시오."

그들이 말을 주고받았다.

"이건 전쟁이라네요. 전쟁에는 창피고 뭐고 없다는데요."

"틀렸다고 하시오. 전쟁은 품위를 부정하는 게 아니라, 평화로울 때보다 더 그것을 필요로 한다고 전하시오."

나는 가슴이 벌렁벌렁 뛰었다. '아버지는 언제나 영웅이어야 직성이 풀리나요? 한 번만 그냥 넘어갈 수 없나요?' 이런 생각이 들었다. 하지만 나는 그가 그렇게 할 수 없다는 걸 알았다. 그건 그의 본성이 아니었다. 문제는 그의 본성이 우리 모두를 죽게 만들 수도 있다는 사실이었다.

러시아 군인이 입술에 미소를 머금고 카림에게 무슨 말인가를 했다.

카림이 말했다.

"어르신, 이 러시아인들은 우리와 다릅니다. 저들은 배려나 명예에 대해서는 아무것도 모릅니다."

"저자가 뭐라고 했소?"

"총알을 박아버리겠답니다. 저분은 물론이고……."

카림이 말꼬리를 흐리며 러시아 병사의 눈을 사로잡은 젊은 여성을 향해 고개를 끄덕였다. 러시아 병사가 다 피우지 않은 담배를 던지고 권총을 꺼냈다. '여기에서 바바가 죽는구나. 결국 이렇게 되는구나.' 나는 이렇게 생각하고 학교에서 배웠던 기도를 속으로 중얼거렸다.

바바가 말했다.

"총알을 천 번 맞더라도 이런 상스러운 짓이 일어나게 놔둘 수는 없다고 전하시오."

나의 마음은 6년 전 겨울로 돌아갔다. 그때, 나는 골목 모서리에서 카말과 왈리가 하산을 잡고 아세프의 엉덩이 근육이 오므라졌다 풀렸다 하고 엉덩이가 앞뒤로 움직이는 모습을 보고만 있었다. 연만 생각하던 나는 도대체 뭐였던가. 때때로 나 자신도 내가 정말로 바바의 아들인지 궁금했다.

불도그를 닮은 러시아 군인이 총을 겨눴다.

나는 바바의 소매를 잡아당기며 말했다.

"바바, 제발 앉으세요. 저 사람이 정말로 쏘려고 해요."

바바가 내 손을 뿌리치며 소리를 질렀다.

"내가 너한테 가르친 것이 이것이었느냐?"

그는 싱글싱글 웃고 있는 러시아 군인을 향해 몸을 돌렸다.

"저자에게 나를 한 방에 쏴서 죽이는 게 좋을 거라고 말해주시오. 그렇지 않으면 내가 저 자식을 찢어 죽이겠다고 하시오. 후레자식 같으니!"

러시아 군인은 통역을 해주는 소리를 들으면서도 여전히 웃고 있었다. 그는 총의 안전장치를 풀었다. 그리고 바바의 가슴에 총구를 겨눴다. 내 심장이 뛰는 소리가 들렸다. 나는 얼굴을 두 손으로 감쌌다.

총소리가 요란하게 났다. '끝났다. 나는 열여덟에 고아가 됐구나. 이제 나는 세상에 아무도 없구나. 바바가 죽었으니 내가 그를 묻어야 하는구나. 어디에 묻어야 하지? 그다음에는 어디로 가지?' 내 머릿속에는 이런 생각이 떠돌았다.

하지만 내가 눈을 떴을 때, 바바는 아직도 그 자리에 서 있었다. 내 머릿속에서 돌아가던 생각들이 멈췄다. 다른 러시아 장교가 와 있었다. 연기가 올라오는 곳은 그의 총구였다. 그의 총구는 위를 향하고 있었다. 바바에게 총을 쏘려고 했던 군인은 벌써 총을 총집에 넣고 있었다. 그는 발을 질질 끌며 걸어갔다. 나는 그때만큼 울고 싶기도 하고 동시에 웃고 싶기도 했던 적이 없었다.

머리가 희끗희끗하고 체격이 좋은 러시아 장교가 우리에게 서툰 페르시아어로 말했다. 그는 동료의 행동에 대해 사과했다.

"러시아는 싸우라고 저자들을 이곳으로 보내지만 저자들은 아직 어린애일 뿐입니다. 저자들은 이곳에 오면 마약에 빠진답니다."

그는 못된 행동을 하는 아들한테 화가 난 아버지처럼 침울한 표정으로 자기보다 나이가 어린 러시아 군인을 바라보았다.

"저 친구도 지금 마약에 빠져 있습니다. 그러지 말라고 하지만……."

그가 손을 흔들어 우리한테 가라고 했다.

잠시 후, 우리는 그곳을 빠져나오고 있었다. 웃는 소리가 들리더니, 처음에 왔던 러시아 군인이 옛 결혼식 축가를 음정이 맞지 않게 부르기 시작했다.

우리는 15분 정도 아무 말 없이 차를 타고 가고 있었다. 그런데 젊은 여자의 남편이 갑자기 일어서더니 많은 사람들이 전에 그랬던 것처럼 바바의 손에 입을 맞췄다.

우리는 해가 지기 약 한 시간 전에 잘랄라바드로 들어갔다. 카림은 신속하게 우리를 트럭에서 내리게 해 1층짜리 집으로 안내했다. 납작한 1층짜리 집들과 아카시아나무와 문을 닫은 가게들이 늘어서 있는, 두 개의 비포장도로가 교차하는 곳에 위치한 집이었다. 우리가 소지품을 들고 그 집으로 들어갈 때, 나는 추워서 외투의 목깃을 여몄다. 무슨 이유에선지 모르지만, 그때 맡았던 무 냄새가 지금도 생각난다.

카림은 아무것도 없는 침침한 거실로 우리를 데리고 들어가더니 앞문을 잠그고 너덜너덜 찢어진 시트를 끌어내렸다. 커튼 대용으로 쓰는 시트였다. 그리고 심호흡을 하더니 우리에게 좋지 않은 소식을 알렸다. 그의 형 투르가 우리를 페샤와르로 데려다줄 수 없게 됐다는 것이었다. 엔진이 고장 나서 아직도 부품이 오기를 기다리고 있는 중이라고 했다.

누군가가 소리쳤다.

"지난주라고요? 알면서도 우리를 이곳으로 데려왔단 말인가요?"

잠시 방 안이 혼란스러워졌다. 누군가가 방을 가로질러 달려갔다. 다음에 내가 본 것은 벽에 밀쳐진 카림의 모습이었다. 마룻바닥에서 2피트쯤 위에서 그의 발이 대롱거리고 있었다. 그의 목을 틀어쥐고 있는 건 바바의 손이었다.

바바가 소리쳤다.

"내가 그 이유를 얘기해주죠. 그래야 돈을 받기 때문이죠. 이놈은 그것밖에 신경 안 쓰니까요."

카림의 목에서 캑캑거리는 소리가 났다. 그의 입가로 침이 떨어졌다.

승객 중 하나가 말했다.

"내려주세요. 죽이겠어요."

바바가 말했다.

"죽일 작정입니다."

방 안에 있는 아무도 바바가 농담으로 하는 소리가 아니라는 걸 알지 못했다. 카림은 얼굴이 새빨개져 다리를 버둥거리고 있었다. 바바는 러시아 군인이 욕심을 낸 젊은 여자가 그만두라고 애원할 때까지 그의 목을 졸랐다.

바바가 마침내 놓아주자, 카림은 바닥에 고꾸라져 숨을 헐떡였다. 방 안이 조용해졌다. 두 시간 전만 해도, 바바는 알지도 못하는 여자의 명예를 위하여 총알받이가 되겠다고 했었다. 그런데 지금 그는 한 사람의 목을 졸라 죽일 뻔했다. 그 여자가 애걸하지 않았더라면 기꺼이 죽였을 것이었다.

옆에서 쿵 하는 소리가 났다. 아니, 옆이 아니라 아래에서 나는 소리였다.

누군가가 물었다.

"무슨 소리죠?"

카림이 아직도 숨을 헐떡이며 대답했다.

"지하실에 다른 사람들이 있어요."

바바가 카림을 내려다보며 물었다.

"얼마나 오래 있었지?"

"2주 됐어요."

"나는 당신이 지난주에 트럭이 고장 났다고 말했던 것으로 기억하는데."

카림이 목을 문지르며 힘없이 대답했다.

"지지난주였을지도 몰라요."

"얼마나 오래 걸리겠나?"

"뭐가요?"

바바가 으르렁거렸다.

"부품이 오는 데 얼마나 걸리느냔 말이다."

카림이 몸을 움찔했지만 아무 말도 하지 않았다. 실내가 어두워서 다행이었다. 나는 바바의 얼굴에 나타난 무시무시한 표정을 보고 싶지 않았다.


　카림이 지하실로 내려가는 문을 열자 눅눅한 곰팡이 냄새
가 코를 찔렀다. 계단은 삐걱거렸다. 우리는 차례로 내려갔다.
바바의 몸무게가 얹힐 때마다 계단에서는 요란한 소리가 났다.
차가운 지하실 바닥에 서자, 나를 쳐다보는 사람들의 눈길이
느껴졌다. 사람들이 지하실 곳곳에 옹기종기 모여 있었다. 두
개의 석유램프가 희미하게 밝혀져 있었다. 그 불빛에 사람들의
그림자가 벽에 드리워져 있었다. 사람들이 낮게 구시렁거리는
소리가 지하실에 윙윙거렸다. 어딘가 밑에서 물이 떨어지는 소
리가 들렸다. 어딘가에서 뭔가를 긁는 소리도 났다.
　바바는 내 뒤에서 한숨을 쉬더니 가방을 내려놓았다.
　카림은 우리에게 트럭을 고치려면 이틀 정도밖에 안 걸릴 거
라고 했다. 그러고 나면 페샤와르로 갈 수 있다고 했다. 자유를
찾아서, 안전한 곳으로.
　지하실은 다음 한 주 동안 우리의 집이 되었다. 나는 사흘째
날 밤이 되어서야 긁는 소리가 어디서 나는지 알게 되었다. 쥐
들이 내는 소리였다.


　어둠에 눈이 익숙해졌을 때 세어보니 지하실에는 서른 명
정도가 있었다. 우리는 벽을 따라 어깨를 맞대고 앉아 크래커,
빵, 대추, 사과를 먹었다. 첫날 밤에는 남자들이 함께 기도를

했다. 난민 중 하나가 바바에게 물었다.

"신이 우리 모두를 구해주실 건데, 왜 기도하지 않으시는 거죠?"

바바가 콧방귀를 뀌며 다리를 뻗었다.

"우리를 구해줄 것은 8기통 엔진과 좋은 카뷰레터요."

바바의 말을 듣고, 사람들은 더 이상 신의 문제를 갖고 왈가왈부하지 않았다.

나는 그날 밤 늦게, 카말과 그의 아버지가 우리와 같은 지하실에 있다는 사실을 알게 되었다. 나는 불과 몇 피트 떨어지지 않은 곳에 카말이 앉아 있는 걸 보고 충격을 받았다. 그런데 그와 그의 아버지가 우리 쪽으로 왔을 때, 내가 본 카말의 얼굴은 말이 아니었다.

그는 오그라들어 있었다. 이 말을 대체할 만한 다른 표현은 찾을 수 없었다. 그는 휑한 눈으로 나를 쳐다보았다. 그런데 나를 알아보는 기미가 없었다. 어깨는 움츠러져 있었다. 그의 볼은 뼈에 붙어 있기가 너무 피곤하기라도 한 것처럼 늘어져 있었다. 카불에 있는 영화관 주인이었던 그의 아버지는 바바에게 석 달 전에 그의 아내가 유탄에 관자놀이를 맞아 죽었다고 말했다. 그런 다음, 그는 바바에게 카말에 관해 얘기했다. 나는 일부분밖에 듣지 못했다.

"혼자 나가지 않도록 했어야 했어요……. 그렇게 잘생겼던 아이가……. 네 명이…… 싸우려고 했는데…… 세상에…… 그

184

를 붙잡고…… 피를 흘리게 했대요……. 그의 바지까지…… 더
이상 얘기를 안 해요……. 그냥 멍한 눈으로 있어요……."

우리가 쥐가 들끓는 지하실에서 일주일을 보냈을 때, 카림이
트럭이 없다고 말했다. 고칠 수 없다는 거였다.

사람들이 툴툴거렸다. 카림이 목소리를 높여 말했다.

"다른 방법이 있긴 합니다."

유조 트럭을 갖고 있는 그의 사촌 형이 두어 차례 사람들을
밀입국시켜준 적이 있는데, 그가 이곳 잘랄라바드에 와 있으니
일이 잘될 수도 있다고 했다.

노부부를 제외하고 모든 사람이 가기로 결정했다.

바바와 나, 카말과 그의 아버지, 그리고 다른 사람들이 그날
밤 그곳을 떠났다. 카림의 사촌은 아지즈라는 이름의 남자였
다. 얼굴이 네모지고 머리가 약간 벗어진 사람이었다. 그와 카
림은 우리가 연료탱크 속으로 들어가는 걸 도와줬다. 우리는
한 명씩 차례로, 시동이 켜진 트럭 뒤쪽으로 가서 사다리를 올
라 연료탱크 속으로 들어갔다. 지금 생각해보니, 바바가 사다
리를 반쯤 올라갔다가 다시 내려와 호주머니에서 코담뱃갑을
꺼내더니 냄새를 맡던 모습이 떠오른다. 여하튼 그는 담뱃갑을
비우고 비포장도로의 한복판에서 한 줌의 흙을 떴다. 그는 흙
에 입을 맞추고는 담뱃갑에 부었다. 그리고 그것을 심장 가까
이의 앞주머니에 넣었다.

공포.

입을 크게 벌린다. 턱에서 삐걱거리는 소리가 날 때까지 크게 벌린다. 그리고 폐한테 숨을 들이쉬라고 말한다. 지금, 공기가 필요하다. 지금 필요하다. 하지만 기도氣道는 당신을 무시한다. 기도가 꺾이고 조여온다. 그리고 당신은 갑자기 빨대를 통해 숨을 쉬게 된다. 당신의 입도, 당신의 입술도 닫힌다. 당신이할 수 있는 건 속으로 기어들어가는 소리뿐이다. 당신의 손이꿈틀거리고 흔들린다. 어딘가에서 둑이 무너졌다. 차가운 땀이홍수처럼 쏟아져 온몸을 적신다. 비명을 지르고 싶다. 하지만비명을 지르기 위해서는 숨을 쉬어야 한다.

공포.

지하실도 어두웠는데 연료탱크는 완전히 깜깜했다. 나는 상하좌우를 쳐다보며 손을 흔들어보았다. 아무것도 보이지 않았다. 나는 눈을 깜빡이고 또 깜빡였다. 아무것도 보이지 않았다. 공기도 문제였다. 너무 탁했다. 거의 고체에 가까웠다. 공기가고체여서는 안 될 일이었다. 나는 손을 내밀어 공기를 잘게 부숴 내 기도에 넣어주고 싶었다. 휘발유 냄새도 지독했다. 고약한 냄새로 눈이 따가웠다. 누군가가 내 눈꺼풀을 뒤집고 레몬을 문지른 것 같았다. 숨을 쉴 때마다 코가 얼얼했다. 이런 곳에서 죽을 수도 있겠다 싶었다. 비명 소리가 입에서 새어 나왔다. 나오고 또 나오고……

그때, 작은 기적이 일어났다. 바바가 내 소매를 잡아당겼다.

뭔가 초록색을 띤 게 있었다. 빛이었다! 바바의 손목시계였다. 나는 녹색 형광 바늘에 눈을 고정시켰다. 그걸 잃을까 두려웠다. 나는 눈을 깜빡할 엄두도 못 냈다.

서서히 나는 주변을 의식하게 되었다. 신음 소리와 나직한 기도 소리가 들렸다. 아이가 우는 소리도 들렸다. 아이의 어머니가 나직한 소리로 아이를 달랬다. 어떤 사람은 구토를 했다. 다른 사람은 쇼라위(러시아)를 욕했다. 트럭이 상하좌우로 흔들리며 사람들의 머리가 쇠에 부딪혔다.

바바가 내 귀에 대고 말했다.

"좋은 걸 생각해라. 뭔가 행복한 걸 생각해라."

좋은 것이라. 뭔가 행복한 것이라. 나는 생각을 해봤다. 그러자 좋았던 기억이 떠올랐다.

파그만에서의 어느 금요일 오후. 꽃이 활짝 핀 뽕나무들이 넓은 풀밭 여기저기에 서 있고, 하산과 내가 발목까지 올라오는 풀 속에 서 있다. 나는 연줄을 당기고, 못이 박인 하산의 손에서는 얼레가 돌아가고, 우리의 눈은 하늘에 떠 있는 연을 향하고 있다. 우리는 아무 말도 주고받지 않는다. 할 말이 없어서가 아니라 아무 말도 할 필요가 없어서다. 처음 떠오르는 기억이 서로인 사람들, 같은 젖을 먹고 자란 사람들 사이는 그런 것이다. 산들바람에 풀이 물결친다. 하산의 손에 들린 얼레가 돌아간다. 연이 빙글 돌다가 아래로 곤두박질치더니 자리를 잡는다. 우리의 쌍둥이 그림자가 물결치는 풀 위에서 춤을 춘다.

풀밭 저쪽 끝에 있는 낮은 벽돌담 위의 어딘가에서 사람들이 얘기하는 소리와 웃는 소리, 그리고 분수대의 물소리가 들려온다. 낯익은 옛날 곡이 들린다. 루바브 현악기로 연주하는 〈야 모울라(주님)〉다. 누군가가 담 너머에서 우리의 이름을 부르고 케이크를 곁들인 차를 마실 시간이라고 말한다.

그게 어느 달이었는지, 아니 어느 해였는지도 생각나지 않았다. 나는 그 기억이 내 안에 살고 있다는 걸 알 뿐이었다. 좋았던 과거의 일부가 완벽하게 보존된 형태로 말이다. 무기력한 회색 캔버스가 되어버린 우리의 삶에 색채를 부여하는 붓놀림으로 말이다.


그 여행의 나머지 부분은 산발적으로밖에 기억나지 않는다. 기억나는 건 대부분, 소리나 냄새와 관련된 것들이다. 머리 위로 지나가는 미그기들의 요란한 소리, 총소리, 가까이에서 들리는 당나귀 울음소리, 종소리, 양들의 울음소리, 트럭 바퀴에 자갈이 으깨지는 소리, 어둠 속에서 울어대는 아이의 울음소리, 휘발유 냄새, 토해놓은 오물 냄새, 똥 냄새 등등.

그다음에 기억나는 건 연료탱크 밖으로 나올 때 보았던 눈부신 햇빛이었다. 이른 아침이었다. 내가 얼굴을 하늘로 향하고 실눈을 뜨고 온 세상의 공기를 고갈시키기라도 할 듯 헉헉거리며 숨을 쉬던 기억이 지금도 생생하다. 나는 길가의 참호 옆에 누워 희끄무레한 아침 하늘을 바라보며 공기와 빛과 살아 있음에 감사하고 있었다.

나를 굽어보며 서 있던 바바가 말했다.

"아미르, 우리는 파키스탄에 와 있다. 카림이 우리를 페샤와르로 데려다줄 버스를 부를 것이다."

나는 아직도 서늘한 흙 위에 누워 있었다. 나는 몸을 돌려 엎어졌다. 바바의 발 양쪽에 우리의 여행 가방이 놓여 있었다. 시동이 걸린 채 길가에 서 있는 트럭과 사다리를 내려오는 다른 피난민들이 V자형으로 벌어진 바바의 다리 사이로 보였다. 그 너머의 길은 희끄무레한 하늘 밑에 음침한 장막처럼 펼쳐져 있는 들판으로 이어지다가 오목한 사발처럼 생긴 산 너머로 사라졌다. 양지바른 경사면에 위치한 작은 마을이 길을 따라 펼쳐져 있었다.

나는 다시 우리의 여행 가방으로 눈을 돌렸다. 그것을 보자 아버지가 안쓰러웠다. 그가 세우고, 계획하고, 싸우고, 고민하고, 꿈꿨던 모든 것들이 허사가 되고 실망스러운 아들과 두 개의 가방만 남은 것이었다.

누군가가 소리를 지르고 있었다. 아니, 소리를 지르는 게 아니라 울부짖고 있었다. 사람들이 빙 둘러 모였다. 그들의 목소리가 절박해졌다.

누군가가 말했다.

"가스 때문이에요."

다른 사람도 똑같은 말을 했다. 울부짖는 소리가 목이 찢어지는 듯한 비명으로 바뀌었다.

바바와 나는 사람들이 있는 곳으로 달려가서 사람들을 밀치고 안으로 들어갔다. 카말의 아버지가 가운데에서 다리를 포개고 앉아 아들의 잿빛 얼굴에 입을 맞추며 울부짖고 있었다.

"얘가 숨을 안 쉬어요! 얘가 숨을 안 쉬어요!"

그는 카말의 몸을 안고 있었다. 카말의 늘어진 오른손이 그의 아버지의 흐느낌에 맞춰 흔들리고 있었다.

"내 아들! 내 아들이 숨을 안 쉬어요! 알라여, 이 아이를 살려주세요!"

바바가 그의 옆에 무릎을 꿇고 어깨에 팔을 둘렀다. 하지만 카말의 아버지는 그를 밀치고 사촌 형과 함께 옆에 서 있던 카림을 향해 덤벼들었다. 너무 순식간에 일어난 일이어서 싸움이라고 할 수도 없었다. 카림이 외마디 소리를 지르며 급히 뒤로 물러났다. 주먹과 발길질이 이어졌다. 어느새 카말의 아버지는 카림의 총을 빼앗아 손에 들고 있었다.

카림이 소리쳤다.

"쏘지 마세요!"

하지만 우리가 무슨 말이나 행동을 하기도 전에 카말의 아버지는 자신의 입에 총구를 밀어 넣었다. 나는 그 총성의 울림을 결코 잊지 못할 것 같다. 번쩍이던 불빛과 붉은 피가 사방으로 튀던 모습을 결코 잊지 못할 것 같다.

나는 길가에 다시 몸을 숙이고 토하기 시작했다. 메마른 구
토였다.

# II

## 1980년대, 캘리포니아주 프리몬트

바바는 머릿속의 미국을 사랑했다.

그런데 그에게 위궤양이 생긴 건 미국에서였다.

우리 두 사람이 레이크 엘리자베스 공원에서 산책하던 일이 떠오른다. 그 공원은 우리가 사는 아파트에서 몇 블록 떨어진 곳에 있었다. 우리는 공원에서 사내아이들이 야구 연습을 하고 여자아이들이 웃으면서 그네를 타는 모습을 물끄러미 바라보고 있었다. 바바는 산책을 할 때마다 장황하게 정치 얘기를 했었다. 그는 어느 날 이렇게 말했다.

"아미르, 이 세상에 진짜 남자는 셋뿐이다."

그는 손가락을 꼽아가며 그중 하나는 경솔한 구세주인 미국이고, 나머지 둘은 영국과 이스라엘이라고 했다.

그는 경멸스럽다는 듯 손을 내저으며 말했다.

"나머지는 쑥덕공론이나 하는 노파들 같다."

바바가 이스라엘에 관해서 하는 얘기 때문에 프리몬트에 사는 아프간 사람들은 열을 받았다. 그들은 그가 유대인 편이고 이슬람에 적대적이라고 생각했다. 바바는 공원에서 케이크를 곁들여 차를 마시다가 정치 얘기를 해 사람들을 돌아버리게 만들었다. 그는 나중에 이렇게 말했다.

"그 사람들은 종교가 정치와 아무 상관이 없다는 걸 이해하지 못하고 있어."

바바에 따르면, 이스라엘은 석유로 배를 채우는 일에 너무 바빠서 자신들한테 신경을 쓰지 못하는 아랍인들의 바다에서 '진짜 남자들'이 사는 섬이었다. 바바는 아랍인들의 억양을 흉내 내며 말했다.

"이스라엘이 어쩌고저쩌고하는데 그렇다면 뭘 좀 해야 될 게 아냐! 행동으로 옮기라는 말이야! 아랍인들이니까 팔레스타인인들을 도와야지!"

그는 지미 카터를 싫어했다. 카터는 그에게 '이빨만 큰 바보'였다. 1980년, 우리가 아직 카불에 있었을 때, 미국은 모스크바 올림픽에 참석하지 않겠다고 했다. 바바는 혐오감에 소리를 질렀다.

"세상에! 브레즈네프는 아프간 사람들을 학살하고 있는데, 저 다람쥐 같은 인간은 고작 너희 집 수영장에는 수영하러 가지 않겠다고만 하는군."

바바는 카터가 자기도 모르게 브레즈네프보다 공산주의를 위해 더 많은 일을 했다고 믿었다.

"그는 나라의 지도자감이 아니야. 자전거도 못 타는 아이에게 캐딜락을 운전하라고 맡긴 꼴이라니까."

미국과 세계에 필요한 것은 강한 남자였다. 손을 쥐어짜며 초조해하는 대신 행동으로 옮길 줄 아는 남자였다. 그때, 로널드 레이건이 나타났다. 레이건이 텔레비전에 나와서 쇼라위(러시아)를 '악마의 제국'이라 부르자 바바는 밖으로 나가더니, 활짝 웃으며 엄지를 추켜세우고 있는 레이건 대통령의 사진을 사 갖고 들어왔다. 그는 사진을 액자에 넣어, 넥타이를 매고 자히르 샤 국왕과 악수를 하고 있는 자신의 흑백사진 옆에 걸었다. 프리몬트에 사는 대부분의 사람들은 버스 기사, 경찰, 주유소 종업원, 생활보조비를 받는 미혼모였다. 레이거노믹스(레이건의 경제정책) 때문에 곧 질식해 죽게 될 블루칼라 육체노동자였다. 바바는 우리가 사는 건물에서 유일하게 공화당원이었다.

하지만 바바는 베이에어리어의 스모그 때문에 눈이 아팠고 자동차들이 내는 소음 때문에 머리가 아팠으며 꽃가루 때문에 기침을 했다. 과일은 달지 않았고 물은 깨끗하지 않았다. 나무들과 넓은 들은 다 어디 갔단 말인가! 나는 2년 동안, 그의 엉터리 영어를 고쳐주려고 ESL 수업에 등록을 해주려고 했지만, 그는 콧방귀를 뀌며 마다했다.

"그러니까 내가 cat이라고 제대로 써 선생한테서 공책에 작

은 별을 받으면 집으로 쪼르르 달려와 너한테 자랑하란 말이
구나."

1983년 봄, 어느 일요일이었다. 나는 작은 고서점에 들렀다.
앰트랙(철도)과 프리몬트 불러바드가 교차하는 지점의 서쪽
에 위치한 인도 영화관 옆의 서점이었다. 나는 바바에게 5분
만 들어갔다 나오겠다고 했다. 그는 내 말을 듣고 어깨를 으쓱
했다. 그는 프리몬트의 주유소에서 일하고 있었는데 그날은 쉬
는 날이었다. 나는 그가 프리몬트 불러바드 건너에 있는 베트
남인 노부부가 운영하는 작은 식료품점 '패스트 앤드 이지'로
들어가는 걸 보았다. 노부부의 성은 응우옌이었다. 머리가 희
끗희끗한 그들은 친절한 사람들이었다. 부인은 파킨슨병을 앓
고 있었고 남편은 엉덩이뼈 수술을 받은 상태였다. "저이는 이
제 600만 불의 사나이라니까요." 그녀는 이가 없는 잇몸을 드
러내고 웃으며 늘 나한테 이런 농담을 했다. 그러면 응우옌 씨
는 리 메이저스처럼 얼굴을 찡그리며 느린 동작으로 달리는 모
습을 흉내 내곤 했다.

내가 마이크 해머의 추리소설을 넘겨보고 있을 때, 비명 소
리와 함께 유리 깨지는 소리가 들렸다. 나는 책을 놓고 길을 건
넜다. 응우옌 부부가 사색이 되어 카운터 뒤의 벽에 몸을 붙이
고 있었다. 응우옌 씨는 그의 아내를 팔로 감싸고 있었다. 바닥
은 오렌지, 엎어진 잡지걸이, 깨진 소고기 육포 병, 깨진 유리
조각으로 난리였다.

오렌지를 살 현금이 없어 바바가 수표를 써주자, 응우옌 씨가 신분증을 보여달라고 요구한 모양이었다. 바바가 페르시아어로 고래고래 소리를 질렀다.

"내 신분증을 보여달란다! 우리가 2년 가까이 빌어먹을 과일을 여기서 샀는데 저 개자식이 내 신분증을 보여달란다!"

나는 응우옌 씨 부부를 향해 미소를 지으며 말했다.

"바바, 개인적인 감정이 있어서 그런 게 아니라 수표를 받으면 신분증을 확인하게 돼 있어서 그래요."

"당신, 여기서 나가."

응우옌 씨가 그의 부인 앞으로 나서며 지팡이로 바바를 가리켰다. 그는 나를 향해 말했다.

"자네는 괜찮은 젊은이일세. 하지만 자네 아버지는 미쳤네. 더 이상 여기 오지 말라고 하게."

바바가 말했다.

"저 인간이 나를 도둑이라고 생각하는 거냐?"

그의 목소리가 높아졌다. 사람들이 밖에 모여 쳐다보고 있었다.

"도대체 이게 무슨 놈의 나라지? 아무도 사람을 안 믿는다니까!"

응우옌 부인이 얼굴을 내밀며 말했다.

"경찰을 부르겠어요. 안 나가면 경찰을 부르겠어요. 알겠어요? 나가주세요."

"부탁드립니다, 사모님. 경찰을 부르진 마세요. 아버지를 모시고 나갈게요. 경찰을 부르지만 말아주세요. 부탁드립니다."

응우옌 씨가 말했다.

"좋은 생각이네. 젊은이, 아버지를 모시고 나가게."

금속 테 안경을 쓴 그는 바바에게서 눈을 떼지 않았다. 나는 바바를 데리고 밖으로 나왔다. 그는 발에 걸리는 잡지를 걷어차버렸다. 가게 안으로 다시 들어오지 않겠다는 약속을 바바에게서 받아낸 다음, 나는 가게로 들어가서 응우옌 씨 부부에게 사과했다. 나는 그들에게 나의 아버지가 힘든 시기를 보내고 있다고 말했다. 나는 응우옌 씨 부인에게 우리 집 전화번호와 주소를 적어주며 피해액이 얼마인지 알려달라고 했다.

"되는대로 바로 전화해주세요. 사모님, 제가 모든 걸 배상해드리겠습니다. 정말 죄송합니다."

그녀는 내게서 쪽지를 받으며 고개를 끄덕였다. 그녀의 손이 평소보다 더 떨리는 걸 알 수 있었다. 그걸 보자, 그렇게 만든 바바에게 화가 치밀었다.

나는 설명을 하다가 이렇게 말했다.

"제 아버지가 아직도 미국 생활에 적응을 하시는 중이어서 그렇답니다."

나는 그들에게 우리가 카불에서는 나뭇가지를 끊어 신용카드로 사용했다고 말해주고 싶었다. 하산과 나는 나무 막대기를 갖고 빵 장수에게 가곤 했었다. 그러면 빵 장수는 칼로 막

대기에 눈금을 새겨주었다. 눈금 하나는 그가 탄두르(화덕)의 불길 속에서 꺼내준 빵 한 덩어리를 의미했다. 월말이 되면, 아버지는 막대에 새겨진 눈금의 수에 따라 돈을 지불했다. 그게 전부였다. 질문도 필요 없었고 신분증도 필요 없었다.

하지만 나는 그런 얘기를 그들에게 하지 않았다. 나는 응우옌 씨에게 경찰을 부르지 않아서 고맙다고 했다. 그리고 바바를 집으로 데리고 갔다. 그는 내가 닭고기 목살 스튜를 만드는 동안, 발코니에서 담배를 피우며 화를 삭였다. 페샤와르에서 보잉기를 타고 이곳에 내린 지 1년 반이 지났지만, 바바는 아직도 적응을 하는 중이었다.

그날 밤, 우리는 아무 말 없이 식사를 했다. 바바는 두 번 떠먹은 다음, 접시를 밀쳐버렸다.

나는 앞에 있는 그의 모습을 흘깃 바라보았다. 짧게 자른 손톱은 기름이 묻어 새까맸고 손마디는 상처가 나 있었다. 그의 옷에서는 흙과 땀과 휘발유 냄새가 뒤섞인 주유소 냄새가 났다. 바바는 재혼을 했지만 죽은 아내를 잊지 못하는 남자 같았다. 그는 잘랄라바드의 사탕수수밭과 파그만의 정원들을 그리워했다. 그는 우리 집을 들고 나던 사람들을 그리워했고, 사람들이 붐비는 쇼르 시장의 통로를 거닐며 자신과 아버지와 할아버지를 알고, 자신과 같은 조상을 뒀으며 역사가 서로 얽혀 있는 사람들과 인사를 나누던 걸 그리워했다.

내게 미국은 내 기억들을 묻게 될 곳이었다.

바바에게는 그의 기억들을 애도할 곳이었다.

나는 물 잔에 얼음이 떠 있는 모습을 바라보며 말했다.

"페샤와르로 돌아가야 할지도 모르겠어요."

우리는 비자가 나오길 기다리며 페샤와르에서 6개월을 보냈었다. 방 하나짜리 아파트에서는 더러운 양말과 지독한 고양이 똥 냄새가 났다. 하지만 우리는 우리가 아는 사람들에 둘러싸여 있었다. 그들은 적어도 바바가 아는 사람들이었다. 그는 이웃 전체를 식사에 초대하기도 했다. 그들은 대부분 비자가 나오기를 기다리는 아프간 사람들이었다. 당연히 누군가는 타블라(북)를 가져오고 누군가는 하모늄(페달식 오르간)을 가져왔다. 그들은 차를 마시며 해가 뜨고 윙윙거리던 모기 소리가 그치고 박수를 치느라 손이 아플 때까지 노래를 했다.

"바바는 그곳에서 더 행복하셨어요. 이보다는 더 고향 같았죠."

"페샤와르는 내게는 좋았지만 네겐 아니었잖니?"

"여기에서는 너무 심하게 일하세요."

"이제 그리 나쁘진 않다."

그의 말은 자신이 주유소의 주간 매니저가 된 이후로 괜찮아졌다는 뜻이었다. 하지만 그는 습도가 높은 날이면 몸이 좋지 않은지 손목을 자꾸 비볐다. 식사 후에 약병을 향해 손을 뻗을 때 보면 이마에서는 땀이 흘렀다.

"게다가 나를 위해서 우리가 여기에 온 것도 아니잖니?"

나는 손을 내밀어 아버지의 손에 얹었다. 하나는 깨끗하고 부드러운 학생의 손이었고, 다른 하나는 지저분하고 못이 박인 노동자의 손이었다. 나는 그가 카불에서 내게 사줬던 장난감 트럭, 기차 세트, 그리고 자전거를 떠올렸다. 이제는 미국이었다. 아미르를 위한 마지막 선물.

미국에 도착해서 한 달쯤 지났을 때, 바바는 워싱턴 불러바드에 있는 주유소에 보조원으로 취직했다. 주인은 바바가 아는 사람이었다. 바바는 우리가 도착하자마자 일자리를 찾기 시작했다. 그는 하루에 열두 시간씩 한 주에 엿새를 일했다. 휘발유를 넣고, 물건을 팔고, 엔진오일을 바꾸고, 차의 앞 유리를 닦는 일이었다. 때때로 내가 점심을 싸갖고 가면 그는 기름이 묻은 카운터 너머에서 기다리는 손님에게 줄 담배를 찾고 있었다. 밝은 형광등 불빛 아래 비친 바바의 얼굴은 일그러지고 창백했다. 내가 안으로 들어가면 벨이 울렸다. 바바가 어깨 너머로 나를 보고 손을 저으며 미소를 지었다. 그의 눈은 피곤해서인지 촉촉해 보였다.

바바는 취직을 하자마자, 나를 데리고 산호세에 있는 심사관 도빈스 여사를 찾아갔다. 그녀는 눈이 반짝거리고 미소를 지으면 보조개가 생기는 비만인 흑인 여자였다. 그녀는 언젠가 나에게 자신이 교회 성가대에서 노래를 한다고 말했었다. 나는 그녀의 말을 믿었다. 그녀의 목소리를 들으면 따뜻한 우유와 꿀이 생각났다. 바바는 여러 장의 식량카드를 탁자 위에 내려놓았다.

바바가 말했다.

"고맙지만 이건 필요 없게 됐습니다. 나는 늘 일을 합니다. 아프가니스탄에서도 일했고 미국에서도 일합니다. 도빈스 여사, 대단히 고맙습니다만 저는 공짜를 좋아하지 않습니다."

도빈스 여사는 눈을 깜빡였다. 그녀는 식량카드를 집어 들고 나에게서 바바에게로 시선을 옮겼다. 우리가 그녀를 놀리거나, 하산이 말했던 것처럼, '술수를 부리는' 건 아닌지 의심하는 눈치였다.

그녀가 말했다.

"나는 지난 15년 이 일을 해왔는데 당신처럼 한 사람은 아무도 없습니다."

그렇게 해서 바바는 계산대에서 식량카드를 내야 하는 모욕적인 일을 더 이상 할 필요가 없어졌다. 그리고 그가 가장 두려워하는 일로부터 벗어나게 되었다. 그는 다른 아프간 사람이 그가 공짜로 나온 식량카드로 음식을 사는 걸 볼까 봐 몹시 두려워했었다. 바바는 종양을 떼어낸 사람처럼 복지 사무실에서 걸어 나갔다.


1983년 여름, 나는 고등학교를 졸업했다. 내 나이 스무 살이었다. 나는 그때까지 미식축구 경기장에서 거행된 졸업식에서 사각모를 쓴 사람 중 가장 나이가 많은 졸업생이었다. 그때, 카메라 플래시가 터지고 사람들이 북적거리는 와중에 바바가 어디 있는지 놓쳤던 일이 떠오른다. 그는 카메라를 목에 걸고 손을 호주머니에 찌르고 20야드 선 가까이에 있었다. 나와 그 사이에 사람들이 너무 많았다. 바바는 청색 옷을 입고 울고 소리를 지르며 서로를 껴안는 여학생들과 자기 아버지와 손뼉을 마주치는 남학생들에 가려 보였다 안 보였다 했다. 바바의 턱수염이 희끗희끗해지고 있었다. 머리도 조금씩 빠지고 있었다. 카불에 살 때보다 키도 작아진 것 같았다. 그는 갈색 양복을 입고 있었다. 그가 가진 유일한 양복이었다. 그는 아프간 사람들의 결혼식이나 장례식에 갈 때마다 그 옷을 입었다. 그가 매고 있는 빨간 넥타이는 그해에 내가 그의 쉰 번째 생일 선물로 사 준 것이었다. 마침내 그가 나를 보고 손을 흔들며 미소를 지었다. 그가 나한테 졸업식 가운을 입으라는 몸짓을 했다. 그는 학교의 시계탑을 배경으로 내 사진을 찍었다. 나는 그를 위해 미소를 지어 보였다. 어떤 점에서 보면, 나보다는 그를 위한 날이었다. 그가 나한테 걸어오더니 내 목에 팔을 두르고 내 이마에 입을 맞췄다.

"아미르, 모프타키르."

자랑스럽다는 말이었다. 그 말을 할 때, 그의 눈이 빛났다. 그런 눈길을 받으니 기분이 좋았다.

그날 밤, 그는 헤이워드에 있는 아프간 케밥 식당에 나를 데리고 가서 음식을 주문했다. 지나치게 많은 양이었다. 그는 주인에게 아들이 가을에 대학에 들어간다고 말했다. 나는 졸업하기 전 바바와 그 문제로 잠깐 얘기를 했었다. 내가 직장을 잡고 돈을 좀 벌다가 이듬해에 대학을 가면 좋겠다고 하자, 그는 노여운 표정으로 나를 쳐다봤다. 그래서 나는 더 이상 아무 말도 하지 못했었다.

저녁 식사를 마치자, 바바는 나를 데리고 음식점 건너편에 있는 술집으로 갔다. 실내는 침침했다. 내가 늘 싫어했던 씁쓰름한 맥주 냄새가 배어 있었다. 야구 모자를 쓰고 러닝셔츠를 입은 남자들이 당구를 치고 있었다. 녹색 탁자 위의 담배 연기가 형광등 불빛 속에서 소용돌이를 치고 있었다. 사람들이 갈색 양복을 입은 바바와 주름을 잡은 바지에 스포츠 재킷을 입은 나를 바라보았다. 우리는 자리를 잡고 앉았다. 어떤 노인 옆이었다. 머리 위에 미켈롭 맥주를 광고하는 푸른 불빛이 있어서인지 그의 가죽 같은 얼굴이 어딘지 아파 보였다. 바바가 담배에 불을 붙이고 맥주를 주문했다.

그가 말했다.

"오늘 밤 나는 너무 기분이 좋네요. 오늘 밤은 내 아들과 한잔해야겠어요. 이분에게도 한 잔 주세요."

그는 노인의 등을 살짝 두드리며 말했다. 노인은 모자에 살짝 손을 대며 미소를 지었다. 윗니가 다 빠지고 없는 노인이었다.

바바는 맥주를 세 번에 걸쳐 들이켜더니 또 한 잔을 주문했다. 그는 내가 첫 잔의 4분의 1을 마시기도 전에 석 잔을 마셨다. 그는 노인에게 스카치도 사줬고 내기 당구를 치는 네 사람에게는 버드와이저를 피처로 시켜줬다. 사람들은 그와 악수를 하고 그의 등을 두드려줬다. 그들은 그를 향해 건배를 했다. 어떤 사람은 그의 담배에 불을 붙여줬다. 바바는 넥타이를 헐렁하게 풀고 노인에게 25센트짜리 동전을 한 주먹 주며 주크박스를 가리켰다.

그가 내게 말했다.

"네가 좋아하는 곡을 틀어달라고 하렴."

노인이 고개를 끄덕이고 바바에게 인사를 했다. 곧 컨트리음악이 울려퍼졌다. 바바의 파티는 그렇게 시작되었다.

바바가 일어나서 맥주잔을 치켜들고 톱밥이 깔린 바닥에 맥주를 흘리며 소리쳤다.

"러시아 새끼들, 엿이나 먹어라!"

사람들이 왁자지껄하게 웃었다. 그들이 웃는 소리가 술집 안을 울렸다. 바바는 모든 사람에게 다시 한번 술을 샀다.

우리가 술집을 나설 때, 모든 사람들이 그가 떠나는 걸 아쉬워했다. 나는 미소를 지으며 카불, 페샤와르, 헤이워드, 어디를 가든 바바는 똑같다고 생각했다.

내가 운전을 했다. 바바의 차는 낡은 황갈색 뷰익 센트리였다. 바바는 오는 길에 공기드릴이 내는 듯한 소리를 내며 코를 골고 잤다. 그에게서는 담배와 술 냄새가 났다. 달짝지근하면서도 자극적인 냄새였다. 내가 차를 세우자 그가 일어나 앉더니 쉰 목소리로 말했다.

"이 블록 끝까지 계속 가라."

"왜요?"

"가라면 가."

그는 거리의 남쪽 끝에 차를 세우게 했다. 그는 외투 주머니에 손을 넣어 내게 열쇠를 건넸다. 그리고 우리 앞에 있는 차를 가리키며 말했다.

"자."

기다랗고 널찍한 구식 포드 자동차였다. 달빛 속에서는 무슨 색인지 구분이 잘 가지 않는 어두운 색깔이었다.

"페인트칠을 해야 되겠다. 주유소에서 애들한테 완충장치도 교체해달라고 해야겠어. 하지만 잘 굴러가긴 한단다."

나는 어안이 벙벙해져 열쇠를 받았다. 나는 바바를 쳐다보고 또 차를 쳐다보았다.

"대학에 다니려면 필요할 게다."

나는 그의 손을 잡고 꼭 쥐었다. 눈물이 흘렀다. 밤이라서 얼굴이 보이지 않는 게 다행이다 싶었다.

"고마워요, 바바."

우리는 차에서 내려 포드에 탔다. 포드사의 그랜드 토리노였다. 바바는 내게 차의 색깔이 짙은 감색이라고 말해줬다. 나는 시동을 걸고 블록을 돌며 브레이크, 라디오, 방향 표시등을 점

검해봤다. 그리고 우리 아파트 주차장에 차를 세우고 시동을 껐다.

"타샤코르, 바바."

나는 그에게 더 많은 말을 하고 싶었다. 내가 얼마나 감동을 받았는지, 지금까지 나를 위해 해준 것에 얼마나 감사하고 있는지 말하고 싶었다. 하지만 내가 그 말을 하면 그가 당황할 거라는 걸 알았다. 그래서 나는 고맙다는 말만 했다.

"타샤코르."

그가 미소를 지으며 의자의 머리받침에 머리를 기댔다. 이마가 차의 천장에 닿을 정도였다. 우리는 아무 말도 하지 않고 어둠 속에 앉아, 엔진이 식을 때 나는 소리와 멀리서 사이렌이 울리는 소리를 그냥 듣고만 있었다. 바바가 문득, 내게 고개를 돌리며 말했다.

"하산이 오늘 이 자리에 있었더라면 좋았을 것을."

하산의 이름을 듣자, 무쇠 손이 숨통을 움켜쥐는 것 같았다. 나는 창문을 내렸다. 그리고 그 손의 힘이 풀어지기를 기다렸다.

졸업식 다음 날, 나는 바바에게 가을 학기부터 전문대학에 등록을 하겠다고 말했다. 그는 차가운 홍차를 마시며 카르다몸 씨를 먹고 있었다. 숙취를 해결하는 그만의 방식이었다.

"영문학을 전공할까 생각 중이에요."

나는 이렇게 말하고 속으로 움찔했다.

"영문학이라고?"

"창작을 전공하려고요."

그는 내 말을 음미하며 차를 마셨다.

"소설을 쓴다는 말이구나. 너, 그러지 않아도 소설을 쓰잖니."

나는 눈을 내리깔았다.

"소설을 쓰면 돈을 버니?"

"괜찮으면 벌겠죠. 사람들이 알아주면요."

"사람들이 알아줄 가능성은 얼마나 되니?"

"조금요."

그가 고개를 끄덕였다.

"사람들이 너를 알아줄 때까지는 어떻게 할 셈이냐? 돈은 어떻게 벌 거고 결혼하면 네 카눔(아내)은 어떻게 먹여 살릴 셈이냐?"

나는 눈을 들어 그를 쳐다볼 수 없었다.

"직장을 잡아야죠."

"아하! 그러니까 내가 이해하는 게 맞는다면 너는 몇 년 동안 공부를 해서 학위를 따고 내가 하는 것 같은 흔한 일을 하겠다는 거로구나. 언젠가 네 학위가 네가 알려지는 데 도움이 되기를 별다른 가능성도 없이 기다리며, 지금 당장이라도 쉽게 구할 수 있는 일을 나중에 구하겠다는 말이로구나."

그는 심호흡을 한 다음 차를 마셨다. 그리고 의과대학과 로스쿨과 '진짜 일'에 대한 무슨 말인가를 불만스럽게 했다.

나는 볼이 화끈거렸다. 나는 죄의식을 느꼈다. 내가 그의 위 궤양과 까만 손톱과 아픈 팔목을 무시하고 나 자신이 원하는 것에만 탐닉하고 있는 것 같아서였다. 그러나 나는 내 입장을 고수하기로 마음먹었다. 나는 바바를 위해 더 이상 희생하고 싶지 않았다. 과거에 나는 바바를 기쁘게 하려다가 나 스스로 를 파멸시켰었다.

바바가 한숨을 쉬고 카르다몸 씨를 한 움큼 입에 넣었다.


때때로 나는 포드 자동차에 올라타 창문을 내린 채 몇 시 간씩 드라이브를 했다. 이스트베이에서 사우스베이까지 가기 도 했고 페닌슐라를 한 바퀴 돌기도 했다. 나는 사시나무가 줄 지어 서 있는 프리몬트의 거리로 차를 몰았다. 우리가 사는 프 리몬트에는 왕과 악수를 해본 적이 없는 평범한 사람들이 창 문에 쇠창살이 달린 초라하고 납작한 단층집에서 살고 있었다. 내 것처럼 낡은 차들이 포장이 된 진입로에 기름을 떨어뜨렸 다. 뒤뜰에는 철사를 파도 모양으로 엮은 울타리가 쳐져 있고, 손질이 되지 않은 잔디 위에는 장난감, 타이어, 반쯤 상표가 벗 겨진 맥주병이 어지럽게 널려 있었다. 나는 나무껍질 냄새가 나는 그늘진 공원을 지나고, 부즈카시 대회를 다섯 개 정도 개 최할 수 있을 만큼 큰 쇼핑센터를 지났다. 나는 로스알토스 언 덕길을 올라 전망 창이 달리고 육중한 문 양쪽에 은빛 사자상 이 서 있는 저택들을 지나, 손질이 잘된 보도를 따라 귀여운 분수대가 있는 집들을 지나쳤다. 그곳에는 포드사의 토리노 같은 차가 있을 리 없었다. 그런 집들에 비하면, 와지르아크바르 칸에 있던 바바의 집은 하인의 오두막이었다.

나는 어떤 때는 토요일 아침이면 일찍 일어나 17번 고속도로를 타고 남쪽으로 향했다. 구불구불한 산길을 타고 산타크루즈까지 가는 것이었다. 그리고 오래된 등대 옆에 차를 세우고 해가 뜨기를 기다렸다. 나는 차 안에 앉아 바다에서 안개가 올라오는 모습을 바라보았다. 아프가니스탄에 있을 때, 나는 바다를 영화로만 보았었다. 나는 하산 옆에 앉아 영화를 보며 내가 책에서 읽었던 것처럼 바다에서 소금 냄새가 난다는 게 정말 사실일지 늘 궁금해했었다. 나는 하산에게 언젠가 우리가 해초가 널린 해변에서 산책을 하고 모래에 발을 묻고 바닷물이 우리의 발에서 물러나는 모습을 지켜보게 될 것이라고 말했었다. 나는 태평양을 처음 보았을 때, 울 뻔했다. 바다는 내가 어렸을 때 영화에서 보았던 것처럼 넓고 푸르렀다.

때때로 나는 초저녁에 차를 세우고 고속도로 위의 고가도로를 걸어 다녔다. 다리 난간에 얼굴을 대고, 깜빡이는 미등의 수를 셀 수 있는 데까지 세어보기도 했다. BMW, 사브, 포르셰 등은 카불에서는 보지 못했던 차들이었다. 카불에서는 대부분의 사람들이 러시아제 볼가, 낡은 오펠, 이란제 파이칸을 몰았다.

우리가 미국에 온 지 2년이 다 됐지만, 나는 아직도 이 나라의 크기와 광활함에 놀라고 있었다. 고속도로 너머에는 또 다른 고속도로가 있었고, 도시 너머에는 또 다른 도시가 있었고, 산을 넘으면 또 산이 있었고, 그 산 너머에 더 많은 도시와 더 많은 사람들이 있었다.

러시아 군대가 아프가니스탄에 밀려오기 훨씬 전에, 마을들이 불타고 학교들이 파괴되기 훨씬 전에, 지뢰들이 죽음의 씨앗처럼 심어지고 아이들이 돌 속에 파묻히기 훨씬 전에, 카불은 내게 유령들이 사는 도시가 되었다. 언청이 유령들이 사는 도시.

미국은 달랐다. 미국은 과거를 마음에 담지 않고 포효하며 흐르는 강이었다. 나는 이 강물 속으로 들어가 내 죄를 바닥에 가라앉히고, 물살이 나를 어딘가 먼 곳으로 실어 가게 할 수 있었다.

다른 이유가 없다고 해도, 나는 그 이유만으로도 미국을 받아들였다.


이듬해 여름, 그러니까 내가 스물한 살이 된 1984년 여름, 바바는 뷰익을 팔고 550불을 주고 낡은 폴크스바겐 버스를 샀다. 1971년식이었다. 그걸 판 사람은 카불에서 고등학교 과학 선생이었던 사람이었다. 버스가 요란한 소리를 내며 거리를 달려와 우리 집 주차장에 들어오는 모습을 보고 사람들은 고개를 갸웃거렸다. 바바가 버스를 세우고 엔진을 껐다. 우리는 앉아서 눈물이 우리의 뺨에 흘러내리고, 더 중요하게는 이웃들이 더 이상 우리를 지켜보지 않는다는 게 확실해질 때까지 웃었다. 버스는 한심한 모습이었다. 쇠는 녹슬고, 박살 난 유리창은 검은색 쓰레기봉지로 막고, 타이어는 닳고, 의자는 스프링이 보일 정도로 너덜너덜했다. 그러나 차 주인은 바바에게 엔진과 미션 상태는 괜찮다고 했고, 나중에 보니 그가 그 점에 관해서는 거짓말을 한 게 아니라는 게 드러났다.

토요일이 되면 바바는 새벽에 나를 깨웠다. 그가 옷을 입을 때, 나는 지역신문에 난 광고를 살피며 개라지 세일garage sale을 하는 곳에 동그라미를 쳤다. 우리는 일정을 짰다. 프리몬트, 유니언시티, 뉴어크, 헤이워드를 먼저 돌고, 시간이 허락되면 산호세, 밀피타스, 서니베일, 캠벨까지 훑었다. 바바는 보온병에 담아온 차를 마시며 버스를 운전했고 나는 길을 안내했다. 우리는 세일을 하는 곳에 버스를 세우고 사람들이 더 이상 원치 않는 물건들을 샀다. 우리는 흥정을 해서 낡은 재봉틀, 애꾸눈 바비인형, 나무 프레임 테니스 라켓, 줄 없는 기타, 낡은 일렉트로룩스 진공청소기를 샀다. 우리는 오후 중반쯤 되면 폴크스바겐 버스에 물건을 가득 싣고 돌아왔다. 그리고 일요일 아침 일찍, 베리예사에 있는 산호세 벼룩시장에 가서 자리를 빌리고 작은 이윤을 남기고 물건을 팔았다. 25센트를 주고 산 시카고의 레코드판은 1달러에 팔았다. 때로는 다섯 장으로 된 세트를 4달러에 팔았다. 10달러를 주고 산 형편없는 싱어 재봉틀은 흥정을 해서 25달러에 팔았다.

그해 여름에는 아프간 사람들이 산호세 벼룩시장을 통째로 운영하고 있었다. 아프간 음악이 중고 물품을 파는 통로에서 흘러나왔다. 벼룩시장에 있는 아프간 사람들 사이에는 불문율이 있었다. 맞은편에서 일하는 사람을 초대해 감자 볼라니나 카불리를 나눠 먹으며 얘기를 나누고, 부모 중 하나를 잃은 사람에게는 타살리(위로)의 말을 건네고, 자식이 생일을 맞은 사람에게는 축하의 말을 건네고, 불가피하게 화제가 아프가니스탄과 러시아에 관한 것으로 넘어가면 슬프게 고개를 저었다. 하지만 토요일에 관해서는 말을 삼가야 했다. 기대가 되는 세일 장소에 먼저 도착하려다가 고속도로 출구에서 받아버릴 뻔했던 사람이 상대방이었을 수도 있기 때문이었다.

그런 통로에서 차보다 더 무성한 건 말이었다. 벼룩시장은 아몬드 과자를 곁들여 녹차를 마시며 사람들의 근황을 알게 되는 곳이었다. 누구의 딸이 약혼식을 파기하고 미국인 남자친구와 달아났다느니, 누가 카불에서 파르차미(공산주의자)였다느니, 누가 복지기금을 받으면서도 불법적인 돈으로 집을 샀다느니 하는 얘기가 거기에서 흘러나왔다. 차와 정치와 스캔들이 일요일에 열리는 벼룩시장의 중요한 요소들이었다.

때때로 내가 가판대를 지켰다. 바바는 통로를 돌아다니며 카불에서부터 알았던 사람들을 만나면 손을 공손하게 가슴에 짚고 인사를 했다. 기계공과 재단사들, 전직 대사들, 전직 의사들, 전직 대학교수 등이 값싼 모직 코트와 낡힌 자전거 헬멧 등을 팔고 있었다.

1984년 7월 어느 일요일, 이른 아침이었다. 바바가 가게 열 준비를 하는 동안, 나는 매점에 가서 커피 두 잔을 사갖고 돌아왔다. 그런데 바바가 자기보다 나이가 들고 품위 있어 보이는 남자와 대화를 하고 있었다. 나는 84년도의 레이건/부시 대통령 선거 스티커가 붙어 있는 버스의 뒤 범퍼에 커피 잔을 놓았다.

바바가 나를 손짓으로 불렀다.

"아미르, 이분은 이크발 타헤리 장군이시다. 카불에서 훈장을 받으셨고 국방부에 근무하셨다."

타헤리. 어쩐지 낯익은 이름 같았다.

장군은 주요 인사들이 내뱉는 하찮은 농담에도 껄껄껄 웃어주는 공식적인 파티에 참석하는 데 익숙해 있는 사람 같았다. 숱이 많지 않은 흰머리는 햇볕에 탄 미끈한 이마에서 뒤로 넘겨 빗었고 부얼부얼한 눈썹은 희끗희끗했다. 그에게선 콜로뉴 냄새가 났다. 그는 너무 다림질을 많이 해서 번들거리는 철회색 스리피스 양복을 입고 있었다. 회중시계의 금줄이 조끼에서 대롱거렸다.

그가 깊고 세련된 목소리로 말했다.

"너무 과장되게 소개를 하시는군요. 안녕."

"장군님, 안녕하세요."

나는 그와 악수를 했다. 그의 얇은 손은 의외로 단단했다.

촉촉한 피부 밑으로 단단한 쇠가 숨겨져 있는 것 같았다.

바바가 말했다.

"제 아들은 위대한 작가가 되겠답니다."

나는 그 말을 듣고 화들짝 놀랐다.

"대학 1학년을 마쳤는데 전 과목에서 A를 받았답니다."

나는 그의 말을 정정했다.

"전문대학입니다."

타헤리 장군이 말했다.

"마샬라. 우리 나라에 대해서 쓸 생각인가? 역사? 아니면 경제에 대해서도 쓸 건가?"

"제가 쓰는 건 소설입니다."

나는 라힘 한이 내게 준 가죽 공책에 쓴 열두어 편의 단편 소설을 떠올리며 말했다. 나는 이 남자 앞에서 그 말을 하며 내가 갑자기 당황하는 이유가 뭔지 궁금했다.

장군이 말했다.

"아, 이야기를 쓰겠다는 거로군. 그래, 이처럼 어려운 시대에는 기분 전환을 할 게 필요하지."

그는 바바의 어깨에 손을 얹고 나를 향해 말했다.

"이야기라면 이런 것도 있다네. 자네 아버지와 나는 어느 해여름, 잘랄라바드에서 꿩 사냥을 한 적이 있었지. 굉장했었네. 내 기억이 맞는다면 자네 아버지의 눈은 사냥을 할 때도 사업을 할 때만큼 예리했다네."

바바는 방수포 위에 놓여 있는 나무 프레임 테니스 라켓을 발로 차며 말했다.

"그까짓 게 사업은 무슨 사업입니까!"

타헤리 장군은 슬프면서도 공손한 미소를 지을 줄 알았다. 그는 한숨을 쉬더니 바바의 어깨를 부드럽게 두들겼다.

"젠다기 미그자라."

삶은 계속된다는 뜻이었다. 그는 내게 눈길을 돌리며 말했다.

"우리 아프간 사람들은 다소 과장을 하는 경향이 있지. 그래서 많은 사람들을 위대하다고 하지. 하지만 자네 아버지는 정말로 위대하다는 말에 합당한 몇 안 되는 사람 중 하나라네."

그 말은 내게 자주 입어서 부자연스럽게 번들거리는 그의 양복처럼 부자연스럽게 들렸다.

바바가 말했다.

"지나치게 저를 추어올리시네요."

"아닙니다. 아이들은 아버지가 어떤 사람인지 알 필요가 있습니다."

장군은 이렇게 말하며, 자신의 말이 진심이라는 걸 표시하기 위해 손을 가슴에 대고 머리를 옆으로 기울이고 나를 향해 말했다.

"바쳄(어이), 자네는 아버지의 진가를 알고 있나? 정말로 알고 있나?"

"발레이(네), 장군님, 알고 있습니다."

나는 그가 나를 바쳄이라고 부르지 않았으면 싶었다.

"그렇다면 축하하네. 자네는 벌써 진짜 남자가 돼가고 있는 걸세."

그는 유머나 빈정거림 없이 그 말을 했다. 보통은 거만하기 그지없는 사람이 보내는 찬사였다.

"아버지, 차 드셔야죠."

우리 뒤에서 젊은 여자의 목소리가 들렸다. 머리가 까맣고 몸매가 늘씬한 미녀였다. 그녀는 보온병과 스티로폼 컵을 들고 있었다. 나는 눈을 깜박였다. 심장박동이 빨라졌다. 그녀의 눈썹은 짙고 검었다. 날고 있는 새의 휘어진 양쪽 날개처럼 양쪽 눈썹이 거의 붙어 있었다. 그녀의 우아한 매부리코는 옛 페르시아 공주의 코 같았다. 『샤나메』에 나오는 로스탐의 아내이자 소랍의 어머니인 타미네의 코를 닮은 건지도 몰랐다. 속눈썹이 짙게 드리운 적갈색 눈이 나의 눈과 잠시 얽혔다. 그리고 이내 거두어졌다.

타헤리 장군이 말했다.

"고맙다, 얘야."

그가 그녀에게서 컵을 받았다. 그녀가 몸을 돌려 가기 전에 나는 그녀의 왼쪽 턱선 위의 부드러운 피부에 낫 모양의 갈색 반점이 있는 걸 보았다. 그녀가 두 개의 통로 건너에 있는 희끄무레한 밴으로 걸어가더니 보온병을 안에 넣었다. 그녀가 낡은 레코드판과 책들 사이에 무릎을 꿇고 앉을 때, 그녀의 머리가 한쪽으로 쏠렸다.

타헤리 장군이 말했다.

"내 딸 소라야요."

그는 화제를 돌리고 싶어 하는 사람처럼 깊은 숨을 쉬고 금색 회중시계를 들여다보았다.

"장사 준비를 해야 할 시간이네요."

그와 바바는 서로의 볼에 입을 맞췄다. 그는 두 손으로 나와 악수를 하면서 내 눈을 들여다보았다.

"소설 쓰는 데 행운을 비네."

그의 옅은 푸른 눈을 보면 그가 무슨 생각을 하는지 전혀 알 수 없었다.

나는 그날, 회색 밴 쪽을 쳐다보고 싶은 마음을 애써 참았다.

집에 돌아오면서 생각해보니 전에 타헤리라는 이름을 들은 적이 있는 것 같았다.

나는 문득 생각났다는 듯이 바바에게 물었다.

"타헤리 장군님의 딸에 관한 소문이 떠돌지 않았던가요?"

바바가 벼룩시장을 빠져나가는 차량 행렬을 따라 버스를 조금씩 움직이며 말했다.

"너는 나를 잘 알잖니. 나는 이야기가 쑥덕공론으로 넘어가면 그 자리를 벗어나는 사람이다."

"하지만 소문이 있었죠? 아닌가요?"

그가 나를 짓궂게 바라보았다.

나는 어깨를 으쓱하며, 나오려는 미소를 애써 참았다.

"그냥 궁금해서 그래요, 바바."

"정말이니? 그게 전부니? 그 아이가 괜찮더냐?"

이렇게 말하는 그의 눈에 장난기가 어려 있었다.

내가 그를 바라보며 말했다.

"바바, 그러지 마세요."

그가 미소를 지으며 벼룩시장을 벗어났다. 우리는 680번 고속도로를 향해 가고 있었다. 우리는 한동안 말이 없었다.

"내가 알고 있는 건 어떤 남자와의 일이 순조롭지 않았다는 것이 전부다."

그는 마치 그녀가 유방암에 걸렸다는 사실을 나한테 폭로하기라도 하듯 무겁게 말했다.

"아, 네."

"근면하고 친절하고 괜찮은 아이라고 하더라. 하지만 그 일이 있은 후로는 아무도 청혼을 한 사람이 없었단다."

바바는 여기에서 한숨을 쉬었다.

"공정한 건 아니다만, 며칠 동안, 아니 단 하루에 있었던 일이 인생의 행로를 바꿔놓을 수도 있단다."

그날 밤, 나는 침대에 누워 소라야 타헤리의 얼굴에 있는 낫 모양의 반점과 그녀의 부드러운 매부리코, 그리고 반짝이는 눈이 잠시 내 눈에 머물 때의 표정을 떠올렸다. 그녀를 생각하자 가슴이 뛰었다. 소라야 타헤리. 나의 벼룩시장 공주님.

## 12

아프가니스탄에서는 '자디' 즉 겨울의 첫날 밤이자 1년 중 가장 긴 밤을 '옐다'라고 한다. 전통적으로 그러했던 것처럼, 하산과 나는 쿠르시 밑에 발을 집어넣고 늦게까지 자지 않았다. 알리는 사과 껍질을 난로에 던지며 우리에게 술탄(왕)과 도둑들에 관한 옛이야기를 들려줬다. 내가 옐다의 전설에 관해 알게 된 것도 알리를 통해서였다. 옐다가 되면 귀신 들린 나방들이 촛불을 향해 몸을 던지고 늑대들이 해를 찾아 산으로 들어간다고 했다. 알리는 옐다에 수박을 먹으면 이듬해 여름에 목이 마르지 않는다고 했다.

나는 나이가 들어 시집을 읽다가 옐다가 마음이 괴로운 연인들이 밤새 뜬눈으로 끝없는 어둠을 견디면서 해가 뜨고 사랑하는 사람이 돌아오기를 기다리는, 별이 없는 밤을 의미한다는 걸 알게 되었다. 소라야 타헤리를 만난 후부터, 주중의 매일 밤이 내게는 옐다가 되었다. 일요일 아침이 되면, 나는 이미 소라야 타헤리의 얼굴을 머릿속에 그리며 일어났다. 나는 바바의 버스를 타고 갈 땐 벼룩시장까지 거리가 얼마나 남았는지 계산해보았다. 맨발로 앉아서 누리끼리해진 백과사전들이 든 종이 상자를 배열하며, 아스팔트를 배경으로 흰 뒤꿈치를 드러내고 가느다란 팔목에 은팔찌를 차고 있는 그녀를 빨리 보고 싶었다. 나는 그녀의 머리칼이 벨벳 커튼처럼 등에 드리워질 때 땅바닥에 어리던 그림자의 모습을 떠올렸다. 소라야. 벼룩시장에 있는 나의 공주. 나의 옐다 다음에 맞는 아침 해.

나는 무슨 구실—바바는 장난기 섞인 웃음으로 그걸 인정해줬다—을 만들어 타헤리 장군의 가판대 쪽으로 가곤 했다. 너무 많이 다림질을 해 번들거리는 회색 양복을 늘 입고 다니는 장군을 향해 내가 손을 흔들면 그도 손을 흔들었다. 때때로 그는 의자에서 일어나 나와 얘기를 나누었다. 내 글, 전쟁, 장사가 화제에 올랐다. 나는 소라야가 앉아서 책을 읽고 있는 곳으로 눈을 돌리지 않으려고 애를 써야 했다. 나는 장군과 작별을 하고 돌아서서 걸어올 때면 구부정한 자세를 취하지 않으려고 노력했다.

장군이 다른 곳으로 가서 얘기하고 있을 때면, 그녀가 혼자서 가게를 지키기도 했다. 나는 그녀를 모르는 척하며 지나쳤다. 그녀는 가끔씩, 창백한 피부에 머리를 붉게 염색한, 뚱뚱한 중년 여자와 같이 있을 때도 있었다. 나는 여름이 가기 전에 그녀에게 말을 걸어야겠다고 마음먹었다. 하지만 개강을 하고 나뭇잎들이 물들고 또 떨어지고, 겨울비가 몰려오고 바바의 관절염이 도지고, 새싹들이 다시 한번 나올 때가 되어도, 나는 용기를 내지 못했다. 그녀의 눈을 바라볼 용기조차 내지 못했다.

봄 학기가 1985년 5월 하순에 끝났다. 나는 모든 일반교양 과목에서 A를 받았다. 강의 시간 내내 소라야의 부드러운 코에 대해 생각했던 걸 고려하면, 그것은 작은 기적이었다.

그해 여름, 어느 더운 일요일이었다. 바바와 나는 신문을 부채 삼아 얼굴에 부치며 벼룩시장에 앉아 있었다. 인두처럼 지져대는 햇볕에도 불구하고, 그날따라 시장이 붐볐다. 장사도 잘됐다. 우리는 12시 반밖에 안 됐는데 벌써 160달러를 벌었다. 나는 일어나서 바바에게 콜라를 마시고 싶으냐고 물었다. 그는 좋다고 했다.

내가 걸어갈 때, 그가 말했다.

"아미르, 조심해라."

"뭘 조심해요?"

"나는 아마크(바보)가 아니다. 나를 바보 취급하지 마라."

"무슨 말씀인지 모르겠어요."

바바가 나를 향해 손가락질을 하며 말했다.

"이걸 기억하렴. 그는 뼛속까지 파슈툰족이다. 파슈툰족만의 낭과 나무스를 갖고 있는 사람이란다."

낭은 명예였고 나무스는 자존심이었다. 그건 파슈툰족 남자들의 신조였다. 아내나 딸의 정조와 관련해서는 특히 그랬다.

"저는 음료수를 사러 갈 뿐이에요."

"나를 당혹스럽게 하지 마라. 내가 부탁하는 건 그게 전부다."

"알았어요, 바바."

바바는 담배에 불을 붙이고 다시 신문으로 부채질을 하기 시작했다.

나는 처음에는 매점을 향해 걸어가다가 티셔츠를 파는 가판대에서 왼쪽으로 방향을 틀었다. 그 가판대는 5달러를 주면 예수, 엘비스 프레슬리, 짐 모리슨 중 하나의 얼굴이나 세 얼굴 모두를 흰 나일론 티셔츠에 찍어주는 곳이었다. 마리아치 음악이 머리 위로 들렸다. 오이 절임과 그릴에 구운 고기 냄새가 났다.

타헤리의 회색 밴은 두 줄 건너에 있었다. 젓가락에 망고를 끼워서 파는 매점 옆이었다. 그녀는 혼자서 책을 읽고 있었다. 오늘은 발목까지 내려오는 흰 여름 치마를 입고 발가락이 보이는 샌들을 신고 있었다. 머리는 뒤로 빗어 넘겨 튤립 모양으로 묶었다. 나는 그냥 지나칠 생각이었고 실제로 그랬다고 생각했다. 그런데 내가 나도 모르게 타헤리의 흰 식탁보 가장자리에 서서, 컬 고데와 낡은 넥타이들 너머에 있는 소라야를 바라보고 있는 게 아닌가! 그녀가 눈을 들었다.

내가 말했다.

"안녕하세요. 방해해서 미안해요. 그럴 생각은 아니었어요."

"안녕하세요."

"장군님은 나오셨습니까?"

나는 얼굴이 달아올랐다. 그녀의 얼굴을 차마 쳐다볼 수 없었다.

"저쪽으로 가셨어요."

그녀가 오른쪽을 가리키며 말했다. 팔찌가 그녀의 팔꿈치까지 내려가, 은색과 올리브색이 대조를 이뤘다.

"안부를 여쭈려고 들렀다고 전해주실래요?"

"네, 그럴게요."

"고마워요. 그런데 저는 아미르라고 해요. 알고 싶어 하실 것 같아서 말씀드리는 거예요. 여하튼 아버님께 전해주세요. 안부를 여쭈려고 들렀다고요."

"네."

나는 발을 움직이며 헛기침을 했다.

"이제 갈게요. 방해해서 미안해요."

"아뇨, 방해하지 않았어요."

나는 고개를 약간 기울이며 그녀를 향해 어중간한 미소를 지어 보였다.

"이제 갈게요."

그런데 나는 이미 이 말을 하지 않았던가?

"코다 하페즈(안녕히 계세요)."

"코다 하페즈."

나는 걸어가기 시작했다. 그리고 걸음을 멈추고 돌아보았다. 나는 말할 용기가 사라지기 전에 후다닥 덧붙였다.

"그런데 무슨 책을 읽는지 물어봐도 될까요?"

그녀가 눈을 깜빡였다.

나는 숨을 죽였다. 갑자기 나는 벼룩시장에 있는 아프간 사람들의 눈이 의식되었다. 사람들이 갑자기 조용해졌다는 생각이 들었다. 그들이 말을 하다 말고 고개를 돌리고 흥미로운 눈으로 나를 바라보고 있는 것 같았다.

이제 어떻게 되는 거지?

우리의 만남은 어느 선까지는 한 사람이 다른 사람의 안부를 점잖게 묻는 것이라고 해석될 수 있었다. 하지만 나는 그녀에게 질문을 했다. 그리고 그녀가 내 질문에 답변을 하게 되면, 우리는 이야기를 나누게 되는 것이었다. 미혼의 젊은 남성과 미혼의 젊은 여성이 말이다. 한 사람에게는 과거가 있었다. 사람들이 험담을 하기에 딱 좋은 일이었다. 위험해지고 있었다. 악의적인 말들이 오갈 것이었다. 그녀는 그 악의를 견뎌야 할 것이었다. 내가 그럴 일은 없었다. 나는 남자들에게 유리하게 되어 있는 아프간 사람들의 이중 잣대에 대해 충분히 알고 있었다. "그 친구가 그 여자와 얘기하는 거 봤어?" 사람들은 이런 식으로 얘기하진 않을 것이었다. "그 여자가 그 친구를 못 가게

붙잡는 거 봤어? 로차크(진드기)더라니까!" 그들은 이런 식으로 말할 것이었다.

아프간 사람의 잣대로 보면, 내 질문은 대담했다. 그 질문으로 나는 내 마음을 표현했고 내가 그녀에게 관심을 갖고 있다는 것을 분명히 한 것이었다. 하지만 나는 남자였다. 내가 감수해야 할 건 자존심이 전부였다. 자존심에 난 상처는 낫게 마련이었다. 그러나 평판은 그렇지 못했다. 나는 그녀가 나의 무모함을 어떻게 받아들일지 궁금했다.

그녀가 책 표지가 나한테 보이게 책을 돌렸다. 『폭풍의 언덕』이었다.

그녀가 말했다.

"읽으셨나요?"

나는 고개를 끄덕였다. 나는 귀 뒤에서 피가 뛰는 걸 느낄 수 있었다.

"슬픈 이야기지요."

"좋은 책들은 슬픈 이야기잖아요."

"그래요."

"글을 쓰신다고 들었어요."

그녀가 어떻게 그걸 아는지 궁금했다. 아마도 그녀의 아버지한테서 들었을 것이다. 어쩌면 그녀가 자신의 아버지에게 물어봤는지도 모른다. 하지만 양쪽 다 개연성이 없어 보였다. 부자간에는 여자들에 관해 자유롭게 얘기할 수 있었다. 하지만 아버지에게 젊은 남자에 관해 묻는 아프간 여자들은 없었다. 적어도 점잖은 여자들은 그러질 않았다. 딸과 모자라드(젊은 남자)에 관해 이야기를 하는 아버지들도 없었다. 낭(명예)과 나무스(자존심)를 중시하는 파슈툰족 아버지들은 특히 그랬다. 물론 그 남자가 떳떳한 행동을 하고 자기 아버지를 먼저 보내 결혼 의사를 타진한 카스테가르(청혼자)라면 경우는 달랐다.

거짓말처럼 내 입에서 말이 흘러나왔다.

"제 글을 한번 읽어보시겠어요?"

"좋아요."

그녀는 이 말을 해놓고 눈을 두리번거리기 시작했다. 불편해하는 것 같았다. 아버지가 오는지 확인하는 건지도 몰랐다. 나는 그녀의 아버지가 자기 딸이 나하고 이렇게 오랜 시간을 얘기하고 있는 걸 보면 뭐라고 할지 궁금했다.

"언젠가 가져와볼게요."

내가 무슨 말인가를 더 하려고 했을 때, 전에 소라야와 같이 있던 아주머니가 통로로 걸어왔다. 그녀는 과일이 가득 담긴 비닐봉지를 들고 있었다. 그녀는 소라야와 나를 번갈아 쳐다보며 미소를 지었다.

그녀가 식탁보에 봉지를 내려놓으며 말했다.

"아미르, 만나서 반갑다."

그녀의 이마에 땀이 송골송골 맺혀 있었다. 헬멧 모양으로 올린 붉은 머리가 햇빛에 반짝였다. 머리숱이 적어져 두피가 조금씩 보이는 곳도 있었다. 작은 녹색 눈은 양배추처럼 생긴 얼굴에 묻혀 있었다. 치아는 보철이 되어 있었고 작은 손가락은 무슨 소시지 같았다. 알라 형상의 금 목걸이가 가슴에 걸려 있었다. 목걸이의 줄은 목 주위의 늘어진 주름에 파묻혀 잘 보이지 않았다.

"내가 소라야의 엄마야."

"안녕하세요, 아주머니."

나는 아프간 사람들과의 관계에서 종종 그랬던 것처럼, 상대방은 나를 아는데 나는 상대방이 누구인지 전혀 모른다는 사실이 당황스러웠다.

"아버지는 어떠셔?"

"잘 지내십니다. 감사합니다."

"자네의 할아버지였던 카지 판사님의 숙부와 내 할아버지는 사촌이었어. 그러니 우리는 친척인 셈이지."

그녀는 보철이 된 이를 드러내며 웃었다. 그녀는 오른쪽 입가가 약간 아래로 처져 있었다. 그녀가 다시 소라야와 나를 번갈아가며 쳐다보았다.

나는 바바에게 타헤리 장군의 딸이 왜 아직도 결혼을 하지 않았는지 물은 적이 있었다. 바바는 청혼을 하는 남자가 없어서 그렇다고 했다가, 자기가 한 말을 정정하며 적절한 청혼자가 없어서 그렇다고 했다. 하지만 그 이상은 말하지 않으려 했다. 바바는 쓸데없는 말들이 혼사에 얼마나 치명적일 수 있는

지 잘 알고 있었다. 아프간 남자들은 변덕스러웠다. 특히 좋은 가문의 남자들은 그랬다. 수군거리는 말이나 빗대는 말을 들으면, 그들은 놀란 새처럼 달아났다. 그래서 이런저런 결혼식이 많았지만, 소라야를 위해 아헤스타 보로(결혼 축가)를 불러준 사람은 없었고, 그녀의 손바닥에 헤나 염료를 칠해준 사람도 없었고, 그녀의 머리 장식 위에 코란을 들고 있어준 사람도 없었다. 결혼식 때마다 그녀와 춤을 추는 사람은 타헤리 장군이었다.

소라야의 어머니가 가슴이 아플 정도로 간절하고 비틀린 미소를 지으며 기대감을 숨기지조차 않는 건 그러한 연유에서였다. 나는 내가 남자로 태어났다는 이유만으로 유리한 입장에 있다는 사실이 마음에 걸렸다.

나는 장군의 눈을 보고는 그가 어떤 생각을 하는지 결코 알 수 없었지만 그의 부인에 관해서는 그 정도까지는 알 수 있었다. 만약 내가 이 일—그게 무엇이든—을 하는 데 적이 있다면 그녀는 아닐 것이었다.

그녀가 말했다.

"아미르, 앉으렴. 소라야, 아미르에게 의자를 갖다줘라. 복숭아 좀 하나 씻어 와. 싱싱하고 맛있거든."

"고맙지만 사양하겠습니다. 가봐야 되거든요. 아버지가 기다리고 계세요."

그녀는 내가 공손하게 그 제안을 거절한 것이 마음에 드는 모양이었다.

"그래? 그렇다면 적어도 이건 갖고 가야지."

그녀는 한 움큼의 키위와 몇 개의 복숭아를 비닐봉지에 넣어 건네며 갖고 가라고 우겼다.

"아버지한테 안부 전해드려. 그리고 다시 놀러 와."

"네, 그러겠습니다. 감사합니다."

곁눈으로 보니 소라야는 눈길을 외면하고 다른 곳을 바라보고 있었다.


"콜라 사러 간다고 하지 않았니?"

바바가 나한테서 복숭아가 든 봉지를 받아 들며 말했다.

그는 심각하기도 하고 장난스럽기도 한 눈길로 나를 바라보고 있었다. 나는 뭔가 변명을 늘어놓기 시작했다. 하지만 그는 복숭아를 한 입 먹으며 손을 내저었다.

"아미르, 그럴 필요 없다. 내가 했던 말만 유념해라."


그날 저녁, 나는 침대에 누워 햇빛이 소라야의 눈에서 춤을 추던 모습과 그녀의 움푹 파인 우아한 쇄골을 떠올렸다. 나는 우리가 했던 얘기를 거듭 되짚어보았다. 그녀가 나한테 "글을 쓰신다고 들었어요"라고 했는지, 아니면 "작가라고 들었어요"라고 했는지 확신이 서질 않았다. 어느 쪽이었지? 나는 시트 속에서 몸을 뒤척이며 천장을 응시했다. 그녀를 다시 보려면 여섯 번의 힘겨운 옐다를 지나야 한다는 게 실망스러웠다.

몇 주 동안, 그런 식이었다. 나는 장군이 나가기를 기다리다가 그가 나가면 타헤리의 가판대로 갔다. 타헤리 부인이 거기에 있을 경우, 그녀는 나에게 쿠키를 곁들여 차를 줬다. 우리는 카불에 살았던 시절과 우리가 알고 있는 사람들, 그리고 그녀의 관절염에 관한 얘기를 나눴다. 틀림없이 그녀는 그녀의 남편이 없을 때만 내가 나타난다는 사실을 눈치챘겠지만, 그런 말을 입 밖에 내지는 않았다. 그녀는 그런 상황이면 이렇게 말했다.

"방금 나가서서 못 만나게 됐네."

나는 그녀가 그곳에 있을 때가 좋았다. 그녀가 상냥해서가 아니었다. 자기 어머니가 옆에 있을 때, 소라야가 더 편하게 말을 많이 했기 때문이었다. 그녀가 옆에 있다는 것이 우리 사이에 일어나는 모든 일에 정당성을 부여해주는 것 같았다. 장군이 옆에 있다면 상당히 다른 경우일 것이었다. 보호자가 있다는 것이 우리 사이의 만남을 사람들의 뒷공론에서 완전히 벗어나게 하지는 않았지만 적어도 그걸 완화시키는 기능을 했다. 그러나 소라야는 자신의 어머니가 나에게 아첨을 떠는 듯한 모습을 보며 당황스러워했다.

어느 날, 소라야와 내가 둘이서만 얘기를 하고 있었다. 그녀는 프리몬트에 있는 올론 전문대학에서 받는 일반교육 수업에 대해서 얘기하는 중이었다.

내가 물었다.

"뭘 전공할 거죠?"

"교사가 되고 싶어요."

"정말이에요? 왜요?"

"늘 그러고 싶었어요. 버지니아에 살 때, ESL 자격증을 땄어요. 그래서 지금, 일주일에 한 번은 저녁에 공공 도서관에서 영어를 가르치고 있어요. 제 어머니도 교사셨어요. 카불에 있는 자르구나 여자고등학교에서 페르시아어와 역사를 가르치셨어요."

사냥 모자를 쓴 배가 불룩한 남자가 5달러짜리 촛대 세트를 3달러에 달라고 하자, 소라야는 그렇게 해줬다. 그녀는 발 옆에 있는 작은 과자 상자에 돈을 넣고 나를 부끄러운 듯 바라보았다.

"얘기해주고 싶은 게 있는데 막상 하려니까 좀 당황스럽네요."

"얘기해봐요."

"좀 바보 같은 얘기예요."

"해봐요."

그녀가 웃었다.

"제가 카불에서 4학년이었을 때였어요. 제 아버지가 지바라는 이름의 여자를 고용해서 집안일을 시켰어요. 그런데 그 여자한테는 이란의 마슈하드에 사는 여동생이 있었어요. 지바는 글을 몰랐기 때문에 가끔 가다 한 번씩 동생한테 보내는 편지를 저한테 써달라고 했어요. 동생이 답장을 보내오면, 저는 지바에게 편지를 읽어줬죠. 어느 날이었어요. 제가 그녀에게 읽고 쓰는 법을 배우고 싶으냐고 물었어요. 그랬더니 눈을 반짝이고 환하게 웃으며 그러고 싶다고 했어요. 그래서 저는 제 숙제를 다 하고 나면 부엌 식탁에 앉아 그녀에게 알레프베(알파벳)를 가르쳤어요. 제가 숙제를 하다가 고개를 들면, 지바가 압력솥에 든 고기를 젓다가 연필을 갖고 앉아서 제가 전날 내준 숙제를 하던 모습이 지금도 생생해요. 여하튼 1년이 지나지 않아 지바는 아이들이 읽는 책을 읽을 수 있게 됐어요. 뜰에서 제게 다라와 사라의 이야기를 읽어주기도 했죠. 읽는 속도는 느렸지만 발음은 정확했어요. 그때부터 그녀는 저를 소라야 모알렘(선생님)이라고 불렀어요."

그녀가 다시 웃음을 터뜨렸다.

"이 얘기가 유치하게 들린다는 건 저도 알아요. 하지만 지바가 첫 글자를 스스로 썼을 때, 내가 정말로 하고 싶은 건 가르치는 일이라는 걸 깨달았어요. 저는 그녀가 무척 자랑스러웠어요. 제가 정말로 가치 있는 일을 한 것 같았어요."

"맞아요."

그러나 내 말은 거짓말이었다. 나는 하산을 놀리기 위해서 글자를 이용했다. 그가 모르는 말이 나오면 나는 엄청나게 약을 올렸었다.

"아버지는 제가 법대에 가길 원하세요. 그리고 어머니는 늘 제가 의대에 갔으면 싶으신가 봐요. 그러나 저는 교사가 될래요. 돈은 많이 벌지 못하지만 그게 제가 원하는 거니까요."

내가 말했다.

"제 어머니도 교사셨어요."

"알아요. 제 어머니가 그러시더라고요."

그녀는 이렇게 말하고 나서 얼굴이 홍당무가 되었다. 내가 없을 때, 나에 대해서 자기들끼리 얘기를 한다는 걸 불쑥 말해버린 셈이었기 때문이다. 웃음이 나오려 했다. 웃지 않기 위해서는 상당한 노력이 필요했다.

나는 뒷주머니에서 종이 뭉치를 꺼내며 말했다.

"약속한 대로 가져왔어요."

나는 그녀에게 내가 쓴 단편소설 중 하나를 건넸다.

그녀가 환하게 웃으며 말했다.

"아, 당신은 기억하고 있었군요. 고마워요!"

그녀는 이 말을 하면서 처음으로 형식적인 의미의 '쇼마(당신)'라는 말 대신, 다정하게 들리는 '투(당신)'라는 말을 사용했다. 그러나 내가 그걸 음미할 시간적 여유도 없이, 그녀의 미소가 갑자기 사라졌다. 그녀의 얼굴이 창백해졌다. 그녀의 눈이 내 뒤의 뭔가를 향하고 있었다. 나는 뒤돌아보았다. 타헤리 장군이 와 있었다.

그가 희미한 미소를 지으며 말했다.

"작가 지망생 아미르군. 만나서 반갑네."

나는 입이 잘 떨어지지 않았다.

"안녕하세요, 장군님."

그는 나를 지나쳐 노점을 향해 가며 말했다.

"날씨가 참 좋지 않은가?"

그는 조끼 주머니에 엄지손가락을 걸치고, 다른 손은 소라야를 향해 내밀었다. 그녀가 그에게 내 소설이 쓰인 종이를 내줬다.

"이번 주에 비가 올 거라고 하던데, 오늘 날씨를 보면 믿기 어렵네그려."

그는 종이를 둘둘 말더니 쓰레기통에 던져버렸다. 그리고 나를 향해 돌아서더니 내 어깨에 부드럽게 손을 얹었다. 우리는 몇 걸음을 함께 걸었다.

"자네도 알다시피, 나는 자네가 마음에 드네. 자네는 훌륭한 청년이야. 나는 정말로 그렇다고 믿고 있네. 그런데 말일세."

그는 여기에서 한숨을 쉬고 한 손을 흔들었다.

"훌륭한 청년도 때로 기억해야 될 게 있네. 자네가 사람들이 많은 벼룩시장에 있다는 사실을 기억하게 하는 게 내가 해야 할 일인 것 같네."

그는 여기에서 말을 멈추고 표정 없는 눈으로 내 눈을 들여다보았다.

"여기에 있는 '모든 사람'은 이야기꾼이라네."

그는 고른 이를 내보이며 미소를 지었다.

"아미르, 자네 아버지에게 안부를 전해주게."

그가 내 어깨에 얹었던 손을 내렸다. 그리고 다시 미소를 지었다.


바바가 어떤 노인에게 흔들목마를 팔고 돈을 받으며 말했다.

"무슨 일 있니?"

"아무 일도 아니에요."

나는 낡은 텔레비전 위에 앉았다. 그리고 그에게 무슨 일이 있었는지 그냥 얘기해버렸다.

그가 한숨을 쉬었다.

"저런! 저런!"

나는 그 일에 대해 생각할 시간이 많지 않았다. 그 주에 바바가 감기에 걸렸기 때문이었다.


처음에는 헛기침을 하고 코를 훌쩍이는 정도였다. 코를 훌쩍이는 증상은 차츰 없어졌다. 그러나 기침은 계속되었다. 그는 손수건에 대고 기침을 했고, 기침이 멎으면 손수건을 주머니에 집어넣었다. 나는 병원에 가보자고 했지만 그는 손을 내두르며 싫다고 했다. 그는 의사와 병원을 싫어했다. 내가 알기론, 바바가 의사를 찾아갔던 건 인도에서 말라리아에 걸렸을 때뿐이었다.

그런데 2주일 후였다. 나는 그가 변기에 피가 묻은 가래를 뱉는 걸 보았다.

"언제부터 이랬어요?"

"저녁에는 뭘 먹을 거니?"

"병원에 가야 되겠어요."

바바는 주유소에서 매니저로 일하고 있었지만, 주유소 주인은 그에게 건강보험을 들어주지 않았다. 무모한 바바도 들어달라고 하지 않았다. 그래서 나는 산호세에 있는 시골 병원으로 그를 데려갔다. 우리를 맞은 의사는 얼굴이 창백하고 눈가가 부은 2년차 레지던트였다. 그는 우리를 엑스레이실로 보냈다.

바바가 불만스럽게 말했다.

"의사라는 사람이 나보다 더 병자 같고 너보다 더 어려 보이는구나."

간호사가 불러 다시 들어갔을 때, 레지던트는 서류를 작성하고 있었다.

그는 재빨리 뭔가를 쓰고 말했다.

"이걸 접수처로 가져가세요."

내가 물었다.

"이게 뭔데요?"

"의뢰서입니다."

"뭘 위한 의뢰서죠?"

"폐질환 전문 병원에 보내는 겁니다."

"그게 뭔데요?"

그가 나를 쳐다보고 안경을 올려 썼다. 그리고 다시 글씨를 쓰기 시작했다.

"오른쪽 폐에 반점이 있어서 병원에 확인해달라고 요청하는 겁니다."

"반점이라고요?"

갑자기 방이 너무 작아 보였다.

바바가 태평하게 말했다.

"암인가요?"

의사가 중얼거렸다.

"그럴 수도 있죠. 여하튼 미심쩍어요."

내가 물었다.

"더 자세히 좀 말씀해주실 수 없나요?"

그가 의뢰서를 내게 건네며 말했다.

"현재로서는 그럴 수 없어요. 단층촬영부터 하고 나서 폐 전문의를 보셔야 해요. 아버지가 담배를 피우신다고 했죠?"

"네."

그가 고개를 끄덕이며 나와 바바를 번갈아가며 쳐다보았다.

"병원에서 2주 후에 전화를 할 겁니다."

나는 그에게 '미심쩍다'는 말을 듣고 어떻게 2주나 살란 말이냐고 묻고 싶었다. 내가 어떻게 먹고 일하고 공부할 수 있단 말인가! 어떻게 그런 말을 하고 집으로 가라고 할 수 있단 말인가!

나는 의뢰서를 접수처에 갖다주고 집으로 돌아왔다. 그날 밤, 나는 바바가 잠이 들 때까지 기다렸다가 담요를 둘둘 말았다. 나는 기도용 양탄자 대용으로 담요를 사용하고 있었다. 나는 바닥에 고개를 숙이며 잘 생각이 나지 않는 코란 구절을 암송했다. 카불에 있을 때, 율법 선생님이 암기하라고 시켰던 구절이었는데 반밖에 생각나지 않았다. 나는 존재하는지 어쩐지 확신할 수 없는 신에게 자비를 베풀어달라고 기도했다. 나는 율법 선생님이 부러웠다. 그의 신앙과 확신이 부러웠다.

2주가 지났지만 아무도 전화를 하지 않았다. 내가 전화를 하자, 그들은 자기들한테 의뢰서가 없다며 내가 제출을 한 게 확실한지 물었다. 그리고 3주 후에 전화를 하겠다고 했다. 나는 화를 내며 따졌다. 결국 1주 후에 단층촬영을 하고, 2주 후에 의사를 보기로 했다.

폐 전문의인 닥터 슈나이더와의 만남은 처음에는 괜찮았다. 그런데 문제는 바바가 그에게 어느 나라에서 왔느냐고 묻자, 의사가 러시아에서 왔다고 했을 때 생겼다. 바바는 자제력을 잃었다.

"의사 선생님, 죄송합니다."

나는 이렇게 말하고 바바를 옆으로 끌고 갔다. 닥터 슈나이더는 미소를 지으며 청진기를 손에 들고 잠시 물러났다.

"바바, 제가 대기실에서 닥터 슈나이더의 이력을 살펴보았는데, 저분은 미시간에서 태어났어요. 미국에서 태어났다고요. 미국인이라고요. 바바와 저보다 훨씬 더 미국인이라고요."

"어디에서 태어났는지는 상관없다. 그는 로시(러시아인)다."

그는 로시라는 말을 하면서 그것이 더러운 말이라도 되는 것처럼 얼굴을 찌푸렸다.

"그의 부모도 로시였고, 그의 조부모도 로시였다. 네 어머니를 걸고 맹세하는데, 만약 저놈이 내 몸에 손을 대면 팔을 부러뜨리겠다."

"닥터 슈나이더의 부모님도 쇼라위(러시아)로부터 탈출한 분들이에요. 그들도 탈출을 했다고요!"

하지만 바바는 요지부동이었다. 때때로 나는 바바가 고인이 된 내 어머니만큼 사랑했던 유일한 것은 그가 떠나온 아프가니스탄이었다고 생각한다. 나는 좌절감에 소리를 지를 뻔했다. 나는 한숨을 쉬며 닥터 슈나이더를 향해 말했다.

"죄송합니다, 의사 선생님. 안 되겠습니다."

그다음에 만난 폐 전문의는 이란 출신인 닥터 아마니였다. 바바도 좋다고 했다. 콧수염이 삐딱하고 희끗희끗한 머리를 길게 기른 의사였다. 그는 말을 부드럽게 했다. 그는 우리에게 단층촬영 결과를 검토한 후, 폐의 일부를 떼어내 조직검사를 해야 되겠다고 했다. 그는 다음 주로 일정을 잡았다. 나는 고맙다고 인사를 하고 바바를 데리고 나왔다. '미심쩍다'는 말보다 더

불길하게 들리는 '조직검사'라는 새로운 말과 함께 또 한 주를 보내야 한다고 생각하니 아득하기만 했다. 나는 소라야가 같이 있으면 좋겠다고 생각했다.

사탄의 이름이 여럿이듯, 암에도 여러 가지 이름이 있었다. 바바의 것은 '연맥세포 악성종양'이라고 했다. 너무 진행되어서 수술이 불가능한 상태라고 했다. 바바는 닥터 아마니에게 이후의 상태가 어떻게 될 것인지 물었다. 닥터 아마니는 입술을 깨물고 '심각하다'고 했다.

"물론 화학요법은 있습니다. 하지만 그건 완화적인 조처일 뿐입니다."

바바가 물었다.

"그게 무슨 뜻입니까?"

닥터 아마니가 한숨을 쉬었다.

"연장이 될 뿐, 결과가 바뀌지 않을 거란 뜻입니다."

"닥터 아마니, 분명하게 답변해줘서 고마워요. 나는 화학요법은 받지 않겠습니다."

도빈스 부인의 탁자에 식량카드를 내려놓을 때 그랬던 것처럼, 그의 얼굴에는 결연한 표정이 어려 있었다.

"하지만 바바……."

"아미르, 공적인 곳에서 내 말에 이의를 달지 마라. 절대 그러지 마라. 네가 뭔데 감히 그러느냐?"

벼룩시장에서 타혜리 장군이 내릴 거라고 했던 비는 몇 주가 지나서야 내렸다. 우리가 닥터 아마니의 사무실을 나섰을 때, 차들이 더러운 물을 보도에 뿌리며 지나갔다. 바바는 담배에 불을 붙였다. 그는 집으로 돌아오는 내내 담배를 피웠다.

그가 현관문에 열쇠를 넣을 때 내가 말했다.

"바바, 화학요법을 받으셨으면 좋겠어요."

바바가 열쇠를 호주머니에 넣더니 줄무늬가 진 건물 차양 밑으로 나를 끌고 갔다. 그는 담배를 든 손을 내 가슴에 대고 말했다.

"시끄럽다! 나는 이미 결정했다."

"바바, 저는 어쩌라고요? 저는 뭘 해야 하나요?"

내 눈에 눈물이 고였다.

혐오스러운 표정이 비에 젖은 그의 얼굴을 스치고 지나갔다. 내가 어렸을 때, 넘어져 무릎이 까져서 울면 나를 향해 지었던 것과 똑같은 표정이었다. 그때도 그랬지만 지금도 내가 눈물을 보이니까 그런 표정이 나온 것이었다.

"아미르, 너는 이제 스물두 살이다! 성인이야! 네가……."

그는 무슨 말을 하려다가 입을 다물고 자기가 할 말을 다시 생각해보는 듯했다.

"너는 어떻게 되느냐고? 내가 그 오랜 세월 동안 너에게 가르치려고 했던 것은 그런 질문을 해서는 안 된다는 것이었다."

그는 문을 열고 내게 등을 돌렸다.

"한 가지만 더 얘기하겠다. 아무도 이것에 대해서 알면 안 된다. 알겠느냐? 아무도 안 된다. 나는 누구의 동정도 필요 없다."

그리고 그는 침침한 복도로 들어갔다. 그날, 그는 텔레비전 앞에서 줄담배를 피웠다. 나는 그가 도전하고 있는 대상이 누구인지, 아니면 무엇인지 알지 못했다. 나일까? 닥터 아마니일까? 아니면 그가 결코 믿지 않았던 신일까?


한동안, 암조차도 바바가 벼룩시장을 그만두게 하지 못했다. 우리는 토요일마다 세일하는 곳을 찾아다녔다. 그가 운전하고 나는 길을 안내했다. 그리고 일요일이 되면 놋쇠 램프, 야구장갑, 지퍼가 고장 난 스키복 등의 물건을 진열해놓고 팔았다. 바바는 아프가니스탄에서 알았던 사람들과 인사를 했고, 나는 1, 2달러를 갖고 사람들과 씨름을 했다. 그것이 중요하다는 듯. 매번 가게를 거둘 때마다 내가 고아가 될 날이 가까워지는 것이 아니라는 듯 말이다.

때때로 타헤리 장군과 그의 아내가 건너왔다. 속을 알 수 없는 타헤리 장군은 미소를 지으며 두 손으로 나와 악수를 했다. 하지만 아주머니는 전과 다르게 과묵해졌다. 하지만 그녀는 장군이 다른 것에 신경을 쓰고 있을 때면, 은밀하고 풀죽은 미소를 지으며 나를 향해 미안해하는 표정을 지었다.

내게 그 시절은 많은 것들이 '처음'이었던 시절이었다. 바바가 욕실에서 신음하는 소리를 들은 것도 처음이요, 그의 베개에 피가 묻은 걸 본 것도 처음이었다. 주유소에서 일한 지 3년이 넘었어도 바바는 아프다고 전화를 한 적이 없었다. 그것도 처음이었다.

그해 핼러윈이 가까워졌을 무렵에는 토요일 오후 중반쯤 되면 바바는 너무 지쳐서 내가 밖으로 나가 물건값을 흥정하고 있을 때면 운전대를 잡고 그냥 앉아 있곤 했다. 그러다 추수감사절이 가까워졌을 때는 정오가 되기 전에 지쳐버렸다. 잔디에 썰매가 나타나고 전나무에 가짜 눈이 덮일 때쯤, 바바는 집에 있었고 내가 폭스바겐 버스를 몰고 혼자서 페닌슐라 지역을 돌아다녔다.

때때로 벼룩시장 사람들은 바바가 눈에 띄게 살이 빠졌다는 얘기를 했다. 처음에는 칭찬이었다. 그들은 그에게 비결이 뭐냐고 묻기까지 했다. 하지만 살이 계속 빠지자 더 이상 그럴 수 없게 되었다. 몸무게는 빠지고 또 빠졌다. 결국 그의 볼이 홀쭉해졌다. 관자놀이도 쑥 들어갔다. 눈도 꾀꾼해졌다.

설날이 지난 직후인 어느 서늘한 일요일이었다. 바바는 땅딸막한 필리핀 남자에게 갓등을 팔고 있었고, 나는 버스 안에서 아버지의 다리에 덮을 담요를 찾고 있었다.

그때 필리핀 남자가 놀라서 소리쳤다.

"여보게, 이 남자 좀 도와줘야겠어!"

나는 몸을 돌렸다. 바바가 땅에 주저앉아 있었다. 그의 팔다리에 경련이 일고 있었다.

"코막(사람 살려)!"

나는 소리를 지르며 바바를 향해 달려갔다. 그는 입에서 거품을 내뿜고 있었다. 거품이 섞인 침이 그의 수염으로 흘러내렸다. 뒤집힌 눈은 흰자위밖에 보이지 않았다.

사람들이 우리를 향해 달려왔다. 누군가가 발작이라는 말을 했다.

"911에 전화를 해요."

누군가가 소리쳤다. 사람들의 발소리가 들렸다. 사람들이 우리 주위에 몰려들 때, 하늘이 컴컴해졌다.

바바의 침이 붉게 변했다. 그는 혀를 깨물고 있었다. 나는 무릎을 꿇고 그의 팔을 잡았다.

"바바, 저 여기 있어요. 저 여기 있어요. 괜찮을 거예요. 저 여기 있어요."

나는 그렇게 말하면 그의 경련이 멈추기라도 할 것처럼 같은 말을 계속 되풀이했다. 무릎이 축축해지는 게 느껴졌다. 바바의 오줌보가 터진 것이었다.

"쉬, 바바, 저 여기 있어요. 당신 아들이 여기 있어요."


수염이 희끗희끗한 대머리 의사가 나를 병실 밖으로 끌고 나갔다.

"당신 아버지의 단층촬영 사진을 보며 얘기를 좀 해야겠습니다."

그는 복도에 있는 판독판에 필름을 올려놓고 경찰이 피해자의 가족에게 살인자의 상반신 사진을 보여주듯, 레이저 펜 끝으로 바바의 악성종양 사진을 가리켰다. 사진 속 바바의 뇌는 큰 호두를 절단해놓은 것 같은 모습이었다. 안은 테니스공처럼 생긴 희끄무레한 것들로 가득 차 있었다.

의사가 말했다.

"당신이 보다시피, 암세포가 전이됐습니다. 스테로이드를 써서 뇌가 팽창하는 걸 막고 약물을 써서 발작을 억제해야 할 것 같습니다. 그리고 임시변통이긴 하지만 방사선 치료를 권하고 싶습니다. 이게 무슨 의미인지 아시겠어요?"

나는 알고 있다고 대답했다. 나는 그때쯤 암에 대해 잘 알고 있는 상태였다.

그가 호출기를 확인하며 말했다.

"그럼 좋습니다. 저는 가봐야겠습니다. 궁금한 게 있으면 호출기로 연락하십시오."

"고맙습니다."

나는 바바의 침대 옆에 있는 의자에 앉아 밤을 지새웠다.


다음 날 아침, 복도 아래쪽에 있는 대기실은 아프간 사람들로 붐볐다. 뉴어크에서 온 푸줏간 주인, 고아원을 지을 때 바바와 같이 일했던 기술자 등 많은 사람들이 문병을 왔다. 그들은 줄을 지어 들어와 낮은 소리로 바바에게 존경을 표시하며 쾌

유를 빌었다. 그때, 바바는 깨어 있었다. 지치고 피곤한 상태였지만 깨어 있었다.

오전 중반쯤 되자, 타헤리 장군과 그의 아내가 찾아왔다. 소라야도 그들을 따라왔다. 우리는 서로를 쳐다보고 동시에 눈길을 돌렸다.

타헤리 장군이 바바의 손을 잡으며 말했다.

"친구, 어떻소?"

바바가 그의 팔에 연결돼 있는 링거병을 가리키며 희미한 미소를 지었다. 장군도 따라서 미소를 지었다.

바바가 가라앉은 목소리로 말했다.

"이처럼 모두가 힘들게 오실 필요는 없는데."

장군의 부인이 말했다.

"전혀 힘들지 않습니다."

타헤리 장군이 말했다.

"힘이 안 들다마다요. 그보다 더 중요한 건 당신한테 필요한 게 있느냐 하는 거요. 뭐, 필요한 게 있나요? 형제라고 생각하고 말씀해보세요."

나는 바바가 언젠가 파슈툰족 사람들에 대해서 했던 말을 떠올렸다.

"우리는 냉정할지 모른다. 자존심이 너무 세다는 것도 사실이다. 그러나 어려움에 처했을 때는 파슈툰족 사람을 옆에 둔 것보다 더 든든한 게 없다."

바바가 베개를 벤 채 머리를 저었다.

"이곳에 오신 것만으로도 내 눈이 훤해졌습니다."

장군이 미소를 지으며 바바의 손을 꼭 쥐었다.

"아미르 잔, 자네는 어떤가? 필요한 게 있나?"

"아닙니다, 장군님. 저는……."

나를 바라보는 그의 따뜻한 눈길을 대하자, 나는 목이 메었다. 나는 병실을 뛰쳐나갔다.

나는 전날 밤, 살인자의 얼굴을 보았던 복도의 판독상자 옆에서 울었다.

바바의 병실 문이 열리고 소라야가 걸어 나왔다. 그녀가 내옆에 섰다. 그녀는 회색 스웨터와 청바지를 입고 머리를 늘어뜨리고 있었다. 나는 그녀의 품에 안기고 싶었다.

그녀가 말했다.

"정말 유감이에요. 뭔가 잘못됐다는 건 짐작하고 있었지만이런 상황일 줄은 전혀 몰랐어요."

나는 소매로 눈물을 닦았다.

"아무에게도 알리지 말라고 하셨어요."

"뭐 필요한 게 있어요?"

"없어요."

나는 애써 미소를 지으려고 했다. 그녀가 내 손을 잡았다. 우리의 첫 접촉이었다. 나도 그 손을 잡았다. 그리고 얼굴로 들어 올렸다. 내 눈물이 만져졌다.

"안으로 들어가는 게 좋겠어요. 그렇지 않으면 당신 아버지가 나오실 테니까요."

그녀가 미소를 지으며 고개를 끄덕였다.

"그래야겠어요."

그녀가 돌아섰다.

"소라야?"

"네?"

"당신이 와서 기뻐요. 저한테는…… 엄청난 의미예요."

의사는 이틀 후 바바를 퇴원시켰다. 병원 측에서는 방사선 치료를 받게 하려고 방사선 종양학자라는 전문가를 데려와 바바를 설득하려 했지만 그는 요지부동이었다. 그들은 나보고 그를 설득해보라고 했다. 하지만 나는 바바의 얼굴에 나타난 표정으로 그게 불가능하다는 걸 알았다. 나는 그들에게 고맙다고 하고 그들이 내민 서류에 서명을 했다. 그리고 바바를 포드 토리노에 태워 집으로 데려갔다.

그날 밤, 바바는 모직 담요를 덮고 소파에 누워 있었다. 나는 그에게 따뜻한 차와 볶은 아몬드를 갖다줬다. 나는 뒤에서 그의 몸에 팔을 둘러 일으켜 앉혔다. 그의 몸은 너무 가벼웠다. 내 손에 닿는 그의 어깨는 새의 날개 같았다. 나는 앙상한 갈비뼈가 창백한 살 위로 드러난 그의 가슴까지 담요를 올려줬다.

"바바를 위해 제가 할 수 있는 게 있나요?"

"없다, 얘야. 고맙구나."

나는 옆에 앉았다.

"그렇다면 저를 위해 뭔가를 해주시지 않겠어요? 너무 지치지 않으셨다면요."

"뭐냐?"

"아버지가 청혼을 해주셨으면 좋겠어요. 타헤리 장군에게 가셔서 딸을 달라고 해주세요."

바바의 마른 입술에 미소가 번졌다. 그 모습이 시든 잎사귀에 남아 있는 녹색 반점 같았다.

"확실하니?"

"지금까지 제가 했던 그 어떤 것보다 더 확실해요."

"신중하게 생각한 거니?"

"네, 바바."

"전화기 좀 가져와라. 내 수첩도 가져오고."

나는 눈을 깜빡였다.

"지금 하시려고요?"

"그럼 언제 하냐?"

나는 미소를 지었다.

"알겠어요."

나는 그에게 전화기와 아프간 친구들의 전화번호가 적힌 검은색 수첩을 가져다줬다. 그는 전화번호를 찾아 돌리고 수화기를 귀에 갖다 댔다. 내 심장의 박동이 빨라지고 있었다.

"사모님이시군요. 안녕하세요."

그는 자기가 누군지 말하고 저쪽 말을 들었다.

"고맙습니다. 훨씬 좋아졌습니다. 저번에 와주셔서 감사했습니다."

그는 잠시 상대방의 말을 듣고 고개를 끄덕였다.

"기억하겠습니다. 감사합니다. 장군님은 집에 계신가요?"

그는 잠시 말을 멈췄다가 말했다.

"네, 감사합니다."

그의 눈이 나를 향해 깜빡였다. 나는 웬일인지 웃고 싶었다. 아니면 환호하고 싶었는지도 모른다. 나는 손으로 입을 막고 손가락을 깨물었다. 바바가 부드럽게 웃었다. 콧소리가 섞인 웃음이었다.

"장군님, 안녕하세요……. 네, 그럼요, 훨씬 좋아졌어요……. 대단히 감사합니다……. 친절하십니다. 장군님, 내일 아침에 댁을 방문해도 좋은지 여쭈려고 전화드렸습니다. 좋은 일입니다……. 네……. 11시면 딱 좋습니다. 그때까지 안녕히 계십시오."

그가 전화를 끊었다. 우리는 서로를 바라보았다. 내가 웃음을 터뜨렸다. 바바도 덩달아 웃었다.


바바는 머리에 물을 묻혀 뒤로 빗어 넘겼다. 나는 그가 깨끗한 흰 셔츠로 갈아입고 넥타이를 매는 걸 도와주다가, 목깃 단

추와 바바의 목 사이의 빈 공간이 2인치쯤 되는 걸 보았다. 나는 바바가 세상을 떠나면 뒤에 남게 될 빈 공간을 생각했다. 나는 다른 것에 대해 생각하려 애썼다. 그는 떠난 게 아니었다. 아직은 아니었다. 오늘은 좋은 생각을 해야 하는 날이었다. 내가 졸업할 때 바바가 입었던 갈색 양복이 그에게 너무 커 보였다. 너무 말라서 더 이상 옷이 맞지 않았다. 소매를 걷어줘야 했다. 나는 몸을 숙이고 그의 구두끈을 묶어줬다.

타헤리 장군의 집은 아프간 사람들이 많이 살기로 유명한 프리몬트 지역에 있었다. 납작한 1층짜리 집이었다. 퇴창이 있는 경사진 지붕이 달린 집이었다. 현관에는 제라늄 화분들이 놓여 있었다. 장군의 회색 밴이 차도에 세워져 있었다.

나는 바바가 차에서 나오는 걸 도와주고 운전석으로 다시 들어갔다. 그가 조수석 유리창에 몸을 기대며 말했다.

"집에 있어라. 한 시간 후에 전화하마."

"알았어요, 바바. 행운을 빌어요."

그가 미소를 지었다.

나는 차를 몰고 나왔다. 백미러로 보니, 바바는 아버지로서의 마지막 의무를 다하려고 절룩거리며 걸어가고 있었다.

나는 바바의 전화를 기다리며 거실에서 왔다 갔다 했다. 거실은 길이가 열다섯 걸음, 폭이 열 걸음 반이었다. 장군이 거절하면 어쩌지? 그가 나를 싫어하면 어쩌지? 나는 몇 번이고 부엌으로 가서 오븐에 붙어 있는 시계를 바라보았다.

정오가 되기 직전에 전화벨이 울렸다. 바바였다.

"바바?"

"장군께서 허락하셨다."

내 입에서 안도의 숨이 새어 나왔다. 나는 자리에 앉았다. 손이 떨렸다.

"정말인가요?"

"그래, 소라야가 자기 방에서 너하고 통화를 하고 싶단다."

"알겠어요."

바바가 누군가에게 무슨 말을 했다. 그가 수화기를 내려놓을 때 두 번에 걸쳐 딸깍거리는 소리가 났다.

소라야였다.

"아미르?"

"안녕하세요."

"우리 아버지가 허락하셨어요."

"알고 있어요."

나는 전화기를 잡은 손을 바꿨다. 나는 미소를 지었다.

"너무 기뻐서 무슨 말을 해야 할지 모르겠어요."

"나도 기뻐요, 아미르. 이게 현실이라는 걸 믿을 수가 없어요."

내가 웃었다.

"알아요."

"당신에게 할 얘기가 있어요. 당신이 먼저 알아야 하는 일이에요."

"그게 무엇이든 내겐 상관없어요."

"알아야 해요. 비밀을 갖고 우리 관계를 시작하고 싶지 않아요. 나한테서 그 얘기를 직접 듣는 게 좋을 것 같아요."

"그래야 기분이 좋아질 거라면 얘기해요. 하지만 그게 무엇이든 아무것도 변하지 않을 거예요."

저쪽에서 한동안 말이 없었다.

"우리가 버지니아에 살았을 때, 나는 아프간 남자와 달아난 적이 있어요. 당시 나는 열여덟 살이었어요. 반항적이고 어리석었죠. 그는 마약을 했어요. 우리는 거의 한 달 동안 같이 살았어요. 버지니아에 사는 아프간 사람들은 모두 그 얘기를 했어요. 아버지가 결국 우리를 찾아내셨죠. 아버지는 나를 다짜고짜 집으로 데려가려 했어요. 나는 히스테리를 부렸죠. 악을 쓰고 소리를 지르고 아버지를 증오한다고 했어요……. 그렇게 해서 집에 갔어요."

그녀는 울고 있었다.

"미안해요."

그녀는 이렇게 말하고 코를 풀었다. 그녀의 목소리는 이제 쉬어 있었다.

"미안해요. 집에 돌아오니 어머니가 뇌졸중으로 쓰러져 오른쪽 얼굴이 마비되어 있었어요. 너무 죄송했어요. 잘못한 것도 없는데 어머니는 그런 벌을 받으셨던 거예요. 그 후 얼마 안 있어 아버지는 캘리포니아로 이사를 오셨어요."

침묵이 이어졌다.

"지금은 아버지와 관계가 어떤가요?"

"우리는 늘 달랐어요. 지금도 그래요. 그러나 그날 아버지가 나한테 오신 걸 감사하게 생각하고 있어요. 저를 구해주셨으니까요. 내가 한 말 때문에 괴로운가요?"

"약간요."

나는 그녀에게 진실을 말해줄 필요가 있었다. 나는 그녀에게 그녀가 남자와 같이 살았다는 사실이 괴롭지 않다고 거짓말을 할 수는 없었다. 여자와 잠자리를 같이 한 적이 없는 나였다. 그녀의 이야기를 듣고 나는 조금은 괴로웠다. 하지만 나는 바바에게 청혼을 해달라고 하기 전 몇 주 동안 이 문제에 대해 많은 생각을 했었다. 결국 결론은 늘 똑같았다. 하고많은 사람들 중에서 내가 어찌 다른 사람의 과거를 비난할 수 있겠는가.

"당신의 결심을 바꿀 정도로 괴로운가요?"

"아니에요, 소라야. 전혀 그렇지 않아요. 당신이 말한 어느 것도 뭘 바꿀 수 없어요. 나는 당신과 결혼하고 싶어요."

그녀가 울음을 터뜨렸다.

나는 그녀가 부러웠다. 그녀는 비밀을 말해버린 것이었다. 그래, 얘기해버린 것이었다. 그리고 해결을 했다. 나는 입을 열어 내가 어떻게 하산을 배반하고 거짓말을 하고 그를 쫓아내고 바바와 알리 사이의 40년 우정을 파괴했는지 털어놓을 뻔했다. 하지만 나는 그렇게 하지 않았다. 나는 소라야가 여러 가지 면에서 나보다 나은 사람이라고 생각했다. 용기는 그중 하나였다.

## 13

다음 날 저녁, 우리가 라푸즈(언약식)를 위해 타헤리 장군의 집에 도착했을 때, 나는 차를 길 건너에 세워야 했다. 차도가 벌써 차들로 꽉 차 있었기 때문이다. 나는 전날 구입한 군청색 양복을 입었다. 바바를 집에 데려다주고 나서 산 양복이었다. 나는 백미러로 넥타이를 확인했다.

바바가 말했다.

"코시팁(헨섬)하구나."

"고마워요, 바바. 괜찮으신 거죠? 여기까지는 괜찮으시겠어요?"

그가 피곤한 미소를 지으며 말했다.

"여기까지라고? 아미르, 오늘은 내 인생에서 가장 행복한 날이다."

문 저쪽에서 사람들의 말소리와 웃음소리, 부드럽게 연주되는 아프간 음악 소리가 들렸다. 음악 소리는 우스타드 사라항이 부르는 고전적인 가잘(서정시)처럼 들렸다. 나는 초인종을 눌렀다. 누군가가 창문의 커튼 사이로 쳐다보더니 사라졌다.

여자의 목소리가 들렸다.

"왔어요!"

말소리가 멈췄다. 음악 소리도 멈췄다.

타헤리 부인이 문을 열고 환하게 웃으며 말했다.

"살람 알라이쿰."

그녀는 머리에 파마를 하고 발목까지 내려오는 우아한 검정 치마를 입고 있었다. 내가 홀에 들어서자 그녀의 눈이 촉촉해졌다.

"아미르, 자네가 우리 집에 발도 들여놓지 않았는데 나는 벌써부터 눈물이 나네."

나는 바바가 전날 밤에 시킨 대로 그녀의 손에 입을 맞췄다.

그녀는 불빛이 환한 복도를 지나 거실로 나를 데리고 갔다. 나무 패널로 된 벽에 나의 새 가족이 될 사람들의 사진이 붙어 있었다. 부풀린 머리 모양을 하고 나이아가라 폭포를 배경으로 찍은 젊은 타헤리 부인과 장군의 사진. 솔기 없는 드레스를 입은 타헤리 부인과 옷깃이 좁은 재킷을 입고 가느다란 넥타이를 맨 숱이 많은 검은 머리의 장군 사진. 치아에 낀 교정기가 햇빛에 반짝이는 가운데 손을 흔들고 웃으면서 나무로 된 롤러코스터를 막 타려고 하는 소라야의 사진. 군복을 입고 요르단의 후세인 국왕과 악수를 하는 장군의 사진. 자히르 샤 국왕의 사진.

거실에는 20여 명의 하객들이 벽을 따라 놓인 의자에 앉아 있었다. 바바가 들어서자, 모두가 일어섰다. 바바가 앞서고 내가 뒤를 따랐다. 우리는 방 안을 천천히 돌며 사람들과 악수를 하며 인사를 했다. 여전히 똑같은 회색 양복을 입고 있는 장군과 바바가 서로의 등을 부드럽게 두드리며 포옹했다. 그들은 나직하고 공손한 목소리로 인사를 했다.

장군이 나와 가까운 거리에서 의미심장한 미소를 지었다. '이게 제대로 된 아프간식이라네.' 그는 마치 이렇게 말하는 것 같았다. 우리는 서로의 볼에 세 번 입을 맞췄다.

우리는 사람들로 가득한 방에 앉았다. 바바와 나는 장군과 부인의 맞은편에 나란히 앉았다. 바바는 숨을 쉬기가 좀 힘든 모양이었다. 그는 손수건으로 이마와 머리에 난 땀을 연신 훔쳤다. 그는 내가 자기를 바라보는 걸 알고 애써 미소를 지으며 말했다.

"나는 괜찮다."

전통에 따라 소라야는 거기에 있지 않았다.

장군이 헛기침을 할 때까지 사람들은 가벼운 잡담을 나눴다. 이윽고 방 안이 조용해지고 모든 사람이 경건하게 눈을 내리깔았다. 장군이 바바를 향해 고개를 끄덕였다.

바바가 헛기침을 하고 말을 하기 시작했다. 그는 말하기가 어려운지, 하는 말을 자주 멈추고 숨을 몰아쉬었다.

"장군님, 그리고 사모님…… 오늘 제 아들과 저는 아주 겸허한 마음으로 이곳에 왔습니다. 당신의 집안은 유서 깊고 훌륭하며 고귀한 혈통을 가진 집안입니다. 저는 당신과 당신의 가문과 당신의 조상들에 대한 한없는 이흐티람(존경심)을 갖고 이곳에 왔습니다."

그는 여기에서 하던 말을 멈추고 숨을 쉬었다. 그리고 이마를 닦았다.

"아미르는 제 외아들이며 유일한 자식입니다. 제 아들은 제게 좋은 아들이었습니다. 제 아들이 당신들의 친절함에 부족하지 않은 사람이 되어주면 좋겠습니다. 저는 아미르와 제가 뜻하는 대로 제 아들을 당신 집안에 받아들여주실 것을 청하는 바입니다."

장군이 공손하게 고개를 끄덕였다.

"당신과 같은 분의 아들을 우리 가족으로 받아들이게 되어 영광입니다. 우리는 당신의 명성에 대해 잘 알고 있습니다. 저는 카불에 있을 때부터 당신을 존경했었고 지금도 그러합니다. 당신의 가문과 우리의 가문이 합해지게 되어 영광입니다. 그리고 아미르, 나는 자네를 아들이자 내 눈의 누르(빛)인 내 딸의 남편으로 환영하는 바이네. 자네의 고통은 우리의 고통일 것이며, 자네의 기쁨은 우리의 기쁨일 것이네. 나는 자네가 내 아내와 나를 부모로 생각해주었으면 좋겠네. 자네와 나의 사랑하는 소라야가 행복하기를 기원하네. 두 사람에게 축복이 있기를 바라네."

모두가 박수를 쳤다. 그 신호와 함께 복도를 향해 사람들이 고개를 돌렸다. 내가 기다리던 순간이었다.

드디어 소라야가 나타났다. 긴 소매와 금빛 장식이 달린 환상적인 포도주색 아프간 전통 옷을 입은 소라야가 나타났다. 바바가 내 손을 꼭 잡았다. 소라야의 어머니가 울음을 터뜨렸다. 소라야는 어린 여자 친척들이 뒤따르는 가운데 천천히 우리를 향해 다가왔다.

그녀가 내 아버지의 손에 입을 맞췄다. 그리고 눈을 아래로 깔고 드디어 내 옆에 앉았다.

요란한 박수 소리가 이어졌다.


전통에 따를 것 같으면, 소라야의 가족은 쉬리니코리(약혼식 파티)를 열거나 '사탕 먹기' 의식을 해야 했다. 그러고 나서 몇 개월에 걸친 약혼이 성립되고, 그 기간이 지나면 결혼식이 바바의 비용으로 치러져야 했다.

우리 모두는 소라야와 내가 쉬리니코리 없이 넘어가는 데 동의했다. 누구나 그렇게 하는 이유를 알았다. 그래서 아무도 바바가 살날이 몇 달밖에 남지 않았다는 얘기를 굳이 할 필요가 없었다.

소라야와 나는 결혼식 준비가 진행되는 동안, 같이 외출한 적이 없었다. 우리가 아직 결혼한 게 아니고 쉬리니코리조차 치르지 않았기 때문에 둘이 나가는 것은 적절하지 못했다. 그래서 나는 장군의 집에서 바바와 같이 저녁 식사를 하는 것으로 그걸 대신해야 했다. 소라야는 식탁 맞은편에 앉았다. 나는 그녀의 머리를 가슴에 대고 머리 냄새를 맡고 그녀에게 입맞춤을 하고 그녀와 사랑하는 느낌이 어떤 것일지 상상해보았다.

바바는 오루시(결혼식)에 3만 5천 달러를 썼다. 그가 가진 돈을 거의 전부 쓴 것이었다. 그는 프리몬트에 있는 커다란 아프간 연회장을 빌렸다. 연회장 주인은 카불에서부터 바바를 알고 지내던 사람이어서 상당한 액수를 깎아줬다. 바바는 칠라(악단)를 고용하고 내가 고른 다이아몬드 반지에 들어가는 비용도 내줬다. 그는 턱시도도 샀고 전통적인 니카(서약식)에 입을 녹색 양복도 샀다.

결혼식을 위해 준비할 게 많았다. 장군의 부인과 그녀의 친구들이 대부분의 일을 도맡아 했다. 지금은 그중 몇 가지밖에 생각나지 않는다.

우선 서약식을 할 때가 생각난다. 소라야와 나는 녹색 옷을 입고 탁자에 앉았다. 녹색은 이슬람을 상징하는 색깔이면서 봄과 새로운 시작을 상징하는 색깔이기도 했다. 나는 양복을 입고 있었고, (탁자에 앉은 유일한 여자인) 소라야는 소매가 기다란 드레스를 입고 베일을 쓰고 있었다. 바바, (이번에는 턱시도를 입은) 타헤리 장군, 그리고 소라야의 여러 숙부들도 참석했다. 소라야와 나는 서로를 이따금 쳐다봤을 뿐, 엄숙하게 눈을 아래로 내리깔고 앉아 있었다. 율법사가 증인들에게 질문을 하고 코란 구절을 읽었다. 우리는 맹세를 하고 증서에 서명을 했다. 버지니아에 사는 타헤리 부인의 오빠 샤리프가 일어서더니 헛기침을 했다. 소라야는 내게 그가 미국에서 20년 넘게 살았다고 얘기한 적이 있었다. 그는 연방이민국에서 일하는데 결혼도 미국 여자와 했다고 했다. 그는 시인이기도 했다. 새 같은 얼굴과 솜털 같은 머리의 작달막한 남자였다. 그는 호텔에서 사용하는 종이에 쓴 긴 시를 낭독했다. 소라야에게 바치는 시였다. 그가 낭독을 마치자 사람들이 환호했다.

"와우, 와우, 샤리프!"

또한 무대를 향해 걸어가던 게 생각난다. 나는 다시 턱시도로 갈아입었다. 소라야는 얼굴을 베일로 가리고 흰 드레스를 입고 있었다. 우리는 손을 잡고 걸어갔다. 바바는 내 옆에서 비틀비틀 걸었고, 장군과 그의 아내는 그들의 딸 옆에서 걸었다. 숙부들과 숙모들, 사촌들이 우리 뒤를 따랐다. 우리가 카메라 플래시에 눈을 깜빡이며 나아가자, 하객들이 박수를 치면서 양쪽으로 갈라졌다. 소라야의 외사촌이 우리의 머리 위로 코란을 들고 걸어갔다. 아헤스타 보로(결혼 축가)가 스피커에서 터져 나왔다. 바바와 내가 카불을 떠나던 날 밤에 마히파르 검문소에서 러시아 군인이 불렀던 것과 같은 노래였다.

아침은 열쇠로 만들어 우물에 던져버려요.

천천히 가세요, 사랑하는 달님, 천천히 가세요.

아침 해여, 동편에 뜨는 걸 잊어주세요.

천천히 가세요, 사랑하는 달님이여, 천천히 가세요.


300여 명의 사람들이 지켜보는 가운데, 왕좌처럼 꾸민 무대 위의 소파에 소라야의 손을 잡고 앉아 있던 모습이 떠오른다. 우리는 아예나 마샤프(거울 세리머니)를 했다. 사람들이 우리에게 거울을 주며 우리의 머리에 베일을 덮었다. 우리는 단둘이서 거울에 비치는 서로의 모습을 바라보았다. 나는 미소를 짓고 있는 소라야의 얼굴을 거울로 보며, 그 짧은 둘만의 시간 동안, 그녀에게 처음으로 사랑한다는 말을 했다. 그녀의 볼이 헤나처럼 붉어졌다.

초판 케밥, 숄레고슈티(병아리콩을 곁들인 양고기 요리), 오렌지 맛이 나는 적황색 쌀밥이 담긴 화려한 접시들도 생생하게 떠오른다. 우리를 양쪽에 놓고 미소를 지으며 소파에 앉아 있던 바바의 모습도 떠오른다. 땀에 흠뻑 젖은 남자들이 빙빙 돌면서 전통 아탄 춤을 추던 모습도 떠오른다. 그들은 타블라의 격정적인 템포에 맞춰 원을 그리며 뛰고 돌고 흥겨워했다. 춤은 몇몇을 제외하고 모두가 기진맥진하여 나가떨어질 때까지 계속되었다. 나는 그 속에 라힘 한이 있으면 좋겠다는 생각을 했었다.

나는 그때, 하산도 결혼했을지 궁금했었다. 만약 그랬다면, 베일 밑에 있는 거울 속으로 그가 본 얼굴은 누구의 얼굴이었을까? 그가 잡고 있는 헤나를 칠한 손은 누구의 손이었을까? 이런 생각을 했던 게 떠오른다.

새벽 2시쯤, 연회장에서 우리 아파트로 옮겨 파티가 이어졌다. 다시 차가 나오고 음악이 흘러나왔다. 이웃들이 경찰을 부를 때까지 그랬다. 마침내 손님들이 다 돌아갔다. 한 시간 후면 해가 뜰 것이었다. 소라야와 나는 처음으로 같이 누웠다. 그날 밤, 나는 여자의 부드러움을 알게 되었다.

바바와 같이 살자고 한 것은 소라야였다.
내가 말했다.
"나는 당신이 따로 살자고 할 줄 알았어요."
그녀가 대답했다.
"아버님이 저렇게 아프신데도요?"
그녀의 눈은 그렇게는 못 하겠다는 표정이었다. 나는 그녀에게 입을 맞췄다.
"고마워요."
소라야는 나의 아버지를 극진히 보살폈다. 아침이면 구운 빵에 차를 갖다드렸고, 그가 침대에서 들고 나는 걸 도와줬다. 그녀는 그에게 진통제를 갖다주고 빨래를 해줬다. 그리고 매일 오후, 신문에 난 국제 뉴스를 읽어줬다. 그녀는 비록 그가 몇 숟갈밖에 먹지 못해도, 그가 좋아하는 감자 쇼르와 요리를 해 줬다. 그리고 매일 그를 잠깐씩 데리고 나가 산책을 하게 했다. 그녀는 나중에 그가 침대에서 나오지 못하게 됐을 때는 욕창이 생기지 않도록 시간마다 돌려 눕혔다.

어느 날, 나는 약국에서 바바의 진통제를 사가지고 집에 왔다. 내가 문을 열자, 소라야가 바바의 담요 밑으로 뭔가를 후다닥 집어넣는 게 보였다.

내가 물었다.

"뭐죠? 두 사람이 지금 뭐 하는 거예요?"

소라야가 미소를 지으며 말했다.

"아무것도 아니에요."

바바의 담요를 들추니 가죽 공책이 나왔다. 나는 알면서도 물었다.

"거짓말쟁이. 이게 뭐예요?"

나는 금실로 꿰매진 가장자리를 손가락으로 더듬었다. 그러자 라힘 한이 그걸 내게 줬던 날 밤의 불꽃놀이가 생각났다. 나의 열세 번째 생일날 밤이었다. 화염이 지글지글 타며 올라가다가 빨간색과 녹색과 노란색으로 폭발하던 모습이 기억에 생생했다.

소라야가 말했다.

"당신이 이런 걸 쓸 수 있다니 놀랍네요."

바바가 베개에서 머리를 들며 말했다.

"내가 읽어보라고 했다. 괜찮지?"

나는 공책을 소라야에게 주고 방에서 나왔다. 눈물이 나왔다. 바바는 내가 우는 걸 싫어했다.


결혼식을 올리고 한 달이 지났을 때, 장인 장모와 외삼촌 내외, 그리고 소라야의 숙모 여럿이 우리 아파트로 저녁을 먹으러 왔다. 소라야는 사브지 챌로우를 만들었다. 시금치와 양고기를 곁들인 쌀밥이었다. 저녁을 먹고, 우리는 녹차를 마시며 네 명씩 그룹을 지어 카드놀이를 했다. 소라야와 나는 커피 테이블에서 샤리프 외삼촌 내외와 카드놀이를 했다. 바바는 모직 담요를 덮고 소파에 누워 있었다. 바바는 내가 샤리프 외삼촌과 농담을 주고받는 모습, 소라야와 내 손이 얽혀 있는 모습, 내가 흘러내린 그녀의 머리칼 하나를 올려주는 모습을 물끄러미 바라보았다. 나는 포플러나무가 흔들리고 귀뚜라미 소리가 뜰에 요란하던 카불의 밤하늘처럼 널찍한 웃음을 그가 속으로 웃고 있다는 걸 알았다.

자정이 되기 직전, 바바는 우리에게 그를 침대로 데려다달라고 했다. 그는 소라야와 내 어깨에 팔을 두르고 우리는 그의 등에 팔을 둘렀다. 우리가 그를 침대에 눕히자, 그는 소라야에게 침대맡에 있는 램프를 꺼달라고 했다. 그는 우리에게 몸을 숙이라고 하고 우리에게 입맞춤을 했다.

소라야가 말했다.

"진통제와 물을 가져다드릴게요."

"오늘 밤은 필요 없다. 오늘 밤은 고통이 없구나."

"알았어요."

그녀가 담요를 덮어줬다. 우리는 문을 닫았다.

바바는 다시 깨어나지 않았다.


헤이워드에 있는 사원 주차장이 차들로 꽉 들어찼다. 풀이 듬성듬성한 건물 뒤의 풀밭에 차들이 줄을 지어 세워져 있었다. 사람들은 주차할 곳을 찾기 위해 사원 북쪽으로 서너 블록까지 가야 했다.

사원 안에서 남자들이 앉는 구역은 커다란 사각형 방이었다. 아프간 양탄자와 얇은 방석이 나란히 깔려 있었다. 남자들은 입구에 신발을 벗고 방 안으로 들어가 방석 위에 다리를 포개고 앉았다. 율법사가 마이크에 대고 코란 구절을 낭송했다. 나는 상주 가족이 으레 앉는 문 옆에 앉았다. 타헤리 장군은 내 옆에 앉았다.

열린 문으로 햇빛에 앞 유리를 반짝이며 차들이 들어오는 모습이 보였다. 차에서 사람들이 내리고 있었다. 남자들은 검은 양복을 입고 있었고, 여자들은 검은 드레스를 입고 머리에 흰 히잡을 두르고 있었다.

코란을 낭송하는 소리가 방에 울릴 때, 나는 바바가 발루키스탄에서 검은 곰을 때려잡았다는 이야기를 떠올렸다. 바바는 평생 곰과 씨름을 했다. 젊은 아내를 잃고, 혼자서 아들을 키우고, 사랑하는 조국을 떠나고, 가난에 시달리고, 모욕당하고 …… 결국 그가 이길 수 없는 곰이 다가왔다. 하지만 그때도 그는 자기 식으로 졌다.

기도를 마친 사람들은 일렬로 나가며 나에게 위로의 말을 건넸다. 나는 공손하게 그들의 손을 잡았다. 상당수는 내가 알지 못하는 사람들이었다. 나는 예의 바르게 미소를 지으며 그들이 건네는 위로의 말에 고맙다는 인사를 하고 그들이 바바에 대해 하는 말에 귀를 기울였다.

"……내가 타이마니에 집을 짓는 걸 도와주셨네."

"……그분에게 신의 축복이 있기를."

"……도움을 청할 사람이 아무도 없었을 때, 나를 도와주셨네."

"나를 알지도 못하시면서…… 내가 직장 잡는 걸 도와주셨네."

"……내게는 형제 같은 분이셨네."

그들이 하는 얘기를 들으며, 나는 나라는 존재의 얼마나 많은 부분이 바바와 그가 사람들의 삶에 남긴 흔적들에 의해 설명될 수 있는지 깨달았다. 나는 평생 '바바의 아들'이었다. 그런 그가 떠난 것이었다. 바바는 더 이상 나한테 길을 가르쳐줄 수 없었다. 나는 스스로 길을 찾아야 했다.

그런 생각을 하자 두려웠다.

이에 앞서, 나는 작은 이슬람 묘지에서 바바의 몸이 구덩이 속으로 내려가는 걸 지켜보았다. 율법사와 다른 남자가 무덤가에서 코란의 어느 구절을 읽어야 되는지에 관해 입씨름을 했다. 타헤리 장군이 끼어들지 않았더라면 꼴사나운 광경이 벌어졌을 것이다. 율법사가 그 남자를 향해 불쾌한 눈길을 던지며 코란 구절을 낭송했다. 나는 사람들이 무덤에 흙을 한 삽씩 떠넣는 걸 보고 묘지의 다른 쪽으로 가 붉은 단풍나무 그늘에 앉았었다.

마지막 조문객들이 애도를 마치고 떠났다. 마이크 선을 뽑고 코란을 녹색 보자기에 싸는 율법사를 제외하면 사원은 이제 텅 비어 있었다. 장군과 나는 늦은 오후의 햇볕 속으로 걸어 나왔다. 우리는 계단을 내려가 담배를 피우고 있는 남자들을 지나쳤다. 그들이 하는 소리가 부분적으로 들렸다. 다음 주말에 유니언시티에서 축구 시합이 있고, 산타클라라에 새로운 아프간 음식점이 생겼다는 둥, 이런저런 화제가 입에 오르고 있었다. 삶은 바바를 뒤로하고 벌써 앞으로 나아가는 중이었다.

타헤리 장군이 말했다.

"괜찮은가?"

나는 하루 종일 터져 나오려고 했던 눈물을 이를 악물고 참았다.

"소라야를 찾아볼게요."

"알겠네."

나는 사원의 여자들 구역을 향해 걸어갔다. 소라야는 어머니와 결혼식 때 본 듯한 두 명의 여자들과 함께 계단에 서 있었다. 나는 소라야에게 손짓을 했다. 그녀가 어머니에게 무슨 말인가를 하고 내게 왔다.

내가 말했다.

"좀 걸을 수 있어요?"

그녀가 내 손을 잡았다.

"좋아요."

우리는 낮은 울타리가 쳐진 구불구불한 자갈길을 말없이 걸었다. 그러다가 벤치에 앉아 몇 줄 떨어진 곳에 있는 무덤 옆에서 무릎을 꿇고 묘비 옆에 데이지 꽃다발을 놓는 노부부의 모습을 바라보았다.

"소라야?"

"네?"

"아버지가 그리울 것 같아요."

그녀가 내 무릎에 손을 얹었다. 바바가 사준 칠라(반지)가 그녀의 넷째 손가락에서 반짝였다. 그녀의 뒤에서는 바바를 애도하러 왔던 사람들이 미션 불러바드를 따라 차를 몰고 떠나고 있었다. 우리도 곧 떠날 것이었다. 처음으로 바바는 혼자 있게 될 것이었다.

소라야가 나를 끌어당겼다. 마침내 눈물이 쏟아졌다.

소라야와 내가 약혼 기간을 갖지 않았던 탓에 나는 결혼을 하고 나서야 타헤리 집안에 대해 많은 것을 알게 되었다. 예를 들어, 나는 한 달에 한 번씩 장군이 일주일 정도 계속되는 극심한 편두통에 시달린다는 사실을 알게 되었다. 편두통이 시작되면, 장군은 자기 방으로 들어가 불도 끄고 문도 잠그고 옷을 벗고 누워서 고통이 사그라질 때까지 밖으로 나오지 않는다고 했다. 아무도 안에 들어갈 수 없었고 아무도 문을 두드릴 수 없었다. 그는 때가 되면, 다시 회색 양복을 입고 잠과 시트 냄새를 풍기며 눈이 붓고 충혈된 상태로 방에서 나온다고 했다. 나는 소라야로부터 언제부터인지 모르지만 그와 타헤리 부인이 각방을 쓴다는 얘기를 들었다. 나는 그가 속이 좁을 수 있다는 사실도 알게 되었다. 가령 그는 아내가 갖다준 쿠르마를 한 입 먹어보고 맛이 없으면 한숨을 쉬며 밀쳐버린다고 했다. 그리고 그의 부인이 다른 걸 만들어주겠다고 해도 그녀를 무시하고 부루퉁하게 빵과 양파만 먹는다고 했다. 그러면 소라야는 화가 나고 그녀의 어머니는 운다고 했다. 소라야는 내게 그가 우울증 치료제를 복용하고 있다고 했다. 나는 그가 자신의 가족을 생활보조비에 의존하게 하고 미국에서 직장을 잡은 적이 없다는 사실도 알게 되었다. 그는 자신의 품위에 맞지 않는 일을 하며 체면을 구기기보다는 정부에서 발행한 수표를 현금으로 바꾸는 걸 더 선호했다. 벼룩시장은 그에게 취미일 뿐이었다. 그는 다른 아프간 사람들과 어울리기 위한 방편으로 그걸 이용하고 있었던 것이다. 장군은 아프가니스탄이 조만간 해방되고 군주제가 부활되고 자신이 다시 필요하게 될 거라고 믿었다. 그래서 그는 매일 회색 양복을 입고 회중시계의 태엽을 감으며 기다렸다.

나는 타헤리 부인이 카불에 있을 때는 매혹적인 목소리로 노래를 잘 부르는 것으로 유명했다는 사실도 알게 되었다. 전문적으로 노래를 한 적은 없지만, 그녀에게는 그런 재능이 있다고 했다. 나는 그녀가 민요와 가잘, 심지어는 보통 남자들의 영역인 '라가'도 부를 수 있다는 걸 알게 되었다. 장군은 음악 듣는 걸 좋아해서 아프가니스탄과 인도의 가수들이 부른 고전적인 가잘 테이프를 상당히 많이 갖고 있었다. 하지만 그는 노래를 실제로 부르는 것은 품위가 낮은 사람들에게 맡기는 게 최선이라고 생각했다. 그들이 결혼을 했을 때, 그가 내세운 조건은 타헤리 부인이 공개적인 자리에서 노래를 해서는 안 된다는 것이었다. 소라야는 내게 그녀의 어머니가 우리 결혼식에서 노래를 한 곡만 하고 싶다고 했는데, 장군이 그 말을 듣고 그녀를 쏘아보는 바람에 없던 일이 되어버렸다고 했다. 타헤리 부인은 매주 한 차례씩 복권을 사고 매일 밤 조니 카슨 쇼를 본다고 했다. 그녀는 낮에는 정원에서 장미, 제라늄, 목도라지, 난초를 가꾼다고 했다.

내가 소라야와 결혼하자, 꽃들과 조니 카슨 쇼는 뒤로 밀려났다. 나는 타헤리 부인의 삶에 새로운 즐거움이 되었다. 장군의 방어적이고 외교적인 태도와 달리(그는 내가 계속 장군님이라고 불러도 그러지 말라고 하지 않았다), 타헤리 부인은 나를 좋아한다는 걸 숨기지 않았다. 적어도 나는 그녀가 아프다고 하면 그 말에 귀를 기울였다. 그건 장군이 오랫동안 해주지 않던 일이었다. 소라야는 내게 그녀의 어머니가 뇌졸중으로 한 번 쓰러지고 나서 예민해졌다고 말했다. 가슴이 조금이라도 두근거리면 심장마비가 아닌지, 관절이 아프면 류머티즘은 아닌지, 눈이 씰룩거리면 뇌졸중이 또 오는 건 아닌지 걱정한다고 했다. 나는 타헤리 부인이 어느 날 내게 목에 혹이 생긴 것 같다고 말했던 걸 기억한다.

"내일 수업은 안 가도 되니, 제가 병원에 모시고 갈게요."

장군이 나의 말을 듣더니 말했다.

"그렇다면 공부는 포기하는 게 좋을 걸세. 자네 장모의 진료 기록은 루미가 쓴 책들처럼 두께가 엄청나다네."

하지만 그녀가 전에는 자기 혼자 하던 얘기를 들어줄 사람이 생겼다는 이유만으로 나를 좋아한 건 아니었다. 그녀는 설령 내가 총으로 사람을 죽이고 난리를 쳐도 변함없이 나를 좋아했을 것이다. 내가 그녀의 가장 심각한 가슴앓이를 고쳐줬기 때문이었다. 나는 모든 아프간 여성이 가장 두려워하는 것으로부터 그녀를 구해줬다. 그녀는 딸에게 좋은 신랑감이 생기지 못하고 딸이 남편도 없고 자식도 없이 늙어갈 것을 두려워했다. 그녀는 여자는 누구든 남편이 있어야 한다고 생각했다. 설령 그 남편 때문에 하고 싶은 노래를 못 한다 하더라도 말이다.

그리고 나는 소라야에게서 버지니아에서 무슨 일이 있었는지 자세히 들었다.

우리는 결혼식에 참석하는 중이었다. 이민국에서 일하는 소라야의 외삼촌 샤리프의 아들이 뉴어크에 사는 아프간 여자와 결혼했다. 결혼식은 6개월 전에 소라야와 내가 결혼식을 올렸던 곳에서 있었다. 우리는 사람들 속에 서서 신부가 신랑의 가족으로부터 반지를 받는 모습을 바라보고 있었다. 그런데 우리를 등지고 있던 두 중년 여자가 얘기하는 소리가 들렸다.

"신부 참 곱네. 저것 좀 봐. 달덩이 같네."

"맞아. 어쩜 저렇게 맑을까. 정숙하기도 하지. 남자 친구도 없었대."

"그래, 저 신랑이 자기 사촌과 결혼하지 않은 건 참 잘한 일이야."

결혼식이 끝나고 돌아오는 길에 소라야는 울음을 터뜨렸다. 나는 프리몬트 불러바드에 있는 가로등 밑에 차를 세웠다.

나는 그녀의 머리를 뒤로 넘겨주며 말했다.

"괜찮아요. 신경 쓸 것 없어요."

그녀가 소리를 질렀다.

"이건 옳지 않아요."

"그냥 잊어버려요."

"자기 아들들은 여자를 찾아 나이트클럽에 가고 여자 친구를 임신시켜도 한마디도 하지 않는 사람들이에요. 밖에서 아이를 낳아도 아무도 뭐라고 하지 않아요. 남자니까 재미를 봐도 된다는 거죠! 그런데 여자가 한 번 실수를 하면 갑자기 낭과 나무스를 들고 나온다니까요. 그리고 여자는 평생 찍소리도 못 하고 살아야 하고요."

나는 엄지손가락으로 그녀의 턱에 흘러내리는 눈물을 닦아 줬다.

소라야가 자신의 눈을 가볍게 누르며 말했다.

"내가 당신한테 얘기하지 않은 게 있어요. 그날 밤, 제 아버지는 총을 들고 나타나셨어요. 아버지는…… 그 사람에게…… 두 발의 총알이 들어 있다고 말했어요. 내가 집에 가지 않으면 그중 하나는 그 사람 것, 하나는 자기 것이 될 거라고 하면서요. 나는 소리를 지르고 아버지한테 욕을 하고, 나를 평생 가둬놓을 수는 없으며 아버지가 죽었으면 좋겠다는 말까지 했어요."

그녀의 눈에서 눈물이 다시 쏟아지고 있었다.

"실제로 그렇게 말했어요. 그런 마음이었고요. 아버지가 나를 집에 데리고 가자, 어머니는 나를 껴안고 울었어요. 어머니가 많은 말을 했지만 분명치가 않아 알아듣기 힘들었어요. 그러자 아버지는 나를 내 방으로 데리고 가더니 화장대 거울 앞에 앉히고, 나한테 가위를 주면서 머리를 모두 자르라고 명령했어요. 내가 머리를 자르는 동안, 지켜보고 있었고요. 나는 몇 주 동안 밖에 나가지 않았어요. 그런데 나중에 밖에 나가자 사람들이 수군거리는 소리가 들렸어요. 어디를 가나 그랬어요. 그게 4년 전 일이에요. 3천 마일도 더 떨어진 곳에서 일어난 일인데 아직도 나는 그런 소리를 듣네요."

"개자식들."

그녀가 흐느낌 같기도 하고 웃음 같기도 한 소리를 냈다.

"당신 아버지가 우리 집에 청혼하러 온 그날 밤, 내가 당신에게 전화로 이 얘기를 했을 때, 나는 당신의 마음이 변할 거라고 생각했어요."

"소라야, 그건 말도 안 되는 소리예요."

그녀가 미소를 지으며 내 손을 잡았다.

"당신을 만나게 되어 얼마나 좋은지 몰라요. 당신은 내가 만났던 아프간 남자들과는 너무 달라요."

"이런 얘기, 다시는 하지 말아요."

"알았어요."

나는 그녀의 볼에 입을 맞추고 다시 차를 몰았다. 나는 차를 몰면서 왜 내가 다를까 생각해보았다. 남자들이 나를 키워서 그런지도 몰랐다. 여자들에 둘러싸여 성장하지 않아서 아프간 사회가 여자들에게 적용하는 이중적인 잣대를 직접 체험하지 않았기 때문일지도 몰랐다. 어쩌면 바바가 이례적인 아프간 아버지여서 그런지도 몰랐다. 그는 자신의 원칙대로 산 자유주의자였고, 자신에게 편리한 대로 사회적 관습을 무시하거나 받아들였던 독불장군이었다.

하지만 내가 소라야의 과거에 대해 개의치 않았던 주된 이유는 나한테도 과거가 있기 때문이 아니었을까 싶다. 나는 회한에 관한 모든 걸 알고 있었다.


바바가 세상을 떠난 직후, 소라야와 나는 프리몬트에 있는 방 한 칸짜리 아파트로 이사 갔다. 처갓집으로부터 몇 블록밖에 떨어지지 않은 곳이었다. 소라야의 부모는 집들이 선물로 갈색 가죽 소파와 미카사 접시 세트를 사줬다. 장군은 내게 또 다른 선물을 줬다. 신형 IBM 타자기였다. 상자 안에는 페르시아어로 된 쪽지가 있었다. '아미르, 자네가 이 타자기에서 많은 이야기들을 찾아낼 수 있기를 바라네. 이크발 타헤리 장군으로부터.'

나는 바바의 폴크스바겐 버스를 팔고 난 후로 지금까지 벼룩시장에 다시 가본 적이 없다. 나는 매주 금요일, 아버지의 묘지를 찾았다. 때때로 묘비 옆에 프리지아꽃이 놓여 있었다. 소라야가 놓고 간 꽃이었다.

소라야와 나는 일상적인 결혼생활로 접어들었다. 작지만 신비로운 일도 때때로 있었다. 우리는 칫솔과 양말을 같이 쓰고 신문을 번갈아가며 읽었다. 그녀는 침대 오른편에서 자기를 좋아했고 나는 왼편에서 자기를 좋아했다. 그녀는 푹신푹신한 베개를 좋아했고 나는 딱딱한 걸 좋아했다. 그녀는 스낵을 먹듯이 시리얼을 그냥 먹었고, 나는 우유에 타서 먹었다.

그해 여름, 나는 산호세 주립대에 들어가 영문학을 전공하기 시작했다. 오후에는 서니베일에 있는 가구 창고에서 경비원으로 일했다. 그 일은 끔찍하게 무료했지만, 좋은 점도 있었다. 오후 6시가 되어 사람들이 다 퇴근하고, 비닐로 포장해 천장 높이까지 쌓아둔 소파들 사이로 그림자가 몰려들기 시작하면, 나는 책을 꺼내 공부를 했다. 내가 첫 소설을 쓴 건 표백제 냄새가 나는 가구 창고 사무실에서였다.

소라야는 이듬해, 산호세 대학에 들어가 그녀의 아버지가 못마땅하게 생각하는데도 불구하고 교직과정에 등록했다.

어느 날 저녁, 식사를 하며 장군이 말했다.

"나는 얘가 왜 재능을 허비하는지 모르겠어. 아미르, 자네는 얘가 고등학교 다닐 때 A만 받았다는 걸 알고 있나?"

그는 다시 그녀를 향해 말했다.

"너처럼 머리 좋은 사람은 변호사도 될 수 있고 정치학자도 될 수 있어. 아프가니스탄이 독립하면, 새로운 헌법을 만드는 일에 도움을 줄 수도 있어. 너처럼 젊고 재능이 있는 아프간 사람들이 필요할 거야. 유서 깊은 가문의 이름도 있고 하니, 너한테 장관직을 제안할지도 모를 일이다."

소라야의 얼굴이 경직되면서 그녀가 감정을 애써 억누르는 모습이 보였다.

"아버지, 저는 어린애가 아니에요. 이제는 결혼까지 한 성인이라고요. 게다가 그들에게는 선생도 필요할 거예요."

"가르치는 건 아무나 할 수 있다."

"어머니, 밥 좀 더 있어요?"

소라야가 말했다.

장군이 헤이워드에서 친구와 약속이 있다고 나가자, 소라야의 어머니가 소라야를 달랬다.

"좋은 뜻으로 그러시는 거야. 네가 성공하기를 바라서 그러시는 것뿐이야."

"자기 딸이 변호사라고 친구들한테 자랑할 수 있게 말이죠? 그렇게 되면 장군님에게는 또 다른 메달이겠네요."

"너, 쓸데없는 말을 하는구나."

소라야가 씩씩거리며 말했다.

"제가 성공하기를 바란다고요? 적어도 저는 다른 사람들이 쇼라위(러시아)와 싸우는 동안 가만히 앉아서 기다리고만 있는 아버지와는 달라요. 사태가 진정되면 귀국해서 알량한 자리를 다시 달라고 하려고 기다리시는 거겠죠. 돈은 별로 못 벌겠지만 제가 원하는 건 교직이라고요. 제가 좋아하는 것이 그거라고요. 그리고 말이죠, 그것이 생활보조기금을 받는 것보다는 훨씬 낫죠."

그녀의 어머니가 하고 싶은 말을 꾹 참고 말했다.

"네가 그런 식으로 말하는 걸 네 아버지가 들으면 다시는 너를 상대하지 않으실 거다."

소라야가 접시에 냅킨을 던지며 소리쳤다.

"걱정 마세요. 아버지의 잘난 자존심은 건들지 않을 테니까요."

1988년 여름, 소련이 아프가니스탄에서 물러나기 6개월 전쯤, 나는 첫 소설을 완성했다. 카불을 배경으로 펼쳐지는 아버지와 아들의 이야기였다. 대부분, 장군이 준 타자기를 이용해 쓴 소설이었다. 나는 열 개 정도의 에이전시에 출판에 관련된 편지를 보냈다. 8월 어느 날이었다. 놀랍게도 뉴욕에 있는 에이전시에서 완성된 원고를 보내달라는 편지를 보내왔다. 나는 다음 날 원고를 부쳤다. 소라야는 조심스럽게 싼 원고에 입맞춤을 했고, 소라야의 어머니는 코란 밑으로 원고를 지나가게 해야 한다고 했다. 그녀는 나를 위해 나즈르(맹세)를 하겠다고 했다. 만약 내 책이 받아들여지면, 양 한 마리를 잡아 고기를 가난한 사람들에게 나눠주겠다는 것이었다.

나는 그녀의 얼굴에 입맞춤을 하며 말했다.

"나즈르는 안 돼요. 필요한 사람들에게 돈을 주는 자카트를 하세요. 양을 잡아서는 안 돼요."

6주 후, 마틴 그린월트라는 사람이 뉴욕에서 전화를 해 나의 에이전트가 돼주겠다고 했다. 나는 소라야에게 그 소식을 전하며 말했다.

"하지만 나한테 에이전트가 생겼다고 해서 내 책이 출판된다는 뜻은 아니에요. 에이전트가 소설을 팔면, 그때 가서 축하하자고요."

한 달 후, 마틴이 전화를 해서 내 책이 출판될 거라고 말했다. 그 얘기를 하자, 소라야는 좋아서 어쩔 줄 몰라 했다.

그날 저녁, 우리는 소라야의 부모와 같이 식사를 했다. 좋은 소식을 자축하는 자리였다. 소라야의 어머니는 코프타와 흰 페르니를 요리했다. 장군은 내가 자랑스럽다고 말했다. 그의 눈이 젖어 있었다. 타헤리 장군 내외가 떠난 후, 소라야와 나는 내가 집에 오는 길에 사 왔던 값비싼 메를로 포도주로 축배를 들었다. 장군은 여자가 술을 마시는 걸 못마땅하게 생각했다. 그래서 소라야는 그가 있을 때는 술을 마시지 않았다.

그녀가 잔을 들어 내 잔에 부딪히며 말했다.

"당신이 너무 자랑스러워요. 아버님도 자랑스러워하셨을 거예요."

"알아요."

바바가 살아서 나를 보아줬으면 싶었다.

그날 밤 늦게, 나는 발코니에 서서 서늘한 여름 공기를 들이쉬고 있었다. 소라야는 잠이 든 뒤였다. 소라야는 포도주를 마시면 늘 졸리다고 했다. 내가 쓴 첫 소설을 읽고 나를 북돋워 주는 편지를 썼던 라힘 한이 머릿속에 떠올랐다. 하산도 떠올랐다. "언젠가 도련님은 위대한 작가가 될 거예요. 세상 사람들이 도련님의 이야기를 읽게 될 거예요." 그는 이렇게 말했었다.

내 삶에는 좋은 것들이 많았다. 행복한 것들도 많았다. 그러나 내가 그걸 누릴 자격이 있는지는 의심스러웠다.

소설은 이듬해인 1989년 여름에 출판되었다. 출판업자는 내게 다섯 도시를 돌면서 책을 홍보할 수 있는 자리를 마련해줬다. 나는 아프간 사람들에게 작은 유명인사가 되었다. 그해는 쇼라위가 아프가니스탄에서 군대를 철수한 해였다. 그것은 아프간 사람들에게는 영광의 시간이어야 했다. 그러나 전쟁이 벌어졌다. 이번 것은 아프간 사람들(무자헤딘)과 소련의 괴뢰인 나지불라 정부 사이에 벌어진 전쟁이었다. 아프간 난민들이 파키스탄으로 빠져나갔다. 그해는 베를린 장벽이 무너지고 냉전이 끝난 해였고 천안문 대학살이 일어난 해였다. 그 와중에 아프가니스탄은 잊혀졌다. 소련군이 물러나면서 희망에 차 있던 타헤리 장군은 회중시계의 태엽을 감는 일로 되돌아갔다.

그해는 소라야와 내가 아이를 낳으려고 시도한 해이기도 했다.

아버지가 된다고 생각하면 갖가지 상념이 몰려왔다. 두렵기도 하고 힘이 나기도 했다. 기가 죽기도 하고 신이 나기도 했다. 내가 어떤 아버지가 될지 궁금했다. 나는 바바 같은 아버지가 되고 싶기도 했고, 그와 전혀 다른 아버지가 되고 싶기도 했다.

하지만 1년이 지났어도 아무 일도 생기지 않았다. 생리주기가 돌아올 때마다, 소라야는 더 실망하고 조바심을 치고 예민해졌다. 그렇게 되자, 소라야 어머니의 태도가 바뀌었다. 처음에는 조심스럽게 접근하던 것이 이제는 "코 데가(그래서 어쩔 셈이니)!"라는 말에서 보듯 노골적이 되어갔다.

"언제나 돼야 나와사(손주)에게 알라후(자장가)를 불러줄 수 있는 거니?"

파슈툰 남자인 장군은 아무것도 묻지 않았다. 그런 질문은 자기 딸과 남자 사이의 성적 행위를 암시하는 것이기 때문이었다. 비록 자기 딸이 결혼한 지 4년이 넘었어도 그런 질문은 해서는 안 되는 것이었다. 하지만 그는 자신의 부인이 아이 문제로 우리를 괴롭히면 눈을 크게 뜨며 관심을 표시했다.

어느 날 밤, 나는 소라야에게 말했다.

"때때로 시간이 좀 걸리기도 한다잖아요."

"1년이 적은 시간은 아니잖아요."

그녀는 보통 때와 다르게 쌀쌀하게 말했다.

"뭔가 잘못됐어요. 난 알아요."

"그럼 병원에 가봐요."

닥터 로젠은 배가 둥글둥글하고 통통한 얼굴에 치아가 고른 작달막한 남자였다. 그의 말에는 동유럽 사람의 억양이 희미하게 묻어 있었다. 희미하지만 슬라브어의 억양도 있었다. 그는 기차에 남다른 관심이 있는지, 사무실에는 철로의 역사에 관한 책들, 기차 모형, 푸른 언덕과 다리 위 철로를 지나는 기차 그림들이 많았다. 그의 책상 위에는 이런 표어가 있었다.

'인생은 기차다. 올라타자.'

그는 우리에게 계획을 설명해줬다. 나부터 검사를 하겠다고
했다. 그는 마호가니 책상을 손가락으로 두드리며 말했다.

"남자들은 쉽지요. 남자들의 배관은 그들의 마음처럼 간단
하고 별로 놀랄 것이 없어요. 그런데 여자들은 다르죠. 그러니
까…… 신이 여자를 만들며 많은 생각을 했나 봐요."

나는 그 의사가 매번 자기를 찾아오는 부부들에게 배관 어
쩌고 하는 말을 할지 궁금했다.

소라야가 말했다.

"여자들이 운이 좋은 거로군요."

닥터 로젠이 웃었다. 순수한 웃음이라고 하기에는 다소 거리
가 있는 웃음이었다. 그는 내게는 검사 용지와 플라스틱 병을,
소라야에게는 일상적인 혈액검사 요청서를 줬다. 그가 우리와
악수를 하고 배웅하면서 말했다.

"기차에 올라타신 것을 환영합니다."

나는 쉽게 통과했다.

이후 몇 달 동안, 소라야는 많은 검사를 받았다. 기초적인
혈액검사, 갖가지 호르몬검사, 소변검사, 자궁점액검사, 초음파
검사, 다른 혈액검사, 다른 소변검사 등등. 소라야는 자궁내시
경도 했다. 닥터 로젠이 소라야의 자궁에 망원경을 집어넣고

안을 살폈다. 그가 라텍스 장갑을 벗으며 말했다.

"배관은 깨끗합니다."

나는 의사가 배관이라는 말을 그만 좀 썼으면 싶었다. 우리가 화장실은 아니지 않은가.

검사가 끝나자, 그는 아이가 생기지 않는 이유를 모르겠다고 했다. 이런 일이 그렇게 이례적인 건 아니라고 했다. 이런 걸 가리켜 '원인 미상의 불임'이라고 했다.

그다음은 치료였다. 우리는 클로미펜(배란촉진제)이라 불리는 약을 복용했고 소라야는 HMG(호르몬 주사)를 자기 몸에 직접 놓았다. 이것이 실패하자, 닥터 로젠은 시험관수정을 해보자고 했다. 건강보험회사에서는 그 부분은 보험 처리가 되지 않으니 우리에게 행운을 빈다는 내용의 정중한 편지를 보내왔다.

우리는 내가 소설의 선인세로 받은 돈을 사용했다. 시험관수정은 길고 복잡하고 초조하고 결과적으로 성공적이지 못한 것이었다. 우리는 몇 달 동안 대기실에서 《굿 하우스키핑》 《리더스 다이제스트》와 같은 잡지들을 읽으며 기다리고, 종이로 된 가운을 입고 형광등 불빛 아래의 서늘한 무균 검사실에 들어가고, 전혀 모르는 사람과 우리의 성생활에 대해 자세히 얘기해야 하는 모욕을 감수하고, 수없이 주사를 맞고 검사를 하고 정자를 채취해줬다. 그러나 우리는 결국 닥터 로젠을 다시 찾아가고 말았다. 기차들이 즐비한 그의 사무실에 다시 찾아간 것이었다.

그는 우리의 맞은편에 앉아 손가락으로 책상을 두드리며 처음으로 '입양'이라는 말을 꺼냈다. 소라야는 집으로 오는 내내 울었다.

소라야는 우리가 닥터 로젠을 마지막으로 만나고 나서, 주말에 부모에게 그 얘기를 했다. 우리는 장군 집의 뒤뜰에 있는 피크닉 의자에 앉아 송어를 굽고 요구르트를 마시고 있었다. 1991년 3월, 초저녁이었다. 소라야의 어머니가 장미와 새로 심은 인동덩굴에 물을 듬뿍 준 탓인지 생선 굽는 냄새에 꽃향기가 섞여 있었다. 그녀는 두 번이나 소라야한테 가서 머리를 어루만졌다.

"신이 가장 잘 아시지. 아이가 없는 게 네 팔자인지도 모르겠다."

소라야는 자신의 손을 계속 내려다보고 있었다. 나는 그녀가 지쳐 있다는 걸 알았다. 모든 것에 지쳐 있다는 걸 알았다. 그녀가 속삭였다.

"의사는 입양을 생각해보는 것이 어떠냐고도 했어요."

타헤리 장군이 갑자기 고개를 들며 바비큐 뚜껑을 닫았다.

"의사가 그랬다고?"

소라야가 말했다.

"선택 사항이라고 했어요."

우리는 집에 있을 때, 입양에 대해 얘기했었다. 소라야는 미온적이었다. 그녀는 부모 집으로 오는 길에 이렇게 말했었다.

"바보 같고 쓸데없는 소리일지 몰라도 어쩔 수 없어요. 나는 늘, 아이를 품에 안고 아이가 내 배 속에 아홉 달 동안 있었다는 사실을 떠올리며, 아이의 눈을 쳐다보고 그 눈 속에서 당신이나 내 모습을 보고 놀라고, 아이가 자라서 당신이나 나처럼 미소를 짓는 모습을 상상했었어요. 그런데 그게 없는데…….
이런 생각이 잘못된 건가요?"

"잘못된 건 아니에요."

"내가 이기적인 건가요?"

"아니에요, 소라야."

"정말로 당신이 그렇게 하고 싶다면……."

"아니요. 우리가 그렇게 한다면 우리 마음에 눈곱만큼도 의심이 있어서는 안 돼요. 우리 두 사람의 의견이 일치해야 하고요. 그렇지 않다면 아이한테도 공정하지 못한 거죠."

그녀는 차창에 머리를 기대고, 내내 아무 말도 하지 않았었다.

장군이 그녀의 옆에 앉았다.

"얘야, 이 입양……이라는 것 말이다. 우리 아프간 사람들을 위한 것은 아닌 것 같구나."

소라야가 나를 피곤한 듯 바라보고 한숨을 쉬었다.

그의 말이 이어졌다.

"아이는 자라면서 자기 부모가 누구인지 알고 싶어 할 거다. 그걸 탓할 수는 없는 법이다. 때때로 그런 아이들은 몇 년 동안 열심히 키워줘도 친부모를 찾아가기도 하지. 피는 진한 거다. 그걸 잊지 말려무나."

소라야가 말했다.

"이 얘기는 더 하고 싶지 않아요."

"한 가지만 더 말하마."

나는 그가 자신이 하는 말에 탄력을 받았다는 걸 알 수 있었다. 우리는 장군의 일장연설을 들어야 할 처지였다.

"여기에 있는 아미르를 예로 들어보자. 우리는 그의 아버지에 대해 알고 있었지. 나는 그의 할아버지도 알았고 증조할아버지도 알았다. 네가 원한다면 그의 조상들에 대해서 다 얘기해줄 수도 있다. 그의 아버지도 틀림없이 네가 누구의 자손인지를 알지 못했다면 청혼하러 오지 않았을 것이다. 피는 진한거다, 얘야. 입양이란 누구의 피를 물려받았는지도 모르는 아이를 집으로 데려오는 거다. 네가 미국인이라면 그건 상관없다. 이곳 사람들은 사랑을 위해 결혼을 하니까 말이다. 가문이나 조상 같은 건 안중에도 없지. 그들에겐 입양도 마찬가지다. 아이가 건강하기만 하면 좋아하지. 하지만 얘야, 우리는 아프간 사람들이다."

소라야가 말했다.

"생선이 거의 다 익지 않았을까요?"

타헤리 장군의 눈이 그녀를 물끄러미 바라보았다. 그가 그녀의 무릎을 토닥이며 말했다.

"네가 건강하고 좋은 남편을 뒀다는 것에 만족하렴."

장군의 부인이 말했다.

"아미르, 자네는 어떻게 생각하나?"

나는 선반에 잔을 놓았다. 선반에 놓인 제라늄 화분에서 물이 떨어지고 있었다.

"저는 장군님과 생각이 같습니다."

이렇게 자신의 말을 지지해주자, 장군은 고개를 끄덕이며 석쇠 쪽으로 갔다.

우리는 저마다 입양을 해서는 안 되는 이유가 있었다. 소라야는 소라야대로, 장군은 장군대로, 나는 나대로 이유가 있었다. 내가 과거에 저지른 일들 때문에 무엇 혹은 누군가가 어딘가에서 내가 아버지가 되는 걸 가로막고 있는지도 모른다는 생각이 들었다. 어쩌면 이것이 내가 받는 벌인지도 몰랐다. 벌이라면 달게 받아야 했다. 소라야의 어머니 말처럼 그게 '팔자'인지도 몰랐다. 아이를 갖지 못하는 게 팔자인지도 모를 일이었다.

몇 달 후, 우리는 나의 두 번째 소설에 대한 선인세로 받은 돈으로 첫 할부금을 내고 예쁜 빅토리아풍 집으로 이사했다. 샌프란시스코의 버널하이츠에 있는 방 두 칸짜리 집이었다. 지붕이 뾰족하고 마루가 참나무로 된 집이었다. 작은 뒷마당 쪽으로 일광욕을 할 수 있는 베란다가 나 있었다. 바비큐 그릴도 있었다. 장군은 내가 베란다를 청소하고 벽에 페인트를 칠하는 걸 거들어줬다. 소라야의 어머니는 우리가 거의 한 시간쯤 떨어진 곳으로 이사한 걸 아쉽게 생각했다. 그녀는 소라야에게 그녀의 사랑과 관심이 특히 필요한 때 이사를 간다고 아쉬워했다. 하지만 그녀는 선의에서 나온 것이긴 하지만 자신의 지나친 관심이 소라야를 멀리 가게 만들었다는 사실을 모르고 있었다.

나는 잠든 소라야 옆에 누워 스크린도어가 바람에 열리고 닫히는 소리와 뒤뜰에서 귀뚜라미가 우는 소리를 듣고 있을 때가 종종 있었다. 그런 때면, 소라야의 자궁 속의 공허를 거의 느낄 수 있을 것 같았다. 그 공허가 살아서 숨을 쉬고 있는 것 같았다. 그 공허가 우리의 결혼생활과 우리의 웃음과 우리의 사랑 속으로 스며든 것 같았다. 나는 늦은 밤, 껌껌한 방에서 그 공허가 소라야에게서 나와 우리 사이에 자리를 잡고 자는 걸 느낄 수 있었다. 새로 태어난 아기처럼.

# 14

## 2001년 6월

나는 전화기를 내려놓았다. 그리고 오랫동안 그걸 바라보고 있었다. 그러다가 아플라툰이 짖는 소리에 화들짝 정신이 들었다. 그제야 나는 방 안이 얼마나 조용해졌는지 깨달았다. 소라야는 텔레비전 소리를 무음으로 해놓고 있었다.

그녀가 말했다.

"아미르, 얼굴이 핼쑥해졌어요."

그녀는 우리가 처음으로 장만한 아파트의 집들이 선물로 그녀의 부모가 사준 소파에 누워 있었다. 그녀는 아플라툰의 머리를 가슴에 대고 닳은 쿠션 밑에 다리를 넣고 누워 있었다. 그녀는 미네소타에 사는 늑대들이 처한 어려움에 관한 PBS(공영방송) 스페셜을 보면서, 여름 학기에 등록한 학생들의 에세이를 고쳐주고 있었다. 그녀는 지난 6년간 같은 학교에서 학생들을 가르쳐왔다. 그녀가 일어나 앉자 아플라툰이 소파에서 뛰어내렸다. 코커스패니얼한테 아플라툰이라는 이름을 붙인 건 장군이었다. 페르시아어로 플라톤이라는 뜻이었다. 개의 흐릿하고 검은 눈을 잘 들여다보면 개가 무슨 생각을 하는 것 같다고 해서 붙여진 이름이었다.

소라야의 턱에 살이 약간 붙었다. 지난 10년 사이 엉덩이도 두툼해졌다. 새까맣던 머리에는 듬성듬성 새치가 났다. 하지만 날고 있는 새 모양의 눈썹에 고대 아랍 문자처럼 우아하게 구부러진 코를 한 그녀는 아직도 무도회장의 공주 같았다.

소라야가 종이 뭉치를 탁자에 놓으며 다시 한번 말했다.

"얼굴이 핼쑥해졌어요."

"파키스탄에 다녀와야 될 것 같아요."

그녀가 일어서며 말했다.

"파키스탄이라고요?"

"라힘 한이 많이 아프대요."

내 안에 있는 뭔가가 나를 틀어쥐는 것 같았다.

"아버님의 사업 파트너였다는 분 말인가요?"

그녀는 라힘 한을 만난 적이 없지만 내게 들어서 그를 알고 있었다. 나는 고개를 끄덕였다.

"아, 안됐군요, 아미르."

"우리는 가까운 사이였어요. 어렸을 때, 내가 친구로 생각한 첫 번째 어른이었어요."

바바의 서재에서 그와 바바가 차를 마시다가 창문 가까이에서 담배를 피우자 들장미 냄새를 싣고 정원에서 올라오는 바람에 두 줄기의 연기가 구부러지던 모습이 문득 머릿속에 떠올랐다.

"당신이 그런 얘기를 했던 적이 있어요."

소라야가 잠시 말을 멈췄다.

"그런데 얼마나 오래 있을 거예요?"

"모르겠어요. 나를 보고 싶어 하세요."

"그곳은……."

"안전해요. 괜찮을 거예요, 소라야."

그녀가 묻고 싶었던 건 바로 그것이었다. 15년간의 결혼생활을 통해 우리는 상대가 무슨 생각을 하는지 알 수 있게 되었다.

"나도 같이 갈까요?"

"아니, 나 혼자 가는 게 좋을 것 같아요."


나는 골든게이트 공원까지 차를 몰고 가서 공원의 북쪽 가장자리에 있는 스프레클스 호수를 따라 걸었다. 아름다운 일요일 오후였다. 반짝이는 물 위에 수십 개의 모형 배들이 떠 있었다. 배들은 서늘한 샌프란시스코의 바람을 맞으며 떠다녔다. 나는 벤치에 앉았다. 한 남자가 아들에게 축구공을 던져주며 옆으로 던지지 말고 어깨 위로 던지라고 말하고 있었다. 하늘을 올려다보니 기다란 푸른색 꼬리가 달린 두 개의 붉은 연이 떠 있었다. 연들은 공원 서쪽 끝에 있는 나무들과 풍차들 위로 높게 떠 있었다.

나는 라힘 한이 전화를 끊기 직전에 했던 말을 떠올렸다. 막 생각이 난 것처럼 지나가듯 덧붙인 말이었다. 나는 눈을 감고 지지직 끓는 소리가 나는 전화선 저쪽에서 그가 입술을 약간 벌리고 고개를 한쪽으로 기울이고 있는 모습을 상상해보았다. 그의 검고 깊은 눈이 우리 사이에 있는 이심전심의 비밀을 암시하고 있는 것 같았다. 하지만 이제 나는 그가 알고 있다는 걸 알았다. 내가 내내 의심했던 것이 결국 맞았던 것이다. 그는 아세프, 연, 돈, 바늘이 번개처럼 생긴 시계 등 모든 걸 알고 있었다. 그는 내내 알고 있었다.

라힘 한은 전화를 끊기 직전에 말했다.

"오거라. 다시 착해질 수 있는 길이 있어."

막 생각이 난 것처럼 지나가듯 덧붙인 말이었다.

다시 착해질 수 있는 길이 있다니.


내가 집에 돌아오자, 소라야는 그녀의 어머니와 통화를 하고 있었다.

"어머니, 오래 걸리지 않을 거예요. 1, 2주 걸릴지 모르겠어…….
네, 어머니와 아버지가 저와 같이 지내시면 되잖아요……."

2년 전, 장군은 오른쪽 엉덩이뼈를 다쳤다. 편두통 때문에 눈이 침침해진 상태에서 방에서 나오다가 느슨해진 카펫 자락에 걸려 넘어진 탓이었다. 그가 지르는 비명 소리를 듣고 타혜리 부인이 부엌에서 달려갔다.

그녀는 늘 이렇게 말하기를 좋아했다.

"빗자루가 반으로 툭 부러지는 소리가 나더라니까."

하지만 의사에 따르면, 그녀가 그런 소리를 들었을 가능성은 희박했다. 장군이 엉덩이뼈를 다치면서 그녀는 자신의 몸에 대한 한탄을 더 이상 늘어놓을 수 없게 되었다. 엉덩이뼈 골절은 폐렴, 혈액중독과 같은 합병증으로 이어졌다. 장군이 요양병원에 머무르는 기간도 늘었다. 이제 그녀는 자신이 아니라 장군이 아프다는 얘기를 아무한테나 늘어놓았다. 의사들이 남편의 콩팥 기능이 떨어지고 있다고 했다느니 어쩌느니 하면서 끝없이 얘기를 늘어놓았다.

그녀는 의기양양하게 말했다.

"그런데 미국 의사들은 아프간 사람의 콩팥을 본 적도 없지 않나요?"

장군이 병원에 있었을 때 가장 기억에 남는 것은 장군이 잠들고 나면 그녀가 부르던 노래들이었다. 내가 카불에 있을 때, 지지직거리는 바바의 낡은 라디오에서 흘러나오던 노래들이었다.

장군의 건강이 약해지자 그와 소라야 사이의 관계도 부드러워졌다. 그들은 같이 산책도 하고 토요일에는 점심도 같이 먹었다. 때때로 장군은 그녀가 가르치는 수업에 들어가 앉아 있기도 했다. 그는 번들거리는 낡은 회색 양복을 입고 무릎에 나무 지팡이를 놓고 미소를 지으며 교실의 맨 뒤쪽에 앉아 있곤 했다. 때때로 메모를 하기도 했다.

그날 밤, 소라야와 나는 침대에 누웠다. 나는 그녀를 등 뒤에서 껴안으며 그녀의 머리에 얼굴을 묻었다. 나는 우리가 사랑을 하고 난 후 이마를 맞대고 입을 맞추며 속삭이곤 하던 때를 떠올렸다. 우리는 눈이 감길 때까지, 우리가 낳게 될 아이의 작은 발가락, 첫 미소, 첫말, 첫 걸음에 대한 얘기를 속삭이곤 했었다. 우리는 때때로 아직도 그렇게 했다. 하지만 우리의 속삭임은 학교, 나의 새 소설, 파티에서 만난 누군가의 우스꽝스러운 옷차림에 관한 것으로 넘어가 있었다. 우리의 사랑은 아직도 좋았다. 때로는 좋은 것 이상이었다. 그런데 어떤 때는 사랑이 끝나면 안도감이 들었다. 우리가 방금 한 것의 무익함에 대해서 적어도 당분간 잊을 수 있게 되어 안도감이 드는 것이었다. 그녀는 그렇게 말한 적이 없지만, 나는 소라야도 때때로 그런 느낌을 받는다는 걸 알고 있었다. 그럴 때면 우리는 서로 돌아누워 우리의 구세주가 우리를 데려가도록 했다. 소라야의 구세주는 잠이었고, 나의 구세주는 늘 그랬듯이 책이었다.

나는 라힘 한이 전화를 했던 날 밤, 어둠 속에 누워 블라인드 사이로 쏟아져 들어오는 달빛이 벽에 드리운 평행선들을 눈

으로 쫓고 있었다. 그러다가 잠이 들었다. 새벽이 되기 직전이
었다. 그리고 꿈을 꾸었다. 하산이 녹색 차판을 뒤로 흩날리며
검정 고무장화를 신고 눈 속을 달리는 꿈이었다. 그는 어깨 너
머로 소리치고 있었다.

"도련님을 위해서라면 천 번이라도!"


　일주일 후, 나는 파키스탄항공 비행기에 타고 있었다. 나는
창가에 앉아 제복을 입은 두 직원이 바퀴에 댄 굄목을 치우는
모습을 바라보았다. 비행기가 터미널을 빠져나가더니 곧 구름
을 가르고 하늘로 날아올랐다. 나는 유리창에 머리를 대고 잠
이 오기를 기다렸다. 헛되이.

## 15

페샤와르 공항에서 내린 지 세 시간 후, 나는 담배 연기가
자욱한 택시의 너덜너덜한 뒷좌석에 앉아 있었다. 골함이라고
자기를 소개한 운전사는 줄담배를 피우며 운전을 했다. 땀을
많이 흘리는 작달막한 남자였다. 그는 무모하면서도 태연하게
운전을 했다. 가까스로 다른 차와 부딪는 걸 피하면서도 쉬지
않고 입에서 말을 쏟아냈다.

"……당신네 나라에서 현재 일어나는 일은 참 끔찍해요. 아
프간 사람들과 파키스탄 사람들은 형제 같죠. 무슬림은 무슬
림을 도와야죠. 그래서……."

나는 그가 하는 이야기에 예의상 고개를 끄덕이기만 했다.
나는 1981년에 바바와 함께 몇 달 동안 그곳에 있었기 때문
에 페샤와르에 대해 잘 알았다. 우리는 병영과 높은 담으로 둘

러싸인 화려한 주택들을 지나 잠루드가를 따라 서쪽으로 가고 있었다. 차창으로 스치는 번잡한 도시의 모습을 보고 있자니 사람들의 왕래가 더 많은 카불의 모습이 떠올랐다. 특히 하산과 내가 처트니 양념을 친 감자와 체리워터를 사곤 했던 코체흐 모르가 시장이 생각났다. 거리는 자전거를 타는 사람들, 이리저리 걷는 보행자들, 푸른 연기를 내뿜는 인력거들로 넘쳐났다. 모두가 미로 같은 좁은 길을 헤집으며 다니고 있었다. 수염을 기른 행상들이 얇은 담요를 걸치고, 동물 가죽으로 된 전등갓, 카펫, 자수가 놓인 숄, 구리 제품 등을 가판대에서 팔고 있었다. 작은 가판대에는 물건들이 가득했다. 도시는 소리로 넘쳤다. 행상들이 외치는 소리가 커다란 인도 음악 소리, 인력거 소리, 마차의 방울 소리와 뒤섞였다. 좋기도 하고 그다지 좋지 않기도 한 짙은 향내가 창문으로 흘러들었다. 바바가 그렇게도 좋아했던 파코라와 니하리의 톡 쏘는 냄새가 디젤 배기가스, 쓰레기, 똥 냄새와 뒤섞여 있었다.

페샤와르 대학의 붉은 벽돌 건물을 조금 지나자, 말이 많은 운전사가 '아프간 타운'이라고 했던 지역이 나왔다. 과자 가게, 카펫 행상들, 케밥 노점, 흙이 덕지덕지 묻은 손으로 담배를 파는 아이들, 유리창에 아프간 지도가 그려진 작은 음식점들이 보였다. 뒷골목에 있는 구호 기관도 보였다.

"당신네 나라 사람들이 이곳에 많이 살아요. 이곳에서 장사를 하는데 대부분이 아주 가난한 사람들이에요."

그는 혀를 차며 한숨을 쉬었다.

"여하튼 거의 다 왔네요."

나는 1981년에 마지막으로 라힘 한을 보았을 때를 떠올렸다. 그는 바바와 내가 카불을 빠져나오던 날 밤에 작별 인사를 하려고 왔었다. 나는 바바와 그가 홀에서 서로를 껴안으며 낮은 소리로 울던 모습을 기억한다. 바바와 내가 미국에 도착한 뒤에도 그는 바바와 연락을 하고 지냈다. 그들은 1년에 네댓 차례 통화를 했다. 바바가 내게 수화기를 건네줄 때도 있었다. 내가 라힘 한과 마지막으로 통화한 건 바바가 돌아가신 직후였다. 바바가 돌아가셨다는 소식이 카불까지 전해졌는지, 그가 전화를 했었다. 우리는 몇 분 정도 통화를 했고 그 후로 소식이 끊겼다.

운전사는 두 개의 구불구불한 길이 만나는 번잡한 모퉁이에 있는 좁은 건물 앞에 택시를 세웠다. 나는 택시비를 계산하고 여행 가방을 들고 정교하게 조각이 된 문을 향해 걸어갔다. 그 건물에는 나무로 된 발코니들이 있었다. 셔터는 올라가 있었다. 햇볕에 건조시키려고 빨래를 널어놓은 곳들이 많았다. 나는 삐걱거리는 계단을 거쳐 2층까지 올라갔다. 복도는 침침했다. 내가 찾는 곳은 오른쪽 끝 집이었다. 나는 손에 쥔 종이에 적힌 것과 주소가 일치하는지 확인하고 문을 두드렸다.

그러자 피골이 상접한 사람이 문을 열었다. 그는 자신이 라힘 한이라고 했다.

산호세 주립대에서 문예창작을 가르치는 교수는 전염병을 피하듯 상투적인 표현을 피하라고 가르쳤다. 그 교수는 자신이 한 농담에 웃었다. 학생들도 따라서 웃었다. 하지만 나는 늘 상투적인 표현에 대한 비판이 부당하다고 생각했다. 상투적인 표현이 때때로 아주 정확한 것이기 때문이다. 상투적인 표현이 문제가 되는 것은 그걸 어떤 의도에서 말하느냐에 달려 있는 것이 아닐까 싶다. 가령, '방 안에 코끼리가 들어앉은 꼴'이라는 표현을 보자. 내가 라힘 한과 재회하는 순간을 이보다 더 정확하게 묘사할 말은 없을 것이다.

우리는 시끄러운 거리가 내려다보이는 창문의 맞은편 벽을 따라 놓인 볼품없는 매트리스 위에 앉았다. 햇빛이 비스듬하게 들어오며 바닥에 깔린 아프간 양탄자에 삼각형 모양의 빛을 드리웠다. 두 개의 접이식 의자가 한쪽 벽에 기대져 있었고 작은 구리 주전자가 맞은편 구석에 놓여 있었다. 나는 주전자를 들고 두 개의 잔에 차를 따랐다.

내가 물었다.

"저를 어떻게 찾으셨어요?"

"미국에 사는 사람들을 찾는 건 어렵지 않다. 미국 지도를 하나 사서 캘리포니아 북부에 있는 도시 안내소에 전화를 걸어 찾아냈지. 네가 이렇게 성장한 모습을 보니 정말 신기하구나."

나는 미소를 지으며 내 찻잔에 세 개의 각설탕을 넣었다. 나는 그가 차를 블랙으로 마시는 걸 좋아한다는 사실을 떠올렸다.

"바바가 말씀드릴 기회가 없었던 것 같은데요. 저, 결혼한 지 15년 됐어요."

바바가 그에게 얘기하지 못했던 건 뇌의 악성종양 때문에 건 망증이 심해진 탓이었다.

"결혼했다고? 누구와?"

"이름이 소라야 타헤리예요."

나는 집에서 나를 걱정하고 있을 그녀를 떠올렸다. 그녀가 혼자 있지 않다는 것이 위안이라면 위안이었다.

"타헤리…… . 누구 딸이니?"

내가 얘기해주자, 그의 눈이 빛났다.

"아, 그렇구나. 그래, 이제 생각난다. 타헤리 장군이 샤리프의 여동생과 결혼한 사람 아니니? 이름이 뭐였더라…… ."

"자밀라예요."

그가 미소를 지으며 말했다.

"그렇지! 오래전 일이다만, 샤리프가 미국으로 가기 전에는 나와 카불에서 알고 지냈지."

"오랫동안 이민국에서 일하고 계세요. 아프간 사람들의 문제 를 많이 다루시는 모양이에요."

그가 한숨을 쉬며 말했다.

"그렇구나. 그런데 애들은 있니?"

"없어요."

그가 후루룩 소리를 내며 차를 마셨다. 그는 더 이상은 묻지 않았다. 라힘 한은 내가 만난 사람 중에서 가장 직감이 강한 사람 중 하나였다.

나는 그에게 바바에 관한 많은 얘기를 했다. 어떤 일을 했고, 벼룩시장 일은 어떻게 했으며, 마지막에는 얼마나 편안하게 돌아가셨는지 얘기했다. 나는 내가 학교에 다닌 일이며 내가 출판한 소설에 관한 얘기도 했다. 나는 그때까지 네 권의 소설을 발표한 상태였다. 그는 내 말을 듣고 내가 그렇게 될 줄 알았다고 했다. 나는 그에게 그가 나한테 준 가죽 공책에 단편소설을 썼다고 얘기했지만, 그는 그 공책에 대해 기억하지 못했다.

대화는 불가피하게 탈레반에 관한 얘기로 넘어갔다.

"들리는 얘기처럼 상황이 그렇게 나쁜가요?"

"아니, 더 나쁘지. 훨씬 더 나쁘지. 그들은 사람을 사람으로 취급하지 않아."

그는 오른쪽 눈 위에 있는 상처를 가리켰다. 부얼부얼한 눈썹 사이로 구불구불 상처가 나 있었다.

"내가 1998년도에 가지 경기장에 축구 경기를 보러 갔을 때였지. 카불 팀과 마자리샤리프 팀 경기였다. 그런데 선수들에게 반바지를 입지 못하게 하더구나. 상스러운 노출 어쩌고 하면서 말이다. (그는 여기에서 잠깐 피곤한 웃음을 웃었다.) 여하튼 카불이 먼저 한 골을 넣었다. 내 옆에 앉아 있던 사람이 소리를 지르며 좋아했다. 그런데 갑자기, 통로를 순찰하고 있던 턱수염을 기른 젊은 녀석이 나한테 오더니 칼라시니코프 소총 개머리판으로 내 이마를 치지 뭐니. 많아야 열여덟 살 정도밖에 안 되는 놈이었다. '다시 한번 해봐라, 이 늙은 당나귀 놈아. 네놈의 혀를 잘라버릴 테니까!' 그놈은 이렇게 말하더구나. (라힘 한은 마디가 진 손가락으로 상처를 문질렀다.) 내가 제 할아비뻘인데 나한테 그렇게 하더구나. 나는 그 개자식한테 미안하다고 하면서 피를 흘리며 앉아 있었지."

나는 그의 찻잔에 차를 더 따라줬다. 라힘 한의 이야기가 이어졌다. 상당수는 내가 이미 알고 있는 것들이었고, 모르고 있는 것들도 있었다. 그는 1981년부터 우리 집에서 살았다고 말했다. 그건 바바와 그 사이에 협의된 것이었고, 나도 그걸 알고 있었다. 바바는 나와 함께 카불을 떠나기 직전, 라힘 한에게 그 집을 '팔았다'. 바바는 당시, 아프간에서 일어나고 있는 일들이 일시적인 것이라고 생각했다. 와지르아크바르칸에서 파티를 하고 파그만으로 피크닉을 가는 날들이 곧 돌아올 것이라고 생각했다. 그래서 그는 그때까지 집을 지켜달라고 라힘 한에게 준 것이었다.

라힘 한은 북부연합이 1992년과 1996년 사이에 카불을 점령했을 당시, 각기 다른 파당들이 카불의 각기 다른 지역을 차지했었다고 했다.

"카펫을 사려고 샤레나우 지역에서 카르테파르완으로 가려면, 검문소를 다 통과해도 저격병이 쏜 총에 맞아 죽거나 로켓탄에 날아갈 위험을 감수해야 했다. 한 구역에서 다른 구역으로 가려면 사증이 필요했다. 그래서 사람들은 집에 그냥 있으면서 다음에 날아올 로켓탄이 자기들의 집에 맞지 않도록 해달라고 기도하는 수밖에 없었다."

사람들은 위험한 거리를 피할 수 있도록 벽에 구멍을 뚫어 다른 구역으로 이동했다고 했다. 어떤 곳에서는 땅굴을 파 이동했다고 했다.

"아저씨는 왜 안 떠나셨어요?"

그가 킥킥거리며 말했다.

"카불은 내 집이었고 지금도 그렇다. 너희 집에서 이스티크랄 학교 근처의 군인 막사로 이어지던 길 기억하니?"

"네."

그 길은 학교로 가는 지름길이었다. 나는 하산과 내가 그 길을 통해 영화관에 갈 때, 군인들이 하산에게 그의 어머니에 관해서 음탕한 소리를 했던 걸 떠올렸다. 하산은 나중에 영화관에서 울었고, 나는 그의 어깨를 감싸고 위로했었다.

"탈레반이 들어오고 북부연합을 몰아내자, 나는 그 길에서 춤을 췄다. 정말이다. 나만 그런 게 아니었다. 사람들은 축제 기분에 들떠 있었다. 차만에서도 그랬고 데흐마장에서도 그랬다. 탈레반에게 인사도 하고 그들의 탱크에 올라가서 같이 사진도 찍고 그랬지. 사람들은 계속되는 싸움과 로켓탄과 총성과 폭발

음에 질렸던 거지. 굴부딘의 부대가 움직이는 것이면 아무것에
나 총질을 하는 데 질렸던 거야. 북부연합은 러시아 사람들보
다 카불에 더 많은 피해를 입혔지. 그놈들이 네 아버지가 세운
고아원도 부숴버렸다. 알고 있었니?"

"왜요? 왜 고아원을 부쉈어요?"

고아원이 개원을 하던 날, 바바 뒤에 앉아 있던 내 모습이
머릿속에 떠올랐다. 그때, 바람에 바바의 모피 모자가 벗겨지
자 사람들이 웃던 모습도 떠올랐다. 바바가 연설을 마치자, 사
람들이 일어서서 박수를 치던 모습도 떠올랐다. 그런데 지금은
고아원은 오간 데 없고 벽돌 조각만 있다는 말이었다. 바바가
쏟아부은 돈, 청사진을 만드느라 고심하며 지새웠던 밤들, 벽
돌 하나, 대들보 하나, 석재 하나가 제대로 놓이도록 하려고 공
사 현장을 찾아갔던 숱한 나날들이…….

"부수적인 피해를 입은 거지. 아미르, 너는 고아원의 잔해를
뒤지는 일이 어떤 것이었을지 잘 모를 게다. 아이들의 몸이 잘
려 여기저기…….."

"그래서 탈레반이 오자…….."

"그래, 그들은 영웅이었지."

"결국 평화가 온 거였군요."

"그래, 희망이란 이상한 것이다. 결국 평화가 왔던 거지. 그러
나 그 대가가 무엇이었는지 아니?"

라힘 한이 심하게 기침을 했다. 그의 초췌한 몸이 앞뒤로 흔

들렸다. 그가 손수건에 침을 뱉자 손수건이 금세 붉게 물들었다. 물어보지 않아도 그의 병세가 위중한 건 너무 명백해 보였다.

"괜찮으세요? 정말 괜찮으신 거예요?"

"사실 나는 죽어가고 있다."

그가 둔탁한 목소리로 말하더니 다시 한차례 기침을 했다. 손수건에 피가 더 묻었다. 그는 입을 닦고, 이마에 흐른 땀을 소매로 닦더니 나를 빠르게 한 번 쳐다보았다. 그가 고개를 끄덕였을 때, 나는 그가 내 얼굴을 보고 내가 궁금해하는 것이 무엇인지 알아챘다는 걸 알았다. 그가 간신히 말했다.

"얼마 남지 않았다."

"얼마나 남았는데요?"

그가 어깨를 으쓱했다. 그리고 다시 기침을 했다.

"올여름이 끝나는 걸 볼 수 있을 것 같지 않구나."

"저희 집으로 가시죠. 좋은 의사를 찾아드릴게요. 새로운 치료법이 늘 개발되고 있어요. 새로운 약도 나오고 실험적인 치료법도 있으니 거기에……."

나는 내가 횡설수설하고 있다는 걸 알았다. 하지만 우는 것보다는 그게 나았다. 어차피 울게 될지 모르지만 지금은 그게 나았다.

그가 피식 웃었다. 아래쪽 앞니가 빠진 게 보였다. 그건 내가 지금까지 들어본 것 중 가장 피곤한 웃음소리였다.

"너는 미국에 가더니 미국이라는 나라를 위대하게 만든 낙천주의에 물들었구나. 아주 좋은 일이다. 우리 아프간 사람들은 우울한 사람들이잖니. 우리는 종종 감코리(자기 연민)에 너무 깊게 빠지고, 상실과 고통에 굴복하며 그것을 삶이라고 받아들이지. 그것을 필요한 것이라고 생각하면서까지 말이다. 우리는 젠다기 미그자라(인생은 그런 거야)라고 말하지. 하지만 나는 운명에 굴복하는 게 아니다. 나는 현실적일 뿐이다. 나는 이곳에 있는 훌륭한 의사들을 여럿 만나보았지만 대답은 한결같았다. 나는 그들을 신뢰하고 또 믿는다. 신의 뜻이라는 게 있잖니."

"하는 것과 하지 않는 것이 있을 뿐이에요."

라힘 한이 웃었다.

"너, 이제 보니 네 아버지처럼 말하는구나. 나는 네 아버지가 몹시 그립다. 하지만 아미르, 이것은 신의 뜻이다. 정말이다. 게다가 이것 말고, 내가 너를 이곳으로 오라고 한 다른 이유가 있다. 그래, 죽기 전에 너를 보고 싶었다. 그리고 다른 문제도 있고."

"다른 문제라고요?"

"네가 떠난 후, 너희 집에서 내가 계속 살았다는 건 너도 알지?"

"네."

"그런데 나 혼자서 산 게 아니었다. 하산이 나와 같이 살았다."

"하산요?"

그의 이름을 불러본 게 언제가 마지막이었지? 죄의식의 가시들이 다시 한번 나를 찌르고 들었다. 그의 이름을 말하자 마법이 풀리며 그 가시들도 풀려 나를 괴롭히는 것 같았다. 갑자기 작은 아파트 안의 공기가 거리에서 풍기는 냄새로 너무 탁하고 덥고 진하게 느껴졌다.

"전에 너한테 편지로 알려줄까도 생각해보았지만 네가 알고 싶어 할지 확신이 안 서더구나. 내가 잘못한 거니?"

노라고 대답하면 진실이었고, 예스라고 대답하면 거짓말이었다. 나는 중간을 택하기로 했다.

"모르겠어요."

그는 다시 한번 손수건에 피를 뱉었다. 그가 피를 뱉느라 고개를 숙였을 때, 그의 두피에 딱지가 진 게 보였다.

"내가 너를 여기로 부른 것은 너한테 부탁할 게 있어서다. 나를 위해 뭔가 해줬으면 좋겠다. 그러나 그 말을 하기 전에 하산에 관한 얘기부터 해주고 싶구나. 이해하겠니?"

나는 중얼거렸다.

"네."

"나는 그 아이에 관한 얘기를 하려고 한다. 모든 걸 다 얘기해주마. 들어보겠니?"

나는 고개를 끄덕였다.

라힘 한은 차를 몇 모금 더 마셨다. 그리고 벽에 머리를 기대고 이야기를 시작했다.

## 16

내가 1986년에 하산을 찾으러 하자라자트에 갔던 이유는
여러 가지가 있었다. 가장 큰 것은, 알라여 저를 용서하소서,
내가 외로워서였다. 대부분의 친구들과 친척들은 그때쯤 죽었
거나 파키스탄이나 이란으로 빠져나가고 없었지. 내가 평생을
보낸 카불이라는 도시에는 더 이상 아는 사람이 없었다. 모든
사람이 달아나버린 것이지. 카르테파르완 지역을 걸어보아도
아는 사람이 한 사람도 없었어. 너도 알겠지만, 그곳에서는 옛
날에 행상들이 멜론을 팔곤 했었지. 인사를 나눌 사람도, 앉아
서 같이 차를 마실 사람도, 얘기를 할 사람도 없었어. 거리를
순찰하는 러시아 군인들만 있었어. 그래서 결국 나는 시내에
더 이상 나가지 않게 되었지. 나는 너희 집에 틀어박혀 있었다.
서재로 가 네 어머니가 남긴 책들을 읽기도 하고, 뉴스를 듣기

도 하고, 텔레비전에서 흘러나오는 공산당 선전 프로그램을 보기도 했지. 그러고는 기도를 하고 뭔가를 요리해 먹고 책을 읽다 자곤 했어. 아침이면 일어나서 기도하고 그런 일을 다시 반복했지.

관절염이 있어서인지 그 집을 관리하는 일이 더 힘들어지더구나. 무릎과 등이 늘 아팠어. 아침에 일어났을 때 뻣뻣한 관절이 풀리려면 한 시간은 족히 걸리더라. 특히 겨울에는 더했어. 그렇다고 너희 집이 망가지게 놔둘 수는 없었지. 그 집은 우리가 너무나 좋은 시간들을 보낸 곳이고 추억도 많은 곳이잖니. 아미르, 그런 집을 망가지게 하는 건 옳지 않았다. 네 아버지가 직접 설계해 지은 집 아니냐. 네 아버지에게는 너무 많은 걸 의미하는 집이었지. 게다가 나는 네 아버지가 너와 함께 파키스탄으로 떠날 때, 그 집을 돌보겠다고 약속까지 했거든. 그래서 그 집에 나만 남았던 거지…… 나는 최선을 다했다. 며칠에 한 번씩 나무에 물을 주려고 했고, 잔디를 깎고 꽃을 가꾸고 고칠 곳이 있으면 고치려고 했다. 하지만 나는 더 이상 젊은 사람이 아니더구나. 나 혼자 힘으로는 역부족이었다.

그러나 그렇다고 해도 나 혼자서 어떻게든 그 일을 해낼 수 있었을지 모른다. 적어도 당분간은 말이다. 그러나 네 아버지의 부음을 들었을 때……, 처음으로 나는 그 집에서 외로움을 느꼈다. 끔찍한 외로움이었다. 견딜 수 없는 공허감이었다.

그래서 어느 날, 나는 뷰익에 기름을 가득 넣고 하자라자트로 갔다. 나는 네 아버지한테서 알리와 하산이 바미안 외곽에 있는 작은 마을로 갔다는 얘기를 들었던 걸 떠올렸던 거다. 내 기억이 맞는다면, 알리의 사촌이 그곳에 살고 있었다. 나는 하산이 아직도 그곳에 살고 있을지, 아니면 그가 사는 곳을 아는 사람이 있을지 전혀 모르고 있었다. 알리와 하산이 너희 집에서 나간 지 10년쯤 된 때였으니까 말이다. 나는 하산이 그때쯤, 스물두세 살 먹은 성인이 되어 있을 거라고 생각했다. 살아 있다면 말이지. 러시아 놈들한테 죽지 않았다면 말이다. 우라질 놈들, 그놈들이 우리 와탄(나라)에 한 짓을 생각하면 피가 끓는다. 러시아 놈들은 우리 나라의 젊은이들을 너무 많이 죽였다. 그건 내가 너한테 얘기해줄 필요도 없겠지.

그런데 나는 신의 은총으로 그를 그곳에서 찾아냈다. 별로 노력도 하지 않았는데 말이다. 바미안에 가서 사람들에게 물었더니 그가 사는 마을을 가르쳐줬다. 그 마을의 이름조차 생각나지 않는다. 마을 이름이 있었는지도 모르겠다. 한 가지 기억나는 것은 그날이 아주 더운 여름날이었다는 거다. 나는 울퉁불퉁한 시골길을 따라 차를 몰았다. 길 양쪽에는 햇볕에 탄 관목과 옹이와 가시가 많은 나무줄기, 옅은 색깔의 짚 같은 마른 풀 외에는 아무것도 없었다. 죽은 당나귀 한 마리가 길가에서 썩어가고 있었지. 어느 모퉁이를 도니, 불모의 땅 한복판에 흙으로 지어진 집들이 옹기종기 모여 있었다. 그 너머에는 들쭉날쭉한 치아처럼 생긴 산과 넓은 하늘밖에 없었어.

바미안 사람들은 내게 그를 쉽게 찾을 수 있을 거라고 말했다. 그는 마을에서 유일하게 담이 있는 집에서 산다고 했어. 담이라고 해야 흙으로 된 거였지. 낮고 구멍이 숭숭 뚫린 담이 자그만 집을 둘러싸고 있었다. 조금 좋은 오두막 정도라고 할 수 있을 집이었다. 길에서 맨발인 아이들이 막대기로 너덜너덜한 테니스공을 치며 놀고 있었다. 내가 차를 세우고 시동을 끄자 그들이 나를 바라보더구나. 나는 나무 문을 두드리고 마당으로 들어섰지. 마당에는 바싹 마른 딸기밭과 열매가 달리지 않은 레몬나무를 제외하고 아무것도 없었다. 구석에 있는 아카시아 그늘 밑에 탄두르가 있었고, 그 옆에 한 남자가 쭈그려 앉아 있었어. 그는 큰 나무 주걱에다 반죽을 얹어 탄두르 벽에 대고 치고 있었다. 그는 나를 보자 반죽을 내려놓았다. 그리고 내 손에 어찌나 입맞춤을 많이 하던지, 내가 말려야 할 정도였지.

"어디 좀 보자."

내가 이렇게 말하자 그가 한 걸음 떨어졌다. 그는 내가 발돋움을 해도 그의 턱까지밖에 닿지 않을 정도로 키가 자라 있었다. 바미안의 햇볕이 그의 피부를 단단하게 한 것 같았다. 그는 전보다 훨씬 더 까맸다. 그리고 앞니가 몇 개 빠지고 없었고 턱에는 수염이 몇 가닥 나 있었다. 그것 말고는 전과 똑같았다. 좁다란 녹색 눈, 윗입술에 난 상처, 둥근 얼굴, 상냥한 미소. 모든 게 똑같았다. 너도 만났다면 즉시 알아봤을 것이다. 틀림없다.

우리는 방으로 들어갔다. 피부색이 연한 젊은 하자라인 여자가 방 한쪽에서 숄을 꿰매고 있었다. 출산이 임박한 듯 보였다. 하산이 자랑스럽게 말했다.

"라힘 한, 제 아내입니다. 이름은 파르자나예요."

그녀는 부끄러움을 잘 타는 여인이었다. 목소리도 매우 다소곳했다. 속삭이는 소리보다 크지 않은 목소리였다. 나를 보려고 아름다운 담갈색 눈을 들지도 않았다. 그러나 그녀는 하산을 무슨 왕좌에 앉아 있는 사람이라도 되듯 쳐다보았다.

방에는 너덜너덜한 카펫 한 장, 몇 개의 접시, 두 개의 요, 하나의 호롱 외에는 아무것도 없었다. 모두가 앉자 내가 물었다.

"아이는 언제 태어날 예정인가?"

"올겨울에요. 대를 이을 수 있게 아들이 나오기를 바라고 있어요."

"아버지는 어디 있나?"

하산은 눈을 내리깔더니, 알리와 그 집 주인인 사촌이 바미안 외곽에서 2년 전에 지뢰를 밟아 죽었다고 말했다. 지뢰에 죽었단다. 아미르, 그보다 더 아프간식으로 죽는 방법이 어디 있겠니. 어찌 된 일인지, 나는 알리의 비틀린 오른쪽 다리가 지뢰를 잘못 밟아서 그렇게 됐을 거라고 확신했다. 나는 알리가 죽었다는 소리를 듣고 몹시 슬펐다. 너도 알다시피, 네 아버지와 나는 같이 자랐다. 내 기억으로 알리는 늘 네 아버지와 함께 있었다. 우리가 아주 어릴 적 알리가 소아마비에 걸려 죽을 뻔했을 때 네 아버지는 하루 종일 울면서 집 주위를 돌아다녔다.

파르자나가 우리를 위해 콩, 순무, 감자를 넣어 쇼르와를 만들었다. 우리는 손을 씻고 탄두르에서 막 꺼낸 빵을 쇼르와에 찍어 먹었다. 내가 지난 몇 달간 먹은 음식 중 최고였다. 식사를 하면서 나는 하산에게 카불로 돌아가자고 했다. 나는 그에게 나 혼자서 집을 제대로 관리할 수 없다고 말했다. 나는 그에게 돈도 충분히 주고 그들 두 사람이 편안히 살게 해주겠다고 했다. 그들은 서로를 쳐다보더니 아무 말도 하지 않았다. 나중에 우리가 손을 씻고 파르자나가 포도를 내놓았을 때, 하산은 이제 그 마을이 자신의 고향이라고 말했다. 파르자나와 둘이서 거기에서 잘 살고 있다고 했다.

"바미안도 아주 가깝고요. 저희는 그곳 사람들을 잘 알아요. 라힘 한, 용서해주세요. 이해해주셨으면 좋겠어요."

"물론이다. 네가 용서를 구할 건 없다. 이해한다."

쇼르와를 다 먹고 차를 마실 때였다. 하산이 너에 관해 묻더라. 그래서 네가 미국에서 살고 있다고 말했다. 당시, 나는 너에 대해 그 이상은 별로 알지 못했지. 하산은 너에 관해 많은 걸 물었다. 네가 결혼했는지, 자식은 있는지, 얼마나 키가 컸는지, 아직도 연을 날리고 영화관에 가는지, 행복한지 등등. 그는 바미안에 있는 페르시아어 선생한테서 읽고 쓰는 법을 배웠다고 했다. 그는 자기가 편지를 써주면 너한테 부쳐주겠느냐고 물었다. 네가 답장을 할 것 같으냐고도 물었다. 나는 네 아버지와 전화를 하면서 알게 된 것에 대해서는 그에게 얘기해줬지만 대부분, 그의 질문에 어떻게 답변해야 할지 모르겠더라. 그러더니 네 아버지에 대해서 물었다. 어떻게 됐는지 얘기해주자, 손으로 얼굴을 가리고 울더구나. 그는 그날 밤 내내 어린애처럼 흐느꼈다.

그들이 자꾸 자고 가라고 하기에 나는 그날 밤을 그 집에서 잤다. 파르자나가 잠자리를 마련해주고 내가 목마를 것을 대비해 샘물 한 잔을 옆에 놓아줬다. 밤새도록 하산은 흐느끼고 그의 아내는 낮은 소리로 그를 달랬다.

아침이 되자, 하산은 파르자나와 함께 나를 따라 카불에 가겠다고 했다.

나는 말했다.

"내가 여기에 오지 말았어야 했다. 하산, 네 말이 맞았다. 너는 여기에 젠다기(삶)가 있다. 내가 불쑥 나타나 모든 걸 팽개치라고 하다니 주제넘은 짓이었다. 용서를 구해야 할 사람은 나다."

그의 눈은 아직도 충혈되고 푸석푸석해 보였다.

"라힘 한, 팽개치고 말고 할 것도 별로 없어요. 같이 가겠어요. 집을 관리하는 걸 도와드릴게요."

"정말이니?"

그가 고개를 끄덕였다.

"주인님은 제게는 아버지 같은 분이셨어요……. 신이시여, 그에게 평화를 주소서."

그들은 낡은 헝겊에 소지품을 챙겨 묶었다. 우리는 그걸 뷰익에 실었다. 하산은 문지방에 코란을 들고 섰다. 우리는 코란에 입을 맞추고 그 밑을 통과했다. 그리고 카불을 향해 떠났다. 차가 그곳을 빠져나올 때, 하산이 몸을 돌려 그들의 집을 마지막으로 쳐다보던 모습이 지금도 눈에 선하다.

하산은 카불에 도착하자, 집에 들어가 살려고 하지 않았다. 그래서 나는 이렇게 말했다.

"모든 방이 비어 있다, 하산. 아무도 살지 않을 거야."

그러나 하산은 요지부동이었다. 그는 그것이 이흐티람(존경심)의 문제라고 했다. 그와 파르자나는 그가 태어난 오두막으로 물건을 옮겼다. 나는 그들에게 위층에 있는 객실에 들어와 살라고 부탁했지만 하산은 내 말을 듣지 않았다.

"아미르 도련님이 어떻게 생각하겠어요? 전쟁이 끝난 후, 카불에 돌아와 내가 자기 자리를 차지하고 있는 걸 보면 어떻게 생각하겠어요?"

그는 이후 40일 동안 검은 옷을 입고 다니며 네 아버지를 애도했다.

나는 그러지 말라고 했지만, 두 사람은 요리도 하고 빨래도 했다. 하산은 정원의 꽃들을 가꾸고 물을 주고 누리끼한 잎들은 따내고 덩굴장미를 심었다. 벽에도 페인트를 칠했다. 그는 몇 년 동안 아무도 사용하지 않은 방들과 욕실들을 청소했다. 누군가가 돌아올 것을 대비하는 것 같았다. 아미르, 네 아버지가 담을 따라 옥수수를 심었던 거 생각나니? 하산과 네가 그 담을 뭐라고 했더라? '병든 옥수수 담'이라고 했던가? 그해 초가을, 그 담의 대부분이 한밤중에 날아온 로켓탄에 부서졌다. 하산은 벽돌을 한 장 한 장 쌓아가며 담을 다시 세웠다. 그가 없었다면 내가 어떻게 했을지 잘 모르겠다.

그해 늦가을, 파르자나는 여자아이를 사산했다. 하산은 생명이 없는 아이의 얼굴에 입을 맞추고 뒤뜰에 있는 들장미 숲 가까이에 묻었다. 우리는 작은 봉분을 포플러나무 잎사귀로 덮었지. 그리고 내가 아이를 위해 기도했어. 파르자나는 하루 종일 오두막에서 울부짖었다. 아미르, 어미가 우는 소리를 들으면 가슴이 찢어지는 법이다. 너한테는 그 소리를 들을 일이 없으면 좋겠구나.

담벼락 밖에서는 전쟁이 벌어지고 있었다. 그러나 우리 셋은 네 아버지의 집에서 그래도 잘 지내고 있었다. 1980년대 말쯤, 나는 시력이 약해지기 시작했다. 그래서 하산에게 네 어머니의 책들을 읽어달라고 했다. 파르자나가 부엌에서 요리를 하는 동안, 우리는 난로 옆에 앉아 책을 읽었다. 하산은 나에게 『마스나비』나 하이얌을 읽어줬다. 매일 아침, 하산은 덩굴장미 숲 옆에 있는 작은 무덤에 꽃 한 송이를 갖다 놓았다.

1990년 초, 파르자나가 다시 임신을 했다. 그해 여름, 어느 아침이었다. 하늘색 부르카를 두른 여자가 현관문을 두드렸다. 내가 문으로 나가자, 여자는 몸을 휘청거리고 있었다. 너무 힘이 없어 서 있기도 힘든 모양이었다. 나는 무슨 일이냐고 물었지만 그녀는 대답을 하지 않으려 했다.

내가 "누구시죠?"라고 묻자, 그녀는 그 자리에 쓰러지고 말았다. 나는 하산을 소리쳐 불렀다. 그는 내가 여자를 거실로 옮기는 걸 거들어줬다. 우리는 그녀를 소파에 눕히고 부르카를 벗겼다. 이는 다 빠지고 희끗희끗한 머리는 끈적끈적하고 팔에는 이곳저곳 종기가 난 여자였다. 그녀는 며칠 동안 아무것도 먹지 못한 것 같았다. 그런데 가장 끔찍한 것은 그녀의 얼굴이었다. 누군가가 칼로 여기저기 그어버린 것 같았다. 어떤 상처는 광대뼈에서 머리 선까지 그어져 있었다. 그 사이에 있는 왼쪽 눈도 성하지를 못했다. 기괴한 모습이었다. 나는 그녀의 이마를 물수건으로 두드렸다. 그러자 그녀가 눈을 뜨고 속삭였다.

"하산은 어디 있죠?"

하산이 그녀의 손을 잡으며 말했다.

"여기 있어요."

그녀의 성한 눈이 그를 향해 움직였다.

"나는 네가 꿈속에서처럼 그렇게 멋있는지 보려고 먼 길을 왔다. 그렇구나. 그 이상이구나."

그녀는 그의 손을 당겨 자신의 흉터투성이 얼굴에 대었다.

"나를 위해 웃어주렴."

그가 미소를 짓자 여자가 울었다.

"너는 나올 때부터 웃었다. 누가 그런 얘기 안 해줬니? 알라여, 저를 용서하소서. 나는 너를 안아보려고 하지도 않았다. 너를 안아보려고도 안 했다고."

우리 중 누구도 사나우바르가 하산을 낳은 직후인 1964년에 유랑극단을 따라 도망간 후로 그녀를 본 사람이 없었다. 아미르, 너는 본 적이 없겠지만, 그녀는 젊었을 때 정말로 아름다웠다. 보조개가 옴폭 파이는 미소와 걸음걸이는 남자들을 환장하게 만들었지. 남자든 여자든, 거리에서 그녀를 보면 눈을 떼지 못했어. 그랬던 사람이…….

하산은 그녀의 손을 놓고 집 밖으로 뛰쳐나갔다. 나는 하산의 뒤를 따라갔지만 따라잡기에는 그가 너무 빨랐다. 그가 먼지를 풀풀 날리며 언덕을 올라가더라. 너와 하산이 놀던 그 언덕 말이다. 나는 그냥 뒀지. 나는 하늘이 파란색에서 자주색으로 바뀔 때까지 하루 종일 사나우바르와 같이 있었다. 밤이 되고 달빛이 구름을 비춰도 하산은 돌아오지 않았다. 사나우바르는 돌아온 것이 실수였다며 울었다. 떠난 것보다 더 큰 실수였다며 울었다. 하지만 나는 그녀를 가지 못하게 했다. 나는 하산이 돌아올 거라는 걸 알았다.

그는 다음 날 아침, 한숨도 자지 못한 듯 초췌한 얼굴로 돌아왔다. 그는 사나우바르의 손을 두 손으로 잡고 울고 싶으면 울어도 좋지만 이제는 울 필요 없다고, 이제는 집에 와서 가족과 함께 있으니 울 필요가 없다고 말했다. 그는 그녀의 얼굴에 난 상처를 어루만지고 그녀의 머리카락을 쓰다듬었다.

하산과 파르자나가 그녀가 건강을 되찾도록 극진히 간호했다. 그들은 그녀에게 음식을 먹여주고 옷을 빨아줬다. 나는 그녀에게 위층에 있는 객실을 쓰라고 했다. 때때로 뜰 쪽으로 난 창문으로 내다보면, 하산과 그의 어머니가 무릎을 꿇고 얘기를 하면서 토마토를 따거나 덩굴장미를 다듬는 모습을 볼 수 있었다. 내가 알기론, 하산은 그녀가 그간 어디에 있었는지, 왜 떠났는지 묻지 않았고 그녀도 얘기하지 않았다. 할 필요가 없는 얘기들일 테니까.

1990년 겨울, 하산의 아들을 받아낸 건 사나우바르였다. 아직 눈은 내리지 않았지만 바람이 많이 부는 날씨였다. 바람이 화단과 나뭇잎들을 훑고 지나가고 있었다. 사나우바르가 손자를 안고 오두막 밖으로 나오던 모습이 지금도 눈에 선하다. 그녀는 아이를 양털 담요로 싸서 안고 우중충한 하늘 밑에서 환히 웃고 있었다. 그녀의 볼에 눈물이 흘러내렸다. 차가운 바람이 그녀의 머리카락을 불어 올렸다. 그녀는 적어도 이번에는 그냥 버려두지 않겠다는 듯 아이를 품에 안고 있었다. 그녀가 아이를 하산에게 건넸고, 하산은 아이를 내게 건넸다. 나는 사내아이의 귀에 대고 아야트울쿠르시 기도(악마를 물리쳐달라는 기도)를 올렸다.

그들은 그에게 소랍이라는 이름을 지어줬다. 하산이 좋아하는 『샤나메』에 나오는 영웅의 이름을 따서 말이다. 아미르, 너도 그건 잘 알겠지. 아이는 설탕처럼 달콤하고 아름다웠다. 성격도 아버지와 비슷했다. 아미르, 너도 사나우바르가 아이와 함께 있는 모습을 봤어야 한다. 소랍은 그녀의 삶의 중심이었다. 그녀는 그를 위해 옷을 만들어주고 나무와 천 조각과 마른풀을 이용해 장난감을 만들어줬다. 아이에게 열이 있으면 그녀는 밤새도록 잠을 자지 않았다. 간호를 하느라 사흘 동안 밥을 먹지 못한 적도 있었다. 그녀는 나자르(사악한 눈)를 내쫓는다고 프라이팬에 이스판드(약초)를 볶기도 했다. 소랍은 두 살쯤 되자, 그녀를 사사라고 부르기 시작했다. 둘은 떨어질 줄 몰랐다.

그녀는 아이가 네 살이 될 때까지 살았다. 그리고 어느 날 아침에 깨어나지 않았다. 그녀의 얼굴은 이제 죽어도 괜찮다는 듯 평온해 보였다. 우리는 석류나무가 있는 언덕 가까이에 그녀를 묻었다. 나는 그녀를 위해서도 기도를 올렸다. 하산은 어머니를 잃고 힘들어했다. 처음부터 없는 것보다 있었다가 없어지는 게 더 마음이 아픈 법이잖니. 하지만 소랍은 훨씬 더 힘들어했다. 그는 사사를 찾아 집 주변을 돌고 또 돌았다. 하지만 너도 알다시피, 아이들은 금세 잊어버리지.

그 무렵, 그러니까 1995년이었다. 쇼라위들은 패배를 하고 철수한 지 오래였고, 카불은 마수드, 라바니, 무자헤딘의 관할 하에 있었다. 파당들 사이의 내분이 워낙 격렬해서 아무도 자신이 언제까지 살아 있을지 장담할 수 없는 상황이었다. 우리의 귀는 총탄이 떨어지고 포탄이 발사되는 소리에 익숙해 있었고, 우리의 눈은 폭격에 무너진 잔해 속에서 시체를 끌어내는 사람들의 모습에 익숙해 있었다. 카불은 지옥이었다. 하지만 알라는 우리에게 너그러우셨다. 와지르아크바르칸 지역은 다른 지역들과 다르게 많은 공격을 받지는 않았다.

로켓탄 소리가 잦아들고 총소리가 잠잠해지면, 하산은 소랍을 데리고 동물원에 가서 사자를 보여주거나 영화관에 갔다. 하산은 아이에게 새총 쏘는 법을 가르쳐줬다. 그래서 아이가 여덟 살이 되었을 때는 새총을 대단히 잘 쏘게 되었다. 베란다에 서서 뜰 중앙의 통 위에 놓인 솔방울을 맞힐 수도 있게 되었다. 하산은 그에게 읽고 쓰는 법을 가르쳤다. 자기처럼 문맹으로 키우지 않을 심산이었다. 나도 그 아이를 아주 좋아하게 되었다. 나는 그가 걸음마를 하고 말을 배우는 걸 보며 살았다. 나는 극장 옆에 있는 서점에서 동화책을 사다 줬다. 지금은 극장도 없어졌다. 소랍은 내가 책을 사다 주기 무섭게 읽어버렸다. 아미르, 나는 그 아이를 보면서 너를 생각했다. 너도 어렸을 때 책 읽기를 좋아했잖니. 때때로 나는 밤에 그에게 책을 읽어주고 수수께끼도 내고 카드요술도 가르쳐줬다. 그 아이가 무척 보고 싶구나.

하산은 겨울이 되면, 아들을 데리고 연을 쫓았다. 밖에 오래 있는 것이 안전하지 못했기 때문에 옛날처럼 대회가 많지는 않았지만, 그래도 산발적으로 몇 개의 대회는 열렸다. 하산은 소랍을 어깨에 태우고 연을 쫓아 달려가곤 했다. 연이 걸린 나무에 올라가기도 했다. 아미르, 너도 하산이 얼마나 연을 잘 쫓는지 알잖니? 그는 여전히 솜씨가 능숙했다. 겨울이 끝날 때쯤 되면, 하산과 소랍은 그들이 겨울 동안 쫓아가서 잡은 연들을 복도 벽에 걸어놓았다. 마치 그림처럼 말이다.

나는 조금 전에 너한테 1996년에 탈레반이 들어오고 날마다 계속되는 전투에 종지부를 찍었을 때, 우리가 얼마나 좋아했는지 얘기했었다. 그날 밤, 집에 돌아오니 하산이 부엌에서 라디오를 듣고 있더구나. 그는 심각한 표정이었다. 나는 그에게 무슨 일이냐고 물었다. 그는 고개를 저으며 말했다.

"신이시여, 하자라인들을 도와주소서."

"하산, 전쟁은 끝났다. 이제 평화와 행복이 찾아들고 조용해질 거다. 로켓탄도 없을 거고 죽이는 일도 없을 거고 장례도 없을 거야!"

그러나 그는 아무 대꾸도 하지 않고 라디오를 껐다. 그리고 나가기 전에 시킬 일이 있느냐고 물었다.

몇 주 후, 탈레반은 연날리기 대회를 금지했다. 그리고 2년 후인 1998년, 마자리샤리프에서 하자라인들을 대량 학살했다.

## 17

라힘 한은 꼬았던 다리를 천천히 풀고 조심스럽게 벽에 몸을 기댔다. 움직임 하나하나가 고통스러운 것 같았다. 당나귀 우는 소리가 들렸다. 누군가가 우르두어로 외치는 소리도 들렸다. 해가 지고 있었다. 곧 쓰러질 듯한 건물들 사이로 붉은 햇살이 반짝이고 있었다.

나는 내가 그해 겨울과 이듬해 여름에 했던 일이 얼마나 큰 잘못이었는지 다시 한번 깨닫게 되었다. 하산, 소랍, 알리, 파르자나, 사나우바르의 이름이 머릿속에 울렸다. 라힘 한이 알리에 대해 얘기하는 걸 들으니, 몇 년 동안 열린 적이 없는 낡은 주크박스를 찾은 것 같았다. 아이들이 그를 놀리는 소리가 들리는 것 같았다. "바발루(귀신), 오늘은 누굴 잡아먹었니? 눈꼬리 째진 귀신아, 오늘은 누굴 잡아먹었니?" 나는 알리의 표정

없는 얼굴과 그의 온화한 눈을 떠올려보려고 했다. 하지만 시
간은 탐욕스러운 존재다. 때때로 시간은 자질구레한 것들을 다
먹어치운다. 그의 모습이 머릿속에 떠오르질 않았다.

내가 물었다.

"하산은 아직도 그 집에 사나요?"

라힘 한은 찻잔을 마른 입술에 들어 올려 한 모금 마시더니,
조끼 주머니에서 봉투를 꺼내 내게 건넸다.

"네 것이다."

나는 봉투를 뜯었다. 안에는 폴라로이드 사진 한 장과 접힌
편지가 들어 있었다. 나는 족히 1분은 사진을 바라보았다.

흰 터번을 두르고 녹색 줄무늬 차판을 입은 키가 껑충한 남
자가 사내아이와 함께 철문 앞에 서 있었다. 햇볕이 왼쪽에서
비스듬하게 비치며 그의 살찐 얼굴의 반쪽에 그림자를 드리우
고 있었다. 그는 눈을 가늘게 뜨고 카메라를 향해 웃고 있었
다. 앞니 두 개가 빠진 게 보였다. 흐릿한 폴라로이드 사진 속
에서조차, 차판을 입은 남자는 편안하고 자신감에 찬 모습이
었다. 다리를 약간 벌리고 편안하게 팔짱을 끼고 해를 향해 고
개를 약간 기울인 모습이 그랬다. 특히 웃는 모습이 그랬다. 사
는 게 만족스러운 듯한 모습이었다. 내가 거리에서 그를 마주
쳤다면 바로 그를 알아봤을 거라는 라힘 한의 말이 맞았다. 아
이는 맨발이었다. 그는 한쪽 팔로 아버지의 허벅지를 감싸고
빡빡 깎은 머리를 아버지의 엉덩이에 기대고 있었다. 그도 눈

을 가늘게 뜨고 활짝 웃고 있었다.

나는 편지를 펼쳤다. 페르시아어로 쓰여 있었다. 점 하나는 물론, 획 하나도 빠진 게 없었다. 흐릿한 글자도 없었다. 필체가 아주 깔끔해 아이가 쓴 것 같았다.

아미르 도련님께

가장 자상하시고 자비로우신 알라의 이름으로, 무한한 존경심을 담아 이 편지를 보냅니다.

파르자나와 소랍과 저는 도련님이 건강하시기를 기원합니다.

이 편지를 도련님께 전달해주는 라힘 한 어르신께 감사하다는 말을 전해주시기 바랍니다. 언젠가 도련님이 쓴 편지를 제가 받아보고 미국에서 도련님이 어떻게 사시는지 알게 되면 정말 좋겠습니다. 사진을 한 장 보내주시면 더욱 좋겠습니다. 저는 파르자나와 소랍에게 도련님에 관한 애기를 많이 해줬습니다. 함께 자라고 놀고 거리를 뛰어다녔다는 애기도 해줬습니다. 파르자나와 소랍은 도련님과 제가 했던 개구쟁이 짓에 대해 애기해주면 깔깔 웃고 난리랍니다.

아미르 도련님, 애석하게도 우리가 어려서 알던 아프가니스탄은 죽은 지 오래입니다. 친절함은 오간 데 없고 죽음이 난무합니다. 늘 죽음이 난무합니다. 카불은 어디나 두려움으로 가득합니다. 거리도 그렇고 경기장도 그렇고 시장도 그렇습니다. 아미르 도련님, 두려움은 이제 우리 삶의 일부입니다. 우리

와탄(나라)을 지배하는 야만인들은 품격에는 신경을 쓰지 않습니다. 저는 지난번에 감자와 빵을 사려고 파르자나와 함께 시장에 간 적이 있습니다. 파르자나는 노점상에게 감자값이 얼마냐고 물었습니다. 그는 제 아내의 말이 들리지 않는지 아무 대꾸도 하지 않았습니다. 그는 귀머거리 같았습니다. 그러자 파르자나는 더 큰 소리로 물었습니다. 그랬더니 나이가 어린 탈레반 녀석이 달려오더니 막대기로 제 아내의 허벅지를 후려치는 게 아니겠습니까. 너무 세게 때리는 바람에 아내가 고꾸라질 정도였습니다. 탈레반은 아내에게 여자가 큰 소리를 낸다며 난리를 쳤습니다. 도덕부에서는 여자들이 큰 소리로 말하는 걸 용납하지 않는다고 했습니다. 제 아내는 허벅지에 큼직한 멍이 생겨 며칠 동안 낫지 않았습니다. 저는 제 아내가 맞는 걸 보면서도 아무 행동도 할 수 없었습니다. 제가 달려들었다면 그 개 같은 자식이 얼씨구 잘됐다며 저를 쏴 죽였을 겁니다. 그렇게 되면 제 아들은 어떻게 되겠습니까? 거리는 굶주린 고아들로 이미 가득 차 있습니다. 저는 살아 있다는 사실에 알라께 감사하고 있습니다. 죽음이 두려워서가 아니라 제 아내에게는 남편이 있고 제 아들은 고아가 아니기 때문입니다.

도련님이 소랍을 볼 수 있다면 좋겠습니다. 착한 아이랍니다. 라힘 한과 저는 아이에게 읽고 쓰는 법을 가르쳤습니다. 제 아비처럼 우둔하게 자라지 않도록 말입니다. 이 아이는 새총도 기막히게 잘 쏜답니다! 샤레나우에는 원숭이를 데리고 다니는 사람이 아직도 있답니다. 그를 만나게 되면 저는 돈을 주며 소랍을 위해 원숭이가 춤을 추게 해달라고 부탁한답니다. 소랍이 배꼽을 잡고 웃는 모습을 도련님이 보셔야 하는데! 저는 아들을 데리고 언덕 위에 있는 공동묘지까지 산책을 하곤 합니다. 도련님과 제가 석류나무 밑에 앉아 『샤나메』를 읽던 걸 기억하실지 모르겠습니다. 가뭄이 심해 그 석류나무에 석류가 열리지 않은 지 몇 해나 됐지만, 그래도 저는 소랍을 나무 그늘에 앉히고 『샤나메』를 읽어준답니다. 그가 가장 좋아하는 부분이 그와 이름이 같은 소랍과 로스탐이 나오는 장면이라는 건 도련님에게 말할 필요도 없겠지요. 머지않아 그 아이는 책을 직접 읽을 수 있게 될 것입니다. 저는 그 아이가 자랑스럽습니다. 저는 아비로서 운이 좋은 셈입니다.

아미르 도련님, 라힘 한이 많이 아프십니다. 그는 날마다 기침을 하십니다. 소매로 입을 닦을 때 보면 피가 묻어납니다. 체중도 많이 빠지셨답니다. 파르자나가 그를 위해 만든 쇼르와 밥을 조금이라도 드실 수 있으면 좋겠습니다. 그러나 그는 한두 번 먹어보고 만답니다. 그것도 파르자나에 대한 예의에서 그런 것 같습니다. 나는 그가 너무 걱정이 되어 날마다 그를 위해 기도하고 있습니다. 그는 며칠 후에 파키스탄으로 가서 그곳 의사들한테 진찰을 받으려고 한답니다. 좋은 소식을 갖고 돌아오시면 좋겠습니다. 하지만 저는 두려움이 앞섭니다. 파르자나와 저는 소랍에게 라힘 한이 괜찮아질 거라고 말했습니다. 우리가 뭘 할 수 있겠습니까? 그는 이제 열 살밖에 안 된 아이입니다. 라힘 한을 숭배하는 아이입니다. 두 사람은 아주 가까운 사이가 되었답니다. 라힘 한은 그를 시장에 데리고 가서 풍선도 사주고 과자도 사주곤 했는데, 이제는 몸이 너무 약해지셔서 그렇게 하시질 못합니다.

아미르 도련님, 저는 최근에 꿈을 많이 꿉니다. 어떤 때는 악몽을 꿉니다. 피처럼 붉은 잔디가 깔린 축구장에 썩어가는 시체들이 걸려 있는 꿈도 꿉니다. 그런 꿈을 꿀 때면 저는 헐 떡거리고 땀을 비 오듯 쏟으며 잠에서 깨어납니다. 하지만 대부분은 좋은 꿈을 꾼답니다. 그래서 알라에게 감사하고 있습니다. 제 아들이 선하고 자유롭고 중요한 사람이 되면 좋겠습니다. 라울라꽃들이 카불 거리에 만발하고 루바브 음악이 찻집에서 흘러나오고 연들이 하늘을 나는 날이 다시 오면 좋겠습니다. 언젠가 도련님이 카불로 돌아와서 우리가 어렸을 때 놀던 땅을 다시 둘러보는 날이 왔으면 좋겠습니다. 그사이, 저는 도련님을 충실하게 기다리고 있겠습니다.

알라가 언제나 도련님과 함께하시기를 빌며.

하산 올림


나는 편지를 두 번 읽었다. 그런 다음 1분 정도 더 사진을 바라보았다. 나는 편지와 사진을 주머니에 넣으며 물었다.

"하산은 어떻게 지내죠?"

라힘 한이 말했다.

"그 편지는 6개월 전 거야. 내가 페샤와르로 떠나기 며칠 전에 쓴 거지. 폴라로이드 사진은 내가 떠나는 날 찍은 거고. 페샤와르에 도착한 지 한 달 후에 이웃 사람이 나한테 전화를 해서 무슨 일이 있었는지 얘기해주더구나. 내가 떠난 직후, 하자라인 가족이 와지르아크바르칸에 있는 저택에서 혼자 살고 있다는 소문이 퍼졌다더라. 그러자 탈레반 관리 두 사람이 와서 하산을 취조했다는 거야. 그자들은 하산이 전에는 나와 같이 살았다고 하자 거짓말을 한다며 추궁했다는구나. 나한테 전화를 해준 사람을 포함해 여러 사람들이 하산의 말이 맞다고 했지만 막무가내였대. 탈레반 관리들은 하자라인들이 모두 그렇듯 그가 거짓말쟁이고 도둑놈이라고 하며 해가 질 때까지 가족을 데리고 집에서 나가라고 명령하더란다. 하산이 항의했지만 소용없었대. 나한테 전화한 사람의 말에 따르면, 탈레반은 큰 집을 찾고 있었다더구나. 그 사람이 뭐라고 했더라? 맞아, '양 떼를 노리는 늑대들처럼' 큰 집을 노리고 있었다는 거야. 그들은 하산에게 내가 돌아올 때까지 집을 안전하게 지키기 위해서 자기들이 들어와 살겠다고 했대. 하산이 다시 항의를 했지. 그랬더니 그자들은 그를 거리로 끌고 가서……."

"아."

내 입에서 낮은 신음 소리가 흘러나왔다.

"무릎을 꿇으라고 명령하고……."

"아, 안 돼. 안 돼."

"그리고 뒤통수를 쏴 죽였단다."

"안 돼."

"파르자나가 비명을 지르며 달려와 그자들에게 덤비자……."

"안 돼."

"파르자나도 쏴 죽였단다. 그자들은 나중에 그게 정당방위였다고 했단다……."

내가 할 수 있는 반응은 "안 돼, 안 돼, 안 돼" 하는 소리뿐이었다.


내 기억은 하산이 입술을 수술한 직후인 1974년 어느 날로 자꾸 돌아갔다. 바바, 라힘 한, 알리, 그리고 나는 하산의 침대 주변에 모여 손거울에 비친 자신의 입술을 바라보는 하산의 모습을 바라보고 있었다. 그런데 지금은 그 방에 있던 모든 사람이 죽었거나 죽어가고 있었다. 나를 제외하고 모두가 말이다.

문득, 나는 하산이 죽을 때의 모습을 상상해보았다. 하산의 뒤통수에 칼라시니코프 소총의 총구를 대고 있는 오늬무늬의 조끼를 입은 남자. 우리 집이 있는 거리에 울리는 총성. 아스팔트로 쓰러지는 하산. 그가 쫓아가던 바람에 날리는 연들처럼 그에게서 떨어져 나간 생명. 보상받지 못한 충성심.

라힘 한의 말이 이어졌다.

"탈레반이 집으로 들어갔대. 자기들이 무단침입자를 쫓아냈다면서 말이지. 하산과 파르자나를 죽인 건 정당방위였다는 판결이 내려졌고 말이야. 아무도 그에 대해 한마디도 하지 못했지. 대부분은 탈레반이 두려워서였을 거야. 아무도 별 볼 일 없는 하자라인 하인들을 위해 위험을 감수하려고 하지 않았던 거지."

내가 물었다.

"그자들이 소랍은 어떻게 했나요?"

나는 기진맥진한 상태였다. 라힘 한이 다시 기침을 하기 시작했다. 이번에는 기침이 오랫동안 계속되었다. 마침내 그가 얼굴을 들었을 때, 그의 얼굴은 빨갰고 눈은 충혈돼 있었다.

"들리는 얘기로는 카르테세의 고아원에 있다더라. 아미르 ......"

그가 다시 기침을 하기 시작했다. 기침이 멎었을 때 보니, 그는 불과 몇 분 전보다 더 늙어 보였다. 그는 기침을 할 때마다 늙어가는 것 같았다.

"아미르, 너를 여기로 오라고 한 것은 죽기 전에 너를 보고 싶어서였다. 하지만 그게 전부는 아니다."

나는 아무 말도 하지 않았다. 나는 그가 무슨 말을 하려고 하는지 이미 알고 있었다.

"네가 카불로 가서 소랍을 이곳으로 데려와주면 좋겠다."

나는 적절한 말을 찾으려고 애썼다. 그런데 나는 하산이 죽었다는 사실을 받아들일 시간적 여유도 없는 상황이었다.

"내 말 잘 들어라. 나는 이곳 페샤와르에 있는 미국인 부부를 알고 있다. 토머스와 베티 콜드웰 부부다. 그들은 기독교인들이다. 개인들에게서 받은 기부금으로 작은 자선단체를 운영하고 있는 사람들이다. 그들은 대부분, 부모를 잃은 아프간 아이들을 돌봐주고 있다. 내가 직접 그곳에 가보니 깨끗하고 안전하더라. 아이들을 잘 돌봐주고 있더구나. 그들은 나한테 소랍이 오면 받아주겠다고 했다. 그래서……."

"라힘 한, 심각하게 하시는 말씀은 아니시죠?"

"아이들은 약하다, 아미르. 카불은 삶이 만신창이가 된 아이들로 이미 가득 차 있다. 나는 소랍이 그런 아이가 되지 않았으면 좋겠다."

"라힘 한, 저는 카불에 가고 싶지 않습니다. 그럴 수가 없습니다!"

"소랍은 재능이 있는 아이다. 우리는 그 아이에게 이곳에서 새로운 삶을 살게 해줄 수 있다. 그를 사랑해주는 사람들과 함께 꿈을 갖고 살게 해줄 수 있다. 토머스는 좋은 사람이고 베티는 아주 친절한 사람이다. 베티가 고아들에게 어떻게 대하는지 네가 실제로 보면 좋겠구나."

"왜 저여야 하죠? 다른 사람에게 돈을 줘 그 일을 시키면 되잖아요. 돈이 문제라면 제가 댈게요."

라힘 한이 소리를 버럭 질렀다.

"아미르, 이건 돈 문제가 아니다! 나는 죽어가는 사람이다.

나를 모욕하지 마라! 나한테는 그게 돈 문제인 적이 없었다. 너도 그건 알 거다. 왜 너여야 하냐고? 그게 왜 너여야 하는지 너나 나나 알고 있잖니?"

나는 그 말이 무슨 뜻인지 알고 싶지 않았다. 그러나 나는 알고 있었다. 너무나 잘 알고 있었다.

"저는 미국에 아내도 있고 집도 있고 일도 있고 가족도 있습니다. 카불은 위험한 곳입니다. 잘 아시잖아요. 그런데 지금 저한테 모든 위험을 감수하고……."

"언젠가 네가 없을 때, 네 아버지와 내가 너에 대해 많은 얘기를 했었다. 네 아버지는 너도 알다시피 늘 네 걱정을 했다. 네 아버지는 언젠가 내게 이런 얘기를 했다. '자신과 당당하게 맞설 수 없는 사람은 어떤 것에도 당당하게 맞설 수 없는 법일세.' 그래, 결국 너는 그런 사람이 된 거니?"

나는 눈을 내리깔았다.

그가 침통하게 말했다.

"내가 너한테 원하는 것은 죽어가는 늙은이의 소원을 하나 들어달라는 거다."

그는 그 말로 베팅을 했다. 그가 가진 최고의 카드를 쓴 것이었다. 그게 사실이 아니라면, 나는 적어도 그때는 그렇게 생각했다. 그가 한 말이 안착하지 못하고 우리 사이에서 맴을 돌고 있었다. 하지만 적어도 그는 자신이 해야 할 말을 알고 있었다. 나는 아직도 적절한 말을 찾고 있는 중이었다. 나는 명색이 작가가 아닌가. 결국 나는 이렇게 말하기로 했다.

"바바의 말씀이 맞았는지도 모르죠."

"아미르, 네가 그렇게 생각하다니 유감이구나."

나는 그를 쳐다볼 수 없었다.

"아저씨는 그렇게 생각하지 않으세요?"

"그렇게 생각했다면 너한테 여기로 오라고 하지 않았을 거다."

나는 손가락에 낀 결혼반지를 만지작거렸다.

"라힘 한께서는 늘 저를 너무 좋게 생각하셨어요."

그가 머뭇거리며 말했다.

"너는 너 자신한테 늘 너무 가혹했다. 하지만 다른 이유도 있다. 그건 네가 모르는 거다."

"제발, 라힘 한……."

"사나우바르는 알리의 첫 부인이 아니었다."

나는 고개를 들었다.

"그는 자고리 출신의 하자라인 여자와 전에 결혼한 적이 있었다. 네가 태어나기 오래전 일이다. 두 사람은 결혼해서 3년 정도 같이 살았다."

"무슨 말씀을 하시는 거죠?"

"그녀는 알리와의 사이에 자식을 낳지 못했다. 그리고 3년 후, 코스트에 사는 남자와 결혼했다. 그녀는 그 사람과 결혼해 딸을 셋 낳았다. 그게 내가 너한테 얘기하려는 거다."

나는 그의 얘기가 어느 방향으로 흘러가는지 이해하기 시작했다. 하지만 나는 나머지 얘기는 듣고 싶지 않았다. 나는 캘리포니아에서 잘 살고 있었다. 지붕이 뾰족한 빅토리아풍의 아름다운 집도 있었고 결혼도 잘했고 작가로서도 유망했다. 나를 좋아해주는 처갓집도 있었다. 나는 쓰레기 같은 이야기는 듣고 싶지 않았다.

　라힘 한이 말했다.

　"알리가 문제였다."

　"그렇지 않아요. 그와 사나우바르 사이에 하산이 태어났잖아요. 그들이 하산을 낳았잖아요……."

　"그렇지 않았다."

　"그랬어요."

　"그렇지 않았단 말이다, 아미르."

　"그렇다면 누구하고……."

　"나는 네가 그게 누구였는지 알 거라고 생각한다."

　나는 관목이나 넝쿨을 붙잡으려고 아무리 애써도 아무것도 잡지 못하고 가파른 절벽 아래로 자꾸 미끄러지는 듯한 느낌을 받았다. 방이 상하좌우로 흔들리는 느낌이었다.

　"하산은 알고 있었나요?"

　이렇게 말하는 내 입술이 내 것 같지 않았다. 라힘 한이 눈을 감고 고개를 저었다.

　나는 나직하게 말했다.

"개자식들!"

나는 일어서서 소리를 질렀다.

"빌어먹을 개자식들! 당신들은 다 그래. 거짓말쟁이 개자식들이야!"

"앉아라."

나는 소리를 질렀다.

"당신들이 어떻게 나한테 숨길 수 있었죠? 어떻게 하산한테 숨길 수 있었죠?"

"아미르, 생각 좀 해보렴. 그건 치욕스러운 상황이었다. 사람들이 알면 수군댈 상황이었어. 명예와 이름이 무엇보다 중요한 때였다. 만약 사람들이 수군거리기 시작하면……. 우리는 아무에게도 얘기할 수 없었다. 너도 그건 알겠지."

그는 나를 향해 손을 내밀었다. 하지만 나는 그의 손을 피했다. 그리고 문을 향해 걸어갔다.

"아미르, 가지 마라. 부탁이다."

나는 문을 열고 그를 향해 돌아섰다.

"이유가 뭐죠? 저한테 무슨 말을 할 수 있으시죠? 제가 서른여덟의 나이에 나의 모든 삶이 개 같은 거짓말이라는 걸 방금 알았는데, 이 상황을 더 좋게 만들 수 있는 무슨 말이라도 또 있으신가요? 없겠죠. 당연히 아무것도 없겠죠!"

나는 그 말과 함께 아파트에서 뛰쳐나왔다.

## 18

해가 저물고 있었다. 하늘이 자주색과 붉은색으로 물들었다. 나는 라힘 한이 사는 건물에서 나와 분주하고 좁은 길을 따라 걸어갔다. 거리는 소란스러웠다. 샛길이란 샛길은 모두 보행자, 자전거, 인력거로 넘쳐났다. 모퉁이에는 코카콜라와 담배 광고판이 걸려 있었다. 금잔화가 피어 있는 들판에서 잘생긴 갈색 피부의 남자들과 춤을 추는 야한 여배우들의 모습이 담긴 파키스탄 영화 포스터들도 보였다.

나는 연기가 자욱한 작은 찻집으로 들어가 차를 주문했다. 나는 접이식 의자에 앉아 몸을 뒤로 젖히고 손으로 얼굴을 문질렀다. 몸이 아래로 미끄러지며 추락하던 느낌이 조금씩 희미해지고 있었다. 그런데 그 자리에 다른 느낌이 찾아들고 있었다. 잠에서 깨어보니 모든 가구가 이리저리 옮겨져 낯익은 곳이 낯설게 보이는 듯한 느낌이랄까. 그래서 혼란스러워하며 주위를 다시 살펴보고 다시 적응하려고 하는 사람의 심정이랄까.

내가 그걸 어떻게 모를 수 있었을까? 그런 표시들은 얼마든지 있었다. 이제야 그것들이 생각나기 시작했다. 바바는 하산의 입술을 고쳐주려고 닥터 쿠마르를 데려왔다. 바바는 하산의 생일을 잊은 적도 없었다. 그러고 보니, 튤립을 심으며 바바에게 하인들을 새로 구하는 것이 어떠냐고 물었던 기억이 난다. "하산은 아무 데도 안 간단 말이다. 그 아이는 바로 이 집에서 우리와 함께 살 거다. 이게 그 아이의 집이고 우리가 그 아이의 가족이다." 바바는 이렇게 고함을 쳤었다. 그리고 알리가 하산을 데리고 떠난다고 하자, 바바는 울었다. 그가…… 울었다.

웨이터가 차를 가져와 탁자에 놓았다. 탁자 다리가 X자로 겹치는 곳을 호두만 한 크기의 쇠구슬처럼 생긴 나사들이 빙 둘러 조이고 있었다. 그중 하나가 풀려 있었다. 나는 몸을 숙이고 나사를 조였다. 내 인생도 그렇게 쉽게 고칠 수 있었으면 싶었다. 나는 그때까지 마셔본 것 중 가장 쓴 홍차를 벌컥벌컥 마셨다. 그리고 소라야와 장인 장모와 앞으로 완성해야 할 소설에 대해 생각하려고 노력했다. 또한 지나가는 차들, 과자 가게를 들고 나는 사람들을 열심히 쳐다보려고 노력했다. 옆 탁자에 놓인 라디오에서 흘러나오는 카왈리 음악에 귀를 기울이려고도 노력했다. 아무거나 좋으니 다른 걸 생각하고 싶었다.

하지만 내가 고등학교를 졸업하던 날 밤의 바바가 자꾸 떠올랐다. "하산이 오늘 이 자리에 있었더라면 좋았을 것을." 바바는 나한테 사준 포드 차에 앉아 술 냄새를 풍기며 그렇게 말했었다.

어떻게 바바는 내게 그토록 오랫동안 거짓말을 할 수 있었을까? 그건 하산에게도 마찬가지였다. 바바는 내가 어렸을 때 나를 무릎에 앉히고 내 눈을 쳐다보며 말했었다. "이 세상에는 단 하나의 죄밖에 없다. 그것은 도둑질이다……. 네가 거짓말을 하면 너는 진실에 대한 누군가의 권리를 훔치는 것이다." 이것이 그가 내게 했던 말이 아닌가! 그가 죽은 지 15년 후, 나는 바바가 도둑이었다는 걸 알게 된 것이었다. 그것도 최악의 도둑이었다. 그가 훔친 것들이 너무 소중한 것들이었기 때문이다. 그는 나한테서는 형제가 있다는 걸 알 권리를 빼앗았다. 그리고 하산에게서는 그의 신분을 빼앗았고, 알리에게서는 명예를 빼앗았다. 자기만 좋자고 말이다.

나는 궁금했다. 어떻게 바바는 알리를 쳐다볼 수 있었을까? 어떻게 알리는 아프간 남자가 당할 수 있는 최악의 방법으로 주인한테 명예를 짓밟혔다는 걸 알면서도 그 집에서 살았을까? 어떻게 나는 바바의 이런 모습을, 내가 오랫동안 알아온 바바, 또 낡은 갈색 양복을 입고 소라야의 부모에게 청혼을 하러 절뚝거리며 가던 바바의 모습과 조화시킬까?

창작을 가르치는 교수가 비웃던 또 다른 상투적 표현은 부전자전이라는 말이었다. 하지만 그건 정확히 맞는 말이었다. 결국 바바와 나는 내가 알았던 것보다 더 닮아 있었다. 우리 두 사람은 우리를 위해 목숨을 바친 사람들을 배반했다. 그러고 보면, 라힘 한이 이곳으로 나를 부른 것은 내 죄만이 아니라 바바의 죄까지 속죄하라는 의미였는지 모른다는 생각이 문득 들었다.

라힘 한은 내가 늘 나 자신한테 너무 가혹하다고 말했다. 하지만 나는 그의 말이 미심쩍었다. 맞다, 내가 알리더러 지뢰를 밟으라고 시킨 것은 아니었다. 탈레반한테 집으로 와서 하산을 쏴 죽이라고 한 것도 아니었다. 하지만 나는 하산과 알리를 집 밖으로 몰아냈다. 내가 그렇게 하지 않았다면 결과도 달라졌을 거라고 생각하는 게 지나친 걸까? 내가 그러지 않았다면 바바가 그들까지 데리고 미국으로 갔을지 몰랐다. 어쩌면 하산은 지금쯤 집도 있고 직장도 있고 가족도 있고, 그가 하자라인인지 아닌지 아무도 신경 쓰지 않는 나라에서, 아니 대부분의 사람들이 하자라인이라는 게 무슨 뜻인지도 알지 못하는 나라에서 잘 살고 있을지 몰랐다. 그렇지 않을 수도 있었다. 하지만 그럴 수도 있었다.

나는 라힘 한에게 이렇게 말했었다. "저는 카불에 갈 수 없습니다. 저는 미국에 아내도 있고 집도 있고 일도 있고 가족도 있습니다." 하지만 내가 했던 행동들이 하산에게 그런 것들에 대한 기회를 박탈했는데, 내가 어떻게 짐을 꾸려 집으로 돌아갈 수 있단 말인가?

나는 라힘 한이 나를 부르지 않았더라면 싶었다. 내가 아무것도 모르고 살게 내버려뒀더라면 싶었다. 하지만 그는 나를 불렀다. 그리고 그가 나한테 얘기한 것이 모든 걸 바꿔놓았다. 그리고 그것이 나로 하여금 나의 모든 삶이 거짓말과 배반과 비밀의 순환이었음을 깨닫게 만들었다. 1975년 겨울보다 훨씬 앞서, 그 하자라인 여자가 노래를 부르며 나에게 젖을 먹이던 시절까지 거슬러 올라가는 나의 삶 전체가 말이다.

"다시 착해질 수 있는 길이 있어." 라힘 한은 이렇게 말했었다.

순환에 마침표를 찍을 길.

작은 소년. 고아. 하산의 아들. 카불 어딘가에 있을 그의 아들.

나는 인력거를 타고 라힘 한의 아파트로 돌아가고 있었다. 바바가 했던 말이 떠올랐다. 그는 내게 내 문제는 누군가가 늘 나를 위해서 싸워줬다는 데 있다고 한 적이 있었다. 나는 이제 서른여덟 살이었다. 머리도 빠지고 있었고 새치도 나고 있었다. 최근에는 눈초리에 주름도 생겨나기 시작했다. 나는 이제 나이가 들어 있었다. 하지만 스스로의 싸움을 시작하기에는 아직도 멀었는지 몰랐다. 바바는 많은 것들에 대해 거짓말을 했지만 그 점에 관해서는 거짓말을 하지 않았다.

나는 폴라로이드 사진을 다시 꺼내 보았다. 햇볕을 받고 있는 사진 속의 둥그런 얼굴. 내 동생의 얼굴. 하산은 나를 사랑했었다. 아무도 그렇게 할 수 없을 만큼 나를 사랑했다. 그는 이제 죽고 없었다. 하지만 그의 일부가 살아 있었다. 그 일부가 카불에 있었다.

날 기다리면서.

아파트에 들어가니, 라힘 한은 방구석에서 기도를 하고 있었다. 핏빛 하늘을 등지고 동쪽을 향해 절을 하는 검은 실루엣. 나는 그가 기도를 마치기를 기다렸다.

나는 카불에 가겠다고 했다. 아침에 미국인 부부를 찾아가겠다고 했다.

그가 말했다.

"아미르, 너를 위해 기도하겠다."

## 19

다시 차멀미가 났다. 차가 '카이베르 산길에 오신 걸 환영합니다'라는 표지판을 지났을 때, 입에서 침이 줄줄 나오기 시작했다. 배가 뒤틀렸다. 운전사인 파리드는 나를 차갑게 쳐다보았다. 나에 대한 동정심이라고는 조금도 없는 눈빛이었다.

내가 물었다.

"창문 좀 내려도 될까요?"

그가 불을 붙인 담배를 남아 있는 두 개의 왼쪽 손가락 사이에 끼웠다. 운전대를 잡고 있는 손이었다. 그는 도로에서 눈을 떼지 않은 채 앞으로 몸을 기울여 그의 발 사이에 있는 드라이버를 집어 내게 건넸다. 나는 손잡이가 있어야 할 자리의 작은 구멍에 그걸 넣고 돌려서 창문을 내렸다.

파리드는 다시 한번 나를 못마땅한 눈길로 쳐다보았다. 적대감을 굳이 숨기지도 않는 눈길이었다. 그리고 담배를 피우는 일로 돌아갔다. 그는 우리가 잠루드 요새에서 출발한 이래, 열 마디도 채 하지 않았다.

내가 중얼거렸다.

"고마워요."

나는 머리를 창밖으로 내밀고 늦은 오후의 서늘한 바람이 얼굴을 스치게 했다. 혈암과 석회암으로 된 절벽들 사이로 난 구불구불한 카이베르 산길을 지나는 것은 내가 기억했던 것과 똑같았다. 바바와 나는 1974년에 그 길을 지나갔었다. 메마르고 위압적인 산들이 협곡 사이에 있었다. 하늘로 치솟은 봉우리는 들쭉날쭉했다. 어도비 벽돌로 지어진 담이 있고 이제는 무너져가는 낡은 성채들이 낭떠러지 위에 있었다. 나는 북쪽의 눈 덮인 힌두쿠시산에 시선을 고정시키려고 했다. 하지만 속이 조금이라도 가라앉을라치면 트럭이 다시 한번 빙그르르 미끄러지며 비위를 뒤집어놓았다.

"레몬을 먹어보세요."

"뭐라고요?"

"레몬을 먹어보란 말입니다. 멀미에는 좋으니까요. 이 길을 갈 때는 늘 하나씩 갖고 다니죠."

"고맙지만 사양하겠어요."

그러지 않아도 속이 뒤집혀 있는데 신 레몬을 먹는다고 생각하자 속이 더 뒤집혔다. 파리드가 히죽히죽 웃으며 말했다.

"그래요, 미국 약처럼 화려하지는 않지요. 우리 어머니가 가르쳐준 낡은 요법일 뿐이니까."

나는 그와 괜찮아질 수 있는 기회를 날려버린 걸 후회했다.

"그렇다면 주세요."

그는 뒷좌석에 있는 종이봉투를 잡더니 반으로 잘린 레몬을 꺼냈다. 나는 한 입을 먹고 몇 분 기다렸다.

"당신 말이 맞네요. 한결 낫네요."

거짓말이었다. 아프간 사람인 나는 무례한 것보다 비참한 것이 낫다는 걸 알고 있었다. 나는 억지로 미소를 지어 보였다.

그가 말했다.

"오래된 전통 요법이죠. 화려한 약 같은 건 필요 없어요."

그의 목소리는 퉁명스러움에 가까웠다. 그는 담뱃재를 턴 다음 백미러로 자기 얼굴을 쳐다보았다. 흡족한 듯한 모습이었다. 그는 타지크인이었다. 그는 햇볕에 타 거무튀튀하고 홀쭉한 남자였다. 어깨는 좁고 목은 기다랬다. 목에는 후골이 툭 튀어나와 있었는데 보통 때는 수염에 가려져 있다가 고개를 돌릴 때만 보였다. 그는 나처럼 옷을 입고 있었다. 아니, 내가 그처럼 입고 있다고 해야 더 맞을 것이다. 그는 회색 피르한 툼반(전통옷)과 조끼를 입고 거칠게 짠 모직 담요로 덮고 있었다. 머리에는 갈색 파콜을 썼다. 그는 타지크인들이 '판지시르의 사자'라고 부르는 타지크의 영웅 아마드 샤 마수드처럼 파콜을 한쪽으로 약간 기울여 쓰고 있었다.

나를 페샤와르에 있는 파리드에게 소개해준 사람은 라힘 한
이었다. 라힘 한은 나에게 파리드가 주름이 많고 신중한 얼굴
을 하고 있어 20년은 나이가 더 들어 보이지만 스물아홉 살밖
에 안 된 사람이라고 말해줬다. 그는 마자리샤리프에서 태어나
열 살 때, 아버지가 가족을 데리고 잘랄라바드로 이사할 때까
지 거기에서 살았다고 했다. 그는 열네 살이었을 때, 아버지와
함께 러시아에 맞서는 지하드에 참여했다. 그들은 2년 동안 판
지시르에서 싸웠다. 그러다가 그의 아버지가 헬리콥터에서 쏜
기총소사에 맞아 숨졌다. 파리드에게는 두 아내와 다섯 아이
들이 있었다. 라힘 한은 슬픈 표정으로 "원래는 아이가 일곱이
었다"라고 말했다. 맨 아래로 딸이 둘 있었는데 몇 년 전에 잘
랄라바드 외곽에서 지뢰가 터지는 바람에 죽었다고 했다. 그때
그 자신도 발가락과 왼쪽 손가락 세 개를 잃었다고 했다. 그 일
이 있은 후, 그는 아내들과 자식들을 데리고 페샤와르로 이사
했다고 했다.

파리드가 투덜댔다.

"검문소네요."

나는 잠시 메스꺼움을 잊고 약간 구부정한 자세를 취하고
팔짱을 꼈다. 하지만 걱정할 필요는 없었다. 두 명의 파키스탄
군인들이 낡아빠진 트럭에 접근하더니 안쪽을 대강 한 번 훑
어보고는 가라고 손을 내둘렀다.

파리드는 라힘 한과 내가 준비한 항목 중 첫 번째였다. 그

항목에는 미국 화폐를 칼다르와 아프간 화폐로 교환하는 일, 내 옷과 파콜(아이러니하게도 나는 아프가니스탄에 살 때, 파콜을 쓴 적이 없었다), 하산과 소랍의 폴라로이드 사진도 들어 있었다. 그리고 가장 중요한 것으로 가슴까지 내려오는 검은 가짜 수염도 있었다. 이슬람법에 맞추자는, 적어도 탈레반의 이슬람법에 맞추자는 심산이었다. 라힘 한은 그걸 전문으로 하는 페샤와르 사람을 알고 있었다. 때때로 전쟁을 취재하는 서양 기자들을 위해서 그걸 만든다고 했다.

라힘 한은 내가 며칠 자기와 같이 있으면서 준비를 더 철저히 하기를 바랐다. 그러나 나는 가능하면 빨리 떠나야 한다는 걸 알고 있었다. 나는 내 마음이 바뀔 게 두려웠다. 이리저리 생각해보고 괴로워하다가 자기합리화를 하면서 결국 가지 않는 쪽으로 결론을 내리게 될까 봐 두려웠다. 내가 미국 생활의 매력에 끌려 거대한 강물 속으로 다시 들어가 지난 며칠 동안 깨달았던 것들을 바닥으로 가라앉게 하지나 않을까 두려웠다. 나는 물살이 내가 해야 하는 것으로부터 나를 떠내려가게 하지 않을까 두려웠다. 그 물살이 하산으로부터, 나를 부르고 있는 과거로부터, 그리고 속죄를 위한 이 마지막 기회로부터 나를 떠내려가게 하지 않을까 두려웠다. 그래서 나는 그런 일이 생길 가능성을 미리 차단하고 떠난 것이었다. 소라야에게는 아프가니스탄으로 돌아간다고 얘기할 수 없었다. 그랬다면 그녀는 곧바로 비행기표를 예약하고 파키스탄으로 날아왔을 것이다.

우리는 국경을 지났다. 가난의 흔적은 도처에 널려 있었다. 도로 양쪽에는 작은 마을들이 줄을 지어 있었다. 마을들은 바위틈에 버려진 장난감들처럼 이곳저곳에 늘어서 있었다. 네 개의 나무 기둥 외에는 남은 게 별로 없는 오두막들이 대부분이었다. 너덜너덜한 천으로 위를 막아 지붕으로 삼고 있었다. 아이들이 누더기 옷을 입고 오두막 밖에서 축구공을 쫓아가는 모습도 보였다. 몇 마일이 지나자, 남자들이 웅크리고 앉아 있는 모습이 보였다. 그 모습이 꼭 까마귀 떼 같았다. 그들은 불에 탄 소련 탱크의 잔해 위에 앉아 있었다. 그들의 몸에 드리운 담요 가장자리가 바람에 펄럭였다. 그들 뒤에는 갈색 부르카를 쓴 여자가 어깨에 커다란 단지를 지고 오두막이 줄지어 있는 곳을 향해 터벅터벅 걸어가고 있었다.

내가 말했다.

"이상하군요."

"뭐가요?"

"내 나라에 왔는데 관광객이 된 것 같은 기분이 들어서요."

나는 길가를 따라 빼빼 마른 대여섯 마리의 염소를 몰고 가는 염소지기를 바라보며 말했다.

파리드가 킬킬거리며 담배를 밖으로 던졌다.

"당신은 아직도 이곳을 당신의 나라라고 생각하는 거요?"

나는 생각보다 더 방어적으로 말했다.

"저의 일부는 늘 그럴 것 같아요."

"미국에서 20년을 살고도요?"

그가 이렇게 말하며, 비치볼만 한 구멍을 피하려고 운전대를 꺾었다.

나는 고개를 끄덕였다.

"나는 아프가니스탄에서 자랐어요."

파리드가 다시 킬킬거렸다.

"왜 그렇게 웃는 거요?"

그가 나직하게 말했다.

"신경 쓰지 마세요."

"아니, 알고 싶네요. 왜 그러는 거요?"

그의 눈이 번득이는 게 백미러로 보였다. 그가 빈정거렸다.

"알고 싶은가요? 내가 상상 한번 해볼까요? 당신은 괜찮은 뒤뜰이 있는 이층집이나 삼층집에 살았겠죠. 뜰에는 정원사가 꽃과 과일나무를 가꿔놓았을 거고요. 겹겹으로 문도 있고요. 당신의 아버지는 미국 차를 몰았을 거고요. 당신한테는 하인들이 있었겠죠. 하인들은 어쩌면 하자라인들이었겠죠. 당신 부모는 사람들을 사서 화려한 파티 준비를 시켰겠죠. 친구들이 와서 유럽이나 미국에 갔다 온 얘기를 자랑할 수 있도록 말이죠. 맹세코 당신이 파콜을 쓴 건 이번이 처음일 거요."

그가 이를 드러내고 웃었다. 이들이 벌써 썩어가고 있었다.

"내 말과 비슷했나요?"

내가 물었다.

"당신은 어째서 이런 얘기를 하는 거죠?"

"당신이 알고 싶어 했으니까요."

그가 침을 뱉었다. 그는 남루한 옷을 입고 터벅터벅 걷는 노인을 가리켰다. 풀이 가득한 커다란 삼베 보따리를 등에 지고 있었다.

"저게 진짜 아프가니스탄입니다. 저게 내가 알고 있는 아프가니스탄이라고요. 당신은 이곳에서 늘 관광객이었어요. 당신이 그걸 몰랐을 뿐이죠."

라힘 한은 뒤에 남아 전쟁에 참전했던 사람들이 나를 따뜻하게 환영해줄 거란 기대는 하지 말라고 했었다.

나는 말했다.

"당신 아버지는 안됐습니다. 당신 딸들도 안됐고요. 당신 손도 안됐고요."

그가 고개를 저으며 말했다.

"그 말은 나한테 아무 의미도 없어요. 여하튼 당신이 이곳으로 돌아온 이유가 뭡니까? 당신 아버지의 땅을 처분하려고 왔나요? 그 돈을 챙겨 미국에 있는 당신 어머니한테로 돌아가려고 하나요?"

"내 어머니는 나를 낳다가 돌아가셨어요."

그는 한숨을 쉬더니 다시 담배에 불을 붙였다. 그리고 아무 말도 하지 않았다.

"차 좀 세워줘요."

"뭐라고요?"

"차를 세워달라고요, 이 염병할! 멀미가 나서 죽을 지경이에
요."

나는 길옆에 차가 서자마자 밖으로 뛰쳐나갔다.


늦은 오후가 되자 햇볕에 탄 봉우리와 메마른 절벽들이 사
라지며 더 푸르고 시골스러운 풍경이 나타났다. 내려가는 산길
은 란디코탈에서부터 시작해 신와리 지역을 거쳐 란디카나로
이어졌다. 우리는 토르캄에서 아프가니스탄으로 접어들었다.
소나무들이 길 양쪽에 서 있었다. 내가 생각했던 것보다 나무
들의 수가 적었고 상당수는 헐벗은 상태였다. 그러나 카이베르
산길을 힘들게 통과한 터라 나무들을 다시 보자 기분이 좋았
다. 우리는 잘랄라바드에 가까이 다가가고 있었다. 그곳에 사
는 파리드의 형이 우리를 그날 밤 재워주기로 돼 있었다.

우리가 낭가르하르의 주도인 잘랄라바드에 들어갔을 때, 해
는 아직 완전히 지지 않은 상태였다. 그곳은 과일과 따뜻한 날
씨로 한때 유명했던 도시였다. 파리드는 도시의 중심부에 있는
건물들과 석조 주택들을 지나쳐 차를 몰았다. 내가 생각했던
것만큼 야자수들이 많지는 않았다. 어떤 집들은 지붕이 없어
지고 벽과 비틀린 흙더미만 남아 있었다.

파리드가 좁은 비포장도로로 들어서더니 메마른 도랑 옆에

차를 세웠다. 나는 트럭에서 내려 몸을 펴고 숨을 깊이 들이마셨다. 옛날에는 바람이 잘랄라바드 부근의 사탕수수밭에서 나는 달짝지근한 냄새를 도시로 실어 나르곤 했었다. 나는 눈을 감고 단 냄새를 맡으려고 해봤지만 냄새는 없었다.

파리드가 조급하게 말했다.

"갑시다."

부서진 흙담을 따라 이파리가 없는 몇 그루의 포플러나무들이 서 있었다. 우리는 그 나무들을 지나 걸어갔다. 파리드는 허물어질 듯한 1층짜리 집으로 나를 데리고 가더니 판자로 된 문을 두드렸다.

얼굴에 흰 스카프를 두른 녹색 눈의 젊은 여자가 내다보았다. 그녀가 나를 먼저 보고 주춤하더니 파리드를 보고는 얼굴이 환해졌다.

"오셨군요, 삼촌!"

"안녕하세요, 형수님."

파리드가 대답하면서 나한테는 하루 종일 한 번도 보인 적이 없는 따뜻한 미소를 그녀에게 지어 보였다. 그는 그녀의 머리 위에 입맞춤을 했다. 젊은 여자는 내가 파리드를 따라 작은 집에 들어갈 때, 약간 걱정스러운 듯이 나를 쳐다보며 옆으로 비켜섰다.

벽돌로 된 천장은 낮았다. 벽은 완전히 텅 비어 있었다. 빛이라고는 구석에 있는 두 개의 램프에서 나오는 게 전부였다. 우리는 신발을 벗고 마루에 깔린 짚방석으로 올라섰다. 벽을 따라 세 명의 사내아이들이 다리를 꼬고 가장자리가 너덜너덜한 담요로 덮인 매트리스 위에 앉아 있었다. 어깨가 넓고 키가 크고 수염을 기른 사람이 일어나서 우리를 맞았다. 파리드와 그는 포옹을 하고 서로의 볼에 입맞춤을 했다. 파리드는 나에게 그를 소개했다. 그 사람이 그의 형인 와히드였다.

파리드가 나를 엄지손가락으로 가리키며 와히드에게 말했다.

"미국에서 온 사람이에요."

그는 우리를 두고 아이들이 있는 곳으로 갔다.

아이들이 파리드한테 몰려가 그의 어깨에 올라타고 난리였다. 와히드와 나는 아이들의 맞은편에 있는 벽에 기대고 앉았다. 와히드는 내가 사양했음에도 불구하고, 사내아이 중 하나에게 담요를 가져다주라고 했다. 내가 바닥에 편안히 앉을 수 있게 하기 위해서였다. 그는 마리암에게 차를 내오라고 했다. 그는 페샤와르에서 오는 길은 어땠으며 카이베르 산길은 어땠느냐고 내게 물었다.

"오는 도중에 강도를 만나지 않으셨기를 바랍니다."

카이베르 산길은 그곳의 지세로도 유명했지만 그 지세를 이용해 여행객들을 터는 강도들이 많기로도 유명했다. 내가 할 말을 찾기도 전에 그가 눈웃음을 지으며 큰 소리로 말했다.

"하기야 내 동생 차 같은 고물 차에 시간을 허비할 강도는 없었겠지요."

파리드는 세 아이 중 가장 작은 아이를 바닥에 눕히고 성한 손으로 간지럼을 태웠다. 아이가 발을 버둥거리며 웃었다. 파리드가 숨을 헐떡이며 말했다.

"적어도 나한테는 차라도 있잖아요. 요즘 형 당나귀는 어때요?"

"내 당나귀가 네 차보다는 낫지."

파리드가 맞받아쳤다.

"카르 카라 미슈나사."

'당나귀는 당나귀가 알아본다'라는 뜻이었다. 모두가 웃었다. 나도 따라서 웃었다. 옆방에서 여자들의 말소리가 들려왔다. 내가 앉아 있는 곳은 옆방이 반쯤 보이는 곳이었다. 마리암과 그녀의 어머니인 듯한 갈색 히잡을 쓴 여자가 낮은 목소리로 이야기를 하면서 큰 주전자에서 찻주전자로 차를 옮겨 따르고 있었다.

와히드가 물었다.

"미국에서는 무슨 일을 하십니까?"

"글을 쓰는 작가입니다."

파리드가 내 말을 듣고 낄낄거리는 것 같았다.

와히드가 감동한 표정으로 말했다.

"작가라고요? 아프가니스탄에 관한 글을 쓰십니까?"

"네, 전에는요. 그러나 지금은 그렇지 않습니다."

내가 최근에 쓴 소설 『회색 계절』은 자신의 아내와 자신의 학생이 침대에 있는 걸 본 후, 집시가 되는 대학교수에 관한 이야기였다. 나쁜 책은 아니었다. 어떤 비평가들은 '좋은' 책이라고 했고, '매혹적'이라는 말까지 사용했다. 하지만 나는 그 소설을 생각하자 갑자기 당황스러워졌다. 와히드가 소설의 내용이 뭔지 묻지 않았으면 싶었다.

와히드가 말했다.

"그렇다면 다시 아프가니스탄에 대해서 쓰셔야 할 것 같네요. 탈레반이 우리 나라에 어떤 짓을 하는지 세상 사람들한테 알려주세요."

"저는…… 저는 그런 종류의 작가가 아니라서……."

와히드가 얼굴을 약간 붉히며 고개를 끄덕였다.

"네, 물론 당신이 잘 아시겠지요. 제가 뭘 어떻게 하시라고 하는 게 아니라……."

바로 그때, 마리암과 다른 여자가 두 개의 잔과 찻주전자가 든 작은 쟁반을 들고 방에 들어왔다. 나는 예의를 차리느라 일어서서 가슴에 손을 대고 절을 했다.

"살람 알라이쿰."

히잡으로 얼굴 아래쪽을 가린 여자도 절을 하며 잘 들리지 않는 소리로 말했다.

"살람."

우리는 눈을 마주치지는 않았다. 그녀는 내가 서 있는 동안,

차를 따랐다.

여자는 김이 모락모락 나는 찻잔을 내 앞에 놓고 방에서 나갔다. 그녀는 맨발이었고, 아무 소리도 내지 않고 나갔다. 나는 앉아서 진한 홍차를 마셨다. 불편한 침묵을 깬 건 와히드였다.

"뭣 때문에 아프가니스탄에 다시 오셨나요?"

파리드가 경멸하는 눈초리로 나를 쳐다보며 말했다.

"형님, 저 사람이 뭣 때문에 아프가니스탄에 왔겠어요?"

와히드가 그의 말을 잘랐다.

"닥쳐!"

파리드가 말했다.

"늘 똑같은 이유죠. 땅을 팔고 집을 팔아 돈을 챙겨 쥐새끼처럼 달아나려는 거죠. 미국으로 돌아가서 가족끼리 멕시코 여행이나 하며 돈을 쓰려고요."

와히드가 고함을 쳤다. 그의 아이들은 물론이고 파리드조차 움찔하게 만드는 목소리였다.

"파리드! 예의는 어디 뒀느냐? 여기는 내 집이다! 이분은 오늘 밤 내 손님이다. 네가 나를 이처럼 치욕스럽게 하는 걸 용납하지 않겠다!"

파리드가 입을 열고 무슨 말인가를 하려고 하다가 아무 말도 하지 않았다. 그는 벽에 몸을 기대고 나직하게 무슨 말인가를 중얼거리더니 다친 발을 성한 발 위로 올렸다. 그는 힐난하는 눈길을 내게서 거두지 않았다.

와히드가 말했다.

"용서하십시오. 어렸을 때부터 제 동생은 아무 생각 없이 말을 했답니다."

나는 파리드의 쏘아보는 눈길을 받으며 미소를 지으려고 노력했다.

"사실은 제 잘못입니다. 저는 기분이 상한 게 아닙니다. 제가 아프가니스탄에 왜 왔는지 말씀을 드렸어야 했습니다. 저는 재산을 처분하려고 이곳에 온 게 아닙니다. 카불에 가서 어떤 아이를 찾으려고 왔습니다."

와히드가 말했다.

"아이라고요?"

"네."

나는 셔츠 호주머니에서 폴라로이드 사진을 꺼냈다. 하산의 사진을 보자 그의 죽음으로 인해 생긴 상처의 딱지가 다시 찢어지는 것 같았다. 나는 사진으로부터 눈을 돌려야 했다. 나는 그걸 와히드에게 건넸다. 그는 사진을 자세히 들여다보았다. 그리고 나와 사진을 번갈아보았다.

"이 아이 말인가요?"

내가 고개를 끄덕였다.

"이 하자라인 소년 말인가요?"

"네."

"당신과 무슨 관계인데요?"

"이 아이의 아버지는 저한테 아주 중요한 사람이었습니다. 사진 속의 남자 말입니다. 그런데 그는 죽고 없습니다."

와히드가 눈을 깜빡였다.

"당신의 친구였습니까?"

나는 본능적으로 그렇다고 말하고 싶었다. 사실, 어떤 면에서 보면, 나도 바바의 비밀을 지켜주고 싶었다. 하지만 거짓말은 이미 충분히 많이 했다. 나는 침을 꿀꺽 삼키고 말했다.

"저의 이복동생입니다. 사생아인 이복동생입니다."

나는 찻잔의 손잡이를 만지작거렸다.

"캐물을 생각은 없었습니다."

"당신이 캐물으신 건 아닙니다."

"그 아이를 어쩔 셈입니까?"

"페샤와르로 데려가려고 합니다. 그를 돌봐줄 사람들이 있으니까요."

와히드는 사진을 내게 건네고 두툼한 손을 내 어깨에 얹었다.

"당신은 훌륭한 사람이군요. 진짜 아프간 사람이네요."

나는 속으로 찔렸다.

와히드가 말했다.

"오늘 밤 우리 집에 모시게 되어 자랑스럽습니다."

나는 그에게 고맙다는 인사를 하고 파리드를 힐끗 쳐다보았다. 그는 고개를 숙이고 짚방석 가장자리를 만지작거리고 있었다.

얼마 후, 마리암과 그녀의 어머니가 김이 모락모락 나는 채
소 쇼르와 두 그릇과 빵 두 조각을 갖고 들어왔다.

와히드가 말했다.

"고기를 드릴 수가 없어서 미안합니다. 지금은 탈레반들만
고기를 먹을 수 있답니다."

내가 말했다.

"맛있어 보이는데요."

사실, 맛이 있었다. 나는 그와 아이들에게 먹어보라고 했다.
하지만 와히드는 우리가 오기 전에 그의 가족이 이미 식사를
끝냈다고 했다. 파리드와 나는 소매를 걷어붙이고 쇼르와에
빵을 찍어 먹었다.

나는 식사를 하는 동안, 와히드의 아이들을 살펴보았다. 그
들은 얼굴에 흙이 덕지덕지 묻고 갈색 머리를 짧게 깎고 모자
를 쓰고 있었다. 하나같이 비쩍 말랐다. 그들이 나의 디지털
손목시계를 힐긋힐긋 쳐다보았다. 막내인 듯한 아이가 형의 귀
에 대고 무슨 말인가를 속삭였다. 그 말을 들은 아이가 고개
를 끄덕이며 내 시계에서 눈을 떼지 않았다. 셋 중 나이가 가
장 많은 아이는 열두 살쯤 되어 보였다. 그는 몸을 앞뒤로 흔
들며 내 시계를 계속 바라보았다. 저녁 식사가 끝나고 마리암
이 항아리에서 부어준 물로 손을 씻은 다음, 나는 와히드에

게 아이들에게 선물을 줘도 되겠느냐고 물었다. 그는 안 된다고 했다. 하지만 내가 자꾸 우기자 마지못해 허락했다. 나는 손목시계를 끌러 셋 중 막내에게 줬다. 그가 시계를 받고 수줍게 말했다.

"타샤코르."

나는 그에게 말했다.

"세계 곳곳의 시간을 알 수 있게 해주는 시계란다."

아이들은 공손하게 고개를 끄덕이고는 돌아가며 시계를 차 보았다. 하지만 그들은 이내 흥미를 잃고 시계를 짚방석 위에 그냥 놓아뒀다.

파리드가 나중에 말했다.

"나한테 얘기해줄 수도 있었잖아요."

우리 두 사람은 와히드의 부인이 우리를 위해 깔아준 짚방석 위에 나란히 누워 있었다.

"무슨 얘기 말이죠?"

"아프가니스탄에 온 이유 말이에요."

그의 목소리에는 내가 그를 처음 만났을 때부터 줄곧 들어온 거친 구석이 더 이상 없었다.

"묻지 않았잖아요."

"알아서 얘기해줬어야죠."

"묻지 않았잖아요."

그가 팔베개를 한 채 몸을 돌려 나를 바라보았다.

"그 아이를 찾는 데 내가 도와줄 수도 있을 것 같아요."

"고마워요, 파리드."

"내가 혼자 지레짐작을 해서 미안합니다."

나는 한숨을 쉬었다.

"걱정 말아요. 당신의 말은 당신이 아는 것 이상으로 맞으니까요."


　　그는 손이 뒤로 묶여 있다. 거친 밧줄이 손목 주변의 살을 파고든다. 눈은 검은 천으로 가려져 있다. 그는 거리에 무릎을 꿇고 있다. 고인 물이 가득한 도랑 옆이다. 그는 머리를 아래로 떨구고 있다. 그의 무릎이 딱딱한 바닥에 부딪힌다. 그가 몸을 흔들며 기도를 하는 동안, 피가 그의 바지에 스며든다. 늦은 오후의 빛이 그의 긴 그림자를 자갈 위에서 앞뒤로 흔들리게 한다. 그는 뭔가를 나직하게 중얼거린다. 나는 더 가까이 다가간다. "천 번이라도." 그는 이렇게 중얼거린다. "도련님을 위해서라면 천 번이라도." 그의 몸이 앞뒤로 흔들린다. 그가 얼굴을 든다. 나는 그의 윗입술에 난 희미한 상처로 그를 알아본다.

　　우리만 있는 게 아니다.

　　내 눈에 총신이 먼저 들어온다. 그리고 그 뒤에 서 있는 남자가 눈에 들어온다. 그는 키가 크고 오늬무늬의 조끼를 입고 검은 터번을 두르고 있다. 그는 광활하고 굴 같은 공허 외에는 보이지 않는 눈으로 남자를 내려다본다. 그는 한 걸음 뒤로 물러나 총신을 들어 무릎을 꿇고 있는 남자의 머리 뒤에 댄다. 희미해져가는 햇빛이 금속에 닿아 잠시 반짝인다.

귀가 얼얼해지는 총성이 울린다.

나는 위로 올라가는 총신을 따라가본다. 총구에서 소용돌이치는 연기 사이로 사람의 얼굴이 보인다. 그런데 오늬무늬의 조끼를 입은 그 남자는 내가 아닌가.

나는 목이 막혀 소리도 지르지 못하고 꿈에서 깨어났다.


나는 밖으로 나갔다. 반달이 떠 있었다. 나는 흐릿한 달빛 속에 서서 별들로 가득한 하늘을 올려다보았다. 귀뚜라미들이 어둠 속에서 울었다. 바람이 나무들을 흔들며 지나갔다. 맨발에 닿는 흙의 감촉은 서늘했다. 내 나라에 돌아왔다는 느낌이 문득 들었다. 국경을 통과한 이후로 이런 느낌을 받는 건 처음이었다. 그 오랜 세월 후에 나는 다시 돌아와 내 조상들이 묻힌 땅 위에 서 있었다. 이곳은 나의 증조부가 1915년에 카불을 휩쓴 콜레라에 걸려 죽기 1년 전, 세 번째 부인과 결혼한 땅이었다. 그녀는 그에게 그의 두 아내가 해주지 못한 것을 해줬다. 즉, 아들을 낳아준 것이었다. 이곳은 나의 할아버지가 나디르 샤 국왕과 함께 사슴 사냥을 했던 땅이기도 했다. 나의 어머니도 이 땅에서 돌아가셨다. 그리고 이 땅에서 나는 내 아버지의 사랑을 쟁취하려고 싸웠다.

나는 담벼락에 기대앉았다. 갑자기 땅에 대해 느껴지는 친밀감……. 이것이 나를 놀라게 했다. 나는 잊고 또 잊혀질 정도로 충분히 오래 떠나 있었다. 나는 내가 지금 기대고 있는 담벼락 안쪽에서 잠을 자는 사람들에게는 다른 은하계에 있는 것처럼 느껴질 곳에 집이 있었다. 나는 내가 이 땅에 대해 잊었다고 생각했다. 하지만 그게 아니었다. 아프가니스탄이 내 발밑에서 콧노래를 흥얼거리는 것 같았다. 어쩌면 아프가니스탄도 나를 잊지 않았는지 몰랐다. 반달이 희미하게 사위를 비추고 있었다.

나는 서쪽을 바라보고 저 산들 너머 어딘가에 카불이 아직도 존재한다는 사실에 놀라고 있었다. 카불은 실제로 존재했다. 옛 기억으로서만 존재하는 것도 아니고 《샌프란시스코 크로니클》의 15페이지에 나오는 기사 제목으로서만도 아니었다. 실제로 존재하는 것이었다. 서쪽에 있는 산 너머 어딘가에서 입술이 일그러진 내 동생과 내가 연을 날리던 도시가 잠을 자고 있었다. 저 너머 어딘가에서 내 꿈에 나왔던, 눈이 가려진 사람이 불필요한 죽음을 맞았다. 저 산 너머 어딘가에서 나는 언젠가 내 나름의 선택을 내렸었다. 그리고 25년이 흐른 지금, 그때 했던 선택이 나를 이 땅으로 돌아오게 했다.

내가 막 안으로 들어가려고 했을 때, 집 안에서 소리가 들렸다. 잘 들어보니 와히드 부부의 목소리였다.

"……아이들에게 줄 게 없어요……."

와히드가 절박한 목소리로 말했다.

"우리는 굶주려 있지만 야만인들이 아니오! 그분은 손님이야! 나보고 어쩌란 말이오?"

그녀는 울먹이는 소리로 말했다.

"내일 뭔가를…… 찾아보셔요. 제가 뭘로 아이들을 먹……."

나는 소리가 나지 않게 그 자리를 떠났다. 나는 아이들이 시계에 아무런 흥미를 보이지 않았던 이유를 그제야 이해할 수 있었다. 그들은 시계를 쳐다보고 있었던 게 아니었다. 그들은 내가 먹는 음식을 바라보고 있었던 것이다.


우리는 다음 날 아침 일찍 작별 인사를 했다. 나는 트럭에 올라타기 전, 와히드에게 환대해줘서 고맙다는 인사를 했다. 그는 자신의 작은 집을 가리키며 말했다.

"이제 이곳은 당신의 집입니다."

그의 세 아들이 문간에 서서 우리를 바라보고 있었다. 작은 아이가 시계를 차고 있었다. 그의 가느다란 손목에서 시계가 대롱거렸다.

차가 빠져나올 때, 나는 백미러로 뒤를 바라보았다. 와히드는 트럭이 일으킨 먼지구름 속에서 세 아이에 둘러싸여 있었다. 그때 문득, 그곳이 다른 곳이었다면 그 아이들이 너무 배가 고파 차를 쫓아 달리지 못하는 상황은 생기지 않았을지 모른다는 생각이 들었다.

그날 아침 일찍, 나는 아무도 보지 않을 때, 25년 전에 했던 행동을 했다. 나는 매트리스 밑에 구겨진 돈을 한 움큼 집어넣은 것이다.

## 20

파리드는 내게 경고를 했었다. 확실히 했었다. 그러나 결과적으로 그는 헛수고를 했다.

우리는 잘랄라바드에서 카불로 가는 구불구불하고 구멍이 숭숭 뚫린 도로를 달리고 있었다. 이 길을 마지막으로 지났던 건 방수포로 덮인 트럭을 타고 반대 방향으로 갔을 때였다. 그때, 바바는 마약에 취해 노래를 하던 러시아 장교의 총에 맞아 죽을 뻔했었다. 그날 밤, 나는 바바 때문에 너무 화나고 너무 두려웠었다. 그리고 결국에는 그가 너무 자랑스러웠었다. 카불과 잘랄라바드 사이에 있는 그 길은 바위 사이로 구불구불하게 난 산길이었다. 그곳을 지날 때면 차가 이리저리 요동을 치는 바람에 뼈가 으스러질 것만 같았다. 그런데 그곳이 이제는 유적이 되어 있었다. 두 개의 전쟁 유적이 되어 있는 것이었다.

20년 전에는 첫 번째 전쟁의 일부 유적들을 내 눈으로 확인했었다. 불에 탄 낡은 소련제 탱크의 잔해, 전복되어 녹슬어가는 군용 트럭, 산기슭에 방치된 부서진 러시아 지프차 등 전쟁을 환기시키는 끔찍한 것들이 도로를 따라 흩어져 있었다. 두 번째 전쟁은 텔레비전 스크린으로 보았었다. 그런데 지금 나는 그것을 파리드의 눈을 통해 보고 있었다.

파리드는 부서진 도로를 능숙하게 달렸다. 그는 도로에 난 구멍들을 요리조리 능숙하게 피해 갔다. 그는 지난밤에 와히드의 집에서 묵은 이후로 훨씬 말이 많아졌다. 그는 조수석에 앉아 있는 나를 가끔씩 바라보며 얘기를 했다. 한두 번은 웃기까지 했다. 그는 불구가 된 손으로는 운전대를 잡고, 성한 손으로는 마을들을 가리켰다. 오두막들이 늘어서 있는 마을들이었다. 그는 몇 년 전에는 그곳에 사는 사람들을 알았다고 했다. 그들 대부분은 죽었거나 파키스탄의 난민 수용소에 있다고 했다.

"때로는 죽은 사람들이 운이 더 좋은 거죠."

그는 부서지고 불에 타 잔해만 남은 자그마한 마을을 가리켰다. 지붕은 날아가고 없고 새까맣게 그은 벽만이 남아 있었다. 개 한 마리가 벽 밑에서 자고 있는 모습이 눈에 들어왔다.

"저기에 제 친구가 살았었어요. 자전거를 아주 잘 고쳤죠. 타블라 연주도 기막히게 했고요. 그런데 탈레반이 그와 그의 가족을 몰살시키고 마을을 전소시켰어요."

우리는 불에 탄 마을을 지나쳤다. 개는 움직이지 않았다.


옛날에는 잘랄라바드에서 카불까지 가는 데 두 시간쯤 걸렸다. 약간 더 걸렸는지도 모른다. 그런데 이번에는 네 시간이 넘게 걸렸다. 마침내 차가 카불에 도착했다. 파리드는 마히파르 댐을 지난 후에 나한테 이렇게 경고했다.

"카불은 당신이 기억하는 것과는 다를 거예요."

"나도 그런 얘기는 들었어요."

파리드는 듣는 것과 보는 것은 같은 게 아니라는 눈길로 나를 쳐다보았다. 그리고 그의 말이 맞았다. 카불이 마침내 우리 앞에 펼쳐지기 시작했을 때, 나는 그가 길을 잘못 든 게 분명하다고 확신했다. 파리드는 어안이 벙벙한 내 표정을 봤을 게 분명하다. 그는 사람들을 카불까지 태워다 주면서 카불을 오랫동안 보지 않은 사람들의 얼굴에 어리는 그런 표정에 익숙해졌을 것이다.

그가 내 어깨를 살짝 두드리며 침울하게 말했다.

"돌아오신 걸 환영합니다."


파편과 거지들뿐이었다. 어디를 둘러봐도 눈에 들어오는 건 그뿐이었다. 옛날에도 거지들은 있었다. 바바는 그들에게 주려고 늘 한 움큼의 아프간 지폐를 갖고 다녔었다. 나는 그가 구걸하는 사람의 손을 뿌리치는 걸 본 적이 없었다. 하지만 그들은 이제, 너덜너덜 떨어진 삼베옷을 입고 거리의 구석구석에 쭈그리고 앉아 흙이 덕지덕지 묻은 손으로 동전을 구걸했다. 그런데 거지들은 대부분 비쩍 마르고 퉁명스러워 보이는 아이들이었다. 몇몇은 대여섯 살밖에 안 돼 보였다. 그들은 번잡한 거리 구석의 도랑 옆에서 부르카를 입은 어머니의 무릎에 앉아 소리치고 있었다.

"바크셰시, 바크셰시(한 푼만 주세요)!"

내가 바로 알아차리지는 못했지만 다른 특이한 점도 있었다. 아이들이 성인 남자와 같이 앉아 있는 경우는 거의 없었다. 전쟁은 아프가니스탄에서 아버지를 귀한 존재로 만들어놓고 있었다.

우리는 카르테세를 향해 서쪽으로 가고 있었다. 그곳은 내가 기억하기로 1970년대에는 주요도로였던 자데메이완드에 위치한 지역이었다. 북쪽으로는 말라붙은 카불강이 있었다. 남쪽 언덕 위로는 부서진 벽이 보였다. 그 벽 동쪽으로 쉬르다르와자산에 위치한 발라 히사르 성채가 보였다. 도스툼 장군이 1992년에 점령했던 고대 성채였다. 무자헤딘 군이 1992년부터 1996년까지 카불에 로켓탄을 쏟아부은 곳도 쉬르다르와자산에서였다. 지금 내가 목격하고 있는 피해의 많은 부분이 그때 입은 것들이었다. 쉬르다르와자산은 서쪽까지 쭉 뻗어 있었다. 내가 기억하는 바로는 토페 채시트(정오를 알리는 대포)를 발사했던 곳도 그 산이었다. 대포는 매일 정오에 발사되었다. 대포는 라마단 기간 중에는 금식이 끝났음을 알리는 신호이기도 했다. 그런 날이면, 대포 소리가 도시 전역에 요란하게 울려 퍼졌다.

내가 중얼거렸다.

"어렸을 때, 나는 자데메이완드로 오곤 했었어요. 이곳에는 가게들도 있었고 호텔들도 있었죠. 네온사인도, 레스토랑도 있었고요. 나는 사이포라는 이름의 노인한테서 연을 사곤 했어요. 그분이 옛 경찰서 옆에서 작은 연 가게를 하고 있었거든요."

"경찰서는 아직도 있어요. 경찰은 부족하지 않으니까요. 그러나 연은 없어졌어요. 자데메이완드를 비롯한 다른 곳 어디에도 연 가게는 없어요."

자데메이완드는 거대한 모래성으로 바뀌어 있었다. 완전히 무너지지 않은 건물들은 지붕과 벽이 로켓탄에 맞아 움푹 들어가거나 뚫린 채 간신히 서 있었다. 블록 전체가 통째로 무너진 곳도 있었다. 총탄에 맞은 '코카콜라' 광고판은 파편에 반쯤 묻혀 제대로 보이지도 않았다. 창문이 없는 건물의 잔해 속, 깨진 벽돌과 돌 더미 사이에서 아이들이 놀고 있었다. 자전거를 탄 사람들과 노새가 끄는 마차들이 아이들과 길 잃은 개들과 수북한 잔해 사이를 피해 지나갔다. 뿌연 먼지가 도시 위에 떠돌았다. 강 건너에서 한 줄기 연기가 하늘로 피어올랐다. 내가 물었다.

"나무들은 어디로 갔죠?"

파리드가 대답했다.

"사람들이 겨울에 땔감으로 썼죠. 러시아 놈들도 많이 베어 버렸고요."

"왜 그랬죠?"

"저격병들이 나무 뒤에 숨곤 했으니까요."

슬픔이 몰려들었다. 카불을 다시 찾은 것은 잊었던 옛 친구를 우연히 만나 그 친구가 갖은 고생을 다 하다가 이제는 집도 절도 없이 가난하게 살고 있는 것을 알게 된 것과 비슷했다.

내가 말했다.

"내 아버지는 여기서 남쪽에 있는 샤레코나라는 옛 도시에 고아원을 세우셨어요."

파리드가 말했다.

"예, 생각나는군요. 몇 년 전에 무너졌어요."

"차 좀 세울 수 있나요? 잠깐만 걸어보고 싶어서요."

파리드가 문이 없는 버려진 건물 옆의 작은 거리에 차를 세웠다. 우리가 트럭에서 내릴 때, 파리드가 중얼거렸다.

"저곳에 약국이 있었지요."

우리는 자데메이완드까지 다시 걸어갔다가 오른쪽으로 방향을 틀어 서쪽으로 갔다.

그런데 눈이 매워지기 시작했다.

내가 물었다.

"이게 무슨 냄새죠?"

파리드가 대답했다.

"디젤 냄새랍니다. 이 도시의 발전기가 늘 고장이라 전기를 믿을 수가 없어서 사람들이 디젤연료를 사용합니다."

"디젤을 사용하는군요. 옛날에 이곳에서 무슨 냄새가 났는지 기억하세요?"

파리드가 미소를 지었다.

"케밥 냄새가 났었죠."

"네, 양고기 케밥 냄새가 났었죠."

파리드가 입맛을 다시며 말했다.

"양고기라. 지금은 카불에서 양고기를 먹을 수 있는 사람은 탈레반들뿐입니다."

갑자기 그가 내 소매를 잡아당겼다.

"마침 저자들이……."

차 한 대가 우리를 향해 다가오고 있었다. 파리드가 중얼거렸다.

"수염 순찰대랍니다."

내가 탈레반을 본 건 그때가 처음이었다. 나는 그들을 텔레비전과 인터넷과 잡지 표지와 신문에서 봤었다. 그런데 지금 나는 그들에게서 채 50피트도 떨어지지 않은 곳에 서 있었다. 형언할 수 없는 공포감이 몰려오며 입이 타들어갔다. 갑자기 살이 뼈에 오그라붙는 것 같았고 가슴이 방망이질을 했다. 그들이 의기양양한 모습으로 다가왔다.

빨간색 도요타 픽업트럭이 한가롭게 우리를 지나쳐 갔다. 칼라시니코프 소총을 어깨에 멘 젊은 남자들이 험악한 얼굴로 트럭 뒤에 웅크리고 앉아 있었다. 모두가 턱수염을 기르고 검은 터번을 두르고 있었다. 두툼한 눈썹을 찌푸린 20대 초반의 가무잡잡한 남자가 손에 든 채찍을 돌리며 주기적으로 트럭 옆을 찰싹찰싹 때렸다. 그 남자의 떠돌던 눈이 나한테 멎었다. 그가 나를 응시했다. 나는 내 인생을 통틀어 그렇게 발가벗은 느낌을 받은 적이 없었다. 그 탈레반이 담뱃진이 묻은 침을 퉤 뱉더니 고개를 돌렸다. 그제야 비로소 나는 다시 숨을 쉴 수 있었다. 트럭이 자데메이완드 거리를 내려갔다. 뒤에 뿌연 먼지 구름이 남았다.

파리드가 불만스럽게 말했다.

"어떻게 된 거 아니에요?"

"왜 그러죠?"

"다시는 저 사람들을 똑바로 쳐다보지 마세요! 내 말 알아듣겠어요? 다시는 그러지 말라고요!"

"그러려고 한 게 아니었어요."

누군가가 끼어들었다.

"당신 친구의 말이 백번 맞소. 그건 미친개를 막대기로 찌르는 거나 같소."

총탄에 맞은 흔적이 있는 건물 계단에 맨발로 앉아 있던 늙은 거지가 하는 말이었다. 거지는 너덜너덜 떨어진 차판을 입고 때가 덕지덕지 묻은 터번을 두르고 있었다. 그의 왼쪽 눈꺼풀이 눈알이 없는 눈 위로 늘어져 있었다. 그는 관절염이 걸린 손으로 빨간 트럭이 간 방향을 가리켰다.

"저자들은 누군가가 자기들을 자극해주기를 바라며 차를 타고 돌아다닌다오. 조만간 누군가가 늘 걸려들지요. 그렇게 되면 저 개들은 포식을 하죠. '알라후 아크바르(알라는 위대하시다)!'라고 말하면서요. 하루의 단조로움이 마침내 끝났으니 말이오. 누구도 저자들을 건드리지 않는 날에는 아무한테나 폭력을 휘두른다오."

파리드가 말했다.

"앞으로는 탈레반이 가까이 오면 아래를 쳐다보세요."

늙은 거지가 맞장구를 쳤다.

"당신 친구가 좋은 충고를 해주는 거요."

거지는 기침을 하더니 더러운 손수건에 침을 뱉었다.

"미안합니다만, 몇 푼 줄 수 있겠소?"

파리드가 내 팔을 끌며 말했다.

"바스(그만 됐어요). 갑시다."

나는 노인에게 10만 아프가니를 줬다. 약 3달러에 해당하는 돈이었다. 그가 돈을 받으려고 앞으로 몸을 숙였을 때, 상한 우유 냄새와 흡사한 악취가 코를 찔렀다. 몇 주 동안 씻지 않은 것 같았다. 속이 메스꺼웠다. 그는 돈을 급히 허리춤에 찔러

넣고 하나밖에 없는 눈으로 이쪽저쪽을 쳐다보았다.

"자비를 베풀어주셔서 너무너무 감사합니다."

내가 물었다.

"카르테세 어디에 고아원이 있는지 아십니까?"

"어렵지 않게 찾을 수 있소. 다룰라만가의 서쪽에 있으니까요. 이곳에 있던 고아원이 로켓탄에 파괴된 후로 아이들은 카르테세로 옮겨졌다오. 그러나 그건 사자 우리에서 누군가를 구해서 호랑이 우리에 던져 넣는 거나 마찬가지라오."

"고맙습니다."

나는 이렇게 말하고 돌아섰다.

"그게 처음이었나 보군요."

"무슨 말씀이세요?"

"탈레반을 본 게 처음이었나요?"

나는 아무 말도 하지 않았다. 늙은 거지는 고개를 끄덕이며 미소를 지었다. 몇 개의 이가 남아 있는 게 보였다. 하나같이 구부러지고 누르께했다.

"그들을 처음 봤던 때가 생각나는구려. 그들이 카불에 처음 들어왔을 때였소. 그때는 모두들 즐거워했었소! 사람이 죽어나가는 일은 이제 끝났구나 싶었지. 하지만 어느 시인은 이렇게 읊었소. '완전할 것 같던 사랑이었는데, 문제가 생겼도다!'"

나의 얼굴에 미소가 피어올랐다.

"그 가잘을 저도 압니다. 하페즈의 가잘이죠?"

거지가 대답했다.

"맞소. 하페즈의 가잘이 맞소. 나는 그걸 대학에서 가르치곤 했다오."

"정말이세요?"

노인이 기침을 했다.

"나는 1958년부터 1996년까지 대학에서 하페즈, 하이얌, 루미, 베이델, 자미, 사디를 가르쳤다오. 한번은 테헤란에 초청 강연을 하러 간 적도 있었소. 아마 1971년이었을 거요. 신비주의적인 베이델에 관한 강연을 했었소. 청중들이 모두 일어나서 박수를 치고 난리였었소."

그는 여기에서 고개를 저었다.

"그런데 트럭에 타고 있던 저 젊은이들을 당신도 봤잖소. 그들이 수피즘에서 무슨 가치를 본다고 생각하시오?"

내가 말했다.

"제 어머니도 대학교수셨습니다."

"이름이 뭐였소?"

"소피아 아크라미였습니다."

백내장이 잔뜩 낀 그의 눈이 조금 반짝이는 것 같았다.

"'사막의 잡초는 계속 살아 있어도 봄꽃은 피었다가 지노라.' 이 시구처럼 우아하고 품위 있는 분이었는데 그렇게 가다니 그런 비극이 없었다오."

나는 노인 앞에 무릎을 꿇었다.

"제 어머니를 아십니까?"

늙은 거지가 말했다.

"알다마다. 강의가 끝나면 앉아서 얘기도 나눴소. 마지막으로 만난 게 기말시험 직전인 어느 비 오는 날이었지. 우리는 맛있는 아몬드 케이크를 나눠 먹었소. 꿀이 들어간 따뜻한 차를 곁들여 아몬드 케이크를 같이 먹었지. 당시, 그분은 임신해서 배가 불룩한 상태였고 그래서 더 아름다워 보였소. 나는 그날, 그분이 나한테 했던 말을 결코 잊지 못할 거요."

"그게 뭐였죠? 저한테 말씀해주세요."

바바는 내 어머니에 대해 굵직하게만 얘기했었다. "네 엄마는 대단한 여자였다." 뭐, 이런 식으로 말이다. 하지만 내가 늘 갈망했던 건 세부적인 것들이었다. 머리가 햇빛에 어떻게 반짝였는지, 어떤 색깔의 아이스크림을 좋아했는지, 어떤 노래를 즐겨 불렀는지, 손톱을 깨무는 버릇은 없었는지 등과 같은 세부적인 것들 말이다. 바바는 그녀에 대한 기억을 무덤까지 갖고 갔다. 어쩌면 그녀의 이름을 입에 올리기만 해도 죄의식을 느꼈는지도 모른다. 그녀가 죽은 직후에 자신이 한 일에 대해 죄의식을 느꼈는지도 모른다. 혹은 그녀를 잃은 슬픔과 고통이 너무 크고 깊어서 그녀에 대해 얘기하는 걸 참을 수 없었는지도 모른다. 어쩌면 양쪽 다일지도 모른다.

"그분은 '너무 두렵다'고 했소. 내가 왜 그러느냐고 물었더니 '라술 박사님, 너무 행복해서 그래요. 이런 행복이 두려워요'라고 했소. 그 이유를 묻자 이렇게 대답했소. '그들은 뭔가를 빼앗아 가려고 할 때만 사람을 이토록 행복하게 하니까요.' 나는 '쉿! 어리석은 소리는 그만하세요'라고 했었소."

파리드가 내 팔을 잡으며 부드럽게 말했다.

"가야 돼요."

나는 그의 손을 뿌리쳤다.

"다른 말은 없었나요? 그 밖에 다른 말은 없었나요?"

노인의 안색이 부드러워졌다.

"당신을 위해 기억하는 게 있다면 좋겠소. 하지만 기억이 나지 않소. 당신의 어머니는 오래전에 돌아가셨고, 내 기억도 이 건물들처럼 산산이 부서져버렸소. 미안하오."

"작은 것이라도 괜찮아요. 아무거라도."

노인이 미소를 지었다.

"기억을 더듬어보겠소. 약속하겠소. 다음번에 돌아와서 나를 찾으시오."

"고맙습니다. 정말 고맙습니다."

내 말은 진심이었다. 이제 나는 내 어머니가 꿀이 들어간 뜨거운 차와 아몬드 케이크를 좋아했으며, '너무'라는 말을 한때 사용했고, 자신이 행복한 것에 대해 불안해했다는 걸 알게 되었다. 나는 어머니에 대해서 평생 바바에게서 들은 것보다 거리에 있는 노인에게서 더 많은 걸 들어서 알게 되었다.

트럭으로 돌아오면서 우리 중 누구도 앞에서 있었던 일에 대해 가타부타 말하지 않았다. 아프간 사람이 아닌 대부분의 사람들은 길거리의 거지가 내 어머니를 알고 있다는 걸 있을 법하지 않은 우연이라고 생각할 것이다. 우리가 아무 말도 하지 않았던 것은 아프가니스탄에서는, 특히 카불에서는 그렇게 말도 안 되는 일이 비일비재하다는 걸 알고 있었기 때문이다. "전에 만난 적이 없는 두 명의 아프간 사람을 같은 방에 10분만 둬보렴. 그들은 자기들이 서로와 어떤 관계인지 금세 알아낼 거다." 바바는 이렇게 말하곤 했었다.

우리는 건물 계단에 노인을 두고 떠났다. 나는 그의 제안을 받아들일 심산이었다. 그에게 다시 가서 그가 내 어머니에 관한 다른 이야기를 생각해냈는지 들어볼 심산이었다. 그러나 나는 다시 그를 만나지 못했다.


우리는 카르테세의 북부 지역에 있는 새 고아원을 찾아냈다. 바닥이 마른 카불강의 둑에 위치한 곳이었다. 판판한 병영 스타일의 건물이었다. 벽은 갈라지고 창문은 유리 대신 널빤지로 가려져 있었다. 파리드는 그곳으로 가는 길에 나에게 카르테세는 카불에서 전쟁 피해를 가장 많이 입은 지역 중 하나라고 말했다. 우리가 트럭에서 내리는 순간, 너무나 많은 것들이 그의 말이 사실이라는 걸 증명해주고 있었다. 구멍이 숭숭 파인 거리의 양옆에는 포탄에 맞은 건물과 버려진 집들의 잔해 외에는 거의 아무것도 없었다. 우리는 뒤집힌 차의 녹슨 잔해, 파편 속에 반쯤 묻혀 있는 화면이 없는 텔레비전, 검정 스프레이로 젠다 바드 탈레반(탈레반 만세)!이라고 쓰인 벽을 지나쳤다.

작고 호리호리하고 머리가 벗어지기 시작한 남자가 문을 열어줬다. 희끗희끗한 턱수염이 텁수룩하게 난 사람이었다. 남루한 트위드 재킷을 입고 챙이 없는 모자를 쓰고 한쪽 유리가 깨진 안경을 코끝에 걸쳐 쓰고 있었다. 검은콩처럼 생긴 작은 두 눈이 안경 뒤에서 나와 파리드를 번갈아 쳐다보았다.

그가 말했다.

"살람 알라이쿰."

나는 그에게 폴라로이드 사진을 보여주며 말했다.

"살람 알라이쿰. 이 소년을 찾고 있습니다."

그는 사진을 대충 한 번 바라보았다.

"미안합니다. 본 적이 없는 아이입니다."

파리드가 말했다.

"여보시오. 당신은 사진을 제대로 보지도 않았잖아요. 자세히 좀 봐주시면 어떨까요?"

내가 말했다.

"로트판(부탁합니다)."

문 뒤에 있던 남자가 사진을 받아 들고 자세히 쳐다보더니 다시 나한테 건넸다.

"이곳의 아이들은 모두 알고 있는데 사진 속의 얼굴은 친숙해 보이질 않네요. 자, 미안하지만 나는 일을 해야 됩니다."

그는 문을 닫고 빗장을 걸었다.

나는 문을 두드렸다.

"여보세요, 제발 문 좀 열어주세요. 그 아이에게 해를 끼치려는 게 아닙니다."

"말했잖아요. 여기에 없다니까요. 이제 가주세요."

파리드가 문으로 다가가 이마를 댔다. 그는 낮고 조심스러운 말투로 말했다.

"이봐요. 우리는 탈레반과 같이 온 게 아니에요. 나와 같이 온 이분은 그 아이를 안전한 곳으로 데려가려고 온 거예요."

내가 말했다.

"저는 페샤와르에서 왔습니다. 저의 친한 친구가 아이들을 위해 자선단체를 운영하는 미국인 부부를 알고 있답니다."

나는 문 저쪽에 남자가 있다는 걸 느낌으로 알았다. 나는 그가 거기에 서서 내 말을 듣고 의심과 희망 사이에서 머뭇거리고 있다는 걸 느꼈다.

내가 말했다.

"이보세요, 저는 소랍의 아버지를 잘 아는 사람입니다. 소랍의 아버지 이름은 하산이었습니다. 어머니의 이름은 파르자나였고요. 그는 할머니를 사사라고 불렀습니다. 그는 읽고 쓸 줄아는 아이입니다. 새총을 잘 쏘고요. 이 아이가 이곳을 빠져나갈 희망이 있습니다. 제발 문 좀 열어주세요."

그쪽에서는 아무 말도 없었다.

내가 말했다.

"저는 그 아이의 이복 삼촌입니다."

한참이 지났다. 그러다 열쇠가 돌아가는 소리가 들렸다. 그 남자의 좁은 얼굴이 문틈으로 다시 나타났다. 그는 나와 파리드를 번갈아가며 쳐다보았다.

"한 가지 틀린 점이 있습니다."

"뭔가요?"

"그는 새총을 잘 쏘는 정도가 아니라 기막히게 잘 쏜답니다."

나는 미소를 지었다.

"그 아이는 새총을 놓을 줄 모른답니다. 어디를 가든 바지춤에 넣어 갖고 다니죠."


우리를 안으로 들여보낸 남자는 자기가 고아원 원장이라고 했다. 이름은 자만이었다.

"내 사무실로 갑시다."

우리는 그를 따라 침침하고 더러운 복도를 걸어갔다. 해진 스웨터를 입은 맨발의 아이들이 어슬렁거리고 있었다. 우리는 바닥에는 칙칙한 카펫만이 깔려 있고 창문은 비닐로 막은 방들을 지나쳤다. 방마다 앙상한 쇠 침대만 있었다. 대부분 매트리스가 없었다.

파리드가 물었다.

"고아들이 몇 명이나 됩니까?"

자만이 어깨 너머로 말했다.

"수용할 수 있는 인원보다 많습니다. 250명 정도 될 겁니다. 하지만 모두가 야팀(고아)인 것은 아닙니다. 상당수는 아버지를 전쟁에서 잃은 아이들이지요. 그들의 어머니들은 그들을 먹여 살릴 수가 없답니다. 탈레반이 여자들에게 일하는 걸 허용하지 않으니까요. 그래서 어머니들이 자식들을 여기로 데려온답니다."

그는 손으로 뭔가를 털어내는 듯한 몸짓을 취하더니 침울하게 말을 이었다.

"이곳이 거리보다는 낫지만 그렇다고 많이 낫지는 않습니다. 이건 사람이 살기 위한 건물이 아닙니다. 전에는 카펫 제조업자가 창고로 쓰던 곳입니다. 그래서 온수기도 없고 우물도 말라버렸습니다."

그는 여기에서 목소리를 낮췄다.

"나는 탈레반에게 새 우물을 팔 돈을 달라고 수없이 요청했습니다. 하지만 그들은 매번 염주만 돌리며 돈이 없다고 했습니다. 돈이 없다는 겁니다."

그가 키득키득 웃었다.

그는 벽을 따라 놓인 침대들을 가리켰다.

"우리한테는 침대도 충분치 않지만 침대가 있어도 매트리스 역시 부족합니다. 설상가상으로 담요도 충분하지 않지요."

그는 우리에게 다른 두 아이와 함께 줄넘기를 하고 있는 작은 소녀를 가리켰다.

"저 아이 보이시죠? 이번 겨울에 아이들은 담요를 나눠 써야 했습니다. 저 아이의 오빠는 담요를 덮지 못해 죽었습니다. 지난번에 조사해보니 쌀이 한 달분도 채 남아 있지 않더라고요. 그것이 떨어지면 아이들은 아침이나 저녁 모두 차와 빵만 먹어야 될 상황입니다."

그는 점심에 대해서는 아무 말도 하지 않았다.

그는 가던 길을 멈추고 나를 향해 돌아섰다.

"이곳에는 피할 곳도 없고, 음식도 거의 바닥이 나고, 옷도 없고, 깨끗한 물도 없습니다. 어린 시절을 잃어버린 아이들만 잔뜩 있지요. 하지만 더 큰 비극은 여기에 있는 아이들은 그래도 운이 좋은 아이들이라는 사실입니다. 우리들은 수용 한계를 넘어섰습니다. 그래서 날마다 아이들을 데리고 오는 어머니들을 돌려보내야 한답니다."

그는 나를 향해 한 걸음 더 다가섰다.

"당신은 소랍에게 희망이 있다고 하셨죠? 당신의 말이 거짓이 아니었으면 좋겠습니다. 그러나 너무 늦었는지도 모릅니다."

"무슨 말이죠?"

자만이 눈짓을 하며 말했다.

"저를 따라오세요."

원장실은 갈라진 벽과 바닥에 깔린 매트와 탁자 하나와 두 개의 접이식 의자가 전부였다. 자만과 내가 의자에 앉을 때, 회색 쥐 한 마리가 벽에 난 구멍에서 머리를 내밀더니 방 안을 가로질렀다. 나는 몸이 움찔했다. 쥐는 처음에는 내 신발에, 다음에는 자만의 신발에 코를 들이밀고 냄새를 맡더니 열린 문으로 달려갔다.

내가 말했다.

"너무 늦었다는 말이 무슨 뜻이죠?"

"차 좀 드실래요? 타드릴 수 있습니다."

"고맙지만 사양하겠어요. 그보단 그 아이에 대해 듣고 싶어요."

자만이 몸을 뒤로 젖히고 팔짱을 끼었다.

"내가 말씀드리려고 하는 건 유쾌한 얘기가 아닙니다. 아주 위험할 수도 있습니다."

"누구한테 그렇다는 말인가요?"

"당신과 나. 그리고 이미 너무 늦은 게 아니라면 소랍한테도요."

"알아야겠어요."

그가 고개를 끄덕였다.

"알겠어요. 하지만 나는 당신이 얼마나 절실하게 당신의 조카를 찾으려고 하는지부터 알아야겠어요."

나는 하산과 내가 어렸을 때 길거리에서 싸우던 일을 생각했다. 하산은 언제나 나를 위해 그들과 맞섰다. 때로는 2대

1로 싸웠고, 때로는 3대 1로 싸웠다. 나는 몸을 움츠리며 바라보고만 있었다. 끼어들까 하다가도 늘 갑자기 행동을 멈췄다. 늘 뭔가가 나를 꼼짝 못 하게 하는 것 같았다.

나는 복도를 바라보았다. 아이들이 빙빙 돌며 춤을 추고 있었다. 왼쪽 무릎 아래가 잘린 소녀가 초라해 보이는 매트리스 위에 앉아서 다른 아이들과 함께 박수를 치고 있었다. 파리드도 망가진 손을 옆구리에 대고 아이들을 물끄러미 바라보았다. 와히드의 어린 아들들이 떠올랐다. 나는 그때, 내가 소랍을 찾지 않고서는 아프가니스탄을 떠나지 않을 거라는 사실을 깨달았다.

"그 아이가 어디 있는지 말씀해주세요."

자만이 지그시 나를 쳐다보더니 고개를 끄덕이며 펜을 집어 손가락 사이에 넣고 빙빙 돌렸다.

"내 이름은 말하지 말아주세요."

"약속할게요."

그가 연필로 탁자를 두드렸다.

"당신이 그렇게 약속했음에도 불구하고, 내 생각엔 내가 이 얘기를 하는 걸 후회하게 될 것 같습니다. 그러나 그것도 괜찮을지 모릅니다. 어차피 나는 저주를 받았으니까요. 하지만 소랍을 위해 뭔가를 할 수 있다면……. 당신을 믿으니까 말씀드리겠습니다. 정말 필사적인 것 같아서요."

그는 오랫동안 말이 없다가 나직하게 말했다.

"탈레반 관리가 하나 있습니다. 그는 한두 달에 한 번씩 찾아옵니다. 돈을 갖고 옵니다. 많은 돈은 아니지만 없는 것보다는 낫습니다."

그는 불안정한 눈으로 나를 쳐다보다가 눈길을 외면했다.

"보통 여자아이를 데려갑니다. 하지만 늘 그런 건 아닙니다."

파리드가 내 뒤에서 말했다.

"당신이 그걸 내버려뒀단 말입니까?"

파리드가 책상을 돌아 자만을 향해 다가갔다.

자만이 책상에서 떨어지며 쏘아붙였다.

"내가 선택할 수 있는 게 뭐가 있나요?"

파리드가 말했다.

"당신은 이곳의 원장이잖아요. 아이들을 지키는 일이 당신이 할 일이잖아요."

"나로서는 그걸 막을 수 있는 방법이 없습니다."

파리드가 소리를 질렀다.

"당신은 아이들을 팔아먹고 있어!"

내가 말했다.

"파리드, 앉아요! 가만 좀 있어요!"

하지만 내가 너무 늦었다. 갑자기 파리드가 책상을 뛰어넘었다. 파리드가 그를 덮쳤다. 자만이 앉아 있던 의자가 쓰러지고 자만이 바닥으로 넘어졌다. 원장이 파리드 밑에 깔려 몸부림을 치며 둔탁한 소리를 냈다. 책상 서랍이 그의 버둥거리는 다리에 맞아 열리며 안에 있는 서류들이 바닥에 쏟아졌다.

나는 책상을 돌아 그들에게 달려갔다. 그때서야 자만이 둔탁한 소리를 낸 이유를 알 수 있었다. 파리드는 그의 목을 조르고 있었다. 나는 두 손으로 파리드의 어깨를 잡고 힘껏 당겼다. 그가 내 손을 뿌리쳤다.

내가 소리를 질렀다.

"그만해요!"

하지만 그는 빨개진 얼굴에 이를 드러내고 으르렁거렸다.

"이 새끼를 죽이고 말겠어! 당신도 날 말릴 수는 없어! 이 새끼를 죽이고 말겠어!"

"그 사람 놔줘요!"

"아니, 죽여버릴 거요!"

그의 목소리로 보아 뭔가를 내가 신속히 하지 않으면 살인이 일어날 것 같았다.

"파리드, 아이들이 보고 있어요. 아이들이 보고 있다고요."

그의 어깨 근육이 팽팽해졌다. 잠시, 나는 그가 자만의 목을 계속 조를 것이라고 생각했다. 그때, 그가 몸을 돌려 아이들을 쳐다보았다. 아이들은 서로의 손을 잡고 문 옆에 말없이 서 있었다. 몇몇은 울고 있었다. 나는 파리드의 근육이 느슨해지는 걸 느꼈다. 그는 자만을 내려다보고 그의 얼굴에 침을 뱉었다. 그리고 걸어가서 문을 닫았다.

자만이 비틀거리며 일어나서 소매로 피투성이가 된 입술을 닦았다. 그리고 볼에 묻은 침도 닦았다. 그는 씨근덕거리며 기침을 하고 모자를 찾아 썼다. 그는 안경을 썼다가 알이 깨지고 없는 걸 보고 다시 벗었다. 그는 얼굴을 손에 묻었다. 우리는 한동안 아무 말도 하지 않았다.

자만이 아직도 얼굴을 손으로 감싼 채 쉰 목소리로 말했다.

"그자가 한 달 전에 소랍을 데려갔습니다."

파리드가 말했다.

"그러고도 네놈이 원장이냐?"

자만이 손을 내려뜨렸다.

"나는 6개월 넘게 돈을 받지 않고 일하고 있습니다. 나는 이 고아원에 평생 저금한 돈을 쏟아부었기 때문에 빈털터리입니다. 나는 이 비참한 고아원을 운영하려고 내가 갖고 있거나 물려받은 것들을 모두 팔았습니다. 당신 생각에 나는 파키스탄과 이란에 가족이 없을 것 같습니까? 나도 다른 사람들처럼 달아날 수 있었습니다. 하지만 그러지 않았습니다. 나는 남았습니다. '아이들' 때문에 남았습니다."

그는 여기에서 문을 가리켰다.

"내가 한 아이를 데려가지 못하게 하면, 그는 열 아이를 데려갑니다. 그래서 심판은 알라한테 맡기고 한 아이를 데려가게 놔두는 겁니다. 나는 자존심도 버리고 그의 더럽고 저주받은 돈을 받습니다. 그리고 시장에 가서 아이들을 위한 음식을 삽니다."

파리드가 눈을 내리깔았다.

내가 물었다.

"데려가는 아이들에게 무슨 일이 생깁니까?"

자만이 엄지와 검지로 눈을 비비며 말했다.

"때때로 돌아오기도 합니다."

내가 물었다.

"그자가 누굽니까? 그자를 어디서 찾을 수 있습니까?"

"내일, 가지 경기장에 가보세요. 하프타임 때 그를 볼 수 있습니다. 검은 선글라스를 끼고 있을 것입니다."

그는 부서진 안경을 집어 들고 빙글 돌렸다.

"이제 가시는 게 좋겠습니다. 아이들이 놀랐을 겁니다."

그가 우리를 배웅했다.

트럭이 빠져나올 때, 백미러로 보니 자만이 문간에 그대로 서 있었다. 아이들이 그를 둘러싸고 그의 헐렁한 옷 가장자리를 잡고 있었다. 그가 부서진 안경을 쓰는 모습이 백미러로 보였다.

## 21

우리는 강을 건너 번잡한 파슈투니스탄 광장을 지나 북쪽으로 달렸다. 바바는 그곳에 있는 카이베르 식당으로 나를 데려가 케밥을 사주곤 했었다. 건물은 아직도 그대로 있었지만 문에는 자물쇠가 채워져 있었다. 유리창도 박살 나 있었다. 식당 간판도 첫 글자와 끝 글자가 사라지고 없었다.

식당 근처에 시체가 매달려 있었다. 교수형에 처해진 모양이었다. 대들보에 묶인 로프에 젊은 남자의 시체가 매달려 대롱거렸다. 그의 얼굴은 붓고 새파랬다. 너덜너덜한 옷은 피범벅이었다. 아무도 시체에 신경을 쓰지 않는 것처럼 보였다.

우리는 조용히 광장을 통과해 와지르아크바르칸 지역으로 향했다. 도시는 어디를 봐도 먼지로 뒤덮여 있었다. 햇볕에 바짝 마른 벽돌 건물들도 뿌연 먼지를 뒤집어쓰고 있었다. 파슈투니스탄에서 북쪽으로 몇 블록 떨어진 곳에 이르자, 파리드가 분주한 거리 모퉁이에 있는 두 남자를 손으로 가리켰다. 두 남자는 뭔가에 대해 열심히 얘기하는 중이었다. 한 사람은 한쪽 다리가 잘려 성한 다리로 절뚝거리며 걷고 있었다. 그는 의족을 품에 안고 있었다.

"저들이 뭐 하는지 아세요? 다리를 놓고 흥정하는 중이에요."

"다리를 팔겠다는 건가요?"

파리드가 고개를 끄덕였다.

"암시장에서는 저걸로 괜찮은 돈을 벌 수 있거든요. 2주 정도 아이들에게 먹일 음식을 살 만한 돈은 되죠."

놀랍게도 와지르아크바르칸 지역에 있는 대부분의 집들은 아직도 지붕과 벽이 온전한 상태였다. 상태가 아주 좋은 편이었다. 나무들은 여전히 담장 위로 뻗어 있었고, 거리도 카르테세의 거리처럼 엉망은 아니었다. 희미해진 거리 표지들은 총탄에 맞아 비틀린 것도 있었지만 대부분은 여전히 방향을 알려주고 있었다.

내가 말했다.

"여기는 상태가 그리 나쁘지 않네요."

"놀랄 일은 아니에요. 중요한 사람들은 대부분 이제 여기서 사니까요."

"탈레반도요?"

"그자들도요."

"그들 말고는 누가 살죠?"

그는 상당히 멀쩡한 인도와 담으로 둘러싸인 집들이 있는 넓은 거리로 차를 몰았다.

"탈레반 뒤에 있는 사람들이겠죠. 이 정부의 진짜 브레인들인 아랍인, 체첸인, 파키스탄인 등등이요."

그가 북서쪽을 손으로 가리켰다.

"저쪽에 있는 15번 도로는 사라크에메마나(손님들의 거리)라고 불리죠. 그들은 여기에선 손님이라 불린답니다. 제 생각에 저 손님들이 언젠가 카펫 전체에 오줌을 싸지를 거예요."

"내 생각에 저쪽인 것 같아요! 저기요!"

나는 어렸을 때 내가 길을 찾을 때 이용하던 표지를 가리켰다. 바바는 이렇게 말하곤 했었다. "길을 잃으면, 우리가 사는 거리의 끝에 분홍색 집이 있다는 걸 기억하렴." 뾰족한 지붕이 달린 분홍색 집은 당시에는 그 집이 유일했다. 그리고 그것은 아직도 그랬다.

파리드가 그 거리로 들어섰다. 우리 집이 바로 거기에 있었다.

우리는 뜰에 있는 들장미 넝쿨 뒤에서 작은 거북을 찾아낸다. 우리는 거북이 어떻게 거기에 들어갔는지 모르지만 너무 흥분해 그런 것에 신경을 쓸 겨를이 없다. 우리는 거북의 등에 선명한 빨간색을 칠한다. 그건 하산의 생각이다. 좋은 생각이다. 이렇게 하면, 놓칠 염려가 없을 것이다. 우리는 우리가 머나먼 정글에서 선사시대의 거대한 괴물을 찾아내 세상 사람모두가 보도록 가져온 용감한 탐험가인 척한다. 우리는 알리가 하산의 생일 선물로 지난겨울에 만들어준 나무 수레에 거북을 태우고 그 수레가 거대한 우리라고 가장한다. 입에서 불을 뿜는 괴물을 보라! 우리는 수레를 끌고 풀밭으로 걸어간다. 우리는 사과나무와 벚나무를 돌아간다. 나무들이 구름 속으로 치솟는 고층 빌딩으로 변한다. 수천 개의 창문에서 사람들이 머리를 내밀고 아래에서 벌어지는 장관을 구경한다. 우리는 바바가 무화과나무들이 모여 있는 곳 가까이에 만들어놓은 작은 초승달 모양의 다리 위를 걸어간다. 그 다리가 도시와 도시 사이를 연결하는 거대한 현수교로 변한다. 아래쪽의작은 연못은 거품이 이는 바다로 변한다. 거대한 케이블이 공중으로 쭉 뻗어 있는 다리의 거대한 탑들 위로 폭죽이 터지고무장한 군인들이 양쪽에서 우리에게 경례를 한다. 작은 거북이 수레 안에서 빙빙 돌며 뛰고 있다. 우리는 수레를 끌고 대문 밖에 있는 붉은 벽돌이 깔린 둥그런 차도를 돌고, 일어서서박수를 치고 있는 세계의 지도자들에게 답례를 한다. 유명한모험가이자 세계에서 가장 위대한 탐험가인 하산과 나는 우리의 용감한 공적을 기리는 훈장을 받을 예정이다…….

나는 차도를 조심스럽게 걸어갔다. 햇볕에 색이 바랜 차도의 벽돌 사이로 잡초가 나 있었다. 나는 우리 집 대문 밖에 낯선 사람처럼 서 있었다. 나는 녹슨 빗장에 손을 대고 어렸을 때 대문을 들락거렸던 걸 떠올렸다. 지금은 전혀 중요하지 않지만 당시에는 중요해 보였던 일들 때문에 수없이 대문을 들락거렸 었다. 나는 안을 들여다보았다.

문에서부터 하산과 내가 여름에 넘어지면서 자전거 타는 법을 익혔던 뜰까지 이어지는 차도는 내가 생각했던 것처럼 넓지도, 크지도 않아 보였다. 아스팔트는 번개 모양으로 갈라져 있었다. 갈라진 틈으로 더 많은 잡초가 나 있었다. 하산과 내가 올라가 거울을 이용해 이웃집 안으로 햇빛을 비추며 놀던 포플러나무들은 대부분 잘리고 없었다. 아직도 남아 있는 나무들은 잎사귀가 거의 없었다. '병든 옥수수 담'은 아직도 그곳에 있었다. 하지만 담을 따라 심어져 있던 옥수수는 병이 들었든 안 들었든, 이제는 사라지고 없었다. 페인트칠이 벗겨지기 시작했거나 어떤 곳은 다 벗겨진 상태였다. 잔디밭은 도시 위에 떠 있는 희끄무레한 먼지처럼 갈색으로 변해 있었다. 군데군데 흙이 드러나 보였지만 아무것도 자라지 않았다.

지프차가 차도에 주차되어 있었다. 뭔가 잘못된 것 같았다. 그곳은 바바의 검은색 머스탱이 있어야 할 자리였다. 몇 년 동안, 머스탱의 8기통 엔진이 요란하게 돌아가는 소리에 나는 매일 아침 잠에서 깨었었다. 지프차 밑으로 기름이 흘러나와 로

르샤흐 잉크 얼룩처럼 차도에 얼룩을 만들고 있었다. 바바와 알리가 차도의 왼쪽에 심었던 덩굴장미는 어디로 가고 흔적도 없었다. 차도에는 흙과 잡초밖에 없었다.

파리드가 뒤에서 두 번이나 경적을 울렸다. 그가 소리쳤다.

"가야 돼요. 저자들의 이목을 끌겠어요."

내가 말했다.

"1분만 더 있을게요."

집은 어렸을 때의 내 기억과는 너무 달랐다. 내가 기억하는 것처럼 쭉 뻗은 백색 저택이 아니었다. 더 작아 보였다. 지붕은 처지고 회반죽은 금이 가 있었다. 거실과 복도와 2층에 있는 객실 화장실의 창문들은 깨져서 투명한 플라스틱으로 아무렇게나 막거나 판자를 대고 못으로 박은 상태였다. 옛날에는 반짝거리는 백색이었던 페인트는 희끄무레하게 바래고 군데군데 떨어져 나가 그 밑에 있는 벽돌이 드러나 보였다. 앞 계단은 부서져 있었다. 카불의 다른 것들처럼, 우리 집도 찬란함을 잃고 쇠락해 있었다.

2층에 있는 내 침실 창문이 보였다. 집으로 들어가는 계단 남쪽으로 세 번째 창문이었다. 나는 발돋움을 하고 들여다보았다. 그림자 말고는 아무것도 보이지 않았다. 25년 전이 생각났다. 나는 바로 그 창문 뒤에 서 있었다. 그때는 굵은 비가 창문을 때렸고 내 입김에 유리가 뿌예졌었다. 나는 하산과 알리가 그들의 소지품을 내 아버지의 차 트렁크에 싣는 모습을 지켜보았었다.

파리드가 다시 소리쳤다.

"가야 돼요."

"갑니다."

나는 미친 듯 안으로 들어가고 싶었다. 알리가 하산과 내게 눈 장화를 벗으라고 했던 앞 계단을 올라가고 싶었다. 그리고 복도로 들어가서 알리가 난로 속으로 던진 오렌지 껍질이 톱밥과 함께 타는 냄새를 맡아보고 싶었다. 그리고 부엌 식탁에 앉아 한 조각의 빵과 함께 차를 마시며 하산이 옛 하자라 노래를 부르는 소리를 듣고 싶었다.

다시 경적이 울렸다. 나는 인도 옆에 주차해 있는 트럭으로 돌아갔다. 파리드가 운전대 뒤에서 담배를 피우고 있었다.

나는 그에게 말했다.

"한 가지만 더 봐야겠어요."

"서둘러주세요."

"10분만 주세요."

"알았어요."

내가 막 돌아서려고 할 때, 그가 다시 말했다.

"그냥 모든 걸 잊으세요. 그게 더 쉬워요."

"뭐가 더 쉽다는 말이죠?"

그가 담배를 창밖으로 던지며 말했다.

"살아가는 거요. 얼마나 더 봐야 합니까? 내가 당신의 수고를 덜어드리지요. 당신이 기억하는 건 아무것도 남아 있지 않아요. 잊는 게 최선입니다."

"나는 더 이상 잊고 싶지 않아요. 10분만 주세요."


하산과 나는 우리 집 북쪽에 있는 언덕을 오를 때면, 땀 한 방울도 흘리지 않았다. 우리는 서로를 쫓으며 언덕을 달리기도 했고 비행장이 잘 보이는 비탈진 능선에 앉아 있기도 했다. 우리는 비행기가 뜨고 내리는 걸 지켜보기도 했다. 그리고 다시 뛰어다녔다.

그런데 지금은 달랐다. 바위 많은 언덕 꼭대기에 올랐을 때는 숨을 한 번 들이쉴 때마다 불을 들이마시는 것 같았다. 얼굴에 땀이 흘러내렸다. 나는 잠시 동안 헐떡거리며 서 있었다. 옆구리까지 쑤셨다. 나는 버려진 공동묘지가 어디 있는지 둘러보았다. 그걸 찾는 데 시간이 오래 걸리지는 않았다. 아직도 그자리에 있었다. 석류나무도 마찬가지였다.

나는 하산이 그의 어머니를 묻은 공동묘지의 문에 몸을 기댔다. 희끄무레한 돌로 된 문이었다. 옛날에 있던 쇠문은 어디론가 사라지고 없었다. 묘비는 거의 보이지 않았다. 잡초가 무성한 탓이었다. 공동묘지를 둘러싸고 있는 낮은 담 위에 두 마리의 까마귀가 앉아 있었다.

하산은 내게 보낸 편지에서 석류나무에 몇 년 동안 석류가 열리지 않았다고 했었다. 시들어버리고 잎사귀가 하나도 없는 석류나무를 직접 보니, 석류가 다시는 열리지 못할 것 같았다. 나는 나무 밑에 서서 우리가 나무에 오르던 옛날을 떠올려보았다. 우리는 나무로 올라간 다음 가지에 걸터앉아 다리를 흔들곤 했었다. 그럴 때면, 얼룩덜룩한 햇빛이 나뭇잎 사이로 나풀거리며 우리의 얼굴에 빛과 그늘의 모자이크를 드리우곤 했었다. 석류의 신맛이 생각났다.

나는 무릎을 꿇고 손으로 나무의 몸통을 쓰다듬어보았다. 그리고 찾고자 했던 것을 찾아냈다. 우리가 새긴 글씨는 희미해져 거의 지워진 상태였다. 하지만 아직도 거기에 있었다. '카불 황제, 아미르와 하산.' 나는 손가락으로 글자 하나하나를 더듬어보았다. 그리고 갈라진 틈에서 작은 나무껍질들을 몇 개 주웠다.

나는 나무 밑에 다리를 포개고 앉아 남쪽에 있는 도시를 바라보았다. 내가 어린 시절을 보낸 도시였다. 당시에는 나무의 우듬지가 집집마다 담 위로 올라온 모습이 보였었다. 하늘은 넓고 푸르렀었다. 빨랫줄에 넌 빨래들은 햇빛에 반짝였었다. 잘 들어보면, 과일 장수가 당나귀를 몰고 와지르아크바르칸을 지나며 "체리 사세요! 살구 사세요! 포도 사세요!" 하고 외치는 소리가 들렸었다. 초저녁에는 샤레나우에 있는 사원에서 기도 시간을 알리는 소리가 들렸었다.

경적 소리가 들렸다. 파리드가 나를 향해 손을 흔들었다. 갈 시간이었다.

우리는 다시 남쪽으로 향했다. 파슈투니스탄 광장으로 가기 위해서였다. 우리는 여러 대의 빨간 픽업트럭을 지나쳤다. 트럭 뒤에는 수염을 기른 무장한 젊은이들이 가득 타고 있었다. 파리드는 지나칠 때마다 낮은 소리로 욕을 했다.

나는 파슈투니스탄 광장 가까이에 있는 방을 잡았다. 검은색 드레스에 흰색 스카프를 똑같이 두른 세 소녀가 카운터 뒤에 있는 호리호리한 안경 쓴 남자한테 붙어 있었다. 그는 나한테 75달러를 내라고 했다. 그곳의 형편없는 시설에 비하면 터무니없는 액수였다. 하지만 나는 개의치 않았다. 하와이 해변의 별장을 사려고 착취를 하는 것과 자식들을 먹여 살리기 위해 그렇게 하는 건 전혀 다른 일이었다.

온수도 나오지 않았고 깨진 변기의 물은 내려가지도 않았다. 방 안에 있는 것이라곤 닳고 닳은 매트리스가 딸린 싱글 철제 침대, 너덜너덜한 담요, 구석에 있는 나무 의자가 전부였다. 광장이 내려다보이는 창문은 깨진 상태로 있었다. 여행 가방을 내려놓으면서 보니, 침대 뒤의 벽에 마른 핏자국이 있었다.

나는 파리드에게 돈을 주면서 먹을 걸 좀 사 오라고 했다. 그는 뜨거운 케밥 꼬치 네 개, 막 구운 빵, 밥 한 공기를 갖고 돌아왔다. 우리는 침대에 앉아 정신없이 먹었다. 결국 카불에서 변하지 않은 것이 하나 있었다. 케밥은 내가 기억했던 것만큼 촉촉하고 맛있었다.

그날 밤, 나는 침대에서 자고 파리드는 여분의 담요를 덮고 바닥에서 잤다. 호텔 주인은 그 담요를 사용하는 데도 돈을 따로 내라고 했다. 깨진 창문으로 들어오는 달빛 말고는 빛도 없었다. 주인이 파리드에게 해준 말에 의하면, 지난 이틀 동안 카불 시내에 전기가 들어오지 않고 있으며 호텔에 있는 발전기는 고장 났다고 했다. 우리는 잠시 얘기를 나눴다. 파리드는 나에게 잘랄라바드의 마자리샤리프에서 살던 얘기를 했다. 그가 아버지와 함께 지하드에 참전해 판지시르 계곡에서 소련군과 싸우고 난 직후의 얘기였다. 그들은 먹을 것도 없이 옴짝달싹 못하고 메뚜기를 잡아먹으며 버텼다고 했다. 그는 헬리콥터에서 쏜 기총소사에 아버지가 죽은 일과 지뢰를 밟아 두 딸이 죽은 일에 대해서도 얘기했다. 그는 내게 미국에 관해 물었다. 나는 그에게 미국에서는 식료품점에서 20여 종의 다양한 시리얼 중 하나를 골라 살 수 있다고 말해줬다. 양고기는 늘 신선하고 우유는 늘 차갑고, 과일은 풍성하고 물은 깨끗하다는 얘기도 해줬다. 집집마다 리모컨으로 조종하는 텔레비전이 있으며 원하면 채널이 500개가 넘는 위성안테나를 달 수 있다는 얘기도 해줬다.

파리드가 소리쳤다.

"500개가 넘는다고요?"

"그래요."

우리는 잠시 말이 없었다. 나는 그가 잠들었다고 생각했다. 그런데 파리드가 껄껄 웃으며 말했다.

"나즈루딘 율법사의 딸이 집에 와서 남편한테 맞았다고 하자 율법사가 뭐라고 했는지 아세요?"

어둠 속에서도 나는 그가 미소 짓고 있다는 걸 느낄 수 있었다. 내 얼굴에도 미소가 번졌다. 아프간 사람이라면 어벙한 율법사에 관한 농담을 적어도 몇 개씩은 알고 있었다.

"뭐라고 했죠?"

"율법사가 딸을 때리더니, 돌아가서 남편에게 자기를 바보로 생각하지 말라고 전하라고 했대요. 그 자식이 자기 딸을 때리면, 자기는 앙갚음으로 그 자식의 마누라를 때리겠다는 거죠."

나는 웃었다. 부분적으로는 웃겨서 웃었고, 부분적으로는 아프가니스탄의 유머가 변한 게 없어서 웃었다. 전쟁을 치르고 인터넷이 생기고 로봇이 화성 표면을 탐사하는 시대였다. 그럼에도 아프가니스탄에서는 아직도 율법사 나즈루딘에 관한 우스갯소리를 하고 있었다.

내가 말했다.

"율법사가 어깨에 무거운 자루를 지고 당나귀를 탔다는 얘기는 들었나요?"

"아뇨."

"누군가가 율법사에게 어째서 자루를 당나귀 몸에 내려놓지 않느냐고 묻자 이렇게 대답했대요. '그건 잔인한 일이죠. 이 가엾은 당나귀한테는 이미 나만 해도 충분히 무거우니까요.'"

우리는 바닥이 날 때까지 율법사에 관한 농담을 주고받았다. 그리고 다시 조용해졌다.

나는 잠으로 빠져들다가 파리드가 하는 말에 놀라서 깨어났다.

"하나 여쭤봐도 될까요?"

"뭔데요?"

"왜 오셨죠? 여기로 온 진짜 이유가 뭐죠?"

"말했잖아요."

"아이를 찾으려고요?"

"네."

파리드가 몸을 뒤척였다.

"믿기 어려워서 그래요."

"때로는 나 자신도 이곳에 와 있다는 걸 믿을 수 없어요."

"그게 아니라 제가 묻고 싶은 건 어째서 그 아이냐는 말입니다. 시아파 아이 하나…… 때문에 미국에서 그 먼 길을 오셨다는 말인가요?"

그 말과 함께 내 안에서는 웃음도 달아나고 잠도 달아났다.

"피곤하네요. 그냥 잠이나 잡시다."

곧 파리드가 코를 고는 소리가 텅 빈 방에 울리기 시작했다. 나는 잠을 잘 수 없었다. 나는 가슴에 손을 포개서 얹고 깨진 창문으로 별빛이 가득한 밤하늘을 바라보았다. 사람들이 아프가니스탄에 대해 말하는 것들이 어쩌면 사실일지 모른다는 생각이 들었다. 그들의 말대로, 아프가니스탄은 정말로 희망이 없는 곳일지 몰랐다.

우리가 들어갈 때, 수많은 사람들이 웅성거리며 가지 경기
장에 모여들고 있었다. 수천 명의 사람들이 관중석에서 이리저
리 돌아다니고 있었다. 아이들이 복도에서 뛰어놀기도 하고, 계
단을 오르내리며 서로를 쫓아다니기도 했다. 새콤한 소스를 친
가르반조 콩 냄새가 똥과 땀 냄새와 섞여 대기 중에 떠돌았다.
파리드와 나는 담배와 잣, 과자를 파는 행상들을 지나쳐 걸어
갔다.

트위드 재킷을 입은 앙상한 소년이 내 팔꿈치를 잡더니 내
귀에 대고 속삭였다. 나한테 '야한 그림'을 사고 싶으냐고 묻는
거였다.

"정말 야해요."

그가 기민한 눈으로 이쪽저쪽을 기웃거렸다. 그 모습을 보자
몇 년 전, 샌프란시스코의 텐더로인 지역에서 나한테 마약을
팔려고 했던 소녀가 생각났다. 아이는 재킷의 한쪽을 살짝 열
고 야한 그림을 살짝 보여줬다. 사슴 눈을 한 관능적인 여배우
들이 옷을 입은 채 남자들의 품에 안겨 있는 인도 영화 엽서
들이었다.

"정말 야하다고요."

나는 그를 밀치며 말했다.

"됐다."

파리드가 나직하게 말했다.

"저러다가 잡히면 제 아버지가 무덤 속에서 벌떡 일어날 정도로 얻어맞을 텐데……."

물론 지정된 자리는 없었다. 자리가 어디인지 공손하게 알려주는 사람도 없었다. 옛날에 왕이 통치할 때도 그런 적은 없었다. 우리는 경기장 중앙에서 왼쪽에 위치한 괜찮은 자리를 찾아서 앉았다. 파리드가 사람들을 밀치고 가까스로 찾아낸 자리였다.

바바는 1970년대에 나를 데리고 이곳으로 축구 경기를 보러 오곤 했었다. 당시에는 푸른 잔디가 깔려 있었다. 그런데 운동장이 이제는 엉망진창이었다. 곳곳에 구멍이 파여 있었다. 가장 눈에 띄는 건 남쪽 골대 뒤에 있는 두 개의 깊은 구멍이었다. 잔디는 없고 흙만 있었다. 두 팀이 마침내 경기를 시작했을 때, 선수들이 일으킨 먼지구름 때문에 공의 움직임을 따라가기가 어려웠다. 더위에도 불구하고 선수들은 모두 긴 바지를 입고 있었다. 젊은 탈레반들이 통로를 돌아다니며 너무 큰 소리로 응원하는 사람들을 채찍으로 후려쳤다.

전반전이 끝났다는 걸 알리는 호각 소리가 나자, 탈레반들은 곧 그들을 끌어냈다. 내가 카불에 도착한 후로 시내에서 본 것과 똑같은 두 대의 빨간색 픽업트럭이 문을 통과해 경기장 안으로 들어왔다. 사람들이 자리에서 일어났다. 한 트럭에는 녹색 부르카를 입은 여자가 타고 있었고, 다른 트럭에는 눈을 가린 남자가 타고 있었다. 트럭은 사람들에게 잘 보라는 듯 트랙을 서서히 한 바퀴 돌았다. 그러자 그들이 의도했던 효과가 나타났다. 사람들은 발돋움을 하고 고개를 빼고 손가락질을 했다. 내 옆에 앉은 파리드가 나직하게 기도를 했다. 그러자 그의 후골이 오르락내리락했다.

두 대의 빨간색 트럭이 운동장에 들어서더니 두 개의 똑같은 먼지구름을 일으키며 한쪽 끝을 향해 달려갔다. 휠캡이 햇빛을 받아 반짝였다. 다른 트럭이 운동장 끝에서 그들을 기다리고 있었다. 그 트럭에는 뭔가 다른 것이 실려 있었다. 나는 갑자기 골대 뒤에 있는 두 개의 구멍이 왜 있는지를 알아차렸다. 그들은 세 번째 트럭에 실린 짐을 내렸다. 사람들이 기대감에 차 속삭이기 시작했다.

파리드가 무겁게 말했다.

"더 있고 싶어요?"

"그건 아니오. 하지만 있어야 해요."

내 인생을 통틀어 그보다 더 피하고 싶었던 자리는 없었다.

칼라시니코프 소총을 어깨에 멘 두 명의 탈레반이 눈이 가려진 남자를 트럭에서 끌어 내렸다. 또 다른 두 명이 부르카를 입은 여자가 내리는 걸 거들었다. 여자가 무릎이 꺾이며 바닥에 쓰러졌다. 그녀는 군인들이 일으켜 세워도 다시 쓰러졌다. 그들이 다시 일으키려고 하자 그녀는 비명을 지르며 발을 내둘렀다. 나는 내 목숨이 붙어 있는 한, 그때 들었던 비명 소리를 잊지 못할 것이다. 그 소리는 부러진 다리로 올가미를 벗어나려고 몸부림치는 야생동물이 냄 직한 소리였다. 두 명의 탈레반이 가세해 그녀를 가슴까지 차는 구멍에 밀어 넣었다. 눈을 가린 남자는 그들이 구멍으로 밀어 넣는 대로 가만히 있었다. 이제는 두 사람의 상반신만 보였다.

회색 옷을 입은 성직자가 골대 가까이에 서 있었다. 수염이 희끗희끗하고 오동통한 사람이었다. 그는 마이크를 손에 잡고 헛기침을 했다. 그의 뒤에서는 구멍 속의 여자가 아직도 비명을 지르고 있었다. 그는 코란 구절을 길게 암송했다. 콧소리가 섞인 그의 목소리가 갑자기 조용해진 사람들 사이를 훑고 지나갔다. 나는 오래전에 바바가 했던 말을 떠올렸다. "그 독선적인 원숭이들의 수염에 오줌을 갈겨주고 싶구나. 그 인간들은 염주 알만 굴리면서 자기들이 이해하지도 못하는 말로 쓰인 책을 암송하지. 아프가니스탄이 그자들의 손에 들어가면 큰일이다." 바바는 이렇게 말했었다.

기도가 끝나자, 성직자가 다시 헛기침을 했다. 그리고 경기장 전체에 울리게 페르시아어로 말하기 시작했다.

"형제자매 여러분! 우리는 샤리아(이슬람법)를 집행하기 위해 오늘 이 자리에 모였습니다. 정의를 집행하기 위해 여기에 모인 것입니다. 알라의 의지와 예언자이신 무함마드의 말씀이 우리가 사랑하는 조국 아프가니스탄에 살아 있기 때문에 우리는 이 자리에 와 있는 것입니다. 우리는 하느님이 말씀하시는 것을 듣고 복종합니다. 그것은 우리가 위대한 하느님 앞에서는 비천하고 힘없는 존재이기 때문입니다. 하느님은 뭐라고 말씀하십니까? 저는 여러분에게 묻고 싶습니다. 하느님은 뭐라고 말씀하십니까? 하느님은 죄인은 지은 죄에 합당한 벌을 받아야 한다고 말씀하십니다. 그건 제 말도 아닙니다. 제 형제들의 말도 아닙니다. 그건 하느님의 말씀입니다!"

그는 마이크를 잡지 않은 손으로 하늘을 가리켰다. 나는 머리가 쿵쿵거리기 시작했다. 햇볕이 너무 뜨겁게 느껴졌다.

"죄인은 지은 죄에 합당한 벌을 받아야 합니다!"

성직자가 앞에서 한 말을 반복했다. 그는 이번에는 목소리를 낮추고 단어 하나하나를 또박또박 천천히 발음했다.

"형제자매들이여, 간통을 한 자들에게는 어떤 벌을 내려야 합니까? 신성한 결혼에 먹칠을 한 자들은 어떻게 처벌해야 합니까? 하느님의 얼굴에 침을 뱉은 자들은 어떻게 처리해야 합니까? 하느님의 집에 돌을 던진 자들은 어떻게 해야 합니까? 우리가 그들에게 돌을 던져야 하지 않겠습니까?"

그는 여기에서 마이크를 껐다. 사람들이 낮은 소리로 웅성거리기 시작했다.

파리드가 고개를 저으며 속삭였다.

"저런 것들이 무슬림이라니!"

그때, 키가 크고 어깨가 딱 벌어진 남자가 픽업트럭에서 내렸다. 그를 보자 몇몇 관중들이 환성을 질렀다. 이번에는 큰 소

리로 환호를 한다고 채찍질을 당하는 사람은 없었다. 키가 큰
남자의 반짝거리는 흰색 옷이 오후의 햇살을 받아 빛나고 있
었다. 그의 헐렁한 셔츠의 가장자리가 바람에 펄럭였다. 그가
팔을 벌리자, 흡사 십자가에 매달린 예수 같았다. 그는 천천히
한 바퀴를 돌면서 관중들의 환호에 화답했다. 우리 쪽으로 얼
굴을 돌렸을 때 보니, 그는 존 레넌이 썼던 것과 흡사한 검고
둥근 선글라스를 쓰고 있었다.

파리드가 말했다.

"저자가 우리가 찾고 있는 사람이 틀림없어요."

검은 선글라스를 낀 키가 큰 탈레반이 세 번째 트럭에서 내
려놓은 돌무더기를 향해 걸어갔다. 그는 돌 하나를 집어 관중
을 향해 치켜들었다. 갑자기 소음이 잦아들더니 낮은 소리로
바뀌었다. 그 소리가 경기장 전체에 가득했다. 주위를 둘러보
니 모든 사람들이 혀를 끌끌 차고 있었다. 그 탈레반은 자기가
마운드에 선 투수라도 되듯, 구멍 속에 있는 남자를 향해 돌을
던졌다. 돌은 눈을 가린 남자의 옆머리에 맞았다. 여자가 다시
비명을 질렀다. 관중들이 "아!" 하는 소리를 냈다. 나는 눈을 감
고 손으로 얼굴을 가렸다. 관중들의 "아!" 소리는 돌이 던져질
때마다 났다. 그 소리가 한동안 계속되었다. 그 소리가 멈췄을
때, 나는 파리드에게 끝난 거냐고 물었다. 그는 끝나지 않았다
고 말했다. 나는 사람들의 목이 지쳤는지도 모르겠다고 생각했
다. 나는 내가 얼마나 더 오래 손으로 얼굴을 가리고 있었는지

알지 못한다. 내가 아는 것은 내가 다시 눈을 떴을 때, 주변에 있던 사람들이 "죽은 거야? 죽은 거야?"라고 말하는 소리를 들었던 것뿐이다.

구멍 속의 남자는 이제 범벅이 진 피와 너덜너덜한 옷으로 변해 있었다. 그는 턱을 가슴에 떨어뜨리고 있었다. 존 레넌 풍의 선글라스를 쓴 탈레반은 돌을 위로 던지면서, 구멍 옆에 쭈그리고 있는 어떤 남자를 내려다보고 있었다. 쭈그리고 앉은 남자가 청진기의 한쪽 끝을 귀에 대고 다른 쪽 끝을 구멍 속 남자의 가슴에 댔다. 그가 귀에서 청진기를 떼고 선글라스를 쓴 탈레반을 향해 고개를 저었다. 군중의 입에서 탄식 소리가 흘러나왔다.

존 레넌이 다시 마운드 쪽으로 걸어갔다.

모든 게 끝나자 피투성이가 된 시체는 아무렇게나 빨간 트럭 뒤에 각각 실렸다. 몇 사람이 삽을 들고 부리나케 구멍을 메웠다. 그들 중 한 명은 발로 흙을 차서 커다란 핏자국을 가리려고 하는 것 같았다. 몇 분 후, 선수들이 다시 운동장에 나왔다. 후반전이 시작되었다.

그날 오후 3시에 약속이 잡혔다. 나는 약속 시간이 그렇게 쉽게 잡히자 놀랐다. 나는 더 오래 걸릴 줄 알았다. 적어도 한 차례는 심문을 하고 서류를 검토할 줄 알았다. 하지만 나는 공식적인 일들조차 아프가니스탄에서는 비공식적으로 처리된다는 걸 깨달았다. 파리드가 한 일이라고는 채찍을 들고 다니는 탈레반 중 하나한테 흰옷을 입은 사람과 개인적인 용무가 있다고 말한 것뿐이었다. 파리드와 그가 얘기를 몇 마디 했다. 채찍을 든 탈레반이 고개를 끄덕이더니 운동장에 있는 젊은 남자에게 파슈토어로 무슨 말인가를 했다. 그러자 그 사람이 선글라스를 낀 탈레반이 앞서 설교를 했던 뚱뚱한 성직자와 얘기를 하고 있는 남쪽 골대 쪽으로 달려갔다. 세 사람이 무슨 이야기를 하는 것 같았다. 선글라스를 쓴 남자가 위쪽을 쳐다보며 고개를 끄덕였다. 그리고 젊은 남자의 귀에 대고 무슨 말인가를 했다. 그 남자는 그 메시지를 우리한테 전했다.

그렇게 해서 약속이 오후 3시로 잡혔다.

## 22

파리드는 와지르아크바르칸에 있는 저택의 차도에 접어들자
속력을 줄였다. 그리고 버드나무 그늘에 차를 세웠다. 그 버드
나무는 손님들의 거리인 사라크에메마나 15번가에 위치한 공
관의 벽 위로 가지를 드리우고 있었다. 그가 시동을 껐다. 우리
는 잠시 엔진이 식는 소리를 들으며 아무 말 없이 앉아 있었다.
파리드가 자리에서 꼼지락거리며 여전히 구멍에 꽂혀 있는 열
쇠를 만지작거렸다. 나는 그가 나한테 무슨 말을 하려 한다는
걸 알았다.

그가 마침내 미안해하는 어조로 나를 쳐다보지도 않고 말
했다.

"저는 차에서 기다릴게요. 이제부터는 당신이 할 일입니다.
저는……"

나는 그의 팔을 두드렸다.

"당신은 내가 지불한 돈보다 훨씬 더 많은 일을 했어요. 나는 당신이 나를 따라오는 걸 원치 않아요."

하지만 속으로는 혼자 들어갈 필요가 없기를 바랐다. 바바에 대해서 많은 걸 알게 되었음에도 불구하고, 나는 바바가 지금 옆에 있었으면 싶었다. 바바라면 앞문을 박차고 들어가 우두머리한테 안내하라고 말하고 방해하는 자가 있으면 그놈의 수염에 오줌을 갈겨버렸을 것이다. 하지만 바바는 세상을 떠난 지 오래였다. 그는 헤이워드에 있는 작은 공동묘지의 아프간인 구역에 묻혀 있었다. 지난달에 나는 소라야와 같이 묘지에 가서 그의 묘비 옆에 데이지와 프리지아 꽃다발을 놓고 왔었다. 지금, 나는 혼자였다.

나는 트럭에서 나와 높다란 나무 문을 향해 걸어갔다. 그리고 초인종을 눌렀다. 그런데 아무 소리도 나지 않았다. 아직도 전기가 들어오지 않고 있었다. 나는 문을 두드려야 했다. 잠시 후, 다른 쪽에서 쌀쌀한 목소리가 들렸다. 칼라시니코프 소총을 멘 두 남자가 문을 열었다.

나는 차 안에 앉아 있는 파리드를 흘깃 바라보고 큰 소리로 말했다.

"돌아올게요."

그러나 내게는 돌아올 것이라는 확신이 전혀 없었다.

무장한 남자들이 나를 머리에서 발끝까지 검사했다. 다리와 사타구니까지 검사했다. 그들 중 하나가 파슈토어로 무슨 말인가 하자 두 사람이 같이 웃었다. 두 사람이 나를 안내했다. 우리는 정문을 통과해 들어갔다. 잔디가 잘 가꿔져 있었다. 담을 따라서 제라늄과 낮은 관목들이 심어져 있었다. 뜰의 한쪽 구석에 낡은 펌프식 우물이 있었다. 그걸 보자, 잘랄라바드의 호메이운 아저씨의 집에 비슷한 우물이 있었던 게 생각났다. 나는 쌍둥이였던 파질라, 카리마와 함께 우물에 돌을 던져 넣은 뒤 아래에서 나는 소리에 귀를 기울이곤 했었다.

우리는 몇 계단을 올라, 별로 꾸민 게 없는 커다란 집 안으로 들어섰다. 우리는 홀을 가로질렀다. 벽에는 커다란 아프간 국기가 걸려 있었다. 그들은 나를 위층 어느 방으로 데려갔다. 두 개의 멋진 녹색 소파가 있고 구석에 대형 텔레비전이 있는 방이었다. 직사각형 모양으로 메카의 그림이 그려진 기도용 양탄자가 벽에 걸려 있었다. 두 명 중 연장자로 보이는 사람이 총신으로 소파를 가리켰다. 나는 소파에 앉았다. 그들은 나를 두고 나갔다.

나는 다리를 꼬았다가 풀었다. 그리고 땀이 흐르는 손을 무릎에 놓고 앉아 있었다. 이렇게 하면 겁먹은 것처럼 보일까? 나는 다리를 다시 꼬아봤다. 그러나 그게 더 안 좋은 자세 같았다. 그래서 팔짱을 끼어봤다. 관자놀이에서 피가 뛰고 있었다. 완전히 혼자라는 생각이 들었다. 별별 생각이 다 들었다. 그러나 나는 아무 생각도 하지 않으려고 했다. 냉정하게 생각해보면, 안으로 들어온 게 미친 짓이었다. 나는 내 아내로부터 수천 마일 떨어진 곳에 있었다. 나는 감방처럼 생긴 방에 앉아 두 사람을 공개 처형한 그 남자를 기다리고 있었다. 미친 짓이 분명했다. 더 나쁜 것은 이게 무책임한 짓이라는 거였다. 내가 소라야를 서른여섯의 나이에 비와(과부)로 만들 가능성은 얼마든지 있었다. 내 마음속에서는 이런 소리가 들렸다. '아미르, 이건 네가 아니다. 너는 배짱이 없는 놈이야. 너는 그렇게 타고났어. 그 점에 관해서 네가 너 자신을 속이지 않은 것만 해도 괜찮은 거야. 그것만이 아니야. 신중해야 할 때 비겁하게 행동하는 것은 잘못된 게 아니야. 하지만 겁쟁이가 자신이 어떤 사람인지를 기억하지 못한다면…… 어떻게 될지는 아무도 모르는 일이지.' 이처럼 내 안에서는 회의가 꼬리를 물고 이어지고 있었다.

소파 옆에는 커피 테이블이 있었다. 탁자 다리가 X자로 겹치는 곳을 호두만 한 크기의 둥근 나사들이 조이고 있었다. 나는 그런 탁자를 전에 본 적이 있었다. 어디였지? 맞다, 내가 그걸 본 것은 페샤와르에서 걸어가다가 들른 번잡한 찻집에서였다. 탁자 위에는 붉은 포도가 담긴 그릇이 있었다. 나는 하나를 따서 입에 넣었다. 머릿속에 떠도는 상념을 없애기 위해서 뭣이든 해야 했다. 포도는 달았다. 나는 또 한 알을 따서 입에 넣었다. 그때 나는 이것이 내가 한동안 먹지 못할 제대로 된 마지막 음식이라는 걸 알지 못했다.

문이 열리고 무장한 두 남자가 흰옷을 입은 키가 큰 탈레반을 호위하고 돌아왔다. 그는 아직도 존 레넌 풍의 검은 선글라스를 끼고 있었다. 어깨가 쩍 벌어진 신비적인 뉴에이지 교주 같은 모습이었다.

그는 내 앞에 앉아 팔걸이에 손을 내려놓았다. 그는 오랫동안 아무 말도 하지 않고 나를 바라보며 그냥 앉아 있었다. 그는 한 손으로는 소파를 두드리고 다른 손으로는 청록색 기도용 염주를 돌렸다. 그는 흰색 셔츠 위에 검은색 조끼를 입고 금시계를 차고 있었다. 그의 왼쪽 소매에 마른 피가 묻어 있었다. 그날 있었던 공개 처형 후에도 그가 옷을 갈아입지 않았다는 사실이 대단히 놀라웠다.

그는 주기적으로 한 손을 올려 공기 중에 있는 뭔가를 두툼한 손가락으로 두들기는 듯한 몸짓을 했다. 그는 보이지 않는 애완동물을 쓰다듬는 것처럼, 상하좌우로 뭔가를 쓰다듬는 동작을 취했다. 그의 소매 중 하나가 말려 올라가면서 그의 팔뚝에 난 주사 자국이 보였다. 나는 샌프란시스코의 더러운 골목에 사는 노숙자들한테서 그런 주사 자국을 본 적이 있었다.

그의 피부는 다른 두 남자보다 훨씬 더 창백했다. 누르스름하기까지 했다. 그의 검은색 터번 바로 아래쪽 이마에 작은 땀방울이 송골송골 맺혀 있었다. 다른 사람들처럼 가슴까지 내려오는 그의 턱수염 색깔도 다른 사람의 것보다 옅은 색이었다.

그가 말했다.

"살람 알라이쿰."

"살람."

"이제 그런 건 치워도 되지 않나?"

"뭐라고요?"

그가 무장한 남자 중 하나에게 손바닥으로 신호를 보냈다. 내 수염이 우드득 떨어져 나갔다. 갑자기 볼이 따끔거리고 아팠다. 경비가 내 수염을 손에 놓고 위아래로 던지며 낄낄거렸다. 탈레반이 이를 드러내고 웃었다.

"오랜만에 괜찮은 수염을 하나 보네. 하지만 사실은 이러는 편이 낫지. 당신 생각은 어때?"

그는 손가락을 비틀고 주먹을 폈다 쥐었다 하며 꺾기도 했다.

"오늘 쇼는 어땠나?"

"그게 쇼였습니까?"

내가 속으로 느끼는 공포감이 내 목소리에 드러나지 않기를 바라며 나는 그렇게 말하고 손으로 볼을 문질렀다.

"형제여, 공개적인 처형은 가장 위대한 쇼지. 극적이고 긴장감이 있고, 무엇보다도 집단적인 교육의 기능을 하거든."

그가 손가락을 딱 하고 튕기자 두 경비 중 나이 어린 사람이 그에게 담뱃불을 붙여줬다. 탈레반이 웃었다. 그리고 나직하게 혼잣말을 했다. 그의 손이 떨려 하마터면 담배를 떨어뜨릴 뻔했다.

"당신이 진짜 쇼를 보고 싶다면 내가 마자리에 있었을 때 같이 있었어야 해. 1998년 8월이었지."

"뭐라고요?"

"우리는 그놈들을 개들에게 남겨뒀지."

나는 그가 무슨 얘기를 하려고 하는지 깨달았다.

그가 일어서서 소파 주변을 한 바퀴 돌고 나서 한 바퀴를 또 돌았다. 그리고 다시 자리에 앉았다.

그가 빠르게 말했다.

"우리는 집집마다 찾아다니며 남자들과 사내아이들을 모았지. 그리고 가족들 앞에서 쏴 죽였어. 그들이 보도록 말이야. 그들이 누구인지, 그들의 자리가 어디인지 기억하도록 말이지."

그는 숨을 거의 헐떡거리고 있었다.

"때때로 우리는 문을 부수고 안으로 들어가 자동소총으로 방 안을 갈겼어. 연기로 앞이 안 보일 때까지 말이야."

그는 큰 비밀을 얘기하려는 사람처럼 나를 향해 몸을 기울였다.

"방 안에 가득한 표적 앞에 서서 스스로가 고결하고 착하고 품위 있다고 느끼며, 자신이 당연히 해야 할 일을 하고 있다는 마음으로 아무런 죄의식도 가책도 없이 총을 갈기기 전에는 '해방'이란 말의 의미를 알 수 없지. 그 기분은 기가 막히지."

그는 기도용 염주에 입을 맞추고 머리를 기울였다.

"자비드, 자네 그것 기억하지?"

나이가 어린 경비가 대답했다.

"네, 어찌 잊을 수 있겠습니까?"

나는 신문기사를 통해 마자리샤리프에서 벌어진 하자라인 대학살에 대해 알고 있었다. 그 사건은 탈레반이 마자리를 함락시킨 직후에 일어난 일이었다. 그 도시는 마지막으로 함락된 도시 중 하나였다. 나는 아침 식사를 할 때 소라야가 창백한 얼굴로 그 기사를 건네줬던 때를 떠올렸다.

탈레반이 말했다. 자신이 참석했던 큰 파티에 대해 얘기하는 사람 같았다.

"집집마다 갔었지. 먹고 기도를 할 때만 쉬었어. 우리는 시체를 거리에 놔뒀지. 그들의 가족이 몰래 시체를 끌어가려고 하면 그자들도 쏴 죽였어. 우리는 시체를 개들을 위해 남겨뒀지. 개들이 먹으라고 말이야."

그가 담배를 짓이겼다. 그리고 떨리는 손으로 눈을 비볐다.

"당신, 미국에서 왔다고?"

"네."

"요즘 매춘부는 근황이 어떤가?"

나는 갑자기 요의를 느꼈다. 나는 그 순간이 지나가기를 바랐다.

"저는 한 아이를 찾고 있습니다."

그가 말했다.

"그렇지 않은 사람이 누가 있지?"

칼라시니코프 소총을 든 두 남자가 웃었다. 그들의 이는 나스와르(씹는 담배) 때문에 녹색을 띠었다.

"제가 알기론 그 아이는 여기에 당신과 같이 있습니다. 이름은 소랍이라고 합니다."

"하나만 물어보지. 당신은 그 매춘부하고 뭘 하는 거지? 어째서 이곳으로 와서 무슬림 형제들과 함께 당신의 나라에 봉사하지 않는 거지?"

"나는 너무 오랫동안 떠나 있었습니다."

그것이 내가 생각해낼 수 있는 전부였다. 나는 무릎을 붙이고 오줌을 참았다.

탈레반이 문 옆에 서 있는 두 남자를 향해 말했다.

"저것도 대답인가?"

그들이 웃으면서 동시에 대답했다.

"아닙니다."

그가 나를 향해 눈길을 돌리고 어깨를 으쓱해 보였다. 그가 담배를 한 모금 빨더니 말했다.

"대답이 아니라는데. 와탄(조국)이 가장 필요로 할 때 조국을 버리는 것은 반역이나 마찬가지라고 생각하는 사람들이 내 주변에는 많지. 나는 당신을 반역죄로 체포해 총살당하게 할 수도 있어. 두려운가?"

"나는 아이를 찾으러 여기에 왔을 뿐입니다."

"두려운가?"

"네."

"그래야지."

그가 소파에 등을 기대고 담배를 짓이겼다.

나는 소라야를 떠올렸다. 그러자 마음이 진정되었다. 낫 모양으로 생긴 반점, 우아한 목선, 광채가 나는 눈을 떠올렸다. 우리가 결혼하던 날 밤 녹색 베일 안에서 거울에 비친 서로의 모습을 바라보던 일, 내가 사랑한다고 하자 얼굴을 붉히던 그녀의 모습을 떠올렸다. 나는 다른 사람들이 박수를 치며 지켜보는 가운데, 옛 아프간 노래에 맞춰 우리 두 사람이 춤을 추며 빙글빙글 돌던 모습을 떠올렸다. 빙글빙글 돌아가는 우리의 눈에 세상은 꽃과 드레스, 턱시도, 그리고 웃는 얼굴이 흐릿하게 어우러진 곳으로 다가왔었다.

탈레반이 뭔가를 얘기하고 있었다.

"네?"

"그 아이를 보고 싶으냐고 물었어. 내 아이를 보고 싶은가?"

'내 아이'라는 말을 할 때, 그의 윗입술이 위로 말리며 비웃는 표정이 되었다.

"네."

경비가 방에서 나갔다. 문이 열리며 끼익 소리를 냈다. 경비가 딱딱한 목소리로 파슈토어로 뭔가를 얘기했다. 그리고 발소리가 났다. 걸음을 뗄 때마다 종소리도 함께 들렸다. 그 소리를 들으니 샤레나우에서 원숭이를 키우던 사람이 떠올랐다. 하산과 나는 그 사람을 쫓아가 1루피아를 주면서 원숭이의 춤을 보여달라고 했었다. 원숭이의 목에 달린 방울에서는 여기에서 나는 소리와 똑같은 소리가 났었다.

그때 문이 열리고 경비가 들어왔다. 그는 어깨에 휴대용 카세트 플레이어를 얹고 있었다. 헐렁한 청색 피르한 툼반을 입은 소년이 그의 뒤를 따라왔다.

너무 닮아 숨이 막힐 지경이었다. 어리둥절할 지경이었다. 라힘 한이 갖고 있는 폴라로이드 사진은 실물을 제대로 담은 게 아니었다.

아이는 둥그런 얼굴, 각이 진 턱, 조가비처럼 비틀린 귀, 호리호리한 몸매 등, 아버지를 빼다 박았다. 내가 어렸을 때 보았던 중국인형처럼 생긴 얼굴이었다. 겨울에 카드놀이를 할 때 카드를 펼치고 아래를 굽어보던 얼굴이기도 했고, 여름에 우리가 옥상에서 잠을 잘 때 모기장 뒤로 보이던 얼굴이기도 했다. 머리는 짧게 밀고 있었고 눈은 마스카라를 칠해 검었다. 그리고 볼은 부자연스럽게 빨갰다. 그가 방 한가운데에 서자 그의 발목에 묶여 있던 종에서 나던 소리가 멈췄다.

그의 눈길이 나한테 잠시 머물렀다. 그리고 그는 눈을 돌리고 자신의 맨발을 내려다보았다.

경비 중 하나가 버튼을 누르자 파슈툰 음악이 흘러나왔다. 타블라, 발풍금, 흐느끼는 듯한 딜로바로 연주하는 음악이었다.

음악도 탈레반이 듣도록 연주되면 죄가 아닌 모양이었다. 세 사람이 박수를 치기 시작했다.

그들은 신이 나는 모양이었다.

"와, 와! 마샬라(좋다)!"

소랍은 팔을 들고 서서히 돌았다. 그는 발끝으로 서서 우아하게 돌았다. 그리고 무릎을 굽혀 살짝 인사를 하고 몸을 펴고 다시 돌았다. 손가락을 돌리며 딱딱 소리를 내고 머리를 추처럼 양쪽으로 흔들었다. 발로는 바닥을 굴러 타블라 리듬과 완벽하게 조화를 이루는 소리를 냈다. 그는 눈을 감고 있었다.

그들이 환호를 보냈다.

"마샬라! 샤바스! 브라보!"

두 경비원은 휘파람을 불며 웃어젖혔다. 흰옷을 입은 탈레반이 음흉한 표정으로 입을 반쯤 벌리고 음악에 맞춰 머리를 앞뒤로 흔들었다.

소랍은 음악이 끝날 때까지 눈을 감고 빙글빙글 돌며 춤을 췄다. 노래가 끝남과 동시에 그가 발을 구르자 종이 마지막으로 찰랑거렸다. 그가 동작을 멈췄다.

탈레반이 소랍을 부르며 말했다.

"우리 아가, 이리 오렴, 이리 와."

소랍이 고개를 숙이고 다가가서 그의 다리 사이에 섰다. 탈레반이 아이의 몸에 팔을 둘렀다.

"이 하자라인 아이는 대단한 재능을 가졌지!"

그의 손이 아이의 등을 만지다가 위로 올라가 그의 겨드랑이를 만졌다. 경비원 중 하나가 다른 경비원을 팔꿈치로 치며 키득거렸다. 탈레반이 그들에게 나가라고 했다.

"네, 알겠습니다."

그들이 나가면서 말했다.

탈레반이 아이를 돌려세워 나와 마주 보게 했다. 그는 소랍의 배를 팔로 감싸고 아이의 어깨에 턱을 기댔다. 소랍은 아래를 내려다보고 있었지만, 수줍은 눈으로 슬쩍 나를 쳐다보기도 했다. 탈레반의 손이 소년의 배를 아래위로 만지작거렸다. 위아래로, 천천히, 부드럽게.

탈레반이 핏발 선 눈으로 나를 바라보며 말했다.

"그런데 나는 바발루가 어떻게 됐는지 궁금하단 말이야."

나는 미간을 망치로 얻어맞은 것 같았다. 얼굴에서 피가 빠지는 느낌이었다. 다리가 차가워지며 감각이 없어졌다.

그가 웃었다.

"네놈은 뭘 생각한 거지? 가짜 수염을 달면 내가 너를 알아보지 못할 줄 알았니? 네가 나에 대해 알지 못했던 것 하나를 알려주지. 나는 사람의 얼굴을 결코 잊어버리지 않아. 그럴 일은 절대 없어."

그는 소랍의 귀에 입술을 부비며 내게 눈을 고정시켰다.

"네 아버지가 죽었다는 얘기는 들었다. 쯧쯧. 네 아버지와 늘한번 붙어보려고 했는데 안타깝구나. 못난이 아들로 만족해야 될 것 같네."

그러더니 그는 선글라스를 벗고 핏발 선 푸른 눈을 내게 고정시켰다.

나는 숨을 쉬려고 해도 숨을 쉴 수 없었다. 눈을 깜빡이려 해도 깜빡일 수 없었다. 그 순간이 초현실적인 것 같았다. 아니 초현실적인 게 아니라 부조리했다. 그것은 내게서 숨을 앗아 가버렸고 내 주변의 세계를 정지시켰다. 얼굴이 활활 탔다. 좋지 않은 것에 대한 속담이 뭐였더라? 나의 과거는 늘 그 속담처럼 나타났다. 그의 이름이 생각났다. 나는 그 이름을 부르고 싶지 않았다. 그 이름을 입 밖에 내는 순간, 그를 불러낼 것만 같았다. 하지만 그는 벌써 이 자리에 있었다. 그것도 나로부터 10피트도 떨어지지 않은 곳에 앉아 있었다. 그렇게 오랜 세월이 흐른 뒤에 말이다. 그의 이름이 내 입에서 흘러나왔다.

"아세프."

"아미르."

"너, 여기서 뭐 하는 거니?"

나는 그렇게 말했다. 바보 같은 질문인 줄 알면서도 그런 말이 내 입에서 튀어나왔다. 하지만 다른 말은 생각할 수가 없는 상태였다.

아세프의 눈썹이 치켜 올라갔다.

"나 말이야? 나야 나한테 맞는 일을 하고 있지. 문제는 네가 여기서 뭘 하고 있느냐 하는 거다."

"너한테 이미 말했잖아."

내 목소리가 떨리고 있었다. 떨리지 않았으면 싶었다. 살이 뼈에 오그라붙는 느낌이 들지 않았으면 싶었다.

"이 아이?"

"그래."

"왜?"

"아이를 주면 돈을 송금해줄게."

아세프가 킥킥거리며 웃었다.

"뭐? 돈을 주겠다고? 너, 로킹엄이라고 들어본 적 있니? 오스트레일리아 서부에 있는 천국 같은 곳이지. 너, 한번 가봐야 해. 해변은 끝도 없이 펼쳐져 있어. 녹색 물에 푸른 하늘, 기가 막힌 곳이지. 내 부모는 해변가에 있는 빌라에 살아. 빌라 뒤에는 골프장도 있고 작은 호수도 있지. 내 아버지는 날마다 골프를 치지. 어머니는 골프보다 테니스를 더 좋아하지. 아버지 말로는 어머니는 백핸드가 일품이래. 그들은 아프간 식당 하나와 두 개의 보석 가게를 갖고 있어. 장사는 양쪽 다 기가 막히게 잘되고 있고."

그는 붉은 포도 한 알을 따서 소랍의 입에 다정하게 넣어줬다.

"그러니 돈이 필요하면 '그들'에게 보내달라고 하면 돼."

그는 소랍의 목에 입을 맞췄다. 아이는 몸을 약간 움찔하더니 다시 눈을 감았다.

"게다가 내가 소련 놈들과 싸운 건 돈 때문이 아니었어. 돈 때문에 탈레반에 들어간 것도 아니고 말이야. 내가 왜 탈레반에 들어갔는지 알고 싶니?"

나는 입술이 타들어갔다. 나는 혀로 입술을 축이려 했다. 그런데 혀도 말라 있긴 마찬가지였다.

아세프가 능글맞게 웃으며 말했다.

"목이 타니?"

"아니."

"내 생각에는 목이 타는 것 같은데, 안 그래?"

"괜찮아."

그러나 사실, 방이 갑자기 너무 덥게 느껴졌다. 땀구멍마다 땀이 솟으며 살갗이 따끔거렸다. 눈앞에서 벌어지고 있는 일이 진짜인지 궁금했다. 내가 진짜로 아세프 앞에 앉아 있는 건지 궁금했다.

"마음대로 해라. 내가 어디까지 얘기했더라? 아, 맞아, 내가 어떻게 탈레반에 들어갔는지 얘기하는 중이었지. 너도 기억하겠지만, 나는 종교적인 타입이 아니잖아. 그런데 어느 날 계시를 받은 거야. 감옥에 있을 때였지. 더 듣고 싶니?"

나는 아무 말도 하지 않았다.

"좋아, 얘기해주지. 나는 바브락 카말이 1980년에 정권을 잡은 직후, 폴레차르히의 감옥에 갇혀 있었어. 어느 날 밤, 파르차미 도당의 군인들이 우리 집에 오더니 내 아버지와 나한테 총부리를 겨누고 따라오라고 하지 않겠니. 그 개자식들은 무슨 이유인지 말해주지도 않았어. 내 어머니가 묻는 말에는 대답도 않고 말이야. 그게 이상했다는 말은 아니야. 공산주의자들이 상류층이 아니라는 건 누구나 알고 있었지. 그들은 이름도 없는 가난한 집 출신이었어. 소련군이 오기 전에는 내 신발을 핥지도 못했을 개새끼들이 나한테 총부리를 겨누고 명령하고 있었던 거지. 옷깃에 파르차미 깃을 달고 부르주아 계급의 몰락에 일조하며 자기들이 상류층인 것처럼 행동하고 있었지. 어디서나 그런 일이 일어나고 있었어. 부자들을 싸잡아 감옥에 넣고 동지들에게 모범을 보이자는 것이었지.

여하튼 그들은 우리를 감방에 집어넣었어. 냉장고만 한 감방이었지. 매일 밤, 당나귀 썩는 냄새가 나는 하자라인과 우즈베크인의 피가 반반 섞인 지휘관 놈이 죄수 중 하나를 끌어내 두들겨 팼어. 지휘관 놈의 피둥피둥한 얼굴이 땀으로 번들거릴 때까지 두들겨 패고, 담배 한 대를 피우고는 소리를 내어 손가락을 꺾으며 가버렸어. 다음 날 밤이 되면 또 다른 사람을 두들겨 패고 말이야. 어느 날 밤, 그놈이 나를 찍었어. 그보다 더 나쁜 상황은 없었을 거야. 내가 사흘 동안 피오줌을 싸고 있던 상태였으니까. 신장결석 때문이었지. 말도 못 하게 고통스러웠지. 내 어머니도 걸린 적이 있었는데, 결석을 빼내는 것보다는 차라리 아이를 낳는 게 낫겠다고 하셨어. 그래도 내가 뭘 어쩔 수 있었겠니? 그놈이 나를 끌어내고 때리기 시작했어. 그런데 갑자기 그놈이 좌측 신장을 차면서 결석이 빠져버린 거야. 그놈은 목이 무릎까지 올라오고 앞부리가 쇠로 된 구두로 나를 찼지. 나는 소리를 지르고 난리였지만 그놈은 계속 나를 걷어찼어. 그러다가 갑자기 그놈이 내 왼쪽 신장을 차버린 거야. 그래서 결석이 빠진 거지. 그렇게 결석이 빠졌단 말이야! 얼마나 시원했던지 몰라!"

아세프가 여기에서 웃었다.

"그래서 나는 큰 소리로 '알라후 아크바르'라고 했지. 그랬더니 그놈은 나를 더 심하게 차더군. 나는 웃기 시작했고, 그놈은 열이 받아 나를 더 세게 찼지. 그놈이 세게 차면 찰수록 나는 더 세게 웃었어. 그들이 나를 감옥에 집어넣을 때도 나는 웃고 있었어. 나는 계속 웃기만 했어. 그때 나는 문득, 내가 신에게서 메시지를 받았다는 걸 깨달았지. 신은 내 편이었던 거야. 신이 나를 살려둔 건 다 이유가 있었던 거야. 나는 몇 년 후에 전투에서 그 지휘관 놈을 만나게 됐지. 신이 역사하시는 걸 보면 참 오묘하다니까. 가슴에 유탄을 맞고 피를 흘리며 메이마나 외곽의 참호에 있는 그놈을 내가 발견하게 된 거야. 그놈은 여전히 그 구두를 신고 있더군. 나는 그놈에게 나를 기억하는지 물었어. 기억이 나지 않는다고 하더군. 나는 그놈에게 내가 방금 너한테 했던 말을 그대로 했어. 나는 사람의 얼굴을 결코 잊지 않는다고 말이야. 나는 그놈의 불알에 총알을 박아버렸어. 그때부터 나는 사명감을 갖고 일을 하게 되었지."

내 입에서 말이 흘러나왔다.

"그게 무슨 사명감인데? 간통한 자들을 돌로 쳐 죽이는 것? 아이들을 강간하는 것? 하이힐을 신었다고 여자들을 채찍으로 때리는 것? 하자라인들을 대량 학살하는 것? 그 모든 걸 이슬람의 이름으로 하는 게 사명감이니?"

갑자기, 그리고 예기치 않게, 말들이 내 입에서 쏟아져 나왔다. 자제하지 못하고 그냥 쏟아져 나왔다. 나는 내가 한 말들을 주워 담을 수 있으면 그러고 싶었다. 그 말들을 집어삼킬 수 있었으면 싶었다. 하지만 엎질러진 물이었다. 나는 선을 넘은 것이었다. 살아서 나갈 수 있을 것이라고 생각했던 작은 희망마저 그 말들과 함께 사라져버렸다.

아세프의 얼굴에 놀라는 표정이 잠깐 스쳤다가 사라졌다. 그가 킬킬거리며 말했다.

"재미있군그래. 그러나 너 같은 배신자들이 이해하지 못하는 게 있지."

"그게 뭔데?"

아세프의 이마가 씰룩거렸다.

"민족과 관습과 언어에 대한 자부심 같은 거 말이야. 아프가니스탄은 쓰레기로 가득한 아름다운 저택이야. 누군가가 그 쓰레기를 치워야 해."

"그것이 네가 마자리에서 집집마다 찾아다니며 했던 일이니? 쓰레기를 치우려고?"

"바로 그거야."

"서양에서는 그런 걸 뭐라고 하는지 아니? 그걸 인종청소라고 해."

아세프의 얼굴이 밝아졌다.

"그래? 인종청소라! 좋은데. 어감이 맘에 들어."

"내가 원하는 건 이 아이일 뿐이야."

소랍의 눈이 나를 향해 깜빡였다. 도살당할 운명의 양들이 짓는 눈이었다. 양들도 마스카라를 했다. 코르반의 이드 날에 율법사가 우리 집 뒤뜰에서 양의 목을 따기 전에 양의 눈에 마스카라를 칠해주고 각설탕을 먹이던 모습이 떠올랐다. 소랍의 눈에 애원하는 표정이 어려 있었다.

아세프가 말했다.

"이유를 말해."

그는 소랍의 귓불을 이로 깨물었다가 놓았다. 그의 이마에서 땀이 굴러떨어졌다.

"그건 내 문제야."

"이 아이를 어떻게 하고 싶은데? 아니면 이 아이한테 뭘 하고 싶은데?"

"혐오스럽군."

"네가 어떻게 아니? 해봤니?"

"나는 이 아이를 더 좋은 곳으로 데려가고 싶어."

"나한테 이유를 말하란 말이야."

나는 퉁명스럽게 말했다.

"그건 내 문제라니까."

나는 무엇이 나를 그렇게 대담하게 만드는지 알 수 없었다. 어차피 죽게 돼 있다는 생각 때문인지도 몰랐다.

아세프가 말했다.

"아미르, 나는 네가 하자라인 아이를 위해서 이 먼 길을 온 이유가 궁금해. 네가 여기에 온 이유가 뭐니? 진짜 이유가 뭐야?"

"이유가 있지."

아세프가 비웃으며 말했다.

"그렇다면 좋아."

그가 소랍을 뒤로 밀쳤다. 탁자가 있는 곳까지 밀쳤다. 소랍의 엉덩이가 탁자에 부딪쳤다. 그 바람에 탁자가 뒤집어지며 포도 알이 쏟아졌다. 소랍이 그 위로 얼굴부터 넘어졌다. 그의 자주색 셔츠에 포도즙이 묻었다. X자로 교차된 탁자 다리가 이제는 천장을 향하고 있었다.

아세프가 말했다.

"그렇다면 데려가."

나는 소랍이 일어나는 걸 거들어주고 부두에 붙어 있는 굴 등처럼 그의 바지에 달라붙은 으깨진 포도를 털어줬다.

아세프가 문을 가리키며 말했다.

"데리고 가."

나는 소랍의 손을 잡았다. 작은 손이었다. 굳은살이 박여 있었다. 그의 손가락이 움직이며 내 손가락과 얽혔다. 나는 폴라로이드 사진을 다시 떠올렸다. 소랍은 사진 속에서 아버지의 엉덩이에 머리를 기대고 아버지의 다리를 껴안고 있었다. 두 사람 다 사진 속에서 웃고 있었다. 우리가 방을 가로지를 때, 소랍의 발목에 매달린 종이 딸랑거리는 소리를 냈다.

우리가 문에 이르렀을 때였다.

아세프가 우리 뒤에서 물었다.

"내가 그 아이를 공짜로 데려갈 수 있다고 말한 건 아닐 텐데?"

나는 몸을 돌렸다.

"원하는 게 뭐지?"

"그 아이를 얻어서 가야 한단 말이다."

"원하는 게 뭔데?"

"너와 나 사이에는 끝나지 않은 게 있지. 기억 안 나니?"

그거라면 걱정할 필요가 없었다. 나는 다우드 한이 왕을 몰아낸 다음 날에 있었던 일을 결코 잊지 않았다. 나는 다우드 한의 이름을 들을 때마다, 아세프의 얼굴에 새총을 겨냥하며 "당신의 별명을 '귀를 뜯어 먹는 사람'에서 애꾸눈으로 바꿔놓을 거예요"라고 말하던 하산의 모습을 떠올렸었다. 내가 하산의 용기를 정말로 부러워했던 게 생각난다. 아세프는 뒷걸음질을 치며 우리 두 사람을 꼭 잡고 말겠다고 했었다. 그는 하산한테는 그 약속을 지켰다. 이제 내 차례였다.

나는 달리 무슨 말을 해야 할지 몰라 이렇게 대답했다.

"좋아."

나는 구걸할 생각은 없었다. 그렇게 되면 그가 더 좋아할 테니까.

아세프가 경비병들을 방으로 불러들였다.

"내 말 잘 들어라. 이 방문을 잠그겠다. 이 친구와 내가 오랫동안 해결하지 못했던 일을 해결하려고 한다. 무슨 소리가 들리든, 들어오지 마라. 알겠느냐? 들어오지 말란 말이다!"

경비병들이 고개를 끄덕이고 아세프와 나를 번갈아 보았다.

"네."

"그 일이 끝나면 우리 중 한 사람만이 살아서 나갈 것이다. 그 사람이 저 친구라면 자유를 얻은 거니 내보내줘라. 알겠느냐?"

나이가 많은 경비병이 몸을 움직이며 말했다.

"하지만⋯⋯."

아세프가 고함을 쳤다.

"이 새끼야, 그 사람이 이 사람이라면 보내주란 말이야!"

두 사람이 움찔했지만 다시 고개를 끄덕였다. 그들이 몸을 돌려 나갔다. 그들 중 하나가 소랍을 향해 손을 내밀었다.

아세프가 싱글싱글 웃으며 말했다.

"놔둬라. 보게 놔둬. 교훈적인 건 사내애한테는 좋은 거니까."

경비병들이 나갔다. 아세프는 기도용 염주를 내려놓았다. 그리고 검은색 조끼의 앞주머니에 손을 넣었다. 그가 호주머니에서 꺼낸 걸 보고 나는 놀라지 않았다. 스테인리스 장갑이었다.

　그는 머리에 젤을 바르고 있다. 두툼한 입술 위로 클라크 게이블처럼 수염을 기르고 있다. 젤이 녹색 수술용 종이 모자 속으로 스며들어 아프리카 대륙 모양의 검은 얼룩을 만들어놓고 있다. 그를 생각하면 그 모습이 떠오른다. 그리고 거무튀튀한 목에 차고 있던 금 목걸이도 생각난다. 그는 내가 이해할 수 없는 말을 하며 나를 내려다보고 있다. 내 생각에는 우르두어인 것 같다. 오르락내리락하는 그의 후골에 자꾸 눈이 간다. 여하튼 나는 그에게 나이가 몇인지 물어보고 싶다. 그는 외국 연속극에 나오는 배우처럼 너무 젊어 보인다. 하지만 내 입에서 나오는 말은 '나는 저 친구와 잘 싸운 것 같아. 잘 싸운 거야'라는 말뿐이다.

내가 아세프와 잘 싸웠는지는 모르겠다. 그런 것 같지는 않다. 내가 어떻게 그럴 수 있었겠는가? 누구와 싸워본 게 그때가 처음이었다. 나는 평생 주먹을 써본 적이 없었다.
　나는 아세프와 싸웠던 일을 아주 생생하게 기억하고 있다. 아세프는 스테인리스 장갑을 끼기 전에 음악을 틀었다. 직사각형 모양으로 메카가 수놓인 기도용 양탄자가 벽에서 내 머리 위로 떨어진 일도 생생하다. 나는 거기에서 떨어진 먼지 때문에 재채기를 했었다. 아세프가 내 얼굴을 포도로 문지르고 침이 묻어 번들거리는 이를 드러내고 으르렁거리고, 핏발 선 눈을 굴리던 모습도 생생하다. 터번이 떨어지면서 그 속에 말려 있던 금발 머리가 어깨까지 풀어지던 모습도 생생하다.

물론 끝도 생생하다. 아직도 너무나 생생하다. 늘 그럴 것 같다.

가장 기억에 남는 건 이런 것들이다. 오후의 햇살을 받아 번쩍이던 스테인리스 장갑, 그걸로 몇 차례 얻어맞았을 때의 서늘한 느낌. 그리고 피가 나올 때의 따뜻한 느낌. 벽에 밀쳐지던 느낌. 전에 액자를 거는 데 사용했을 벽에 박힌 못에 등이 찍히던 느낌. 소랍의 비명 소리. 타블라, 발풍금, 딜로바 음악. 벽에 내동댕이쳐지던 느낌. 장갑이 내 턱에 닿는 느낌. 부러진 이. 목구멍으로 넘어가던 이. 그토록 오랜 시간을 닦아주면서 깨끗이 유지하던 이들이 결국 그렇게 되고 말았다는 느낌. 벽에 다시 내동댕이쳐지던 느낌. 마루에 나자빠지던 느낌. 찢어진 윗입술에서 피가 쏟아져 나와 엷은 자주색 카펫을 물들이던 모습. 배가 찢어지는 고통. 다시는 숨을 못 쉴 것 같은 고통. 옛날 영화에 나오는 신드바드처럼 하산과 내가 칼싸움 흉내를 내며 나뭇가지를 부러뜨릴 때 나던 소리처럼, 내 갈비뼈가 부러지면서 나던 소리. 소랍의 비명 소리. 내 얼굴 한쪽이 텔레비전 스탠드의 모서리에 부딪히던 느낌. 다시 뭔가가 부러지는 소리.

이번에는 왼쪽 눈 밑에서 나는 소리. 음악 소리. 소랍의 비명 소리. 내 머리칼이 잡혀 뒤로 끌려가던 느낌. 스테인리스가 반짝이던 모습. 그것이 다시 나를 향하던 모습. 뭔가가 다시 부러지는 소리. 이번에는 코에서 나는 소리. 고통에 이를 악물던 느낌. 나의 이들이 일렬로 서 있지 않은 것만 같은 느낌. 발길질. 소랍의 비명 소리.

나는 내가 어느 지점에서 웃기 시작했는지 알지 못한다. 그러나 웃은 것만은 분명하다. 그런데 웃으니 아팠다. 턱도 아프고 갈비뼈도 아프고 목도 아팠다. 하지만 나는 웃고 또 웃었다. 내가 심하게 웃을수록 그는 더 세게 발길질을 하고 주먹으로 치고 할퀴었다.

아세프는 한 번 때릴 때마다 계속 소리를 질러댔다.

"뭐가 그리 우스운 건데!"

그의 침이 내 눈에 튀었다. 소랍은 비명을 질렀다.

아세프가 소리를 질렀다.

"뭐가 그리 우습냐고!"

갈비뼈 하나가 또 부러졌다. 이번에는 왼쪽 아래 것이었다. 그렇게 웃은 건 내가 1975년 겨울 이후, 처음으로 마음의 평화를 느꼈기 때문이었다. 나의 마음속 어딘가에서 내가 이걸 바라고 있었다는 걸 깨달았기 때문이었다. 나는 하산에게 석류를 던지면서 그를 자극하려고 했던 어느 날을 떠올렸다. 그때, 그는 아무 짓도 하지 않고 그냥 서 있기만 했었다. 붉은 석류즙이 그의 셔츠를 핏빛으로 물들여도 그냥 서 있기만 했었다. 그러더니 내가 들고 있던 석류를 빼앗아 자기 이마에 대고 짓이겼었다. "이젠 만족하나요? 기분이 좋아졌나요?" 그는 쉰 목소리로 이렇게 말했었다. 나는 만족하지도 않았고 기분이 나아지지도 않았었다. 그게 전혀 아니었다. 하지만 지금은 그랬다. 내 몸은 망가졌지만(나는 얼마나 심하게 망가졌는지 나중에야 알았다) 나는 치유된 것 같았다. 마침내 치유가 된 기분이었다. 그래서 웃었다.

그다음에 찾아온 끝. 그리고 그건 내가 무덤까지 갖고 갈 부분이다.

나는 바닥에 누운 채 웃고 있었다. 아세프는 내 가슴에 올라타 있었다. 그의 머리칼이 내 얼굴 가까이에서 출렁거렸다. 출렁이는 머리에 싸인 그의 얼굴에 광기가 어려 있었다. 그는 한 손으로 내 목을 틀어쥐었다. 그는 쇠 장갑을 낀 다른 손을 어깨 너머로 들어 다시 나를 때리려고 했다.

그때, 가느다란 목소리가 들렸다.

"바스(그만하세요)!"

우리 두 사람은 눈을 돌렸다.

"바스."

나는 고아원 원장이 나와 파리드에게 문을 열어주면서 했던 말을 떠올렸다. 그의 이름이 뭐였던지 잘 생각이 안 났다. 자만인가 뭔가였다. "그 아이는 새총을 놓을 줄 모른답니다. 어디를 가든 바지춤에 넣어 갖고 다니죠." 그는 이렇게 말했었다.

"바스."

두 줄기의 검은 마스카라가 눈물에 섞여 볼 아래로 흐르며 볼에 묻은 연지를 얼룩지게 했다. 그의 아랫입술이 떨리고 있었다. 코에서는 콧물이 흘러나왔다.

그가 쉰 목소리로 말했다.

"바스."

그가 새총을 겨누고 있었다. 고무줄을 끝까지 당긴 손이 어깨 위로 올라가 있었다. 고무줄 끝에 노랗게 반짝이는 것이 끼워져 있었다. 나는 피에 젖은 눈을 깜빡였다. 그것은 탁자 다리를 고정하는 데 쓰는 둥그런 공처럼 생긴 나사였다. 소랍은 아세프의 얼굴에 새총을 겨누고 있었다.

그의 쉰 목소리가 떨렸다.

"바스. 그만 좀 때리세요."

아세프의 입이 달싹거렸다. 그가 무슨 말인가를 하려고 하다가 멈췄다. 그리고 마침내 말했다.

"너, 지금 뭐 하는 거냐?"

"바스."

마스카라와 섞인 눈물이 소랍의 녹색 눈에서 쏟아지고 있었다.

아세프가 씩씩거리며 말했다.

"이 하자라 놈아, 내려놓지 못해! 내려놓아라. 그렇지 않으면 내가 이놈한테 하는 건 내가 너한테 할 것에 비하면 귀를 살짝 비트는 것에 지나지 않을 테니까."

눈물이 쏟아지고 있었다. 소랍이 고개를 저었다.

"제발 그만해요. 그만해요."

"내려놔라."

"그만 좀 때려요."

"내려놔라."

"제발."

"그걸 내려놓으란 말이다!"

"바스."

"내려놓으라니까!"

아세프가 내 목을 놓고 소랍을 향해 달려들었다.

소랍이 고무줄을 놓자 새총에서 휙 하는 소리가 났다. 그리고 아세프가 비명을 지르기 시작했다. 그는 조금 전까지만 해도 왼쪽 눈이 있던 자리를 손으로 감쌌다. 그의 손가락 사이로 피가 쏟아졌다. 피 말고 다른 것도 나왔다. 젤처럼 생긴 흰 것이었다. '저게 유리체액이라고 하는 건가 보다. 어딘가에서 읽은 적이 있지. 유리체액이라고 말이지.' 나는 그런 생각을 또렷이 했던 것 같다.

아세프가 카펫 위에서 몸을 굴렀다. 이쪽저쪽 구르며 비명을 질렀다. 그는 아직도 피투성이 안구를 손으로 감싸고 있었다.

소랍이 말했다.

"가요!"

그가 내 손을 잡아 내가 일어나는 걸 거들었다. 나는 몸 구석구석이 아팠다. 우리 뒤에서 아세프가 비명을 질러댔다.

그가 소리쳤다.

"눈! 내 눈!"

나는 비틀거리며 문을 열었다. 나를 본 경비병들의 눈이 휘둥그레졌다. 나는 내 모습이 어떨지 궁금했다. 숨을 쉴 때마다 배가 아팠다. 경비원 중 하나가 파슈토어로 무슨 말인가를 하고 우리를 지나쳐 아세프가 여전히 비명을 지르고 있는 방으로 달려 들어갔다.

소랍이 내 손을 잡아당기며 말했다.

"어서 가요!"

나는 소랍의 작은 손을 잡고 복도를 비틀비틀 걸어갔다. 나는 마지막으로 어깨 너머를 바라보았다. 경비병들이 아세프의 얼굴을 만지고 있었다. 그때서야 나는 쇠구슬처럼 생긴 것이 아직도 그의 눈에 박혀 있다는 걸 깨달았다.

나는 소랍한테 몸을 기대고 계단을 내려왔다. 온 세상이 사방으로 흔들리는 것 같았다. 아세프는 아직도 비명을 지르고 있었다. 다친 동물이 내는 소리였다. 우리는 햇빛 속으로 나왔다. 내 팔은 소랍의 어깨에 둘러져 있었다. 파리드가 우리를 향해 뛰어오는 게 보였다.

그가 나를 보고 눈이 휘둥그레졌다.

"비스밀라(알라여)! 비스밀라!"

그가 그의 어깨를 팔 밑으로 넣어 나를 들고 트럭을 향해 달려갔다. 나는 그때 소리를 질렀던 것 같다. 나는 그에게 몸이 들린 채, 그의 샌들이 바닥에 닿았다가 떨어지면서 굳은살이 박인 검은 뒤꿈치를 치는 모습을 바라보았다. 숨을 쉬는 게 고통스러웠다. 나는 찢어진 베이지색 시트에 누웠다. 트럭의 천장이 보였다. 문이 열려 있다는 걸 알리는 경고음이 났다. 트럭 주위에서 발소리가 들렸다. 파리드와 소랍이 무슨 말인가를 빠르게 주고받는 소리가 들렸다. 문이 쾅 닫히고 시동이 걸렸다. 차가 움직였다. 내 이마에 작은 손이 와 닿는 것 같았다. 밖에서 사람들의 목소리가 들렸다. 소리를 치는 사람도 있는 것 같았다. 유리창으로 나무들이 지나가는 모습이 흐릿하게 보였다. 소랍이 흐느끼는 소리가 들렸다. 파리드는 아직도 똑같은 말을 반복하고 있었다.

"비스밀라! 비스밀라!"

그때, 나는 의식을 잃었다.

## 23

사람들의 얼굴이 안개 속으로 나타났다가 머물다 사라진다. 그들이 나를 내려다보고 묻는다. 모두가 묻고 있다. 당신이 누군지 알아요? 아픈 데가 있나요? 당연히 나는 내가 누군지 안다. 그리고 당연히 나는 온몸이 아프다. 나는 그들에게 이렇게 말해주고 싶지만 아파서 말을 할 수가 없다. 내가 이걸 아는 것은 얼마 전에, 어쩌면 1년 전에, 아니 2년 전에, 아니 10년 전에, 볼에 연지를 바르고 눈에 검게 마스카라를 한 아이에게 말을 걸려고 한 적이 있기 때문이다. 아이. 그래, 맞다. 이제 나는 그 아이를 본다. 우리는, 그러니까 그 아이와 나는 어떤 차 안에 있다. 소라야가 차를 운전하는 것 같지는 않다. 소라야는 이렇게 빨리 차를 몰지는 않는다. 나는 이 아이에게 뭔가를 얘기해주고 싶다. 그렇게 하는 것이 아주 중요할 것 같다. 하지만 내가 무슨 말을 하고 싶은 건지, 혹은 그것이 왜 중요한 건지 생각이 나질 않는다. 어쩌면 나는 그에게 그만 울라고 말하고 싶은 건지 모른다. 모든 게 이제 괜찮아질 거라고 말하고 싶은 건지 모른다. 그게 아닐지도 모른다. 이유는 생각나지 않지만, 나는 이 아이에게 고맙다는 말을 하고 싶다.

사람들의 얼굴. 그들은 모두 녹색 모자를 쓰고 있다. 그들이 시야에 들어왔다 나갔다 한다. 그들이 빠르게 말한다. 내가 모르는 말이다. 다른 사람들의 목소리도 들린다. 시끄러운 소리도 들린다. 경보음도 들린다. 더 많은 사람들의 얼굴이 보인다. 그들이 굽어본다. 나는 딱 한 사람 외에는 그들 중 아무도 기억할 수 없다. 머리에 젤을 바르고 클라크 게이블처럼 수염을 기르고 모자에 아프리카 대륙 모양의 얼룩이 있는 사람 말고는 아무도 기억나지 않는다. 연속극에 나오는 스타. 우습다. 웃고 싶다. 그러나 웃기만 해도 아프다.

나는 의식이 희미해진다.


그녀는 자기 이름이 '예언자의 아내'처럼 아이샤라고 한다. 그녀는 희끗희끗한 머리를 가운데에서 갈라 뒤에서 묶어 내려 뜨리고 있다. 그녀의 코에는 해 모양의 코걸이가 있다. 그녀는 다초점 안경을 끼고 있어 눈이 튀어나와 보인다. 그녀도 녹색 옷을 입고 있다. 그녀의 손은 부드럽다. 그녀는 내가 자기를 보는 걸 알고 미소를 짓는다. 그리고 영어로 뭐라고 한다. 뭔가가 내 옆구리를 찌른다.

　나는 의식이 희미해진다.


　한 남자가 내 침대 옆에 서 있다. 나는 그를 안다. 거무튀튀하고 홀쭉한 그는 수염을 길게 길렀다. 그는 모자를 쓰고 있다. 저런 모자를 뭐라고 부르더라? 파콜? 그는 그 모자를 이름이 기억나지 않는 어떤 유명한 사람처럼 삐딱하게 쓰고 있다. 나는 이 남자를 안다. 그는 몇 년 전에 나를 차에 태워 어딘가로 데려다주었다. 나는 그를 안다. 내 입에 뭔가 문제가 있는 듯하다. 부글거리는 소리가 들린다.

　나는 의식이 희미해진다.


　오른쪽 팔이 따끔거린다. 다초점 안경을 끼고 해 모양의 코걸이를 한 여자가 내 팔 위에 몸을 굽히고 투명한 튜브를 끼운다. 그녀가 말한다. "포타슘이랍니다. 벌한테 쏘이는 것처럼 따끔거리죠?" 정말 그렇다. 그녀의 이름이 뭐였더라? 예언자와 관련 있는 이름이었는데 말이다. 나는 몇 년 전부터 그녀를 알고 있었던 게 아닌가 싶다. 그녀는 머리를 위에서 묶어 내려뜨리곤 했었는데 이제는 머리를 내려 질끈 묶고 있다. 소라야도 우리가 처음 얘기를 나눴을 때 저런 머리를 하고 있었다. 그게 언제였더라? 지난주였나?

　아, 생각났다. 아이샤! 맞다.

내 입술이 뭔가 잘못된 것 같다. 뭔가가 가슴을 찌른다.

나는 의식이 희미해진다.

우리는 발루치스탄의 술레이만산에 와 있다. 바바는 검은 곰과 싸우고 있다. 바바는 내가 어렸을 때의 바바다. 그는 볼과 눈이 움푹 들어간 채 담요를 덮고 누워 있는 쇠약해진 사람이 아니라, 파슈툰의 힘을 상징하는 모범적인 인물, 즉 투판 아가(미스터 허리케인)다. 사람과 짐승의 몸이 푸른 잔디 위에서 구르고 있다. 바바의 곱슬한 갈색 머리가 바람에 휘날리고 있다. 곰이 으르렁거린다. 아니면 바바가 으르렁거리는 소리인지 모른다. 침이 튀고 피가 날아다닌다. 발톱과 손이 엉킨다. 쿵 하는 소리와 더불어 그들이 땅에 떨어진다. 바바가 곰을 타고 앉아 손가락으로 콧구멍을 공격하고 있다. 그가 나를 쳐다본다. 나도 쳐다본다. 그가 나다. 나는 곰과 싸우고 있다.

나는 잠에서 깬다. 거무튀튀하고 홀쭉한 남자가 내 침대 옆에 있다. 그의 이름이 파리드라는 게 이제 생각난다. 그가 아이와 함께 있다. 아이의 얼굴을 보자 방울 소리가 생각난다. 목이 마르다.

나는 의식이 희미해진다.

의식이 희미해졌다 돌아오기를 반복한다.

클라크 게이블의 수염을 기른 남자의 이름은 닥터 파루키였다. 그는 연속극에 나오는 스타가 아니라 뇌와 목을 전문으로 하는 외과 의사였다. 하지만 나는 그를 열대 섬을 배경으로 펼쳐지는 야한 연속극에 나오는 아만드라는 이름의 주인공이라고 생각했다.

나는 내가 어디에 있는지 묻고 싶었다. 그러나 입이 떨어지지 않았다. 나는 인상을 찌푸려보았다. 툴툴거리기도 했다. 아만드가 미소를 지었다. 그의 이는 눈이 부실 정도로 하얬다.

"아직은 안 됩니다, 아미르. 그러나 철사를 빼게 되면 곧 괜찮아질 겁니다."

그는 탁하고 구르는 듯한 우르두어 억양의 영어로 말했다.

철사라고?

아만드가 팔짱을 끼었다. 팔뚝의 털이 부얼부얼했다. 그는 금반지를 끼고 있었다.

"당신이 지금 어디에 있으며 당신한테 무슨 일이 있었는지 궁금하실 겁니다. 그건 아주 정상입니다. 수술 후에는 늘 그렇게 식별력이 약해져 있으니까요."

나는 그에게 철사에 관해 묻고 싶었다. 수술은 무슨 수술? 아이샤는 어디 있지? 나는 그녀가 나를 향해 짓는 미소를 보고 싶었다. 그녀의 부드러운 손을 만지고 싶었다.

아만드가 얼굴을 찡그리고 한쪽 눈썹을 치켜올리며 폼을 잡았다.

"당신은 지금 페샤와르의 병원에 있습니다. 지난 이틀 동안 여기에 있었습니다. 당신은 아주 심각한 상처를 입었습니다. 살아 있는 것만으로도 천행입니다."

그가 말을 하는 동안, 그의 집게손가락이 추처럼 앞뒤로 흔들렸다.

"비장이 파열되었던 것 같습니다만, 다행히도 복강에 초기 출혈이 있어서 파열이 지연된 것 같습니다. 일반외과 의사들이 응급 비장절제수술을 해야 했습니다. 파열이 더 일찍 있었다면 당신은 과다 출혈로 죽었을 것입니다."

그가 링거 바늘이 꽂혀 있는 내 팔을 살짝 두드리며 미소를 지었다.

"갈비뼈도 일곱 개나 부러졌습니다. 그중 하나 때문에 기흉증이 생겼습니다."

나는 얼굴을 찡그리며 입을 벌리려고 하다가 철사 어쩌고 했던 얘기를 떠올렸다.

"기흉증이란 폐에 구멍이 났다는 말입니다."

그는 나의 왼쪽 옆구리에 있는 투명한 튜브를 잡아당겼다. 가슴이 다시 찔리는 것 같았다.

"이 튜브를 이용해 구멍을 막았습니다."

튜브는 가슴에 댄 붕대를 통과해 물이 반쯤 찬 용기로 연결되어 있었다. 보글거리는 소리는 거기에서 나는 거였다.

"열상도 여러 군데 입었습니다. 열상이란 찢어졌다는 말입니다."

나는 그에게 나도 그 말이 무슨 뜻인지 알고 있다고 말하고 싶었다. 나는 작가였다. 나는 다시 철사가 있다는 걸 잊고 입을 열려고 했다.

"최악의 열상을 입은 곳은 당신의 윗입술입니다. 충격으로 윗입술이 정확하게 중앙에서 양쪽으로 갈라졌습니다. 하지만 걱정하지 마세요. 성형외과 의사들이 그것을 다시 꿰맸으니까요. 흉터는 남겠지만 결과가 아주 좋을 거라고 하더군요. 상처가 남는 건 어쩔 수 없는 일입니다. 그리고 왼쪽 안와에 골절상을 입었습니다. 안와는 눈구멍 뼈를 일컫는 겁니다. 그것도 고쳐야 했습니다. 당신의 턱에 댄 철사는 약 6주 후에 떼어낼 겁니다. 그때까지는 죽과 음료수 외에는 드실 수 없습니다. 몸무게가 좀 빠지실 겁니다. 그리고 한동안 〈대부〉 1부에 나오는 알 파치노처럼 말씀을 하시게 될 겁니다."

아만드는 여기에서 웃었다.

"그런데 오늘은 하실 일이 있습니다. 뭔지 아시겠어요?"

나는 고개를 저었다.

"오늘 하실 일은 방귀를 뀌는 일입니다. 그걸 하시면 죽을 드실 수 있습니다. 방귀를 못 뀌면 아무것도 못 먹습니다."

그가 다시 웃었다.

나중에 아이샤가 링거 튜브를 바꿔주고 내가 마치 부탁한 것처럼 침대 머리를 올려줬을 때, 나는 나한테 무슨 일이 있었는지 생각해보았다. 비장이 파열되고 이가 깨지고 허파에 구멍이 나고 안와가 부서졌다고 했다. 비둘기 한 마리가 창턱에 있는 빵가루를 쪼아 먹고 있었다. 그때, 나는 문득 의사가 했던 얘기를 떠올렸다. '충격으로 윗입술이 정확하게 중앙에서 양쪽으로 갈라졌습니다.' 의사는 정확하게 가운데에서 갈라졌다고 했다. 언청이처럼 말이다.

파리드와 소랍이 다음 날 찾아왔다.

파리드가 반쯤 농담으로 말했다.

"오늘은 우리가 누군지 아시겠어요? 기억나세요?"

내가 고개를 끄덕였다.

그가 환히 웃으며 말했다.

"알 함두릴라(알라여, 감사하나이다)! 쓸데없는 얘기는 그만할게요."

"파리드, 고마워요."

나는 턱이 철사로 고정된 상태라 가까스로 말했다. 의사의 말이 맞았다. 내가 내는 소리는 〈대부〉에서 알 파치노가 말하는 소리와 비슷했다. 나는 이가 없는 빈자리에 혀가 닿을 때마다 놀랐다. 그 자리는 내가 삼켜버린 이들이 있던 자리였다.

"정말이에요. 모든 게 다 고마워요."

그는 얼굴을 약간 붉히며 손을 내둘렀다.

"됐어요. 고마워해야 할 가치도 없는 건데요 뭘."

나는 소랍을 향해 눈을 돌렸다. 새로운 옷을 입고 있었다. 그에게 다소 커 보이는 옅은 갈색 피르한 툼반이었다. 챙이 없는 검은색 모자도 쓰고 있었다. 그는 발을 내려다보며 침대 옆에 있는 구불구불한 링거 줄을 만지작거렸다.

나는 그에게 손을 건네며 말했다.

"우리가 제대로 서로를 소개한 적이 없었구나. 나는 아미르 다."

그는 내가 내민 손을 바라보다가 다시 나를 쳐다보았다.

"아빠가 말씀하시던 아미르 도련님이시죠?"

"그래."

나는 하산이 편지에 썼던 말을 떠올렸다. "저는 파르자나와 소랍에게 도련님에 관한 얘기를 많이 해줬습니다. 우리가 함께 자라고 놀고 거리를 뛰어다녔다는 얘기도 해줬습니다. 파르자나와 소랍은 도련님과 제가 했던 개구쟁이 짓에 대해 얘기해주면 깔깔 웃고 난리랍니다." 하산은 편지에 그렇게 썼었다.

내가 말했다.

"소랍, 너한테도 고맙다는 말을 해야겠구나. 네가 나를 살렸다."

그는 아무 말도 하지 않았다. 그가 내 손을 잡지 않자 나는 손을 내려뜨렸다. 내가 중얼거리듯 말했다.

"너의 새 옷이 마음에 든다."

파리드가 말했다.

"제 아들 거예요. 그 아이는 너무 커서 못 입거든요. 소랍한테는 아주 잘 맞는 것 같아요."

그는 있을 만한 곳을 찾을 때까지 소랍을 그의 집에 둬도 좋다고 했다.

"방이 많지는 않지만 어쩔 수 없죠. 아이를 거리에 내놓을 수는 없으니까요. 게다가 우리 아이들이 소랍을 아주 좋아해요. 그렇지, 소랍?"

그러나 아이는 아래를 내려다본 채 손가락으로 링거 줄을 만지작거리고만 있었다.

파리드가 약간 머뭇거리며 말했다.

"당신에게 물어보고 싶은 게 있어요. 그 집에서 무슨 일이 있었나요? 당신과 탈레반 사이에 무슨 일이 있었던 거죠?"

"우리 두 사람 다 받아야 할 걸 받았다고만 해둡시다."

파리드가 고개를 끄덕이며 더 이상 캐묻지 않았다. 페샤와르를 떠나 아프가니스탄을 향하던 어디쯤에서 우리 두 사람이 친구가 되었다는 생각이 문득 들었다.

"나도 당신에게 묻고 싶은 게 있었어요."

나는 묻고 싶지 않았다. 대답이 두려워서였다.

"라힘 한에 관한 겁니다."

"사라지셨어요."

심장이 뛰었다.

"그분이······."

그가 나에게 한 장의 접힌 종이와 작은 열쇠를 건네며 말했다.

"아뇨, 그냥 사라지셨어요. 그분을 뵈러 가니 집주인이 이걸 제게 줬어요. 라힘 한은 우리가 떠난 다음 날 떠나셨다고 하더 군요."

"어디로 가셨을까요?"

파리드가 어깨를 으쓱해 보였다.

"주인은 모르겠다고 했어요. 라힘 한은 당신에게 편지와 열쇠를 남기고 떠나셨대요."

그가 시계를 쳐다보았다.

"저, 가야 되겠어요. 가자, 소랍."

내가 말했다.

"잠시 이 아이를 여기 있게 하고 나중에 데려갈 수 있어요?"

나는 소랍을 향해 말했다.

"너, 여기서 잠시 나하고 있지 않을래?"

그가 어깨를 으쓱하더니 아무 말도 하지 않았다.

파리드가 말했다.

"물론이죠. 저녁 기도 시간 직전에 데리러 올게요."


내 방에는 세 명의 다른 환자들이 있었다. 두 명은 나보다 나이가 많은 사람들이었다. 한 사람은 다리에 깁스를 한 환자였고, 다른 사람은 천식으로 고생하는 환자였다. 또 한 사람은 맹장수술을 한 열대여섯 살쯤 되어 보이는 소년이었다. 깁스를 한 노인이 눈도 깜빡이지 않고 우리를 빤히 쳐다보았다.

그의 눈이 나와 의자에 앉아 있는 하자라인 아이를 번갈아 쳐다보았다. 환자들의 가족들이 병실을 시끄럽게 들락거렸다. 밝은 색상의 샬와르 카미제를 입은 나이 든 여자들과 아이들, 그리고 챙 없는 모자를 쓴 남자들이 들락거렸다. 그들은 파코라, 빵, 사모사, 비르야니 등과 같은 음식을 가져왔다. 때때로 이유 없이 병실을 기웃거리는 사람들도 있었다. 파리드와 소랍이 도착하기 직전에도 수염을 기른 키 큰 남자가 병실에 그냥 들어왔다. 그는 갈색 담요로 몸을 싸고 있었다. 아이샤가 그에게 우르두어로 뭔가를 물어도 그는 응수하지 않고 병실을 눈으로 훑어보기만 했다. 나는 그가 필요 이상으로 나를 오래 바라본다고 생각했다. 간호사가 다시 그에게 말을 건네자, 그는 몸을 돌려 병실에서 나갔다.

나는 소랍에게 물었다.

"기분이 어떠니?"

그가 어깨를 으쓱했다. 그는 자기 손을 내려다보고 있었다.

"배고프니? 저쪽에 있는 아주머니가 나한테 비르야니를 한 접시 줬는데 나는 먹을 수가 없으니 네가 먹을래?"

나는 달리 무슨 말을 해야 할지 몰랐다.

그가 고개를 저었다.

"얘기하고 싶니?"

그가 다시 고개를 저었다.

우리는 그렇게 잠시 말없이 앉아 있었다. 나는 두 개의 베개

를 등에 대고 침대에 앉아 있었고, 소랍은 침대 옆에 있는 삼
발의자에 앉아 있었다. 어느 순간, 나는 잠이 들었다. 잠에서
깨니 날이 조금 어둑해졌고 그림자가 길어져 있었다. 소랍은
아직도 내 옆에 앉아 있었다. 그는 그저 자기 손만 내려다보고
있었다.

그날 밤, 파리드가 소랍을 데려간 후, 나는 라힘 한의 편지를
펼쳤다. 나는 가능한 한 오래, 편지 읽는 걸 미루었다.

아미르에게

인샬라, 네가 이 편지를 무사히 받게 되는구나. 내가 너를 위
험에 빠뜨리지 않았기를 바란다. 그리고 아프가니스탄이 너에
게 너무 불친절하지 않았기를 빈다. 나는 네가 떠난 날부터 너
를 위해 기도하고 있다.

내가 오랫동안 알고 있었다는 너의 생각은 맞다. 나는 알고
있었다. 그 일이 있은 직후 하산이 나한테 얘기했었으니까. 아
미르, 네가 했던 짓은 잘못이었다. 하지만 그 일이 일어났을 때
너는 어린애였다는 사실을 잊지 말아라. 복잡한 어린애였지.
너는 당시에 너 자신한테 너무 가혹했다. 너는 지금도 그렇더
구나. 네가 페샤와르에 왔을 때, 나는 네 눈에서 그걸 확인했
다. 하지만 네가 명심해야 할 게 하나 있다. 그것은 양심도 없
고 선하지도 않은 사람은 고통을 당하지 않는다는 사실이다.

나는 네 고통이 이번에 아프가니스탄에 가는 것으로 끝나기를 바란다.

아미르, 오랜 세월 동안 우리가 너한테 했던 거짓말들이 부끄럽구나. 네가 페샤와르에서 화를 낸 건 당연했다. 너에게는 알 권리가 있었다. 하산도 마찬가지였다. 그렇다고 해서 잘못이 용서되는 것은 아니지만 당시에 우리가 살았던 카불은 이상한 곳이었다. 다른 것들이 진실보다 더 중요했던 낯선 세계였다.

아미르, 나는 네가 어렸을 때 네 아버지가 너한테 얼마나 심하게 대했는지 알고 있다. 나는 네가 얼마나 고통스러워했고 그의 사랑을 얼마나 갈구했는지 알고 있었다. 내 가슴이 찢어질 정도였다. 하지만 아미르, 네 아버지는 너와 하산 사이에서 마음이 갈래갈래 찢긴 사람이었다. 그는 너희 두 사람을 사랑했다. 하지만 그는 하산에게는 아버지로서 원하는 만큼 드러내놓고 사랑을 줄 수 없었다. 그래서 사회적으로 적법한 아들인 너에게는 그토록 심하게 했던 것이다. 아미르, 너는 그가 물려받은 재산과 죄를 짓고도 무사할 수 있는 특권을 상징하는 존재였다. 그는 너를 보면서 자기 자신과 자신의 죄를 보았다. 너는 아직도 화가 나 있겠지. 나는 네가 이걸 받아들일 것이라고 기대하는 게 너무 성급한 짓이라는 건 알고 있다. 하지만 너도 네 아버지가 너한테 심하게 했던 것은 결국 그 스스로에게 심하게 한 것이었다는 걸 깨닫게 될 날이 있을 것이다.

네 아버지도 너처럼 고통스러워했던 사람이다.

네 아버지가 돌아가셨다는 소리를 듣고 얼마나 슬프고 앞이 캄캄했는지 묘사할 길이 없구나. 나는 그가 내 친구이기 때문에 사랑했다. 동시에 나는 그가 선한 사람이었기 때문에 사랑했다. 아니 어쩌면 위대한 사람이었기 때문에 사랑했는지 모른다. 네가 이해해줬으면 싶은 게 있다. 그것은 선이, 진짜 선이 네 아버지의 죄책감에서 비롯되었다는 사실이다. 때때로 나는 그가 했던 일을 생각해본다. 네 아버지는 거리의 가난한 사람들에게 먹을 것을 주고 고아원을 세우고 어려운 친구들에게 돈을 줬다. 그 모든 것이 속죄하고자 하는 그 나름의 방식이었다. 내 생각에는 그게 진짜 구원이다. 죄책감이 선으로 이어지는 것 말이다.

나는 신이 결국 용서해주실 거라는 걸 안다. 신은 네 아버지와 나, 그리고 너까지 용서해주실 것이다. 너도 똑같이 할 수 있으면 좋겠구나. 가능하면 네 아버지를 용서해라. 그러고 싶다면 나도 용서해다오. 하지만 가장 중요한 건 너 자신을 용서하는 것이다.

너한테 얼마간의 돈을 남긴다. 사실, 내가 가진 대부분의 것이라고 해야 맞는 말이겠다. 네가 이곳으로 돌아오면, 돈 쓸 곳이 생길지도 모르겠다. 이 돈이면 충분할 것이다. 페샤와르에 은행이 있다. 파리드는 그 은행이 어디 있는지 알고 있다. 돈은 금고에 있다. 여기에 열쇠를 동봉한다.

나는 갈 때가 된 것 같다. 살날이 별로 남지 않았다. 그래서 혼자 있고 싶다. 나를 찾지 말아다오. 그것이 내가 너한테 마지막으로 하는 부탁이다.

너를 신의 손에 맡긴다.

너의 영원한 친구 라힘

나는 환자복 소매로 눈물을 훔쳤다. 그리고 편지를 접어 매트리스 밑에 넣었다.

라힘 한의 말이 머릿속에서 맴을 돌았다. "아미르, 너는 그가 물려받은 재산과 죄를 짓고도 무사할 수 있는 특권을 상징하는 존재였다." 어쩌면 바로 그래서 바바와 내가 미국에서는 훨씬 잘 지내게 됐는지 모를 일이었다. 몇 푼 안 되는 돈을 받고 중고 물품을 팔고, 천한 일을 하고, (미국식 오두막에 해당하는) 지저분한 아파트에 살면서, 바바는 내게서 하산의 일부를 보았는지 몰랐다.

라힘 한은 "네 아버지도 너처럼 고통스러워했던 사람이다"라고 했다. 그랬을지 모른다. 우리 두 사람 다 죄를 짓고 다른 사람을 배반했다. 하지만 바바는 죄책감 속에서 선을 만들어내는 방법을 찾아냈다. 하지만 나는 뭘 했던가! 나는 내가 배반했던 사람들에게 내 죄를 전가하고 모든 걸 잊으려고만 하지 않았던가! 불면증에 시달린 것 말고는 내가 한 일이 뭔가!

잘못을 바로잡으려고 내가 뭘 했던가!

간호사가 주사기를 갖고 들어왔다. 아이샤가 아니라 이름이 잘 생각나지 않는 붉은 머리의 간호사였다. 그녀가 모르핀 주사가 필요한지 묻자, 나는 그렇다고 대답했다.

그들은 다음 날 아침 일찍, 내 가슴에 있던 튜브를 제거했다. 아만드는 아이샤에게 사과주스를 먹이라고 했다. 나는 아이샤가 내 침대 옆의 탁자 위에 주스 잔을 놓을 때, 거울을 좀 가져다 달라고 부탁했다. 그녀는 다초점 안경을 이마에 올리고 커튼을 열어 아침 햇살이 병실로 쏟아져 들어오게 했다. 그녀가 어깨 너머에서 말했다.

"며칠 내로 좋아지실 거예요. 제 사위도 작년에 몹쓸 사고를 당해 잘생긴 얼굴이 아스팔트에 짓이겨져 가지처럼 보라색이었어요. 그런데 지금은 잘생긴 얼굴로 돌아와서 파키스탄 영화배우처럼 미끈해졌어요."

그녀가 다짐해줬음에도 불구하고, 나는 거울에 비친 내 얼굴을 보자 숨이 막혔다. 그게 어찌 내 얼굴인가 싶었다. 누군가가 내 살갗 밑에 공기펌프 주둥이를 넣고 공기를 불어 넣은 것 같았다. 최악은 내 입술이었다. 상처와 실밥에 자주색과 빨간색이 뒤섞인 모습이 기괴했다. 나는 미소를 지어보려고 했지만 입술이 너무 아팠다. 당분간은 그래서는 안 되었다. 왼쪽 뺨에도 꿰맨 자리가 있었다. 턱 밑도 그랬고 이마 선 바로 밑도 그랬다.

다리에 깁스를 한 노인이 우르두어로 무슨 말인가를 했다. 나는 어깨를 으쓱하고 고개를 저었다. 그가 자기 얼굴을 가리키며 살짝 두드리더니 이가 없는 입으로 크게 웃었다. 그가 영어로 말했다.

"잘됐다오. 인샬라."

내가 속삭였다.

"고맙습니다."

내가 거울을 치웠을 때, 파리드와 소랍이 들어왔다. 소랍이 의자에 앉아 머리를 침대 난간에 기댔다.

"여기서 빨리 나가야 할 것 같아요."

파리드가 말했다.

"의사 말로는……."

"병원 말고 페샤와르 말이에요."

"왜요?"

그가 목소리를 낮췄다.

"여기에 오래 있으면 안전하지 못할 것 같아요. 탈레반은 이곳에도 친구들이 있어요. 그들이 당신을 찾기 시작할 거예요."

내가 나직하게 말했다.

"이미 찾기 시작한 것 같아요."

병실에 무작정 들어와 나를 바라보며 한참 서 있던 수염 기른 남자가 갑자기 떠올랐다.

파리드가 몸을 기울이며 말했다.

"걸을 수 있게 되는 대로 이슬라마바드로 모셔다드릴게요. 거기도 완전히 안전하지는 않아요. 파키스탄에는 안전한 곳이 없어요. 그래도 여기보다는 안전할 거예요. 적어도 시간은 벌 수 있을 거예요."

"파리드, 당신도 안전하지 못해요. 나하고 같이 있는 모습을 보여서는 안 될지 몰라요. 당신한테는 돌봐야 할 가족도 있잖 아요."

파리드가 손을 내두르는 몸짓을 했다.

"내 아이들은 어리지만 아주 민첩해요. 그 아이들은 어머니 와 여동생들을 어떻게 돌봐야 하는지 잘 알아요."

그는 여기에서 미소를 지었다.

"게다가 내가 이걸 공짜로 해준다는 말은 안 했어요."

"당신이 그러겠다고 해도 내가 가만히 있지 않을 거예요."

나는 내가 미소를 지을 수 없다는 걸 금세 잊고 미소를 지 으려고 했다. 가느다란 핏줄기가 턱으로 흘러내렸다.

"한 가지 더 부탁을 해도 될까요?"

"당신을 위해서라면 천 번이라도 들어드릴게요."

그 말을 듣고 나는 울음을 터뜨렸다. 나는 숨을 헉헉거리며 울었다. 눈물이 볼을 타고 흘러내렸다. 아물지 않은 입술이 쓰 렸다.

파리드가 놀라며 물었다.

"무슨 일이세요?"

나는 한 손으로 얼굴을 가리고 다른 손을 들었다. 나는 방 안에 있는 모든 사람이 나를 지켜보고 있다는 걸 알았다. 울고 나자 피곤했다.

"미안해요."

소랍은 걱정스러운 얼굴로 나를 바라보았다.

다시 말을 할 수 있게 됐을 때, 나는 파리드에게 뭐가 필요 한지를 얘기했다.

"라힘 한에 따르면 그들은 이곳 페샤와르에 살고 있어요."

파리드가 말했다.

"여기에 그들의 이름을 적어주세요."

파리드가 나를 조심스럽게 바라보았다. 나의 감정이 또 폭발 할지 몰라 두려운 모양이었다. 나는 종이 휴지에 그들의 이름 을 적었다. '토머스, 베티 콜드웰.'

파리드는 접은 종이를 주머니에 넣었다.

"최대한 빨리 찾아볼게요."

그가 소랍을 향해 말했다.

"오늘 저녁에 데리러 오마. 아저씨를 너무 피곤하게 하지 말 아라."

하지만 소랍은 아무 말도 하지 않고, 대여섯 마리의 비둘기 들이 창턱에서 나무와 빵 부스러기를 쪼며 왔다 갔다 하는 창 문을 향해 어슬렁어슬렁 걸어갔다.

내 침대 옆 장식장의 가운데 서랍 안에는 여러 가지 것들이 들어 있었다. 오래된 《내셔널 지오그래픽》도 있었고 이로 깨물어놓은 연필과 이가 빠진 빗도 있었고, 그리고 내가 찾던 한 묶음의 카드도 있었다. 그걸 찾다 보니 얼굴에 땀이 흘렀다. 카드를 세어보니 놀랍게도 온전한 세트였다. 나는 소랍에게 카드놀이를 하고 싶지 않으냐고 물었다. 놀이는 고사하고 나는 그가 대답을 할 것이라고도 기대하지 않았다. 그는 우리가 카불을 빠져나온 후로 말수가 줄었다. 하지만 그가 유리창에서 몸을 돌리며 말했다.

"제가 알고 있는 게임은 판즈파르밖에 없어요."

"벌써 너한테 미안해지기 시작하는구나. 판즈파르에는 내가 대가니까. 세계적으로 유명한 대가란다."

그는 내 옆에 있는 의자에 앉았다. 나는 그에게 다섯 장의 카드를 줬다.

"네 아버지와 나는 네 나이였을 때, 이 게임을 하곤 했지. 눈이 와서 밖으로 나갈 수 없는 겨울에는 특히 많이 했다. 해가 질 때까지 했단다."

그가 한 장을 내놓고 다른 한 장을 가져갔다. 나는 그가 뭘 내놓을지 망설일 때 그를 슬쩍 쳐다봤다. 그는 아버지를 닮은 게 너무 많았다. 두 손으로 카드를 펼치는 것도 그랬고, 카드를 볼 때 눈을 가늘게 뜨는 것도 그랬다. 상대의 눈을 똑바로 바라보지 않는 것도 그랬다.

우리는 말없이 게임을 했다. 내가 첫 게임을 이겼다. 그리고 두 번째는 그가 이기게 해줬다. 그런데 이후 다섯 번은 정정당당하게 해서 내가 졌다.

나는 마지막 게임에서 진 다음, 말했다.

"너는 네 아버지만큼 잘하는구나. 어쩌면 더 잘하는지도 모르겠다. 나는 때때로 네 아버지를 이기곤 했는데 내 생각에 네 아버지가 져줬던 것 같다."

나는 잠시 멈췄다가 말을 이었다.

"네 아버지와 나는 같은 유모의 젖을 먹고 자랐단다."

"알고 있어요."

"알고 있다고? ……네 아버지가 그 얘기를 너한테 해줬단 말이냐?"

"아저씨가 최고의 친구라고 했어요."

나는 손에 든 다이아몬드 잭을 돌리고 앞뒤로 움직였다.

"유감스럽게도 나는 그렇게 좋은 친구가 아니었단다. 그러나 나는 네 친구가 되고 싶다. 너한테는 좋은 친구가 될 수 있을 것 같다. 괜찮겠니? 그래도 되겠니?"

나는 그의 팔에 조심스럽게 손을 얹었다. 하지만 그가 주춤거렸다. 그가 카드를 의자에 놓고 창문 쪽으로 다시 갔다. 해가 지면서 하늘에 붉은색과 자주색 줄무늬를 만들어놓고 있었다. 당나귀 울음소리와 자동차 경적 소리, 경찰관의 호각 소리가 아래쪽 거리에서 계속 올라왔다. 소랍은 이마를 유리에 대고 주먹을 겨드랑이에 묻은 채 진홍색 빛 속에 서 있었다.

그날 밤, 아이샤는 남자 보조원에게 내가 걷는 연습을 하도록 돕게 했다. 그런데 한 손으로는 바퀴가 달린 링거 스탠드를 잡고 다른 손으로는 보조원의 팔뚝을 잡고 병실을 한 바퀴 돌았을 뿐인데, 침대로 돌아가는 데 무려 10분이나 걸렸다. 수술한 배가 욱신거리고 온몸이 땀으로 흠뻑 젖었다. 나는 숨을 헐떡이며 침대에 누웠다. 귀에서 피가 뛰는 소리가 들렸다. 아내가 너무 보고 싶었다.

소랍과 나는 다음 날 대부분을 판즈파르 게임을 하며 보냈다. 이번에도 아무 말 없이 게임을 했다. 그다음 날도 그랬다. 우리는 거의 말을 하지 않고 판즈파르 게임만 했다. 나는 침대에 몸을 기대고 그는 삼발의자에 앉아서 게임을 했다. 게임이 중단되는 것은 내가 병실을 한 바퀴 돌며 걷는 연습을 할 때와 복도 아래쪽에 있는 화장실에 갈 때뿐이었다. 그날 밤 늦게, 나는 꿈을 꿨다. 눈에 쇠구슬이 박힌 아세프가 병실 문가에 서 있었다. "너나 나나 같아. 너는 그와 같이 젖을 먹었을지 모르지만 사실은 나와 쌍둥이야."

나는 다음 날 아침 일찍, 아만드에게 퇴원을 하겠다고 말했다.

아만드가 말렸다.

"퇴원하기에는 아직 이릅니다."

그는 수술복을 입지 않고, 수수한 감색 양복에 노란 넥타이를 매고 있었다. 머리에는 젤을 발랐다.

"당신은 아직 혈관주사를 맞고 있습니다. 그리고……."

"가야 됩니다. 나는 당신이 나를 위해 해준 것에 감사하고 있습니다. 당신들 모두에게 감사하고 있습니다. 정말입니다. 그러나 나는 나가야 됩니다."

"어디로 갈 건데요?"

"그건 얘기하지 않는 게 좋겠습니다."

"당신은 지금 걷지도 못하는 상태예요."

"복도 끝까지 걸어갔다 올 수는 있습니다. 괜찮을 겁니다."

내 계획은 이랬다. 퇴원을 하고 금고에서 돈을 찾아 병원비를 낸 다음, 토머스와 베티 콜드웰이 운영하는 고아원에 가서 소랍을 맡기고, 이슬라마바드로 가서 여행 계획을 변경하고 며칠 더 쉰 다음, 집으로 갈 생각이었다.

그것이 내 계획이었다. 그날 아침, 파리드와 소랍이 오기 전까지는 그랬다. 파리드가 말했다.

"토머스와 베티 콜드웰이라는 사람은 페샤와르에 없습니다."

피르한 툼반을 입는 데만 10분이 걸렸었다. 팔을 올리자, 의사들이 튜브를 집어넣기 위해서 절제한 가슴 부위가 아팠다. 몸을 기울일 때마다 배가 쑤시고, 몇 개의 소지품을 갈색 종이 봉투에 넣는 일에도 숨이 가빴다. 하지만 나는 가까스로 준비를 마치고 침대 가장자리에 앉아 있었다. 그런데 파리드가 그런 소식을 갖고 돌아온 것이었다. 소랍은 내 옆에 앉아 있었다.

내가 물었다.

"그들이 어디로 갔답니까?"

파리드가 고개를 저었다.

"아직도 이해를 못 하시는 것 같군요……."

"라힘 한은 그렇게 말씀하셨는데……."

파리드가 내 가방을 들며 말했다.

"미국 영사관에 가서 물어보니 페샤와르에 토머스와 베티 콜드웰이라는 사람들은 없었답니다. 그런 사람들이 아예 없었다는 거예요. 페샤와르에는 없었답니다."

내 옆에 앉은 소랍이 오래된 《내셔널 지오그래픽》을 넘기고 있었다.


우리는 은행에서 돈을 찾았다. 겨드랑이에 난 땀자국이 밖으로 보이고 배가 불룩 나온 지점장이 연신 미소를 지으며 아무도 그 돈에 손을 댄 사람이 없다고 거듭 말했다. 그는 아만드와 똑같이 집게손가락을 흔들며 심각하게 말했다.

"절대 아무도 없습니다."

종이봉투에 그렇게 많은 돈을 넣어 페샤와르를 통과하는 것은 조금은 겁이 나는 일이었다. 게다가 수염을 기른 남자가 쳐다보면, 그가 아세프가 보낸 탈레반 킬러가 아닐까 하는 생각이 들었다. 두 가지가 나의 두려움에 복합적으로 작용했다. 하나는 페샤와르에 수염을 기른 남자들이 많다는 것이었고, 다른 하나는 그들이 사람의 얼굴을 똑바로 쳐다본다는 것이었다.

파리드가 병원 수납 창구에서 차가 있는 곳으로 천천히 돌아가며 말했다.

"저 아이를 어떻게 하죠?"

소랍은 뒷자리에 앉아 손바닥으로 턱을 괴고 내려진 유리창 밖으로 차들을 바라보고 있었다.

나는 헐떡이며 말했다.

"페샤와르에 놔둘 수는 없어요."

그는 내 말 속에 질문이 들어 있다는 걸 알아차렸다.

"맞아요, 그건 안 되죠. 죄송해요. 저도 그랬으면……."

나는 피곤한 미소를 지어 보였다.

"파리드, 괜찮아요. 당신한테는 먹여 살려야 할 입이 많잖아요."

개 한 마리가 트럭 옆에 서 있었다. 개는 뒷발로 서서 앞발로 트럭의 문을 짚고 꼬리를 치고 있었다. 소랍이 개를 쓰다듬어주고 있었다.

내가 말했다.

"우선은 이슬라마바드로 가야 할 것 같아요."

나는 이슬라마바드로 가는 네 시간 내내 잤다. 나는 꿈을 많이 꿨다. 기억에 남는 것은 대부분 단편적인 이미지가 뒤죽

박죽된 것들이다. 명함 정리기 속의 명함들처럼 머릿속에서 넘어가는 단편적인 기억뿐이다. 나의 열세 번째 생일 파티를 위해 양고기를 절이는 바바, 처음으로 사랑을 나누는 소라야와 나, 동쪽에서 해가 떠오르는 모습, 아직도 우리들의 귀에 울리는 결혼식 음악, 헤나 물감으로 물들인 그녀의 손과 얽혀 있는 나의 손. 바바가 하산과 나를 데리고 갔던 잘랄라바드의 딸기밭, 딸기를 최소한 4킬로그램만 사면 먹고 싶은 만큼 먹어도 좋다고 말하던 딸기밭 주인, 딸기를 너무 먹어서 하산과 내가 복통을 앓던 일. 하산의 바지 아래에서 눈 위로 흘러내리던 검붉은 피. 거의 까맣다고 할 수 있는 피의 색깔. "신이 가장 잘 아시지. 아이가 없는 게 네 팔자인지도 모르지"라고 말하며 소라야의 머리를 어루만지던 장모. 우리 집 옥상에서 잠을 자던 모습. 도둑질만큼 큰 죄가 없다고 말하던 바바. "네가 거짓말을 하면 너는 진실에 대한 누군가의 권리를 훔치는 것이다." 나한테 전화로 다시 착해질 수 있는 길이 있다고 말하던 라힘 한의 모습. "다시 착해질 수 있는 길이 있어……."

## 24

페샤와르가 나한테 카불이 옛날에 어떤 모습이었는지 생각 나게 하는 도시라면, 이슬라마바드는 카불이 나중에 어떤 모 습이 될지를 상상할 수 있게 해주는 도시였다. 도로는 페샤와 르보다 넓고 깨끗했다. 히비스커스와 불꽃나무들이 도로 양쪽 에 늘어서 있었다. 시장은 더 정돈되어 있었고, 인력거들과 보 행자들로 북새통을 이루지도 않았다. 건물들은 더 우아하고 현대적이었다. 공원에는 장미와 재스민이 나무 그늘 속에 피어 있었다.

파리드는 마갈라 언덕 밑으로 난 옆길에 있는 작은 호텔을 찾아냈다. 우리는 그쪽으로 가는 길에 유명한 샤 파이잘 사원 을 지나쳤다. 그 사원은 거대한 콘크리트 대들보와 뾰족탑들이 있는, 세계에서 가장 큰 사원이었다. 소랍은 사원을 보자 활기가 돌았다. 그는 창밖으로 고개를 내밀고 차가 모퉁이를 돌 때까지 사원을 쳐다보았다.

호텔 방은 파리드와 내가 묵었던 카불의 호텔 방보다 훨씬 양호했다. 시트는 깨끗했고 카펫은 청소가 되어 있었다. 그리고 화장실도 나무랄 데 없었다. 샴푸, 비누, 면도기, 욕조, 레몬 향이 나는 수건 등이 잘 갖춰져 있었다. 벽에는 핏자국도 없었다. 그리고 두 개의 싱글 침대 맞은편에 있는 장식장에는 텔레비전이 놓여 있었다.

나는 소랍에게 말했다.

"여길 봐라!"

나는 리모컨이 없어서 손으로 채널을 돌려 어린이 프로에 고정시켰다. 두 마리의 보풀보풀한 양 인형들이 우르두어로 노래를 하고 있었다. 소랍은 침대에 앉아 무릎을 가슴 쪽으로 오그렸다. 그는 무표정한 얼굴로 몸을 앞뒤로 흔들며 텔레비전을 봤다. 그의 녹색 눈에 텔레비전에 나오는 영상들이 비쳤다. 나는 하산에게 어른이 되면 컬러텔레비전을 사주겠다고 약속했던 일을 떠올렸다.

파리드가 말했다.

"저는 갈게요."

"자고 가요. 먼 거리잖아요. 내일 아침에 가요."

"타샤코르. 하지만 아이들이 보고 싶어서 가려고요."

그는 호텔 방에서 나가다가 문간에 잠시 멈췄다.

"잘 있어라, 소랍."

그는 답변을 기대했다. 하지만 소랍은 그에게 신경을 쓰지 않았다. 그는 앞뒤로 몸을 움직이며 텔레비전을 볼 뿐이었다. 스크린에 반짝이는 은빛 영상들 때문에 그의 얼굴이 밝아 보였다.

나는 밖으로 나가 파리드에게 봉투를 건넸다. 봉투를 열어보더니 그의 입이 벌어졌다.

내가 말했다.

"당신에게 어떻게 감사해야 할지 모르겠어요. 당신은 나를 위해 너무 많은 일을 해줬어요."

파리드가 조금 얼떨떨한 얼굴로 말했다.

"여기에 들어 있는 게 얼마죠?"

"2천 달러가 조금 넘을 거예요."

"2천 달러……."

그의 아랫입술이 약간 떨렸다. 나중에 그는 호텔을 빠져나가며 경적을 두 번 울리고 손을 흔들었다. 나도 손을 흔들었다. 그리고 나는 다시는 그를 보지 못했다.

나는 호텔 방으로 돌아갔다. 소랍은 C자로 몸을 구부리고 침대에 누워 있었다. 그의 눈은 감겨 있었다. 하지만 잠을 자는지 어쩐지는 확실치 않았다. 텔레비전은 꺼져 있었다. 나는 침대에 앉았다. 이곳저곳이 아팠다. 나는 얼굴을 찡그리며 이마에 솟은 식은땀을 닦았다. 일어나고 앉고 침대에서 몸을 움직일 때마다 아픈 것이 얼마나 오래갈지 궁금했다. 딱딱한 음식을 언제나 먹을 수 있게 될지도 궁금했다. 또한 침대에 누워 있는 저 상처받은 아이를 어떻게 해야 할지도 궁금했다. 하지만 나는 부분적으로 그 답을 이미 알고 있었다.

장식장 위에 물병이 놓여 있었다. 나는 물을 따라 아만드가 처방해준 진통제를 두 알 먹었다. 물은 미지근하고 썼다. 나는 커튼을 여미고 침대에 누웠다. 가슴이 찢어질 것 같았다. 고통이 조금 사라지고 다시 숨을 쉴 수 있게 되었을 때, 나는 가슴까지 담요를 덮고 진통제가 약효를 발휘하기를 기다렸다.

잠에서 깨자 방이 더 어두워져 있었다. 커튼 자락 사이로 보이는 하늘을 보니 자주색 황혼이 어둠에 자리를 내주고 있었다. 시트는 땀으로 젖어 있었다. 머리가 지끈거리며 아팠다. 꿈을 꾸긴 했는데, 무슨 꿈이었는지 생각나지 않았다.

그런데 소랍의 침대가 비어 있었다. 가슴이 철렁했다. 나는 그의 이름을 불렀다. 내 목소리에 내가 놀랐다. 몸이 다친 상태로 집에서 수천 마일 떨어진 컴컴한 호텔 방에 앉아, 불과 며칠 전에 만났을 뿐인 아이의 이름을 부르고 있자니 마음이 혼란스러웠다. 나는 그의 이름을 다시 불렀다. 아무 대답도 없었다. 나는 가까스로 침대에서 나와 화장실도 살펴보고 좁은 복도도 살펴보았다. 그는 어디에도 없었다.

나는 문을 잠그고, 한 손으로 난간을 잡고 로비에 있는 지배인 사무실로 절뚝거리며 갔다. 지배인은 윗부분이 포마이카로 된 카운터 뒤에서 신문을 읽고 있었다. 나는 소랍의 인상착의를 알려주고 그런 아이를 봤는지 물었다. 그는 신문을 내려놓고 독서용 안경을 벗었다. 머리에 기름기가 많고 사각형 모양의 희끗한 콧수염이 있는 남자였다. 정확히 무슨 과일인지는 알 수 없지만 그에게서 열대 과일 냄새가 났다.

그가 한숨을 쉬며 말했다.

"아이들은 정신없이 달음질치는 걸 좋아하죠. 여기에 세 아이가 있는데 하루 종일 돌아다니며 어머니들의 속을 썩이고 있답니다."

그는 내 턱을 응시하며 신문으로 부채질을 했다.

"그 아이는 달음질을 하는 아이가 아니에요. 우리는 이곳에 살지도 않고요. 그 아이가 길을 잃지나 않았을까 걱정되네요."

그가 고개를 흔들었다.

"그렇다면 아이를 잘 보셨어야죠."

"그건 알아요. 나도 모르게 잠이 들었다가 일어나보니 없어졌어요."

"사내아이들은 잘 단속해야 합니다."

"알겠어요."

나는 화가 났다. 도대체 이 작자는 어떻게 내가 걱정하는 걸 모른 체할 수 있지? 그는 신문을 다른 손으로 옮기고 다시 부채질을 했다.

"이제는 자전거를 사달랍니다."

"누가 말이오?"

"우리 아들들 말이죠. 그 애들은 이렇게 말하죠. '아빠, 아빠, 자전거 사주세요, 사주면 귀찮게 안 할게요.'"

그는 여기에서 짧게 코웃음을 쳤다.

"자전거를 사주면 내 마누라가 나를 죽이려 들 거요."

나는 소랍이 시궁창에 빠져 있거나 손발이 묶이고 재갈이 물려 어떤 차의 트렁크에 갇혀 있는 모습을 상상해보았다. 나는 내 손에 그의 피를 묻히고 싶지 않았다. 그의 손에도 피를 묻히기 싫었다.

"부탁입니다……."

나는 눈을 가늘게 뜨고 면으로 된 감색 반팔 셔츠에 붙은 이름표를 바라보았다.

"파이야즈 씨, 그 아이를 본 적 있습니까?"

"아이라고요?"

나는 꾹 참고 말했다.

"그래요, 아이 말입니다! 나와 같이 온 아이 말이에요! 그 아이를 본 적이 있습니까, 없습니까?"

그가 부채질을 멈추고 눈을 가늘게 떴다.

"나한테 화내지 마시오. 그 아이를 잃어버린 건 내가 아니니까."

그의 말에 일리가 있다는 걸 알면서도 얼굴로 피가 몰렸다.

"당신 말이 맞아요. 내가 잘못했어요. 내 잘못이라고요. 그를 봤는지만 말해주세요."

그가 퉁명스럽게 말했다.

"미안합니다만 나는 그런 아이를 본 적이 없습니다."

그는 안경을 다시 쓰고 신문을 펼쳤다.

나는 소리를 지르지 않으려고 잠시 서 있었다. 내가 로비에서 나오려고 할 때, 그가 말했다.

"아이가 어디로 갔을지 짐작 가는 곳이라도 있나요?"

"없어요."

나는 피곤했다. 피곤하고 두려웠다.

그는 다시 신문을 접어서 들고 있었다.

"아이가 좋아하는 거라도 있나요? 예를 들어, 우리 아이들은 미국 영화라면 사족을 못 쓴답니다. 특히 아놀드 솻제네거인가 뭔가 하는 배우가 나오는 영화는 그렇지요."

"아, 생각났어요! 큰 사원을 좋아하더라고요!"

나는 우리가 사원 옆을 지날 때, 소랍이 무감각 상태에서 벗어나 창밖으로 고개를 내밀고 사원을 바라보던 모습을 떠올렸다.

"샤 파이잘 사원 말인가요?"

"네, 저를 거기로 데려다줄 수 있겠어요?"

그가 물었다.

"당신은 그게 세계에서 가장 큰 사원이라는 걸 알고 있었나요?"

"아뇨, 그렇지만······."

"안뜰만 해도 4만 명이 들어갈 수 있답니다."

"나를 데려다줄 수 있어요?"

"여기서 1킬로미터밖에 안 떨어진 곳입니다."

그래도 그는 카운터를 벌써 벗어나고 있었다.

"태워다 주면 돈을 드리겠소."

그가 한숨을 쉬며 고개를 저었다.

"여기서 기다리세요."

그가 뒷방으로 사라지더니 다른 안경을 쓰고 돌아왔다. 그의 손에는 열쇠 묶음이 들려 있었다. 오렌지색 사리를 두른 땅딸막하고 뚱뚱한 여자가 그를 따라왔다. 그녀가 카운터로 갔다. 그가 나를 휙 지나치며 말했다.

"돈은 받지 않겠어요. 나도 당신처럼 아버지니까 태워다 주는 거예요."


나는 우리가 밤이 될 때까지 시내를 돌아다니게 될 거라고 생각했다. 나는 경찰서에 들러 파이야즈가 못마땅하게 쳐다보는 가운데 소랍의 인상착의를 설명하고, 경찰이 피곤하고 관심 없는 목소리로 형식적인 질문을 하는 모습을 상상했다. 하지만 죽은 아프간 아이에 대해 누가 신경을 써주랴 싶었다.

그러나 소랍은 사원에서 100야드쯤 떨어진 주차장에 앉아 있었다. 주차장은 풀밭이었다. 차가 반쯤 들어차 있었다. 파이야즈가 주차장에 차를 대더니 나를 내려줬다.

"나는 돌아가야 됩니다."

"괜찮아요. 우리는 걸어갈게요. 고맙습니다, 파이야즈 씨. 진심입니다."

그는 내가 차에서 내릴 때 내가 있는 쪽으로 몸을 기울이며 말했다.

"한 말씀 드려도 될까요?"

"하세요."

그의 안경이 희미해져가는 빛을 반사하고 있었다. 날이 저물고 있었다.

"당신네 아프간 사람들은…… 좀…… 무모한 것 같아요."

나는 피곤하고 고통스러웠다. 턱이 쑤셨다. 내 가슴과 배에 난 빌어먹을 상처는 살갗 밑으로 철조망을 넣은 것처럼 아팠다. 그럼에도 웃음이 나왔다.

파이야즈의 말이 이어졌다.

"내가…… 뭐라고……"

하지만 나는 알아듣지 못했다. 철사를 댄 입에서 터져 나오는 웃음을 멈출 수 없었기 때문이다.

그가 말했다.

"미친 사람들이라고요."

그가 그곳을 벗어나면서 타이어가 긁히는 소리가 났다. 희미해져가는 빛 속에서 빨간 미등이 깜빡이고 있었다.

"너 때문에 많이 놀랐다."

나는 이렇게 말하며 그의 곁에 앉았다. 몸을 숙일 때 몹시 아팠다.

그는 사원을 바라보고 있었다. 샤 파이잘 사원은 거대한 텐트 모양이었다. 차들이 오가고, 흰옷을 입은 참배객들이 드나들었다. 우리는 말없이 앉아 있었다. 나는 나무에 몸을 기대고 있었고, 소랍은 무릎을 세워 가슴에 대고 쪼그리고 앉아 있었다. 우리는 기도를 알리는 소리를 듣고, 햇빛이 희미해지면서 건물에 수백 개의 불이 들어오는 모습을 바라보았다. 사원은 어둠 속에서 다이아몬드처럼 반짝였다. 사원의 빛이 하늘을 밝히고 있었다. 소랍의 얼굴까지 밝혀주고 있었다.

소랍이 무릎에 턱을 얹은 채 말했다.

"마자리샤리프에 가보신 적 있으세요?"

"오래전에 가보긴 했다만 기억이 잘 안 나는구나."

"제가 어렸을 때, 아버지가 저를 그곳에 데리고 가신 적이 있어요. 어머니와 사사도 같이 갔어요. 아버지는 시장에서 저에게 원숭이 한 마리를 사주셨어요. 진짜 원숭이가 아니라 바람을 넣으면 원숭이가 되는 장난감 말이에요. 갈색이었는데 나비 넥타이를 매고 있었어요."

"나도 어렸을 때 그런 장난감을 갖고 놀았던 것 같다."

"아버지가 저를 데리고 사원에 가셨어요. 마스지드(사원) 밖에는 비둘기들이 엄청 많았어요. 그런데 비둘기들은 사람들을 무서워하지 않았어요. 우리한테 그냥 다가오더라고요. 저는 사사가 준 빵 부스러기를 비둘기들한테 줬어요. 비둘기들이 금세 제 주변에 몰려들었어요. 정말 재미있었어요."

"부모님이 몹시 보고 싶은 모양이구나."

나는 그가 탈레반이 그의 부모를 거리로 끌고 나가는 모습을 보았을지 궁금했다. 그러지 않았기를 바랄 뿐이었다.

그가 무릎에 볼을 대고 나를 쳐다보며 말했다.

"아저씨도 부모님이 그리우세요?"

"부모님이 보고 싶으냐고? 나는 내 어머니를 본 적이 없단다. 그리고 내 아버지는 몇 년 전에 돌아가셨지. 그래, 나도 아버지가 보고 싶단다. 때로는 엄청 보고 싶단다."

"어떻게 생겼는지 기억나세요?"

나는 바바의 두툼한 목, 검은 눈, 제멋대로인 갈색 머리를 떠올렸다. 그의 무릎에 앉아 있으면 두 개의 나무토막에 앉아 있는 것 같았다.

"어떻게 생겼는지 기억나고말고. 어떤 냄새가 났는지도 기억나는걸."

"저는 부모님의 얼굴을 잊어버리기 시작했어요. 그게 나쁜 건가요?"

"아니다. 시간이 그렇게 만드는 거란다."

그때, 나는 문득 뭔가를 생각했다. 나는 코트 앞주머니에 손을 넣었다. 하산과 소랍의 폴라로이드 스냅사진이 들어 있었다.

"이걸 보렴."

그는 사진을 얼굴 가까이 가져갔다가 살짝 틀어서 사원이 드리운 불빛에 비췄다. 그는 오랫동안 그걸 바라보았다. 나는 그가 울지 모른다고 생각했다. 그러나 그는 울지 않았다. 두 손으로 그걸 잡고 엄지손가락으로 표면을 쓸어내릴 뿐이었다. 나는 어딘가에서 읽은 글귀를 생각했다. 아니 어쩌면 누군가가 했던 말인지도 몰랐다. '아프가니스탄에는 많은 아이들이 있지만 그들에게는 유년 시절이 없다.' 그가 손을 내밀어 그걸 나한테 돌려주려 했다.

"네가 가져라. 이제 네 것이다."

"고맙습니다."

그는 다시 사진을 쳐다보고 조끼 주머니에 넣었다. 말이 끄는 마차가 주차장 옆에서 딸가닥거리며 지나가고 있었다. 말이 걸음을 옮길 때마다, 목에 달린 작은 방울들이 딸그랑거렸다.

소랍이 말했다.

"저는 최근에 사원에 관해 많은 생각을 해봤어요."

"그래? 무슨 생각을 했니?"

그가 어깨를 으쓱했다.

"그냥 생각했어요."

그는 얼굴을 들고 나를 똑바로 쳐다보았다. 그가 울고 있었다. 소리를 내지 않고 나직하게.

"한 가지 여쭤봐도 돼요?"

"물론이다."

그는 목이 막히는 모양이었다.

"하느님은…… 하느님은 제가 그 사람한테 한 짓 때문에 저를 지옥에 보내실까요?"

나는 그를 향해 손을 뻗었다. 그가 움찔했다. 나는 손을 거둬들였다.

"아니다. 물론 아니야."

나는 그를 가까이 끌어당겨 안아주고 싶었다. 세상이 그에게 잘못한 것이지, 그가 잘못한 것이 아니라고 말해주고 싶었다.

그의 얼굴이 뒤틀렸다. 그는 평정을 유지하려고 애쓰고 있었다.

"아버지는 나쁜 사람이라 하더라도 다치게 하는 건 잘못이라고 늘 말씀하셨어요. 그런 사람들도 몰라서 그러는 거라면서요. 나쁜 사람들도 때로는 착해질 수 있다면서요."

"소랍, 늘 그런 건 아니란다."

그는 나를 미심쩍게 바라보았다.

"너를 다치게 했던 그 사람 있잖니. 나는 그 사람을 오래전부터 알고 있었다. 너는 아마 내가 그 사람과 얘기하는 걸 들으며 그걸 짐작했을 거다. 그 사람은 내가 네 나이였을 때 나를 해치려고 한 적이 있었다. 그런데 네 아버지가 나를 구해줬다. 네 아버지는 아주 용감했다. 문제가 있을 때마다 내 편을 들어주고 나를 구해줬다. 그런데 어느 날 그 나쁜 사람이 네 아버지한테 해코지를 했다. 아주 나쁜 식으로 말이야. 그리고 나는…… 나는 네 아버지가 나한테 해준 것처럼 네 아버지를 구해줄 수 없었다."

소랍이 헐떡거리는 작은 목소리로 말했다.

"왜 사람들이 제 아버지를 해치려고 했어요? 아버지는 누구에게도 비열하신 적이 없는데요."

"네 말이 맞다. 네 아버지는 착한 사람이었다. 하지만 소랍, 내가 너한테 하려는 얘기는 그게 아니다. 이 세상에는 나쁜 사람들이 있단다. 그리고 그 사람들 중 몇몇은 착해지지 않고 나쁜 상태 그대로 있단다. 그래서 때로는 그들과 맞서야 하는 거란다. 네가 그 사람한테 한 행동은 오래전에 내가 그에게 했어야 하는 행동이었다. 너는 그 사람에게 그 사람이 받을 만한 걸 줬다. 그는 그것보다 더한 걸 받았어야 한다."

"아저씨 생각에 아버지가 저한테 실망하셨을 것 같아요?"

"그렇지 않을 거다. 너는 카불에서 내 생명을 구해줬다. 네 아버지는 너를 아주 자랑스럽게 생각하셨을 거다."

그는 소매로 얼굴을 닦았다. 그러자 입술에 맺혔던 침방울이 터졌다. 그는 손으로 얼굴을 감싸고 오랫동안 울었다. 그리고 다시 입을 열었다. 쉰 목소리였다.

"아버지와 어머니가 보고 싶어요. 사사와 라힘 한 아저씨도 보고 싶어요. 그런데 때로는 그분들이 여기에 더 이상…… 더 이상 계시지 않는 게 기뻐요."

"어째서?"

나는 그의 팔에 손을 댔다. 그가 뒤로 몸을 물렸다.

그가 흐느낌 사이사이로 말했다.

"왜냐하면…… 왜냐하면 이렇게…… 이렇게 더러운 저를 그분들이 보는 걸 원치 않으니까요."

그가 숨을 훅 들이마시더니 절규했다.

"저는 너무 더럽고 죄악으로 가득 차 있어요."

"소랍, 너는 더럽지 않아."

"그 사람들이……."

"너는 전혀 더럽지 않아."

"그들이…… 그 나쁜 사람과 다른 두 사람이…… 그들이 저한테…… 그 짓을…… 그 짓을 했어요."

"너는 더럽지도 않고 죄악으로 가득하지도 않다."

나는 다시 그의 팔을 만졌다. 그가 다시 팔을 뺐다. 나는 다시 손을 뻗어 천천히 그를 내게로 끌어당겼다. 내가 속삭이며 말했다.

"다시는 너를 다치지 않게 하겠다. 약속하마."

소랍은 약간 저항하다가 느슨해졌다. 그는 내가 그를 끌어당겨 그의 머리를 가슴에 안고 있도록 놔뒀다. 그가 흐느낄 때마다 작은 몸이 내 품에서 들썩였다.

같은 젖을 먹고 자란 사람들 사이에는 친족 관계가 생긴다고 한다. 그런데 아이의 고통이 내 셔츠를 통해 내 몸에 스며들 때, 나는 우리 사이에도 친족 관계가 뿌리를 내렸다는 걸 알게 되었다. 그때 그 방에서 아세프와의 사이에 있었던 일이 우리를 영원히 묶어준 것이었다.

나는 머릿속에 계속 떠돌고 밤에는 잠을 못 이루게 만드는 질문을 할 적당한 시간, 적당한 순간을 찾고 있었다. 나는 그 순간이 바로 지금이라고 생각했다. 하느님의 집에서 나오는 밝은 빛이 우리를 비추고 있는 바로 지금이라고 생각했다.

"나와 함께 미국에 가서 살지 않을래?"

그는 대답하지 않았다. 그는 내 품에 대고 흐느낄 뿐이었다. 나는 그를 가만히 내버려뒀다.


일주일이 지났다. 우리 중 아무도 내가 했던 질문에 관해 말을 꺼내지 않았다. 마치 그 질문을 하지 않았던 것만 같았다. 그렇게 일주일이 흘러갔다. 그런데 어느 날이었다. 소랍과 나는 택시를 타고 다만에코 전망대에 갔다. 마갈라산 중턱에 자리 잡은 전망대에서 보면, 가로수가 늘어선 깨끗한 길과 흰 집들이 늘어서 있는 이슬라마바드가 파노라마처럼 펼쳐진다. 운전사는 우리에게 거기에서는 대통령 궁도 볼 수 있다고 말했다.

"비가 온 뒤에 공기가 깨끗해지면 라왈핀디 너머까지도 보인답니다."

나는 운전사가 백미러로 소랍과 나를 번갈아 쳐다보고 있다는 걸 알았다. 백미러에는 내 얼굴도 비쳤다. 전처럼 부은 얼굴이 아니었다. 하지만 다친 곳이 나으면서 누리끼리한 색을 띠고 있었다.

우리는 고무나무 그늘에 있는 벤치에 앉았다. 포근한 날씨였다. 푸른 하늘에 해가 높이 떠 있었다. 근처의 벤치에서는 어떤 가족이 사모사와 파코라를 먹고 있었다. 어딘가에서 인도 노래가 흘러나왔다. 옛날 영화에 나오는 노래 같았다. 어쩌면 〈파키자〉라는 영화에 나오는 노래인지도 몰랐다. 아이들은 상당수가 소랍 또래였다. 그들은 웃고 떠들며 축구공을 갖고 놀았다. 카르테세에 있는 고아원이 생각났다. 자만의 사무실에서 내 다리 사이로 지나갔던 쥐도 생각났다. 우리 나라 사람들이 우리나라를 파괴하는 것에 대한 예기치 않은 분노가 솟구치며 가슴이 답답해져왔다.

소랍이 물었다.

"왜 그러세요?"

나는 애써 미소를 지으며 별일 아니라고 말했다.

우리는 피크닉 테이블 위에 호텔 화장실에서 가져온 수건을 깔고 판즈파르 놀이를 했다. 태양의 온기가 내 목덜미를 어루만지는 가운데, 이복동생의 아들과 카드놀이를 하고 있자니 기분이 좋았다. 노래가 끝나고 다른 노래가 시작되었다. 이번에는 내가 모르는 노래였다.

소랍이 말했다.

"저기 보세요."

그가 카드로 하늘을 가리켰다. 나는 하늘을 올려다보았다. 구름 한 점 없는 넓은 하늘에서 매 한 마리가 맴을 돌고 있었다.

"나는 이슬라마바드에 매가 사는 줄은 몰랐다."

매가 맴을 도는 모습을 눈으로 좇으며 그가 말했다.

"저도 그래요. 그런데 아저씨가 사는 곳에도 매가 있나요?"

"샌프란시스코 말이냐? 그럴 거다. 그러나 많이 보지는 못했다."

"아, 네."

나는 그가 더 물어보기를 바랐다. 그는 카드를 하나 더 내놓고 뭘 좀 먹어도 되냐고 물었다. 나는 종이봉투를 열고 그에게 고기 완자 샌드위치를 건넸다. 내 점심은 아직도 바나나와 오렌지를 갈아 만든 주스였다. 나는 파이야즈 부인의 믹서를 한 주간 빌려서 쓰고 있었다. 빨대로 빨자 달콤한 과일주스가 입 안 가득히 들어왔다. 입술 가장자리로 일부가 흘렀다. 소랍이 내게 냅킨을 건네주고 내가 입술을 닦는 모습을 바라보았다. 내가 미소를 짓자 그도 미소를 지었다.

"네 아버지와 나는 형제였다."

나는 그렇게 말했다. 그 말이 그냥 나왔다. 나는 사원 옆에 앉아 있던 날 밤에 그 얘기를 하고 싶었지만 그렇게 하질 못했었다. 하지만 그는 알 권리가 있었다. 나는 더 이상 아무것도 숨기고 싶지 않았다.

"실제로 이복형제란다. 우리는 아버지가 같단다."

소랍이 샌드위치를 먹다 말고 내려놓았다.

"아버지는 형제가 있다는 말씀은 하신 적이 없는데요."

"몰랐기 때문이지."

"왜 모르셨을까요?"

"아무도 얘기해주지 않았으니까. 나한테도 얘기해준 사람이 없었거든. 나도 최근에야 알게 됐단다."

소랍이 눈을 깜빡였다. 그가 나를 쳐다보고 있었다. 그가 처음으로 나를 '진짜로' 쳐다보고 있었다.

"그런데 왜 사람들이 아버지와 아저씨에게 그걸 숨겼죠?"

"나도 지난번에 똑같은 질문을 나 자신에게 했었다. 그에 대한 답은 있다. 하지만 좋은 게 아니다. 그들이 우리에게 얘기하지 않았던 것은 네 아버지와 내가…… 그러니까 우리가 형제가 되어서는 안 되었기 때문이란다."

"아버지가 하자라인이라서요?"

그에게서 눈을 떼지 않기 위해서는 안간힘을 써야 했다.

"그래."

그가 샌드위치에 눈을 주며 말하기 시작했다.

"아저씨의 아버지는 아저씨와 제 아버지를 똑같이 사랑하셨나요?"

나는 오래전에 가르가 호수에서 있었던 일을 떠올렸다. 그때 바바는 하산의 돌이 내 것보다 멀리 나가자 하산의 등을 두드려줬었다. 나는 병원에서 있었던 일도 떠올렸다. 그때 바바는 병실에서 그들이 하산의 입술에서 붕대를 떼어내자 환하게 웃었었다.

"내 생각에 내 아버지는 우리를 똑같지만 다르게 사랑하셨던 것 같다."

"그분이 제 아버지를 부끄럽게 생각하셨나요?"

"아니다. 내 생각에 그분은 스스로를 부끄럽게 생각하셨던 것 같다."

그는 조용히 샌드위치를 들고 한 입 베어 물었다.


우리는 그날 오후 늦게 그곳을 떠났다. 더위 때문에 피곤했다. 하지만 피곤해도 좋았다. 돌아오는 내내 나는 소랍이 나를 바라보는 걸 느꼈다. 나는 운전사에게 전화카드를 파는 상점에 차를 세워 카드를 하나 사다 달라고 했다. 나는 그에게 필요한 돈과 팁을 줬다.

그날 밤, 우리는 침대에 누워 텔레비전 토크쇼를 보았다. 희끗희끗한 수염을 길게 기르고 흰 터번을 두른 두 명의 성직자가 세계 각국의 시청자들로부터 전화를 받고 있었다. 아읍이라는 남자가 핀란드에서 전화를 걸어 질문을 하고 있었다. 그는 10대인 자기 아들이 헐렁헐렁한 바지를 팬티가 보일 정도로 내려서 입는데 그것 때문에 지옥에 갈 수도 있느냐고 물었다.

소랍이 말했다.

"샌프란시스코 사진을 본 적이 있어요."

"정말?"

"붉은 다리와 끝이 뾰쪽한 건물이 있었어요."

"거리들을 봐야지."

"거리들이 어떤데요?"

그는 이제 나를 바라보고 있었다. 텔레비전 스크린에서는 두 명의 율법사가 상의를 하고 있었다.

"길이 너무 가팔라서 운전을 할 때는 차의 앞면과 하늘만 보인단다."

"무서울 것 같아요."

그는 텔레비전을 등지고 돌아누워 나를 바라보았다.

"처음 몇 번은 그렇지만 곧 적응이 되지."

"눈도 오나요?"

"아니, 대신 안개가 많이 낀단다. 네가 보았다는 붉은 다리 있잖니?"

"네."

"때로는 안개가 아침에 너무 자욱이 껴서 두 개의 탑 꼭대기만 보인단다."

그의 미소에는 놀라는 표정이 어려 있었다.

"와."

"소랍?"

"네."

"내가 전에 너한테 물었던 것에 대해 생각 좀 해봤니?"

그의 미소가 사라졌다. 그는 등을 돌리고 누웠다. 그리고 머리 밑에 손을 넣었다. 율법사들은 아읍의 아들이 그런 식으로 바지를 입으면 결국 지옥에 갈 것이라고 결정을 내린 모양이었다. 그들은 그것이 '하디스에 근거한 결정이라고 주장하고 있었다.

소랍이 말했다.

"생각해봤어요."

"그래?"

"두려워요."

나는 실낱같은 희망의 끈을 잡으려고 하면서 말했다.

"나도 그게 조금은 두려울 거라는 걸 알고 있다. 하지만 너는 영어를 아주 빨리 배울 것이다. 그리고 아주 빨리 적응……."

"제 말은 그게 아니에요. 그것도 두렵긴 하지만……."

"그럼 뭐가 두렵니?"

그가 다시 나를 향해 몸을 돌렸다. 그리고 무릎을 위로 오그렸다.

"아저씨가 저한테 싫증을 내면 어쩌죠? 아저씨의 부인이 저를 좋아하지 않으면 어쩌죠?"

나는 어렵게 침대에서 나와 우리 사이에 있는 공간을 가로
질렀다. 그리고 그 옆에 앉았다.

"소랍, 내가 너한테 싫증을 낼 리는 없을 것이다. 그건 약속
한다. 너는 내 조카야. 알겠니? 그리고 소라야 아주머니는 아
주 친절한 사람이란다. 내 말 믿어라. 소라야 아주머니는 너를
좋아할 거다. 그것도 약속한다."

나는 부딪쳐보기로 했다. 나는 손을 뻗어 그의 손을 잡았다.
그의 몸이 약간 굳어졌지만 내가 손을 잡고 있게 가만있었다.

"저는 다른 고아원에는 가고 싶지 않아요."

나는 두 손으로 그의 손을 감쌌다.

"그런 일이 없도록 하겠다. 그것도 약속하마. 나와 같이 가
자."

눈물이 그의 베개를 적시고 있었다. 그는 오랫동안 아무 말
도 하지 않았다. 문득 그가 내 손을 꼭 쥐었다. 그러고는 고개
를 끄덕였다.


네 번째 시도했을 때에야 전화가 연결되었다. 전화벨이 세 번
울리고, 그녀가 전화를 받았다.

"여보세요?"

이슬라마바드는 저녁 7시 반이었고 캘리포니아는 아침 7시
반이었다. 소라야가 한 시간 전에 일어나 학교에 갈 준비를 하
고 있을 시간이었다.

내가 말했다.

"나예요."

나는 내 침대에 앉아서 소랍이 자는 모습을 지켜보고 있었다.

그녀가 소리쳤다.

"아미르! 괜찮아요? 어디예요?"

"파키스탄에 있어요."

"왜 전화 안 했어요? 얼마나 걱정했는지 몰라요. 어머니는 날마다 기도를 하고 나즈르를 하고 계세요."

"전화 못 해서 미안해요. 이제 괜찮아졌어요."

나는 그녀에게 한 주만, 길어야 두 주만 떠나 있겠다고 해놓고 거의 한 달을 떠나 있었다.

"어머니한테 양은 그만 잡으라고 하세요."

"그런데 '지금은 괜찮아졌다'는 말은 무슨 뜻이에요? 그리고 목소리가 왜 그래요?"

"그런 건 걱정하지 말아요. 괜찮으니까요. 정말이에요. 소라야, 당신한테 얘기하고 싶은 게 있어요. 오래전에 했어야 하는 얘기예요. 우선 한 가지만 얘기할게요."

그녀의 목소리가 더 낮아지고 신중해졌다.

"뭔데 그래요?"

"나는 집에 혼자 가는 게 아니에요. 아이를 데리고 가요."

나는 여기에서 잠시 말을 멈췄다.

"아이를 입양하고 싶어요."

"뭐라고요?"

나는 시계를 보았다.

"이 미련한 전화카드에 57분이 남았어요. 얘기할 게 너무 많아요. 어딘가에 앉아서 내 말을 들어요."

다급하게 의자 다리가 끌리는 소리가 들렸다.

그녀가 말했다.

"자, 해봐요."

나는 지난 15년간 결혼생활을 하면서 한 번도 하지 않았던 얘기를 했다. 나는 아내에게 모든 걸 얘기했다. 모든 걸 다 얘기했다. 나는 이 순간을 수없이 상상해보고 두려워했었다. 그러나 말을 하다 보니, 내 가슴에서 뭔가가 걷히는 것 같았다. 내가 청혼을 한 날 밤, 소라야가 자신의 과거에 대해 내게 얘기하면서 이와 비슷한 경험을 하지 않았을까 하는 생각이 문득 들었다.

내 이야기가 끝날 즈음, 그녀는 울고 있었다.

내가 말했다.

"어떻게 생각해요?"

"아미르, 어떻게 생각해야 할지 모르겠어요. 당신이 나한테 너무 많은 것들을 한꺼번에 얘기해서요."

"그러고 보니 그렇네요."

그녀가 코 푸는 소리가 들렸다.

"그렇지만 당신이 그 아이를 집에 데려와야 한다는 것은 알겠어요. 나도 그랬으면 좋겠어요."

나는 눈을 감고 미소를 지으며 말했다.

"정말이에요?"

"정말이냐고요? 아미르, 그 아이는 당신 가족이에요. 그렇다면 제 가족이기도 하고요. 당연히 정말이죠. 그 아이를 거리에 놓고 올 수는 없잖아요."

여기에서 그녀는 잠시 말이 없었다.

"그런데 아이는 어떻게 생겼어요?"

나는 자고 있는 소랍을 건너다보았다.

"귀여워요. 조금 어둡긴 하지만요."

"누가 아이를 탓할 수 있겠어요? 나도 아이가 보고 싶어요. 정말이에요."

"소라야?"

"네?"

"도스테트 다룸(사랑해요)."

"나도 그래요."

나는 그녀가 미소를 짓고 있다는 걸 느낌으로 알 수 있었다.

"조심해요."

"알았어요. 그리고 한 가지만 더 얘기할게요. 부모님한테는 이 아이가 누구인지 말하지 말아요. 그분들이 알아야 한다면 나한테서 들으셔야죠."

"알았어요."

우리는 전화를 끊었다.


　이슬라마바드의 미국 대사관 건물 밖에 있는 잔디는 잘 깎여 있었다. 꽃들이 군데군데 둥글게 심어져 있었다. 면도날처럼 반듯한 울타리가 잔디에 인접해 있었다. 대사관 건물은 이슬라마바드에 있는 다른 건물들처럼 희고 납작했다. 우리는 세 개의 바리케이드를 지난 다음에야 그곳에 도착했고, 그곳에 도착해서는 세 명의 안전 요원들이 내 몸을 수색했다. 입에 있는 철사 때문에 금속 탐지기가 작동했기 때문이었다. 마침내 더위를 피해 안으로 들어섰을 때, 에어컨 바람이 얼음물처럼 얼굴에 닿았다. 로비에 있던 직원은 50대로 보이는 마른 얼굴의 금발 여성이었다. 그녀는 내가 이름을 대자 미소를 지었다. 그녀는 베이지색 블라우스와 검은색 바지를 입고 있었다. 부르카나 샬와르 카미즈(아프가니스탄의 전통적인 드레스)가 아닌 옷을 입은 여자를 보는 게 몇 주 만이었다. 그녀는 지우개가 달린 연필 끝으로 책상을 두드리며 약속자 명단에서 내 이름을 찾았다. 그녀는 내 이름을 찾더니 자리에 앉으라고 했다.
　그녀가 물었다.
　"레모네이드 좀 드실래요?"
　"저는 괜찮습니다."
　"당신 아들은 어떤가요?"
　"네?"

그녀가 소랍을 향해 미소를 지으며 말했다.

"이 잘생긴 젊은 신사 말이에요."

"네, 좋습니다. 감사합니다."

소랍과 나는 안내 데스크 맞은편에 있는 검은 가죽 소파에 앉았다. 커다란 성조기가 옆에 있었다. 소랍은 유리로 된 커피 테이블에 있던 잡지를 집어 책장을 넘겼다. 그렇다고 그림을 보는 것도 아니었다.

소랍이 말했다.

"왜 그러세요?"

"뭐라고?"

"아저씨가 웃고 있잖아요."

"널 생각하고 있었다."

그는 초조한 미소를 짓더니 다른 잡지를 집어 30초 만에 다 넘겼다.

나는 그의 팔을 만지며 말했다.

"두려워하지 마라. 이 사람들은 친절한 사람들이니 긴장하지 않아도 된다."

정작 그 충고를 들어야 할 사람은 나였다. 나는 의자에서 몸을 움직이며 신발 끈을 묶었다 풀었다 하고 있었다. 직원이 얼음이 든 레모네이드 잔을 커피 테이블에 놓으며 말했다.

"여기 있어요."

소랍이 수줍은 미소를 지으며 영어로 고맙다고 말했다. 그런데 그 말은 '탱크 유 웨리 매치'처럼 들렸다. 그가 알고 있는 영어는 고맙다는 말과 '해브 어 나이스 데이'라는 말뿐이었다.

그녀가 웃었다.

"천만에요."

그녀는 자박거리는 하이힐 소리를 내며 자기 자리로 돌아갔다.

소랍이 말했다.

"해브 어 나이스 데이."


레이먼드 앤드루스는 손도 작고 키도 작은 사람이었다. 손톱은 잘 다듬어져 있었고, 넷째 손가락에는 결혼반지를 끼고 있었다. 그는 나와 무뚝뚝하게 악수를 했다. 참새를 쥐는 것 같은 느낌이었다. '저게 우리의 운명을 쥐고 있는 손이구나.' 나는 소랍과 함께 그의 책상 앞에 앉으며 이렇게 생각했다. 앤드루스가 앉아 있는 곳은 미국 지도 옆이었다. 그의 뒤 벽에는 〈레 미제라블〉 포스터가 붙어 있었다. 토마토가 심어진 화분이 창틀에서 햇볕을 받고 있었다.

그가 물었다.

"담배 태우시나요?"

그의 목소리는 호리호리한 몸집과 달리 우렁우렁한 바리톤이었다.

"고맙지만 사양하겠습니다."

나는 앤드루스가 소랍에게 눈길 한번 주지 않는 것에 신경을 쓰지 않았다. 얘기를 할 때 나를 쳐다보지 않는 것에도 신경을 쓰지 않았다. 그는 책상 서랍을 열더니 반쯤 남은 담뱃갑에서 담배를 한 대 꺼내 불을 붙였다. 그는 같은 서랍에서 로션도 꺼냈다. 그는 담배를 문 상태로 손에 로션을 바르며 토마토 화분을 바라보았다. 그리고 서랍을 닫고 책상 위에 팔꿈치를 괴더니 담배를 빨았다. 그가 담배 연기에 회색 눈을 찡그리며 말했다.

"자, 어찌 된 일인지 설명해보시죠."

나는 자베르 앞에 앉아 있는 장발장이 된 기분이었다. 나는 내가 지금 미국 대사관에 와 있으며 이 사람이 내 편이고, 이 사람이 나 같은 사람을 도우며 월급을 받는다는 사실을 나 자신에게 상기시켰다.

"이 아이를 입양해서 미국으로 데려가고 싶습니다."

그가 앞에서 한 말을 반복했다.

"어찌 된 일인지 설명해보시죠."

그는 말끔하게 정돈된 책상 위에 떨어진 재를 집게손가락으로 눌러 휴지통에 털었다.

나는 소라야와 전화 통화를 한 후부터 생각해놓은 것들을 그에게 얘기하기 시작했다. 나는 이복동생의 아들을 찾으러 아프가니스탄에 갔고, 오갈 데 없는 아이를 한 고아원에서 찾아냈다고 했다. 고아원 원장에게 상당한 돈을 주고 나서야 아이를 빼내 파키스탄으로 데려올 수 있게 됐다고 말했다.

"그러니까 이 아이가 조카라는 말인가요?"

"네."

그는 시계를 쳐다보더니 창턱에 있는 토마토 화분 쪽으로 눈길을 돌리고 말했다.

"이걸 증언해줄 사람이 있나요?"

"네. 하지만 그 사람이 지금 어디 있는지는 모릅니다."

그는 나를 향해 눈을 돌리고 고개를 끄덕였다. 나는 그가 무슨 생각을 하는지 추측해보려고 했지만 그럴 수 없었다. 나는 그가 그렇게 작은 손으로 포커를 해본 적이 있는지 궁금했다.

"턱에 철사를 댄 게 설마 요즘 유행하는 건 아니겠죠?"

우리, 그러니까 소랍과 나는 곤란한 상황에 빠져 있었다. 나는 그때 그걸 알았다. 나는 그에게 페샤와르에서 강도를 당했다고 했었다.

그가 헛기침을 했다.

"물론이죠. 당신은 무슬림입니까?"

"네."

"종교의 가르침을 실천하고 있습니까?"

"네."

그러나 사실대로 말하면, 나는 내가 마지막으로 땅에 머리를 대고 기도를 한 게 언제였는지 기억하지도 못했다. 그때, 문득 내가 마지막으로 기도를 한 건 닥터 아마니가 병에 걸린 바바의 상태가 앞으로 어떻게 될 것인지 얘기해준 날이었다는 생각이 떠올랐다. 나는 기도용 양탄자 위에 무릎을 꿇고 학교에서 배운 몇 줄 안 되는 코란을 암송했었다.

그가 연한 갈색 머리가 양쪽으로 미끈하게 갈라진 곳을 긁으며 말했다.

"그 말이 조금은 도움이 됩니다만 많이는 못 되네요."

"무슨 말씀이세요?"

나는 이렇게 물으며 소랍의 손을 잡았다. 나의 손가락과 그의 손가락이 얽혔다. 소랍은 나와 앤드루스를 불안한 눈으로 쳐다보았다.

"답변이 길어질 것 같은데 말씀드려야겠군요. 짧은 것부터 말씀드릴까요?"

"그렇게 하시죠."

앤드루스는 담배를 비벼 끄고 입을 오므렸다.

"단념하세요."

"뭐라고요?"

"이 아이를 입양하겠다는 생각을 단념하시라는 말입니다. 그게 제가 당신한테 드릴 수 있는 충고입니다."

"말씀은 알아들었습니다만 이유를 설명해주시겠습니까?"

"그 말은 당신이 긴 답을 원하신다는 말이군요."

그의 목소리는 냉정했다. 나의 퉁명스러운 어조에 대한 반발에서가 아니었다. 그는 성모마리아상 앞에서 기도를 하듯 양손을 맞잡았다.

"당신이 나한테 한 얘기가 사실이라고 가정합시다. 상당 부분이 조작됐거나 빠져 있다는 건 분명한 사실이지만요. 나는 그것에 신경을 쓰진 않아요. 중요한 것은 당신과 저 아이가 여기에 와 있다는 것입니다. 그럼에도 당신의 입양 신청에는 상당한 장애물이 있습니다. 그중 하나는 저 아이가 고아가 아니라는 것입니다."

"당연히 고아입니다."

"법적으로는 아닙니다."

"저 아이의 부모는 거리에서 처형을 당했습니다. 이웃들이 그걸 목격했습니다."

우리가 영어로 얘기한다는 게 얼마나 다행인지 몰랐다.

"사망증명서가 있습니까?"

"사망증명서라고요? 이보세요, 우리는 아프가니스탄에 관해 얘기하고 있는 겁니다. 그곳 사람들은 대부분 출생증명서라는 것도 갖고 있지 않습니다."

그의 반들반들한 눈은 별로 깜빡이지도 않는 것 같았다.

"법을 만드는 건 제가 아닙니다. 당신이 아무리 화를 내도 소용없습니다. 당신은 저 아이의 부모가 죽었다는 걸 증명할 필요가 있습니다. 저 아이가 법적으로 고아라고 증명해야 한다는 말입니다."

"하지만……."

"당신이 긴 답변을 원하셨으니까 제가 지금 길게 답변을 드리는 겁니다. 다음 문제는 저 아이가 태어난 나라의 협조가 필요하다는 겁니다. 그건 최선의 상황에서도 어려울 겁니다. 당신 말대로 우리는 아프가니스탄에 관해 얘기하고 있으니까요. 카불에는 미국 대사관이 없습니다. 그래서 문제가 아주 복잡해집니다. 거의 불가능하다고 해야 맞을 것 같습니다."

"당신 말은 내가 저 아이를 길바닥에 다시 내팽개쳐야 한다는 말인가요?"

"그렇게 말하지는 않았습니다."

"저 아이는 성폭행을 당했습니다."

나는 소랍의 발목에 묶여 있던 종과 그의 눈에 칠해져 있던 마스카라를 떠올리며 그렇게 말했다.

"안됐습니다."

앤드루스의 입은 그렇게 말하고 있었지만 그가 나를 바라보는 걸 보면 우리가 마치 기후에 대해서 얘기하고 있는 듯한 느낌을 받게 했다.

"그렇다고 해서 이민국에서 저 아이에게 비자를 발급해주지는 않을 겁니다."

"무슨 말입니까?"

"제 말은 돕고 싶으시다면 명망 있는 구호단체에 돈을 보내시라는 겁니다. 난민 수용소에서 자원봉사를 하시라는 겁니다. 하지만 현시점에서 우리는 미국 시민들이 아프간 아이들을 입양하는 건 강력하게 만류하고 있습니다."

나는 자리에서 일어나 페르시아어로 말했다.

"소랍, 이리 와."

소랍이 내 옆으로 다가와 내 엉덩이에 머리를 대고 섰다. 나는 그가 하산 옆에 똑같은 모습으로 서 있던 폴라로이드 사진을 떠올렸다.

"앤드루스 씨, 한 가지 물어도 될까요?"

"그러시죠."

"아이가 있습니까?"

그는 처음에는 눈을 깜빡거리기만 했다.

"있습니까? 이건 단순한 질문입니다."

그가 아무 말도 하지 않았다.

나는 소랍의 손을 잡으며 말했다.

"생각했던 대로군요. 아이를 원하는 심정이 어떤 것인지 아는 사람이 당신 자리에 앉아 있어야 합니다."

그리고 나는 돌아서서 나왔다. 소랍이 뒤를 따랐다.

앤드루스가 소리쳤다.

"한 가지 여쭤봐도 되겠습니까?"

"물어보세요."

"이 아이에게 데리고 가겠다고 약속하셨습니까?"

"그랬다면 어쩔 건데요?"

그는 고개를 저었다.

"아이들에게 약속을 하는 것은 위험한 일입니다."

그가 한숨을 쉬고 다시 책상 서랍을 열었다. 그리고 서류를
뒤적이며 말했다.

"이 일을 계속 추진하실 건가요?"

그가 명함 한 장을 내밀었다.

"그렇다면 좋은 변호사를 선임하십시오. 오마르 파이잘이라
는 변호사가 이슬라마바드에 있습니다. 제가 소개했다고 하십
시오."

나는 그에게서 명함을 받아 들고 나직이 말했다.

"고맙습니다."

"행운을 빕니다."

나는 사무실을 나서면서 어깨 너머를 흘깃 보았다. 앤드루
스가 마름모꼴 햇빛 속에 서서 멍하니 창밖을 바라보며 토마
토 화분을 해가 있는 쪽으로 돌려놓고 부드럽게 어루만지고
있었다.


우리가 책상 앞을 지날 때, 여직원이 말했다.

"안녕히 가세요."

내가 말했다.

"당신 상사 예의 좀 갖춰야 되겠어요."

나는 그녀가 눈알을 굴리며 '알아요, 누구나 그런 말을 하
죠'라는 의미로 고개를 끄덕일 것이라고 생각했다. 하지만 그녀

는 목소리를 낮추고 이렇게 말했다.

"가엾은 레이. 딸아이가 죽은 후로 예전 같지가 않아요."

나는 깜짝 놀랐다.

그녀가 속삭였다.

"자살했답니다."


우리는 택시를 타고 호텔로 돌아가고 있었다. 소랍은 창문에 머리를 얹고 창밖으로 지나가는 건물과 고무나무들을 계속 바라보았다. 그의 입김에 유리창이 뿌예졌다가 맑아졌다가 다시 뿌예졌다. 나는 그가 그 남자와 만났던 일이 어떻게 됐는지 묻기를 기다렸다. 하지만 그는 묻지 않았다.


화장실 안쪽에서 물 흐르는 소리가 들렸다. 우리가 호텔에 투숙한 이래, 소랍은 매일 잠자리에 들기 전에 오랫동안 목욕을 했다. 카불에서는 아버지가 드문 존재이듯 뜨거운 물이 드물었다. 소랍은 밤에 비눗물에 몸을 적시고 때를 벗기며 거의 한 시간 동안 목욕을 했다. 화장실 문 아래로 가느다란 빛줄기가 새어 나왔다. '소랍, 이제 깨끗해진 것 같니?' 나는 그에게 이렇게 묻고 싶었다.

나는 침대 가장자리에 앉아 소라야에게 전화를 걸었다. 그리고 레이먼드 앤드루스가 했던 얘기를 해줬다.

내가 말했다.

"당신 생각은 어때요?"

"우리 입장에서는 그 사람이 틀렸다고 생각해야지요."

그녀는 국제 입양을 주선해주는 몇몇 입양단체에 전화를 걸어봤다고 했다. 아프가니스탄인을 입양해줄 단체를 아직 찾지는 못했지만 계속 찾아보고 있다고 했다.

"당신 부모님은 이걸 어떻게 받아들이고 계신가요?"

"어머니는 우리를 위해 잘됐다고 하세요. 당신도 어머니가 당신을 어떻게 생각하는지 잘 알잖아요. 어머니는 당신이 잘못된 일을 할 리가 없다고 생각하세요. 아버지는…… 글쎄요……, 늘 그러신 것처럼 어떻게 생각하시는지 속을 알 수가 없네요. 별말씀을 안 하시니까요."

"당신은 어때요? 당신은 좋은가요?"

그녀가 수화기를 다른 손으로 바꿔 드는 소리가 들렸다.

"당신 조카한테도 우리가 좋겠지만 우리한테도 그 아이가 좋을 거예요."

"나도 같은 생각을 했어요."

"얼빠진 소리로 들릴지 모르지만, 나는 아이가 좋아하는 쿠르마(스튜)가 무엇인지, 학교에서 좋아할 과목이 무엇인지 궁금해질 때가 있어요. 아이가 숙제를 하는 걸 도와주는 내 모습을 상상해보기도 하고요……."

그녀가 웃음을 터뜨렸다. 화장실에서는 아직도 물이 흐르는 소리가 들렸다. 나는 소랍이 움직이는 소리를 들을 수 있었다.

욕조에서 몸을 움직일 때마다 물이 넘치면서 소리가 났다.

"당신은 잘할 거예요."

"아, 잊을 뻔했네요! 샤리프 삼촌한테 전화를 했어요!"

나는 그가 우리 결혼식 때, 호텔 메모지에 쓴 시를 낭송하던 모습을 떠올렸다. 소라야와 내가 카메라 플래시를 받으며 무대로 걸어갈 때, 그의 아들이 우리의 머리 위로 코란을 들고 있었다.

"뭐라고 하시던가요?"

"도와주시겠다고 했어요. 이민국에 근무하는 몇몇 친구들한테 전화를 하시겠다고 했어요."

"정말로 좋은 소식이네요. 하루라도 빨리 당신한테 소랍을 보여주고 싶어요."

"하루라도 빨리 당신을 보고 싶어요."

나는 웃으면서 전화를 끊었다.

몇 분 후에 소랍이 욕실에서 나왔다. 그는 내가 레이먼드 앤드루스를 만난 후로 별로 말을 하지 않았다. 내가 말을 걸면 고개를 끄덕이거나 최대한으로 짤막하게 대답할 뿐이었다. 그는 침대로 들어가서 턱까지 담요를 올렸다. 그리고 몇 분 후에는 코를 골며 잠이 들었다.

나는 김이 서려 뿌예진 거울을 닦고 면도날을 교체해서 쓰는 구식 호텔 면도기로 면도를 했다. 그리고 물을 받아 따뜻한 물이 식고 피부가 쭈글쭈글해질 때까지 목욕을 했다. 나는 욕조에 누워 이런저런 생각을 해보았다…….


오마르 파이잘은 통통하고 거무튀튀한 사람이었다. 볼에는 보조개가 있었으며 검은 눈은 단춧구멍 같았다. 웃을 때면 벌어진 이를 드러내고 기분 좋게 웃었다. 숱이 줄어들고 있는 희끗희끗한 머리는 뒤로 넘겨서 묶고 있었다. 그는 팔꿈치에 가죽을 댄 갈색 코르덴 양복을 입고 뭔가가 가득 든 낡은 서류 가방을 들고 있었는데, 손잡이가 떨어진 그 서류 가방을 가슴에 품고 다녔다. 얘기할 때는 웃기부터 하고, 불필요하게 사과를 하는 사람이었다. 가령, 굳이 미안하다고 할 필요가 없음에도 그는 "미안해요, 5시까지 갈게요"라고 말하는 식이었다. 그리고 잘 웃는 사람이었다. 내가 그에게 전화를 했을 때, 그는 굳이 우리를 만나러 오겠다고 우겼다.

"미안합니다만 이 도시의 택시 운전사들은 상어 같아요. 외국인 냄새를 맡으면 몇 배로 바가지를 씌운답니다."

그는 억양이 전혀 없는 완벽한 영어를 구사했다.

그는 연신 미소를 짓고 미안해하며 방문을 열고 들어왔다. 그는 숨을 약간 씩씩거리며 땀을 흘렸다. 그는 손수건으로 이마에 흐르는 땀을 닦더니 서류 가방을 열고 메모장을 찾았다. 그리고 그 과정에서 서류가 침대에 쏟아지자 미안하다고 했다. 소랍은 침대에 다리를 꼬고 앉아, 한쪽 눈으로는 소리를 죽인 텔레비전 스크린을 바라보고 다른 쪽 눈으로는 변호사의 서두르는 모습을 바라보았다. 나는 그에게 아침에 변호사가 올 것이라고 얘기해줬다. 그랬더니 고개를 끄덕이고는 뭔가를 물어보려고 하다가 그만두고 동물 만화만 봤다.

파이잘이 노란 메모장을 펼치며 말했다.

"자, 됐어요. 제 자식들은 정리하는 문제에 관한 한 엄마를 닮았으면 좋겠어요. 미안합니다. 이건 변호사한테 듣고 싶은 얘기는 아니시죠?"

이렇게 말하고 그가 웃음을 터뜨렸다.

"레이먼드 앤드루스 씨가 당신을 아주 높게 평가하시던데요."

"앤드루스 씨. 아, 네, 네. 괜찮은 친구죠. 사실 그 친구가 전화해서 당신 얘기를 하더군요."

"그래요?"

"네, 그래요."

"그렇다면 제 상황을 잘 아시겠네요."

파이잘이 입술 위의 땀을 가볍게 닦았다.

"당신이 앤드루스 씨한테 무슨 얘기를 했는지는 잘 압니다."

그가 수줍게 웃자 볼에 보조개가 생겼다. 그가 소랍을 향해 페르시아어로 말했다.

"네가 문제의 장본인이로구나."

내가 말했다.

"소랍이랍니다. 소랍, 이분은 내가 얘기했던 파이잘 변호사님이시다."

소랍이 침대에서 내려와 오마르 파이잘과 악수를 하며 낮은
소리로 말했다.

"살람 알라이쿰."

"알라이쿰 살람. 네 이름이 위대한 전사의 이름이었다는 사
실을 알고 있니?"

소랍이 고개를 끄덕이고 다시 침대로 올라가 옆으로 누워
텔레비전을 봤다.

내가 영어로 말했다.

"당신이 페르시아어를 그렇게 잘하시는 줄 몰랐어요. 카불에
서 자랐습니까?"

"아뇨, 저는 카라치에서 태어났습니다. 카불에서 몇 년 살기
는 했어요. 하지 야구브 사원 근처에 있는 샤레나우에서 살
았지요. 저는 실제로는 버클리에서 자랐습니다. 제 아버지는
1960년대 말에 그곳에 음반 가게를 내셨답니다. 자유연애, 헤
어밴드, 염색 셔츠 등이 판치던 시대였지요."

그가 앞으로 몸을 기울이고 말했다.

"저는 우드스톡(록 페스티벌)에도 갔었답니다."

"대단하시네요."

너무 심하게 웃는 바람에 파이잘은 다시 땀을 흘리기 시작
했다.

"제가 앤드루스 씨에게 얘기한 것은 한두 가지, 아니 세 가지

를 제외하고 사실에 부합됩니다. 당신에게는 빼놓지 않고 얘기하겠습니다."

그는 손가락에 침을 묻혀 메모장을 넘기고 펜 뚜껑을 열었다.

"감사합니다. 지금부터 영어로만 얘기하는 게 어때요?"

"좋습니다."

나는 그에게 무슨 일이 있었는지 모두 얘기했다. 라힘 한을 만났던 일, 카불로 갔던 일, 고아원에서 있었던 일, 가지 경기장에서 사람을 돌로 죽인 일 등을 자세히 얘기했다.

그가 속삭였다.

"세상에. 유감이로군요. 나는 카불에 대한 좋은 추억이 많은데. 당신이 얘기하는 곳이 똑같은 곳이라는 걸 믿을 수 없군요."

"최근에 그곳에 가본 적이 있나요?"

"아니, 없습니다."

"그곳이 버클리는 아니라는 것은 말씀드릴 수 있어요."

"계속해보세요."

나는 그에게 나머지 얘기를 했다. 아세프와 만났던 일, 그와 싸웠던 일, 소랍이 새총을 갖고 했던 일, 파키스탄으로 탈출한 일 등을 낱낱이 얘기했다. 내가 말을 마치자 그가 뭔가를 노트에 적더니 깊은 숨을 들이쉬고 진지한 표정으로 나를 바라보았다.

"당신 앞에는 힘겨운 싸움이 놓여 있네요."

"제가 이길 수 있는 싸움인가요?"

그는 펜 뚜껑을 닫았다.

"레이먼드 앤드루스가 했던 말처럼 들릴지 모르지만, 그럴 것 같지는 않군요. 불가능하지도 않지만 가능할 것 같지도 않아요."

상냥한 웃음과 눈에 어렸던 장난스러운 표정은 사라지고 없었다.

"집이 가장 필요한 사람은 소랍 같은 아이들이잖아요. 이런 규제와 법들은 말이 안 돼요."

"당신은 성가대한테 설교를 하는 거나 마찬가지예요. 하지만 문제는 현재의 이민법, 입양 정책, 아프가니스탄의 정치 상황을 고려하면 당신이 불리한 위치에 있다는 겁니다."

나는 뭔가를 주먹으로 치고 싶었다.

"이해가 안 돼요. 아니, 이해가 되면서도 이해할 수가 없네요."

오마르가 인상을 쓰며 고개를 끄덕였다.

"여하튼 상황이 그렇다는 겁니다. 그것이 자연적인 것이든 인위적인 것이든 재앙이 일어난 다음에는—탈레반은 재앙이지요—아이가 고아라는 걸 확인하는 건 늘 어려운 일입니다. 아이들은 난민 수용소로 쫓겨나기도 하고, 부모들이 돌볼 수 없기 때문에 버려지기도 합니다. 늘 그런 일이 일어납니다. 그래서 이민국에서는 고아의 자격을 갖춘 아이가 아니라면 비자를 내주지 않습니다. 미안합니다. 내가 말이 안 되는 소리를 하고 있다는 걸 압니다. 하지만 당신한테는 사망증명서가 필요합니다."

"당신도 아프가니스탄에 가봤잖아요. 그것이 가능한 일이 아니라는 건 당신도 알잖아요."

"압니다. 하지만 아이의 부모가 살아 있지 않다는 게 확실하다고 가정해봅시다. 그런 상황에서조차 이민국은 아이를 그 나라 안에 있는 사람에게 입양시키는 것이 좋은 정책이라고 생각합니다. 전통을 보존할 수 있도록 말입니다."

"무슨 전통을 보존한다는 말입니까? 탈레반은 아프간 사람들이 갖고 있는 전통이라는 전통은 모두 파괴했습니다. 당신도 그들이 바미안에 있는 거대한 석불들에 무슨 짓을 했는지 아시잖아요."

"미안합니다, 나는 당신에게 이민국의 실상이 어떤지 설명하고 있습니다."

오마르는 내 팔을 잡으며 말했다. 그는 소랍을 한 번 바라보고 미소를 지었다. 그리고 다시 나를 향해 말했다.

"입양은 나라의 법과 절차에 따라서 합법적으로 추진되어야 합니다. 그런데 나라가 아프가니스탄처럼 혼돈에 빠지면, 정부 기관들은 비상시국에 대처하느라 바빠서 입양에 관한 문제는 우선순위에서 밀리게 됩니다."

나는 한숨을 쉬고 눈을 비볐다. 머리가 지끈지끈 아팠다.

오마르가 튀어나온 배에 양손을 교차해 얹으며 말했다.

"하지만 아프가니스탄이 입양에 관한 문제를 처리할 수 있는 상황이라고 해둡시다. 아프가니스탄은 여전히 입양을 허용하지 않을 수 있습니다. 사실, 더 온건한 무슬림 국가들도 입양에 미온적인 태도를 취하고 있습니다. 그런 국가들 중 상당수에서는 이슬람법인 샤리아에 따라 입양을 인정하지 않고 있습니다."

나는 손바닥으로 이마를 누르며 물었다.

"나한테 단념하라고 말씀하시는 건가요?"

"나는 미국에서 성장했습니다. 미국이 나한테 가르쳐준 게 있다면, 단념하는 것은 주어진 기회를 날려버리는 바보 같은 짓이라는 겁니다. 하지만 나는 당신의 변호사로서 당신에게 사실을 얘기해줘야 할 의무가 있습니다. 마지막으로 한 가지 더 말씀드리면, 입양단체에서는 보통 직원을 보내 아이의 상황이 실제로 어떠한지 평가합니다. 그러나 제정신이 박힌 단체라면 그런 이유로 아프가니스탄에 직원을 파견하지는 않을 것입니다."

나는 침대에 앉아 텔레비전과 우리를 번갈아 쳐다보고 있는 소랍을 바라보았다. 그는 그의 아버지가 그랬던 것처럼 턱을 무릎에 대고 쪼그리고 앉아 있었다.

"나는 저 아이의 삼촌입니다. 이건 조금도 중요하지 않나요?"

"당신이 그걸 증명할 수 있다면 중요하지요. 미안합니다만 당신의 말을 뒷받침할 수 있는 서류나 사람이 있습니까?"

나는 피곤한 목소리로 말했다.

"서류는 없습니다. 그리고 아무도 그걸 알지 못했습니다. 소랍도 내가 얘기해줄 때까지는 몰랐습니다. 나 자신도 최근까지는 알지 못했습니다. 알고 있는 유일한 사람은 사라졌습니다. 죽었을지도 모릅니다."

"흠."

"오마르, 내가 선택할 수 있는 게 뭐가 있죠?"

"솔직히 말하겠습니다. 선택할 수 있는 게 많지 않습니다."

"세상에, 그렇다면 나는 어떻게 해야 합니까?"

오마르는 숨을 들이쉬고 펜으로 턱을 두드리고 숨을 뱉었다.

"청원을 하고 잘되기를 기다릴 수 있죠. 개인적인 입양을 추진할 수도 있습니다. 그 말은 당신이 앞으로 2년 동안 파키스탄에서 소랍과 같이 살아야 한다는 말입니다. 아이를 대신해 망명을 신청할 수 있을 겁니다. 오래 걸리는 일입니다. 아이가 정치적인 박해를 받고 있다는 걸 증명해야 할 겁니다. 인도적인 비자를 신청할 수도 있을 것입니다. 그건 법무부 장관의 재량권에 속하는데 쉽게 주어지지 않습니다."

그는 여기에서 잠시 말을 멈췄다.

"다른 방법도 있습니다. 어쩌면 이게 당신한테는 최선의 방법일 것입니다."

나는 앞으로 몸을 숙이며 말했다.

"그게 뭡니까?"

"아이를 이곳에 있는 고아원에 양도한 다음, 청원을 할 수 있습니다. 그가 안전한 곳에 머무는 동안 I-600 양식을 작성하고 당신의 집에 대한 실사를 하게 하는 겁니다."

"그게 뭡니까?"

"미안합니다. I-600이란 이민국에서 요구하는 서류입니다. 집을 실사하는 것은 당신이 택한 입양단체에서 하는 겁니다. 그건 당신과 당신의 아내가 정신병자가 아니라는 걸 확인하는 절차입니다."

나는 다시 소랍을 바라보며 말했다.

"나는 그렇게는 하고 싶지 않습니다. 고아원으로 돌려보내지 않겠다고 저 아이한테 약속을 했습니다."

"말씀드린 것처럼, 이게 당신한테는 최선의 방법일 수 있습니다."

우리는 잠시 더 얘기를 나눴다. 그런 다음, 나는 그를 그의 차가 있는 곳까지 배웅했다. 그는 낡은 폴크스바겐을 몰고 있었다. 해가 지고 있었다. 불이 붙은 듯 서쪽 하늘이 붉었다. 그가 가까스로 운전대 뒤로 들어가자, 차가 그의 무게 때문에 한쪽으로 쏠렸다. 그는 창문을 내렸다.

"아미르?"

"네."

"당신이 지금 하려고 하는 일에 관해 한 말씀 드리고 싶습니다. 참으로 훌륭하십니다."

그는 떠나면서 손을 흔들었다. 호텔 방 밖에 서서 손을 마주 흔들며, 나는 소라야가 이곳에 같이 있으면 좋겠다고 생각했다.


내가 방으로 들어가자 소랍이 텔레비전을 껐다. 나는 침대 가장자리에 앉아 그에게 내 옆으로 와서 앉으라고 했다.

"파이잘 씨는 내가 너를 미국에 데리고 갈 수 있는 방법이 있다고 하셨다."

소랍이 며칠 만에 처음으로 희미하게 미소를 지으며 말했다.

"그래요? 언제 갈 수 있는데요?"

"글쎄, 그게 문제다. 시간이 좀 걸릴지 모르겠다. 하지만 그는 그렇게 할 수 있으며 우리를 도와주겠다고 했다."

나는 그의 목덜미에 손을 얹었다. 기도 시간을 알리는 소리가 거리에서 들려왔다.

소랍이 물었다.

"얼마나 오래 걸리는데요?"

"모르겠다. 어쩌면 얼마 안 걸릴 거다."

소랍이 어깨를 으쓱했다. 그리고 이번에는 더 크게 미소를 지었다.

"저는 괜찮아요. 기다릴 수 있어요. 신 사과처럼요."

"신 사과라고?"

"제가 아주 어렸을 때, 나무에 올라가 아직 덜 익은 신 사과를 따 먹은 적이 있어요. 배가 불러오더니 북처럼 딱딱해졌어요. 너무 아팠어요. 엄마는 내가 사과가 익기를 그냥 기다리고 있었다면 그렇게 아프지 않았을 거라고 했어요. 그래서 저는 뭔가를 진짜로 원할 때마다 엄마가 사과에 대해 하신 말씀을 기억하려고 노력해요."

"신 사과라! 소랍, 너는 내가 지금까지 만난 아이 중 가장 영리한 아이다."

그의 귀가 빨개졌다.

"저를 붉은 다리에 데려가주실 거죠? 안개가 낀다는 그 다리 말이에요."

"당연하지. 당연하고말고."

"차의 앞면과 하늘밖에 안 보인다는 길에도 데려가주실 거죠?"

"어느 곳이나 다 데려가주마."

눈물이 흘러내려 눈이 따끔거렸다. 나는 눈을 깜빡여 눈물을 털어냈다.

"영어는 배우기 힘든 말인가요?"

"1년만 지나면 페르시아어처럼 잘하게 될 거다."

"정말인가요?"

나는 그의 턱 밑에 손가락을 대고 그의 얼굴이 내 얼굴을 향하게 했다.

"그래. 소랍, 한 가지 더 있다."

"뭔데요?"

"그러니까 말이다. 파이잘 씨는 우리가…… 우리가 너를 설득해 당분간 아이들을 위한 집에 있게 하면 정말로 도움이 될 거라고 생각하시더라."

그의 입술에서 미소가 사라졌다.

"아이들을 위한 집이라고요? 고아원 말인가요?"

"당분간만."

"안 돼요. 제발 그건 안 돼요."

"소랍, 정말로 당분간만이다. 약속할게."

"아저씨는 저를 그런 곳으로 보내지 않겠다고 약속하셨어요."

그의 목소리가 떨렸다. 눈물이 흘러내리고 있었다. 나는 양심의 가책을 느꼈다.

"이건 다른 거야. 카불이 아니라 이슬라마바드에 있는 고아원이다. 우리가 너를 데리고 미국으로 갈 때까지 나는 너를 계속 찾아갈 거고."

그가 울면서 말했다.

"제발! 제발! 안 돼요! 무서워요. 그들이 저를 다치게 할 거예요! 가고 싶지 않아요."

"아무도 너를 해치지 않을 거다. 다시는 그런 일이 없을 거다."

"아니, 그럴 거예요! 그들은 늘 그러지 않겠다고 하는데 늘 거짓말이죠. 거짓말이에요! 제발!"

나는 엄지손가락으로 그의 볼에 흘러내리는 눈물을 닦아줬다. 나는 부드러운 목소리로 말했다.

"신 사과 생각나니? 그건 신 사과 같은 거야."

"아니 그렇지 않아요. 그곳은 아니에요. 제발, 제발, 안 돼요!"

그의 몸이 덜덜 떨렸다. 그의 얼굴은 눈물과 콧물이 뒤범벅되었다.

나는 그의 몸을 가까이 끌어당기고, 흔들리고 있는 그의 몸을 팔로 감쌌다.

"쉬, 쉬. 괜찮을 거야. 우리는 같이 집에 갈 거야. 괜찮을 거야."

얼굴이 내 가슴에 묻힌 탓에 그의 목소리가 잘 들리지 않았다. 하지만 나는 그의 목소리에 공포감이 묻어 있다는 걸 알았다.

"그렇게 하지 않겠다고 약속해줘요! 제발! 약속해주세요!"

내가 어떻게 약속할 수 있겠는가! 나는 그의 몸을 꼭 껴안고 앞뒤로 흔들었다. 그는 눈물샘이 마를 때까지 내 몸에 기대고 울었다. 몸의 흔들림이 멈추고 미친 듯한 애원의 목소리가 무슨 말인지 알 수 없는 중얼거림으로 변할 때까지 울었다. 나는 그의 호흡이 느려지고 몸이 늘어질 때까지 기다리며 몸을 흔들어줬다. 오래전에 어딘가에서 읽었던 말이 떠올랐다. '그것이 아이들이 두려움을 대하는 방식이다. 아이들은 잠에 빠진다.'

나는 그를 그의 침대로 데려가 눕혔다. 그리고 내 침대로 돌아와 이슬라마바드의 보라색 하늘을 창밖으로 바라보았다.


전화 소리에 깨어보니 하늘은 칠흑처럼 깜깜했다. 나는 눈을 비비고 침대맡에 있는 램프를 켰다. 10시 30분이 조금 지나 있었다. 나는 거의 세 시간 동안 잠을 잔 것이었다. 나는 수화기를 들었다.

"여보세요?"

파이야즈의 무료한 목소리가 들렸다.

"미국에서 걸려온 전화요."

"고맙습니다."

욕실에 불이 켜져 있었다. 소랍이 목욕을 하는 모양이었다. 수화기에서 딸가닥거리는 소리가 두어 번 나더니 소라야의 목소리가 들렸다.

"살람!"

그녀는 흥분해 있는 것 같았다.

"살람!"

"변호사와 만난 일은 어떻게 됐어요?"

내가 오마르 파이잘이 제안한 것에 대해 얘기해주자, 그녀가 말했다.

"그건 잊어버려요. 그렇게 할 필요가 없게 됐어요."

나는 일어나 앉았다.

"어째서요?"

"샤리프 삼촌한테서 연락이 왔어요. 소랍을 데리고 들어오는 것이 중요하대요. 일단 들어오면 여기에 있을 수 있는 방법들이 있대요. 삼촌이 이민국 친구들한테 전화를 여러 번 해보시고 오늘 밤 전화를 하셨어요. 소랍이 인도적인 비자를 발급받게 해주실 수 있대요. 거의 확실하대요."

"농담 아니죠? 하느님 감사합니다. 삼촌은 좋은 분이세요."

"알아요. 우리가 후원자가 되는 거예요. 아주 빨리 일 처리를 해야 한대요. 비자는 1년 동안 유효하대요. 그거면 입양 수속을 밟는 데 충분한 시간이에요."

"소라야, 정말로 그렇게 된대요?"

"그런 것 같아요."

그녀의 목소리는 행복해 보였다. 나는 그녀에게 사랑한다고 했다. 그녀도 내게 사랑한다고 했다. 그리고 우리는 전화를 끊었다.

나는 침대에서 일어나며 소리쳤다.

"소랍! 좋은 소식이 있다!"

나는 욕실 문을 두드렸다.

"소랍! 방금 캘리포니아에서 전화가 왔는데 우리가 너를 고아원에 보낼 필요가 없어졌다는구나. 우리는 이제 미국에 가게 된다. 내 말 들리니? 이제 미국에 가는 거야!"

나는 문을 열고 욕실로 들어갔다.

갑자기 나는 무릎을 꿇고 비명을 지르기 시작했다. 나는 이를 악물고 비명을 질렀다. 목이 터지고 가슴이 터진다는 생각이 들 때까지 비명을 질렀다.

나중에 그들은 내가 앰뷸런스가 도착했을 때도 계속 비명을 지르고 있었다고 말했다.

## 25

그들이 나를 들어오지 못하게 한다.

나는 그들이 양쪽으로 여닫는 문을 지나 그를 싣고 가는 모습을 보고 따라간다. 나는 문을 박차고 들어간다. 요오드와 과산화수소 냄새가 확 풍긴다. 하지만 그 짧은 시간에 내가 본건 수술 모자를 쓴 두 남자와 녹색 옷을 입은 여자가 바퀴 달린 침대에 몰려 있는 모습이 전부다. 흰 시트가 침대 옆으로 내려와 체크무늬의 지저분한 바닥에 스치고 있다. 시트 밑으로 피투성이가 된 두 개의 작은 발이 나와 있다. 왼발의 엄지발톱이 깨져 있는 게 눈에 들어온다. 그때, 감색 옷을 입은 키가 크고 건장한 남자가 내 가슴을 손바닥으로 밀어 나를 문밖으로 내보낸다. 내 살갗에 닿는 그의 결혼반지의 감촉이 서늘하다. 나는 앞으로 나아가려고 애쓰며 그에게 욕을 퍼붓는다. 하지만 그는 내가 거기에 있으면 안 된다고 한다. 그는 영어로 얘기한다. 정중하지만 단호한 목소리다.

그는 나를 대기실 쪽으로 데리고 가며 말한다.

"기다리셔야 합니다."

양쪽으로 여닫는 문이 한숨 소리와 함께 그의 등 뒤로 닫힌다. 내 눈에 보이는 건 문에 달린 좁은 직사각형 유리창으로 비치는 남자들의 수술 모자 상단이 전부다.

그는 사람들로 가득한 복도에 나를 두고 간다. 넓은 복도에는 창문이 하나도 없다. 사람들은 벽을 따라 놓인 접이식 철제 의자에 앉아 있다. 일부는 닳고 닳은 얇은 카펫에 앉아 있다. 나는 다시 비명을 지르고 싶다. 마지막으로 이런 기분이 들었을 때가 생각난다. 바바와 같이 유조 트럭 탱크 속에 앉아 있을 때였다. 다른 난민들과 함께 어둠 속에 있을 때였다. 나는 이곳으로부터, 이 현실로부터 벗어나 구름처럼 날아올라 둥둥 떠다니다가 축축한 한여름 밤 속으로 녹아내려 언덕들 너머의 먼먼 곳으로 사라지고 싶다. 하지만 내 몸은 여기에 있다. 다리는 콘크리트 덩어리처럼 천근만근이다. 허파에는 공기가 없고 목은 탄다. 몸이 떠다니는 건 불가능한 일이다. 오늘 밤은 이것이 현실이다. 나는 눈을 감는다. 땀, 암모니아, 알코올, 카레 등의 냄새가 코에 진동한다. 천장에 붙은 흐릿한 회색 전등을 향해 나방들이 몰려든다. 나방들의 날갯짓 소리가 들린다. 누군가가 수다를 떠는 소리, 숨을 죽이고 흐느끼는 소리, 코를 훌쩍이는 소리, 신음 소리, 한숨 소리, 엘리베이터 문이 열리는 소리, 교환원이 우르두어로 누군가를 호출하는 소리도 들린다.

나는 다시 눈을 뜬다. 나는 내가 뭘 해야 할지 알고 있다. 나는 주위를 둘러본다. 가슴이 방망이질을 하고 귀에서 피가 뛰는 게 느껴진다. 왼쪽에 컴컴하고 작은 비품 창고가 있다. 나는 그곳에서 내게 필요한 것을 찾는다. 됐다. 나는 잘 개어놓은 리넨 더미에서 흰 시트를 꺼내 복도로 가져온다. 나는 간호사가 화장실 근처에서 경찰관과 얘기하는 걸 본다. 나는 간호사의 팔꿈치를 잡아당긴다. 어느 쪽이 서쪽인지 알고 싶은 것이다. 그녀는 이해하지 못한다. 그녀가 얼굴을 찌푸리자 주름살이 깊어진다. 목이 아프다. 눈에 땀이 들어가 쓰리다. 숨을 쉴 때마다 불을 들이마시는 것 같다. 나는 울고 있는 것 같다. 나는 다시 묻는다. 나는 애원한다. 방향을 가리키는 사람은 경찰관이다.

나는 시트를 기도용 양탄자로 삼기로 한다. 나는 그것을 마루에 던지고 무릎을 꿇고 이마를 바닥에 조아린다. 눈물이 시트에 스며들고 있다. 나는 서쪽을 향해 절을 한다. 나는 문득, 내가 15년 넘게 기도를 하지 않았다는 사실을 떠올린다. 하지만 그건 중요하지 않다. 나는 아직도 기억하고 있는 말로 기도를 드릴 것이다. "라 일라하 일 알라, 무함마드 우 라술 울라(알라만이 하느님이며 무함마드는 하느님의 사자이십니다)." 나는 바바가 틀렸다는 걸 이제 안다. 하느님은 있다. 늘 있었다. 나는 하느님을 여기에서 본다. 복도에 있는 사람들의 필사적인 눈에서 하느님을 본다. 이곳이 하느님의 진짜 집이다. 다이아몬드처럼 빛나는 빛과 높은 첨탑이 있는 흰 사원이 아니라, 바로 이곳이 하느님을 잃어버린 사람들이 하느님을 찾는 곳이다. 하느님은 있다. 그리고 있어야 한다. 이제 나는 기도할 것이다. 내가 그분을 그간 소홀히 했던 걸 용서해달라고 기도할 것이다. 내가 배반을 했고 거짓말을 했으며 죄를 짓고도 아무 벌도 받지 않았으며, 필요할 때만 하느님을 찾는 걸 용서해달라고 기도할 것이다. 나는 그분이 코란에 쓰여 있는 것처럼 자비롭고 인자하고 은혜로우시기를 기도할 것이다. 나는 서쪽을 향해 절을 하고 땅에 입을 맞추며, 앞으로는 자카트(자선)를 행하고 나마즈(기도)를 드리고, 라마단 기간에는 금식을 하고, 라마단이 끝나도 계속 금식을 하고, 코란에 나오는 모든 말씀을 기억하려고 노력하고, 사막에 있는 무더운 도시로 순례 여행을 떠나 성전 앞에 머리를 조아리겠다고 약속한다. 하느님이 내 소원을 딱 한 가지만 들어주시면 이 모든 걸 행하고 오늘부터 날마다 하느님을 생각하겠습니다. 제 손은 하산의 피로 오염돼 있습니다. 하느님, 이 손을 그의 아들의 피로 오염되지 않게 하소서. 이게 저의 유일한 소원입니다.

나는 훌쩍거리는 소리를 듣는다. 그런데 그 소리가 나한테서 나는 것임을 깨닫는다. 내 얼굴에 흘러내리는 눈물이 내 입에 닿는다. 짠맛이다. 나는 복도에 있는 사람들의 눈이 나를 향하고 있다는 걸 느낀다. 그래도 나는 서쪽을 향해 절을 한다. 나

는 기도한다. 나는 내가 늘 두려워했던 것처럼 나의 죄가 나를
따라붙지 않게 해달라고 기도한다.

별도 뜨지 않은 칠흑처럼 어두운 밤이 이슬라마바드에 찾
아온다. 몇 시간 후, 나는 응급실로 통하는 복도의 작은 라운
지 바닥에 앉아 있다. 내 앞에는 신문과 모서리가 접힌 잡지
들이 가득 놓인 우중충한 갈색 커피 테이블이 있다. 그중에는
1996년 4월에 발행된 《타임》도 있고, 지난주에 기차에 치여
죽은 소년의 사진이 실린 파키스탄 신문도 있고, 반질반질한
표지에 웃고 있는 파키스탄 배우들이 나오는 연예 잡지도 있
다. 경옥색 샬와르 카미즈를 입고 뜨개질로 뜬 숄을 두른 할머
니가 나의 맞은편에 있는 휠체어에서 꾸벅꾸벅 졸고 있다. 가
끔 가다 한 번씩, 그녀는 잠에서 깨어 나직한 아랍어로 기도를
한다. 나는 피곤한 마음으로 하느님이 오늘 밤 그녀의 기도를
들어주실지, 아니면 나의 기도를 들어주실지 궁금해한다. 나는
소랍의 얼굴을 그려본다. 각이 진 통통한 턱, 조가비 모양의 작
은 귀, 자기 아버지처럼 치켜 올라간 대나무잎 모양의 눈. 밖에
있는 밤처럼 새까만 슬픔이 밀어닥친다. 목이 조이는 것 같다.

나한테는 공기가 필요하다.

나는 일어나서 창문을 연다. 방충망 사이로 들어오는 바람
은 곰팡내도 나고 뜨겁기도 하다. 너무 익어버린 대추야자와
똥 냄새가 바람에 실려 온다. 나는 공기를 한 움큼 허파에 밀

어 넣는다. 하지만 가슴이 조이는 느낌이 가시질 않는다. 나는 다시 바닥으로 내려온다. 나는《타임》지를 들고 넘겨보지만 아무것도 읽을 수 없다. 어느 것에도 집중할 수가 없다. 그래서 나는 잡지를 탁자에 던지고 시멘트 바닥이 지그재그로 갈라진 모습, 벽들이 만나는 천장 구석의 거미줄, 그리고 창턱에 흩어져 있는 죽은 파리들을 바라보는 일로 되돌아간다. 대부분은 벽에 걸린 시계를 쳐다본다. 새벽 4시가 막 지난 시각이다. 나는 다섯 시간이 넘게, 문밖에서 기다리고 있는 중이다. 나는 아직 아무 소식도 듣지 못했다.

내 밑에 있는 마루가 내 몸의 일부처럼 느껴지기 시작한다. 나는 점점 몸이 무거워지고 숨이 느려진다. 잠을 자고 싶다. 눈을 감고 머리를 차갑고 먼지 많은 마루에 대고 눕히고 싶다. 그리고 잠에 떠밀려 가고 싶다. 잠에서 깨면, 내가 호텔 욕실에서 보았던 것이 꿈이었다는 것을 알게 될지 모른다. 수도꼭지에서 피투성이 욕조 물속으로 똑똑 소리를 내며 떨어지던 물. 욕조 옆으로 늘어져 있던 왼쪽 팔, 변기 물탱크 위에 놓여 있던 피 묻은 면도날(나는 전날 그 면도날을 갖고 면도를 했었다), 반쯤 뜬 활기 없는 눈. 이 모든 것이 꿈이었다는 게 드러날지 모른다. 그 어느 것보다 더, 나는 그 눈을 잊고 싶다.

곧 잠이 찾아온다. 나는 내버려둔다. 나는 나중에 기억할 수 없는 꿈들을 꾼다.

누군가가 내 어깨를 두드린다. 나는 눈을 뜬다. 내 옆에 어떤 남자가 무릎을 꿇고 있다. 그는 응급실 문 뒤에 있던 남자들처럼 모자를 쓰고 입에 종이 마스크를 하고 있다. 마스크에 묻은 핏방울을 보자 나는 가슴이 철렁한다. 그의 호출기에 사슴 눈을 한 작은 소녀의 사진이 붙은 게 보인다. 그는 마스크를 벗는다. 나는 소랍의 피를 더 이상 볼 필요가 없어지자 마음이 조금 놓이는 듯했다. 그의 피부는 하산과 내가 샤레나우에 있던 시장에서 사 먹던 스위스산 수입 초콜릿처럼 검고, 머리숱은 성겼다. 곡선 모양의 속눈썹이 담갈색 눈을 감싸고 있다. 그는 영국식 억양으로 자신의 이름이 닥터 나와즈라고 한다. 갑자기 나는 이 남자로부터 달아나고 싶다. 그가 나한테 말하려고 하는 얘기를 도저히 들을 수 없을 것 같아서다. 그는 아이가 손목을 너무 깊게 그어 피를 많이 흘렸다고 한다. 내 입에서 다시 기도 소리가 나오기 시작한다.

"라 일라하 일 알라, 무함마드 우 라술 울라."

그래서 여러 번에 걸쳐 수혈을 해야 했다고 한다.

소라야한테 뭐라고 말하지?

두 번이나 인공호흡을 시켜야 했다고 한다.

하느님, 살려주소서. 나마즈를 드리겠습니다. 자카트를 행하겠습니다.

심장이 어리고 튼튼하지 않았다면 죽었을 것이라고 한다.

금식도 하겠습니다.

그는 살아 있다고 한다.

닥터 나와즈가 미소를 짓는다. 그가 방금 한 말을 마음에 새기는 데 약간의 시간이 걸린다. 그가 무슨 말인가를 더 하지만 그 말이 더 이상 귀에 들리지 않는다. 나는 그의 손을 잡아 내 얼굴로 가져간다. 나는 낯선 사람의 작고 통통한 손에 안도의 눈물을 쏟는다. 그는 이제 아무 말도 하지 않고 기다린다.

중환자실은 L자 모양이다. 조명은 침침하다. 모니터 소리와 기계 돌아가는 소리가 요란하다. 닥터 나와즈는 나를 데리고 흰 비닐 커튼으로 나뉘어 있는 두 줄의 침대 사이를 지난다. 소랍의 침대는 구석에 있는 마지막 것이다. 그곳은 녹색 수술복을 입은 두 간호사가 낮은 소리로 무슨 말인가를 하며 회람판에 뭔가를 적고 있는 간호사실에서 가장 가까운 곳이다. 나는 닥터 나와즈와 같이 엘리베이터를 타고 올라오면서, 소랍을 보면 다시 울 거라고 생각했다. 그러나 그의 침대 발치의 의자에 앉아 희미한 빛을 발하는 튜브와 링거 줄이 뒤엉킨 가운데 창백한 얼굴로 누워 있는 그를 보는 순간, 눈물이 말라버린다. 산소호흡기가 내는 소리의 리듬에 맞춰 그의 가슴이 오르락내리락하는 걸 보자 이상한 마비 증세가 나를 찾아온다. 차의 핸들을 후다닥 꺾어 정면충돌을 몇 초 차이로 벗어난 직후에 느낌 직한 마비 증세다.

나는 잠에 빠진다. 눈을 뜨자, 간호사실 옆에 있는 창문을 통해 뿌연 하늘로 해가 떠오르는 모습이 보인다. 햇빛이 비스듬하게 병실로 들어와 나의 그림자를 소랍에게 늘어뜨린다. 소랍은 움직이지 않고 있다.

간호사가 말한다.

"잠을 좀 자두는 게 좋을 거예요."

얼굴이 익지 않은 간호사다. 내가 낮잠을 자는 동안 교대를 한 게 분명하다. 그녀는 나를 중환자실 밖에 있는 다른 라운지로 데리고 간다. 라운지는 텅 비어 있다. 그녀는 내게 베개와 병원용 담요를 준다. 나는 그녀에게 고맙다고 하고 라운지 구석에 있는 비닐 소파에 눕는다. 나는 금세 잠이 든다.

나는 꿈을 꾼다. 나는 다시 아래층 라운지로 돌아가 있다. 닥터 나와즈가 들어오는 게 보인다. 나는 그를 맞으러 일어난다. 그는 종이 마스크를 벗는다. 그의 손이 내가 생각했던 것보다 하얗다. 손톱에는 매니큐어가 칠해져 있고 머리를 단정하게 양쪽으로 가르고 있다. 그런데 잘 보니 그는 닥터 나와즈가 아니고 토마토 화분을 만지작거리던 작은 몸집의 대사관 직원 레이먼드 앤드루스다. 앤드루스가 머리를 꼿꼿이 세우고 눈을 찡그린다.

낮에 보니 병원은 사람들로 붐비는 복도들이 이리저리 나 있는 미로였다. 눈이 부실 정도로 하얀 형광등들이 머리 위에 달려 있었다. 나는 병원 내부를 잘 알게 되었다. 동편에 있는 엘리베이터의 4층 버튼은 눌러도 불이 들어오지 않고, 같은 층에 있는 남자 화장실 문은 꼼짝하지 않아서 어깨로 밀고 들어가야 한다는 것도 알게 되었다. 나는 병원 생활에도 나름대로 리듬이 있다는 걸 알게 되었다. 아침 교대 직전에는 소란스럽다가 한낮이 되면 한바탕 소동이 일었다. 늦은 밤에는 조용하다가 이따금 의사들과 간호사들이 누군가를 소생시키려고 정신없이 달려가기도 했다. 나는 낮에는 소랍의 침대 옆을 지키다가 밤에는 구불구불한 복도를 거닐었다. 나는 내 구두 뒤축이 타일을 자박자박 밟는 소리를 들으며, 소랍이 깨어나면 무슨 말을 해야 할지 생각해보았다. 그러다가 다시 침대 옆에서 산소호흡기가 소리를 내고 있는 중환자실로 되돌아갔다. 나는 무슨 말을 해야 할지 여전히 모르고 있었다.

사흘이 지나자 그들은 소랍의 산소호흡기를 떼고 1층 병실로 옮겼다. 그들이 그를 옮겼을 때 나는 거기에 있지 않았다. 그날 밤 잠을 좀 자려고 호텔로 돌아갔었다. 하지만 밤새 침대에서 뒤척이기만 했다. 나는 아침에는 욕조를 쳐다보지 않으려 했다. 욕조는 이제 깨끗했다. 누군가가 피를 닦아내고 바닥에 새로운 매트를 깔고 벽도 닦아내 깨끗해져 있었다. 나는 욕조의 서늘한 가장자리에 앉아보았다. 나는 소랍이 욕조에 따뜻한 물을 채우고, 옷을 벗고, 면도기 손잡이를 돌려 위쪽에 있는 이중 안전장치를 풀고 면도날을 빼내, 엄지와 검지 사이에 잡고 있는 모습을 상상해보았다. 나는 그가 물속에 들어가 잠시 누워 있다가 눈을 감는 모습을 상상해보았다. 나는 그가 면도날을 들어 팔을 그을 때 마지막으로 무슨 생각을 했을지 궁금했다.

내가 로비를 막 나서려 할 때, 호텔 지배인인 파이야즈 씨가 나를 붙잡았다.

"정말 미안합니다만 이 호텔에서 나가주셔야겠습니다. 영업에 방해가 돼서요."

나는 그에게 알겠다고 하고 숙박비를 계산했다. 그는 내가 병원에서 보낸 사흘간에 대해서는 숙박비를 청구하지 않았다. 나는 그날 밤 우리가 소랍을 찾으러 갔을 때 파이야즈 씨가 내게 했던 말을 떠올렸다. "당신네 아프간 사람들은…… 좀…… 무모한 것 같아요." 나는 그때는 그냥 웃어넘기고 말았다. 그런데 지금은 그의 말이 맞을 수도 있다는 생각이 들었다. 소랍이 가장 두려워하는 소식을 그에게 전하고 난 후, 내가 정말로 잠을 잤단 말인가.

나는 택시를 잡고 운전사에게 페르시아 서점이 있는 곳을 아느냐고 물었다. 그는 남쪽으로 2킬로미터쯤 떨어진 곳에 하나가 있다고 했다. 나는 병원으로 가는 길에 그곳에 잠시 들렀다.


소랍은 다른 병실에 들어가 있었다. 크림색 벽은 일부가 떨어져 나간 상태였고 몰딩은 짙은 회색이었다. 한때는 희었을 타일들은 우중충한 색깔로 변해 있었다. 그는 펀자브 출신의 10대 소년과 병실을 같이 쓰고 있었다. 나중에 간호사에게 들은 얘기에 따르면, 그 소년은 움직이는 버스 지붕에서 미끄러져 다리가 부러졌다고 했다. 깁스를 한 그의 다리가 높게 올려져 있었다. 그 다리를 여러 개의 무거운 것들이 달린 집게들이 물고 있었다.

소랍의 침대는 창문 옆에 있었다. 창문의 아래쪽 반이 사각형 유리로 들어오는 늦은 아침의 햇살을 받아 빛나고 있었다. 제복을 입은 안전 요원이 창문 옆에 서서 볶은 수박씨를 먹고 있었다. 소랍은 자살을 하지 못하도록 24시간 감시를 받았다. 닥터 나와즈는 나에게 그것이 병원의 규칙이라고 말해줬다. 안전 요원은 나를 보자 모자에 가볍게 손을 대며 인사를 하고 병실에서 나갔다.

소랍은 반소매 파자마를 입고 담요를 가슴까지 올려서 덮고 누워 있었다. 얼굴은 창문 쪽을 향해 있었다. 나는 그가 자고 있다고 생각했다. 그러나 내가 의자를 그의 침대까지 끌어당기자, 눈꺼풀이 움직이더니 그가 눈을 떴다. 그러고는 나를 보더니 고개를 돌렸다. 그렇게 많이 수혈을 했음에도 너무 창백했다. 그의 팔뚝이 시퍼렇게 멍들어 있었다.

"기분이 어떠니?"

그는 대답하지 않았다. 그는 병원 정원에 있는 모래 상자와 그네를 바라보고 있었다. 운동장 옆의 히비스커스나무들 밑에는 활 모양의 격자구조물이 있었다. 몇 개의 푸른 덩굴이 나무로 된 격자를 타고 올라가고 있었다. 여러 명의 아이들이 양동이와 통을 갖고 모래 상자 안에서 놀고 있었다. 하늘은 구름 한 점 없이 푸르렀다. 멀리서 제트기 한 대가 두 줄의 연기를 뿜으며 날아갔다. 나는 소랍을 향해 돌아서서 말했다.

"몇 분 전에 의사 선생님과 얘기를 했는데 이틀 후면 퇴원할 수 있다더라. 좋은 소식이지?"

다시 침묵이 돌아왔다. 병실의 다른 쪽에 있는 편자브 소년은 자다가 몸을 뒤척이며 신음 소리를 냈다.

나는 붕대가 감긴 소랍의 손목을 쳐다보지 않으려고 애쓰며 말했다.

"나는 이 방이 좋다. 밝은 데다 전망도 좋으니까."

역시 아무 말이 없었다. 몇 분간의 어색한 침묵이 흘렀다. 내 이마와 윗입술에 땀이 한 방울 맺혔다.

나는 침대 옆 탁자에 놓여 있는 손도 대지 않은 완두콩 죽과 사용하지 않은 플라스틱 수저를 가리키며 말했다.

"좀 먹어야겠다. 그래야 원기가 회복되지. 내가 먹여줄까?"

그가 내 눈을 바라보다가 눈을 돌렸다. 그의 얼굴은 돌처럼 무표정했다. 내가 그를 욕조에서 끌어냈을 때 그랬던 것처럼, 그의 눈은 아직도 생기가 없고 맥이 빠져 있었다. 나는 내 다리 사이에 놓아뒀던 봉투에 손을 넣어 페르시아 서점에서 중고로 산 『샤나메』를 꺼냈다. 나는 표지가 소랍을 향하게 책을 돌렸다.

"어렸을 때, 나는 네 아버지에게 이 책을 읽어주곤 했었다. 우리 집 옆에 있는 언덕을 올라 석류나무 그늘 밑에 앉아……."

나의 말소리가 잦아들었다. 소랍이 다시 창밖을 바라보고 있었다. 나는 애써 미소를 지었다.

"네 아버지가 가장 좋아한 대목은 로스탐과 소랍에 관한 이야기였다. 너도 네 이름이 어떻게 지어지게 됐는지 알잖니. 네가 그걸 알고 있다는 거 나도 안다."

나는 바보가 된 듯한 느낌을 받으며 잠시 말을 멈췄다.

"여하튼 네 아버지는 편지에서 너도 그 부분을 좋아한다고 하셨다. 그래서 너한테 그 대목을 읽어주는 게 어떨까 하는 생각이 들었다. 그래도 괜찮겠니?"

소랍이 눈을 감았다. 그리고 멍이 든 팔로 눈을 가렸다.

나는 택시 안에서 접어놓았던 페이지를 펼쳤다.

"자, 읽겠다."

나는 하산이 마침내 『샤나메』를 읽을 수 있게 되었을 때 무슨 생각을 했을지, 내가 그를 내내 배반했다는 걸 알았을 때 무슨 생각을 했을지 궁금했다. 처음으로 그게 궁금해졌다. 나는 헛기침을 하고 읽기 시작했다.

"눈물로 가득한 이야기지만, 소랍과 로스탐이 싸우는 이야기에 귀를 기울이자. 어느 날 아침, 로스탐은 잠에서 깨어 불길한 예감에 사로잡혔다. 그는 결심하길……."

나는 1장의 대부분을 그에게 읽어줬다. 나는 젊은 전사인 소랍이 그의 어머니인 사멘간 왕비 타미네에게 가서 그의 아버지가 누구인지 알려달라고 하는 장면까지 읽고 책을 덮었다.

"더 읽을까? 전투를 하는 장면이 나오잖니. 소랍이 군대를 이끌고 이란의 백색 성으로 가는 장면 말이다. 더 읽어줄까?"

그가 천천히 고개를 저었다. 나는 봉투에 책을 넣었다. 그러나 그가 반응을 했다는 사실 자체가 고무적이었다.

"좋다. 그럼 내일 계속해서 읽으면 되겠다. 좀 어떠니?"

소랍이 입을 벌렸다. 거친 소리가 나왔다. 닥터 나와즈는 내게 그런 일이 있을 것이라고 얘기했었다. 산소호흡기의 튜브에 성대가 상해 그럴 수도 있다고 했었다. 그는 입술에 침을 묻히더니 다시 말을 하려고 했다.

"피곤해요."

"알고 있다. 의사 선생님이 그럴 거라고 말씀하시더구나."

그가 고개를 저었다.

"소랍, 왜 그러니?"

그는 몸을 움츠리고, 들릴락 말락 하는 쉰 목소리로 말했다.

"모든 게 피곤해요."

나는 한숨을 쉬며 의자에 푹 떨어졌다. 우리 두 사람 사이의 침대 위로 한 줄기 햇빛이 비치고 있었다. 그 순간, 햇빛의 저쪽에서 나를 쳐다보고 있는 창백한 얼굴은 하산의 얼굴을 닮아 있었다. 율법사가 저녁 기도 시간을 알리고 알리가 우리를 집으로 부를 때까지 공기놀이를 하던 하산도 아니고, 서쪽에 있는 집들 너머로 해가 졌을 때 내가 언덕 아래로 쫓으며 내려오던 하산도 아닌, 마지막으로 내가 보았던 하산의 얼굴이었다. 내가 비에 젖은 내 방 창문으로 지켜보던, 따뜻한 여름 소나기를 맞으며 자기 소지품을 끌고 알리 뒤를 따라가서 바바의 차 트렁크에 짐을 싣던 하산의 얼굴이었다.

그가 서서히 고개를 저으며 앞에서 한 말을 되풀이했다.

"모든 것이 피곤해요."

"소랍, 내가 어떻게 하면 좋겠니? 말해보렴."

"제가 원하는 건……."

그는 다시 몸을 움찔하더니 자신의 목을 가로막는 뭔가를 치우기라도 하듯 목에 손을 갖다 댔다. 나는 흰 붕대로 싸여 있는 그의 팔목에 자꾸 눈이 갔다. 그가 가까스로 말했다.

"제가 원하는 건 옛날로 돌아가는 거예요."

"오, 소랍."

"아버지와 어머니한테요, 사사한테요. 라힘 한과 정원에서 놀고 싶어요. 다시 우리 집에서 살고 싶어요. 옛날로 돌아가고 싶어요."

그가 팔뚝으로 눈을 문질렀다.

나는 무슨 말을 해야 할지, 어디를 쳐다봐야 할지 몰라 그저 내 손만 바라보고 있었다. 나는 속으로 생각했다. '너의 옛날은 내 옛날이기도 하지. 나도 너와 같은 곳에서 놀았고 너와 같은

곳에서 살았다. 하지만 이제 우리 집 잔디는 죽고 없고 차도에
는 낯선 사람의 지프차가 세워져 있고 차도는 기름 천지더구
나. 우리의 옛 삶은 가버렸단다, 소랍. 그 속에 있던 모든 사람
은 죽었거나 죽어가고 있단다. 이제는 너와 나밖에 안 남았다.
너와 나만 남았다.' 이런 생각이 마음속을 스쳐 지나가고 있었
다.

"내가 그걸 너한테 돌려줄 수는 없구나."

"아저씨가 그렇게 하지 않으셨더라면……."

"그런 말 하지 마라."

"아저씨가 그러지 않으셨더라면 좋았을 거예요. 그냥 물속에
내버려두지 그러셨어요."

나는 앞으로 몸을 기울이며 말했다.

"소랍, 그런 소리 다시는 하지 마라. 나는 네가 그렇게 얘기하
는 걸 견딜 수가 없구나."

나는 그의 어깨에 손을 댔다. 그가 움찔하며 몸을 뗐다. 나
는 손을 내려뜨렸다. 그는 내가 약속을 어기기 전 며칠 동안은
내가 자기 몸에 손을 대도 그냥 뒀었다. 그걸 생각하니 후회스
러웠다.

"소랍, 내가 너의 옛 삶을 되돌려줄 수는 없다. 그럴 수 있으
면 얼마나 좋겠니. 하지만 너를 데리고 갈 수는 있다. 나는 그
얘기를 해주려고 욕실에 들어갔었다. 네가 미국에 가서 나와
함께 살 수 있는 비자가 나올 거다. 정말이다. 약속할게."

그는 코로 한숨을 쉬며 눈을 감았다. 나는 약속한다는 마지막 말은 하지 말 걸 그랬다고 생각했다.

"나는 인생에서 후회할 만한 일들을 많이 했다. 하지만 너한테 했던 약속을 지키지 못한 것보다 더 후회스러운 건 없는 것 같구나. 다시는 그런 일이 없을 거다. 너무너무 미안하구나. 네가 날 용서해주면 좋겠다. 나를 용서해주겠니? 내 말 믿을 수 있겠니?"

나는 목소리를 더 낮추고 덧붙였다.

"나하고 같이 가줄래?"

그의 답변을 기다리는 동안, 나는 오래전 겨울에 있었던 일을 떠올렸다. 그때, 하산과 나는 잎이 다 떨어지고 없는 벚나무 밑 눈 위에 앉아 있었다. 나는 그날, 하산한테 잔인한 장난을 했다. 나는 그를 갖고 장난을 쳤다. 나는 그에게 나에 대한 충성의 표시로 흙을 먹을 수 있느냐고 그를 몰아쳤었다. 그런데 이제는 반대로 내가 그 대상이 되어 나의 진심을 증명해야 했다. 나는 이런 꼴을 당해도 싼 사람이었다.

소랍이 등을 돌리고 돌아누웠다. 그는 오랫동안 아무 말도 하지 않았다. 나는 그가 잠들었다고 생각했다. 그때, 그가 쉰 목소리로 말했다.

"너무 피곤해요."

나는 그가 잠들 때까지 침대 옆에 앉아 있었다. 소랍과 나 사이에 뭔가가 사라지고 없었다. 변호사인 오마르 파이잘을 만나기 전에는 희망의 빛이 소랍의 눈에 수줍은 손님처럼 들어오기 시작했었다. 그런데 그 빛이 사라지고 없었다. 수줍음을 타던 손님은 도망가고 없었다. 언제 그 빛이 다시 돌아올지는 알 수 없는 일이었다. 얼마나 오래 있어야 소랍이 다시 웃을 수 있을지, 얼마나 오래 있어야 그가 나를 믿을 수 있을지 모를 일이었다. 그게 가능한지 여부도 불확실했다.

나는 병실을 나와 다른 호텔을 찾으러 갔다. 그때, 나는 소랍이 거의 1년이 다 되어서야 말을 하게 될 거라는 걸 알지 못하고 있었다.


결국 소랍은 내 제안을 받아들이지 않았다. 그렇다고 거절하지도 않았다. 그러나 그는 붕대를 풀고 환자복을 돌려주고 나면, 자신이 집도 절도 없는 하자라인 고아에 지나지 않는다는 걸 잘 알고 있었다. 그에게 무슨 선택의 여지가 있겠는가? 그가 어디로 갈 수 있겠는가? 그러니 내가 그로부터 승낙을 받았다고 생각한 것은 사실, 조용한 체념에 가까운 것이었다. 수락이라기보다는 너무 지쳐서 결정을 내릴 수도 없고 너무 지쳐서 아무것도 믿을 수 없는 사람이 도달하게 되는 체념에 가까웠다. 그가 원하는 것은 옛 삶이었다. 그런데 그에게는 나와 미국밖에 없었다. 모든 걸 종합적으로 고려해볼 때 그게 나쁜 운명이라고만은 할 수 없었다. 하지만 나는 그에게 그걸 얘기해줄 수는 없었다. 머리가 온갖 상념으로 끝없이 복잡할 때, 그 상황을 크고 넓게 보는 것은 사치에 불과했다.

그런 식으로 일은 진행되었다. 약 일주일 후, 우리는 비행기를 탔다. 나는 하산의 아들을 아프가니스탄에서 아메리카로 데리고 간 것이었다. 그를 혼란의 세계에서 들어 올려 불확실한 세계로 들여놓으며.


1983년 혹은 1984년, 어느 날이었다. 나는 프리몬트에 있는 비디오 가게에 있었다. 나는 서부영화 비디오가 진열돼 있는 곳에 서 있었다. 그런데 내 옆에서 세븐일레븐 컵으로 콜라를 마시던 남자가 〈황야의 7인〉을 본 적이 있느냐고 물었다.

"봤죠, 열 번도 넘게 봤죠. 찰스 브론슨이 죽잖아요. 제임스 코번도 죽고 로버트 본도 죽고요."

그는 내가 자기 소다수에 침을 뱉기라도 한 것처럼 인상을 썼다.

"무지무지 고마워요, 친구."

그는 그 자리를 떠나면서 고개를 흔들며 무슨 말인가를 중얼거렸다. 그때서야 나는 미국에서는 영화가 어떻게 끝나는지 얘기하면 안 된다는 걸 알게 되었다. 만약 그랬을 경우 무시를 당하고 결말을 보는 즐거움을 망친 죄로 엄청나게 사과를 해야 한다는 걸 알게 된 것이었다.

아프가니스탄에서는 결말만이 중요했다. 하산과 내가 자이나브 영화관에서 인도 영화를 보고 집에 오면 알리, 라힘 한,

바바와 그의 많은 친구들—육촌, 칠촌, 팔촌들까지 집에 드나들었다—은 결말에 대해 알고 싶어 했다. 여자 주인공은 행복을 찾는지, 남자 주인공은 성공해 원하는 꿈을 성취하는지, 아니면 불운하게도 실패만 계속하는지, 그들은 이런 것들을 알고 싶어 했다.

그들은 영화가 해피 엔딩으로 끝나는지 알고 싶어 했다.

만약 누군가가 오늘, 하산, 소랍, 나에 관한 이야기가 해피 엔딩으로 끝나는지 물으면, 나는 뭐라고 대답해야 할지 모르겠다.

누군들 그렇지 않으랴!

결국 인생은 인도 영화가 아니다. 아프간 사람들은 '젠다기 미그자라'라는 표현을 즐겨 사용한다. 인생은 계속된다는 것이다. 시작과 끝, 캄야브(행복)와 나캄(불행), 위기 혹은 카타르시스에 상관없이 인생은 계속된다는 것이다. 먼지가 자욱한 코치(유목민)의 마차처럼 인생은 앞으로 느릿느릿 나아간다는 것이다.

나는 그런 질문을 받으면 어떻게 답변해야 할지 모를 것 같다. 지난 일요일에 있었던 작은 기적에도 불구하고 말이다.

우리는 2001년 8월, 어느 따뜻한 날에 집에 도착했다. 벌써 일곱 달 전 일이다. 소라야가 공항으로 우리를 데리러 왔다. 나는 소라야로부터 그렇게 오랫동안 떨어져 있은 적이 없었다. 그녀가 내 목에 팔을 둘렀다. 그녀의 머리에서 사과 냄새가 났다. 그때서야 나는 내가 얼마나 그녀를 그리워했었는지를 깨달았다. 나는 그녀의 귀에 대고 속삭였다.

"당신은 여전히 내 옐다(가장 긴 동짓날 밤)를 갈무리하는 아침 햇살이네요."

"뭐라고요?"

"신경 쓰지 말아요."

나는 그녀의 귀에 입맞춤을 했다.

날 반기고 나자, 그녀는 소랍의 키에 맞게 무릎을 꿇었다. 그리고 그의 손을 잡고 미소를 지었다.

"살람, 내가 소라야 아줌마야. 소랍, 너를 기다리고 있었단다."

소랍을 향해 미소 짓는 그녀의 눈가가 촉촉해지는 걸 보며, 문득 나는 그녀가 아이를 낳았더라면 어떤 어머니가 됐을지 상상해보았다.

소랍이 발을 꼼지락거리며 눈길을 돌렸다.


소라야는 위층 서재를 소랍의 방으로 만들어두었다. 그녀가 그를 방으로 데리고 들어갔다. 그가 침대 가장자리에 앉았다. 시트에는 파란 하늘에 떠 있는 밝은 색상의 연들이 그려져 있었다. 그녀는 장롱 옆의 벽에 피트와 인치를 표시해놓았다. 아이의 키가 커가는 걸 재기 위해서였다. 침대 발치에는 고리버들 세공 바구니가 있었다. 책, 기차, 수채화 물감 세트가 바구니에 잔뜩 들어 있었다.

소랍은 이슬라마바드를 떠나기 직전에 내가 그에게 사준 소박한 흰색 티셔츠에 청바지를 입고 있었다. 그의 앙상하고 구부정한 어깨에 셔츠가 헐렁하게 걸쳐져 있었다. 그의 얼굴에는 아직 생기가 돌아오지 않았고, 눈 주변에는 눈 그늘이 있었다. 그는 병원 잡역부가 그 앞에 갖다 놓은 밥그릇을 볼 때처럼 무표정하게 우리를 바라보았다.

소라야는 소랍에게 방이 마음에 드는지 물었다. 그녀는 그의 팔목을 쳐다보지 않으려 애썼다. 그럼에도 들쭉날쭉한 분홍색 흉터에 자꾸 눈이 가는 모양이었다. 소랍이 고개를 푹 숙였다. 그는 두 손을 무릎 사이에 넣고 아무 말도 하지 않았다. 그리고 베개를 베고 누워 5분도 안 되어 코를 골았다. 소라야와 나는 문간에서 그 모습을 지켜보았다.

우리는 침대로 갔다. 소라야는 내 가슴에 머리를 대고 잠들었다. 나는 껌껌한 방에서 눈을 뜬 채 누워 있었다. 나는 다시 불면증 환자로 돌아가 있었다. 이런저런 문제들을 생각하면서 나는 깨어 있었다.

나는 침대를 빠져나와 소랍의 방으로 갔다. 나는 그를 내려다보며 서 있었다. 그런데 그의 베개 밑에 뭔가가 나와 있었다. 집어서 보니 라힘 한이 찍은 폴라로이드 사진이었다. 우리가 샤 파이잘 사원 옆에 앉아 있던 날 밤에 내가 소랍에게 줬던 거였다. 하산과 소랍이 햇빛에 눈을 가늘게 뜨고 나란히 서서 세상은 좋고 정의로운 곳이라고 말하는 듯한 미소를 짓고 있는 사진이었다. 나는 소랍이 침대에 누워 그 사진을 들고 얼마나 오랫동안 바라보았을지 상상해보았다.

나는 사진을 바라보았다. "네 아버지는 너와 하산 사이에서 마음이 갈래갈래 찢긴 사람이었다." 라힘 한은 편지에서 그렇게 말했었다. 나는 사회가 인정하는 적법한 아들이었고, 의도하진 않았지만 바바의 죄를 드러내는 존재였다. 나는 하산을 바라보았다. 앞니가 두 개 빠진 게 드러나 보였다. 햇빛이 그의 얼굴에 비스듬하게 비치고 있었다. 내가 바바의 반쪽이라면 그는 다른 반쪽이었다. 그는 자격도 없고 특권도 없는 반쪽이었지만, 바바의 순수하고 고귀한 것을 물려받은 반쪽이었다. 바바가 마음속 깊숙한 곳에서 은밀하게 자신의 진짜 아들이라고 생각했을지도 모르는 반쪽.

나는 사진을 제자리에 놓았다. 그때 나는 문득, 바바가 마음속으로 하산을 진짜 아들로 생각했을지도 모른다는 생각이 고통스럽지 않다는 걸 깨달았다. 소랍의 방문을 닫으며, 용서는 그렇게 싹트는 것일지 모른다는 생각이 들었다. 용서는 화려한 깨달음이 아니라 고통이 자기 물건들을 챙기고 짐을 꾸려 한밤중에 예고 없이 빠져나가는 것과 함께 시작되는 것일지 모른다는 생각이 문득 들었다.


장인 장모가 다음 날, 저녁을 먹으러 왔다.

장모는 머리를 짧게 자르고 보통보다 짙은 붉은색으로 염색을 했다. 그녀는 소라야에게 아몬드가 박힌 마구트를 건넸다.

디저트로 먹으려고 가져온 것이었다. 그녀는 소랍을 보자 환하게 웃었다.

"너로구나! 소라야 아주머니가 네가 잘생겼다고 하던데 생각했던 것보다 훨씬 더 잘생겼구나."

그녀는 그에게 감색 터틀넥 셔츠를 줬다.

"너를 위해 짠 거란다. 내년 겨울이면 너한테 맞을 거다."

소랍은 그녀에게서 스웨터를 받아 들었다.

"젊은 친구, 안녕."

장군이 한 말은 이게 전부였다. 그는 두 손으로 지팡이를 짚고 몸을 기대고, 다른 사람의 집에 있는 이상한 장식품을 꼼꼼히 들여다보듯 소랍을 쳐다보았다.

나는 거듭되는 장모의 질문에 계속 답변을 해야 했다. 나는 소라야에게 내가 강도를 당해서 다쳤다고 그녀의 어머니에게 말해놓으라고 부탁했었다. 나는 그녀에게 나을 수 없을 정도로 다친 데는 없고 철사는 몇 주 후면 빼니까 그녀가 해주는 요리를 다시 먹을 수 있을 거라고 다짐해줬다. 그리고 흉터가 빨리 없어지도록 대황근 액과 설탕을 바르겠다고 약속했다.

소라야와 그녀의 어머니가 상을 차리는 동안, 장군과 나는 거실에 앉아 포도주를 마셨다. 나는 그에게 카불과 탈레반에 관해 얘기해줬다. 그는 무릎에 지팡이를 놓고 내 말을 들으며 고개를 끄덕였다. 그는 내가 의족까지 팔아치우는 사람을 보았다고 얘기하자 혀를 끌끌 찼다. 나는 가지 경기장에서 있었던 처형과 아세프에 관해서는 아무 말도 하지 않았다. 그는 라힘 한에 관해 물었다. 그는 라힘 한을 카불에서 몇 차례 만났다고 했다. 그는 내가 라힘 한이 병에 걸렸다는 얘기를 하자 엄숙한 표정으로 고개를 저었다. 그는 나와 얘기를 하면서, 소파에서 자고 있는 소랍을 자꾸 쳐다보았다. 그가 진짜로 알고 싶은 것은 따로 있는데, 변죽만 울리고 있는 것 같았다.

장군이 저녁을 먹다가 포크를 내려놓았다. 그리고 변죽이고 뭐고 다 막을 내렸다. 그가 물었다.

"아미르, 이 아이를 데려온 이유가 뭔지 설명해주겠나?"

장모가 말했다.

"그걸 질문이라고 하세요?"

"당신은 스웨터를 짜느라 바쁘겠지만, 나는 아프간 사람들이 우리 집안을 어떻게 생각하는지 상대해야 하오. 사람들은 어째서 하자라인 아이가 우리 딸과 함께 살고 있는지 알고 싶어할 것이오. 내가 뭐라고 해야 하겠소?"

소라야가 수저를 내려놓고 그녀의 아버지를 향해 말했다.

"가서 이렇게 말씀하세요……."

나는 소라야의 손을 잡으며 말했다.

"소라야, 괜찮아요. 장군님 말씀이 맞아요. 사람들은 궁금해할 거예요."

그녀가 말을 받았다.

"아미르……."

"괜찮아요."

나는 장군을 향해 말했다.

"장군님, 제 아버지가 하인의 아내와 동침을 해, 하산이라는 이름의 아이를 낳았습니다. 하산은 이제 죽고 없습니다. 소파에서 자고 있는 저 아이는 하산의 아들입니다. 그리고 저 아이는 제 조카입니다. 사람들이 물으면 그렇게 대답하시면 됩니다."

모두가 나를 멍하니 쳐다보았다.

"장군님, 한 가지 더 있습니다. 제 앞에서 다시는 저 아이를 하자라인 아이라고 부르지 말아주세요. 저 아이에게는 이름이 있습니다. 소랍이라고 합니다."

식사를 하는 동안, 아무도 입을 열지 않았다.


소랍이 조용했다고 말하는 건 잘못된 표현일 것이다. 조용하다는 건 평화를 의미한다. 평온함을 의미한다. 조용하다는 것은 삶의 볼륨을 내리는 것이다.

침묵은 '오프' 버튼을 누르는 것이다. 모든 걸 꺼버리는 것이다.

소랍의 침묵은 확신을 가진 사람들이 묵언으로써 자신들이 원하는 걸 말하려고 하는, 스스로가 원해서 하는 침묵이 아니었다. 그의 침묵은 어두운 곳에 꽁꽁 숨어 몸을 오그리고 있는 사람의 침묵이었다.

그는 우리와 함께 산다기보다 그저 공간을 차지하고 있었다.

그것도 아주 작은 공간뿐이었다. 때때로 시장이나 공원에 가면, 사람들은 마치 그가 존재하지 않는 것처럼 그에게 눈길 한 번 주지 않았다. 책을 보다가 고개를 들고 쳐다보면 소랍이 방에 들어와 내 앞에 앉아 있었다. 그가 들어오는 걸 내가 알아차리지 못한 것이었다. 그는 뒤에 발자국을 남기는 게 두려운 사람처럼 걸어 다녔다. 그는 주변의 공기를 건들지 않으려는 것처럼 움직였다. 그리고 대부분은 잠을 잤다.

소랍의 침묵은 소라야에게도 힘든 일이었다. 내가 파키스탄에 있을 때, 소라야는 국제전화로 소랍을 위해 어떤 계획을 세우고 있는지 얘기했었다. 수영 레슨, 축구, 볼링 등등, 그녀는 그를 위해 많은 계획을 세워놓고 있었다. 그녀는 소랍의 방을 지나치면서 그가 물건에 전혀 손을 대지 않고 있다는 걸 알았다. 바구니에 담긴 책은 펼쳐보지도 않았고, 벽에 그려놓은 키 차트에는 아무런 표시도 없었으며, 조각 그림 맞추기는 맞춰보지도 않은 상태였다. 그 모든 것이 아쉬움을 환기시킬 뿐이었다. 싹이 트고 있을 때조차 이미 시들고 있었던 꿈을 환기시킬 뿐이었다. 하지만 그녀만 그런 게 아니었다. 나도 소랍에게 해주고 싶은 게 많긴 마찬가지였다.

소랍이 침묵을 지키는 동안, 세상은 그렇지 않았다. 지난 9월 금요일 아침, 쌍둥이 건물이 무너졌고 하룻밤 사이에 세상이 변했다. 갑자기 성조기가 이곳저곳에서 보이기 시작했다. 차들을 요리조리 피해 가는 노란 택시의 안테나에도 있었고,

인도를 걷고 있는 보행자들의 양복 옷깃에도 있었고, 심지어는 작은 화랑들과 앞이 트인 가게 차일 밑에 앉아 있는 샌프란시스코 거지들의 지저분한 모자에도 있었다. 어느 날, 수터가와 스톡턴가의 구석에서 날마다 아코디언을 연주하는 집 없는 여자를 지나치다 보니, 그녀의 발치에 있는 아코디언 상자에도 성조기 스티커가 붙어 있었다.

쌍둥이 건물이 무너진 직후, 미국은 아프가니스탄을 공격했다. 북부연합이 진격해 들어갔고 탈레반은 쥐들처럼 동굴로 숨어들었다. 갑자기 사람들이 식료품점에 줄을 서 있으면서도 내가 어렸을 때 알았던 칸다하르, 헤라트, 마자리샤리프에 대해 얘기하기 시작했다. 내가 아주 어렸을 때, 바바는 하산과 나를 데리고 쿤두즈에 갔었다. 바바와 하산과 함께 아카시아나무 그늘 밑에 앉아, 돌아가면서 단지 속에 들어 있던 수박주스를 마시고 누가 씨를 멀리 뱉는지 시합을 했던 기억 외에는 그 여행에 관해 기억나는 건 많지 않다. 이제 댄 래더, 톰 브로코와 같은 텔레비전 앵커들과 스타벅스에서 라테를 마시는 사람들이 북부에 있는 탈레반의 마지막 보루인 쿤두즈에서 벌어지는 전투에 관해 얘기했다. 그해 12월, 파슈툰인, 타지크인, 우즈베크인, 하자라인이 본에 모여 유엔이 지켜보는 가운데 그들의 나라에서 20년이 넘도록 계속된 불행을 종식시킬 협상을 시작했다. 그때를 기점으로 하미드 카르자이가 쓰고 있던 양털모자와 녹색 차판이 유명해지게 되었다.

소랍은 그 모든 일이 진행되는 과정에서도 몽유병 환자처럼 살았다.

소라야와 나는 시민으로서의 의무감에서도 그랬지만 위층에 감도는 침묵을 메울 뭔가가 필요해서 아프간 프로젝트에 관여하게 되었다. 위층의 침묵은 블랙홀처럼 모든 걸 빨아들이고 있었다. 나는 전에는 능동적인 사람이 아니었다. 하지만 소피아 주재 아프간 대사였던 카비르라는 사람이 전화를 해 병원 프로젝트를 도와주지 않겠느냐고 제안했을 때 그러겠다고 했다. 아프가니스탄과 파키스탄의 접경 가까이에 전에는 작은 병원이 있었다. 그 병원에는 지뢰로 다친 아프간 난민들을 치료해주는 소규모 수술팀이 있었다. 그런데 기금이 부족해서 문을 닫았다고 했다. 내가 그 프로젝트의 감독을, 소라야가 공동 감독을 맡게 되었다. 나는 하루의 대부분을 서재에서 보냈다. 세계 곳곳에 있는 사람들에게 이메일을 쓰고 기금을 신청하고 기금 모금 운동을 조직했다. 그런 일을 하면서 나는 소랍을 미국으로 데려온 게 잘한 일이었다고 생각했다.

한 해가 끝나가고 있었다. 소라야와 나는 소파에 앉아 담요로 다리를 덮고 텔레비전으로 딕 클라크 쇼를 보았다. 사람들은 은빛 공이 떨어지고 색종이가 화면을 하얗게 물들이자, 환호성을 지르며 서로에게 입맞춤을 했다. 우리 집의 새해는 지난해가 끝난 것과 똑같이 시작되었다. 침묵 속에서.

나흘 전인 2002년 3월, 비가 오는 어느 서늘한 날이었다. 작지만 놀라운 일이 벌어졌다.

나는 소라야, 장모, 소랍을 데리고 프리몬트의 레이크 엘리자베스 공원에서 열리는 아프간인들의 모임에 갔다. 장군은 드디어 장관직을 제의받고 2주 전에 아프가니스탄으로 갔다. 그는 회색 양복과 회중시계를 남기고 갔다. 일단 그가 자리를 잡으면 몇 달 후에 장모가 합류할 예정이었다. 그녀는 그를 몹시 보고 싶어 했다. 그의 건강이 너무 염려되는 모양이었다. 우리는 그녀에게 당분간 우리와 같이 있으라고 했다.

지난주 목요일은 아프간 사람들의 설날이자 봄의 첫날인 솔에나우였다. 베이 지역에 사는 아프간 사람들은 이스트베이와 페닌슐라 전역에서 축하 행사를 할 계획이었다. 카비르와 소라야, 나에게는 즐거워해야 할 또 다른 이유가 있었다. 라왈핀디에 있는 우리의 작은 병원이 지난주에 개원을 한 것이었다. 수술팀은 아직 없고 소아과만 있었지만 우리는 그것만으로도 괜찮은 출발이라는 데 의견이 일치했다.

며칠 동안 맑은 날씨가 계속되었다. 그런데 일요일 아침 침대에서 일어나는데, 유리창에 빗방울이 부딪는 소리가 들렸다. '아프간 사람들이 하는 일이 늘 그렇지 뭐.' 나는 이렇게 생각하고 쿡쿡 웃었다. 나는 소라야가 자는 동안, 아침 기도를 했다. 나는 사원에서 가져온 책자에 더 이상 의존할 필요가 없었다. 코란 구절이 이제는 자연스럽게 술술 입에서 나왔다.

우리가 도착한 건 정오 무렵이었다. 여섯 개의 기둥에 널찍한 사각형 비닐을 씌운 일종의 천막이 있었다. 몇몇 사람들이 그 속으로 들어가 비를 피하고 있었다. 누군가가 벌써 볼라니를 튀기고 있었고 찻잔과 콜리플라워 스튜가 담긴 용기에서 김이 올라오고 있었다. 지지직 하고 끓는 소리가 나는 옛 아마드 자히르 노래가 카세트 플레이어에서 흘러나왔다. 우리 네 사람은 젖은 잔디밭을 서둘러 지났다. 소라야와 내가 앞장서고, 가운데에 장모가 서고, 소랍이 맨 뒤에 섰다. 소랍의 노란색 레인코트 모자가 그의 등에서 흔들리는 게 보였다. 나는 미소를 지었다.

신문을 접어 머리 위로 들고 비를 피하며 소라야가 말했다. "뭐가 그리 우스워요?"

"파그만에서 아프간인들을 빼낼 수는 있지만, 아프간인들에게서 파그만을 빼낼 수는 없는 것 같아서요."

우리는 임시 천막 안으로 들어갔다. 아주 뚱뚱한 여자가 시금치 볼라니를 튀기고 있었다. 소라야와 장모가 그녀가 있는 곳으로 갔다. 소랍은 잠시 천막 안에 있다가 레인코트 호주머니에 손을 넣고 빗속으로 나갔다. 하산의 머리처럼 갈색인 소랍의 머리칼이 그의 두피에 달라붙었다. 그는 걸음을 멈추고 암갈색 웅덩이를 바라보았다. 아무도 그에게 관심을 보이지 않는 것 같았다. 아무도 그를 안으로 들어오라고 하지 않았다. 다행스럽게도 시간이 지나면서, 우리가 입양한 작은 (괴짜) 아이에 대해 질문하는 일은 더 이상 없어졌다. 아프간 사람들이 때 때로 눈치코치 없이 다짜고짜 질문을 하는 걸 생각하면 그건 상당한 위안이었다. 사람들은 그가 왜 말을 안 하는지, 다른 아이들과 왜 같이 놀지 않는지 묻지 않게 되었다. 가장 좋은 것은 그들이 고개를 천천히 흔들고 혀를 차면서 "오 궁 비차라 (오, 가엾은 벙어리 아이)"라고 말하며 과장된 동정심으로 우리를 질식시키지 않게 됐다는 것이었다. 그들은 더 이상 신기해하지 않았다. 소랍은 흐릿한 벽지처럼 사람들에게 잊혀졌다.

나는 카비르와 악수를 했다. 그는 머리가 희끗희끗하고 작달 막한 남자였다. 그는 나를 10여 명의 사람들에게 소개했다. 그 중에는 전직 교사도 있었고 기술자도 있었으며 전직 건축가도 있었다. 헤이워드에서 핫도그 가게를 운영하는 전직 외과 의사 도 있었다. 그들은 모두, 카불에서 바바를 알았던 사람들이었 다. 그들은 바바에 대해 얘기할 때면 존경심을 담아서 했다. 이 런저런 점에서 바바는 모든 사람의 삶에 영향을 미친 것이었 다. 그 사람들은 내게 그렇게 훌륭한 사람을 아버지로 둬서 좋 겠다고 말했다.

우리는 카르자이 앞에 놓인, 어렵고도 어쩌면 인정받지도 못 할지 모르는 일에 대한 얘기를 나눴다. 앞으로 다가올 로야 지 르가(부족 지도자 회의)에 대한 얘기도 나왔고, 28년에 걸친 귀 양살이를 청산하고 고국으로 돌아갈 예정인 왕에 대한 얘기도 나왔다. 나는 1973년, 자히르 샤의 사촌이 그를 쫓아냈던 날 밤, 총성이 울리고 하늘이 은빛으로 빛나던 모습을 떠올렸다. 알리는 나와 하산을 품에 안고 그들이 오리 사냥을 하고 있으니 무서워하지 말라고 했었다.

누군가가 율법사 나즈루딘에 관한 농담을 하자 모두가 웃음을 터뜨렸다.

카비르가 말했다.

"당신 아버지도 유머가 많은 분이셨습니다."

"그랬나요?"

나는 우리가 미국에 도착한 직후, 바바가 파리에 대해 불평했던 일을 떠올리며 웃었다. 그는 파리채를 갖고 식탁에 앉아 파리들이 벽에서 벽으로 날아다니며 정신없이 윙윙대고 설치는 모습을 바라보고 있었다. "이놈의 나라에서는 파리들도 시간에 쫓기는구먼." 그는 끄응 하고 신음 소리를 내며 이렇게 말했다. 어찌나 우스웠는지 나는 배꼽을 잡고 웃었다. 나는 그 기억을 떠올리며 미소를 지었다.

3시쯤 비가 그쳤다. 하늘은 구름이 끼어 회색이었다. 서늘한 미풍이 공원을 거쳐 불어왔다. 더 많은 가족들이 나타나기 시작했다. 그들은 서로에게 인사를 하고 껴안고 입맞춤을 하고 음식을 교환했다. 누군가가 바비큐 그릴에 있는 석탄에 불을 붙였다. 곧 마늘과 모르그 케밥 냄새가 대기에 진동하기 시작했다. 내가 알지 못하는 가수가 부르는 노래도 흘러나왔다. 아이들도 깔깔거리며 재미있게 놀았다. 소랍은 아직도 노란 레인코트를 입고 쓰레기통에 기대 공원 저쪽에 있는 텅 빈 타격 연습장을 바라보고 있었다.

잠시 후, 전직 외과 의사가 나한테 자기가 바바와 8학년 때 같은 반이었다는 말을 했다. 그때, 소라야가 내 소매를 잡아당 겼다.

"아미르, 저것 좀 봐요!"

그녀가 하늘을 가리켰다. 대여섯 개의 연들이 잿빛 하늘을 배경으로 높이 떠 있었다. 노란색, 빨간색, 초록색 연들이 하늘 높이 날고 있었다.

소라야가 근처에 있는 가판대에서 연을 파는 행상을 가리키 며 말했다.

"저기 한번 가봐요."

"그럼 이것 좀 들고 있어요."

나는 찻잔을 소라야에게 건넸다. 나는 의사에게 양해를 구 하고 연을 파는 곳으로 갔다. 내 신발이 닿으면서 잔디가 철퍽 거렸다. 나는 연을 파는 사람에게 노란색 세파르차(연)를 달라 고 했다. 그가 20달러를 받고 연과 유리 먹인 연줄이 감긴 얼 레를 건넸다.

"솔에나우 무바라크(새해 복 많이 받으세요)."

나도 그에게 새해 인사를 했다. 나는 하산과 내가 그랬던 것 처럼 엄지와 검지로 줄을 잡아당겨 시험해봤다. 금세 손에 피 가 맺혔다. 연을 파는 사람이 빙그레 웃었다. 나도 웃었다.

나는 소랍이 서 있는 곳으로 연을 갖고 갔다. 그는 팔짱을 끼고 아직도 쓰레기통에 기대어 서 있었다. 그는 하늘을 쳐다보고 있었다.

나는 살 끝을 잡아 연을 들어 올리며 말했다.

"세파르차 좋아하니?"

하늘을 보던 그가 나를 쳐다보았다. 그리고 연을 쳐다보다가 다시 나를 쳐다보았다. 몇 방울의 물이 그의 머리에서 얼굴로 흘러내렸다.

"말레이시아에서는 연을 이용해 고기를 잡는다는 걸 어딘가에서 읽은 적이 있다. 너는 잘 모르겠지. 그들은 낚싯줄을 연에 묶어 얕은 물 위로 날린단다. 그러면 그림자도 생기지 않아 고기들이 놀라지 않지. 옛날 중국에서는 장군들이 연을 날려 아군한테 전갈을 보내기도 했단다. 정말이다. 너한테 장난을 치려는 게 아니다."

나는 그에게 피가 나는 엄지손가락을 보여줬다.

"연줄도 괜찮은 것 같다."

소라야가 천막 안에서 팔짱을 끼고 우리를 지켜보고 있었다. 나와 다르게 그녀는 소랍의 마음을 사려는 시도를 점차 포기했다. 질문을 해도 대답을 하지 않고 멍하게 쳐다보며 침묵을 지키니 고통스러울 따름이었다. 그녀는 소랍에게 푸른 신호등이 켜지는 걸 기다리는 쪽을 택했다. 그녀는 그렇게 기다리고 있었다.

나는 집게손가락에 침을 묻혀 위로 올렸다.

"네 아버지는 신발로 먼지를 일으켜 어느 쪽으로 바람이 부는지를 확인했었다. 네 아버지는 그런 데 재주가 많은 사람이었다."

나는 손가락을 내리며 말했다.

"서쪽으로 부는 것 같구나."

소랍이 귓불에서 흘러내리는 빗방울을 닦고 다리를 움직였다. 그러나 아직 아무 말도 없었다. 나는 몇 달 전에 소라야가 그의 목소리가 어떤지 물었던 걸 떠올렸다. 나는 그때 잘 생각이 나지 않는다고 했었다.

나는 얼레에 감긴 실을 연에 연결하며 말했다.

"내가 너한테 네 아버지가 와지르아크바르칸 지역에서 연을 쫓는 덴 최고였다고 얘기했었니? 아마 카불을 통틀어 최고였을 거다. 이웃 아이들은 부러워서 죽으려고 했지. 네 아버지는 하늘을 쳐다보지도 않고 연을 쫓아 달려갔다. 사람들은 네 아버지가 연의 그림자를 쫓아간다고 말하곤 했지. 하지만 그들은 나만큼 네 아버지를 알지는 못했다. 네 아버지는 그림자를 쫓는 게 아니었어. 그냥…… 알았던 거야."

대여섯 개의 연이 더 떠 있었다. 사람들은 찻잔을 손에 들고 옹기종기 모여서 하늘을 쳐다보고 있었다.

"내가 연 날리는 걸 도와주지 않을래?"

소랍이 하늘을 쳐다보다 나를 쳐다보았다. 그리고 다시 하늘을 쳐다보았다.

내가 어깨를 으쓱했다.

"좋아. 나 혼자서 날려야 할 것 같구나."

나는 왼손으로 얼레의 균형을 잡고 줄을 3피트쯤 풀었다. 노란 연이 줄 끝에서 젖은 잔디에 닿을락 말락 하며 흔들렸다.

"마지막 기회다."

그러나 소랍은 나무 위에서 두 개의 연이 서로 엉키는 모습을 바라보고만 있었다.

"좋아. 간다."

나는 웅덩이에 고인 빗물을 튀기며 머리 위로 연줄을 높이 잡고 달리기 시작했다. 그렇게 해본 지가 너무 오래돼서 웃음거리가 되지 않을까 걱정이 됐다. 나는 달려가면서 왼손에 든 얼레가 돌아가게 했다. 줄이 풀어지면서 오른손에 다시 상처가 났다. 연이 어깨 너머로 떠오르다가 한 바퀴를 빙글 돌았다. 나는 더 빨리 달렸다. 얼레가 더 빨리 돌아갔다. 오른손 손바닥이 유리를 먹인 실에 또 베이는 게 느껴졌다. 나는 달리던 걸 멈추고 돌아보았다. 그리고 하늘을 보고 미소를 지었다. 연이 높이 올라가 있었다. 연은 추처럼 이쪽저쪽으로 왔다 갔다 하며 옛날에 종이 새가 날개를 파닥이며 내던 소리를 냈다. 그 소리를 들으면서 나는 카불의 겨울 아침을 떠올렸다. 지난 26년 동안 연을 날린 적이 없었건만, 나는 갑자기 다시 열두 살로 돌아가 있었다. 옛날의 감각이 죄다 되살아나고 있었다.

옆에 인기척이 느껴졌다. 소랍이었다. 그는 아직도 레인코트 주머니에 손을 깊이 찌르고 있었다. 그가 나를 따라온 것이었다.

"한번 해볼래?"

그는 아무 말도 하지 않았다. 그러나 내가 연줄을 잡아 내밀자 호주머니에서 손을 뺐다. 그가 머뭇머뭇하더니 연줄을 잡았다. 느슨해진 얼레를 돌릴 때, 나의 심장박동이 빨라졌다. 우리는 나란히 서 있었다. 목을 뒤로 젖히고.

우리 주위에서 아이들이 서로를 쫓아다니며 잔디 위에 미끄러지고 난리였다. 누군가가 옛 인도 영화음악을 연주하고 있었다. 노인들이 비닐을 땅에 깔고 한 줄로 서서 오후 기도를 드리고 있었다. 대기에서는 젖은 풀, 담배, 그릴에 구운 고기 냄새가 났다. 나는 시간이 정지했으면 싶었다.

그때, 나는 다른 연이 접근해오는 걸 보았다. 녹색 연이었다. 누가 날리는 연인지 줄을 따라서 내려가보니, 우리로부터 30야드쯤 떨어진 곳에 서 있는 아이가 그 연의 주인이었다. 그는 머리를 아주 짧게 깎고, 굵은 고딕체로 'THE ROCK RULES'라는 글씨가 쓰인 티셔츠를 입고 있었다. 그는 내가 자기를 쳐다보는 걸 보고 미소를 지으며 손을 흔들었다. 나도 손을 흔들었다.

소랍이 내게 연줄을 건넸다.

나는 연줄을 받으며 말했다.

"할 수 있겠니?"

그가 나한테서 얼레를 받아 들었다.

"좋다. 저 아이에게 쓴맛을 보여주자."

나는 그를 흘깃 쳐다보았다. 그의 눈에서 멍한 표정이 사라져 있었다. 그의 눈길이 우리의 연과 녹색 연 사이에서 흔들리고 있었다. 얼굴도 약간 붉어지고 눈도 갑자기 기민해졌다. 그는 깨어 있고 살아 있었다. 나는 그 모든 것에도 불구하고 그가 아직도 어린애에 지나지 않는다는 걸 내가 왜 그간 잊고 있었나 싶었다.

녹색 연이 행동을 개시했다.

내가 말했다.

"기다려. 좀 더 가까이 오도록 기다려."

연이 두 번에 걸쳐 급강하를 하더니 우리 연을 향해 다가왔다.

내가 말했다.

"어서 와라. 어서 와라."

녹색 연이 더 가까이 접근했다. 그 연은 내가 함정을 파놓고 있다는 사실을 알지 못한 채 우리 연 바로 위로 접근했다.

"소랍, 잘 보렴. 네 아버지가 즐겨 쓰던 기술 중 하나를 보여줄게. 치고 빠지는 기술이다."

소랍의 숨소리가 빨라지고 있었다. 그의 손에 들린 얼레가 돌아갔다. 상처의 흔적이 있는 그의 팔목 힘줄이 루바브 줄 같았다. 나는 눈을 깜빡였다. 순간, 얼레를 잡고 있는 손이 언청이 입술을 한 소년의 손으로 보였다. 손톱 귀퉁이가 떨어져 나가고 굳은살이 박인 소년의 손으로 보였다.

나는 과거로 돌아가 있었다. 어딘가에서 까마귀 우는 소리가 들렸다. 나는 하늘을 쳐다보았다. 막 내린 눈으로 공원이 하얗게 빛났다. 현기증이 날 정도로 흰 빛이었다. 눈이 아플 지경이었다. 어딘가에서 순무 쿠르마 냄새가 났다. 말린 오디, 시큼한 오렌지, 톱밥, 호두 냄새도 났다. 정적. 눈 속의 정적. 그 정적이 귀를 얼얼하게 만들고 있었다. 그때 멀리서, 정적을 가르며, 우리를 집으로 부르는 목소리가 들렸다. 오른쪽 다리를 저는 사람의 목소리……. 나는 과거로 돌아가 있었다.

그때 녹색 연이 우리 바로 위로 떠올랐다. 나는 소랍을 보고 나서 연을 쳐다보았다.

"저 연이 공격을 하려고 한다. 이때다."

녹색 연이 머뭇거리며 자리를 잡더니 빠르게 내려왔다.

"온다!"

나는 완벽하게 해냈다. 그렇게 오랜 세월이 흘렀음에도 불구하고, 치고 빠지는 기술을 완벽하게 해낸 것이었다. 나는 줄을 느슨하게 해서 급강하하며 녹색 연을 피했다. 그리고 연줄을 여러 번에 걸쳐 옆으로 당기자, 연이 시계 반대 방향으로 반원을 그리며 위로 올라갔다. 갑자기 우리 연이 위로 올라간 것이었다. 녹색 연이 당황해서 올라오려고 했다. 그러나 이미 때는 늦었다. 하산이 써먹던 기술이 이미 먹혀든 상태였다. 나는 줄을 힘차게 당겨 녹색 연을 공격했다. 우리 연줄이 상대방의 연줄을 자르는 게 느껴지는 것 같았다. 그리고 상대방의 연줄이 툭 끊어지는 소리도 들리는 것 같았다.

그렇게 해서 녹색 연이 떨어져 나갔다. 연이 빙글빙글 돌며 떨어지고 있었다.

우리 뒤에서 사람들이 환호하는 소리가 들렸다. 휘파람 소리와 박수 소리가 터져 나왔다. 나는 숨을 헐떡였다. 이런 환희를 내가 마지막으로 느낀 건 1975년 겨울이었다. 그때, 마지막 남은 연을 잘라내고 돌아보니, 바바가 우리 집 옥상에서 환하게 웃으며 박수를 치고 있었다.

나는 소랍을 내려다보았다. 한쪽 입가가 약간 올라가 있었다.

미소.

한쪽으로 처진.

없는 듯한.

그러나 분명히 있는.

우리 뒤에서 아이들이 함성을 지르며 달려가고 있었다. 그들은 줄이 끊어져 나무들 위로 떠내려가는 연을 쫓아 달려가고 있었다. 나는 눈을 깜빡였다. 미소는 이제 사라지고 없었다. 하지만 미소는 분명히 거기에 있었다. 나는 그걸 내 눈으로 보았다.

"저 연을 잡아다 줄까?"

그가 침을 삼켰다. 그의 후골이 오르락내리락했다. 바람이 그의 머리칼을 나풀거렸다. 그가 고개를 끄덕이는 것 같았다.

"너를 위해서라면 천 번이라도."

내 입에서 그런 소리가 흘러나왔다.

그리고 나는 돌아서서 달려갔다.

한 차례에 걸친 미소였을 뿐이다. 그 이상은 없었다. 그것이 모든 걸 정상으로 돌려놓지는 않았다. 어떤 것도 정상으로 돌려놓지 않았다. 그저, 한 차례의 미소였을 뿐이다. 자그마한 것. 놀란 새가 날아오를 때 나풀거리는 숲속의 나뭇잎 하나 같은 것.

그러나 나는 그걸 받아들일 것이다. 두 팔을 벌리고 말이다. 봄이 오면 눈이 한 번에 한 조각씩 녹듯, 어쩌면 첫 조각이 녹기 시작한 걸 목격한 것인지도 모르기 때문이다.

나는 달렸다. 함성을 지르는 아이들과 함께 연을 쫓아 달리는 다 큰 남자. 하지만 상관없었다. 나는 얼굴에 바람을 맞으며 달렸다. 판지시르 계곡만큼 널찍한 미소를 입술에 머금고서.

나는 달렸다.

# 배반과 속죄, 사랑의 이야기

"모든 글은 자서전이다." 이것은 할레드 호세이니가 좋아하는 작가로 꼽은 2003년도 노벨문학상 수상자 J. M. 쿳시의 말이다. 이것은 작가가 자신이 보고 듣고 느낀 것을 질료로 삼다보니 불가피한 것인지 모른다. 자신의 나라를 떠난 디아스포라 작가들이 뒤에 두고 온 나라에 관해 쓰는 것은 어쩌면 당연한 일이다. 할레드 호세이니가 그러하고 그의 첫 소설 『연을 쫓는 아이』가 그러하다.

공산화된 아프가니스탄을 가까스로 탈출해 미국으로 망명하여 디아스포라의 삶을 살아가는 화자인 아미르와 그의 아버지의 모습은 호세이니와 그의 가족이 미국에 망명하여 살아야 했던 디아스포라의 삶이 투영된 것이라고 봐도 무방하다. 아프가니스탄을 바라보는 화자의 눈은 뒤에 두고 온 조국을 가슴 아프게 바라보는 작가의 눈과 겹친다고 해도 과언이 아니다. 이렇듯 작가는 자신을 쓴다. 물론 복사하듯 재현하는 것은 아니고 그것을 조금씩 변주하고 변형하여 극적인 스토리로 만든다. 그래서 쿳시의 말대로 모든 글은 자전적인 글이고, 호세이니의 소설들도 예외가 아니다.

작가가 망명을 하게 된 상황에 대한 개괄적인 이해가 불가피한 이유 중 하나가 바로 여기에 있다. 호세이니는 1965년, 카불에서 태어났다. 아버지는 외교관이었고 어머니는 카불의 고등학교에서 페르시아어와 역사를 가르치던 교사였다. 1970년, 호세이니는 이란 주재 아프간 대사관으로 발령이 난 아버지를 따라 테헤란에 갔다가 3년 후에 카불로 돌아왔다. 그로부터 몇 달 후 자히르 샤 국왕이 그의 사촌 다우드 한이 주도한 쿠데타에 의해 쫓겨났다. 1976년, 호세이니의 아버지는 프랑스 주재 아프간 대사관에서 근무를 하게 되었고 그로부터 2년 후인 1978년에는 자히르 샤 국왕을 축출하고 대통령이 되었던 다우드 한이 공산주의 세력에 의한 쿠데타로 살해당하고 공산 정권이 수립되었다. 그런데 공산주의 지도자들 사이의 권력 충돌이 벌어지고 소련과의 우호적 관계를 원하던 누르 무함마드 타라키 대통령이 살해당하면서 소련군이 1979년 12월 아프가니스탄을 침공했다. 그래서 아프가니스탄은 공산국가가 되었다.

호세이니의 가족은 공산주의자들이 정권을 잡자 아프가니스탄에 돌아가지 않기로 했다. 사실 그들에게는 선택의 여지가 없었다. 부르주아 계층으로 숙청의 대상이었기 때문이다. 그들은 1980년, 미국에 망명을 신청했고 결국 캘리포니아의 산호세에 정착했다. 그들은 한동안 생활보호 대상자에게 주는 식량카드에 의존해 근근이 살았다. 아프가니스탄에서는 외교관으로 여유 있는 삶을 살았던 아버지는, 소설에서 아미르의 아버지가 그러하듯 자신이 생활보호 대상자로 지원을 받으며 산다는 사실을 치욕스러워했고 자동차 운전 강사를 함으로써 그 신세를 가까스로 면하게 되었다.

1980년 미국에 도착했을 당시, 호세이니는 영어를 거의 하지 못했다. 그의 나이 열다섯 살 때였다. 그러나 언어에 탁월한 재능이 있던 그는 고등학교에 다니며 영어를 아주 빠르게 익혔다. 그는 1984년에 고등학교를 졸업하고 산타클라라 대학에 들어가 생물학을 전공했고, 다시 1989년에 캘리포니아 주립대(샌디에이고) 의과대학에 입학했고 1993년에는 의사가 되었다. 그리고 로스앤젤레스에 있는 시더스-시나이 메디컬 센터에서 레지던트 과정을 마치고 카이저 병원에서 내과 의사로 근무했다.

의사가 된 것만으로도 이미 충분한 성취였을지 모른다. 의사라는 직업은 경제적 안정성이 확보된다는 의미였다. 그러나 호세이니에게는 창작에 대한 열정이 있었다. 그래서 진료를 하는 틈틈이 소설을 써 2003년, 첫 소설 『연을 쫓는 아이』를 발표했다. 결과는 대성공이었다. 그보다 더 호소력이 있는 소설을 다음에 쓸 수 있을지 우려될 정도로 화려한 데뷔였다. 그러나 그것은 괜한 기우였다. 그는 2007년 5월,『천 개의 찬란한 태양』을 갖고 화려하게 돌아왔다.『천 개의 찬란한 태양』도『연을 쫓는 아이』와 마찬가지로 초대형 베스트셀러가 되었다.

『연을 쫓는 아이』가 아프가니스탄의 비극을 뒤로하고 미국으로 건너온 아프간 이민자들에 관한 이야기라면,『천 개의 찬란한 태양』은 뒤에 남아 그 비극을 살아내야 했던 평범한 사람들에 관한 이야기다. 첫 소설이 아프간 남자아이들의 이야기라면, 두 번째 소설은 아프간 여자들의 이야기다. 이런 이유에서 두 소설은 상호보완적이다. 공교롭게도 호세이니는 두 소설의 서두에 각각 "내 눈의 누르(빛)인 하리스와 파라, 그리고 아프가니스탄 아이들에게 이 책을 바칩니다" "내 눈의 누르인 하리스와 파라, 그리고 아프가니스탄 여성들에게 이 책을 바칩니다"라는 헌사를 배치해 그의 소설이 하나는 아프가니스탄 아이들을, 다른 하나는 아프가니스탄 여성들을 위한 것이라는 점을 분명히 하고 있다.

두 소설 모두, 아프가니스탄을 배경으로 하고 있는 러브 스토리입니다.『연을 쫓는 아이』가 주로 아버지, 아들, 형제 사이의 사랑에 관한 것이라면,『천 개의 찬란한 태양』은 어머니와 딸, 집이나 거리에서 폭력을 견뎌내도록 서로를 도와야 하는 여성들 사이의 사랑에 관한 것입니다. 두 소설에서 인물들은 궁극적으로 사랑에서 구원을 찾습니다. 그들이 용기를 찾고 그들의 약점을 초월하게 해주는 것은 사랑입니다.*

이렇듯 두 소설은 양쪽을 다 읽어야 온전한 것이 되는 하나
의 긴 이야기라고 해도 과언이 아닐 듯싶다.

『연을 쫓는 아이』가 발표된 것은 2003년이었다. 그사이에
아프가니스탄에는 많은 변화가 있었다. 큰 변화가 없었다면 이
소설은 일종의 역사소설일 수 있었다. 호세이니의 가족을 망
명으로 내몰았던 공산 정권이 무너지고 결국에는 소련군이 철
수하고, 이슬람근본주의 탈레반이 아프가니스탄을 점령하고,
9·11 이후에 미국이 탈레반 정권을 몰아내고 아프가니스탄에
들어가 친미 정부를 세운 역사를 증언하는 일종의 역사소설.
실제로 이 소설이 발표되었을 당시, 탈레반은 권좌에서 쫓겨나
어딘가로 숨어들었다. 2001년 뉴욕의 쌍둥이 건물이 무너진
직후, 미국이 9·11에 책임이 있는 알카에다를 소탕한다는 명
분으로 아프가니스탄을 침공했을 때, 탈레반은 소설이 묘사하
듯 "쥐들처럼 동굴로 숨어들었다". 그러면서 지난 20여 년 동안
계속된 아프가니스탄의 불행과 분규가 종식될 것만 같았다. 이
제는 탈레반이 다시 정권을 잡는 일은 없을 것 같았다. 『연을
쫓는 아이』가 2002년 3월 어느 날, 아미르가 하산의 아들 소

* 왕은철, 『문학의 거장들─세계의 작가 9인을 만나다』(현대문학, 2010) 159쪽에서 인용.

랍을 데리고 연을 날리는 것으로 끝나는 것은 아프가니스탄이 평온을 되찾을 수 있으리라는 당시의 낙관적 전망이나 분위기와 무관하지 않다.

그러나 2001년에 아프가니스탄을 쉽게 점령했던 미국이 2021년 군대를 철수시키면서 아프가니스탄은 정확히 20년 만에 다시 탈레반의 수중에 들어갔다. 역사의 아이러니가 아닐 수 없다. 미군에 무너져 어딘가로 숨어들었던 탈레반이 다시 세상 밖으로 나와 아프가니스탄을 접수한 것이다. 이슬람근본주의가 다시 활개를 치기 시작한 것은 물론이다. 『연을 쫓는 아이』와 『천 개의 찬란한 태양』에 묘사된 것과 다를 바 없는 폭력이 아프가니스탄을 휩쓸고 있다. 사람들이 호세이니의 소설들에 다시 관심을 갖기 시작한 것은 이런 맥락에서다. 끝난 줄 알았던 아프가니스탄 사태가 처음으로 다시 돌아갔으며, 아프가니스탄의 역사가 새로운 소용돌이 속으로 접어들었다는 인식 때문이다. 그러면서 이 소설은 역사를 증언하는 소설 이상의 것이 되었다. 우리가 이 소설을 역사소설로 치부할 것이 아니라 계속 읽어야 하는 이유는 바로 여기에 있다. 권력의 주체가 바뀌었을 뿐 고통의 역사는 계속된다.

아프간인들이 꿈을 꾸던 때가 있었다. 미래를 꿈꾸고 교육을 꿈꾸고 재건을 꿈꾸던 때가 있었다. 그런데 다시 그들은 이슬람근본주의 폭력으로 되돌아갔다. 이런 것을 염두에 두고 읽으면 『연을 쫓는 아이』는 더욱 가슴 아픈 소설이 된다. 호세이니는 독자를 가슴 아프게 하면서도 감동하게 만드는 묘한 재주를 가졌다. 이것은 『연을 쫓는 아이』만이 아니라 『천 개의 찬란한 태양』과 『그리고 산이 울렸다』의 경우에도 마찬가지다. 그의 소설이 가진 서사의 힘은 그야말로 압도적이다.

　『천 개의 찬란한 태양』을 번역할 때 그러했던 것처럼 『연을 쫓는 아이』를 번역하는 건 힘든 일이었다. 번역 자체는 힘들 게 없었지만 내 손에서 우리말로 변해가는 서글픈 내용을 안으로 삭이는 것이 힘들었다. 번역이라는 것이 단어 하나하나, 문장 하나하나를 만지작거리며 진행되는 행위여서 원문에 가슴 아픈 대목이 나오면 우리말로 옮겨질 때까지 일정한 시간 동안 그걸 붙들고 있어야 해 더욱 그랬다. 번역의 잉여물이라고나 할까. 어렸을 때 하산에게 저지른 배반 행위를 회한의 눈으로 바라보는 아미르의 이야기를 옮기면서, 나는 한 사람의 독자가 되어 가슴 아파했다. 내가 꼭 아미르라도 된 듯한 기분이었다. 아미르였다면 나도 그랬을 것 같았다. 자신을 위해서라면 '천 번이라도' 연을 잡아 오고 무슨 일이든 하려고 하는 충직한 하산을 배반하고, 또 그것도 모자랐는지 그의 매트리스 밑에 시계와 돈뭉치를 넣어 도둑으로 몰아 결국에는 쫓아내는 아미르가 미우면서도 가여웠다. 옳지 않은 일을 하고 있다는 걸 알면서도 아버지의 사랑에 굶주리고 질투에 눈이 멀어, 비록 그때는 모르고 나중에야 알게 되지만 자신의 이복형제인 하산을 배반하는 그가 너무 밉고 안쓰러웠다. 나는 타인에 대한 배반 행위가 결국 스스로의 인간성에 대한 배반 행위라는 걸 나중에야 깨닫고 회한과 자기혐오에 몸부림을 치는 아미르가 되어 있었다. 그래서 아미르가 자신을 배반했다는 걸 알면서도 끝까지 그를 보호하려 드는 하산이 안쓰러우면서도 고마웠다.

넘기 힘든 신분과 인종의 벽, 입에 담기 어려운 아이들 사이의 폭력, 아버지의 죽음 이후에 알게 된 충격적인 진실, 아버지의 배반, 자신을 배반했음에도 여전히 아미르를 그리워하는 하산, 하산에게 무지막지한 폭력을 가했던 아세프에게서 구출되는 하산의 아들 소랍, 모든 걸 처음부터 알고 있었음에도 아미르를 사랑과 관심의 눈길로 묵묵히 지켜본 라힘 한을 비롯한 모든 것이 힘들게 다가왔다. 번역을 하는 여름 내내 가슴이 아팠다. 그중에서도 그 모든 것을 바라보는 아미르의 슬픈 눈이 특히 가슴 아팠다. 지금도 그의 눈을 생각하면 가슴이 싸해진다. 그래도 자신을 성찰하는 그런 눈이 있기에 그는 결국 작가가 된다. 그의 슬픔과 회한과 속죄가 그를 작가로 만든 것이다. 어쩌면 좋은 작가는 그렇게 탄생하는 것인지도 모른다.

냉정해져야 하는 번역 작업을 하면서 가슴이 아팠다는 말은 아프간 소년들이 겨울에 연을 날리면서 연싸움을 하는 이미지를 소설의 한복판에 배치하고 때로는 냉정하게, 때로는 멜로적으로 스토리를 끌어가는 예사롭지 않은 작가의 솜씨에 내가 번역자로서 보내는 찬사다. 역동적인 스토리가 주는 감동과 더불어, 나는 가슴이 싸해지는 아미르의 이야기를 따라가면서 아프가니스탄에 관해 많은 걸 배웠다. 아프가니스탄만이 아니라 이슬람 종교와 문화에 관해서도 많은 걸 배웠다. 이 소설을 번역하는 건 나의 무지를 깨우치는 배움의 과정이기도 했다.

옮긴이로서 바라는 게 있다면 더 많은 독자들이 이 소설을 읽고 아프가니스탄에 대해 조금이나마 더 알고 그들에 대한 연민의 마음을 가졌으면 좋겠다는 것이다. 이 소설의 말미에서 느껴지는 일말의 낙관적 전망이 지금은 어딘가로 연기처럼 사라진 것 같아서 더욱 그렇다. 이슬람근본주의자들인 탈레반이 2021년에 재집권하면서 아프가니스탄은 다시 소용돌이에 휘말려 있다. 앞으로 어떠한 상황이 어떻게 전개될지는 아무도 모르는 일이다. 한 가지 확실한 것은 이 소설이 증언하는 바와 같이, 그러한 고통스러운 상황 속에서도 삶은 이어진다는 것이다. 역설적이게도 그러한 상황이 우리가 인간임을 다시 확인시켜준다.

이 소설을 번역한 지 12년이 되었다. 이번에 개정판 작업을 하면서 번역상의 일부 오류를 바로잡고 문맥을 조정했다. 그간 독자들이 보여준 따뜻한 관심과 사랑에 이 자리를 빌려 감사의 인사를 전한다.

2022년 7월

왕은철

# 연을 쫓는 아이

지은이 | 할레드 호세이니
옮긴이 | 왕은철
펴낸이 | 김영정

초판    1쇄 펴낸날  2010년 10월 22일
개정판 1쇄 펴낸날  2022년 8월 20일
개정판 5쇄 펴낸날  2024년 8월 5일

펴낸곳 | ㈜현대문학
등록번호 | 제1-452호
주소 | 06532 서울시 서초구 신반포로 321(잠원동, 미래엔)
전화 | 02-2017-0280
팩스 | 02-516-5433
홈페이지 | www.hdmh.co.kr

ISBN 979-11-6790-118-7  03840